TESS GERRITSEN

Kalte Herzen

Buch

Als junges Mädchen musste Abby DiMatteo miterleben, wie ihr herzkranker Bruder Pete seinen Kampf auf Leben und Tod verlor. Damals schwor sie sich, dass sie später als Ärztin alles daransetzen würde, dieses Schicksal anderen Kindern zu ersparen. Diszipliniert erkämpft sich die aus armen Verhältnissen stammende Abby ein Stipendium, besteht alle Medizinprüfungen mit Bravour und wird schon nach zwei Jahren als Assistentin in das Transplantationsteam des Boston Bayside Hospital aufgenommen. Endlich ist sie am Ziel. Doch ihre steil nach oben weisende Karriere gerät jäh in Gefahr, als sie vor eine schwere Entscheidung gestellt wird. Nach einem Autounfall steht das Herz eines Spenders zur Transplantation zur Verfügung, und ein todkranker Siebzehnjähriger soll der Empfänger sein. Aber dann wird Abby angewiesen, die schwerreiche und nur leicht herzkranke Nina Voss zur Operation vorzubereiten. Abby widersetzt sich dem und sorgt dafür, dass der Junge das Herz erhält. Der Sturm der Entrüstung, den sie damit unter ihren Kollegen entfacht, trifft sie völlig unvorbereitet. Kurze Zeit danach wird Nina Voss dann doch ein neues Herz eingepflanzt. Misstrauisch geworden, forscht Abby in den Akten nach den Umständen der Operation. Sie entdeckt, dass der Name des Spenders nicht stimmen kann. Nina Voss' neues Herz stammt aus dunklen Kanälen. Abby lässt dies keine Ruhe. Mutig und gegen alle Ratschläge ihrer Freunde will sie auf eigene Faust weitere Nachforschungen anstellen. Doch sie ahnt nicht, wie gefährlich ihr Vorhaben wirklich ist …

Autorin

Tess Gerritsen war erfolgreiche Internistin, bevor ihr mit »Kalte Herzen« auf Anhieb der internationale Durchbruch als Spannungsautorin gelang. Seither hat sie weitere fulminante Medizinthriller geschrieben, die allesamt zu Bestsellern wurden. Tess Gerritsen lebt mit ihrem Mann, dem Arzt Jacob Gerritsen, in Camden, Maine.

Von Tess Gerritsen außerdem lieferbar:

Gute Nacht, Peggy Sue. Roman (35136) · Trügerische Ruhe. Roman (35213) · Roter Engel. Roman (35285) · In der Schwebe. Roman (35337) · Die Chirurgin. Roman (36067)

Tess Gerritsen

Kalte Herzen

Roman

Deutsch von Kristian Lutze

BLANVALET

Die amerikanische Originalausgabe erschien 1996 unter dem Titel
»Harvest« bei Pocket Books, New York.

Umwelthinweis:
Alle bedruckten Materialien dieses Taschenbuches
sind chlorfrei und umweltschonend.

Der Blanvalet Verlag ist ein Unternehmen
der Verlagsgruppe Random House.

Einmalige Sonderausgabe April 2005

Umschlaggestaltung: Design Team München
Umschlagfoto: corbis/Peters
LW · Herstellung: wag
Druck: GGP Media GmbH, Pößneck
Made in Germany · Titelnummer: 36296
ISBN 3-442-36296-2

www.blanvalet-verlag.de

Für Jacob, meinen Mann
und besten Freund

Danksagung

Herzlich danke ich Emily Bestler für ihr freundliches und verständnisvolles Lektorat, David Bowman dafür, daß er mich von seinen Kenntnissen über die russische Mafia profitieren ließ, und den Transplantationskoordinatoren Susan Pratt vom Penobscot Bay Medical Center und Bruce White vom Maine Medical Center für die durch sie eröffneten unschätzbaren Einblicke ins Organspende-Verfahren. Ebenso gilt mein Dank Patty Kahn für ihre Hilfe bei der Benutzung des Computers der Medizinischen Bibliothek, John Sargent aus Rockland, Maine, für seine Beratung und Roger Pepper für die vertrauensvolle Überlassung von Untersuchungsmaterial.
Nicht zu vergessen mein ganz besonderer Dank an Meg Ruley und Don Cleary von der Jane Rotrosen Agency. Sie haben dieses Buch überhaupt erst möglich gemacht.

Eins

Er war klein für sein Alter, kleiner als die anderen Jungen, die in der Unterführung in Arbats-Kaya bettelten, doch mit elf hatte er schon alles ausprobiert. Er rauchte seit vier Jahren Zigaretten, stahl, seit er acht war, und ging seit zwei Jahren auf den Strich. Letzteres mochte Jakov nicht besonders, aber Onkel Mischa bestand darauf. Wie sollten sie sonst Brot und Zigaretten kaufen? Als kleinster und blondester von Onkel Mischas Jungen trug Jakov die Hauptlast des Geschäfts. Die Freier bevorzugten immer die jungen und blonden. Das Fehlen seiner linken Hand schien sie nicht zu stören; die meisten bemerkten den verkümmerten Stumpf gar nicht. Sie waren zu angetan von seinem zierlichen Wuchs, seinen blonden Haaren und seinen unerschrockenen blauen Augen.

Jakov sehnte sich danach, zu alt für dieses Geschäft zu werden und sich seinen Lebensunterhalt durch Taschendiebstähle zu verdienen wie die anderen Jungen. Jeden Morgen, wenn er in Onkel Mischas Wohnung aufwachte, und jeden Abend vor dem Einschlafen packte er mit seiner gesunden Hand das Kopfteil seiner Pritsche und reckte sich in der Hoffnung, seiner Größe wenigstens ein paar Millimeter hinzuzufügen. Jakov war klein, weil er aus einer verkümmerten Linie stammte. Die Frau, die ihn vor acht Jahren in Moskau allein zurückgelassen hatte, war auch verkrüppelt gewesen. Jakov konnte sich kaum an die Frau erinnern, genausowenig wie an irgend etwas anderes von seinem Leben in der Stadt. Er wußte, was Onkel Mischa ihm erzählt hatte, und glaubte davon höchstens die Hälfte. Für das zarte Alter von elf Jahren war Jakov nicht nur kleinwüchsig, sondern auch ungewöhnlich helle.

Deshalb betrachtete er den Mann und die Frau, die mit Onkel

Mischa am Eßtisch über Geschäfte sprachen, auch mit natürlicher Skepsis.
Das Paar war in einem großen, schwarzen Wagen mit getönten Scheiben vorgefahren. Der Mann hieß Gregor und trug einen Anzug mit passender Krawatte und Schuhe aus echtem Leder. Nadja, die Frau, war eine Blondine in einem Rock und einer Jacke aus edler Wolle. Sie trug einen Hartschalenkoffer. Nadja war keine Russin, das war allen vier Jungen in der Wohnung sofort klar. Vielleicht Amerikanerin oder Engländerin. Sie sprach fließend russisch, aber mit einem Akzent.
Während die beiden Männer bei einer Flasche Wodka das Geschäftliche beredeten, wanderte der Blick der Frau durch die winzige Wohnung. Sie registrierte die an die Wand gerückten alten Feldbetten, die Haufen dreckiger Laken und die vier in ängstlichem Schweigen zusammengekauerten Jungen. Nadja hatte hellgraue Augen, schöne Augen, und sie musterte die Jungen nacheinander. Zuerst betrachtete sie Pjotr, der mit fünfzehn der älteste war, dann den dreizehnjährigen Stepan und den zehnjährigen Alexei.
Und zuletzt sah sie Jakov an.
Jakov war es gewohnt, von Erwachsenen auf diese Art gemustert zu werden, und er erwiderte ihren Blick ruhig. Ungewohnt war es, so rasch übergangen zu werden. Normalerweise ignorierten die Erwachsenen die älteren Jungen, aber diesmal war es der hagere, pickelige Pjotr, der die Aufmerksamkeit der Frau auf sich zog.
»Sie tun das Richtige, Mikhail Isayevich«, sagte Nadja zu Mischa. »Diese Kinder haben hier keine Zukunft. Wir bieten ihnen eine einmalige Gelegenheit!« Sie lächelte den Jungen zu.
Stepan, der Dummkopf, grinste zurück wie ein verliebter Idiot.
»Sie wissen, daß sie kein Englisch sprechen«, sagte Onkel Mischa. »Nur das eine oder andere Wort.«
»Kinder schnappen so was schnell auf, praktisch mühelos.«
»Sie werden Zeit brauchen zum Lernen. Die Sprache, das Essen –«
»Unsere Agentur kennt die Anpassungsprobleme und Bedürfnisse der Jungen. Wir arbeiten mit zahlreichen russischen Kindern, Waisen wie diese. Für eine Weile werden sie eine Spezial-

schule besuchen, um die notwendige Zeit zur Umstellung zu erhalten.«
»Und wenn sie es nicht schaffen?«
Nadja zögerte. »Hin und wieder gibt es Ausnahmen, Kinder mit emotionalen Problemen.« Ihr Blick wanderte über die vier Jungen. »Gibt es einen, der Ihnen besondere Sorgen macht?«
Jakov wußte, daß er derjenige mit den Problemen war, von denen sie sprachen. Derjenige, der selten lachte und nie weinte. Derjenige, den Onkel Mischa sein »kleines Steinmännchen« nannte. Jakov wußte nicht, warum er nie weinte. Wenn den anderen Jungen weh getan wurde, vergossen sie große Tränen. Jakov dagegen schaltete einfach ab. Totale Mattscheibe, so wie im Fernsehen spätabends, wenn die Sender abgeschaltet hatten. Kein Programm, keine Bilder, nur dieses beruhigende weiße Flimmern.
»Sie sind alle gute Jungen«, versicherte Onkel Mischa. »Prachtburschen.«
Jakov musterte die drei anderen Jungen. Pjotr hatte eine vorstehende Stirn und leicht vorgebeugte Schultern wie ein Gorilla. Stepan hatte komische Ohren, klein und faltig, dazwischen ein Hirn von der Größe einer Walnuß. Alexei lutschte am Daumen.
Und ich, dachte Jakov und betrachtete den Stumpf seines Unterarms, habe bloß eine Hand. Warum nennen sie uns Prachtkerle? Doch genau das war es, was Onkel Mischa nicht aufhörte zu beteuern. Und die Frau nickte. Ja, es waren gute Jungen, gesunde Jungen.
»Selbst ihre Zähne sind in Ordnung!« betonte Mischa. »Kein bißchen verfault. Und sehen Sie, wie groß Pjotr ist.«
»Der da sieht ein bißchen unterernährt aus.« Gregor zeigt auf Jakov. »Und was ist mit seiner Hand passiert?«
»Er wurde schon so geboren.«
»Die Strahlung?«
»Ansonsten ist er vollkommen intakt. Ihm fehlt nur die Hand.«
»Das sollte kein Problem sein«, sagte Nadja und erhob sich von ihrem Stuhl. »Wir müssen aufbrechen. Es wird Zeit.«
»Schon so bald?«
»Wir haben einen Terminplan einzuhalten.«
»Aber ihre Kleidung?«

»Die Agentur wird sie neu einkleiden. Und besser.«
»Muß denn alles so schnell gehen? Haben wir keine Zeit, uns voneinander zu verabschieden?«
Ein Anflug von Verärgerung blitzte in den Augen der Frau auf. »Aber nur einen Moment. Wir wollen unsere Anschlüsse nicht verpassen.«
Onkel Mischa sah seine Jungen an, seine vier Jungen, die weder durch Blutsbande noch Liebe, sondern allein durch gegenseitige Abhängigkeit und Bedürftigkeit an ihn gebunden waren. Er umarmte einen nach dem anderen. Als er zu Jakov kam, drückte er ihn ein wenig enger und länger. Onkel Mischa roch nach Zwiebeln und Zigaretten. Es waren vertraute Gerüche, gute Gerüche. Doch Jakov zog sich instinktiv zurück. Er mochte es nicht, umarmt oder berührt zu werden, von niemandem.
»Denk immer an deinen Onkel«, flüsterte Mischa. »Wenn du reich bist in Amerika, denk daran, wie ich mich um dich gekümmert habe.«
»Ich will nicht nach Amerika«, sagte Jakov.
»Es ist das Beste so. Für euch alle!«
»Ich will bei dir bleiben, Onkel! Ich will hier bleiben!«
»Du mußt fahren!«
»Warum?«
»Weil ich es so entschieden habe.« Onkel Mischa packte seine Schulter und schüttelte sie kräftig. »Ich habe entschieden!«
Jakov sah zu den anderen Jungen hinüber, die sich gegenseitig angrinsten, und dachte: Sie sind glücklich darüber. Warum bin ich der einzige, der Zweifel hat?
Die Frau nahm Jakov bei der Hand. »Ich bringe sie zum Wagen. Gregor kann noch eben den Papierkram erledigen.«
»Onkel?« rief Jakov.
Aber Mischa hatte sich bereits abgewandt und starrte aus dem Fenster.
Nadja führte die Jungen in den Flur und die Treppe hinunter. Sie mußten drei Stockwerke herabsteigen. Das Trampeln der Füße und der Lärm der Jungen hallte laut in dem leeren Treppenhaus wider.
Sie waren schon im Erdgeschoß, als Alexei auf einmal stehenblieb. »Wartet! Ich habe Shu-Shu vergessen!« rief er und begann, wieder nach oben zu laufen.

»Komm zurück!« rief Nadja. »Du kannst nicht da hochlaufen!«
»Ich kann ihn nicht hier lassen!« antwortete Alexei.
»Komm *sofort* zurück!«
»Ohne Shu-Shu kommt er nicht mit.«
»Wer zum Teufel ist Shu-Shu?« fauchte sie.
»Sein ausgestopfter Hund. Er hat ihn schon ewig.«
Sie blickte im Treppenhaus nach oben, und in diesem Moment sah Jakov in ihren Augen etwas, was er nicht verstand.
Er sah Furcht.
Sie stand da, scheinbar vor der Wahl, ob sie Alexei folgen oder ihn aufgeben sollte. Als der Junge mit dem zerfledderten Shu-Shu die Treppe hinunterkam, schien die Frau vor Erleichterung gegen das Geländer zu sinken.
»Ich habe ihn!« rief Alexei mit dem ausgestopften Tier im Arm.
»Jetzt aber los«, sagte die Frau und scheuchte sie hinaus.
Die vier Jungen drängelten sich auf den Rücksitz des Wagens. Es war sehr eng, und Jakov mußte halb auf Pjtors Schoß sitzen.
»Kannst du deinen knochigen Arsch nicht woanders hintun?« knurrte Pjotr.
»Wohin denn? In dein Gesicht?«
Pjotr schubste ihn. Er schubste zurück.
»Hört auf!« befahl die Frau auf dem Vordersitz. »Benehmt euch.«
»Aber hier hinten ist nicht genug Platz«, nörgelte Pjotr.
»Dann macht Platz. Und seid still!« Die Frau blickte zum dritten Stock des Hauses hoch, zu Mischas Wohnung.
»Worauf warten wir?« fragte Alexei.
»Auf Gregor. Er unterschreibt die Papiere.«
»Wie lang dauert das noch?«
Die Frau lehnte sich zurück und starrte geradeaus. »Nicht lange.«
Das war knapp, dachte Gregor, als Alexei die Wohnung zum zweiten Mal verließ und die Tür hinter sich zuschlug. Wäre der kleine Stinker auch nur einen Moment später gekommen, wäre die Hölle los gewesen. Wie kam diese dämliche Nadja dazu, den Bengel noch einmal nach oben zu lassen? Er war von Anfang an dagegen gewesen, mit Nadja zu arbeiten. Aber Reuben hatte auf einer Frau bestanden. Einer Frau würden die Leute vertrauen.

Die Schritte des Jungen verhallten im Treppenhaus, bevor unten eine Tür schlug.
Gregor drehte sich zu dem Zuhälter um.
Mischa stand am Fenster und starrte auf die Straße zu dem Wagen, in dem die vier Jungen saßen. Er drückte seine Hand an die Scheibe, die Finger waren zu einem Lebewohl gespreizt. Als er sich zu Gregor umdrehte, standen tatsächlich Tränen in seinen Augen.
Aber seine ersten Worte galten dem Geld. »Ist es in dem Koffer?«
»Ja«, erwiderte Gregor.
»Alles?«
»Zwanzigtausend amerikanische Dollar. Fünftausend Dollar pro Kind. Auf diesen Preis hatten wir uns geeinigt.«
»Ja«, seufzte Mischa und strich sich mit der Hand über das Gesicht, ein Gesicht, in dessen Furchen sich die Wirkung von zu viel Wodka und zu vielen Zigaretten deutlich abzeichnete. »Sie werden auch bestimmt von anständigen Familien adoptiert werden?«
»Nadja wird sich darum kümmern. Sie liebt Kinder, müssen Sie wissen. Deshalb hat sie sich für diese Tätigkeit entschieden.«
Mischa brachte ein mattes Lächeln zustande. »Vielleicht könnte sie auch für *mich* eine amerikanische Familie finden.«
Gregor mußte ihn vom Fenster weglocken. Er wies auf den Koffer auf dem Tisch. »Los, zählen Sie nach, wenn Sie wollen.«
Mischa ging zu dem Koffer und ließ das Schloß aufschnappen. Er enthielt ordentlich gebündelte Stapel amerikanischer Banknoten. Zwanzigtausend Dollar, genug für all den Wodka, den ein Mann brauchte, um seine Leber zu ruinieren. Wie billig es heutzutage ist, die Seele eines Menschen zu kaufen, dachte Gregor. Auf den Straßen des neuen Rußlands konnte man alles bekommen, eine Kiste israelischer Orangen, ein amerikanisches Fernsehgerät, das Vergnügen eines weiblichen Körpers. Gelegenheiten boten sich überall, wenn man sie zu ergreifen wußte.
Mischa stand da und starrte auf das Geld, sein Geld, doch es war kein triumphierender Blick, sondern eher einer des Ekels. Er stützte sich, den Kopf gesenkt, mit beiden Händen auf den Koffer.
Gregor trat hinter ihn, hob den Lauf der schallgedämpften Au-

tomatik an Mischas schütteren Hinterkopf und feuerte zwei Kugeln in das Gehirn des Mannes. Blut und graue Masse spritzten an die Wand. Mischa stürzte kopfüber zu Boden und riß den Tisch mit sich. Der Koffer fiel auf den Teppich neben ihn.

Gregor ergriff den Koffer, bevor die Blutlache ihn erreichte. An den Kofferseiten klebten Gewebefetzen. Der Mann ging ins Bad und wischte die Spritzer mit Klopapier ab, das er in der Toilette wegspülte. Als er wieder in das Zimmer kam, in dem Mischa lag, war das Blut schon über den Boden in den Teppich gesickert.

Gregor sah sich in dem Zimmer um und vergewisserte sich, daß er seine Arbeit erledigt hatte, ohne Spuren zu hinterlassen. Er war versucht, die Wodkaflasche mitzunehmen, entschied sich jedoch dagegen. Er hätte erklären müssen, warum er Mischas kostbare Flasche dabeihatte, und Gregor besaß keine Geduld mit Kinderfragen. Das war Nadjas Part.

Er verließ die Wohnung und ging nach unten, wo Nadja mit ihren Schützlingen im Wagen wartete. Sie sah Gregor an, als er hinter das Steuer rutschte, die Frage deutlich in ihren Augen geschrieben.

»Sind alle Papiere unterschrieben?« fragte sie.

»Ja, alle.«

Nadja lehnte sich zurück und stieß einen hörbaren Seufzer der Erleichterung aus. Sie hat keine Nerven für so etwas, dachte Gregor, als er den Wagen anließ. Egal, was Reuben sagt, die Frau war eine Belastung.

Auf dem Rücksitz entstand Unruhe. Gregor blickte in den Rückspiegel und erkannte, daß die Jungen sich gegenseitig hin und her schubsten. Alle, bis auf Jakov, der starr geradeaus guckte. Als sich ihre Blicke im Spiegel trafen, hatte Gregor das unheimliche Gefühl, daß ihn aus diesem Kindergesicht die Augen eines Erwachsenen anstarrten.

Dann wendete sich der Junge ab und kniff seinen Nachbarn in die Schulter. Der Rücksitz war ein einziges Gewimmel zappelnder Körper und rudernder Arme und Beine.

»Benehmt euch!« ermahnte Nadja. »Könnt ihr nicht still sein? Bis Riga haben wir eine lange Fahrt vor uns.«

Die Jungen beruhigten sich. Einen Moment lang herrschte

Stille auf dem Rücksitz. Dann sah Gregor, wie der Kleine mit den erwachsenen Augen seinen Nachbarn mit dem Ellenbogen knuffte.

Darüber mußte Gregor lächeln. Kein Grund zur Besorgnis, dachte er. Sie waren schließlich doch bloß Kinder.

Zwei

Es war Mitternacht, und Karen Terrio kämpfte dagegen an, daß ihr die Augen zufielen, kämpfte, den Wagen auf der Straße zu halten.

Sie war jetzt seit fast zwei Tagen unterwegs. Direkt nach Tante Georginas Beerdigung war sie aufgebrochen und hatte seitdem keinen Halt gemacht, außer für ein kurzes Nickerchen oder einen Hamburger und Kaffee. Jede Menge Kaffee. Die Beerdigung ihrer Tante war zu einer verschwommenen Erinnerung verblaßt. Welke Gladiolen, namenlose Cousinen, lasche Sandwiches. Und Verpflichtungen, so verdammt viele Verpflichtungen.

Jetzt wollte sie nur noch nach Hause.

Sie wußte, daß sie besser noch einmal anhalten und ein kurzes Nickerchen machen sollte, bevor sie weiterfuhr. Aber sie war schon so nah, nur noch fünfzig Meilen von Boston entfernt. Beim letzten Dunkin Donuts hatte sie drei weitere Tassen Kaffee getankt. Das hatte geholfen, zumindest ein wenig. Der Koffeinschub hatte sie von Springfield bis Sturbridge gebracht, aber jetzt ließ seine Wirkung nach. Und obwohl sie sich wach fühlte, sackte ihr Kopf immer wieder nach vorne, und sie war eingeschlafen, sei es auch nur für eine Sekunde.

In der vor ihr liegenden Dunkelheit lockte ein Burger-King-Schild. Sie verließ den Highway.

Im Restaurant bestellte sie Kaffee und ein Blaubeer-Muffin. Um diese Nachtzeit saßen nur ein paar vereinzelte Gäste an den Tischen, und alle trugen die gleiche bläßliche Maske der Erschöpfung im Gesicht. Highway-Gespenster, dachte Karen. Es waren dieselben müden Seelen, die jede Raststätte des Landes zu bevölkern schienen. In dem Lokal war es unheimlich still. Jeder konzentrierte sich darauf, wach zu bleiben und wieder auf die Straße zu kommen.

Am Nebentisch saß eine deprimiert aussehende Frau mit zwei kleinen Kindern, die beide stumm ihre Kekse kauten. Sie waren so blond und wohlerzogen, daß sie Karen an ihre eigenen Töchter erinnerten. Morgen hatten sie Geburtstag. Nur noch diese Nacht, in der sie schlafend in ihren Betten lagen, trennte sie davon, dreizehn zu sein. Einen Tag weiter entfernt von ihrer Kindheit.

Wenn ihr aufwacht, dachte sie, bin ich zu Hause.

Sie ließ sich ihren Pappbecher noch einmal mit Kaffee füllen, verschloß ihn mit einem Plastikdeckel und kehrte zu ihrem Wagen zurück.

Nun fühlte sie sich ganz klar im Kopf. Sie konnte es schaffen. Nur eine Stunde und fünfzig Meilen, und sie stände vor ihrer Haustür. Sie ließ den Wagen an und verließ den Parkplatz.

Fünfzig Meilen, dachte sie. Nur noch fünfzig Meilen.

Zwanzig Meilen weiter parkten Vince Lawry und Chuck Servis hinter einem rund um die Uhr geöffneten Supermarkt und leerten ihr letztes Sixpack Bier. Seit vier Stunden tranken sie ohne Pause. Es war nur ein freundschaftlicher kleiner Wettbewerb, wer am meisten Budweiser vertrug, ohne alles wieder auszukotzen. Chuck war ein Bier im Vorsprung. Die Gesamtzahl hatten sie aus den Augen verloren; die mußten sie morgen früh ausrechnen, wenn sie die leeren Bierdosen auf dem Rücksitz zusammenzählten.

Aber Chuck war auf jeden Fall im Vorsprung und prahlte auch damit, was Vince sauer machte, weil Chuck, verdammt noch mal, in allem besser war. Außerdem war es kein fairer Wettkampf. Vince hätte noch eine Runde geschafft, aber das Bud war alle. Und jetzt trug Chuck sein übliches selbstgefälliges Grinsen zur Schau, obwohl er wußte, daß es kein fairer Wettbewerb war.

Vince stieß die Fahrertür auf und stieg aus.

»Wo gehst du hin?« fragte Chuck.

»Nachschub holen.«

»Mehr schaffst du doch sowieso nicht.«

»Du kannst mich mal«, erwiderte Vince und stolperte über den Parkplatz auf die Tür des Supermarkts zu.

Chuck lachte. »Du kannst nicht mal mehr richtig laufen!« rief er aus dem Fenster.
Arschloch, dachte Vince. Und ob er laufen konnte. Na also, das ging doch ganz prima. Er wollte einfach in den Laden schlendern und zwei weitere Sixpacks mitnehmen. Sein Magen war aus Eisen. Bis auf die Tatsache, daß er alle paar Minuten pissen mußte, spürte er nichts.
Beim Betreten des Ladens stolperte er – verdammt hohe Schwelle, dafür könnte man den Besitzer verklagen –, fing sich jedoch gleich wieder. Er nahm drei Sixpacks aus der Kühltheke und taumelte zur Kasse, wo er einen Zwanzig-Dollar-Schein auf den Tresen legte.
Der Kassierer betrachtete das Geld und schüttelte den Kopf. »Ich kann es nicht annehmen«, sagte er.
»Was soll das heißen, Sie können es nicht annehmen?«
»Ich darf an einen alkoholisierten Kunden kein Bier verkaufen.«
»Wollen Sie etwa behaupten, ich wäre betrunken?«
»So ist es.«
»Hören Sie, das ist Geld, oder nicht? Wollen Sie mein Geld nicht?«
»Ich will bloß nicht verklagt werden. Also stell das Bier wieder weg, Junge. Oder noch besser, warum kaufst du dir nicht einen Kaffee oder so? Ein Hot dog?«
»Ich will kein Hot dog.«
»Dann schieb einfach ab, Junge. Los.«
Vince schob ein Sixpack über den Tresen. Es rutschte über die Kante und fiel krachend zu Boden. Er wollte gerade das zweite vom Tresen wischen, als der Kassierer eine Waffe zog. Vince erstarrte.
»Los, verpiß dich«, befahl der Kassierer.
»Ist ja gut!« Vince machte einen Schritt zurück und hob kapitulierend die Hände. »Ist ja gut, ich habe ja verstanden.«
Beim Rausgehen stolperte er wieder über die verdammte Schwelle.
»Und wo ist das Bier?« fragte Chuck.
»Sie haben keins mehr.«
»Das kann nicht sein.«
»Das Bier ist *aus*verkauft, klar?« Vince ließ den Motor an und

trat auf das Gaspedal. Quietschend schoß der Wagen vom Parkplatz.

»Wohin fahren wir jetzt?« fragte Chuck.

»Einen anderen Laden suchen.« Vince blinzelte in die Dunkelheit. »Wo ist die Auffahrt? Die muß doch hier irgendwo sein.«

»Gib es auf Mann. Du schaffst nie im Leben noch 'ne Runde, ohne zu kotzen.«

»Wo ist die verdammte Auffahrt?«

»Ich glaube, du bist schon dran vorbei.«

»Nein, da ist sie.« Vince riß den Wagen nach links, daß die Reifen über den Bürgersteig quietschten.

»Du«, sagte Chuck, »du, ich glaube nicht –«

»Ich habe noch beschissene zwanzig Dollar zum Versaufen übrig. Die werden das Geld schon nehmen. Irgend jemand wird es schon nehmen.«

»Vince, du fährst in die falsche Richtung!«

»Was?«

»Du fährst in die *falsche Richtung!*« brüllte Chuck.

Vince schüttelte den Kopf und versuchte, sich auf die Straße zu konzentrieren. Aber die Lichter waren zu hell und blendeten ihn. Er hatte das Gefühl, daß sie immer greller wurden.

»Fahr rechts!« schrie Chuck. »Es ist ein Auto! Fahr rechts.

Vince fuhr rechts.

Die Lichter auch.

Er hörte ein Kreischen, unvertraut und gespenstisch.

Nicht Chucks, sondern sein eigenes.

Dr. Abby DiMatteo war so müde wie in ihrem ganzen Leben noch nicht. Sie war jetzt seit dreißig Stunden ununterbrochen auf den Beinen, wenn man das zehnminütige Nickerchen im Röntgenzimmer nicht mitzählte. Und sie wußte, daß man ihr die Erschöpfung ansah. Beim Händewaschen auf der Wachstation hatte sie kurz in den Spiegel geblickt und entsetzt die dunklen Ringe unter ihren Augen und ihre zerzauste schwarze Mähne registriert. Es war schon zehn Uhr vormittags, und sie hatte noch nicht geduscht, ja nicht einmal die Zähne geputzt. Zum Frühstück hatte sie ein hartgekochtes Ei und eine Tasse gesüßten Kaffee zu sich genommen, die ihr eine aufmerksame OP-Schwester in der Intensivchirurgie vor einer Stunde in die

Hand gedrückt hatte. Wenn Abby Glück hatte, fand sie wenigstens Zeit zum Mittagessen. Wenn sie noch mehr Glück hatte, konnte sie das Krankenhaus um fünf Uhr verlassen und um sechs zu Hause sein. Im Augenblick wäre es schon der schiere Luxus gewesen, sich in einen Stuhl fallen lassen zu können.
Doch während der Montagsvisite setzte sich niemand. Garantiert nicht, wenn der diensthabende Arzt Dr. Colin Wettig war, Professor für Chirurgie am Bayside-Hospital. Als pensionierter General der Armee genoß Dr. Wettig den Ruf, knappe und gnadenlose Fragen zu stellen. Abby hatte eine Heidenangst vor dem General, genau wie alle anderen Assistenzärzte auch.
Elf von ihnen standen jetzt in einem Halbkreis aus weißen Kitteln und grünen OP-Anzügen in der Intensivchirugie. Ihre Blicke waren auf den Chefarzt gerichtet. Sie wußten, daß jeder von ihnen mit einer Frage attackiert werden konnte. Wer dann keine Antwort wußte, mußte sich einer längeren Prozedur persönlicher Demütigung unterziehen.
Die Gruppe hatte bereits vier frisch operierte Patienten begutachtet und Behandlungspläne und Prognosen erörtert. Jetzt stand sie um Bett elf der Intensivchirurgie, Abbys Neuaufnahme. Es war an ihr, den Fall vorzutragen.
Obwohl sie ein Klemmbrett in der Hand hielt, stützte sie sich nicht auf ihre Notizen. Sie präsentierte den Fall aus dem Gedächtnis, den Blick fest auf das Gesicht des Generals gerichtet. Er lächelte nicht.
»Die Patientin ist eine vierunddreißigjährige Frau weißer Hautfarbe. Ein Rettungsteam brachte sie gegen ein Uhr heute morgen nach einer Frontalkollision auf der Route 90. Sie wurde vor Ort intubiert und stabilisiert und dann mit dem Rettungshubschrauber hierhertransportiert. Bereits bei ihrer Ankunft in der Notaufnahme zeigten sich verschiedenste Verletzungen. Sie hatte offene und imprimierte Schädelfrakturen, einen Bruch des linken Schlüsselbeins und des linken Oberarmknochens sowie schwere Riß-Quetsch-Wunden der Gesichtsweichteile. Meine Erstuntersuchung ergab, daß die Frau von mittlerer Statur und in gutem Ernährungszustand ist. Sie zeigte keinerlei Reaktionen auf alle Stimuli mit Ausnahme einiger zweifelhafter Strecksynergismen –«

»Zweifelhaft?« fragte Dr. Wettig nach, »was soll das heißen? Zeigte sie Strecksynergismen oder nicht?«
Abby spürte ihr Herz pochen. Mist, er hatte es schon auf sie abgesehen. Sie schluckte und erläuterte: »Manchmal zeigt sich nach starken Schmerzreizen eine Streckung der Extremitäten und manchmal nicht.«
»Wie würden Sie das unter Verwendung der Glasgow-Komaskala interpretieren?«
»Nun ja, da eine Nichtreaktion mit eins bewertet wird und eine Beantwortung mit Strecksynergismen mit zwei, würde ich vorschlagen, die Patientin mit – mit eineinhalb einzustufen.«
Im Kreis der Assistenzärzte erhob sich verlegenes Gelächter.
»Eine Bewertung von eineinhalb gibt es nicht«, erklärte Dr. Wettig.
»Das ist mir bewußt«, sagte Abby. »Aber diese Patientin paßt nicht sauber in –«
»Fahren Sie einfach mit Ihrem Untersuchungsbericht fort«, unterbrach er sie.
Abby machte eine Pause und blickte in die Runde der Gesichter. Hatte sie es schon vermasselt? Sie war sich nicht sicher. Sie atmete tief und fuhr fort: »Sie hatte einen Blutdruck von neunzig zu sechzig und einen Puls von hundert. Sie war bereits intubiert. Sie zeigte keinerlei Spontanatmung. Sie wurde mit einer Frequenz von fünfundzwanzig Atemzügen pro Minute vollautomatisch beatmet.«
»Warum haben Sie eine Frequenz von fünfundzwanzig gewählt?«
»Um sie hyperventilieren zu lassen.«
»Warum?«
»Um den Kohlendioxidgehalt des Blutes zu senken und damit das Hirnödem zu minimieren.«
»Fahren Sie fort.«
»Die Kopfuntersuchung zeigte, wie bereits erwähnt, sowohl offene als auch imprimierte Schädelfrakturen des linken Os parietale und Os temporale. Schwere Schwellungen und Riß-Quetsch-Wunden des Gesichtes erschwerten es, nach Brüchen der Gesichtsknochen zu suchen. Ihre Pupillen waren weit und reaktionslos. Ihre Nase und ihr Hals –«
»Oculozephale Reflexe?«

»Ich habe sie nicht überprüft.«
»Nicht?«
»Nein, Sir. Ich wollte eine Manipulation der Halswirbelsäule vermeiden. Ich mußte von möglichen Verschiebungen der Wirbelkörper ausgehen.«
An seinem knappen Nicken erkannte sie, daß die Antwort akzeptabel gewesen war. Abby beschrieb ihre Untersuchungsergebnisse: die normalen Atemgeräusche, den reinen und regelmäßigen Herzschlag, den befundlosen Bauch. Als sie die neurologischen Ergebnisse zusammengefaßt hatte, fühlte sie sich selbstbewußter, fast kühn. Warum auch nicht? Sie wußte, was sie hier tat.
»Welchen Eindruck hatten sie«, fragte Dr. Wettig, »bevor Sie die Röntgenergebnisse kannten?«
»Aufgrund der reaktionslosen, mittelweiten Pupillen habe ich vermutet, daß möglicherweise eine Quetschung des Mittelhirns vorlag, wahrscheinlich ausgelöst durch einen akuten subduralen oder epiduralen Bluterguß.« Sie hielt inne und fügte mit leiser Gewißheit hinzu: »Was durch die Computertomographie bestätigt wurde. Sie zeigte eine große linksseitige Subduralblutung mit bedrohlicher Veränderung der Mittellinie. Die Neurochirurgie wurde hinzugezogen, um eine notfallmäßige Schädelöffnung durchzuführen.«
»Sie sagen also, daß Ihr erster Eindruck absolut korrekt war, Dr. DiMatteo?«
Abby nickte.
»Dann wollen wir mal sehen, wie die Dinge heute morgen stehen«, bemerkte Dr. Wettig und trat an das Bett. Er leuchtete mit einer Untersuchungslampe in die Augen der Patientin. »Pupillen reaktionslos.« Er preßte seinen Fingerknöchel kräftig gegen das Brustbein. Die Patientin blieb schlaff und bewegte sich nicht. »Keine Reaktionen auf Schmerzreize. Weder Extension noch sonstige.«
Alle anderen Assistenzärzte waren vorgetreten, doch Abby blieb am Fußende stehen, sie hatte den Blick auf den bandagierten Kopf der Patientin gerichtet. Während Wettig mit seiner Untersuchung fortfuhr, mit einem Reflexhammer auf Sehnen schlug und Ellenbogen und Knie beugte, spürte Abby, wie ihre Aufmerksamkeit auf einer Welle der Müdigkeit davontrieb. Sie

starrte weiter auf den Kopf der Patientin. Deren Haar war dicht und dunkelbraun gewesen, mit Blut und Glassplittern verklebt, bevor sie es rasiert hatten. Auch in ihre Kleidung hatten sich Splitter gegraben. In der Notaufnahme hatte Abby geholfen, die Bluse der Frau aufzuschneiden. Sie war aus blauer und weißer Seide mit einem Donna-Karen-Label. Es war diese Kleinigkeit, die in Abbys Gedächtnis haften geblieben war. Nicht das Blut und die gebrochenen Knochen oder das zerschundene Gesicht, es war das Label, Donna Karen. Das war eine Marke, die sie selbst schon getragen hatte. Sie dachte daran, daß diese Frau irgendwo, irgendwann in einem Laden gestanden und eine Reihe von Blusen durchgesehen haben mußte, während die Bügel leise quietschend über den Ständer glitten …

Dr. Wettig richtete sich auf und sah die Schwester der Intensivchirurgie an. »Wann wurde der Bluterguß drainiert?«

»Sie kam heute morgen um vier aus dem Aufwachraum.«

»Vor sechs Stunden?«

»Ja, das wären jetzt sechs Stunden.«

Wettig wandte sich Abby zu. »Warum ist ihr Zustand dann unverändert?«

Abby schreckte aus ihren Gedanken und bemerkte, daß alle sie ansahen. Sie blickte auf die Patientin und sah, wie sich deren Brust mit jedem Zischen des Beatmungsgeräts hob und senkte, hob und senkte.

»Vielleicht … Es könnte sich um eine nach der Operation aufgetretene Schwellung handeln«, erklärte sie und blickte zum Monitor. »Der Schädeldruck ist etwas erhöht auf zwanzig Millimeter.«

»Denken Sie, daß das hoch genug ist, um die Pupillenreaktion zu verändern?«

»Nein, aber –«

»Haben Sie sie unmittelbar nach der Operation untersucht?«

»Nein, Sir. Sie wurde in die Neurochirurgie überstellt. Ich habe nach der Operation mit dem dortigen Assistenzarzt gesprochen, und er hat mir gesagt –«

»Ich frage nicht den neurochirurgischen Assistenzarzt, ich frage Sie, Dr. DiMatteo. Sie haben einen subduralen Bluterguß diagnostiziert. Warum sind die Pupillen dann sechs Stunden nach der Operation noch immer weit und reaktionslos?«

Abby zögerte. Der General beobachtete sie, genau wie alle anderen. Die demütigende Stille wurde nur durch das Zischen des Beamtungsgeräts unterbrochen.
Dr. Wettig blickte gebieterisch in die Runde der Assistenzärzte. »Gibt es irgend jemanden, der Dr. DiMatteo bei der Beantwortung der Frage helfen kann?«
Abby richtete sich auf. »Ich kann die Frage selbst beantworten.«
Dr. Wettig wandte sich ihr mit hochgezogenen Brauen zu. »Ja?«
»Die Veränderung der Pupillenreaktion und die Haltung der Extremitäten waren Zeichen für eine schwere Mittelhirnverletzung. In der vergangenen Nacht glaubte ich, die Ursache hierfür wäre der subdurale Bluterguß, der das Mittelhirn nach unten drückt. Aber da sich der Zustand der Patientin nicht verbessert hat, habe ich mich wohl ... ich meine, ich vermute, daß ich mich geirrt habe.«
»Sie vermuten?«
Sie stieß einen Seufzer aus. »Ich habe mich geirrt.«
»Und wie lautet Ihre Diagnose jetzt?«
»Eine Blutung im Mittelhirn. Sie könnte durch die Scherkräfte verursacht worden sein oder durch eine den subduralen Bluterguß verursachende Schädigung der Hirnsubstanz. Die Veränderung hätte bei der Computertomographie noch nicht zu sehen sein können.«
Dr. Wettig schaute Abby einen Moment lang mit undurchdringlicher Miene an. Dann wandte er sich den anderen Assistenzärzten zu. »Eine Blutung im Mittelhirn ist eine vernünftige Annahme. Zusammen mit einer Reaktion auf der Glasgow-Komaskala von eins ...«, er warf einen Blick zu Abby und verbesserte sich dann, »eineinhalb, ist die Prognose ungünstig. Die Patientin hat keine spontane Atmung, keine Spontanbewegungen, und sie scheint alle zentralen Reflexe verloren zu haben. Im Moment habe ich keine anderen Vorschläge als die Durchführung aller lebenserhaltenden Maßnahmen. Außerdem rege ich an, sie als Organspenderin in Betracht zu ziehen.« Er nickte Abby kurz zu und ging dann zum nächsten Patienten weiter.
Ein Assistenzarzt drückte Abbys Arm. »Gratuliere, DiMatteo«, flüsterte er. »Mit Glanz und Gloria.«
Abby nickte müde. »Danke.«

Die leitende chirurgische Assistenzärztin Dr. Vivian Chao war eine Legende unter den anderen Assistenzärzten am Bayside-Hospital. Zwei Tage nach Beginn ihres ersten Bereitschaftsdienstes, so ging die Geschichte, erlitt ihre Kollegin einen Zusammenbruch und mußte unkontrolliert schluchzend in die Psychiatrie eingeliefert werden. Vivian war gezwungen einzuspringen. Als alleinige Assistenzärztin hatte sie ohne Unterbrechung neunundzwanzig Tage Bereitschaft. Sie brachte ihre Sachen in den Bereitschaftsraum und verlor umgehend fünf Pfund wegen der gnadenlosen Diät des Kantinenessens. Neunundzwanzig Tage lang verließ sie das Krankenhaus nicht.
Am dreißigsten Tag endete ihr Dienst, und sie ging zu ihrem Wagen, um festzustellen, daß der vor einer Woche abgeschleppt worden war. Der Parkplatzwächter hatte angenommen, das Fahrzeug sei zurückgelassen worden.
Ihre nächste Durchlaufstation war die Gefäßchirurgie. Vier Tage nach Beginn ihres Dienstes wurde der mit ihr diensttuende Assistenzarzt von einem Bus angefahren und mit einem Beckenbruch ins Krankenhaus eingeliefert. Wieder mußte irgend jemand einspringen.
Vivian Chao schlug ihr Lager erneut im Bereitschaftsraum auf. In den Augen der anderen Ärzte hatte sie damit männliche Qualitäten gezeigt. Das war ein herausgehobener Status, der später beim jährlichen Belobigungsessen dadurch gewürdigt wurde, daß man ihr ein Paar Hanteln schenkte.
Als Abby die Vivian-Chao-Geschichten gehört hatte, fand sie es schwierig, diesen eisenharten Ruf mit ihrem ersten Eindruck von Vivian in Einklang zu bringen. Sie sah nur eine wortkarge Chinesin, die so klein war, daß sie zum Operieren auf einem Fußbänkchen stehen mußte. Obwohl Vivian bei den Visiten selten etwas sagte, sah man sie stets furchtlos und mit einem Ausdruck kühler Leidenschaftslosigkeit in der ersten Reihe stehen.
In ihrer gewohnt distanzierten Art trat Vivian an jenem Nachmittag in der chirurgischen Intensivstation auch auf Abby zu. Die schwamm mittlerweile in einem Meer der Erschöpfung. Jeder Schritt war eine Anstrengung, jede Entscheidung ein Akt schierer Willenskraft. Sie bemerkte nicht einmal, daß Vivian neben ihr stand, bis sie sagte: »Ich habe gehört, Sie haben ein Schädelhirntrauma AB positiv aufgenommen.«

Abby blickte von ihren Krankenblättern auf, in denen sie die Daten diverser Patienten nachgetragen hatte. »Ja, gestern nacht.«
»Lebt der Patient noch?«
Abby blickte zu Bett elf. »Kommt drauf an, was man unter Leben versteht.«
»Herz und Lungen in gutem Zustand?«
»Sie funktionieren.«
»Wie alt?«
»Sie ist vierunddreißig. Warum?«
»Ich habe einen Patienten durch den Studentenkreis verfolgt. Schwäche der Auswurfleistung im Endstadium. Seine Blutgruppe ist AB positiv. Er wartet auf ein neues Herz.« Vivian ging zu dem Regal mit den Krankenblättern. »Welches Bett ist es?«
»Elf.«
Vivian zog das Krankenblatt heraus und klappte den Metalldeckel auf. Als sie die Seiten überflog, zeigte ihr Gesicht keine Regung.
»Sie ist nicht mehr meine Patientin«, erläuterte Abby. »Ich habe sie in die Neurochirurgie überstellt. Sie entlasten dort einen subduralen Bluterguß.«
Vivian las einfach weiter in der Krankenakte.
»Ihre Operation liegt erst zehn Stunden zurück«, fuhr Abby fort. »Es scheint mir ein wenig verfrüht, schon an Organspenden zu denken.«
»Wie ich sehe, zeigt sie bis jetzt keinerlei neurologische Veränderungen.«
»Nein. Aber es besteht immer noch die Möglichkeit –«
»Bei einer Gesamtpunktzahl von drei auf der Glasgow-Skala? Das glaube ich nicht.« Vivian schob die Krankenakte zurück ins Regal und ging zu Bett elf.
Abby folgte ihr.
Sie blieb in der Tür stehen und beobachtete, wie Vivian eine knappe Untersuchung durchführte, genau wie sie operierte, ohne Zeit oder Energie zu verschwenden. In ihrem ersten Jahr als Assistenzärztin hatte Abby Vivian oft in der Chirurgie zugesehen und deren kleine, flinke Hände bewundert. Sie hatte ehrfürchtig beobachtet, wie diese zierlichen Finger perfekte Knoten geknüpft hatten. Im Vergleich dazu kam Abby sich im-

mer ungeschickt vor. Sie hatte Stunden und Meter über Meter an Garn investiert und an den Griffen ihrer Schreibtischschubladen chirurgische Knoten geübt, und obwohl sie die Technik einigermaßen gemeistert hatte, wußte sie, daß sie nie Vivian Chaos magische Hände besitzen würde.
Als sie jetzt zusah, wie Vivian Karen Terrio untersuchte, fand sie die Effizienz dieser Hände zutiefst erschreckend.
»Keine Reaktion auf Schmerzreize«, bemerkte Vivian.
»Es ist noch zu früh.«
»Vielleicht, vielleicht auch nicht.« Vivian zog einen Reflexhammer aus der Tasche und begann, die Sehnen abzuklopfen. »Sie ist AB positiv?«
»Ja.«
»Ein Glücksfall.«
»Ich verstehe nicht, wie Sie so etwas sagen können!«
»Mein Patient auf der Intensivstation ist AB positiv. Und er wartet seit einem Jahr auf ein Herz. Dies ist das passendste, was bisher eingegangen ist.«
Abby sah Karen Terrio an und erinnerte sich wieder an die blau-weiße Bluse. Was hatte die Frau gedacht, als sie sie zum letzten Mal zugeknöpft hatte? Vielleicht ganz profane Gedanken. Bestimmt keine Gedanken an den Tod oder Gedanken an ein Krankenhausbett, Infusionsschläuche oder Maschinen, die Luft in ihre Lungen pumpten.
»Ich würde gern eine lymphozytäre Kreuzprobe machen lassen, um sicher zu sein, daß beide Patienten kompatibel sind. Wir sollten auch eine Typisierung für die anderen Organe veranlassen. Ein EEG wurde schon gemacht, oder nicht?«
»Sie ist nicht mehr meine Patientin«, wiederholte Abby. »Und ich halte es ohnehin für verfrüht. Bis jetzt hat noch nicht einmal jemand mit ihrem Mann geredet.«
»Irgend jemand wird es tun müssen.«
»Sie hat Kinder. Die werden Zeit brauchen, bis sie die grausame Realität wirklich begriffen haben.«
»Die Organe haben nicht viel Zeit.«
»Ich weiß. Ich weiß, daß es geschehen muß. Aber wir sind jetzt, wie gesagt, erst zehn Stunden nach der Operation.«
Vivian ging zum Waschbecken, um sich die Hände abzuspülen. »Sie erwarten doch nicht ernsthaft ein Wunder, oder?«

Eine Schwester der chirurgischen Intensivstation tauchte neben dem Bett auf. »Ihr Mann und ihre Kinder sind da. Sie warten darauf, sie zu sehen. Brauchen Sie noch lange?«
»Ich bin fertig«, erklärte Vivian, warf das zerknüllte Papierhandtuch in den Mülleimer und verließ den Raum.
»Kann ich sie reinschicken?« fragte die Schwester Abby.
Abby sah Karen Terrio an. In diesem Augenblick begriff sie mit geradezu schmerzhafter Deutlichkeit, was ein Kind sehen mußte, wenn es auf dieses Bett blickte. »Warten Sie«, sagte Abby. »Noch nicht.« Sie trat rasch an das Bett und strich die Laken glatt. Sie befeuchtete ein Papierhandtuch und wischte den getrockneten Schleim von der Wange der Frau. Und sie hängte den Urinbeutel auf die andere Seite des Bettes, wo man ihn nicht sehen konnte. Dann trat sie einen Schritt zurück und warf einen letzten Blick auf Karren Terrio. Ihr wurde klar, daß weder sie noch sonst jemand irgend etwas tun konnte, was den Schmerz, der diesen Kindern bevorstand, lindern konnte.
Abby seufzte und nickte der Krankenschwester zu. »Sie können jetzt reinkommen.«

Um halb fünf an diesem Nachmittag konnte Abby sich kaum noch darauf konzentrieren, was sie schrieb. Sie hatte jetzt seit dreiunddreißigeinhalb Stunden Bereitschaft. Die Nachmittagsvisite war erledigt, es war endlich Zeit, nach Hause zu gehen.
Doch als sie die letzte Krankenakte zuklappte, wanderte ihr Blick wieder zum Bett elf. Sie trat an das Fußende des Bettes, starrte wie benommen auf Karen Terrio und überlegte verzweifelt, ob nicht noch etwas, irgendwas getan werden konnte.
Die Schritte in ihrem Rücken hörte sie nicht.
Erst als eine Stimme sagte: »Hallo, schöne Frau«, drehte Abby sich um und sah Dr. Mark Hodell, der sie mit seinen blauen Augen strahlend anlächelte. Es war ein Lächeln, das allein Abby galt, und sie hatte es den ganzen Tag über schmerzlich vermißt. An den meisten Tagen schafften es Abby und Mark, eilig zusammen Mittag zu essen oder sich zumindest im Vorübergehen zuzuwinken. Heute jedoch waren sie sich noch gar nicht begegnet, und sein Anblick erfüllte sie mit stiller Freude.
Er beugte sich herab, um sie zu küssen. Dann trat er einen Schritt zurück und musterte ihr zerzaustes Haar und ihren OP-

Anzug. »Muß eine üble Nacht gewesen sein«, murmelte er mitfühlend. »Wieviel hast du geschlafen?«
»Ich weiß nicht, eine halbe Stunde vielleicht.«
»Ich habe läuten hören, daß du mit dem General über fünfzehn Runden gegangen bist.«
Sie zuckte die Schultern. »Sagen wir, er hat mit mir nicht den Boden gewischt.«
»Das ist schon ein Triumph.«
Sie lächelte. Ihr Blick wanderte wieder zum Bett, und ihr Lächeln verblaßte. Karen Terrio wirkte verloren inmitten all der Apparaturen. Das Beamtungsgerät, die Infusionspumpen, die Saugschläuche und Monitore für EKG, Blut- und Hirndruck, ein Gerät zum Messen jeder Körperfunktion. Warum sollte man sich im neuen Zeitalter der Technologie noch die Mühe machen, den Puls zu fühlen oder die Hände auf eine Brust zu legen? Wozu brauchte man Ärzte, wenn Maschinen die Arbeit erledigen konnten?
»Ich habe sie gestern nacht aufgenommen«, erläuterte Abby. »Vierunddreißig Jahre alt, verheiratet, zwei Töchter. Es sind Zwillinge. Sie waren eben noch hier. Und das Merkwürdige war: Sie wollten sie nicht anfassen, Mark. Sie standen bloß da und haben geguckt, haben sie nur angeguckt. Aber sie haben sie nicht berührt. Ich habe die ganze Zeit gedacht: Ihr müßt! Ihr müßt sie jetzt berühren, weil es eure letzte Chance sein könnte. Die letzte Gelegenheit, die ihr habt. Aber sie wollten nicht. Und ich glaube, eines Tages werden sie sich wünschen …« Sie schüttelte den Kopf und fuhr sich rasch mit der Hand über die Augen. »Ich habe gehört, der andere Typ war ein betrunkener Geisterfahrer. Weißt du, was mich anwidert, Mark? Und ich meine, wirklich anwidert? Er wird überleben. In diesem Moment sitzt er oben in der Orthopädie und jammert über ein paar Knochenbrüche.« Abby holte erneut tief Luft, und mit dem anschließenden Seufzer schien all ihre Wut verflogen. »Ich soll eigentlich Leben retten. Statt dessen wünsche ich mir, daß sie einen Typ von der Autobahn kratzen.« Sie wandte sich von dem Bett ab. »Zeit, nach Hause zu gehen.«
Mark strich ihr mit der Hand über den Rücken. Es war eine gleichermaßen tröstende und besitzergreifende Geste. »Komm«, sagte er. »Ich bringe dich zum Wagen.«

Sie verließen die Station und nahmen den Aufzug. Als die Türen zuglitten, spürte Abby, wie ihre Knie nachgaben, und sie schmiegte sich an Mark. Sofort nahm er sie in die warme Geborgenheit seiner Arme. Dies war ein Ort, an dem sie sich sicher fühlte und schon immer sicher gefühlt hatte.

Noch vor einem Jahr war ihr die Gegenwart von Mark Hodell alles andere als beruhigend erschienen. Abby war Ärztin im Praktikum gewesen, Mark der diensthabende Thoraxchirurg. Er war nicht irgendein Bereitschaftsarzt, sondern der Topchirurg des Herztransplantationsteams im Bayside-Hospital. Sie hatten sich im OP der Unfallchirurgie kennengelernt. Der damalige Patient, ein zehnjähriger Junge, war in einem Krankenwagen eingeliefert worden. Er hatte einen Pfeil in der Brust – das Resultat eines Geschwisterstreits, kombiniert mit einem denkbar schlecht gewählten Geburtstagsgeschenk. Mark hatte sich schon die Hände desinfiziert und seinen OP-Anzug übergestreift, als Abby den Saal betrat. Es war ihre erste Woche als Assistenzärztin, und sie war nervös gewesen, eingeschüchtert von der Vorstellung, dem berühmten Dr. Hodell zu assistieren. Sie trat an den Operationstisch und warf einen schüchternen Blick zu dem Mann, der ihr gegenüberstand. Was sie trotz seiner Maske sah, war eine breite, intelligente Stirn und ein Paar wunderschöner blauer Augen. Sehr direkt und sehr neugierig.

Sie operierten gemeinsam. Das Kind überlebte.

Einen Monat später fragte Mark Abby, ob sie mit ihm ausgehen wollte. Sie lehnte zweimal ab. Nicht, weil sie nicht mit ihm ausgehen wollte, sondern weil sie dachte, daß sie es nicht tun sollte.

Ein Monat verstrich, und er fragte sie erneut. Diesmal war die Versuchung stärker. Sie nahm an.

Vor fünfeinhalb Monaten war Abby in Marks Haus in Cambridge eingezogen. Zunächst war es nicht leicht gewesen, das Zusammenleben mit einem einundvierzigjährigen Junggesellen zu üben, der sein Leben – und auch sein Haus – noch nie mit einer Frau geteilt hatte. Doch als Mark sie jetzt in seinen Armen hielt und stützte, konnte sie sich nicht vorstellen, mit einem anderen Menschen zu leben oder einen anderen Mann zu lieben.

»Meine arme Abby«, murmelte er. Sein warmer Atem blies in ihr Haar. »Brutal, nicht?«
»Ich bin für so was nicht gemacht. Was mache ich hier eigentlich?«
»Du machst das, wovon du immer geträumt hast. Das hast du mir jedenfalls erzählt.«
»Ich kann mich nicht mal mehr erinnern, was mein Traum überhaupt war. Ich bin dabei, ihn aus den Augen zu verlieren.«
»Ich glaube, es hatte etwas damit zu tun, Leben zu retten.«
»Stimmt. Und jetzt stehe ich hier und wünsche mir, der Betrunkene in dem anderen Auto wäre tot.«
»Abby, im Moment machst du die härteste Phase durch. Du hast noch zwei Tage auf der Unfallchirurgie. Du mußt nur noch zwei Tage überstehen!«
»Na super! Danach fange ich in der Thoraxchirurgie an.«
»Im Vergleich hierzu ist die ein Kinderspiel. Unfallchirurgie ist immer am brutalsten. Du mußt die Zähne zusammenbeißen und durch, wie alle anderen auch.«
Sie vergrub sich tiefer in seinen Armen. »Würdest du allen Respekt für mich verlieren, wenn ich in die Psychiatrie wechseln würde?«
»Jeglichen. Ohne Zweifel.«
»Du bist gemein!«
Lachend küßte er sie auf ihr Haar. »Das denken viele, aber du bist die einzige, die es laut aussprechen darf.«
Sie traten aus dem Fahrstuhl und verließen das Krankenhaus. Es war schon Herbst, doch seit sechs Tagen schwitzte Boston unter einer septemberlichen Hitzewelle. Als sie über den Parkplatz gingen, spürte sie, wie ihre letzten Kraftreserven dahinschmolzen. Bis zu ihrem Wagen konnte sie kaum noch einen Fuß vor den anderen setzen. Das ist es, was mit uns passiert, dachte sie. Es ist das Feuer, durch das wir gehen, um Chirurgen zu werden. Die langen Tage, der geistige und emotionale Raubbau, die Stunden, die man weiterdrängte, während andere Fragmente des Lebens von einem abfielen. Sie wußte, daß das schlicht ein gnadenloser, aber notwendiger Ausleseprozeß war. Mark hatte es überlebt, also würde sie es auch schaffen.
Er umarmte und küßte sie noch einmal. »Meinst du, du kommst sicher nach Hause?« fragte er.

»Ich schalte den Wagen einfach auf Autopilot.«
»In einer Stunde bin ich auch zu Hause. Soll ich Pizza mitbringen?«
Gähnend rutschte sie hinter das Steuer. »Für mich nicht.«
»Willst du nichts zu Abend essen?«
Sie ließ den Motor an. »Heute«, seufzte sie, »will ich nur noch ein Bett.«

Drei

In der Nacht kam ihr die Erkenntnis wie ein kaum hörbares Flüstern oder die sanfte Berührung eines Elfenflügels: Ich sterbe! Diese Einsicht schreckte Nina Voss nicht. Wochenlang hatte sie sich durch die Wechselschichten von drei Krankenschwestern und die täglichen Besuche von Dr. Morissey mit seinen ständig höheren Dosen von Furosemid eine heitere Gelassenheit bewahrt. Und warum sollte sie nicht gelassen sein? Ihr Leben war reich gesegnet gewesen. Sie hatte Liebe, Freude und Staunen gekannt. Mit ihren sechsundvierzig Jahren hatte sie die Sonne über den Tempeln von Karnak aufgehen sehen, war durch die dämmrigen Ruinen von Delphi gewandert und hatte in Nepal die Hänge des Himalaya erklommen. Und sie hatte jenen Seelenfrieden gefunden, der sich nur dann einstellt, wenn man den zugewiesenen Platz in Gottes Universum annimmt und akzeptiert. In ihrem Leben gab es nur noch zwei Dinge, die sie bedauerte: Sie hatte nie ein eigenes Kind in den Armen gehalten. Und Victor würde allein zurückbleiben.

Die ganze Nacht hatte ihr Mann an ihrem Bett gewacht, ihr in den langen Stunden beschwerlichen Atmens und Hustens die Hand gehalten, durch den Wechsel der Sauerstoffflasche und die Besuche von Dr. Morissey hindurch. Selbst im Schlaf hatte sie Victors Gegenwart gespürt. Manchmal hörte sie ihn durch den Nebel ihrer Träume in der Morgendämmerung sagen: »Sie ist noch so jung! So jung! Kann man nicht noch etwas, irgendwas, unternehmen?«

Etwas! Irgendwas! So war Victor. Er glaubte nicht an das Unvermeidliche.

Aber Nina tat es.

Sie schlug die Augen auf und sah, daß die Nacht endlich vorüber war und die Sonne in ihr Schlafzimmerfenster schien, das Fenster mit dem weitläufigen Blick auf ihren geliebten Rhode-Island-Sund. In den Tagen vor ihrer Krankheit, bevor die Herzerkrankung ihr die Kräfte geraubt hatte, war Nina bei Anbruch der Dämmerung bereits meist wach und angezogen gewesen. Sie war auf den Balkon ihres Schlafzimmers getreten und hatte den Sonnenaufgang beobachtet. Selbst wenn der Nebel dicht über dem Sund hing und das Wasser kaum mehr als ein silbriges Zittern im Dunst war, stand sie da und spürte, wie sich die Erde in ihre Richtung neigte und ihr der Morgen entgegenströmte.

Ich habe so viele Morgenröten erlebt, und ich danke dir, Herr, für jede einzelne, dachte sie.

»Guten Morgen, Liebes«, flüsterte Victor.

Nina wandte sich dem Gesicht ihres Mannes zu. Er lächelte sie an. Manche Menschen, die Victor anblickten, sahen das Antlitz der Macht. Andere erkannten Genialität oder Skrupellosigkeit. Doch als Nina Voss ihren Mann an diesen Morgen anblickte, sah sie nur Liebe. Und Erschöpfung.

Sie streckte die Hand nach ihm aus. Er ergriff sie und drückte sie an seine Lippen. »Du mußt ein wenig schlafen, Victor«, sagte sie.

»Ich bin nicht müde.«

»Aber ich sehe doch, daß du müde bist.«

»Nein, bin ich nicht.« Er küßte erneut ihre Hand, seine warmen Lippen auf ihrer kühlen Haut. Einen Moment lang sahen sie sich an. Sauerstoff zischte leise durch die Schläuche in ihren Nasenlöchern. Durch das offene Fenster hörte man die Wellen des Ozeans gegen die Felsen rauschen.

Nina schloß die Augen. »Weißt du noch damals ...« Ihre Stimme erstarb, als sie innehielt, um Luft zu holen.

»Wann?« fragte er leise.

»Der Tag ... als ich ... mein Bein gebrochen habe.«

Es war in der Woche gewesen, als sie sich in Gstaad kennengelernt hatten. Er hatte ihr später erzählt, daß er beobachtet hatte, wie sie im Schuß eine Piste hinuntergesaust war. Er war ihr bergab gefolgt, im Lift wieder hinauf und ein zweites Mal talwärts. Das war vor fünfundzwanzig Jahren gewesen.

Seither waren sie jeden Tag ihres Lebens zusammengewesen.

»Ich wußte es«, flüsterte sie. »In diesem Krankenhaus, als du an meinem Bett gewacht hast, wußte ich es.«

»Was wußtest du, Liebes?«
»Daß du der Einzige für mich warst.« Sie öffnete die Augen und lächelte ihn erneut an. Erst jetzt sah sie die Träne, die seine zerfurchte Wange hinabrollte. Victor weinte doch nicht! Sie hatte ihn noch nie weinen sehen, kein einziges Mal in fünfundzwanzig gemeinsamen Jahren. Sie hatte Victor immer für den Starken und Tapferen gehalten. Als sie jetzt in sein Gesicht blickte, erkannte sie, wie sehr sie sich geirrt hatte.
»Victor«, flüsterte sie und drückte seine Hand. »Du darfst keine Angst haben.«
Rasch und fast wütend wischte er sich mit der Hand über das Gesicht. »Ich werde das nicht zulassen. Ich werde dich nicht verlieren.«
»Das wirst du nie.«
»Nein, das reicht mir nicht! Ich möchte dich hier auf der Erde. Bei mir!«
»Victor, wenn es eins gibt, was ich weiß …«, sie atmete tief ein und rang nach Luft, »dann, daß die Zeit … die wir hier haben … nur ein sehr kleiner Teil … unserer Existenz ist.«
Sie spürte, wie er vor Ungeduld erstarrte und sich zurückzog. Er stand auf und ging an das Fenster, wo er stehenblieb und über den Sund blickte. Sie fühlte, wie die Wärme seiner Hand auf ihrer Haut nachließ, fühlte, wie die Kälte zurückkam.
»Ich werde mich darum kümmern, Nina«, sagte er.
»Es gibt Dinge … in diesem Leben … die wir nicht ändern können.«
»Ich habe bereits Maßnahmen ergriffen.«
»Aber Victor …«
Er drehte sich um und sah sie an. Seine vom Fenster gerahmten Schultern schienen alles Licht der Morgenröte zu verdecken. »Es wird alles geregelt, Liebes«, sagte er. »Du brauchst dir gar keine Sorgen zu machen.«

Es war einer dieser warmen und wunderbaren Abende, die Sonne ging gerade unter, Eiswürfel klirrten in Gläsern, parfümierte Damen in Seide und Voile schwebten vorbei. Als Abby im von einer Mauer umgebenen Garten von Dr. Bill Archer stand, erschien ihr selbst die Luft magisch. Klematis und Rosen rankten an einer gitterartigen Pergola, der weitläufige Rasen war mit bunten Blumen gesprenkelt. Dieser Garten war der ganze Stolz und die Freude von Marilee Archer, deren tiefe Altstimme vernehmlich botanische Namen rezitierte, als sie die Frauen der anderen Ärzte von Blumenbeet zu Blumenbeet führte.

Archer stand mit einem Whiskey-Cocktail in der Hand auf der Terrasse und lachte. »Marilee kann mehr Latein als ich.«

»Ich habe auf dem College drei Jahre Latein belegt«, erklärte Mark. »Aber ich kann mich nur noch an das erinnern, was ich im Medizinstudium gelernt habe.«

Sie standen um einen gemauerten Grill, Bill Archer, Mark, der General und zwei chirurgische Assistenzärzte. Abby war die einzige Frau in diesem Kreis. Das war etwas, woran sie sich nie gewöhnt hatte. Manchmal vergaß sie es für einen Augenblick oder zwei, doch dann blickte sie sich in dem Raum um, in dem die Chirurgen gerade versammelt waren, und verspürte das gewohnte Unbehagen darüber, daß sie ausschließlich von Männern umgeben war.

Zu Archers Hausfest waren natürlich auch die Ehefrauen der Ärzte eingeladen, doch sie schienen sich in einem Paralleluniversum zu bewegen, das nur wenige Berührungspunkte mit dem ihrer Männer zu besitzen schien. Wenn sie bei den Chirurgen stand, schnappte Abby manchmal von weitem einen Fetzen des Gespräches der Ehefrauen auf. Es waren Unterhaltungen über Damastrosen, Reisen nach Paris oder die Zubereitung von Speisen. Dann fühlte Abby sich in beide Richtungen gezogen, als ob sie über der Kluft zwischen Männern und Frauen stünde, einen Fuß auf der einen, den anderen auf der anderen Seite, ohne ganz zu einer der beiden Welten zu gehören.

Es war Mark, der sie in dieser Männerrunde verankerte. Er und Bill Archer, ebenfalls ein Thoraxchirurg, waren enge Kollegen. Archer war der Chef des Transplantationsteams und einer der Ärzte, die Mark vor sieben Jahren an das Bayside-Hospital geholt hatten. Es war nicht überraschend, daß sich die beiden Männer so gut verstanden. Beide verlangten viel von sich und anderen, waren sportlich und von geradezu besessenem Ehrgeiz. Im OP arbeiteten sie als Team, doch außerhalb des Krankenhauses erstreckte sich ihre freundschaftliche Rivalität von den Skipisten Vermonts bis auf die Gewässer der Massachusetts

Bay. Beide hatten im Marblehead-Jachthaften eine J-35er Segeljolle liegen, und in der laufenden Regattasaison stand es im Wettkampf zwischen Archers *Red Eye* und Marks *Gimmie Shelter* sechs zu fünf. Mark hatte vor, das Ergebnis an diesem Wochenende auszugleichen. Er hatte schon Rob Lessing, den anderen Assistenzarzt im zweiten Jahr, für die Mannschaft angeheuert.

Was hat es nur mit Männern und Booten auf sich? fragte sich Abby. Männer und ihre Segelmaschinen! Ihre Testosteron-gespeisten High-Tech-Gespräche waren für Abby das reinste Kauderwelsch. In diesem Kreis gehörte die Bühne den Männern mit ergrauendem Haar. Archer mit seiner graumelierten Mähne, Colin Wettig, schon vornehm ergraut, und Mark, der mit einundvierzig an den Schläfen erste silberne Strähnen bekam.

Als sich das Gespräch der Pflege von Schiffsrümpfen und den verschiedenen Kielbauarten sowie den astronomischen Preisen von Spinnakern zuwandte, schweifte Abbys Aufmerksamkeit ab, und sie bemerkte die beiden Spätankömmlinge, Dr. Aaron Levi und seine Frau Elaine. Aaron war der Kardiologe des Transplantationsteams und ein geradezu peinlich schüchterner Mann. Er hatte sich schon mit einem Drink in eine entlegene Ecke des Gartens zurückgezogen und beobachtete schweigend und mit hängenden Schultern das Treiben. Elaine sah sich suchend nach einem Brückenkopf der Konversation um.

Das war Abbys Chance, dem Gerede über Boote zu entfliehen. Sie löste sich von Mark und ging zu Elaine herüber.

»Mrs. Levi? Schön Sie wiederzusehen.«

Elaine lächelte. »Abby, nicht wahr?«

»Ja, Abby DiMatteo. Ich glaube, wir sind uns schon einmal auf dem Picknick der Assistenzärzte begegnet.«

»Ach ja, richtig. Es gibt so viele Assistenzärzte, daß ich Probleme habe, sie auseinanderzuhalten. Aber an Sie erinnere ich mich.«

Abby lachte. »Bei nur drei Frauen in der Ausbildung zum chirurgischen Facharzt ragen wir schon irgendwie heraus.«

»Es ist schon viel besser als früher, als es überhaupt keine Frauen gab. In welcher Abteilung arbeiten Sie zur Zeit?«

»Ich fange morgen in der Thoraxabteilung an.«

»Dann werden Sie ja mit Aaron zusammenarbeiten.«

»Wenn ich das Glück habe, bei irgendwelchen Transplantationen zu assistieren.«

»Ganz bestimmt! Das Team hatte in letzter Zeit so viel zu tun. Sie bekommen sogar schon Überweisungen aus dem Massachusetts General, was Aaron eine echte innere Befriedigung ist.« Elaine beugte sich zu Abby hinüber. »Vor Jahren haben sie ihn als Facharzt abgelehnt, und jetzt schicken sie ihm ihre Patienten.«

»Das einzige, was das Massachusetts General dem Bayside-Hospital voraus hat, ist der Harvard-Nimbus«, bemerkte Abby. »Sie kennen doch Vivian Chao, oder nicht? Unsere leitende Assistenzärztin?«

»Natürlich.«

»Sie hat ihr Medizinstudium in Harvard als eine der zehn besten ihres Jahrgangs abgeschlossen. Doch als sie sich dann um eine Stelle als Assistenzärztin beworben hat, war Bayside ihre erste Wahl.«

Elaine wandte sich ihrem Mann zu. »Hast du das gehört, Aaron?«

Widerwillig blickte der von seinem Drink auf. »Was?«

»Vivian Chao hat Bayside dem Mass Gen vorgezogen. Wirklich, Aaron, hier bist du schon ganz oben. Warum solltest du wegwollen?«

»Weg?« Abby sah Aaron überrascht an, doch der Kardiologe starrte nur seine Frau an. Was Abby am rätselhaftesten fand, war deren plötzliches Schweigen. Gelächter und Gesprächsfetzen wehten über den Rasen herüber, doch in dieser Ecke des Gartens sagte keiner ein Wort.

Aaron räusperte sich. »Nur ein Gedanke, mit dem ich spiele«, erläuterte er. »Raus aus der Stadt, aufs Land ziehen, verstehen Sie? Jeder hat Tagträume vom Leben auf dem Land, aber wirklich hinziehen will keiner.«

»Ich jedenfalls nicht«, sagte Elaine.

»Ich bin in einer Kleinstadt aufgewachsen«, warf Abby ein. »Belfast, in Maine. Ich konnte es kaum erwarten, dort wegzukommen.«

»So stelle ich mir das auch vor«, sagte Elaine. »Jeder brennt darauf, in die Zivilisation zu kommen.«

»Na ja, so schlimm war es nun auch wieder nicht.«
»Aber Sie würden nicht dorthin zurückkehren, oder?«
Abby zögerte. »Meine Eltern sind tot, und meine beiden Schwestern sind aus Maine weggezogen. Also habe ich keinen Grund, dorthin zurückzukehren, während ich eine Menge Gründe habe, hierzubleiben.
»Es war bloß eine Gedankenspielerei«, betonte Aaron und nahm einen großen Schluck von seinem Drink. »Ich habe es nie ernsthaft erwogen.«
In dem nachfolgenden verlegenen Schweigen hörte Abby, wie ihr Name gerufen wurde. Sie drehte sich um und sah Mark, der ihr zuwinkte.
»Entschuldigen Sie«, bat sie und ging über den Rasen zu ihm.
»Archer gibt eine Führung durch sein inneres Heiligtum«, sagte Mark.
»Welches innere Heiligtum?«
»Komm mit. Du wirst schon sehen.« Er nahm ihre Hand und führte sie über die Terrasse ins Haus und die Treppe hinauf in den ersten Stock. Abby war bisher erst einmal im ersten Stock von Archers Haus gewesen, als sie die Ölgemälde auf der Galerie bewundern sollte.
Heute abend wurde sie zum ersten Mal in das Zimmer am Ende des Flures gebeten.
Archer erwartete sie bereits. Auf einer Sitzgruppe aus Ledersesseln hatten schon Dr. Frank Zwick und Dr. Raj Mohandas Platz genommen. Doch Abby nahm kaum Notiz von den Anwesenden; der Raum selbst schlug sie in Bann.
Sie stand in einem Museum für alte medizinische Instrumente. In Vitrinen waren eine Reihe von ebenso faszinierenden wie beängstigenden Geräten ausgestellt. Sie sah Skalpelle und Nierenschalen, Gefäße für Blutegel, Geburtszangen mit Backen, die den Schädel eines Neugeborenen zermalmen konnten. Über dem Kamin hing ein Ölgemälde: der Kampf zwischen dem Tod und einem Arzt um das Leben einer jungen Frau. Aus den Lautsprechern der Stereoanlage tönte ein Brandenburgisches Konzert.
Archer drehte die Musik leiser, und das Zimmer wirkte auf einmal sehr still. Nur die Musik flüsterte verhalten im Hintergrund.

»Kommt Aaron?« fragte Archer.
»Er weiß Bescheid. Er wird bestimmt jeden Moment hiersein«, antwortete Mark.
»Gut.« Archer lächelte Abby zu. »Was halten Sie von meiner kleinen Sammlung?«
Sie betrachtete den Inhalt einer Vitrine. »Wirklich faszinierend. Bei manchen Instrumenten könnte ich nicht einmal sagen, wozu man sie benutzt hat.«
Archer wies auf eine seltsame Apparatur mit Rollen und Zahnrädern. »Das ist ein interessantes Gerät. Damit wurden schwache Stromstöße erzeugt, die an allen möglichen Körperteilen angewendet wurden. Angeblich hat es von Frauenleiden bis Diabetes gegen fast alles geholfen. Komisch, nicht wahr? Welchen Unsinn uns die medizinische Wissenschaft glauben machen wollte!«
Abby blieb vor dem Ölgemälde stehen und betrachtete das schwarz gewandete Abbild des Todes. Der Arzt als Held, der Arzt als Eroberer, dachte sie. Und das Objekt seiner Rettung war natürlich eine Frau. Eine schöne Frau.
Die Tür ging auf.
»Da ist er ja«, bemerkte Mark. »Wir haben uns schon gefragt, wo du bleibst, Aaron.«
Aaron betrat das Zimmer. Er sagte nichts, sondern nickte nur, als er auf einem der Stühle Platz nahm.
»Darf ich Ihr Glas noch einmal nachfüllen, Abby?« fragte Archer.
»Danke, nein.«
»Nicht einen kleinen Schuß Brandy? Mark fährt doch, oder?«
Abby lächelte. »Also gut. Danke.«
Archer schenkte Abby nach und gab ihr das Glas zurück. Ein eigenartiges Schweigen hatte sich über den Raum gelegt, als ob jeder auf die Erledigung dieser Formalität gewartet hätte. Dann fiel ihr auf, daß sie die einzige anwesende Assistenzärztin war. Bill Archer gab alle paar Monate eine Party wie diese, um die Assistenzärzte zu begrüßen, die turnusmäßig ihren Dienst in den Abteilungen Thorax- und Unfallchirurgie angetreten hatten. Im Moment mochten sechs oder sieben von ihnen unten im Haus oder im Garten sein, doch hier oben in Archers Privatgemach war nur das Transplantationsteam versammelt.

Und Abby.
Sie setzte sich neben Mark auf das Sofa und nippte an ihrem Drink. Sofort spürte sie die Wärme des Brandys und ihre Erregung über diese besondere Aufmerksamkeit. Anfangs hatte sie diese fünf Männer mit Ehrfurcht betrachtet und sich schon privilegiert gefühlt, Archer oder Mohandas nur bei einer Operation assistieren zu dürfen. Und obwohl ihre Beziehung mit Mark sie in diesen gesellschaftlichen Kreis eingeführt hatte, hatte sie nie vergessen, wer diese Männer waren und welche Macht sie über ihre eigene Karriere hatten.
Archer nahm ihr gegenüber Platz. »Ich habe viel Gutes über Sie gehört, Abby. Vom General. Bevor er eben gegangen ist, hat er Ihnen ein paar wundervolle Komplimente gemacht.«
»Dr. Wettig?« Abby konnte ein überraschtes Lachen nicht unterdrücken. »Um ehrlich zu sein – ich weiß nie ganz genau, was er von meinen Fähigkeiten hält.«
»So ist der General nun mal. Er verbreitet gern ein bißchen Unsicherheit.«
Die anderen Männer lachten, Abby auch.
»Ich halte große Stücke auf das Urteil des Generals«, fuhr Archer fort. »Und ich weiß, daß er Sie für eine der besten Assistenzärzte in unserem Ausbildungsprogramm hält. Ich habe schon mit Ihnen gearbeitet und weiß, daß er recht hat.«
Abby rutschte verlegen auf der Couch hin und her. Mark ergriff ihre Hand und drückte sie ermutigend. Es war eine Geste, die Archer nicht entging und die er mit einem Lächeln quittierte.
»Mark hält Sie offensichtlich auch für etwas ganz Besonderes. Und das ist auch einer der Gründe, warum ich dachte, daß wir dieses kleine Gespräch führen sollten. Es mag vielleicht ein wenig verfrüht erscheinen, aber wir planen langfristig, Abby. Wir sind der Ansicht, daß es nie schaden kann, das Terrain im voraus zu sondieren.«
»Ich fürchte, ich kann Ihnen nicht ganz folgen«, sagte Abby.
Archer griff nach der Brandy-Karaffe und goß sich einen kleinen Schluck nach. »Unser Transplantationsteam interessiert sich nur für die Besten. Und wir beobachten die Assistenzärzte ständig auf Kandidaten, die das Zeug zum Chirurgen und mehr haben. Natürlich sind unsere Motive egoistischer Natur: Wir suchen Verstärkung für unser Team.« Er machte eine Pause.

»Und wir haben uns gefragt, ob Sie sich vielleicht für Transplantationschirurgie interessieren.«
Abby warf Mark einen überraschten Blick zu. Er nickte.
»Sie müssen das nicht in naher Zukunft entscheiden«, erklärte Archer. »Aber wir möchten, daß Sie darüber nachdenken. In den kommenden Jahren haben wir Gelegenheit, uns gegenseitig besser kennenzulernen. Vielleicht haben Sie dann ja längst andere Pläne. Vielleicht stellt sich heraus, daß Transplantationschirurgie Sie nicht im geringsten interessiert.«
»Ganz im Gegenteil!« Sie beugte sich vor, das Gesicht vor Begeisterung gerötet. »Ich bin vermutlich nur … überrascht von Ihrem Angebot. Und ich fühle mich geschmeichelt. In dem Ausbildungsprogramm gibt es so viele gute Assistenzärzte. Vivian Chao zum Beispiel.«
»Ja, Vivian ist gut.«
»Ich nehme an, daß sie sich im nächsten Jahr für eine Stelle als Fachärztin interessieren wird.«
»Es steht vollkommen außer Frage, daß Dr. Chao über herausragende chirurgische Fertigkeiten verfügt«, bemerkte Mohandas. »Mir fallen da einige Assistenzärzte ein, die exzellent arbeiten. Aber vielleicht kennen Sie das Sprichwort: Man kann auch einem Affen das Operieren beibringen. Der Trick ist nur, ihm beizubringen, wann er operieren muß.«
»Raj will wohl sagen, daß wir jemanden suchen, auf dessen klinische Diagnose wir uns verlassen können«, erläuterte Archer. »Und nach einem Kollegen oder einer Kollegin mit Sinn für Teamwork. Das ist etwas, worauf wir großen Wert legen, Abby, Teamwork. Im Stress eines OPs kann alles mögliche schieflaufen. Apparate versagen, das Skalpell rutscht aus, ein Herz geht unterwegs verloren. Wir müssen uns darauf verlassen, daß wir zusammenhalten, egal was kommt. Und das tun wir auch.«
»Wir helfen uns gegenseitig aus«, warf Frank Zwick ein. »Im OP und auch außerhalb.«
»Unbedingt«, sagte Archer. Er warf einen Blick zu Aaron. »Meinst du nicht auch?«
Aaron räusperte sich. »Ja, wir helfen uns gegenseitig. Das ist einer der Vorteile daran, zum Team zu gehören.«
Eine Weile sagte niemand etwas. Das Brandenburgische Konzert spielte leise im Hintergrund. »Diese Stelle mag ich beson-

ders«, bemerkte Archer und drehte die Musik lauter. Als die Geigenklänge aus den Lautsprechern schallten, ertappte Abby sich dabei, wie sie erneut den Tod im Kampf mit dem Arzt betrachtete, im Kampf um das Leben und die Seele einer Patientin.
»Sie haben noch andere Vorteile erwähnt«, sagte Abby.
»Als ich meinen chirurgischen Facharzt gemacht habe«, setzte Mohandas an, »mußte ich diverse staatliche Darlehen zurückzahlen, die ich für mein Studium in Anspruch genommen hatte. Das wurde dann Teil meiner Anstellungsvereinbarung. Bayside hat mir geholfen, sie abzubezahlen.«
»Das ist etwas, worüber auch wir reden können, Abby«, sagte Archer. »Es gibt verschiedene Möglichkeiten, Ihnen die Position attraktiv zu machen. Junge Chirurgen sind heutzutage um die dreißig, wenn sie ihren Facharzt machen. Die meisten sind schon verheiratet und haben ein oder zwei Kinder. Und sie haben einhunderttausend Dollar Schulden für Ausbildungsdarlehen. Sie haben noch nicht mal ein Haus und brauchen zehn Jahre, nur um ihre Schulden abzuarbeiten. Dann sind sie vierzig und machen sich Sorgen, wie sie ihren Kindern das College finanzieren können!« Er schüttelte den Kopf. »Ich weiß nicht, warum sich überhaupt noch jemand für ein Medizinstudium entscheidet. Jedenfalls bestimmt nicht, um reich zu werden.«
»Wenn überhaupt«, sagte Abby, »ist es eine Entbehrung.«
»Das muß nicht so sein. An diesem Punkt kann Bayside helfen. Mark hat erwähnt, daß Sie ihr gesamtes Studium mit staatlicher Unterstützung finanziert haben.«
»Mit Stipendien und Darlehen. Vor allem Darlehen.«
»Das klingt schmerzhaft.«
Abby nickte bedrückt. »Ich fange gerade erst an, die Schmerzen zu spüren.«
»Auch Universitätsdarlehen?«
»Ja. Meine Familie hatte finanzielle Probleme«, gab Abby zu.
»Das klingt so, als ob man sich deswegen schämen müßte.«
»Es war eher Pech. Mein jüngerer Bruder mußte für einige Monate ins Krankenhaus, und wir waren nicht versichert. Aber in der Stadt, in der ich aufgewachsen bin, waren viele Leute nicht versichert.«
»Was nur bestätigt, wie hart Sie gearbeitet haben müssen, um es trotzdem zu schaffen. Jeder hier weiß, wie das ist. Raj war Im-

migrant und hat bis zu seinem zehnten Lebensjahr kein Wort Englisch gesprochen. Ich war der erste aus meiner Familie, der auf das College gegangen ist. In diesem Raum werden Sie vergeblich nach altem Bostoner Adel suchen, das können Sie mir glauben. Keine reichen Papis oder praktische kleine Stiftungsfonds. Wir wissen, was es heißt, sich gegen Widrigkeiten durchzusetzen, weil wir es alle mußten. Das ist die Art Motivation, nach der wir für unser Team suchen.«
Die Musik schwoll zum Finale an. Der letzte Bläser- und Streicherakkord verhallte. Archer schaltete die Stereoanlage ab und sah Abby an.
»Wie dem auch sei, Sie sollten darüber nachdenken«, erklärte er. »Wir machen Ihnen natürlich kein festes Angebot. Es ist mehr so etwas wie eine«, Archer grinste Mark an, »eine erste Verabredung.«
»Ich verstehe«, erwiderte Abby.
»Eines sollten Sie wissen: Sie sind die einzige Assistenzärztin, die wir angesprochen haben. Die einzige, die wir ernsthaft in Erwägung ziehen. Es wäre sicherlich klüger, wenn Sie das gegenüber dem übrigen Personal nicht erwähnten. Wir wollen schließlich keinen Eifersüchteleien schüren.«
»Natürlich nicht.«
»Gut.« Archer sah sich im Zimmer um. »Ich denke, wir sind uns in diesem Punkt alle einig. Habe ich recht, meine Herren?«
Die Frage wurde mit allgemeinem Kopfnicken quittiert.
»Dann haben wir also einen Konsens«, sagte Archer. Lächelnd griff er erneut zur Brandy-Karaffe. »So etwas nenne ich ein echtes Team.«
»Und was denkst du?« fragte Mark auf der Heimfahrt.
Abby warf den Kopf in den Nacken und rief übermütig: »Ich schwebe! Was für ein Abend!«
»Du bist glücklich darüber, was?«
»Machst du Witze? Ich bin völlig panisch.«
»Panisch? Wieso?«
»Weil ich Angst habe, es zu vermasseln und mir alles zu verderben.«
Er lachte und berührte ihr Knie. »Wir haben mit allen Assistenzärzten gearbeitet, und wir wissen, daß wir die Beste von allen rekrutieren.«

»Und wieviel von all dem muß ich Ihrem Einfluß zuschreiben, Dr. Hodell?«
»Ach, ich habe nur meine paar Gramm in die Waagschale geworfen. Die anderen waren zufälligerweise genau meiner Meinung.
»So?«
»Das ist wahr. Glaub mir, Abby, du bist unsere erste Wahl. Und ich denke, du wirst die angebotenen Bedingungen großartig finden.«
Sie lehnte sich lächelnd zurück. Bis heute abend hatte sie nur eine sehr verschwommene Vorstellung davon gehabt, wo sie in dreieinhalb Jahren arbeiten würde. Höchstwahrscheinlich würde sie in einer Notaufnahme schuften. Immer mehr Privatpraxen machten dicht; in so etwas sah sie keine Zukunft, zumindest in Boston nicht. Und in Boston wollte sie bleiben.
Wo Mark war.
»Ich will es unbedingt«, betonte Abby. »Ich hoffe, ich enttäusche euch alle nicht.«
»Ausgeschlossen. Das Team weiß, was es will. Wir halten zusammen.«
Sie schwieg einen Moment. »Auch Aaron Levi?« fragte sie dann.
»Aaron? Warum sollte er nicht?«
»Ich weiß nicht. Ich habe heute abend mit seiner Frau geredet, Elaine. Ich hatte den Eindruck, daß Aaron nicht besonders glücklich ist. Wußtest du, daß er daran denkt, wegzugehen?«
»Was?« Mark sah sie überrascht an.
»Er hat davon gesprochen, in eine Kleinstadt zu ziehen.«
Er lachte. »Das wird nie passieren. Elaine ist ein Bostoner Mädchen.«
»Es war auch nicht Elaine, es war Aaron, der daran gedacht hatte.«
Eine Weile fuhr Mark, ohne eine Wort zu sagen. »Das mußt du mißverstanden haben«, sagte er schließlich.
Sie zuckte die Schultern. »Schon möglich.«

»Licht, bitte«, bat Abby. Eine Krankenschwester griff nach oben und rückte die OP-Lampe so zurecht, daß ihr Strahl direkt auf die Brust der Patientin fiel. Der Verlauf des Operationsschnitts war mit schwarzem Marker auf die Haut gezeichnet worden: zwei kleine Kreuze, verbunden durch eine Linie, die entlang der Oberkante der fünften Rippe verlief. Es war eine schmächtige Brust, eine schmächtige Frau. Sie war vierundachtzig Jahre alt, verwitwet und vor einer Woche im Bayside-Hospital aufgenommen worden, weil sie über extremen Gewichtsverlust und massive Kopfschmerzen geklagt hatte. Die routinemäßige Röntgenaufnahme hatte einen alarmierenden Befund erbracht: vielfältige Verschattungen in beiden Lungen. Sechs Tage lang war sie untersucht, beobachtet und geröntgt worden. Man hatte sie bronchoskopiert und eine Nadelbiopsie durch die Thoraxwand hindurch gemacht, doch die Diagnose war weiterhin unklar.

Heute würden sie die Antwort erfahren.

Dr. Wettig nahm das Skalpell zur Hand und hielt es über die Schnittstelle. Abby wartete darauf, daß er den Schnitt vornahm, doch das tat er nicht. Statt dessen sah er Abby an, seine Augen über der Maske strahlten hart und metallisch blau.

»Bei wie vielen Lungenbiopsien haben Sie schon assistiert, DiMatteo?«

»Fünf, glaube ich.«

»Sind Sie mit der Krankengeschichte dieser Patientin vertraut? Kennen Sie die Thoraxaufnahmen?«

»Ja, Sir.«

Wettig hielt ihr das Skalpell hin. »Dann ist das Ihre Patientin.«

Abby betrachtete überrascht das in seiner Hand blitzende Skalpell. Der General gab die Klinge nur selten aus der Hand, nicht einmal an seine fortgeschrittenen Assistenzärzte.

Sie nahm das Skalpell und fühlte, wie sich das Gewicht des blanken Stahls angenehm in ihre Hand schmiegte. Mit sicheren Handbewegungen machte sie den ersten Schnitt. Während sie an der Oberkante der Rippe entlangglitt, zog sie die Haut völlig straff. Die Patientin war dünn, fast mager. Es gab unter der Haut kaum Fettgewebe, das die Markierungen hätte verzerren können. Ein zweiter, weniger tiefer Schnitt teilte die Muskeln zwischen den Rippen. Jetzt war sie im Brustkorb.

Sie schob einen Finger in den Schnitt und konnte das weiche, schwammige Lungengewebe spüren. »Alles in Ordnung?« fragte sie den Anästhesisten.

»Bestens.«
»Dann öffnen«, sagte Abby.
Die Rippen wurden auseinandergespreizt, so daß der Schnitt sich weitete. Die Beatmungsmaschine gab erneut einen Atemimpuls, und ein kleines Lungensegment wurde wie ein Ballon durch den Spalt nach außen gepreßt. Abby faßte das noch immer mit Luft gefüllte Gewebe mit einer Klemme.
Wieder warf sie dem Anästhesisten einen Blick zu. »Immer noch alles in Ordnung?«
»Keine Probleme.«
Abby konzentrierte sich auf das herausgezogene Stück Lungengewebe. Sie brauchte nur einen Augenblick, um einen der Knoten zu entdecken, und strich mit dem Finger darüber. »Fühlt sich ziemlich fest an«, bemerkte sie. »Nicht gut.«
»Das überrascht mich nicht«, sagte Wettig. »Schon auf den Röntgenaufnahmen sah sie aus wie eine Spezialkandiatin für die Chemotherapie. Wir bestätigen nur den Zellentypus.«
»Und die Kopfschmerzen? Hirnmetastasen?«
Wettig nickte. »Sehr aggressiv. Noch vor acht Monaten zeigten die Thoraxaufnahmen keinerlei Auffälligkeiten. Jetzt ist sie die reinste Krebsfarm.«
»Sie ist vierundachtzig«, sagte eine der Schwestern. »Wenigstens hatte sie ein langes Leben.
Aber was für ein Leben, fragte Abby sich, als sie das Lungensegment mit dem Knoten zurückschob. Sie hatte Mary Allen gestern zum ersten Mal gesehen. Die Frau hatte still und reglos in ihrem Krankenzimmer gesessen. Die Vorhänge waren zugezogen, der Raum lag im Halbdunkel. »Wegen der Kopfschmerzen«, hatte Mary erklärt. »Die Sonne tut meinen Augen weh. Nur wenn ich schlafe, gehen die Schmerzen weg. So viele verschiedene Arten von Schmerz ... Bitte, Doktor, kann ich nicht ein stärkeres Schlafmittel bekommen?«
Abby schnitt den Knoten heraus und nähte das durch den Schnitt verletzte Lungengewebe. Wettig ließ es kommentarlos geschehen. Er sah ihr bei der Arbeit zu, sein Blick war kühl wie immer. Doch sein Schweigen war Kompliment genug. Sie hatte schon vor langer Zeit gelernt, daß es bereits ein Triumph war, von der Kritik des Generals verschont zu bleiben.
Als die Brust schließlich wieder geschlossen und der Absaug-

schlauch angebracht war, streifte Abby sich die blutigen Handschuhe ab und warf sie in einen Eimer mit der Aufschrift »Kontaminiert«.

»Jetzt kommt der schwierige Teil«, seufzte sie, als die Schwestern die Patientin aus dem OP rollten. »Ihr die schlechte Nachricht zu überbringen.«

»Sie weiß es«, winkte Wettig ab. »Sie wissen es immer.«

Sie folgten der Liege in den Aufwachraum. Vier frisch operierte Patienten in verschiedenen Zuständen der Bewußtheit belegten die durch Vorhänge abgeteilten Stellplätze. Mary Allens Bett stand auf dem letzten, und die Patientin begann gerade, sich zu rühren. Sie bewegte ihren Fuß, stöhnte und versucht, ihre fixierte Hand loszureißen.

Abby horchte mit einem Stethoskop rasch die Lungen der Patientin ab und sagte dann: »Geben Sie Ihr fünf Milligramm Morphium, intravenös.«

Die Schwester bereitete eine Infusion mit Morphiumsulfat vor, gerade genug, um die Schmerzen zu betäuben, der Patientin aber gleichzeitig eine sanfte Rückkehr in den Wachzustand zu ermöglichen. Mary hörte auf zu stöhnen. Der Monitor zeigte einen ruhigen und regelmäßigen Herzschlag an.

»Postoperative Anweisungen, Dr. Wettig?« fragte die Schwester.

Es entstand ein kurzes Schweigen. Abby sah zu Dr. Wettig, der erklärte: »Dafür ist Dr. DiMatteo zuständig.« Dann verließ er den Raum.

Die Schwestern sahen sich an. Wettig schrieb seine postoperativen Anweisungen immer selbst. Das war ein weiterer Vertrauensbeweis für Abby.

Sie nahm das Krankenblatt mit an den Tisch und notierte: »Übergabe an Ost Fünf, Herz-Thorax-Chirurgie. Diagnose: Postoperativ nach offener Lungenbiopsie wegen pulmonaler Knoten. Verfassung: stabil.« Zügig notierte sie Anweisungen zu Ernährung, Medikamenten und Mobilisierung. Dann kam sie an die Zeile »Herzstillstand« und hielt inne.

Sie blickte hinüber zu Mary Allen, die reglos auf ihrem Bett lag. Wie mußte man sich fühlen mit vierundachtzig und krebszerfressen, die Tage gezählt und jeder von ihnen voller Schmerzen? Sie schrieb: »Keine Reanimation.«

»Dr. DiMatteo?« tönte eine Stimme aus der Gegensprechanlage.
»Ja?« fragte Abby.
»Sie hatten vor etwa zehn Minuten einen Ruf aus Station Ost Vier. Sie wollen, daß Sie rüberkommen.«
»Die Neurochirurgie? Haben Sie gesagt, warum?«
»Es ging um eine Patientin namens Terrio. Sie sollen mit deren Mann reden.«
»Karen Terrio ist nicht mehr meine Patientin.«
»Ich richte nur die Nachricht aus, Dr. DiMatteo.«
»Ja, danke.«
Seufzend erhob sich Abby und trat an Mary Allens Bett, um ein letztes Mal den Herzmonitor und die Körperfunktionen zu überprüfen. Der Puls ging ein wenig schnell, und die Patientin bewegte sich und stöhnte wieder, noch immer unter Schmerzen.
Abby blickte die Schwester an. »Geben Sie ihr noch mal zwei Milligramm Morphium«, sagte sie.

Der EKG-Monitor zeigte einen langsamen und gleichmäßigen Herzrhythmus an.
»Ihr Herz ist so stark«, murmelte Joe Terrio. »Es will nicht aufgeben. Sie will nicht aufgeben.«
Er saß am Bett seiner Frau und hielt deren Hände. Sein Blick fixierte das grüne Licht, das in Wellenlinien über den Monitor huschte. Die Apparaturen in dem Zimmer schienen ihn zu verwirren, Schläuche, Monitore, Saugpumpe. Zu verwirren und zu ängstigen. Er konzentrierte seine ganze Aufmerksamkeit auf den EKG-Monitor, als ob er irgendwie auch alles andere bewältigen könnte, wenn er die Geheimnisse dieses rätselhaften Kastens ergründete. Als könnte er dann begreifen, wie er am Krankenbett der Frau gelandet war, die er liebte und deren Herz nicht aufhören wollte zu schlagen.
Es war drei Uhr nachmittags, einundsechzig Stunden, nachdem ein betrunkener Fahrer frontal mit Karen Terrios Wagen zusammengeprallt war. Karen war vierunddreißig Jahre alt, HIV negativ und karzinom- und infektfrei. Außerdem war sie hirntot. Kurz: Sie war ein lebender Supermarkt gesunder Spenderorgane. Herz und Lunge, Nieren, Bauchspeicheldrüse, Leber,

Knochen, Augenhornhaut und Haut. Mit einer einzigen schrecklichen Entnahme konnte ein halbes Dutzend Leben gerettet oder zumindest verbessert werden.
Abby zog sich einen Hocker heran und nahm Joe Terrio gegenüber Platz. Sie war die einzige Ärztin, die überhaupt länger mit ihm gesprochen hatte. Deswegen hatte die Schwester sie auch jetzt gerufen, um mit ihm zu reden. Um ihn zu überzeugen, die Papiere zu unterschreiben und seine Frau sterben zu lassen. Eine Weile saß sie schweigend bei ihm. Zwischen ihnen lag Karen Terrios Körper. Ihre Brust hob und senkte sich durch zwanzig künstliche Atemzüge pro Minute.
»Sie haben recht, Joe«, sagte Abby. »Ihr Herz ist stark. Es könnte noch eine Weile weiterschlagen. Aber nicht ewig. Irgendwann weiß es der Körper. Er versteht es.«
Joe sah sie mit von Tränen und Schlaflosigkeit rot geränderten Augen an. »Er versteht?«
»Daß das Hirn tot ist. Daß das Herz keinen Grund hat, weiterzuschlagen.«
»Woher sollte es das wissen?«
»Wir brauchen unser Gehirn. Nicht nur, um zu denken und zu fühlen, sondern auch, um dem Rest des Körpers einen Zweck zu geben. Wenn dieser Zweck nicht mehr da ist, hören Herz und Lungen auf zu funktionieren.« Abby blickte zu dem Beamtungsgerät. »Die Maschine atmet für sie.«
»Ich weiß.« Joe fuhr sich mit den Händen über das Gesicht. »Ich weiß, ich weiß, ich weiß!«
Abby sagte nichts. Joe wiegte sich jetzt auf seinem Stuhl hin und her, die Hände in seinen Haaren vergraben, während er leise schluchzte und wimmerte, das Nächste an Weinen, was sich ein Mann erlauben konnte. Als er den Kopf wieder hob, standen einzelne Haarbüschel vor Tränen feucht und steif ab.
Er blickte wieder auf den Monitor, offenbar der einzige Punkt in dem Raum, den anzustarren ihm Sicherheit gab. »Es kommt mir nur irgendwie verfrüht vor.«
»Das ist es nicht. Es bleibt nur eine gewisse Zeitspanne, bis die Organe aussetzen. Dann kann man sie nicht mehr verpflanzen. Und das hilft niemandem, Joe.«
Er blickte sie über den Körper seiner Frau hinweg an. »Haben Sie die Papiere mitgebracht?«

»Ich habe sie bei mir.«
Er sah die Formulare kaum an, sondern setzte nur seinen Namen darunter und gab sie ihr zurück. Eine Schwester der Intensivstation und Abby waren Zeugen. Kopien des Formulars würden in Karen Terrios Krankenakte abgelegt und auch an die New England Organ Bank, kurz NEOB, und zu den Akten der Koordinationsstelle für Transplantationen am Bayside-Hospital gehen. Die Organe konten entnommen werden.
Und lange nachdem Karen Terrio beerdigt war, würden Teile von ihr weiterleben. Das Herz, das sie einst in ihrer Brust schlagen spürte, als sie mit fünf gespielt, mit zwanzig geheiratet und mit einundzwanzig ihre Kinder geboren hatte, würde in der Brust eines Fremden weiterschlagen. Es war so nahe, wie irgend jemand an die Unsterblichkeit nur herankommen konnte.
Aber es war kaum genug, um Joe Terrio zu trösten, der seine stille Wache am Bett seiner Frau fortsetzte.
Abby fand Vivian Chao im Umkleideraum des Operationssaals. Vivian hatte gerade eine Notoperation hinter sich, doch nicht ein einziger Schweißtropfen beschmutzte den OP-Anzug, der neben ihr auf der Bank lag.
»Wir haben die Zustimmung zur Entnahme«, sagte Abby.
»Die Papiere sind unterschrieben?« fragte Vivian.
»Ja.«
»Gut. Ich lasse einen Lymphozytenkreuzvergleich machen.« Vivian griff nach einem sauberen OP-Hemd. Sie trug nur ihren BH und einen Slip, und jede ihrer Rippen zeichnete sich einzeln unter der Haut ihrer flachen, mageren Brust ab. Männliche Qualitäten sind doch eher ein Geisteszustand, dachte Abby, keine körperliche Befindlichkeit. »Wie ist ihr Zustand?« erkundigte sich Vivian.
»Stabil.«
»Wir müssen ihren Blutdruck konstant halten und die Nieren durchbluten. Schließlich kommt nicht alle Tage ein nettes Paar Nieren AB positiv vorbei.« Vivian zog sich eine weite Bundhose über und steckte das Hemd hinein. Jede ihrer Bewegungen war präzise und elegant.
»Werden Sie bei der Entnahme assistieren?« fragte Abby.
»Wenn mein Patient das Herz bekommt, ja. Die Entnahme ist

der einfache Teil. Interessant wird es erst, wenn es daran geht, die Pumpe wieder anzuschließen.« Vivian schloß die Spindtür und ließ das Vorhängeschloß zuschnappen. »Haben Sie einen Moment Zeit? Dann stelle ich Ihnen Josh vor.«

»Josh?«

»Meinen Patienten im Studentenkurs. Er liegt oben auf der Intensivstation.«

Sie verließen zusammen den Umkleideraum und gingen den Flur hinunter bis zum Fahrstuhl. Vivian machte ihre kurzen Beine durch rasche, fast grimmige Schritte wett. »Man kann den Erfolg einer Herztransplantation nicht beurteilen, wenn man nicht das Vorher und das Nachher gesehen hat«, meinte Vivian. »Also werde ich Ihnen das Vorher zeigen. Vielleicht macht es Ihnen die Sache leichter.

»Wie meinen Sie das?«

»Ihre Frau hat ein Herz und kein Hirn. Mein Junge hat ein Gehirn und praktisch kein Herz mehr.« Die Fahrstuhltür öffnete sich und Vivian betrat die Kabine. »Wenn man erst einmal über die Tragödie hinweg ist, ergibt alles einen Sinn.«

Sie fuhren schweigend nach oben.

Natürlich ergibt es Sinn, dachte Abby. Es ergibt sogar einen perfekten Sinn. Vivian sieht das ganz klar. Aber ich komme scheinbar nicht über das Bild zweier kleiner Mädchen hinweg, die am Bett ihrer Mutter stehen und Angst haben, sie anzufassen.

Vivian ging voran in die internistische Intensivstation.

Joshua O'Day lag in Bett vier.

»Er schläft sehr viel im Moment«, flüsterte die Krankenschwester, eine Blondine mit niedlichem Gesicht, auf deren Namensschild *»Hannah Love«* stand.

»Veränderte Medikamentation?« fragte Vivian.

»Ich glaube, es sind Depressionen.« Hannah schüttelte den Kopf und seufzte. »Ich betreue ihn jetzt seit zwei Wochen. Er ist ein großartiger Junge, wissen Sie, wirklich nett und ein bißchen verschusselt. Aber in letzter Zeit schläft er nur noch. Oder er starrt seine Pokale an.« Sie wies mit dem Kopf auf den Nachttisch, wo eine Sammlung verschiedenster Pokale und Ehrungen liebevoll arrangiert war. Eine Medaille war noch aus seinem dritten Jahr in der Grundschule – eine ehrenvolle Erwähnung für die Teilnahme an einem Pinewood-Derby der

Jungpfadpfinder. Mit Pinewood-Derbies kannte Abby sich aus. Wie Joshua O'Day war auch ihr Bruder Wölfling gewesen. Abby trat ans Bett. Der Junge sah viel jünger aus, als sie erwartet hatte. Laut Geburtsdatum auf Hannah Loves Behandlungsplan war er siebzehn, doch er hätte auch für vierzehn durchgehen können. Ein Gewirr von Plastikschläuchen umgab sein Bett. Es waren Infusionsschläuche, Arterien- und Swan-Ganz-Katheter, letztere zur Messung des Arteriendrucks im rechten Herzvorhof und Lungenflügel. Auf dem Monitor über dem Bett konnte Abby den Druck im rechten Herzvorhof ablesen. Er war sehr hoch. Das Herz des Jungen war zu schwach, um wirkungsvoll zu pumpen, und in seinem venösen System hatte sich Blut angestaut. Durch einen Blick auf die Halsvenen war sie auch ohne den Monitor zum selben Schluß gekommen: Sie standen deutlich hervor.

»Sie sehen den Baseballstar der Redding High School von vor zwei Jahren«, erläuterte Vivian. »Ich bin keine Baseball-Spezialistin und kann seine Schlagstatistik nicht beurteilen. Aber sein Dad scheint sehr stolz darauf zu sein.«

»Oh, und ob sein Dad stolz ist«, fiel Hannah ein. »Er war neulich mit einem Ball und einem Fanghandschuh hier. Ich mußte ihn rauswerfen, als sie hier im Krankenzimmer anfingen, sich den Ball zuzuwerfen«, lachte sie. »Der Vater ist genauso verrückt wie der Junge.«

»Wie lange ist er schon krank?« fragte Abby.

»Er war seit einem Jahr nicht mehr in der Schule«, führte Vivian aus. »Der Virus hat ihn vor etwa zwei Jahren befallen. Coxsackie Virus B. Binnen eines halben Jahres litt er an Stauungsinsuffienz. Er liegt jetzt seit einem Monat auf der Intensivstation.« Vivian machte eine Pause und lächelte. »Habe ich recht, Josh?«

Die Augen des Jungen waren offen. Er schien wie durch Schichten von Gaze hindurchzusehen, blinzelte ein paarmal und lächelte dann Vivian an. »Hallo, Dr. Chao.«

»Ich sehe ein paar neue Medaillen«, sagte Vivian.

»Ach, die.« Josh verdrehte die Augen. »Ich weiß nicht, wo meine Mom die überall ausgräbt. Sie bewahrt alles auf, müssen Sie wissen. Sie hat sogar noch eine Plastiktüte mit meinen Milchzähnen. Ich finde das ziemlich eklig.«

»Josh, ich habe jemanden mitgebracht, der dich kennenlernen möchte. Das ist Dr. DiMatteo, eine unserer chirurgischen Assistenzärztinnen.«
»Hallo, Josh«, grüßte Abby.
Der Junge schien eine Weile zu brauchen, bis er seinen Blick neu fokussiert hatte. Er antwortete nichts.
»Ist es in Ordnung, wenn Dr. DiMatteo dich untersucht?« fragte Vivian.
»Warum?«
»Wenn du erst ein neues Herz hast, rennst du rum wie dieser verrückte Roadrunner im Fernsehen. Dann kriegen wir dich für eine Untersuchung nie mehr lange genug festgehalten.«
Josh lächelte. »Sie immer mit Ihren Sprüchen.«
Abby trat neben das Bett. Josh hatte sein Hemd schon hochgezogen und seine Brust entblößt. Sie war weiß und unbehaart, nicht die Brust eines Teenagers, sondern die eines Jungen. Abby legte ihre Hand auf seine Brust und spürte, daß sein Herz wie die Flügel eines Vogels in seinem Brustkorb flatterte. Sie setze ihr Stethoskop an und hörte den Herzschlag ab, während sie die ganze Zeit den besorgten und mißtrauischen Blick des Jungen auf sich spürte. Sie kannte diesen Blick von Kindern, die zu lange auf Kinderstationen gelegen und gelernt hatten, daß jedes Paar Hände eine neue Variante des Schmerzes mit sich bringen konnten. Als sie sich schließlich aufrichtete und das Stethoskop in die Tasche ihres Kittels gleiten ließ, sah sie den Ausdruck der Erleichterung im Gesicht des Jungen.
»War das alles?« fragte er.
»Das war alles.« Abby strich ihren Krankenhauskittel glatt. »Und? Wer ist deine Lieblingsmannschaft, Josh?«
»Wer wohl!«
»Ah, die Red Sox?«
»Mein Dad hat alle Spiele für mich aufgenommen. Wenn ich nach Hause komme, gucke ich sie mir alle an. Alle Bänder. Drei Tage nur Baseball.« Er sog heftig an dem Sauerstoffschlauch und blickte zur Decke. Leise fuhr er fort: »Ich will nach Hause, Dr. Chao.«
»Ich weiß«, sagte Vivian.
»Ich will mein Zimmer wiederhaben. Ich vermisse mein Zim-

mer.« Er schluckte, konnte ein Schluchzen jedoch nicht zurückhalten. »Ich will mein Zimmer sehen. Das ist alles. Ich will bloß mein Zimmer sehen.«

Sofort war Hannah zu ihm geeilt. Sie nahm den Jungen in die Arme und wiegte ihn hin und her. Er kämpfte gegen die Tränen, die Fäuste geballt, das Gesicht in ihrem Haar vergraben.

»Ist schon gut«, murmelte Hannah. »Wein dich einfach aus, mein Kleiner. Ich bin bei dir. Ist schon gut.« Hannahs und Abbys Blicke trafen sich über der Schulter des Jungen. Die Tränen auf dem Gesicht der Schwester waren nicht die des Jungen, sondern ihre eigenen.

Abby und Vivian verließen still das Zimmer.

Im Schwesternzimmer der Intensivstation sah Abby, wie Vivian in zweifacher Ausfertigung das Formular für den Lymphozytenkreuzvergleich zwischen Josh O'Days und Karen Terrios Blut unterschrieb.

»Wie bald kann er sich dem Eingriff unterziehen?« fragte Abby.

»Wir könnten gleich morgen früh zum OP bereitstehen. Je eher, desto besser. Der Junge hatte im Laufe des letzten Tages drei Episoden von Vorhofherzjagen. Bei einem derart instabilen Herzrhythmus hat er nicht viel Zeit.« Vivian drehte sich zu Abby um. »Ich fände es wirklich schön, wenn der Junge noch einmal ein Red-Sox-Match zu sehen bekäme. Sie nicht?«

Vivians Miene war ruhig und undurchdringlich wie immer. Selbst wenn sie unter ihrer harten Schale weich wäre wie Butter, würde Vivian das nie zeigen, dachte Abby.

»Dr. Chao?« fragte die Stationsärztin.

»Ja?«

»Ich habe gerade wegen des Lymphozytenkreuzvergleichs in der Intensivstation angerufen. Sie haben gesagt, daß sie bei Karen Terrio bereits einen Kreuzvergleich vornehmen.«

»Großartig. Endlich sind meine Leute mal auf Draht.«

»Aber, Dr. Chao, er bezieht sich nicht auf Josh O'Day.«

Vivian drehte sich um und sah die Sekretärin an. »Was?«

»Die Intensivchirurgie sagt, daß es um jemand anderen geht. Eine Privatpatientin namens Nina Voss.«

»Aber Joshs Zustand ist kritisch! Er steht ganz oben auf der Liste.«

»Sie haben nur gesagt, daß das Herz an die andere Patientin gehen soll.«
Vivian sprang auf und machte drei schnelle Schritte zum Telefon. Einen Augenblick später hörte Abby sie sagen: »Hier ist Dr. Chao. Ich will wissen, wer die Lymphozytenkreuzprobe mit Karen Terrio angeordnet hat.« Sie lauschte und hängte dann stirnrunzelnd auf.
»Haben Sie den Namen?« fragte Abby.
»Ja.«
»Wer hat es angeordnet?«
»Mark Hodell.«

Vier

Abby und Mark hatten für den Abend bei Mirabel's, einem Restaurant in der Nähe ihres Hauses in Cambridge, einen Tisch reserviert. Obwohl sie mit diesem Essen eigentlich das sechsmonatige Jubiläum von Abbys Einzug bei Mark hatten feiern wollen, war die Stimmung an ihrem Tisch alles andere als fröhlich.

»Ich will nur eines wissen«, sagte Abby. »Wer ist Nina Voss?«

»Ich habe dir doch schon gesagt, ich weiß es nicht«, erwiderte Mark. »Können wir das Thema jetzt wechseln?«

»Der Junge ist in einem kritischen Zustand. Er hat praktisch zweimal am Tag einen Herzkreislaufstillstand und steht seit einem Jahr auf der Empfängerliste. Jetzt steht endlich ein Herz AB positiv zur Verfügung, und du umgehst das offizielle Registrierungssystem. Du gibst das Herz einer Privatpatientin, die noch zu Hause liegt.«

»Wir geben es nicht einfach weg, ist das klar? Es war eine klinische Entscheidung.

»Wessen Entscheidung?«

»Aaron Levis. Er hat mich heute nachmittag angerufen und gesagt, daß Nina Voss morgen aufgenommen wird. Er hat mich gebeten, die Laboruntersuchungen des Spenders zu veranlassen.«

»Das ist alles, was er dir erzählt hat?«

»Im wesentlichen.« Mark griff nach der Flasche, um sein Glas nachzufüllen, und vergoß dabei Burgunder auf der Tischdecke. »Können wir jetzt endlich das Thema wechseln?«

Sie beobachtete, wie er an seinem Wein nippte. Er sah sie nicht an, sondern wich ihrem Blick aus.

»Wer ist diese Patientin?« fragte sie. »Wie alt ist sie?«

»Ich möchte nicht darüber reden.«

»Du bist derjenige, der sie operiert. Du mußt doch wissen, wie alt sie ist.«
»Sechsundvierzig.«
»Von außerhalb?«
»Aus Boston.«
»Ich habe gehört, sie würde aus Rhode Island eingeflogen. Das haben die Schwestern mir erzählt.«
»Sie und ihr Mann verbringen den Sommer in Newport.«
»Wer ist ihr Mann?«
»Ein Typ namens Victor Voss. Das ist alles, was ich über ihn weiß, seinen Namen.
Sie machte eine Pause. »Woher hat Voss sein Geld?«
»Habe ich irgendwas von Geld gesagt?«
»Ein Sommerhaus in Newport? Nun mach aber mal einen Punkt, Mark.«
Er sah sie noch immer nicht an, löste den Blick nicht von seinem Weinglas. Sie hatte ihn schon so oft über den Tisch hinweg angeblickt und all die Dinge gesehen, die sie anfangs zu ihm hingezogen hatten. Sein direkter Blick, die Lachfältchen aus einundvierzig Jahren, das bereitwillige Lächeln. Doch heute abend sah er sie nicht einmal an.
»Ich wußte gar nicht, daß es so leicht ist, ein Herz zu kaufen«, sagte sie.
»Du ziehst voreilige Schlüsse.«
»Zwei Patienten brauchen ein Herz. Der eine ist ein armer, nicht versicherter Junge im Studentenkurs. Der andere hat ein Sommerhaus in Newport. Und wer kriegt den Hauptpreis? Es ist ziemlich offensichtlich.«
Mark griff erneut nach der Weinflasche und goß sein Glas wieder voll, schon zum dritten Mal. Für einen Mann, der stolz auf seinen maßvollen Lebensstil war, langte er zu wie ein Quartalssäufer. »Sieh mal«, sagte er, »ich verbringe meinen ganzen Tag im Krankenhaus. Dann auch noch abends darüber zu reden, ist so ziemlich das letzte, worauf ich Lust habe. Also laß uns das Thema einfach ausklammern.«
Sie schwiegen beide. Das Thema ›Wer bekommt Karen Terrios Herz?‹ war wie eine Decke, die jeden anderen Gesprächsfunken erstickte. Vielleicht haben wir uns schon alles gesagt, was es zu sagen gibt, dachte Abby. Vielleicht hatte ihre Beziehung den

schrecklichen Punkt erreicht, wo sie sich ihre Lebensgeschichten erzählt hatten und wo es an der Zeit war, neuen Stoff zu finden. Wir sind erst ein halbes Jahr zusammen, und das Schweigen hat schon begonnen.

»Der Junge erinnert mich an Pete«, sagte sie. »Pete war auch ein Red-Sox-Fan.«

»Wer?«

»Mein Bruder.«

Mark erwiderte nichts. Er saß mit hängenden Schultern da und fühlte sich sichtlich unbehaglich. Das Thema Pete hatte ihn immer beunruhigt. Nun war der Tod für Ärzte auch kein behagliches Thema. Jeden Tag spielen wir mit dem Wort Verstecken, dachte sie. Wir sagen »verblichen«, notieren »Wiederbelebung erfolglos« und sprechen von »Exitus«. Doch das Wort *»gestorben«* benutzen wir fast nie.

»Er war ganz verrückt nach den Red Sox«, fuhr sie fort. »Er hatte alle diese Baseball-Karten. Er hat sein Essensgeld gespart, um sie zu kaufen. Und dann hat er ein Vermögen für kleine Plastikschutzhüllen ausgegeben. Eine Schutzhülle für fünf Cent für ein Stück Pappe für ein Cent. Das ist vermutlich die Logik eines Zehnjährigen.«

Mark nippte an seinem Wein. Er saß da, in sein Unbehagen gehüllt und isoliert gegen jeden ihrer Gesprächsversuche.

Das Jubiläumsessen war eine Pleite. Sie aßen, fast ohne ein weiteres Wort zu wechseln.

Als sie zurück in ihrem Haus in Cambridge waren, vergrub Mark sich hinter einem Stapel chirurgischer Fachzeitschriften. So reagierte er immer auf ihre Meinungsverschiedenheiten – mit Rückzug. Dabei hatte Abby gar nichts gegen einen guten, gesunden Streit. Die DiMatteo-Familie mit ihren drei eigensinnigen Töchtern und dem kleinen Pete hatte mehr als ihren Anteil an Pubertätskonflikten und Geschwisterstreitereien durchgemacht, ohne daß ihre Liebe füreinander deswegen je in Zweifel gestanden hätte. Abby wußte mit einem kernigen Streit umzugehen. Was sie nicht ertragen konnte, war Schweigen.

Frustriert ging sie in die Küche und schrubbte das Waschbecken. Ich werde wie meine Mutter, dachte sie angewidert. Ich bin wütend, und was tue ich? Ich mache die Küche sauber. Sie wischte die Herdplatte ab, nahm die einzelnen Gasbrenner auseinander und schrubbte auch die. Als sie schließlich hörte, wie Mark nach oben ins Schlafzimmer ging, blitzte die ganze verdammte Küche. Sie folgte ihm.

Sie lagen in der Dunkelheit nebeneinander, ohne sich zu berühren. Sein Schweigen hatte sich auf sie übertragen, und sie wußte nicht, wie sie es durchbrechen sollte, ohne als die Bedürftige und Schwache zu erscheinen. Doch sie konnte es einfach nicht länger aushalten.

»Ich hasse es, wenn du das machst«, sagte sie schließlich.

»Bitte, Abby, ich bin müde.«

»Ich auch. Wir sind beide müde. Es kommt mir so vor, als ob wir immer nur müde wären. Aber so kann ich nicht einschlafen. Und du auch nicht.«

»Also gut. Was soll ich sagen?«

»Irgendwas! Ich möchte nur, daß du weiter mit mir redest.«

»Ich sehe nicht, welchen Sinn es hat, Sachen zu Tode zu reden.«

»Es gibt Dinge, über die ich reden *muß*.«

»Gut. Ich höre.«

»Aber du verschanzt dich hinter einer Mauer. Ich komme mir vor wie bei der Beichte. Als ob ich durch ein Gitter mit einem Typ rede, den ich gar nicht sehen kann.« Sie seufzte und starrte in die Dunkelheit. Plötzlich hatte sie das schwindelerregende Gefühl, frei und unangebunden zu schweben, ohne Verbindung zur Welt. »Dieser Junge auf der Intensivstation ist erst siebzehn«, sagte sie.

Mark erwiderte nichts.

»Er erinnert mich so an meinen Bruder. Pete war viel jünger. Aber es gibt so eine Art falsche Tapferkeit, die alle Jungen haben. Pete besaß sie auch.«

»Es ist nicht allein meine Entscheidung«, sagte Mark. »Daran sind auch noch andere beteiligt. Das ganze Transplantationsteam. Aaron Levi, Bill Archer, sogar Jeremiah Parr.«

»Was hat der Klinikdirektor damit zu tun?«

»Parr möchte, daß unsere Statistiken gut aussehen. Und die Forschung bestätigt, daß nicht-stationäre Patienten bei Transplantationen eine sehr viel höhere Überlebenschance haben.«

»Ohne Transplantation hat Josh O'Day gar keine Überlebenschance.«

»Ich weiß, es ist eine Tragödie. Aber so ist das Leben.«

Sie lag reglos da, erschüttert von seinem nüchternen Ton.
Er streckte die Hand nach ihr aus, doch sie zog ihre Hand weg.
»Du könntest sie umstimmen«, sagte sie. »Du könntest sie überreden –«
»Es ist zu spät. Das Team hat entschieden.«
»Wer *ist* dieses Team überhaupt? Gott?«
Es entstand ein langes Schweigen, bevor Mark leise sagte: »Paß auf, was du sagst, Abby.«
»Über das heilige Team, meinst du?«
»Was wir neulich abends bei Archer gesagt haben, haben wir alle so gemeint. Archer hat mir hinterher sogar erzählt, daß du die beste Assistenzärztin bist, die er in den letzten drei Jahren gesehen hat. Aber Archer ist sehr vorsichtig, was die Leute angeht, die er rekrutiert. Ich kann ihm deshalb keinen Vorwurf machen. Wir brauchen Leute, die mit uns zusammenarbeiten, nicht gegen uns.«
»Und wenn ich anderer Meinung bin als ihr alle?«
»Das gehört dazu, wenn man in einem Team ist, Abby. Wir haben alle unsere Ansichten. Doch wir treffen unsere Entscheidungen gemeinsam. Und daran halten wir uns dann auch.« Wieder streckte er die Hand nach ihr aus. Diesmal zog sie ihre Hand nicht weg, doch sie erwiderte seinen Druck nicht. »Komm schon, Abby«, sagte er sanft. »Es gibt Assistenzärzte, die für eine Facharztstelle in der Transplantationschirurgie von Bayside morden würden. Und du kriegst deine praktisch auf dem Tablett serviert. Es *ist* doch das, was du wolltest, oder nicht?«
»Natürlich ist es das, was ich wollte. Es macht mir angst, wie sehr ich es will. Das Verrückte ist, daß ich gar nicht wußte, wie sehr ich es wollte, bis Archer die Möglichkeit aufgeworfen hat. Sie atmete tief ein und seufzte schwer. »Ich hasse es, wie ich ständig mehr will. Immer noch mehr! Irgend etwas treibt mich und treibt mich. Erst ging es darum, auf das College zu kommen, dann das Medizinstudium. Dann eine chirurgische Assistenz. Und jetzt die Stelle als Chirurgin. Ich habe mich so weit von meinen Anfängen entfernt. Damals wollte ich bloß Ärztin werden.«
»Aber das ist jetzt nicht mehr genug, oder?«
»Nein. Ich wünschte, es würde mir reichen. Aber das tut es nicht.«

»Dann verdirb nicht alles, Abby. Bitte. Um unser beider Willen.«
»So wie du das sagst, klingt es, als ob *du* derjenige wärst, der alles zu verlieren hat.«
»Ich habe deinen Namen ins Spiel gebracht. Ich habe ihnen gesagt, daß du die beste Wahl bist, die sie treffen können.« Er sah sie an. »Und das glaube ich immer noch.«
Eine Weile lagen sie schweigend da, nur ihre Hände berührten sich. Dann streckte er den Arm aus und strich über ihre Hüfte. Es war keine wirkliche Umarmung, aber ein Versuch.
Das war genug. Sie ließ sich von ihm in die Arme nehmen.

Das gleichzeitige Schrillen von einem halben Dutzend Piepern wurde gefolgt von einer knappen Durchsage über die Lautsprecheranlage des Krankenhauses:
»Atemstillstand, internistische Intensivstation, Atemstillstand, internistische Intensivstation.«
Abby schloß sich den anderen Assistenzärzten an, die die Treppe hinaufrannten. Als sie in die Intensivstation kam, drängte sich dort bereits medizinisches Personal. Ein Blick sagte ihr, daß genug Leute da waren, um sich um den Atemstillstand zu kümmern. Die meisten Assistenzärzte begannen bereits, den Raum wieder zu verlassen, und das wollte Abby auch gerade.
Dann sah sie, daß der Atemstillstand in Bett vier eingetreten war. In Josh O'Days mit Vorhängen abgeteiltem Stellplatz.
Sie drängte sich in das Knäuel aus weißen Kitteln und grünen OP-Hemden. In deren Mitte war Josh O'Day. Sein schmächtiger Körper lag im grellen Schein der Deckenlampen. Hannah Love führte eine Herzdruckmassage durch, wobei ihr blondes Haar mit jedem Stoß nach vorn schnellte. Eine andere Schwester zog aus den Schubladen des Rollwagens hektisch Ampullen und Spritzen hervor und gab sie den internistischen Assistenzärzten.
Abby warf einen Blick auf den Überwachungsmonitor.
Kammerflimmern. Das EKG-Muster eines sterbenden Herzens.
»Einen siebeneinhalber Trachealtubus!« rief eine Stimme.
Erst jetzt bemerkte Abby die hinter Joshs Bett kauernde Vivian Chao, die das Laryngoskop schon vorbereitet hatte.
Die Schwester an dem Wagen riß die Plastikverpackung eines Trachealtubus auf und gab ihn Vivian.

»Beatmet ihn weiter!« befahl Vivian.
Eine technische Assistentin hielt Josh eine Anästhesiemaske ins Gesicht und drückte noch ein paarmal auf die ballonartigen Behälter, aus denen von Hand Sauerstoff in die Lungen des Jungen gepumpt wurde.
»Gut«, sagte Vivian, »Intubation.«
Die technische Assistentin nahm die Maske weg. Innerhalb von Sekunden hatte Vivian den Trachealtubus eingeführt und den Sauerstoff angeschlossen.
»Lidocain ist verabreicht«, meldete eine Schwester.
Die technische Assistentin sah auf den Monitor. »Weiter Kammerflimmern. Gebt mir noch mal die Elektroden. Zweihundert Joule.«
Eine Schwester reichte ihr die Elektroden des Defibrillators, und sie legte sie auf der Brust zurecht. Die Stellen waren schon durch Kontaktplatten markiert, eine nahe am Brustbein, die andere neben der Brustwarze. »Alle zurücktreten.«
Der Stromstoß schoß durch Josh O'Days Körper und ließ jeden Muskel gleichzeitig krampfen. Der Junge zuckte grotesk und lag dann wieder reglos da.
Alle Augen schossen zum Überwachungsmonitor.
»Weiter Kammerflimmern«, sagte jemand. »Adrenalin 1:10.«
Hannah nahm ihre Herzdruckmassage automatisch wieder auf. Ihr Gesicht war gerötet, sie schwitzte und wirkte wie benommen vor Angst.
»Ich kann übernehmen«, bot Abby an.
Hannah nickte und trat zur Seite.
Abby stieg auf die Fußbank und legte ihre Hände auf Joshs Brust, die Handflächen auf das untere Drittel des Brustbeins. Seine Brust fühlte sich mager und schmächtig an, als könne sie unter ein paar kräftigen Stößen brechen. Abby hatte fast Angst, sich dagegen zu stemmen.
Sie fing an zu massieren. Es war eine Aufgabe, die keinerlei geistige Anstrengung erforderte. Nur dieser immer gleiche Bewegungsablauf: nach vorne beugen, entspannen, nach vorne beugen, entspannen, der Grundrhythmus der Wiederbelebung. Sie war Teil des Chaos und doch weit entfernt, weil sie sich innerlich zurückzog. Abby brachte es nicht über sich, ins Gesicht des Jungen zu sehen oder zu beobachten, wie Vivian den Tra-

chealtubus mit Klebeband fixierte. Sie konnte sich nur auf seine Brust konzentrieren, auf den Kontaktpunkt zwischen seinem Brustbein und ihren verschränkten Händen. Ein Brustbein war anonym. Es könnte irgend jemandes Brust sein. Die eines alten Mannes zum Beispiel, eines Fremden. Vorbeugen, entspannen. Sie konzentrierte sich. Vorbeugen, entspannen.
»Wieder alle zurücktreten!« rief jemand.
Abby zog ihre Hände weg. Ein erneuter Stromstoß fuhr durch die Elektroden, ein weiteres groteskes Zucken.
Kammerflimmern. Ein Herz zeigt an, daß es nicht mehr weiterkann.
Abby verschränkte die Hände und legte sie wieder auf die Brust des Jungen. Vorbeugen, entspannen. Komm zurück, Joshua, sagten ihre Hände zu ihm. Komm zu uns zurück.
Eine neue Stimme durchdrang den allgemeinen Lärm. »Man könnte es mit Kalziumchlorid versuchen. Hundert Milligramm«, sagte Aaron Levi. Er stand am Fußende des Bettes und hatte den Blick starr auf den Monitor gerichtet.
»Aber wir haben schon Digoxin verabreicht«, gab der internistische Assistenzarzt zu bedenken.
»Wir haben nichts mehr zu verlieren.«
Eine Schwester zog die Spritze auf und gab sie dem Assistenzarzt. »Hundert Milligramm Kalziumchlorid.«
Das Kalziumchlorid wurde in den Schlauch in Joshs Vene injiziert. Es war, als würde man einen Glückspfennig in den chemischen Wunschbrunnen werfen.
»Jetzt legt die Elektroden noch einmal an«, befahl Aaron. »Vierhundert Joule diesmal.«
»Alle zurück!«
Abby trat zurück. Die Gliedmaßen des Jungen zuckten und erstarrten wieder.
»Noch einmal«, ordnete Aaron an.
Ein weiterer Stoß. Die Anzeige auf dem Monitor schlug stark aus. Als sie wieder zur Grundlinie absank, zeigte sich ein einzelnes Signal, der gezackte Ausschlag eines QRS-Komplexes. Aber es verfiel sofort wieder zu Kammerflimmern.
»Ein letztes Mal!« befahl Aaron.
Die Elektroden wurden erneut auf die Brust gelegt. Der Körper zuckte heftig unter dem Schock von vierhundert Joule.

Dann wurde es plötzlich still, und alle Blicke huschten zum Monitor.
Ein QRS-Komplex zuckte über den Bildschirm. Dann noch einer. Und noch einer.
»Wir sind im Sinusrhythmus«, sagte Aaron.
»Ich spüre seinen Puls!« rief eine der Schwestern. »Ich spüre seinen Puls!«
»Blutdruck über vierzig ... jetzt neunzig zu fünfzig ...«
Der Raum schien in einem kollektiven Seufzer der Erleichterung aufzuatmen. Am Fuß des Bettes weinte Hannah Love hemmungslos. Willkommen zurück, Josh, dachte Abby. Ihr Blick war von Tränen verschleiert.
Die anderen Assistenzärzte verließen nach und nach das Zimmer. Doch Abby brachte es nicht über sich, zu gehen; sie fühlte sich zu erschöpft, um nahtlos mit ihrer normalen Arbeit weiterzumachen. Schweigend half sie den Krankenschwestern, die gebrauchten Spritzen und Ampullen einzusammeln, das Glas und Plastik, das nach einem Herzkreislaufkollaps zurückblieb. Neben ihr schniefte Hannah Love, während sie mit einem Waschlappen liebevoll die Elektrodensalbe von Joshs Brust wischte.
Es war Vivian, die das Schweigen schließlich brach.
»Er könnte in diesem Moment ein neues Herz kriegen«, sagte sie. Sie stand vor dem Nachttisch mit Joshs Trophäen und nahm das Band der Jungpfadfinder zur Hand. Pinewood-Derby, dritte Klasse. »Er hätte heute morgen in den OP gerollt werden können. Um zehn Uhr wäre das Transplantat eingepflanzt gewesen. Wenn wir ihn verlieren, ist es Ihre Schuld, Aaron.« Vivian Chao sah Aaron Levi an, dessen Stift bei der Unterschrift unter das Krankenblatt erstarrte.
»Dr. Chao«, sagte Aaron leise. »Möchten Sie gern unter vier Augen darüber sprechen?«
»Es ist mir egal, wer zuhört! Empfänger und Spender waren perfekt kompatibel. Ich wollte Josh heute morgen auf dem OP-Tisch haben. Aber Sie wollten keine klare Zustimmung geben. Sie haben die Entscheidung einfach verzögert. Und verzögert und noch mal verzögert.« Sie atmete tief ein und betrachtete Joshs Medaille in ihrer Hand. »Ich weiß nicht, was Sie sich dabei denken. Sie alle.«
»Ich werde diese Angelegenheit nicht mit Ihnen erörtern, be-

vor Sie sich wieder beruhigt haben«, erwiderte Aaron, drehte sich um und verließ das Zimmer.
»Und ob! Und ob Sie das tun werden«, rief Vivian und setzte ihm nach.
Durch die offene Tür hörte Abby, wie Vivian Aaron durch die Intensivstation verfolgte. Sie hörte ihre wütenden Fragen, ihre Forderungen nach einer Erklärung.
Abby bückte sich und hob das Pinewood-Derby-Band auf, das Vivian fallen gelassen hatte. Es war grün – nicht die Auszeichnung für den Sieger, sondern bloß eine ehrenvolle Erwähnung für die Stunden, die er in mühseliger Arbeit über einem Holzklotz zugebracht hatte, das Schleifen und Lackieren, das Hineinschlagen der Bleigewichte, damit das Holz besser rollte. All diese Mühe mußte belohnt werden. Das Selbstwertgefühl von kleinen Jungen mußte gestärkt werden.
Vivian kam zurück. Sie war aschfahl und sagte kein Wort. Sie stand am Fußende von Joshs Bett, starrte auf den Jungen hinab und beobachtete, wie seine Brust sich mit jedem Zischen des Beatmungsgeräts hob und senkte.
»Ich verlege ihn«, sagte sie plötzlich.
»Was?« Abby sah sie ungläubig an. »Wohin?«
»Ins Massachusetts General. In die Transplantationsabteilung dort. Machen Sie Josh für den Transport fertig. Ich erledige die nötigen Anrufe.«
Die beiden Schwestern rührten sich nicht. Sie starrten Vivian an.
»Er ist nicht transportfähig«, protestierte Hannah.
»Wenn er hier bleibt, werden wir ihn verlieren«, sagte Vivian. »*Wir werden ihn verlieren.* Wollen Sie, daß das geschieht?«
Hannah blickte auf die schmächtige Brust, die sich unter dem Waschlappen hob und senkte. »Nein«, sagte sie. »Ich will, daß er lebt.«
»Ivan Tarasoff war mein Medizinprofessor in Harvard«, erklärte Vivian. »Er ist der Leiter des dortigen Transplantationsteams. Wenn unser Team es nicht macht, dann wird Tarasoff es tun.«
»Selbst wenn Josh den Transport überlebt«, warf Abby ein, »braucht er noch immer ein Spenderherz.«
»Dann müssen wir ihm eins besorgen.« Vivian sah Abby direkt an. »Karen Terrios.«

In diesem Moment begriff Abby genau, was sie zu tun hatte. Sie nickte. »Ich werde sofort mit Joe Terrio reden.«

»Wir brauchen es schriftlich. Sorgen Sie dafür, daß er es unterschreibt.«

»Was ist mit der Entnahme? Das Bayside-Team können wir nicht einsetzen.«

»Tarasoff schickt gern seinen eigenen Mann zur Entnahme. Wir werden ihm assistieren. Wir werden es ihm sogar bis vor die Haustür liefern. Es darf keine Verzögerung geben. Wir müssen es schnell machen, bevor uns irgend jemand hier aufhalten kann.«

»Einen Moment«, sagte die andere Schwester. »Sie können keine Verlegung ins Massachusetts General anordnen.«

»Doch, das kann ich«, entgegnete Vivian. »Josh O'Day ist im Studentenkreis. Damit sind die leitenden Assistenzärzte zuständig. Ich übernehme die volle Verantwortung. Folgen Sie einfach meinen Anweisungen, und bereiten Sie ihn für den Transport vor.«

»Unbedingt, Dr. Chao«, sagte Hannah. »Ich werde ihn sogar persönlich begleiten.«

»Tun Sie das.« Vivian sah Abby an. »Also, DiMatteo«, schnarrte sie, »besorgen Sie uns ein Herz.«

Neunzig Minuten später bereitete Abby sich zur OP vor. Sie spülte ihre Hände ein letztes Mal ab und ging mit angewinkelten Ellenbogen rückwärts durch die Schwingtür in den OP Nr. drei.

Die Spenderin lag auf dem Operationstisch, ihr blasser Körper war in grelles Neonlicht getaucht. Eine Anästhesie-Schwester wechselte die Infusionsflaschen. Diese Patientin brauchte keine Betäubung. Karen Terrio konnte keinen Schmerz spüren.

Vivian stand im OP-Hemd mit übergestreiften Handschuhen neben dem Tisch. Ihr gegenüber stand Dr. Lim, ein Nierenchirurg. Abby hatte schon mehrmals mit ihm zusammen operiert. Es war ein Mann, der keine Worte verschwendete und für seine flinke, stille Arbeit bekannt war.

»Unterschrieben und besiegelt?« fragte Vivian.

»In dreifacher Ausfertigung. Die Unterlagen befinden sich schon in der Krankenakte.« Abby hatte sie selbst getippt, die empfängerbezogene Organspendeneinwilligung, die festlegte,

daß Karen Terrios Herz an den siebzehnjährigen Josh O'Day gehen sollte.
Das Alter des Jungen hatte Joe Terrio schließlich umgestimmt. Er hatte am Bett seiner Frau gesessen, deren Hand gehalten und schweigend zugehört, als Abby ihm von dem siebzehnjährigen Jungen erzählt hatte, der ein Baseball-Fan war. Wortlos hatte Joe Terrio die Papiere unterschrieben. Dann hatte er seine Frau zum Abschied geküßt.
Eine Schwester half Abby, das OP-Hemd anzulegen und die Handschuhe Größe sechseinhalb überzustreifen. »Wer führt die Entnahme durch?« fragte sie.
»Dr. Frobisher von Tarasoffs Team. Ich habe schon mit ihm gearbeitet«, erklärte Vivian. »Er ist auf dem Weg hierher.«
»Irgendwelche Neuigkeiten von Josh?«
»Tarasoff hat vor zehn Minuten angerufen. Sie haben die Typisierung und die Kreuzprobe von seinem Blut und einen OP-Saal klargemacht. Sie stehen auf Abruf bereit.« Sie sah ungeduldig auf Karen Terrio herab. »Wo bleibt nur Frobisher?«
Sie warteten, zehn Minuten, eine Viertelstunde. Über die Gegensprechanlage erreichte sie ein Anruf von Tarasoff, der sich erkundigte, ob die Entnahme schon begonnen hätte.
»Noch nicht«, sagte Vivian. »Aber es geht jetzt jeden Moment los.«
Wieder summte die Gegensprechanlage. »Dr. Frobisher ist eingetroffen«, sagte die Schwester. »Er wäscht sich gerade.«
Fünf Minuten später ging die Tür zum OP auf, und Frobisher trat ein. Seine kräftigen Ellenbogen waren tropfnaß. »Handschuhe Größe neun«, bellte er.
Sofort wurde die Stimmung im Raum angespannt. Niemand außer Vivian hatte je mit Frobisher zusammengearbeitet, und sein grimmiger Gesichtsausdruck lud nicht zu Gesprächen ein. Mit stummer Effizienz halfen ihm die Schwestern in OP-Kittel und Handschuhe.
Er trat an den Tisch und musterte kritisch die vorbereitete Operationsstelle. »Machen Sie wieder Ärger, Dr. Chao?« fragte er.
»Wie üblich«, antwortete Vivian. Sie wies auf die anderen um den Tisch Stehenden. »Dr. Lim wird die Nieren übernehmen. Dr. DiMatteo und ich werden bei Bedarf assistieren.«
»Krankengeschichte der Patientin?«

»Schädelverletzung. Hirntot, alle Spendererklärungen unterschrieben. Sie ist vierunddreißig Jahre alt, war bis zu ihrem Unfall bei guter Gesundheit. Ihr Blut wurde untersucht.«
Er nahm ein Skalpell und hielt es über Karen Terrios Brust. »Sonst noch etwas, was ich wissen sollte?«
»Nichts. Die New England Organ Bank bestätigt uns perfekte Komptabilität. Vertrauen Sie mir.«
»Ich hasse es, wenn Leute das zu mir sagen«, murmelte Frobisher. »Also, dann wollen wir uns unser Herz mal ansehen und uns vergewissern, daß es in gutem Zustand ist. Dann treten wir beiseite und lassen zuerst Dr. Lim seine Arbeit machen.« Er setzte die Klinge des Skalpells an und schnitt die Brust mit einem geraden Schnitt auf, so daß das Brustbein entblößt wurde. »Säge.«
Die Instrumentierschwester reichte ihm die elektrische Säge. Abby hielt den Wundsperrer. Als Frobisher durch das Brustbein schnitt, mußte Abby sich unwillkürlich abwenden. Das Kreischen des Sägeblatts und der Geruch von Knochenstaub lösten bei ihr eine leichte Übelkeit aus, während Frobisher unbekümmert und mit flinken Händen weiterarbeitete. Nach wenigen Augenblicken war er in der Brusthöhle und hielt sein Skalpell über den Herzbeutel.
Wenn das Durchschneiden des Brustbeins wie ein Akt brutaler Gewalt erschienen war, so war das, was bevorstand, eine weit kompliziertere Arbeit. Frobisher schlitzte die Herzbeutelmembran auf.
Nach einem ersten Blick auf das schlagende Herz murmelte er leise und zufrieden. Er sah Vivian an und fragte: »Ihre Meinung, Dr. Chao?«
Mit beinahe ehrfürchtigem Schweigen griff Vivian tief in die Brusthöhle. Fast zärtlich strich sie über das Herz, ihre Finger tasteten die Wände ab und folgten jeder Arterie. Das Organ pulsierte lebhaft in ihren Händen. »Es ist wunderschön«, sagte sie leise. Mit glänzenden Augen blickte sie zu Abby hinüber. »Genau das richtige Herz für Josh.«
Die Gegensprechanlage summte. »Dr. Tarasoff ist dran«, sagte eine Schwester.
»Richten Sie ihm aus, daß das Herz prächtig aussieht«, erklärte Frobisher. »Wir beginnen in diesem Moment mit der Nierenentnahme.«

»Er möchte mit einem der Ärzte sprechen. Er sagt, es sei äußerst dringend.«
Vivian sah erneut Abby an. »Übernehmen Sie das Gespräch.«
Abby zog ihre Handschuhe aus und nahm den Hörer des Wandtelefons ab. »Hallo, Dr. Tarasoff? Hier ist Abby DiMatteo, eine der Assistenzärztinnen. Das Herz sieht fantastisch aus. In eineinhalb Stunden können wir vor Ihrer Tür stehen.«
»Dann könnte es möglicherweise schon zu spät sein«, erwiderte Tarasoff. Abby konnte über die Leitung zahlreiche Hintergrundgeräusche hören: hektische Wortwechsel, das Geklapper von Metallinstrumenten. Auch Tarasoff selbst klang angespannt und abgelenkt. Sie hörte, wie er sich abwendete und mit jemand anderem redete. Dann war er wieder am Apparat. »Der Junge hat in den letzten zehn Minuten zweimal kollabiert. Im Augenblick haben wir ihn wieder im Sinusrhythmus. Aber wir können nicht länger warten. Entweder wir hängen ihn jetzt an die Herz-Lungen-Maschine oder wir verlieren ihn. Vielleicht verlieren wir ihn so oder so.« Wieder wandte er sich vom Hörer ab, diesmal, um jemandem zuzuhören. Als er wieder am Apparat war, sagte er nur noch: »Wir schneiden. Sehen Sie zu, daß Sie bald hier sind, klar?«
Abby legte auf und berichtete Vivian: »Sie legen Josh einen Bypass. Er hat schon zweimal kollabiert. Sie brauchen das Herz sofort.«
»Ich brauche eine Stunde, um die Nieren freizulegen«, erklärte Dr. Lim.
»Vergessen Sie die Nieren«, fauchte Vivian. »Wir nehmen uns gleich das Herz vor.
»Aber –«
»Sie hat recht«, unterstützte Frobisher sie. Der Schwester rief er zu: »Vereiste Salzlösung! Und bereiten Sie die Kühlbox vor. Irgend jemand sollte auch einen Krankenwagen für den Transport organisieren.«
»Soll ich mich noch mal waschen?« fragte Abby.
»Nein.« Vivian griff nach dem Wundsperrer. »Wir sind hier in ein paar Minuten so weit. Wir brauchen Sie für den Transport.«
»Was ist mit meinen Patienten?«
»Ich springe für Sie ein. Hinterlegen Sie Ihren Pieper im OP-Sekretariat.«

Eine Schwester begann, eine Kühlbox mit Eis zu füllen. Eine andere stellte Eimer mit kalter Salzlösung neben dem OP-Tisch bereit. Frobisher mußte keine weiteren Befehle erteilen. Die Frauen waren Kardiologie-Schwestern und wußten genau, was zu tun war.

Frobisher legte mit geschickten Bewegungen des Sklapells das Herz frei. Das Organ pumpte noch, und mit jedem Schlag schoß sauerstoffreiches Blut in die Arterien. Jetzt war es an der Zeit, dieses Herz anzuhalten und die letzte Spur von Leben in Karen Terrio zu löschen.

Frobisher injizierte fünfhundert Milliliter einer hochprozentigen Kaliumlösung in die Wurzel der Aorta. Das Herz schlug einmal. Zweimal.

Und dann blieb es stehen. Es war jetzt schlaff, seine Muskeln durch die plötzlich Kaliuminfusion gelähmt. Abby blickte unwillkürlich zum Monitor. Das EKG zeigte eine Nullinie. Karen Terrio war endgültig und klinisch tot.

Eine Schwester goß einen Eimer vereiste Salzlösung in die Brusthöhle, um das Herz rasch zu kühlen. Dann machte Frobisher sich an die Arbeit, band ab und schnitt.

Kurz darauf hob er das Herz aus der Brusthöhle und ließ es sanft in eine Schüssel gleiten. Blut kräuselte sich in der kalten Salzlösung. Eine Schwester trat vor und hielt einen Plastikbeutel auf. Frobisher bewegte das Herz in der kalten Flüssigkeit noch ein paarmal, bevor er das gewaschene Organ in den Beutel gleiten ließ. Weitere vereiste Salzlösung wurde hinzugegossen. Das Herz wurde zweifach verpackt und in die Kühlbox gelegt.

»Es gehört Ihnen, DiMatteo«, sagte Frobisher. »Sie fahren im Krankenwagen mit, ich komme mit meinem Wagen nach.«

Abby nahm die Kühlbox. Als sie schon die Tür des OPs aufstieß, hörte sie, wie Vivian ihr nachrief:

»Lassen Sie es nicht fallen.«

Fünf

Ich halte Josh O'Days Leben in meinen Händen, dachte Abby, als sie die Kühlbox auf ihrem Schoß umklammerte. Der zur Mittagszeit gewohnt dichte Bostoner Verkehr teilte sich wie durch ein Wunder vor dem flackernden Blaulicht. Abby war noch nie in einem Krankenwagen gefahren. Unter anderen Umständen hätte sie die Fahrt vielleicht sogar genossen, die erhebende Erfahrung, daß Bostons Autofahrer – die rücksichtslosesten der Welt – endlich einmal die Straße frei machten. Doch im Augenblick war sie ganz auf die Fracht in ihren Händen konzentriert und sich der Tatsache nur zu bewußt, daß jede Sekunde, die verstrich, eine weitere Sekunde war, die Josh O'Day zum Leben fehlen konnte.

»Sie haben da drin ein Leben, was, Doktor?« sagte der Krankenwagenfahrer, laut Namensschild ein »G. Furillo.«

»Ein Herz«, sagte Abby. »Ein schönes.«

»An wen geht es?«

»An einen siebzehnjährigen Jungen.«

Furillo umkurvte einen Verkehrsstau, seine schlaksigen Arme bewegten das Lenkrad mit fast beiläufiger Eleganz. »Ich habe schon Nierentransporte vom Flughafen gemacht. Aber ich muß gestehen, daß ist mein erstes Herz.«

»Meins auch«, sagte Abby.

»Wie lange hält es sich – fünf Stunden?«

»Ungefähr.«

Furillo sah sie an und grinste. »Entspannen Sie sich. Ich bringe Sie so hin, daß sie noch dreieinhalb Stunden Zeit haben.«

»Um das Herz mache ich mir auch keine Sorgen. Es ist der Junge. Als letztes habe ich gehört, daß es ihm nicht besonders gutging.«

Furillo konzentrierte sich noch eindringlicher auf den Verkehr. »Wir sind fast da. Noch höchstens fünf Minuten.«
Im Funkgerät knackte eine Stimme. »Wagen dreiundzwanzig, hier ist Bayside. Wagen dreiundzwanzig, hier ist Bayside.«
Furillo nahm das Mikrophon. »Dreiundzwanzig, Furillo.«
»Dreiundzwanzig, bitte kehren Sie zur Notaufnahme von Bayside zurück.
»Unmöglich. Ich transportiere ein lebendes Organ ins Mass Gen. Haben Sie verstanden? Ich bin unterwegs zum Massachusetts General Hospital.«
»Dreiundzwanzig, die Anweisung lautet, unverzüglich nach Bayside zurückzukehren.«
»Bayside, rufen Sie einen anderen Wagen, ja? Wir haben ein lebendes Organ an Bord –«
»Diese Anweisung gilt speziell für Wagen dreiundzwanzig. Kehren Sie sofort um!«
»Wer ordnet das an?«
»Die Anweisung kommt direkt von Dr. Aaron Levi. Fahren Sie nicht ins Massachusetts General. Haben Sie verstanden?«
Furillo sah Abby an. »Was hat das zu bedeuten?«
Sie haben uns ertappt, dachte Abby. Verdammt, Sie haben uns ertappt. Und sie versuchen, uns aufzuhalten.
Sie betrachtete die Kühlbox mit Karen Terrios Herz, dachte an all die Monate und Jahre erfüllten Lebens, die einen Siebzehnjährigen noch erwarten konnten.
»Drehen Sie nicht um«, entschied sie. »Fahren Sie weiter.«
»Was?«
»*Weiterfahren,* habe ich gesagt.
»Aber die geben mir Anweisung –«
»Wagen dreiundzwanzig, hier ist Bayside«, unterbrach das Funkgerät sie. »Bitte antworten Sie.«
»Bringen Sie mich zum Massachusetts General!« sagte Abby. »Los.«
Furillo blickte zum Funkgerät. »Alle Himmel«, sagte er. »Ich weiß nicht –«
»Dann lassen Sie mich hier raus!« befahl Abby. »Ich laufe den Rest!«
Das Funkgerät schnarrte: »Wagen dreiundzwanzig, hier ist Bayside. Bitte antworten Sie sofort.«

»Ach, leck mich doch«, murmelte Furillo ins Mikrophon.
Und dann trat er aufs Gas.

An der Rampe wartete bereits eine Krankenschwester in OP-Kleidung. Als Abby mit der Kühlbox aus dem Wagen stieg, rief sie: »Vom Bayside?«

»Ich habe das Herz.«

»Hier entlang.«

Abby hatte nur noch Zeit, Furillo ein letztes Mal dankbar zuzuwinken, bevor sie der Schwester fast im Laufschritt durch die Notaufnahme folgte. Sie nahm die bevölkerten Flure und Treppenhäuser wie im Zeitraffer wahr. Vor dem Fahrstuhl blieben sie stehen, die Krankenschwester steckte den Notfallschlüssel ins Schloß.

»Wie geht es dem Jungen?« fragte Abby.

»Wir mußten einen Bypass legen. Wir konnten nicht warten.«

»Hat er noch mal kollabiert?«

»Er hört gar nicht mehr auf zu kollabieren.« Die Schwester sah auf die Kühlbox. »Sie tragen darin seine letzte Chance.«

Sie traten aus dem Fahrstuhl und hasteten durch eine Reihe automatischer Schiebetüren in den OP-Trakt.

»Hier. Ich nehme das Herz«, sagte die Schwester.

Durch das Fenster sah Abby, wie sich ein Dutzend maskierter Gesichter umdrehten, als der Behälter einer Schwester durch die Tür angereicht wurde. Die Kühlbox wurde sofort geöffnet und das Herz aus seinem Eisbett gehoben.

»Wenn Sie sich frische OP-Kleidung anziehen, können Sie reingehen«, bemerkte eine Schwester. »Der Umkleideraum ist ein Stück den Flur hinunter.«

»Danke, ich glaube, das mache ich wirklich.«

Bis Abby ein frisches Hemd, Kappe und Einmal-Schuhe angezogen hatte, hatte das Team im OP Josh O'Days krankes Herz bereits herausgenommen. Abby mischte sich unter das dicht gedrängt stehende Personal, doch zu viele Schultern verdeckten ihr die Sicht. Immerhin konnte sie das Gespräch der Chirurgen verfolgen. Es war entspannt, beinahe herzlich.

Alle Operationssäle sahen gleich aus, überall waren der gleiche Edelstahl, die gleichen grün-blauen Vorhänge und gleißende Lichter. Unterschiedlich war nur die Atmosphäre, in der die Menschen in dem jeweiligen Raum arbeiteten. Und die

wurde bestimmt durch die Persönlichkeit des leitenden Chirurgen.
Nach der entspannten Unterhaltung zu urteilen, war Ivan Tarasoff ein Chirurg, mit dem man angenehm arbeiten konnte.
Abby drängte sich an den Kopf des OP-Tischs und blieb neben dem Anästhesisten stehen. Das Elektrokardioskop über dem Bett zeigte eine flache grüne Linie an. In Joshs Brust schlug jetzt gar kein Herz; die Bypass-Maschine erledigte die ganze Arbeit. Joshs Augenlider waren zugeklebt, damit die Netzhaut nicht austrocknete, und sein Haar war von einer Papierhaube bedeckt. Eine einzelne dunkle Locke hatte sich gelöst und fiel in seine Stirn. Er lebt noch, dachte sie. Du kannst es schaffen, Kleiner.
Der Anästhesist sah Abby an. »Sind Sie vom Bayside?« flüsterte er.
»Ich bin der Kurier. »Wie läuft es?«
»Eine Weile stand es auf Messers Schneide. Aber wir haben das Schlimmste überstanden. Tarasoff ist schnell. Er ist schon an der Aorta.« Er nickte zu dem leitenden Chirurgen hinüber.
Mit seinem schneeweißen Augenbrauen und seinem milden Blick sah Ivan Tarasoff aus wie der Inbegriff von jedermanns Lieblingsopa. Er trug seine Bitten um eine frische Nadel oder mehr Aspiration in demselben Tonfall vor, in dem man vielleicht um eine weitere Tasse Tee gebeten hätte. Kein Showgehabe, kein übersteuertes Geltungsbedürfnis, nur ein stiller Mechaniker, der seine Arbeit erledigte.
Abby blickte wieder zum Monitor. Noch immer eine flache Linie.
Noch immer kein Lebenszeichen.

Im Warteraum weinten Josh O'Days Eltern, Schluchzen mischte sich mit einem erleichtertem Lachen. Strahlende Gesichter allenthalben. Es war achtzehn Uhr, und ihre Tortur war endlich vorüber.
»Das neue Herz arbeitet prächtig«, erklärte Dr. Tarasoff. »Es hat sogar früher angefangen zu schlagen, als wir erwartet hatten. Es ist ein gutes, kräftiges Herz. Damit sollte Josh ein Leben lang auskommen.«
»Das haben wir nicht erwartet«, beteuerte Mr. O'Day. »Wir haben nur gehört, daß er hierherverlegt wurde. Daß es einen Not-

fall gegeben hätte. Wir dachten – wir dachten –« Er wandte sich ab und schlang die Arme um seine Frau. Wortlos klammerten sie sich aneinander. Sie waren einfach nicht in der Lage, weiterzusprechen.

»Mr. und Mrs. O'Day?« fragte eine Schwester sanft. »Wenn Sie Josh sehen wollen, er wacht gerade auf.«

Ein lächelnder Tarasoff beobachtete, wie die O'Days ins Aufwachzimmer geführt wurden. Dann drehte er sich um und sah Abby an. Seine blauen Augen blitzten hinter seiner Nickelbrille. »Deswegen tun wir es«, sagte er leise. »Für Augenblicke wie diesen.«

»Es war knapp«, sagte Abby.

»Verdammt knapp.« Er schüttelte den Kopf. »Und ich werde verdammt zu alt für diese Aufregung.«

Sie gingen in den OP-Aufenthaltsraum, wo er ihnen beiden eine Tasse Kaffee eingoß. Ohne seine Haube und mit zerzaustem grauen Haar sah er eher aus wie ein zerstreuter Professor und nicht wie ein berühmter Thoraxchirug. Er reichte Abby ihre Tasse an. »Sagen Sie Vivian, das nächste Mal soll Sie mich vorher warnen«, sagte er. »Ich erhalte einen Anruf, und plötzlich wartet der Junge vor unserer Tür. Ich war derjenige, der beinahe kollabiert hätte.«

»Vivian wußte, was sie tat, als sie den Jungen zu Ihnen geschickt hat.«

Er lachte. »Vivian Chao weiß immer, was sie tut. Sie war schon als Medizinstudentin so.«

»Sie ist eine großartige leitende Assistenzärztin.«

»Sind Sie in dem Chirurgen-Programm am Bayside?«

Abby nickte und schlürfte ihren heißen Kaffee. »Im zweiten Jahr.«

»Gut. Es gibt nicht genug Frauen in dieser Branche. Aber zu viele Macho-Schlitzer, die immer nur schneiden wollen.«

»Das klingt aber gar nicht nach einem Chirurgen.«

Tarasoff blickte zu den anderen Ärzten, die um die Kaffeemaschine standen. »Ein bißchen Blasphemie«, flüsterte er, »ist gut für die Gesundheit.«

Abby leerte ihre Tasse und sah auf die Uhr. »Ich muß zurück zum Bayside. Ich hätte wahrscheinlich gar nicht zur Operation bleiben dürfen. Aber ich bin trotzdem froh, daß ich es getan

habe.« Sie lächelte ihn an. »Vielen Dank, Dr. Tarasoff. Dafür, daß sie dem Jungen das Leben gerettet haben.«
Er schüttelte ihre Hand. »Ich bin bloß der Klempner, DiMatteo«, sagte er. »Sie haben das lebenswichtige Teil gebracht.«
Es war nach sieben, als ein Taxi sie vor dem Haupteingang des Bayside-Hospital absetzte. Als sie das Krankenhaus betrat, hörte sie als erstes, wie ihr Name über Lautsprecher ausgerufen wurde. Sie nahm das Haustelefon ab.
»Hier ist DiMatteo«, meldete sie sich.
»Wir piepsen Sie schon seit Stunden an, Dr. DiMatteo«, sagte die Telefonistin vorwurfsvoll.
»Vivian Chao sollte für mich einspringen. Sie hat meinen Pieper.«
»Wir haben Ihren Pieper hier in der Zentrale. Und derjenige, der Sie hat suchen lassen, war Mr. Parr.«
»Jeremiah Parr?«
»Seine Durchwahl ist fünf-sechs-sechs. Verwaltung.«
»Es ist sieben Uhr. Ist er noch da?«
»Vor fünf Minuten war er jedenfalls noch da.«
Abby legte auf, ihr Magen kribbelte alarmiert. Jeremiah Parr, der Direktor des Krankenhauses, war ein Verwaltungsmann, kein Arzt. Sie hatte erst einmal mit ihm gesprochen, auf dem jährlichen Begrüßungspicknick für neue Mitarbeiter. Sie hatten einander die Hand geschüttelt und ein paar Nettigkeiten ausgetauscht, bevor Parr die anderen Assistenzärzte willkommen geheißen hatte. Diese kurze Begegnung hatte in ihr den lebhaften Eindruck eines Mannes hinterlassen, der unerschütterlich war. Und graue Anzüge trug.
Natürlich hatte sie ihn seit dem Picknick noch ein paarmal gesehen. Sie lächelten sich an und nickten einander zu, wenn sie sich im Fahrstuhl oder auf den Fluren begegneten. Doch sie bezweifelte, daß er sich an ihren Namen erinnerte. Jetzt ließ er sie um sieben Uhr abends anpiepen.
Das kann nichts Gutes bedeuten, dachte sie. Das kann ganz und gar nichts Gutes bedeuten.
Sie griff wieder zum Telefon und wählte Vivians Privatnummer. Bevor sie mit Parr sprach, mußte sie wissen, was los war. Vivian würde es wissen.
Es nahm niemand ab.

Beunruhigter denn je, legte Abby auf. Es war Zeit, sich den Konsequenzen zu stellen. Wir haben eine Entscheidung getroffen, wir haben das Leben eines Jungen gerettet. Wie kann man uns daraus einen Vorwurf machen? dachte sie.
Mit pochendem Herzen nahm sie den Aufzug in den ersten Stock. Der Verwaltungstrakt wurde von einer Reihe Neondeckenlampen nur schwach beleuchtet. Abby ging unter dem Lichtstreifen entlang, ihre Schritte wurden vom Teppich geschluckt. Die Büros zu beiden Seiten des Flures waren verlassen, doch am Ende des Korridors schimmerte Licht unter einer geschlossenen Tür hindurch. Jemand war im Konferenzzimmer. Sie ging auf die Tür zu und klopfte an.
Die Tür ging auf. Vor ihr stand Jeremiah Parr und sah sie an, seine Miene war im Gegenlicht unergründlich. An dem Konferenztisch hinter ihm saß ein halbes Dutzend Männer. Abby erkannte Bill Archer, Mark und Mohandas. Es war das Transplantationsteam.
»Dr. DiMatteo«, sagte Parr.
»Tut mir leid, ich wußte nicht, daß Sie versucht haben, mich zu erreichen«, erklärte Abby. »Ich hatte das Krankenhaus verlassen.«
»Wir wissen, wo Sie waren.« Parr trat aus dem Zimmer. Mark folgte ihm. Beide Männer standen Abby in dem düsteren Flur gegenüber. Die Tür stand offen, doch dann sah Abby, wie Archer sich erhob und die Tür vor ihrer Nase schloß.
»Kommen Sie in mein Büro«, forderte Parr sie auf. Sobald sie eingetreten waren, schlug er die Tür zu und sagte: »Haben Sie eine Vorstellung von dem Schaden, den Sie angerichtet haben? Haben Sie auch nur eine Ahnung davon?«
Abby sah Mark an, doch dessen Gesicht war leer. In solchen Momenten machte er ihr am meisten angst: Wenn sie hinter der Maske nicht den Mann erkennen konnte, den sie liebte.
»Josh O'Day lebt«, sagte sie. »Die Transplantation hat ihm das Leben gerettet. Ich kann darin keinen Fehler erkennen.«
»Der Fehler liegt darin, *wie* es geschehen ist«, sagte Parr.
»Wir standen vor seinem Bett und haben gesehen, daß er starb. Ein Junge in seinem Alter sollte nicht –«
»Abby«, sagte Mark. »Wir stellen deine Instinkte ja gar nicht in Frage. Sie waren gut, natürlich waren sie das.«

»Was soll das Gefasel von Instinkten, Hodell?« fauchte Parr. »Sie haben ein Spenderherz gestohlen! Sie wußten, was sie taten, und es war ihnen egal, wen sie sonst noch reingerissen haben! Schwestern, Krankenwagenfahrer. Sogar Dr. Lim ist in die Sache hineingezogen worden!«
»Den Anweisungen der leitenden Assistenzärztin zu folgen, ist genau das, was von Abby erwartet wird. Und das ist alles, was sie getan hat. Sie hat Befehle ausgeführt.«
»Die Sache muß Konsequenzen haben. Die leitende Assistenzärztin zu feuern, reicht nicht.«
Feuern? Vivian? Abby suchte in Marks Gesicht nach Bestätigung.
»Vivian hat alles aufgeklärt«, sagte Mark. »Sie hat zugegeben, daß sie dich und die Schwestern gezwungen hat, mitzumachen.«
»Ich glaube kaum, daß sich Dr. DiMatteo so leicht zu irgendwas zwingen läßt«, bemerkte Parr.
»Was ist mit Lim?« fragte Mark. »Er war auch im OP. Wollen Sie den auch rausschmeißen?«
»Lim hatte keine Ahnung, was vor sich ging«, sagte Parr. »Er war bloß anwesend, um die Nieren zu entnehmen. Er wußte nur, daß im Massachusetts General ein Empfänger auf dem OP-Tisch lag und daß sich in der Krankenakte eine empfängergebundene Spendererklärung befand.« Parr wandte sich an Abby. »Aufgesetzt von Ihnen und in Ihrem Beisein unterschrieben.«
»Joe Terrio hat sie freiwillig unterschrieben«, sagte Abby. »Er hat eingewilligt, daß das Herz an den Jungen gehen sollte.«
»Und das bedeutet, daß niemand wegen Organdiebstahls belangt werden kann«, bemerkte Mark. »Es lief alles absolut legal, Parr. Vivian wußte genau, welche Strippen sie ziehen mußte, und sie hat sie gezogen. Einschließlich Abbys.«
Abby setzte an, etwas zu Vivians Verteidigung zu sagen, doch dann sah sie den mahnenden Blick in Marks Augen: Vorsicht. Grab dir nicht dein eigenes Grab.
»Wir haben eine Patientin, die wegen eines neuen Herzens zu uns gekommen ist. Und jetzt haben wir kein Herz für sie. Was soll ich ihrem Mann sagen? ›Tut mir leid, Mr. Voss, aber das Herz ist *verlegt* worden?‹« Parr wandte sich mit vor Wut verzerrtem Gesicht an Abby. »Sie sind nur Assistenzärztin, Dr. DiMatteo. Sie haben sich eine Entscheidung angemaßt, eine Entscheidung,

die Sie nicht zu treffen hatten. Voss hat bereits davon erfahren. Und jetzt wird Bayside dafür bezahlen. Und zwar happig.«
»Kommen Sie, Parr«, sagte Mark. »So weit ist es noch nicht.«
»Glauben Sie vielleicht, daß Victor Voss seine Anwälte *nicht* in Marsch setzen wird?«
»Auf welcher Grundlage denn? Es gibt eine empfängergebundene Spendererklärung. Das Herz *mußte* an den Jungen gehen.«
»Nur weil DiMatteo den Ehemann gezwungen hat, sie zu unterschreiben!« beharrte Parr und zeigte wütend auf Abby.
»Ich habe ihm nur von Josh O'Day erzählt«, sagte Abby. »Ich habe ihm erzählt, daß der Junge erst siebzehn –«
»Das allein reicht, um Sie zu feuern«, erklärte Parr. Er blickte auf seine Uhr. »Mit Wirkung des heutigen Tages, 19.30 Uhr – also ab jetzt – sind Sie als Assistenzärztin entlassen.«
Abby starrte ihn entsetzt an. Sie wollte protestieren, doch ihre Kehle war wie zugeschnürt. Sie brachte kein Wort hervor.
»Das können Sie nicht machen«, sagte Mark.
»Warum nicht?« fragte Parr.
»Zum einen liegt diese Entscheidung beim Leiter des Programms. Und wie ich den General kenne, wird es ihm bestimmt nicht gefallen, daß seine Autorität übergangen wurde. Zum zweiten ist unser chirurgisches Hauspersonal ohnehin knapp. Wenn wir Abby verlieren, bedeutet das, daß die Thoraxchirurgie jede zweite Nacht Bereitschaft hat. Die Leute werden müde werden, Parr. Sie werden Fehler machen. Wenn Sie Anwälte anlocken wollen, ist das genau die Art, es zu erreichen.« Er warf einen Seitenblick zu Abby. »Du hast doch morgen nacht Bereitschaft, oder?«
Sie nickte.
»Und was machen wir jetzt, Parr?« fuhr Mark fort. »Kennen Sie einen anderen Assistenzarzt im zweiten Jahr, der einfach so für sie einspringen kann?«
Jeremiah Parr sah Mark an. »Das ist nur vorübergehend. Glauben Sie mir, daß ist nur vorübergehend.« An Abby gewandt bemerkte er: »Sie werden morgen weiteres in dieser Angelegenheit hören. Und jetzt verschwinden Sie hier.«
Auf wackeligen Beinen schaffte es Abby irgendwie, Parrs Büro zu verlassen. Sie fühlte sich zu benommen, um klar zu denken. Auf halbem Weg den Flur hinunter blieb sie stehen und spürte,

wie die Benommenheit den Tränen wich. Sie wäre gleich an Ort und Stelle weinend zusammengebrochen, wenn Mark nicht an ihrer Seite gewesen wäre.

»Abby.« Sie drehte sich um und sah ihn an. »Den ganzen Nachmittag war hier das reinste Schlachtfeld. Was hast du dir nur dabei gedacht?«

»Ich habe das Leben eines Jungen gerettet. Das habe ich mir dabei gedacht!« Ihre Stimme brach in abgerissene Schluchzer. »Wir haben ihn gerettet, Mark. Es ist genau das, was wir hätten tun *sollen*. Ich habe niemandes Befehle befolgt. Ich habe auf meine Instinkte gehört. *Meine* eigenen.« Wütend wischte sie die Tränen aus ihrem Gesicht. »Wenn Parr mich dafür bestrafen will, soll er. Ein siebzehnjähriger Junge gegen die Frau eines reichen Mannes. Ich werde alles offenlegen, Mark. Vielleicht werde ich gefeuert. Aber ich werde strampelnd und kreischend untergehen.« Sie drehte sich um und ging weiter den Flur hinunter.

»Es gibt eine andere Möglichkeit. Eine bequemere.«

»Ich wüßte nicht, welche.«

»Hör mir zu.« Wieder faßte er ihren Arm. »Laß Vivian allein den Kopf hinhalten! Das wird sie ohnehin tun.«

»Aber ich habe mehr getan, als nur Befehle zu befolgen.«

»Abby, nimm ein Geschenk an, wenn es dir angeboten wird! Vivian hat die Schuld auf sich genommen. Sie hat es getan, um die Schwestern zu schützen. Belaß es dabei.«

»Und was geschieht mit ihr?«

»Sie hat bereits gekündigt. Peter Dayne ist als leitender Assistenzarzt eingesprungen.«

»Und wohin geht Vivian?«

»Das ist ihr Problem, nicht das des Bayside-Hospitals.«

»Sie hat genau das getan, was sie hätte tun sollen. Sie hat das Leben ihres Patienten gerettet. Dafür schmeißt man doch niemanden raus!«

»Sie hat die oberste Regel an diesem Krankenhaus verletzt. Und die lautet: Spiele mit dem Team, nicht dagegen. Dieses Krankenhaus kann es sich nicht leisten, Kanonen wie Vivian Chao zu verlieren. Aber ein Arzt ist entweder für oder gegen uns.« Er machte eine Pause. »Wo stehst du?«

»Ich weiß nicht.« Sie schüttelte den Kopf und spürte, wie ihre Tränen erneut flossen. »Ich weiß es nicht mehr.«

»Bedenke deine Alternativen, Abby. Oder besser deren Mangel. Vivian hatte ihre fünfjährige Assistenzarztzeit schon hinter sich. Als Fachärztin kann sie sich überall bewerben oder eine chirurgische Praxis eröffnen. Aber du hast nur deinen Arzt im Praktikum. Wenn sie dich jetzt rausschmeißen, wirst du nie Chirurgin. Was willst du dann machen? Willst du den Rest deines Lebens als Vertrauensärztin bei einer Versicherung fristen? Ist es das, was du willst?«

»Nein.« Sie atmete tief ein und stieß einen verzweifelten Seufzer aus. »Nein.«

»Was *willst* du dann?«

»Ich weiß genau, was ich will!« Erneut wischte sie sich wütend über das Gesicht und atmete noch einmal tief ein. »Ich wußte es heute nachmittag, als ich Tarasoff im OP zugesehen habe. Ich habe gesehen, wie er das Spenderherz genommen hat, leblos wie ein Stück Fleisch. Auf dem OP-Tisch lag der Junge. Und Tarasoff hat das Herz eingesetzt, und es fing wieder an zu schlagen. Und auf einmal war da wieder Leben.« Sie schluckte gegen einen weiteren Schwall von Tränen an. »Da wußte ich, was ich will. Ich will das tun, was Tarasoff tut.« Sie sah Mark an. »Kindern wie Josh O'Day ein Stück Leben einpflanzen.«

Mark nickte. »Dann mußt du etwas dafür tun. Abby, wir können es noch immer schaffen. Deinen Job, die Stelle als Fachärztin, alles.«

»Ich wüßte nicht, wie.«

»Ich bin derjenige, der deinen Namen für das Transplantationsteam ins Spiel gebracht hat. Du bist nach wie vor meine erste Wahl. Ich kann mit Archer und den anderen reden. Wenn wir alle zu dir halten, muß Parr einen Rückzieher machen.

»Das ist aber ein ziemlich großes Wenn.«

»Du kannst deinen Teil dazu beitragen. Zunächst einmal, indem du Vivian die Schuld auf sich nehmen läßt. Sie war die leitende Assistenzärztin. Sie hat eine falsche Entscheidung getroffen.«

»Aber das hat sie nicht!«

»Du kennst nur das halbe Bild. Du hast die andere Patientin noch nicht gesehen.«

»Welche andere Patientin?«

»Nina Voss. Sie wurde heute nachmittag aufgenommen. Vielleicht solltest du sie dir einmal ansehen. Mach dir selbst ein Bild davon, ob die Wahl tatsächlich so klar war, ob du nicht möglicherweise doch einen Fehler gemacht hast.«

Abby schluckte. »Wo ist sie?«

»Im dritten Stock, auf der internistischen Intensivstation.«

Schon vom Flur konnte Abby den Aufruhr in der Intensivstation hören: das Stimmengewirr, das Quietschen eines tragbaren Röntgengeräts, zwei Telefone, die gleichzeitig klingelten. In dem Moment, in dem sie die Station betrat, spürte sie das Schweigen, das sich über den Raum senkte. Sogar die Telefone verstummten plötzlich. Einige der Schwestern starrten sie an; die meisten sahen demonstrativ weg.

»Dr. DiMatteo«, sagte Aaron Levi. Er war gerade aus Raum fünf gekommen und fixierte sie mit einem Blick kaum unterdrückter Wut. »Vielleicht sollten Sie sich das ansehen«, sagte er.

Das versammelte Personal trat schweigend zur Seite, um Abby vorzulassen. Sie ging an das Fenster zu Raum fünf. Durch die Scheibe sah sie eine Frau in einem Bett liegen, eine zerbrechlich aussehende Frau mit weißblonden Haaren, das Gesicht bleich wie die Laken. Ein Trachealtubus war in ihren Hals eingeführt und an ein Beatmungsgerät angeschlossen. Sie kämpfte mit der Maschine, ihre Brust bewegte sich krampfartig, während sie versuchte, Luft einzusaugen. Doch die Maschine wollte nicht kooperieren. Alarmsignale schrillten, während die Maschine das verzweifelte Ringen der Frau um Atem ignorierte und sie nach einem voreingestellten Rhythmus weiter beamtete. Beide Hände der Frau waren fixiert. Ein Assistenzarzt führte am Handgelenk der Patientin einen Arterienschlauch ein, er stach tief unter die Haut und führte den Plastikkatheter in die Speichenarterie ein. Das andere, ans Bett gefesselte Handgelenk der Frau sah aus wie ein Nadelkissen aus Infusionsschläuchen und Blutergüssen. Eine Schwester sprach auf die Patientin ein und versuchte, sie zu beruhigen, doch die Frau starrte bei vollem Bewußtsein mit dem Ausdruck eines gequälten Tieres zu ihr hoch.

»Das ist Nina Voss«, sagte Aaron.

Abby antwortete nichts. Vor Entsetzen stumm blickte sie auf die Frau.

»Sie wurde vor acht Stunden aufgenommen. Ihr Zustand hat sich seit ihrer Ankunft praktisch ununterbrochen verschlechtert. Um fünf Uhr hatte sie einen Herz-Kreislauf-Kollaps. Ventrikuläre Tachykardie. Vor zwanzig Minuten hatte sie einen weiteren Kollaps. Deswegen die Intubation. Sie sollte heute abend operiert werden. Das Team war bereit. Der OP war bereit. Dann erfahren wir, daß die Spenderin schon Stunden vor dem angesetzten Termin operiert wurde und daß das Herz, das an diese Frau hätte gehen sollen, gestohlen wurde. *Gestohlen*, Dr. DiMatteo.«

Abby antwortete noch immer nicht. Sie war wie gebannt von der Tortur, die sie in Raum fünf vor sich sah. In diesem Augenblick traf ihr Blick auf den von Nina Voss, nur einen flüchtigen Moment lang, und sie sah ein Flehen um Gnade. Der Schmerz in diesen Augen erschütterte Abby.

»Das wußten wir nicht«, flüsterte Abby. »Wir wußten nicht, daß ihr Zustand kritisch ist.«

»Ist Ihnen klar, was jetzt passieren wird? Haben Sie eine Vorstellung davon?«

»Der Junge –« Sie wandte sich an Aaron. »Der Junge lebt.«

»Und was ist mit dem Leben dieser Frau?«

Darauf gab es nichts, was Abby hätte erwidern können. Egal was sie sagte und wie sie sich verteidigte, sie konnte das Leiden hinter diesem Fenster nicht rechtfertigen.

Den Mann, der vom Schwesternzimmer auf sie zukam, bemerkte sie nicht. Erst als er sagte: »Ist das Dr. DiMatteo?« nahm sie ihn zur Kenntnis. Er war Anfang sechzig und gut gekleidet, die Art Mann, deren bloße Anwesenheit Aufmerksamkeit verlangt.

Leise antwortete sie: »Ich bin Abby DiMatteo.« Erst als sie das gesagt hatte, erkannte sie den Ausdruck in seinen Augen. Es war Haß, rein und giftig. Sie wäre fast zurückgewichen, als der Mann einen Schritt auf sie zu machte, während sich sein Gesicht vor Zorn verfinsterte.

»Sie und die andere«, sagte er. »Dieses Schlitzauge.«

»Mr. Voss, bitte«, sagte Aaron.

»Glauben Sie, Sie können mich verschaukeln?« brüllte Voss Abby an. »Oder meine Frau? Das wird ein Nachspiel haben. Ich werde dafür sorgen, daß die Sache für Sie ein Nachspiel hat!« Mit geballten Fäusten kam er auf Abby zu.

»Mr. Voss«, beschwor Aaron ihn. »Glauben Sie mir, wir werden uns auf unsere Art um Dr. DiMatteo kümmern.«

»Ich will, daß sie aus dem Krankenhaus entfernt wird! Ich will ihr Gesicht hier nie wieder sehen!«
»Mr. Voss«, setzte Abby an. »Es tut mir so leid. Ich kann Ihnen gar nicht sagen, wie leid –«
»Schaffen Sie sie mir aus den Augen, *verdammt* noch mal!« brüllte Voss.
Aaron trat rasch zwischen sie. Er packte Abbys Arm und zog sie weg. »Sie sollten jetzt besser gehen«, meinte er.
»Wenn ich nur mit ihm reden könnte, alles erklären.«
»Das Beste, was Sie im Augenblick tun können, ist, die Intensivstation zu verlassen.«
Sie warf einen Blick zu Voss, der sich vor Zimmer fünf aufgebaut hatte, als wolle er seine Frau vor einem Angriff beschützen. Nie zuvor hatte Abby ein derart haßerfülltes Gesicht gesehen. Alle Gespräche und Erklärungen der Welt würden nichts daran ändern.
Resigniert nickte sie Aaron zu. »Ja«, sagte sie leise. »Ich gehe.« Und sie drehte sich um und verließ die Intensivstation.

Zwei Stunden später parkte Stewart Sussman seinen Wagen in der Tanner Avenue und betrachtete die Hausnummer 1451. Das Haus war von bescheidener Größe mit dunklen Fensterläden und einem kleinen Vorgarten. Ein weißer Holzzaun umgab das Grundstück. Obwohl es zu dunkel war, um etwas zu erkennen, sagten Sussmans Instinkte ihm, daß der Rasen ordentlich gemäht und die Blumenbeete frei von Unkraut waren. Ein feiner Rosenduft hing in der Luft.
Sussman stieg aus dem Wagen, ging durch das Tor und die Stufen zur Veranda hinauf bis zur Haustür. Die Bewohner waren daheim. Licht brannte, und hinter den Vorhängen sah er Schatten, die sich bewegten.
Er klingelte.
Eine Frau kam an die Tür. Sie hatte ein müdes Gesicht, müde Augen, und ihre Schultern waren unter irgendeiner schrecklichen seelischen Last gebeugt. »Ja?« fragte sie.
»Tut mir leid, daß ich störe. Mein Name ist Stewart Sussman. Ich wollte fragen, ob ich vielleicht kurz mit Mr. Joseph Terrio sprechen könnte?«
»Er möchte im Moment mit niemandem sprechen. Wir hat-

ten gerade einen ... einen Verlust in der Familie, verstehen Sie?«
»Aber natürlich, Mrs. ...«
»Terrio. Ich bin Joes Mutter.«
»Ich habe das von Ihrer Schwiegertochter gehört, Mrs. Terrio. Und es tut mir sehr, sehr leid. Aber es ist wichtig, daß ich mit Ihrem Sohn spreche. Es betrifft Karens Tod.«
Die Frau zögerte nur einen Moment. Dann sagte sie: »Entschuldigen Sie mich« und schloß die Tür. Er hörte sie rufen: »Joe?« Kurz darauf wurde die Tür wieder geöffnet, und ein Mann mit rot geränderten Augen stand vor ihm. Jede seiner Bewegungen war träge vor Trauer. »Ich bin Joe Terrio«, sagte er.
Sussman streckte die Hand aus. »Mr. Terrio, ich bin geschickt worden von jemandem, der sehr betroffen von den Umständen ist, unter denen Ihre Frau gestorben ist.«
»Umständen?«
»Sie war eine Patientin am Bayside-Hospital. Ist das korrekt?«
»Hören Sie, ich begreife nicht, was das alles soll.«
»Es geht um die medizinische Versorgung Ihrer Frau, Mr. Terrio. Und um die Frage, ob möglicherweise Fehler gemacht wurden. Fehler, die sich als tödlich erwiesen haben.«
»Wer sind Sie?«
»Ich bin Anwalt in der Kanzlei Hawkes, Craig und Sussman. Mein Spezialgebiet sind medizinische Kunstfehler.«
»Ich brauche keinen Anwalt. Und ich will heute abend nicht von irgendeinem verdammten Aasgeier behelligt werden.«
»Mr. Terrio –«
»Verschwinden Sie.« Joe wollte die Tür zuschlagen, doch Sussman hob eine Hand, um ihn aufzuhalten.
»Mr. Terrio«, sagte er leise und ruhig.
»Ich habe Grund zu der Annahme, daß einer von Karens Ärzten einen Fehler gemacht hat. Einen schrecklichen Fehler. Vielleicht hätte Ihre Frau gar nicht sterben müssen. Dessen bin ich mir im Augenblick noch nicht sicher. Aber mit Ihrer Erlaubnis kann ich die Unterlagen einsehen und die Tatsachen aufdecken. Sämtliche Tatsachen.«
Langsam öffnete Joe die Tür wieder weiter. »Wer schickt sie? Sie sagten, jemand hätte Sie geschickt. Wer?«
Sussman sah ihn mitfühlend an. »Ein Freund«, bemerkte er.

Sechs

Noch nie zuvor hatte Abby sich gefürchtet, zur Arbeit zu gehen, doch als sie an jenem Morgen das Bayside-Hospital betrat, hatte sie das Gefühl, direkt ins Feuer zu laufen. Gestern abend hatte Jeremiah Parr Konsequenzen angekündigt, heute würde sie sich ihnen stellen müssen. Doch bis Wettig sie nicht offiziell von ihrer Entlassung unterrichtet hatte, war sie entschlossen, ihre Pflicht wie gewohnt weiter zu tun. Sie hatte Visiten und OP-Termine und am Abend Bereitschaft. Sie würde ihren Job machen, und sie würde ihn gut machen. Das schuldete sie den Patienten. Und auch Vivian. Noch vor einer Stunde hatten sie miteinander telefoniert, und Vivians letzte Worte waren gewesen: »Irgend jemand dort muß seine Stimme für die Josh O'Days erheben. Bleiben Sie dabei, DiMatteo. Für uns beide.«

Sobald Abby die Intensivchirurgie betreten hatte, bemerkte sie, wie alle Mitarbeiter ihre Stimmen dämpften. Inzwischen mußte jeder von Josh O'Day gehört haben. Und obwohl niemand etwas zu Abby sagte, vernahm sie das leise Gemurmel der Schwestern und bemerkte deren verlegene Blicke. Sie ging zum Regal und suchte die Krankenblätter ihrer Patienten für die Visite zusammen. Nur diese Aufgabe zu bewältigen, erforderte schon ihre ganze Konzentration. Abby legte die Krankenblätter auf den Rollwagen und schob ihn auf die Station zu dem Zimmer mit ihrem ersten Patienten. Als sie das Zimmer betreten hatte und dem Blick der anderen entzogen war, fühlte sie sich zutiefst erleichtert. Sie zog den Vorhang vor der Tür zu und wandte sich der Patientin zu.

Mary Allen lag auf dem Bett. Sie hielt die Augen geschlossen und hatte ihre astdürren Arme und Beine in fötaler Lage zusammengezogen. Nach der Biopsie an der offenen Lunge hatte

Mary zweimal unter akuter Blutdruckschwäche gelitten und war deshalb zur Beobachtung in der Wachstation geblieben. Die Schwester hatte notiert, daß Marys Blutdruck seit vierundzwanzig Stunden stabil war und keine abnormalen Herzrhythmen beobachtet worden waren. Es bestand also die Chance, daß Mary heute in ein normales Zimmer der Chirurgie verlegt werden konnte.

Abby trat an ihr Bett und sagte: »Mrs. Allen?«

Die Frau erwachte langsam. »Dr. DiMatteo«, murmelte sie.

»Wie fühlen Sie sich heute?«

»Nicht so gut. Ich habe noch immer Schmerzen, wissen Sie.«

»Wo?«

»In der Brust, im Kopf, und jetzt auch im Rücken. Ich habe überall Schmerzen.«

In ihrem Krankenblatt sah Abby, daß die Schwestern ihr rund um die Uhr Morphium gegeben hatten. Offensichtlich war es nicht genug. Abby würde eine höhere Dosis verordnen müssen.

»Wir geben Ihnen noch mehr Schmerzmittel«, sagte sie. »So viel, wie Sie brauchen, um beschwerdefrei zu bleiben.«

»Und auch, damit ich schlafen kann. Ich kann nicht schlafen.« Mary seufzte in tiefer Erschöpfung und schloß die Augen. »Ich will einfach einschlafen, Doktor. Und nicht wieder aufwachen.«

»Mrs. Allen. Mary?«

»Könnten Sie das nicht für mich tun? Sie sind Ärztin. Sie könnten es mir so leicht machen. So leicht.«

»Wir können dafür sorgen, daß die Schmerzen aufhören«, sagte Abby.

»Aber den Krebs können Sie nicht wegmachen, oder?« Mary hatte ihre Augen wieder geöffnet, ihr Blick flehte Abby an, ihr die ungeschminkte Wahrheit zu sagen.

»Nein«, sagte Abby. »Wegmachen können wir ihn nicht. Der Krebs hat sich schon zu weit im Körper verbreitet. Wir können Sie nur einer Chemotherapie unterziehen, um ihn aufzuhalten. Um Zeit für Sie zu gewinnen.«

»Zeit?« Mary lachte resigniert. »Wofür brauche ich Zeit? Um hier noch eine Woche oder einen Monat länger zu liegen? Mir wäre es lieber, ich hätte es hinter mir.«

Abby nahm Marys Hand. Sie fühlte sich an wie fleischlose, in Pergament eingewickelte Knochen. »Zuerst wollen wir uns mal um die Schmerzen kümmern. Wenn wir das tun, sieht alles andere vielleicht auch gleich ganz anders aus.«

Statt zu antworten, wandte Mary sich einfach ab und drehte sich auf die Seite. »Ich nehme an, Sie wollen meine Lunge abhören«, sagte sie nur.

Sie wußten beide, daß die Untersuchung eine bloße Formalität war. Das Stethoskop auf der Brust über ihrem Herzen war eine nutzlose Zeremonie. Trotzdem absolvierte Abby sie. Außer Handauflegen hatte sie Mary Allen sonst wenig zu bieten. Als sie fertig war, hielt die Patientin ihr noch immer den Rücken zugewandt.

»Wir werden Sie aus der Wachstation in ein Zimmer auf der Normalstation verlegen. Dort wird es ruhiger sein. Es gibt da nicht so viele Störungen.«

Keine Antwort, nur ein tiefes Einatmen, ein langer Seufzer.

Als Abby das Zimmer verlassen hatte, fühlte sie sich besiegter und nutzloser denn je. Sie konnte so wenig tun. Schmerzfreiheit war das einzige, was sie Mary anbieten konnte. Das und das Versprechen, der Natur ihren Lauf zu lassen.

Sie schlug Marys Krankenblatt auf und notierte: »Patientin äußert den Wunsch zu sterben. Dosis Morphiumsulfat zur Schmerzkontrolle erhöht.« Sie unterschrieb die Verlegungsanweisung und gab sie Cecily, Marys Krankenschwester.

»Ich möchte, daß Sie sich wohl fühlt«, sagte Abby. »Stellen Sie die Dosis auf ihre Schmerzen ein. Geben Sie ihr genug, damit sie schlafen kann.«

»Was ist unsere Obergrenze?«

Abby zögerte und dachte an die dünne Linie zwischen Wohlbefinden und Bewußtlosigkeit, zwischen Schlaf und Koma. »Keine Obergrenze«, sagte sie dann. »Sie stirbt, Cecily. Sie möchte sterben. Wenn das Morphium es ihr leichter macht, dann sollten wir ihr genau das geben. Selbst wenn es bedeutet, daß das Ende ein wenig schneller kommt.«

Cecily nickte, in ihren Augen lag ein Ausdruck unausgesprochener Zustimmung.

Als Abby gerade ins nächste Zimmer gehen wollte, hörte sie Cecily rufen: »Dr. DiMatteo?«

Abby drehte sich um. »Ja?«
»Ich ... ich wollte Ihnen nur sagen, ich finde, Sie sollten wissen, daß ... also ...« Cecily sah sich nervös um und bemerkte, daß einige andere Schwestern der Intensivchirurgie sie beobachteten. Sie warteten. Cecily räusperte sich: »Ich wollte Sie wissen lassen, daß wir denken, Sie und Dr. Chao haben das Richtige getan, als Sie Josh O'Day das Herz gegeben haben.«
Abby blinzelte gegen die plötzlich aufsteigenden Tränen an. »Danke«, flüsterte sie. »Vielen Dank.«
Erst als Abby sich jetzt umsah, bemerkte sie das allseitige beifällige Nicken.
»Sie sind eine der besten Assistenzärztinnen, die wir je hatten, Dr. DiMatteo«, sagte Cecily. »Wir finden, daß Sie auch das wissen sollten.«
In dem anschließenden verlegene Schweigen rührten sich einige Hände zum Applaus. Dann gesellten sich weitere hinzu, und dann noch mehr. Abby stand sprachlos da, das Krankenblatt an die Brust gedrückt, während sämtliche Schwestern der chirurgischen Intensivstation in lauten und spontanen Beifall ausbrachen. Sie applaudierten *ihr*.
Es war ein brausender Applaus.

»Ich will, daß sie entlassen wird und aus diesem Krankenhaus verschwindet«, erklärte Victor Voss. »Und ich werde alles Erforderliche unternehmen, um das zu erreichen.«
In seiner achtjährigen Amtszeit als Präsident des Bayside-Hospitals hatte Jeremiah Parr schon diverse Krisen bewältigt. Er hatte zwei Schwesternstreiks, verschiedene Multimillionen-Dollar-Prozesse wegen ärztlicher Kunstfehler und militante, in der Lobby wütende Abtreibungsgegner überstanden. Doch noch nie hatte er eine dermaßen unverhohlene Wut gesehen, wie er sie jetzt im Gesicht von Victor Voss sah. Um zehn Uhr morgens war Voss flankiert von zwei seiner Anwälte in Parrs Büro marschiert und hatte eine Besprechung verlangt. Jetzt war es kurz vor Mittag, und die Konferenz war um die Teilnehmer Colin Wettig, Direktor der chirurgischen Assistenzarztausbildung, und Susan Cascado, die Anwältin des Bayside, erweitert worden. Sie hinzuzuziehen war Parrs Idee gewesen. Bis jetzt waren juristische Mittel noch mit keinem Wort erwähnt wor-

den, doch Parr konnte gar nicht vorsichtig genug sein. Vor allem im Umgang mit einem so mächtigen Mann wie Victor Voss.
»Meine Frau stirbt«, sagte Voss. »Verstehen Sie mich? *Sie stirbt.* Vielleicht überlebt sie die nächste Nacht nicht. Und dafür mache ich diese beiden Assistenzärztinnen direkt verantwortlich.«
»DiMatteo ist erst im zweiten Jahr ihrer Assistenzzeit«, sagte Wettig. »Sie hat die Entscheidung nicht getroffen. Das hat die leitende Assistenzärztin getan. Und Dr. Chao ist ab sofort nicht mehr Teilnehmerin unseres Ausbildungsprogramms.«
»Ich will, daß auch DiMatteo kündigt.«
»Aber sie hat ihre Kündigung nicht angeboten.«
»Dann finden Sie einen Grund, sie zu entlassen.«
»Dr. Wettig«, sagte Parr ruhig. »Wir müssen doch in der Lage sein, einen Anlaß für die Beendigung des Beschäftigungsverhältnisses zu finden.«
»Dafür gibt es nicht die geringste Grundlage«, beharrte Wettig, der stur dagegenhielt. »Alle ihre Zeugnisse und Beurteilungen sind hervorragend und sämtlich aktenkundig. Ich weiß, daß dies eine schmerzliche Situation für Sie ist, Mr. Voss. Es ist nur zu verständlich, daß man irgend jemandem die Schuld geben möchte. Aber ich glaube, ihr Zorn läuft in die falsche Richtung. Das eigentliche Problem ist der Mangel an Organen. Tausende von Menschen brauchen neue Herzen, und es stehen immer nur ein paar zur Verfügung. Überlegen Sie, was passieren würde, wenn wir Dr. DiMatteo tatsächlich feuerten. Sie könnte klagen. Die Sache würde höheren Orts erörtert. Man wird den Fall untersuchen und Fragen stellen. Zum Beispiel, warum ein siebzehnjähriger Junge das Herz nicht von Anfang an bekommen sollte.«
Es entstand eine Pause.
»Bloß das nicht«, murmelte Parr.
»Verstehen Sie, was ich sagen will?« fuhr Wettig fort. »Das sieht nicht gut aus. Es läßt das Krankenhaus schlecht dastehen. So etwas wollen wir auf gar keinen Fall in der Zeitung lesen, Untertöne von Klassenkampf von wegen Benachteiligung der Armen. Genauso werden sie den Fall hochspielen, ungeachtet der Frage, ob es stimmt.« Wettig blickte fragend in die Runde. Niemand sagte etwas.
Unser Schweigen spricht Bände, dachte Parr.

»Natürlich dürfen wir nicht zulassen, daß ein falscher Eindruck entsteht«, betonte Susan. »So empörend der Vorwurf auch sein mag, selbst der Anschein von Organhandel würde unser Ansehen in der Öffentlichkeit ruinieren.«

»Ich sage nur, wie es von außen betrachtet aussehen könnte«, erklärte Wettig.

»Es ist mir egal, wie es aussieht«, beharrte Voss. »Sie haben dieses Herz gestohlen.«

»Es war eine empfängerbezogene Spende. Mr. Terrio hatte jedes Recht, die Person des Empfängers zu bestimmen.«

»Dieses Herz wurde meiner Frau garantiert.«

»Garantiert?« Wettig blickte stirnrunzelnd zu Parr. »Gibt es etwas, wovon ich nichts weiß?«

»Es wurde vor ihrer Aufnahme entschieden«, sagte Parr. »Die Kreuzprobe war perfekt.«

»Die des Jungen auch«, entgegnete Wettig.

Voss sprang auf. »Ich möchte Ihnen allen mal was erklären: Meine Frau stirbt wegen Abby DiMatteo. Sie kennen mich nicht besonders gut, meine Damen und Herren, aber lassen Sie sich eines gesagt sein: Niemand hintergeht mich oder meine Familie ungestraft –«

»Mr. Voss«, unterbrach einer seiner Anwälte. »Vielleicht sollten wir das lieber unter –«

»Lassen Sie mich *ausreden,* verdammt noch mal!«

»Bitte, Mr. Voss. Das ist nicht in Ihrem Interesse.«

Voss starrte seinen Anwalt wütend an. Mit sichtbarer Anstrengung brach er seine Tirade ab und setzte sich wieder. »Ich möchte, daß wegen Dr. DiMatteo etwas unternommen wird«, betonte er und sah Parr direkt an.

Parr war mittlerweile ins Schwitzen gekommen. Es wäre so einfach, diese Assistenzärztin zu feuern! Leider wollte der General nicht mitspielen. Diese verdammten Chirurgen und ihre Egos. Sie konnten es nicht ertragen, wenn irgend jemand anders als sie eine Entscheidung traf. Warum war Wettig in dieser Sache bloß so stur?

»Mr. Voss«, meldete sich Susan Casado in ihrer samtigsten Zähm-das-wilde-Tier-Stimme. »Darf ich vorschlagen, daß wir uns alle die Zeit nehmen, die Angelegenheit noch einmal zu überdenken? Überstürzte juristische Schritte sind selten der

beste Weg. Vielleicht können wir Ihr Anliegen im Verlauf der nächsten Tage klären.« Susan warf Wettig einen demonstrativen Blick zu, den der General ebenso demonstrativ ignorierte.
»In einigen Tagen könnte meine Frau tot sein«, entgegnete Voss. Er erhob sich und bedachte Parr mit einem verächtlichen Blick. »Ich muß nichts überdenken. Ich möchte, daß wegen Dr. DiMatteo etwas unternommen wird. Und zwar bald.«

»Ich sehe die Kugel«, sagte Abby.
Mark leuchtete mit dem Strahl der Lampe die hinteren Winkel der Brusthöhle aus. Etwas Metallisches blitzte auf, bevor es wieder hinter der sich aufblähenden Lunge verschwand.
»Scharfe Augen, Abby. Da du sie entdeckt hast – möchtest du die ehrenvolle Aufgabe übernehmen?«
Abby nahm eine Pinzette vom Instrumententisch. Die Lungen hatten sich wieder aufgebläht und verdeckten erneut den Blick in die Brusthöhle. »Keine Luft, nur einen Moment lang.«
»Schon passiert«, versicherte der Anästhesist.
Abby schob ihre Hand tief in die Brusthöhle und tastete an der Innenwand des Brustkorbs entlang. Als Mark die rechte Lunge behutsam zurückzog, faßte Abby mit den Spitzen der Pinzette das Metallstück und zog es vorsichtig aus der Höhle.
Die abgeflachte Kugel, Kaliber zweiundzwanzig, fiel scheppernd in die Schale.
»Keine inneren Blutungen. Sieht so aus, als könnten wir zunähen«, sagte Abby.
»Der Junge ist ein echter Glückspilz«, erwiderte Mark und betrachtete den Schußkanal. »Eintrittsloch direkt rechts neben dem Brustbein. Die Kugel muß von einer Rippe abgelenkt worden sein. Dann ist sie an den Pleuralblättern entlanggeglitten. Er kommt wahrscheinlich mit einer Luftansammlung im Brustraum davon.«
»Hoffentlich hat er seine Lektion gelernt«, meinte Abby.
»Welche Lektion?«
»Ärgere nie deine Frau.«
»*Sie* hat geschossen?«
»Ja, so weit ist es schon gekommen, Liebling.«
Sie schlossen die Brust wieder und arbeiteten dabei mit der ver-

trauten Unbefangenheit zweier Menschen, die sich gut kannten. Es war vier Uhr nachmittags, und Abby hatte seit sieben Uhr morgens Dienst. Schon jetzt schmerzten ihre Unterschenkel vom vielen Stehen, und sie hatte noch weitere vierundzwanzig Stunden Bereitschaft vor sich. Doch im Augenblick war sie von einem Hochgefühl erfüllt. Die erfolgreiche Operation und die Gelegenheit, mit Mark zu operieren, hatte sie mit neuem Mut erfüllt. Genauso hatte sie sich ihre gemeinsame Zukunft vorgestellt: Hand in Hand arbeitend, sich selbst und einander sicher. Mark war ein brillanter Chirurg, schnell, aber sorgfältig. Seit sie ihm zum ersten Mal assistiert hatte, war Abby von der angenehmen Atmosphäre in seinem OP beeindruckt gewesen. Mark verlor nie die Fassung, schrie nie eine Schwester an, hob nicht einmal seine Stimme. Damals hatte sie entschieden, wenn *sie* sich je unters Messer legen müßte, dann sollte Mark Hodell derjenige sein, der das Skalpell hielt.
Jetzt arbeitete sie Seite an Seite mit ihm, ihre behandschuhte Hand berührte seine, und sie steckten die Köpfe eng zusammen. Dies war der Mann, den sie liebte, und es war die Arbeit, die sie liebte. Einen kurzen Moment lang konnte sie Victor Voss und die Krise vergessen, die ihre Karriere überschattete. Vielleicht war die Krise auch schon vorbei. Noch war die Axt nicht gefallen, noch hatte sie keine ominöse Nachricht aus Parrs Büro ereilt. Im Gegenteil: Am Morgen hatte Colin Wettig sie beiseite genommen, um ihr auf seine gewohnt schroffe Art mitzuteilen, daß sie für ihre Zeit in der Thoraxchirurgie herausragende Beurteilungen bekommen hatte.
Es wird sich alles regeln, dachte sie, als sie dem Patienten nachblickte, der in den Aufwachraum gerollt wurde. Irgendwie wird sich alles zum Guten wenden.
»Ausgezeichnete Arbeit, DiMatteo«, sagte Mark und zog sein OP-Hemd aus.
»Ich wette, das sagst du zu allen Assistenzärztinnen.«
»Aber das jetzt sage ich nicht zu allen Assistenzärztinnen«, er beugte sich vor und flüsterte ihr ins Ohr: »Wir treffen uns im Bereitschaftsraum.«
»Dr. DiMatteo?«
Abby und Mark wurden rot, als sie sich umdrehten und die Schwester sahen, die ihren Kopf zur Tür hereinsteckte.

»Da war ein Anruf für Sie aus dem Sekretariat von Mr. Parr. Sie sollen in die Verwaltung kommen.«
»Sofort?«
»Man wartet auf Sie?«, sagte die Schwester und ging.
Abby warf Mark einen besorgten Blick zu. »Was nun?«
»Laß dich nicht einschüchtern. Ich bin sicher, alles wird gut. Willst du, daß ich mitkomme?«
Sie dachte kurz darüber nach, bevor sie den Kopf schüttelte. »Ich bin schon ein großes Mädchen. Ich sollte in der Lage sein, das alleine zu bewältigen.«
»Wenn es irgendein Problem gibt, piep mich an. Ich bin sofort da.« Er drückte ihre Hand. »Versprochen!«
Sie brachte nicht mehr als ein dünnes Lächeln zustande, bevor sie die OP-Tür aufstieß und mit grimmiger Miene Richtung Fahrstuhl marschierte.
Wie am Vorabend stieg sie mit einem Gefühl ängstlicher Vorahnung im ersten Stock aus und ging den mit Teppich ausgelegten Flur zu Jeremiah Parrs Büro hinunter. Parrs Sekretärin schickte sie in ein Konferenzzimmer um die Ecke. Abby klopfte an die Tür.
»Herein«, hörte sie Parr sagen.
Sie atmete zitternd ein und betrat den Raum.
Parr erhob sich von seinem Stuhl an dem Konferenztisch. Außer ihm waren noch Colin Wettig und eine Frau im Zimmer, die Abby nicht kannte. Sie war um die vierzig, brünett und trug ein elegant geschneidertes blaues Kostüm. Nichts in ihren Gesichtern verriet Abby, was der Zweck dieser Besprechung sein könnte, doch ihr Instinkt sagte ihr, daß es kein angenehmer war.
»Dr. DiMatteo«, sagte Parr, »darf ich Ihnen Susan Casado vorstellen, die das Krankenhaus in juristischen Angelegenheiten vertritt?«
Eine Anwältin? Das war gar nicht gut.
Die beiden Frauen schüttelten einander die Hände. Miss Casados Hans fühlte sich in Abbys eisiger Hand unnatürlich warm an.
Abby setzte sich neben Wettig. Es entstand ein kurzes Schweigen, nur unterbrochen vom Papiergeraschel der Anwältin und Wettigs knurrigem Räuspern.

Dann sagte Parr: »Dr. DiMatteo, vielleicht könnten Sie uns berichten, wie Ihr Beitrag zur Behandlung von Mrs. Karen Terrio aussah.«

Abby runzelte die Stirn. Das war ganz und gar nicht das, was sie erwartet hatte. »Ich habe die Erstuntersuchung an Mrs. Terrio durchgeführt«, sagte sie, »und sie dann in die Neurochirurgie überstellt, wo man den Fall übernommen hat.«

»Wie lange unterstand Sie Ihrer Behandlung?«

»Offiziell? Etwa zwei Stunden, ungefähr.«

»Und was genau haben Sie in diesen beiden Stunden getan?«

»Ich habe sie stabilisiert und die notwendigen Laboruntersuchungen angeordnet. Das müßte alles in der Krankenakte stehen.«

»Ja, uns liegt eine Kopie vor«, sagte Susan Casado und klopfte auf das Krankenblatt, das auf dem Tisch lag.

»Dort finden Sie alles dokumentiert«, sagte Abby. »Meinen Aufnahmebericht und die Anweisungen.«

»Alles, was Sie getan haben?« fragte Susan.

»Ja. Alles.«

»Erinnern Sie sich an irgend etwas, was Sie vielleicht in jener Nacht getan haben, das sich negativ auf den Zustand der Patientin ausgewirkt haben könnte?«

»Nein.«

»Vielleicht irgend etwas, was Sie unterlassen haben? Rückblickend?«

»Nein.«

»Die Patientin ist meines Wissens verstorben?«

»Sie hatte ein massives Schädeltrauma, durch einen Autounfall. Sie wurde für hirntot erklärt.«

»Nachdem Sie sie versorgt hatten.«

Abby blickte gereizt in die Runde. »Könnte mir vielleicht irgend jemand erklären, was hier eigentlich los ist?«

»Was los ist?« wiederholte Parr. »Unser Versicherungsträger, Vanguard Mutual – im übrigen auch Ihr Versicherungsträger –, hat vor einigen Stunden eine schriftliche Nachricht erhalten, persönlich zugestellt und unterschrieben von einem Anwalt der Kanzlei Hawkes, Craig und Sussman. Es tut mir leid, Ihnen das mitteilen zu müssen, aber offenbar sollen Sie und das Bayside wegen Behandlungsfehler verklagt werden.«

Sämtliche Luft entwich aus Abbys Lungen. Sie ertappte sich dabei, mit beiden Händen die Tischkante zu umklammern, während sie gegen das flaue Gefühl im Magen ankämpfte. Sie wußte, daß man eine Antwort von ihr erwartete, doch sie brachte nur einen Laut des Entsetzens und ein ungläubiges Kopfschütteln zustande.
»Ich nehme an, damit haben Sie nicht gerechnet«, bemerkte Susan Casado.
»Ich …« Abby schluckte. »Nein! Nein!«
»Es ist nur eine erste Ankündigung«, erläuterte Susan. »Aber Sie wissen bestimmt, daß das zu einer Reihe von Formalitäten gehört, die zu beachten sind, bevor es zum eigentlichen Prozeß kommt. Zunächst wird der Fall von einer staatlichen Untersuchungskommission durchleuchtet, die entscheidet, ob tatsächlich ein Behandlungsfehler vorliegt. Wenn diese Kommission die Frage verneint, könnte das gesamte Verfahren damit schon beendet sein. Der Kläger hat jedoch das Recht, dessen ungeachtet auf einem Prozeß zu bestehen.«
»Der Kläger«, murmelte Abby. »Wer ist denn der Kläger?«
»Der Ehemann, Joseph Terrio.«
»Das muß ein Irrtum sein. Ein Mißverständnis.«
»Und ob das ein Mißverständnis ist«, fiel Wettig ein. Alle sahen den General an, der bis jetzt eisern schweigend daneben gesessen hatte. »Ich habe die Unterlagen selbst überprüft, jede einzelne Seite. Es gibt keinen Behandlungsfehler. Dr. DiMatteo hat alles getan, was sie hätte tun sollen.«
»Warum ist sie dann die einzige Ärztin, die in der Klageschrift erwähnt wird?« fragte Parr.
»Ich bin die einzige?« Abby sah die Anwältin an. »Was ist mit den Ärzten der Neurochirurgie? Der Notaufnahme? Sonst wurde niemand genannt?«
»Nur Sie, Dr. DiMatteo«, erwiderte Susan. »Und Ihr Arbeitgeber, Bayside.«
Abby lehnte sich völlig perplex zurück. »Ich kann das nicht glauben.«
»Ich auch nicht«, sagte Wettig. »So geht man normalerweise nicht vor, wie wir alle wissen. Normalerweise wählen die verfluchten Anwälte die Schrotflinten-Strategie und nennen jeden einzelnen Arzt, der auch nur bis auf eine Meile an den Pati-

enten herangekommen ist. Da steckt irgendwas anderes dahinter.«

»Es ist Victor Voss«, sagte Abby leise.

»Voss?« Wettig winkte ab. »Der hat keine Aktien in diesem Fall.«

»Er will mich fertigmachen. Das ist sein Ziel.« Sie blickte in die Runde. »Warum, meinen Sie, bin ich die einzige namentlich genannte Ärztin? Voss hat sich irgendwie an Joe Terrio herangemacht und ihn davon überzeugt, daß ich etwas falsch gemacht habe. Wenn ich nur mit Joe reden könnte!«

»Auf gar keinen Fall«, wehrte Susan ab. »Das wäre ein Signal der Verzweiflung, ein Hinweis für den Kläger, daß Sie Probleme haben.

»Ich *habe* Probleme!«

»Nein. Noch nicht. Wenn wirklich kein Behandlungsfehler vorliegt, wird die Sache rasch niedergeschlagen werden. Wenn die Kommission zu Ihren Gunsten entscheidet, besteht durchaus die Chance, daß die Klage fallengelassen wird.«

»Und was, wenn der Kläger auf einem Prozeß besteht?«

»Das wäre vollkommen sinnlos. Allein die Anwaltskosten –«

»Verstehen Sie nicht, *Voss* bezahlt die Anwaltsrechnung. Ihm ist es egal, ob er gewinnt oder verliert! Er könnte eine ganze Armee von Juristen bezahlen, nur um mich permanent einzuschüchtern. Vielleicht ist Joe Terrio nur die erste Klage. Victor Voss könnte jeden Patienten aufspüren, den ich je behandelt habe, und jeden einzelnen von ihnen überreden, Klage gegen mich einzureichen.«

»Und wir sind Ihr Arbeitgeber. Das heißt, Sie werden auch Bayside verklagen«, sagte Parr. Er sah kränklich aus, als ob ihm beinahe so übel war, wie Abby sich fühlte.

Niemand sagte etwas. Doch als Abby Parr ansah, konnte sie den Gedanken lesen, der ihm durch den Kopf ging: Der schnellste Weg, die Sache abzukühlen, wäre ihre Entlassung.

Sie wartete auf den Schlag, erwartete ihn förmlich. Parr und Susan tauschten nur Blicke aus.

Dann sagte Susan: »Das Spiel hat gerade erst begonnen. Wir haben noch Monate Zeit für taktische Manöver. Bis auf weiteres«, sie sah Abby an, »wird die Vanguard Mutual Ihnen einen Rechtsbeistand stellen. Ich schlage vor, daß Sie sich so bald wie

möglich mit deren Justitiar treffen. Vielleicht sollten Sie darüber nachdenken, einen eigenen Anwalt hinzuzuziehen.«
»Meinen Sie, daß das nötig ist?«
»Ja.«
Abby schluckte. »Ich weiß nicht, wie ich mir einen Anwalt leisten soll.«
»In Ihrer besonderen Lage, Dr. DiMatteo«, erklärte Susan, »können Sie es sich nicht leisten, sich keinen zu leisten.«

Für Abby war der Bereitschaftsdienst am Abend ein Segen, auch wenn er nicht gleich als solcher erkennbar war. Eine Flut von Anrufen hielt sie pausenlos auf den Beinen, wobei sie sich um alles, von einem Pneumothorax auf der Intensivstation bis zum Fieber eines frisch operierten Patienten in der Chirurgie, kümmern mußte. So hatte sie kaum Zeit, über Joe Terrios Klage zu grübeln. In den gelegentlichen Einsatzpausen war sie den Tränen allerdings jedesmal gefährlich nahe. Von allen trauernden Ehegatten, die sie getröstet hatte, hätte sie Joe Terrio als letztem zugetraut, daß er sie verklagen könnte. Was habe ich falsch gemacht? fragte sie sich. Hätte ich mitfühlender sein können? Einfühlsamer? Joe, was wolltest du noch von mir?
Was immer es war, sie wußte, daß sie nicht mehr hätte geben können. Sie hatte ihr Bestes getan. Und für all ihren Kummer um Karen Terrio wurde sie mit einem Schlag ins Gesicht belohnt.
Sie war jetzt wütend, auf die Anwälte, auf Victor Voss und sogar auf Joe. Joe Terrio tat ihr leid, doch sie fühlte sich auch von ihm verraten. Ausgerechnet von dem Mann, dessen Leid sie so intensiv geteilt hatte.
Um zehn Uhr hatte sie schließlich Ruhe, sich in den Bereitschaftsraum zurückzuziehen. Sie war zu erregt, um Zeitschriften zu lesen, und zu deprimiert, um mit jemandem reden zu wollen, nicht einmal mit Mark. Also legte sie sich auf das Bett und starrte an die Decke. Ihre Beine fühlten sich wie gelähmt an, ihr ganzer Körper war reglos. Wie soll ich diese Nacht überstehen, wenn ich mich nicht einmal aufraffen kann, mich von diesem Bett zu erheben? dachte sie.
Als um halb elf das Telefon klingelte, bewegte sie sich doch. Sie richtete sich auf und nahm den Hörer ab: »Dr. DiMatteo.«

»Hier ist der OP. Die Doktoren Archer und Hodell brauchen Sie hier oben.«
»Sofort?«
»So schnell wie möglich. Sie warten auf eine OP.«
»Ich bin gleich da.« Abby legte auf und fuhr sich seufzend mit beiden Händen durch das Haar. An jedem anderen Abend wäre sie schon auf den Beinen und könnte es kaum erwarten, sich einzuwaschen. Doch heute konnte sie den Gedanken, Archer und Mark an einem OP-Tisch gegenüberzustehen, kaum ertragen.
Du bist Chirurgin, DiMatteo. Also benimm dich auch so! ermahnte sie sich.
Ihre Abscheu vor Selbstmitleid trieb sie schließlich auf die Beine und aus dem Bereitschaftsraum.
Sie fand Mark und Archer im OP-Aufenthaltsraum. Beide standen neben der Mikrowelle und redeten leise miteinander. An der Art, wie ihre Köpfe hochschnellten, als sie den Raum betrat, erkannte sie, daß das Gespräch vertraulich gewesen war.
»Da sind Sie ja«, sagte Archer. »Alles ruhig an Deck?«
»Im Augenblick schon«, antwortete Abby. »Ich habe gehört, ihr wartet auf eine OP?«
»Eine Transplantation«, erklärte Mark. »Das Team ist unterwegs. Das Problem ist, daß wir Mohandas nicht erreichen können. Ein Assistenzarzt im fünften Jahr soll für ihn einspringen, aber vielleicht brauchen wir dich auch noch. Fühlst du dich in der Lage zu assistieren?«
»Bei einer Herztransplantation?« Der rasche Adrenalinstoß war genau das, was Abby brauchte, um ihre Depression abzuschütteln. Sie nickte begeistert. »Mit Vergnügen.«
»Es gibt nur ein kleines Problem«, bemerkte Archer. »Die Patientin ist Nina Voss.«
Abby starrte ihn an. »Sie haben so schnell ein Herz für sie gefunden?«
»Wir hatten Glück. Das Herz kommt aus Burlington. Victor Voss träfe wahrscheinlich der Schlag, wenn er wüßte, das Sie assistieren. Aber hier entscheiden wir. Vielleicht brauchen wir im OP ein zusätzliches Paar Hände, und so kurzfristig sind Sie die naheliegende Wahl.«
»Willst du immer noch mitmachen?«

Abby zögerte keine Sekunde. »Unbedingt«, beteuerte sie.
»Also gut«, sagte Archer. »Sieht aus, als hätten wir unsere Assistentin.« Er nickte Mark zu. »Wir treffen uns in zwanzig Minuten in OP drei.«
Um halb zwölf erhielten sie den Anruf des Thoraxchirurgen im Wilcox Memorial Hospital in Burlington, Vermont: Die Organentnahme sei abgeschlossen. Das Organ schien in ausgezeichnetem Zustand zu sein und würde gerade zum Flughafen gebracht. Bei vier Grad konserviert und durch eine konzentrierte Dosis Kalium vorübergehend stillgelegt, konnte es maximal vier bis fünf Stunden lebensfähig gehalten werden. Ohne Blutzufuhr zu den Herzkranzgefäßen konnte jede weitere verstreichende Minute zum Tod zusätzlicher Herzmuskelzellen führen. Je länger die Blutleere dauerte, desto geringer war die Wahrscheinlichkeit, daß das Herz in Nina Voss' Brust wieder zu schlagen beginnen würde.
Der Flug war ein Notfall-Charter und sollte maximal eineinhalb Stunden dauern.
Um Mitternacht stand das in Grün gekleidete Transplantationsteam des Bayside-Hospital bereit. Neben Bill Archer, Mark und dem Anästhesisten Frank Zwick wartete eine kleine Armee von Hilfskräften: OP-Schwestern, eine technische Assistentin, der Kardiologe Aaron Levi und Abby.
Nina Voss wurde in den OP-Saal drei gerollt.
Um ein Uhr dreißig kam der Anruf vom Logan International Airport: Das Flugzeug war sicher gelandet.
Das war das Stichwort für die Chirurgen, sich in den Waschraum zu begeben. Als Abby sich die Hände wusch, konnte sie durch das Fenster in den OP-Saal sehen, wo das übrige Transplantationsteam bereits emsig mit Vorbereitungen beschäftigt war. Die OP-Schwestern legten ganze Serien der möglicherweise benötigten Instrumente aus und rissen reihenweise Pakete mit sterilen Tüchern auf. Die technische Assistentin überprüfte die Herz-Lungen-Maschine. Ein Assistent im fünften Ausbildungsjahr war bereits eingewaschen und wartete darauf, Nina Voss' Körper vorbereiten zu können.
Nina Voss lag inmitten eines Wirrwarrs von EKG-Kabeln und Infusionsschläuchen auf dem OP-Tisch. Sie schien gegen die Betriebsamkeit um sie herum vollkommen gleichgültig zu sein.

Dr. Zwick stand am Kopfende und sprach leise auf sie ein, während er ihr Pentobarbital injizierte. Ninas Augenlider schlossen sich flatternd. Zwick legte ihr eine Maske über Mund und Nase. Mit dem Beutel preßte er in kurzer Folge ein paar Stöße Sauerstoff in Ninas Lungen, bevor er die Maske wieder abnahm.

Die nächsten Schritte mußten zügig und reibungslos vonstatten gehen. Die Patientin war jetzt bewußtlos und unfähig, selber zu atmen. Während Zwick ihren Kopf nach hinten überstreckte, führte er das gebogene Laryngoskop in ihren Rachen ein, umging die Stimmbänder und plazierte den Trachealtubus in der Luftröhre. Eine mit Luft gepolsterte Manschette fixierte den Tubus in dieser Position in der Luftröhre. Zwick schloß den Schlauch an das Beatmungsgerät an, und Ninas Brust begann sich mit dem Zischen des Blasebalgs zu heben und zu senken. Die Intubation hatte weniger als dreißig Sekunden gedauert.

Die OP-Lampen wurden eingeschaltet und auf den Tisch gerichtet. In ihrem grellen Glanz wirkte Nina gespensterhaft und wie nicht von dieser Welt. Eine Schwester zog das Laken beiseite, das Ninas Körper bedeckte, und entblößte ihren Brustkorb, Rippen, die sich unter blasser Haut wölbten, und kleine, fast eingefallene Brüste. Der Assistent begann, das OP-Gebiet zu desinfizieren, indem er breite Jodstreifen auf Ninas Haut pinselte.

Die Türen des OPs flogen auf, und Mark, Archer und Abby kamen herein. Sie waren frisch eingewaschen, ihre Ellbogen tropften, und sie hielten die Hände erhoben. Alle drei wurden mit sterilen Handtüchern, OP-Kitteln und Handschuhen empfangen. Als sie vollständig eingekleidet waren, war auch Nina Voss mit OP-Tüchern bedeckt und das OP-Gebiet vorbereitet.

Archer trat an den Tisch. »Ist es schon da?« fragte er.

»Wir warten noch«, antwortete eine Schwester.

»Vom Logan Airport braucht man mit dem Wagen höchstens zwanzig Minuten.«

»Vielleicht steckt er in einem Stau fest.«

»Um zwei Uhr nachts?«

»Wirklich«, sagte Mark. »Das hätte uns gerade noch gefehlt. Ein Unfall?«

Archer blickte zu den Monitoren. »Das ist mir an der Mayoklinik mal passiert. Wir hatten eine Niere aus Texas einfliegen lassen. Direkt vor dem Flughafen ist der Krankenwagen mit einem Laster zusammengestoßen. Das Organ wurde zerquetscht. Es wäre perfekt kompatibel gewesen.«

»Das ist nicht dein Ernst«, erklärte Zwick.

»Würde ich Witze über eine Niere machen?«

Der Assistenzarzt im fünften Jahr blickte zu der Uhr an der Wand. »Seit der Entnahme sind jetzt drei Stunden vergangen.«

»Abwarten. Einfach nur abwarten«, seufzte Archer.

Das Telefon klingelte. Alle Köpfe fuhren zu der Schwester herum, die den Hörer abnahm. Nur Sekunden später legte sie wieder auf und verkündete: »Es ist unten. Der Kurier ist auf dem Weg in den OP.«

»Also los«, forderte Archer sie auf. »Dann schneiden wir jetzt.«

Von ihrem Standort aus konnte Abby nur einen Bruchteil der Prozedur beobachten, und selbst dieser Blick wurde gelegentlich durch Marks Schulter verdeckt. Archer und Mark arbeiteten reibungslos Hand in Hand. Sie machten einen Hautschnitt für die Brustbeinöffnung, bevor sie erst die Muskeln und dann die Knochen freilegten.

Die Gegensprechanlage an der Wand summte. »Dr. Mapes vom Entnahmeteam ist mit einer besonderen Lieferung eingetroffen«, kam die Nachricht vom Empfang des OPs.

»Wir sondieren gerade«, antwortete Mark. »Er soll sich einwaschen und dann mit ins Vergnügen stürzen.«

Abby blickte zur Tür des OP. Durch das Sichtfenster konnte sie den dahinterliegenden Desinfektionsraum sehen, in dem ein Mann stand und wartete. Auf einer Rolliege neben ihm stand eine kleine Kühlbox. Es war die gleiche Art Kühlbox wie die, in der sie Karen Terrios Herz transportiert hatte.

»Er kommt, sobald er sich umgezogen hat«, berichtete die Empfangsschwester.

Kurz darauf betrat der nun in Grün gekleidete Dr. Mapes den OP. Er war ein kleiner Mann, dessen fliehende Stirn an einen Neandertaler erinnerte und dessen Nase wie der Schnabel eines Habichts aus seiner OP-Maske herausragte.

»Willkommen in Boston«, grüßte Archer und blickte zu dem Besucher auf. »Ich bin Bill Archer. Das ist Mark Hodell.«

»Leonard Mapes. Ich habe mit Dr. Nicholls am Wilcox operiert.«
»Wie war Ihr Flug, Len?«
»Ein Getränkeservice wäre nett gewesen.«
Trotz seiner Maske konnte man das breite Lächeln auf Archers Gesicht erkennen. »Und was haben Sie uns mitgebracht?«
»Ein Prachtexemplar. Ich denke, Sie werden zufrieden sein.«
»Lassen Sie mich noch eben zu Ende sondieren, dann schaue ich es mir an.«
Das Sondieren der Aorta war der erste Schritt, um die Patientin an die Herz-Lungen-Maschine anzuschließen. Diese flache, kleine, von der technischen Assistentin kontrollierte Maschine mußte vorübergehend die Funktion von Herz und Lungen übernehmen, das venöse Blut auffangen, mit Sauerstoff anreichern und es in die Aorta der Patientin zurückpumpen.
Archer verwendete seidene Fäden, um zwei konzentrische Tabakbeutelnähte durch die Wand der Aorta zu ziehen. Mit einem leichten Tip seines Skalpells schnitt er eine winzige Öffnung in das Gefäß. Blut schoß hervor. Geschickt fädelte er eine Sonde durch die Öffnung und zog die Tabakbeutelnähte fest. Die Blutung wurde zu einem Rinnsal und versiegte ganz, als er die Sonde in der Öffnung festgenäht hatte. Das andere Ende der Sonde wurde mit der arteriellen Seite der Herz-Lungen-Maschine verbunden.
Mark, der wie Abby die Instrumente zurückgezogen hatte, begann bereits mit der Sondierung der venösen Seite.
»Gut«, meinte Archer vom OP-Tisch zurücktretend. »Dann wollen wir unser Geschenk mal auspacken.«
Eine Schwester öffnete die Kühlbox und entnahm das in zwei gewöhnliche Plastikbeutel gewickelte Organ. Sie löste die Verschnürung und ließ das nackte Herz in eine Schüssel mit steriler Salzlösung gleiten.
Behutsam hob Archer das gekühlte Herz aus dem Bad. »Hervorragend entnommenes Organ«, stellte er fest. »Sie haben gute Arbeit geleistet.«
»Danke«, sagte Mapes.
Archer strich mit seinem behandschuhten Finger über die Oberfläche. »Arterien weich und glatt … blitzeblank.«

»Es kommt mir ein bißchen klein vor, oder?« meinte Abby. »Wie groß war der Spender?«
»Zweiundvierzig Kilogramm«, antwortete Dr. Mapes.
Abby runzelte die Stirn. »Ein Erwachsener?«
»Nein, ein bis dato gesunder adoleszenter Patient. Ein Junge.«
Abby bemerkte ein entsetztes Aufflackern in Archers Blick und erinnerte sich daran, daß er zwei Söhne im Teenageralter hatte. Ebenso behutsam, wie er es aufgehoben hatte, ließ er das Organ wieder in die gekühlte Salzlösung gleiten.
»Damit uns das kostbare Stück nicht schlecht wird«, meinte er und wandte sich wieder Nina zu.
Mark und Abby hatten inzwischen die Sondierung der venösen Seite beendet. Zwei Sonden, an deren Enden kleine Drahtsiebe befestigt waren, wurden durch Tabakbeutelnähte gesichert. Sie sollten das venöse Blut aufnehmen und zur Herz-Lungen-Maschine leiten.
Mark und Archer arbeiteten jetzt gleichzeitig. Sie legten Schlingen um die obere und untere Vene, um so den Blutstrom zum Herzen zu unterbinden.
»Ich klammere jetzt die Aorta«, kündigte Mark an, ehe er den aufsteigenden Teil der Aorta verschloß.
Abgeschnitten von venösem Zustrom und dem arteriellen Abfluß war das Herz jetzt nur noch ein nutzloser Sack. Der Blutkreislauf von Nina Voss lag nun ganz in den Händen der technischen Assistentin und ihrer magischen Maschine. Auch Ninas Körpertemperatur unterstand ihrer Kontrolle. Indem man das durchgeschleuste Blut vorsichtig abkühlte, konnte man sie langsam auf fünfundzwanzig Grad absenken. Das würde die neu eingepflanzten Herzmuskelzellen schützen und den Sauerstoffbedarf des Körpers senken.
Zwick stellte das Beamtungsgerät ab. Das rhythmische Zischen des Blasebalges verstummte. Es bestand keine Notwendigkeit, Luft in die Lungen zu pumpen, wenn die Herz-Lungen-Maschine ihre Arbeit erledigte.
Jetzt konnte die eigentliche Transplantation beginnen.
Archer durchtrennte die Aorta und die Lungenarterien. Blut ergoß sich in den Brustraum und spritzte auf den Fußboden. Sofort warf eine Schwester ein Handtuch darüber, damit niemand darauf ausrutschte. Archer arbeitete weiter, ohne sich

durch die Schweißtropfen auf seiner Stirn oder das gleißende Licht stören zu lassen. Als nächstes durchtrennte er die Vorhöfe. Mehr und dunkleres Blut spritzte auf seinen Kittel. Er griff bis zum Ellenbogen in die Brusthöhle, hob Nina Voss' krankes, schlaffes Herz heraus und legte es in eine Schüssel. In Ninas Brust blieb ein klaffender Hohlraum zurück.

Abby sah zum Monitor und war beim Anblick der glatten EKG-Linie instinktiv alarmiert. Aber natürlich gab es keine Ausschläge. Es gab in diesem Körper augenblicklich kein Herz. Genaugenommen waren alle klassischen Lebensfunktionen zum Stillstand gekommen. Die Lungen atmeten nicht, Nina hatte kein Herz, doch die Patientin lebte.

Mark nahm das Spenderherz aus der Schüssel und legte es in die Brust. »Es gibt Leute, die sagen, das hier wäre nichts weiter als glorifizierte Klempnerarbeit«, bemerkte er, während er das Herz drehte, um die linke Herzkammer einzupassen. »Sie glauben, es wäre so, als würde man ein ausgestopftes Tier oder so was zusammennähen. Aber wenn man nur eine Sekunde nicht aufpaßt, näht man das Herz, ehe man sich versieht, verkehrt herum ein.«

Der Assistenzarzt lachte.

»Das ist nicht komisch. Ist alles schon passiert.«

»Salzlösung«, forderte Archer, und eine Schwester goß aus einer Schüssel gekühlte Salzlösung über das Herz, um es unter dem sengenden Licht kalt zu halten.

»Es gibt hundert Kleinigkeiten, die schiefgehen können«, fuhr Mark fort, während er die Nadel tief, fast grimmig, in den linken Vorhof trieb. »Medikamentenreaktionen. Komplikationen bei der Anästhesie. Aber am Ende ist es immer die Schuld des Chirurgen gewesen.«

»Hier steht noch eine Menge Blut«, bemerkte Archer. »Sauger, Abby.«

Das Zischen des Saugers wich angespanntem Schweigen, während die beiden Chirurgen schnell und hochkonzentriert arbeiteten. Man hörte nur das Brummen der Herz-Lungen-Maschine und das Klicken vor jedem Einstich, wenn die gezahnten Branchen des Nadelhalters einrasteten, um die Position der Nadel zu fixieren. Obwohl Abby wiederholt absaugte, sickerte weiterhin Blut durch die Tücher. Die Handtücher am

Boden waren klatschnaß. Die Chirurgen traten beiseite, und neue Handtücher wurden gereicht.
Archer zog die Nadel nach oben. »Anastomosierung des rechten Vorhofs abgeschlossen.«
»Perfusionskatheter«, verlangte Mark.
Eine Schwester reichte ihm den Katheter. Er führte ihn in den linken Vorhof ein und füllte ihn mit vier Grad kalter Kochsalzlösung. Der Strom der eisigen Flüssigkeit kühlte die Herzkammer und spülte die letzten Luftpolster aus dem Innern heraus.
»Alles klar«, sagte Archer und korrigierte noch einmal die Lage des Herzens, bevor er damit begann, die Querverbindungen der Aorta zu nähen. »Dann wollen wir mal die Rohre anschließen.«
Mark blickte zur Wanduhr. »Seht mal, Leute. Wir sind schneller als geplant. Was für ein Team!«
Die Gegensprechanlage summte. Es war erneut die Empfangsschwester der Chirurgie. »Mr. Voss möchte wissen, wie es seiner Frau geht.«
»Bestens«, rief Archer. »Keine Probleme.«
»Wie lange werden Sie noch brauchen?«
»Eine Stunde. Sagen Sie ihm, er soll sich gedulden.«
Die Gegensprechanlage verstummte. Archer blickte über den OP-Tisch zu Mark. »Er geht mir auf die Nerven.«
»Voss?«
»Er will immer alles kontrollieren.«
»Ach nein.«
Archers Nadel stach in die glänzende Wand der Aorta. »Andererseits würde ich, wenn ich so viel Geld hätte wie er, auch bestimmen wollen, wo's langgeht.«
»Woher kommt denn sein Geld?« fragte der Assistenzarzt.
Archer blickte überrascht zu ihm auf. »Sie wissen nicht, wer Victor Voss ist? VMI International? Alles von Chemie bis zu Robotern.«
»Und das V in VMI steht für Victor Voss?«
»So ist es.« Archer knotete und schnitt den letzten Faden. »Die Aorta ist fertig. Klammer öffnen.«
»Perfusionskatheter entfernt«, sagte Mark und wandte sich an Abby. »Halte die beiden Schrittmacherkabel einsatzbereit.«
Archer nahm eine saubere Nadel vom Instrumentiertisch und

begann mit der Vernähung der Lungenarterien. Er wollte gerade knoten, als er bemerkte, daß das Herz sich zusammenballte. »Guck dir das an!« sagte er. »Noch eiskalt und schon die erste spontane Kontraktion. Es kann es gar nicht erwarten loszuschlagen.«

»Schrittmacherkabel angeschlossen«, bestätigte Mark.

»Isoprenalin-Infusion läuft«, meldete Zwick. »Zwei Mikrogramm.«

Sie warteten darauf, daß das Isoprenalin Wirkung zeigen und das Herz die Kontraktion wiederholen würde.

Aber das Organ lag reglos da wie ein schlaffer Sack.

»Komm schon«, ermutigte Archer es. »Laß mich nicht hängen!«

»Weitere Medikamente?« fragte eine Schwester.

»Nein, gebt ihm eine Chance.«

Langsam ballte sich das Herz zu einem etwa faustgroßen Knoten und sank wieder schlaff auseinander.

»Isoprenalin auf drei Mikrogramm erhöht«, sagte Zwick. Es gab eine weitere Kontraktion. Dann wieder nichts.

»Na los«, meinte Archer. »Schubsen wir es noch ein bißchen an.«

»Vier Mikrogramm«, sagte Zwick, während er den Infusionsfluß höher drehte.

Das Herz zog sich zusammen und entspannte, zog sich zusammen und entspannte.

Zwick blickte auf den Monitor. QRS-Komplexe flimmerten über den Bildschirm. »Die Frequenz ist jetzt auf fünfzig. Vierundsechzig. Siebzig ...«

»Bring es auf einhundertzehn«, sagte Mark.

»Genau das mache ich gerade«, erwiderte Zwick und stellte das Isoprenalin nach.

»Sagen Sie im Aufwachraum Bescheid, daß wir jetzt zunähen«, forderte Archer eine Schwester auf.

»Die Frequenz ist bei einhundertzehn«, meldete Zwick.

»Gut«, erklärte Mark. »Wir nehmen sie von der Maschine ab. Holt die Sonden raus.«

Zwick schaltete das Beatmungsgerät ein. Alle Anwesenden schienen gleichzeitig erleichtert aufzuseufzen.

»Jetzt können wir nur hoffen, daß sie und das Herz sich verstehen«, meinte Mark.

»Wissen wir, wie gut die Gewebefaktoren korreliert haben?« fragte Archer und drehte sich zu Dr. Mapes um.
Doch hinter ihm stand niemand.
Abby war so auf die Operation konzentriert gewesen, daß sie gar nicht bemerkt hatte, wie der Mann gegangen war.
»Er hat den OP vor etwa zwanzig Minuten verlassen«, erklärte eine der Schwestern.
»Einfach so?«
»Vielleicht mußte er einen Flug erwischen«, vermutete sie.
»Ich hatte nicht mal Gelegenheit, ihm die Hand zu schütteln«, sagte Archer und wandte sich wieder der Patientin auf dem OP-Tisch zu. »Na, dann wollen wir mal zunähen.«

Sieben

Nadja hatte genug. Das Gequengel, die ewigen Forderungen, die ganze aufgestaute Kinderenergie, die sich regelmäßig in Geschrei und Rangeleien entlud, hatten sie völlig ausgelaugt. Und jetzt war sie auch noch seekrank. Gregor, der große Affe, war auch krank, genau wie die meisten Jungen. An den stürmischsten Tagen, wenn der Schiffsrumpf in den Wellen der Nordsee stampfte wie ein Hammer auf den Ambos und sie alle stöhnend in ihren Kojen lagen, drangen die Geräusche und Gerüche ihres Elends bis zu den höhergelegenen Decks. An solchen Tagen blieb die Messe dunkel und verlassen, die Gänge waren menschenleer, und das ganze Boot wirkte wie ein großes, stöhnendes Geisterschiff.

Jakov war es noch nie so gut gegangen.

Ohne auch nur den leisesten Hauch von Übelkeit zu verspüren, stromerte er unbehelligt auf dem ganzen Schiff herum. Niemand hielt ihn auf. Die Crew schien sich sogar über seine Anwesenheit zu freuen. Er konnte Koubichev im Maschinenraum besuchen, um in der lärmerfüllten Hölle aus stampfenden Kolben und Dieseldämpfen mit ihm Schach zu spielen. Manchmal gewann Jakov sogar. Wenn er hungrig wurde, konnte er in die Kombüse schlendern, wo Lubi, der Koch, ihm Tee, Borschtsch und Medivnyk anbot, den köstlich würzigen Honigkuchen aus seiner ukrainischen Heimat. Lubi redete nicht viel. Seine Gesprächigkeit erschöpfte sich in einem brummigen »Mehr?« oder »Genug?«, doch das Essen, das er servierte, sprach für sich selbst. Außerdem galt es, den staubigen Frachtraum zu erkunden, den Funkraum mit all den Skalen und Knöpfen und das Deck mit den Rettungsbooten, unter deren Persennings man sich verstecken konnte. Nur auf das Achterdeck des Schiffes konnte Jakov nicht gelangen. Er fand keinen Weg dort hinein.

Sein Lieblingsplatz war die Brücke. Kapitän Dibrov und der Steuermann begrüßten Jakov mit nachsichtigem Lächeln und erlaubten ihm, sich an den Kartentisch zu setzen. Dort zeichnete er mit dem Zeigefinger die Strecke nach, die sie schon zurückgelegt hatten. Von Riga über die Ostsee, dann durch den Sund vorbei an Malmö und Kopenhagen, und um Jütland herum auf die Nordsee mit ihren Bohrinseln, die Montrose, Forties oder Piper hießen. Die Nordsee war größer, als Jakov sie sich vorgestellt hatte. Sie war nicht bloß eine blaue Pfütze wie auf der Karte, sondern zwei Tage lang sah er nichts als Wasser. Und der Steuermann hatte ihm erklärt, daß sie bald ein noch größeres Meer überqueren würden, den Atlantischen Ozean.

»So lange leben die nicht mehr«, prophezeite Jakov.

»Wer?«

»Nadja und die anderen.«

»Natürlich werden sie noch leben«, behauptete der Steuermann. »Auf der Nordsee wird jeder seekrank. Aber nach einer Weile beruhigen sich ihre Mägen wieder. Das hat was mit dem Innenohr zu tun.«

»Was hat denn das Ohr mit dem Magen zu tun?«

»Es spürt Bewegung. Zuviel Bewegung macht es kirre.«

»Wie denn?«

»Das weiß ich auch nicht genau. Aber so funktioniert das jedenfalls.«

»Mir ist aber nicht schlecht. Ist an meinem Innenohr irgendwas anders?«

»Du mußt ein geborener Seemann sein.«

Jakov blickte auf den Stumpf seines linken Arms und schüttelte den Kopf. »Das glaube ich nicht.«

Der Steuermann lächelte. »Du hast was im Kopf, das ist viel wichtiger. Da, wo du hingehst, wirst du deinen Kopf brauchen.«

»Warum?«

»In Amerika kannst du reich werden, wenn du schlau bist. Du willst doch reich werden, oder?«

»Ich weiß nicht.«

Der Steuermann und der Kapitän lachten.

»Vielleicht hat der Junge am Ende doch nichts im Kopf«, meinte der Kapitän.

Jakov sah ihn an, ohne zu lächeln.
»War doch nur ein Witz«, beschwichtigte der Steuermann.
»Ich weiß.«
»Warum lachst du eigentlich nie, Junge? Ich habe dich noch nie lachen gesehen.«
»Mir ist nicht danach.«
»Der kleine Glückspilz kommt zu einer reichen Familie in Amerika«, schnaubte der Kapitän, »und ihm ist nicht nach Lachen? Was ist denn mit dem los?«
Jakov zuckte die Achseln und sah wieder auf die Karte. »Dafür heule ich auch nicht.«
Alexei hatte sich in der unteren Koje zusammengerollt und preßte Shu-Shu an seine Brust. Er schreckte hoch, als Jakov sich zu ihm auf die Matratze setzte.
»Willst du denn nie mehr aufstehen?« fragte Jakov.
Alexei schloß die Augen. »Ich bin krank.«
»Lubi hat Lammklöße zum Abendessen gemacht. Ich habe neun geschafft.«
»Rede bloß nicht davon.«
»Hast du denn keinen Hunger?«
»Natürlich habe ich Hunger, aber mir ist zu schlecht zum Essen.«
Jakov seufzte und sah sich in der Kabine um. Es gab acht Kojen in dem Raum, und sechs waren mit Jungen belegt, die zu krank zum Spielen waren. Jakov hatte bereits in den angrenzenden Quartieren nachgesehen und festgestellt, daß die anderen Jungen genauso mattgesetzt waren. Sollte das etwa den ganzen Weg über den Atlantik so bleiben?«
»Das ist alles wegen deinem Innenohr«, erklärte Jakov.
»Wovon redest du überhaupt?« stöhnte Alexei.
»Dein Ohr. Das macht deinen Magen krank.«
»Meinen Ohren geht es bestens.«
»Du bist jetzt schon seit vier Tagen krank. Du mußt aufstehen und was essen.«
»Laß mich in Ruhe.«
Jakov griff nach Shu-Shu und zog ihn weg.
»Gib ihn mir wieder!« jammerte Alexei.
»Komm und hol ihn dir.«
»Gib ihn mir!«

»Zuerst mußt du aufstehen, komm schon.« Jakov tänzelte von der Koje weg, als Alexei kraftlos nach dem ausgestopften Hund grapschte. »Es geht dir bestimmt besser, wenn du erst mal aufgestanden bist.«
Alexei setzte sich auf. Für einen Moment hockte er auf der Kante seiner Matratze, sein Kopf schwankte mit jeder Bewegung des Schiffes. Plötzlich schlug er sich die Hände vor den Mund, sprang auf und stolperte durch den Raum. Er erbrach sich ins Waschbecken und kroch wimmernd in seine Koje zurück.
Mit ernster Miene gab Jakov ihm Shu-Shu zurück. Alexei drückte den ausgestopften Hund an seine Brust. »Ich habe dir ja gesagt, daß ich krank bin. Und jetzt hau ab.«
Jakov verließ die Quartiere der Jungen und schlenderte über den Korridor. Er klopfte an Nadjas Kabinentür, doch Nadja antwortete nicht. Er ging weiter zu Gregors Kabine und klopfte erneut.
»Wer ist da?« knurrte er.
»Ich bin's, Jakov. Sind Sie auch immer noch krank?«
»Verpiss dich!«
Jakov verkrümelte sich. Eine Zeitlang stromerte er auf dem Schiff herum, doch Lubi war schon schlafen gegangen, und weder der Kapitän noch der Steuermann hatten Zeit für ihn. Jakov war wie üblich allein.
Er ging hinunter in den Maschinenraum, um Koubichev zu besuchen.
Sie bauten das Schachspiel auf. Jakov machte den ersten Zug, Königsbauer auf e4.
»Warst du schon mal in Amerika?« fragte Jakov über den Maschinenlärm hinweg.«
»Zweimal«, antwortete Koubichev und zog seinen Damenbauern vor.
»Hat es dir da gefallen?«
»Weiß nicht. Wir kriegen keinen Landgang. Sie stellen uns unter Arrest, sobald wir in den Hafen einlaufen. Ich kriege nie irgendwas zu sehen.«
»Warum befiehlt der Kapitän das?«
»Das kommt nicht vom Kapitän. Das kommt von den Leuten auf dem Achterdeck.«

»Was für Leute? Ich habe da noch nie jemand gesehen.«
»Die kriegt keiner zu sehen.«
»Woher weißt du dann, daß sie da sind?«
»Frag Lubi. Er kocht für sie. Irgend jemand muß das Essen, das er da raufschickt, ja essen. Was ist, machst du demnächst mal einen Zug?«
Mit großer Konzentration bewegte Jakov einen weiteren Bauern. »Warum haust du nicht einfach vom Schiff ab, wenn wir da sind?« fragte er.
»Warum sollte ich?«
»Um in Amerika zu bleiben und reich zu werden.«
Koubichev grunzte. »Die Heuer ist gut. Ich kann mich nicht beklagen.«
»Was zahlen sie dir denn?«
»Du bist ganz schön neugierig.«
»Viel?«
»Mehr, als ich vorher gekriegt habe. Mehr, als die meisten anderen kriegen. Und nur dafür, auf dem verdammten Atlantik hin- und herzuschippern.«
Jakov zog seine Dame vor. »Dann ist es also ein guter Job, Maschinist auf einem Schiff zu sein?«
»Das ist ein dämlicher Zug, die Dame rauszuholen. Warum hast du das gemacht?«
»Ich probiere eben neue Sachen aus. Ob ich später auch Maschinist werden soll?«
»Besser nicht.«
»Aber du verdienst doch viel.«
»Nur, weil ich für die Sigajew-Gesellschaft arbeite. Die zahlen ziemlich gut.«
»Warum?«
»Ich halte meine Klappe.«
»Worüber?«
»Woher, zum Teufel, soll ich das wissen?« Koubichev beugte sich über das Schachbrett. »Mein Läufer nimmt deine Dame. Ich habe dir ja gesagt, daß das ein dämlicher Zug war.«
»Es war ein Experiment«, gab Jakov zurück.
»Na, dann hast du hoffentlich was draus gelernt.«
Ein paar Tage später fragte Jakov den Steuermann auf der Brücke: »Was ist die Sigajew-Gsellschaft?«

Der Steuermann sah ihn erstaunt an. »Wo hast du denn den Namen gehört?«
»Koubichev hat ihn erwähnt.«
»Das hätte er lassen sollen.«
»Also wollen Sie auch nicht darüber reden«, stellte Jakov fest.
»Genau.«
Eine Zeitlang beobachtete Jakov schweigend, wie der Steuermann an seinen elektrischen Geräten hantierte. Auf einem kleinen Bildschirm blitzten ständig kleine Nummern auf, die der Steuermann in ein Buch eintrug. Anschließend studierte er die Karte.
»Wo sind wir?« fragte Jakov.
»Hier.« Der Steuermann deutete auf ein kleines Kreuz auf der Karte. Es war mitten im Ozean.
»Woher wissen Sie das?«
»Durch die Nummern auf dem Bildschirm. Längen- und Breitengrad. Siehst du?«
»Als Steuermann müssen Sie ganz schön schlau sein, oder?«
»So schlau nun auch wieder nicht.« Mittlerweile glitt der Steuermann mit zwei durch ein Scharnier verbundenen Plastiklinealen über die Karte. Er klappte sie zusammen und schob sie über die Kompaßrose am Rand.
»Machen Sie was Illegales?« fragte Jakov.
»Was?«
»Sollen Sie deswegen nicht darüber reden?«
Der Steuermann seufzte. »Ich bin nur dafür verantwortlich, dieses Schiff heil von Riga nach Boston und zurück nach Riga zu bringen.«
»Sind immer Waisenkinder an Bord?«
»Nein. Normalerweise sind es Frachtcontainer. Ich frage nicht, was drin ist. Ich stelle überhaupt keine Fragen. Punkt.«
»Also könnten Sie was Illegales tun?«
Der Steuermann lachte. »Du bist ein kleiner Teufel, was?« Er wandte sich seinem Notizbuch zu und trug Nummern in schmale Spalten ein.
Der Junge sah ihm eine Weile schweigend zu. Dann fragte er in die Stille: »Glauben Sie, daß jemand mich adoptieren will?«
»Natürlich will jemand dich adoptieren.«
»Auch damit?« fragte Jakov und hob seinen verkrüppelten

Arm hoch. Der Steuermann blickte ihn an, und Jakov sah für einen Moment Mitleid in den Augen des Mannes aufflackern. »Ich weiß ganz sicher, daß jemand dich adoptieren wird«, sagte er.
»Woher wissen Sie das?«
»Schließlich hat jemand deine Passage bezahlt und sich um deine Papiere gekümmert.«
»Ich habe meine Papiere noch nie gesehen. Sie vielleicht?«
»Das geht mich nichts an. Ich muß nur dieses Schiff nach Boston bringen.« Er schob Jakov beiseite. »Warum gehst du nicht zurück zu den anderen Jungen? Na los.«
»Denen ist immer noch schlecht.«
»Dann geh halt woanders spielen.«
Widerwillig verließ Jakov die Brücke und ging an Deck. Er war der einzige dort draußen. Er stand an der Reling und starrte in das vom Bug aufgewühlte Wasser. Jakov dachte an die Fische in ihrer grauen, trüben Welt in der Tiefe des Meeres und hatte auf einmal das Gefühl, keine Luft mehr zu bekommen. Der Anblick des gischtigen Wassers schien ihn förmlich zu ersticken. Trotzdem bewegte er sich nicht. Er hielt die Reling mit seiner Hand umklammert und ließ sich von den panischen Gedanken an das kalte, tiefe Wasser durchströmen. Angst war ein Gefühl, das er schon lange nicht mehr gespürt hatte.
Jetzt spürte er es.

Acht

Zwei Nächte in Folge hatte sie denselben Traum. Die Schwestern erklärten ihr, daß das an den Medikamenten lag. Das Methylprednisolon, das Cyclosporin und die Schmerztabletten. Die Chemikalien brachten ihren Verstand durcheinander. Und nach wochenlangen Krankenhausaufenthalten waren Alpträume erklärlich. Das ging jedem so. Es war nichts, weswegen man sich Sorgen machen müßte. Die Träume würden irgendwann aufhören.

Doch als Nina Voss an jenem Morgen mit Tränen in den Augen in ihrem Bett auf der Wachstation lag, wußte sie, daß der Traum nicht aufhören, daß er nie aufhören würde. Er war jetzt ein Teil von ihr. Genau wie dieses Herz.

Behutsam fuhr sie mit den Fingern über ihren Brustverband. Die Operation lag nun zwei Tage zurück, und die Schmerzen ließen langsam nach, obwohl sie nachts immer noch davon aufwachte, als wollten Sie Nina an das Geschenk erinnern, das sie erhalten hatte. Es war ein gutes, kräftiges Herz. Das hatte sie schon am Tag nach dem Eingriff gespürt. In den langen Monaten ihrer Krankheit hatte sie vergessen, wie es war, über ein kräftiges Herz zu verfügen. Zu gehen, ohne nach Luft zu schnappen. Zu spüren, wie das Blut warm und lebensspendend in ihre Muskeln strömte, die eigenen Finger zu betrachten und die rosigen Kapillaren zu bewundern, in denen es floß. Sie hatte schon so lange auf den Tod gewartet und sein Kommen akzeptiert, daß ihr nun das Leben fremd vorkam. Doch sie konnte es an ihren eigenen Händen sehen, in ihren eigenen Fingerspitzen spüren. Und in dem Pochen ihres neuen Herzens.

Es fühlte sich allerdings nicht so an, als würde es ihr gehören. Vielleicht würde es das nie.

Als Kind hatte sie oft Kleidung ihrer älteren Schwester Caroline

aufgetragen, gute Wollpullover und kaum getragene Abendkleider. Obwohl sie unbestritten in Ninas Besitz übergingen, waren es für sie immer Carolines Kleider geblieben.
Und wessen Herz bist du? fragte sie sich, als sie behutsam ihre Brust berührte.
Gegen Mittag kam Victor und setzte sich an ihr Bett.
»Ich hatte wieder diesen Traum!« erzählte sie ihm. »Den mit dem Jungen. Diesmal war er ganz deutlich! Als ich aufgewacht bin, konnte ich gar nicht aufhören zu weinen.«
»Das sind die Steroide, Liebling«, erklärte Victor. »Man hat dich doch vor den Nebenwirkungen gewarnt.«
»Ich glaube, es hat etwas zu bedeuten. Verstehst du nicht? Ich habe diesen Teil von ihm in mir. Und dieser Teil lebt noch. Ich kann ihn spüren.«
»Diese Schwester hätte dir nie sagen dürfen, daß es das Herz eines Jungen ist.«
»Ich habe sie gefragt.«
»Sie hätte es dir trotzdem nicht sagen dürfen. Die Enthüllung dieser Information nützt niemandem etwas, weder dir noch dem Jungen.«
»Nein«, sagte sie leise. »Dem Jungen nicht. Aber der Familie. Wenn es eine Familie gibt.«
»Ich bin sicher, sie wollen nicht daran erinnert werden. Denk doch mal nach, Nina. Es ein streng vertrauliches Verfahren, und das hat seine Gründe.«
»Wäre das denn so traurig, der Familie einen Dankesbrief zu schreiben? Es würde vollkommen anonym bleiben. Nur ein schlichter –«
»Nein, Nina. Auf gar keinen Fall.«
Nina ließ sich schweigend in die Kissen zurücksinken. Sie benahm sich wieder albern. Victor hatte recht. Victor hatte immer recht.
»Du siehst heute wunderbar aus, Liebling«, lobte er. »Bist du schon aufgestanden und hast auf dem Stuhl gesessen?«
»Schon zweimal«, antwortete Nina. Der Raum wirkte auf einmal sehr, sehr kalt. Schaudernd wandte sie sich ab.

Pete saß in einem Stuhl an Abbys Bett. Er trug seine blaue Wölfingsuniform mit kleinen Aufnähern an den Ärmeln und den Plastikperlen an der Brusttasche, eine für jede Belobigung. Seine Mütze trug er nicht. Wo ist seine Mütze? fragte sie sich, bis ihr einfiel, daß sie verlorengegangen war, daß sie und ihre Schwestern den Straßenrand wieder und wieder abgesucht, sie aber nirgendwo in der Nähe des verbeulten Fahrrads gefunden hatten.

Er hatte sie lange nicht mehr besucht, nicht mehr seit der Nacht vor ihrem ersten Collegetag. Es war immer das gleiche, wenn er kam. Er saß nur da und sah sie an, ohne ein Wort zu sagen.

»Wo bist du gewesen, Pete?« fragte sie. »Warum bist du gekommen, wenn du nichts sagen willst?«

Er saß weiter da und beobachtete sie, sein Blick stumm, seine Lippen unbeweglich. Der Kragen seines blauen Hemdes war steif gestärkt, so wie ihre Mutter ihn zur Beerdigung aufgebügelt hatte. Er drehte sich um und blickte ins Nebenzimmer. Ein heller Ton schien ihn zu rufen; er begann zu zittern wie Wasser, in das man einen Stein hineingeworfen hat.

»Was wolltest du mir sagen?« fragte sie.

Das Wasser war jetzt aufgewühlt und schäumte gischtig unter all den Klängen. Nach einem weiteren schrillen Klingeln hatte Pete sich ganz aufgelöst und nur Dunkelheit zurückgelassen.

Und das klingelnde Telefon.

Abby griff nach dem Hörer. »DiMatteo«, meldete sie sich.

»Hier ist die Intensivchirurgie. Ich denke, Sie sollten besser kommen.«

»Was ist denn los?«

»Es ist Mrs. Voss in Bett fünfzehn, die Transplantation. Sie hat leichtes Fieber, achtunddreißig Komma sechs.«

»Wie geht es ihr sonst?«

»Blutdruck hundert zu siebzig, Puls sechsundneunzig.«

»Ich komme sofort.« Abby legte auf und machte die Lampe an. Es war zwei Uhr morgens. Der Stuhl neben ihrem Bett war leer. Kein Pete. Stöhnend stieg sie aus dem Bett und stolperte quer durch das Zimmer auf das Waschbecken zu, wo sie sich kaltes Wasser ins Gesicht spritzte. Sie nahm die Kälte gar nicht wahr, spürte das Wasser wie unter Betäubung. Wach auf, wach auf, ermahnte sie sich. Du mußt wissen, was du tust, verdammt noch mal! Ein postoperatives Fieber drei Tage nach einer Transplantation. Als erstes mußte sie die Wunde kontrollieren,

Lungen und Unterleib untersuchen, eine Thoraxaufnahme anordnen und Kulturen anlegen lassen.
Und immer die Ruhe bewahren.
Sie konnte sich keine Fehler leisten. Nicht zu diesem Zeitpunkt und ganz bestimmt nicht bei dieser Patientin.
In den letzten drei Tagen hatte sie das Bayside jedesmal betreten, ohne zu wissen, ob sie überhaupt noch einen Job hatte. Und jeden Nachmittag um fünf hatte sie vor Erleichterung geseufzt, weil sie weitere vierundzwanzig Stunden überlebt hatte. Mit jedem verstreichenden Tag schien die Krise weiter zu verblassen, genau wie die Erinnerung an Parrs Drohung. Sie wußte, daß sie Wettig auf ihrer Seite hatte, und auch Mark. Mit deren Hilfe konnte sie ihren Job vielleicht – nur vielleicht – behalten. Sie wollte Parr keinen weiteren Anlaß bieten, ihre Arbeit als Ärztin anzuzweifeln. Darum ging sie seither peinlich genau vor und prüfte jedes Laborergebnis auf jeden Befund zweimal. Und sie hatte darauf geachtet, Nina Voss' Krankenzimmer zu meiden. Eine weitere Begegnung mit dem wütenden Victor Voss war das letzte, was sie brauchte.
Doch jetzt hatte Nina Voss Fieber, und Abby war die diensttuende Assistenzärztin. Das konnte sie nicht umgehen; sie mußte ihre Arbeit tun.
Sie zog ihre Schuhe an und verließ den Bereitschaftsraum.
Spätnachts ist ein Krankenhaus ein surrealer Ort. Leere Flure dehnen sich unter zu grellen Lichtern, und für müde Augen scheinen sich die weißen Wände zu wölben und zu schwanken. Durch einen solchen beweglichen Tunnel bahnte Abby sich ihren Weg. Ihr Körper war taub, ihr Verstand noch nicht auf Touren. Nur ihr Herz reagierte angemessen auf die Krise: Es pochte heftig.
Sie bog um die Ecke und kam auf die chirurgische Intensivstation.
Die Lichter wurden nachts heruntergedreht – es war das einzige Zugeständnis der modernen Technologie an den Tagesrhythmus des Menschen. Im Halbdunkel des Schwesternzimmers huschten die elektrischen Signale von sechzehn Patientenherzen über sechzehn Monitore. Ein Blick auf Monitor Nr. fünfzehn bestätigte, daß Mrs. Voss einen erhöhten Puls von hundert hatte.
Die Schwester, die die Monitore überwachte, nahm das klin-

gelnde Telefon ab und sagte dann: »Dr. Levi ist am Apparat. Er möchte mit dem Bereitschaftsarzt sprechen.«
»Ich übernehme das Gespräch«, erklärte Abby und griff nach dem Hörer. »Hallo, Dr. Levi? Hier ist Abby DiMatteo.«
Es entstand ein verlegenes Schweigen. »Sie haben heute nacht Bereitschaft?« fragte er, und sie hörte den entsetzten Unterton in seiner Stimme. Sie verstand sofort. Abby war so ziemlich der letzte Mensch, in dessen Hände Aaron Nina Voss wissen wollte. Doch heute nacht gab es keine Alternative. Sie war die dienstälteste Assistenzärztin in Bereitschaft.
Sie sagte: »Ich wollte Mrs. Voss gerade untersuchen. Sie hat Fieber.«
»Ja, das hat man mir berichtet.« Wieder entstand eine Pause.
Abby sprang in dieses Nichts, entschlossen, ihr Gespräch auf einer rein fachlichen Ebene zu halten. »Ich werde das Übliche unternehmen«, sagte sie, »und sie zunächst untersuchen, den Blutstatus feststellen, Kulturen anlegen lassen, Uriuntersuchung und Thoraxaufnahmen veranlassen. Sobald ich die Ergebnisse habe, rufe ich Sie zurück.«
»In Ordnung«, sagte er schließlich. »Ich erwarte Ihren Anruf.«
Abby zog einen sterilen Kittel über und trat in Nina Voss' Zimmer. Eine einzelne Lampe brannte und warf einen blassen Lichtschein auf das Bett, in dem Nina Voss' Haar auf dem Kopfkissen schimmerte wie ein silberner Strom. Mit ihren geschlossenen Lidern und den auf dem Bauch gefalteten Händen wirkte die Patientin auf seltsame Weise selig entrückt. Wie eine aufgebahrte Prinzessin, dachte Abby.
Sie trat an das Bett und sagte leise: »Mrs. Voss?«
Nina schlug die Augen auf. Langsam fixierte sie ihr Gegenüber. »Ja?«
»Ich bin Dr. DiMatteo«, stellte Abby sich vor. »Ich bin chirurgische Assistenzärztin.« Die Augen der Frau blitzten für einen kurzen Moment des Erkennens auf. Sie kennt meinen Namen, dachte Abby. Sie weiß, wer ich bin. Ich, die Grabräuberin und Leichendiebin.
Nina Voss sagte gar nichts, sondern blickte sie nur mit unergründlichen Augen an.
»Sie haben Fieber«, erklärte Abby. »Wir müssen herausfinden, warum. Wie fühlen Sie sich, Mrs. Voss?«

»Ich bin ... müde. Sonst nichts«, flüsterte Nina. »Nur müde.«
»Ich fürchte, ich muß die Operationswunde untersuchen.« Abby schaltete das Licht an und löste langsam den Brustverband. Der Schnitt sah sauber aus, es war keine Rötung oder Schwellung zu sehen. Sie nahm ihr Stethoskop und fuhr mit der üblichen Routineuntersuchung fort. Sie hörte normale Atemgeräusche, tastete den Unterleib ab, untersuchte Ohren, Nase und Hals, aber sie fand nichts Außergewöhnliches, nichts, was ein Fieber verursachen könnte. Nina blieb die ganze Zeit still. Ihr stummer Blick folgte jeder von Abbys Bewegungen.
Schließlich richtete Abby sich auf und sagte: »Es scheint alles in Ordnung zu sein. Andererseits muß es einen Grund für das Fieber geben. Wir machen eine Thoraxaufnahme und nehmen drei verschiedene Blutproben zur Anlage von Kulturen.« Sie lächelte entschuldigend. »Ich fürchte, Sie werden heute nacht nicht besonders viel schlafen.«
Nina schüttelte den Kopf. »Ich schlafe ohnehin nicht viel. So viele Alpträume.«
»Sie haben Alpträume?«
Nina atmete tief ein und langsam wieder aus. »Von dem Jungen.«
»Von welchem Jungen, Mrs. Voss?«
»Diesem Jungen.« Sie klopfte sich vorsichtig mit der Hand auf die Brust. »Man hat mir erzählt, daß es das Herz eines Jungen war. Ich weiß nicht einmal seinen Namen, oder wie er gestorben ist. Ich weiß nur, daß es einem Jungen gehört hat.« Sie sah Abby an. »So war es doch, oder nicht?«
Abby nickte. »Das habe ich im OP auch gehört.«
»Sie waren dabei?«
»Ich habe Dr. Hodell assistiert.«
Ein Lächeln legte sich über Ninas Lippen. »Seltsam, daß Sie dabei waren, nachdem ...« Ihre Stimme verlor sich.
Einen Moment lang sagte keiner etwas, Abby wegen ihrer Schuldgefühle und Nina Voss wegen ... weswegen? Wegen der Ironie dieser Begegnung? Abby dämpfte das Licht, und das Zimmer war wieder in grabkammerhaftes Halbdunkel getaucht.
»Mrs. Voss«, sagte Abby. »Was vor ein paar Tagen geschehen ist – das andere Herz, das erste ...« Sie wandte den Blick ab,

weil sie der Frau nicht in die Augen sehen konnte. »Da war dieser Junge. Siebzehn Jahre alt. In diesem Alter wollen Jungen normalerweise Freundinnen oder Autos. Aber dieser Junge wollte nur nach Hause. Sonst nichts, er wollte nur nach Hause.« Sie seufzte. »Am Ende konnte ich nicht zulassen, daß es passierte. Ich kannte Sie noch nicht, Mrs. Voss. Sie lagen nicht vor mir im Krankenbett, sondern er. Und ich mußte eine Wahl treffen.« Sie blinzelte und spürte, wie ihre Wimpern von Tränen feucht wurden.

»Hat er überlebt?«

»Ja, er lebt.«

Nina nickte und faßte sich wieder an die eigene Brust, als wolle sie mit ihrem eigenen Herzen Zwiesprache halten. Zuhören, kommunizieren. »Dieser Junge«, sagte sie, »dieser Junge lebt auch. Ich spüre sein Herz so deutlich. Jeden Schlag. Manche glauben, daß die Seele des Menschen in seinem Herzen wohnt. Vielleicht haben das auch seine Eltern geglaubt. An sie muß ich oft denken, und wie schwer es für sie sein muß. Ich hatte selbst nie einen Sohn. Ich habe gar keine Kinder.« Sie ballte die Hand zur Faust und preßte sie auf den Verband. »Glauben Sie, es ist ein Trost zu wissen, daß ein Teil von ihm weiterlebt? Wenn es mein Sohn gewesen wäre, hätte ich es wissen wollen. Ich hätte es wissen wollen.« Sie weinte jetzt, und Tränen liefen über ihre Schläfen.

Abby griff nach Ninas Hand und war überrascht, wie kräftig deren Händedruck war. Die Haut war fiebrig, ihre Finger hilfesuchend verkrampft. Sie blickte zu Abby auf, und ihre Augen schienen von einem seltsamen inneren Feuer zu leuchten. Wenn du sie damals schon gekannt hättest, dachte Abby, wenn du zugesehen hättest, wie sie in einem Bett stirbt und Josh O'Day im anderen, für wen hättest du dich entschieden? Ich weiß es nicht.

Über dem Bett huschte ein Signal über den grün schimmernden Monitor des Oszilloskops. Das Herz eines unbekannten Jungen schlug einhundertmal pro Minute und pumpte fiebriges Blut durch die Adern einer Fremden.

Als Abby Ninas Hand hielt, konnte sie einen pochenden Puls spüren, einen langsamen, regelmäßigen Pulsschlag. Es war nicht Ninas, sondern ihr eigener.

Zwanzig Minuten später kam der Röntgentechniker mit einem tragbaren Gerät und machte Thoraxaufnahmen, eine weitere Viertelstunde später hatte Abby die entwickelten Röntgenbilder in der Hand. Sie klemmte sie an den Leuchttisch und untersuchte sie auf Anzeichen für eine Lungenentzündung, aber sie konnte nichts erkennen.

Es war jetzt drei Uhr morgens. Sie rief Aaron Levi an.

Seine Frau nahm mit vor Schlaf heiserer Stimme ab. »Hallo?«

»Elaine, hier ist Abby DiMatteo. Tut mir leid, Sie um diese Uhrzeit zu stören. Kann ich mit Aaron sprechen?«

»Er ist zum Krankenhaus gefahren.«

»Wie lange ist das her?«

»Das war gleich nach dem zweiten Anruf. Ist er nicht dort?«

»Ich habe ihn noch nicht gesehen«, sagte Abby.

Am anderen Ende der Leitung entstand ein Schweigen. »Er ist vor einer Stunde losgefahren«, meinte Elaine dann. »Er müßte längst da sein.«

»Ich werde ihn anpiepen. Machen Sie sich keine Sorgen, Elaine.« Abby legte auf, wählte Aarons Pieper an und wartete auf seinen Rückruf.

Um Viertel nach drei hatte er sich noch immer nicht gemeldet.

»Dr. DiMatteo«, sagte Sheila, Nina Voss' Schwester. »Wir haben die letzte Blutprobe genommen. Sollen wir sonst noch etwas tun?«

Was habe ich übersehen? dachte Abby. Sie stützte sich auf den Schreibtisch und massierte ihre Schläfen, um gegen die Müdigkeit anzukämpfen? Denk nach! Ein postoperatives Fieber. Wo lag der Infektionsherd? Was hatte sie übersehen?

»Was ist mit dem Organ selbst?« sagte Sheila.

Abby blickte auf. »Das Herz?«

»Der Gedanke ging mir nur so durch den Kopf. Aber das ist wohl ziemlich unwahrscheinlich ...«

»Welcher Gedanke, Sheila?«

Die Schwester zögerte. »Hier habe ich so etwas noch nie erlebt, aber bevor ich ans Bayside kam, habe ich in einer Nierentransplantationsklinik in Mayo gearbeitet. Ich erinnere mich an einen Patienten, einen Nierenempfänger mit postoperativem Fieber. Erst nach seinem Tod haben wir den Infektionsherd gefunden. Es war eine schwammige Geschwulst, wie sich herausstellte. Später hat man die Spenderunterlagen durchforstet und festgestellt, daß die Kulturen des Spenders positiv waren, die Ergebnisse jedoch erst eine Woche nach der Nierenentnahme eintrafen. Da war es für den Empfänger, unseren Patienten, schon zu spät.«

Abby dachte einen Moment lang nach. Sie blickte auf die Reihe von Monitoren und beobachtete das Herzsignal von Bett Nr. fünfzehn.

»Wo werden die Spenderinformationen gespeichert?«

»Die werden unten im Büro der Koordinationsstelle für Transplantationen aufbewahrt. Die leitende Oberschwester hat den Schlüssel.«

»Könnten Sie sie bitten, mir die Unterlagen herauszusuchen?«

Abby klappte Nina Voss' Krankenakte noch einmal auf und blätterte bis zum Spenderformular der New England Organ Bank weiter, das mit dem Herz aus Vermont gekommen war. Verzeichnet waren die Blutgruppe AB 0 sowie HIV-Status, Syphilis-Antikörper-Titer und eine lange Liste anderer Laboruntersuchungen auf diverse Vireninfektionen. Der Spender war anonym.

Eine Viertelstunde später klingelte das Telefon. Es war die leitende Oberschwester.

»Ich kann die Spenderakte nicht finden«, sagte sie.

»Ist sie nicht unter Nina Voss abgelegt?«

»Die Unterlagen werden nach der Patientennummer des Empfängers abgelegt, doch ich kann unter Nina Voss' Nummer nichts finden.«

»Könnten die Unterlagen falsch abgelegt worden sein?«

»Ich habe zusätzlich in sämtlichen Nieren- und Leber-Akten nachgesehen. Und ich habe die Aktennummer zweimal nachgeprüft. Sind Sie sicher, daß die Unterlagen nicht irgendwo oben in der Intensivchirurgie sind?«

»Ich werde nachsehen lassen. Vielen Dank.« Abby legte auf und seufzte. Sich um verlegten Papierkram zu kümmern, war so ziemlich das letzte, was sie jetzt am frühen Morgen tun wollte. Sie ging die Aktenregale der Intensivchirurgie durch, wo die Unterlagen zu früheren Krankenhausaufenthalten von aktuellen Patienten aufbewahrt wurden. Wenn das fehlende Formular darin vergraben lag, konnte sie stundenlang suchen.

Oder sie konnte das Krankenhaus, in dem der Spender gelegen hatte, direkt anrufen. Dort konnte man die Akte einfach herausziehen und ihr die Vorgeschichte und die Laborergebnisse des Spenders mitteilen.

Über die Auskunft erfragte sie die Nummer des Wilcox Memorial, wählte sie und fragte nach der leitenden Oberschwester. Einen Moment später meldete sich eine Frau: »Hier ist Gail DeLeon.«

»Hier ist Dr. DiMatteo vom Bayside-Hospital in Boston«, stellte Abby sich vor. »Wir haben eine Herzempfängerin, die nach der Transplantation ein leichtes Fieber bekommen hat. Wir wissen, daß das Spenderherz aus Ihrem OP kam. Ich brauche weitere Informationen über die Vorgeschichte des Spenders. Ich dachte, Sie wüßten vielleicht den Namen.«

»Die Organentnahme soll hier stattgefunden haben?«

»Ja, vor drei Tagen. Der Spender war ein heranwachsender Junge.«

»Ich überprüfe die OP-Berichte und melde mich dann wieder.«

Das tat sie zehn Minuten später auch – allerdings nicht mit der Antwort, sondern einer Frage. »Sind Sie sicher, daß Sie das richtige Krankenhaus haben, Doktor?«

Abby warf einen Blick auf Ninas Krankenblatt. »Es steht hier auf meinem Formular. Ort der Entnahme: Wilcox Memorial, Burlington, Vermont.«

»Das sind wir. Aber unter den OP-Berichten findet sich keine Entnahme.«

»Können Sie im OP-Kalender nachsehen? Das müßte der …« Abby sah auf ihr Formular, »der 24. September gewesen sein. Die Entnahme muß irgendwann gegen Mitternacht stattgefunden haben.«

»Warten Sie einen Moment.«

Abby hörte, wie Seiten umgeblättert wurden, während sich die Schwester ständig räusperte. Dann war sie wieder am Hörer. »Hallo?«

»Ich bin noch da«, antwortete Abby.

»Ich bin den Kalender für den 23., 24. und 25. September durchgegangen. Wir hatten ein paar Blinddarmoperatioen, eine Gallenoperation und zwei Kaiserschnitte, aber nirgendwo eine Organentnahme.«

»Aber das kann nicht sein! Wir haben doch das Herz!«
»Von uns kommt es jedenfalls nicht.«
Abby überflog die Notizen der OP-Schwester und entdeckte den Eintrag: *Null Uhr fünf: Ankunft Dr. Leonard Mapes, Wilcox Memorial.* Sie sagte: »Einer der Chirurgen bei der Entnahme war Dr. Leonard Mapes. Er hat das Organ auch transportiert.«
»Bei uns gibt es keinen Dr. Mapes.«
»Er ist Thorax-Chirurg –«
»Hören Sie, wir haben hier keinen Dr. Mapes. Soweit ich weiß, gibt es in ganz Burlington keinen Dr. Mapes. Ich weiß nicht, woher Sie Ihre Informationen haben, Doktor, aber sie sind offensichtlich falsch. Vielleicht sollten Sie das noch mal überprüfen.«
»Aber –«
»Versuchen Sie es bei einem anderen Krankenhaus.«
Langsam legte Abby den Hörer auf.
Sie saß lange da und starrte das Telefon an. Sie dachte an Victor Voss und sein Geld, an all die Sachen, die er dafür kaufen konnte. Sie dachte an die erstaunliche Zufälligkeit der Ereignisse, durch die Nina Voss zu einem neuen Herz gekommen war. Zu einem passenden Herzen.
Abby griff erneut zum Hörer.

Neun

»Nun werde nicht hysterisch«, sagte Mark, während er durch Nina Voss' Krankenakte blätterte. »Es muß eine logische Erklärung für alles geben.«
»Ich wüßte gern, welche«, antwortete Abby.
»Es war eine saubere Entnahme. Das Herz ist ordnungsgemäß verpackt und transportiert worden, und es gab auch Spenderunterlagen.«
»Die jetzt aber offenbar verschwunden sind.«
»Um neun ist der Transplantationskoordinator wieder da. Dann können wir ihn nach den Unterlagen fragen. Ich bin sicher, sie sind irgendwo.«
»Mark, da ist noch etwas! Ich habe das Spender-Krankenhaus angerufen. Es gibt dort keinen Chirurgen namens Leonard Mapes. Es gibt in ganz Burlington keinen Chirurgen, der so heißt.«
Sie machte eine Pause und fügte leise hinzu: »Wissen wir wirklich, woher dieses Herz kommt?«
Mark antwortete nicht. Er schien zu benommen, zu müde, um klar zu denken. Es war Viertel nach vier. Nach Abbys Anruf hatte er sich aus dem Bett gekämpft und war in die Klinik gefahren. Ein postoperatives Fieber mußte unverzüglich behandelt werden, und obwohl er Abbys Befunden vertraute, hatte er die Patientin persönlich untersuchen wollen. Jetzt saß Mark im Halbdunkel der chirurgischen Intensivstation und versuchte, aus Nina Voss' Krankenakte schlau zu werden. Auf dem Tisch vor ihm stand eine Reihe von Herz-Monitoren, und drei zuckende grüne Linien spiegelten sich in seinen Brillengläsern wieder. Die Schwestern bewegten sich wie Schatten durch das Halbdunkel und sprachen gedämpft.
Mark klappte die Krankenakte zu, nahm seufzend die Brille ab

und rieb sich die Augen. »Dieses Fieber! Was verursacht nur das Fieber? Das macht mir wirklich Sorgen.«
»Könnte es eine vom Spender übertragene Infektion sein?«
»Unwahrscheinlich. So etwas habe ich bei einem Herz noch nie gesehen.«
»Aber wir wissen nichts über den Spender oder seine Krankengeschichte. Wir wissen nicht einmal, aus welchem Krankenhaus das Herz gekommen ist.«
»Abby, du verrennst dich da in was. Ich weiß, daß Archer mit einem der Chirurgen bei der Entnahme telefoniert hat. Und ich weiß auch, daß es Unterlagen gibt. Sie waren in einem braunen Umschlag.«
»An den erinnere ich mich auch.«
»Na also. Dann haben wir ja beide dasselbe gesehen.«
»Und wo ist der Umschlag jetzt?«
»Meine Liebe, ich war der operierende Chirurg. Ich hatte die Hände bis zu den Ellenbogen in Blut. Da kann ich mich doch nicht auch noch um einen blöden Umschlag kümmern!«
»Wieso überhaupt die ganze Heimlichtuerei um den Spender? Wir haben keinerlei Unterlagen, wir wissen nicht einmal seinen Namen.«
»Das ist das übliche Verfahren. Spenderinformationen sind vertraulich. Sie werden immer getrennt von den Empfängerunterlagen aufbewahrt. Sonst würden die Familien miteinander Kontakt aufnehmen. Die Seite der Spender würde ewige Dankbarkeit erwarten, und die Empfänger würden sich belästigt oder schuldig fühlen. Das führt nur zu einem riesigen emotionalen Durcheinander.« Er ließ sich in seinen Stuhl zurücksinken. »Mit dem Thema verschwenden wir nur unsere Zeit. In ein paar Stunden hat sich alles geklärt. Wir sollten uns lieber auf das Fieber konzentrieren.«
»Na gut. Aber wenn es irgendwelche Fragen gibt, wird die New England Organ Bank mit dir darüber sprechen wollen.«
»Wie kommt denn die NEOB ins Spiel?«
»Ich habe sie angerufen. Sie haben eine rund um die Uhr besetzte Hotline. Ich habe ihnen gesagt, daß du sie zurückrufst. Oder Archer.«
»Darum kann sich Archer kümmern. Er muß jeden Moment hiersein.«

»Er kommt auch?«
»Er macht sich Sorgen wegen des Fiebers. Aaron ist offenbar nicht zu erreichen. Hast du ihn noch mal angepiept?«
»Dreimal. Aber ich habe keine Antwort bekommen. Elaine hat mir gesagt, er wäre zum Krankenhaus gefahren.«
»Na, er muß auch hier angekommen sein. Ich habe auf dem Parkplatz seinen Wagen gesehen. Vielleicht ist er auf der Medizinischen beschäftigt.« Mark blätterte Ninas Krankenakte durch, bis er zu dem Verordnungsbogen kam. »Ich werde ohne ihn entscheiden.«
Abby warf einen Blick zu Nina Voss' Bett. Die Augen der Patientin waren geschlossen, ihre Brust hob und senkte sich im sanften Rhythmus des Schlafes.
»Ich fange mit Antibiotika an«, sagte Mark. »Breitband.«
»Welche Infektion willst du behandeln?«
»Ich weiß nicht. Es ist nur eine Übergangslösung, bis die Kulturen fertig sind. Solange sie so massiv mit Immunsuppressiva behandelt wird, können wir auf keinen Fall eine Infektion riskieren.« Mark sprang frustriert von seinem Stuhl auf und trat an das Sichtfenster, wo er einen Moment stehenblieb und Nina Voss anstarrte. Ihr Anblick schien ihn zu beruhigen. Abby trat neben ihn. Sie standen so dicht beieinander, daß sie sich fast berührten, doch die Kluft dieser Krise trennte sie. Auf der anderen Seite des Fensters schlief Nina Voss.
»Es könnte eine Reaktion auf die Medikamente sein«, meinte Abby. »Sie bekommt so viele, und jedes könnte das Fieber verursachen.«
»Das ist eine Möglichkeit. Aber bei Steroiden und Cyclosporin eher unwahrscheinlich.«
»Ich konnte keinen Entzündungsherd finden. Nirgendwo.«
»Wenn wir bei ihrer Immunsuppression etwas übersehen, ist sie tot.« Er wandte sich ab, um erneut das Krankenblatt zur Hand zu nehmen. »Ich packe den Breitband-Hammer aus.«
Um sechs Uhr morgens floß die erste intravenöse Dosis Antibiotika in Ninas Adern. Eine Besprechung mit dem leitenden Arzt der Infektionsabteilung wurde gefordert, und um Viertel nach sieben traf Dr. Moore ein. Er stimmte Marks Entscheidung zu. Ein Fieber bei einer Patientin mit Immunsuppression war zu gefährlich, um nicht behandelt zu werden.

Um acht Uhr wurde ein zweites Antibiotikum injiziert.
Mittlerweile machte Abby ihre Morgenvisite auf der chirurgischen Intensivstation. Auf dem Rollwagen stapelten sich die Krankenblätter. Es war eine schlimme Bereitschaftsnacht gewesen. Vor dem Anruf um zwei Uhr nachts hatte sie nur eine Stunde geschlafen und seither keinen Moment Pause gehabt. Aufgeputscht von zwei Tassen Kaffee und der Aussicht auf Feierabend schob sie den Wagen von Bett zu Bett und dachte: In vier Stunden bin ich hier raus. Nur noch vier Stunden bis Mittag. Sie kam an Zimmer Nr. fünfzehn vorbei und blickte durch das Sichtfenster.
Nina war wach. Sie sah Abby und brachte ein schwaches Winken zustande.
Abby ließ die Krankenblätter vor der Tür stehen, zog sich einen sterilen Kittel über und betrat das Zimmer.
»Guten Morgen, Dr. DiMatteo«, murmelte Nina. »Ich fürchte, Sie haben wegen mir nicht viel Schlaf bekommen.«
Abby lächelte. »Das ist schon in Ordnung. Ich habe letzte Woche geschlafen. Wie fühlen Sie sich?«
»Im Mittelpunkt einer Menge Aufmerksamkeit.« Nina blickte zu dem Infusionsbehälter mit Antibiotika, der über ihrem Bett hing. »Ist das die Heilung?«
»Wir hoffen es. Sie bekommen eine Kombination aus Piperacillin und Azathriopin. Es sind Breitband-Antibiotika. Wenn Sie eine Entzündung im Körper haben, sollte die damit zum Stillstand gebracht werden.«
»Und wenn es keine Entzündung ist?«
»Dann wird das Fieber nicht reagieren, und wir werden etwas anderes probieren.«
»Das heißt, Sie wissen nicht genau, was das Fieber auslöst?«
Abby zögerte. »Nein«, gab sie dann zu. »Das wissen wir nicht. Es ist mehr ein fachkundiger Schuß ins Ungefähre.«
Nina nickte. »Ich habe mir gedacht, daß Sie mir die Wahrheit sagen würden, im Gegensatz zu Dr. Archer. Er war heute morgen hier und hat mir in einem fort versichert, ich müßte mir keine Sorgen machen. Daß man sich um alles kümmern werde. Er hat mit keinem Wort zugegeben, daß er es nicht genau wußte.«
Nina lachte leise, als ob das Fieber, die Antibiotika und all die

Schläuche und Maschinen allesamt Teil einer wunderlichen Illusion waren.
»Ich bin sicher, er wollte nur, daß Sie sich keine Sorgen machen«, beteuerte Abby.
»Aber die Wahrheit macht mir keine Angst, wirklich nicht. Die Ärzte sagen oft genug nicht die Wahrheit.« Sie sah Abby direkt an. »Das wissen wir beide.«
Abby ertappte sich dabei, wie ihr Blick unwillkürlich zu den Monitoren gewandert war. Sie sah, daß alle Kurven auf dem Bildschirm im Normalbereich lagen. Der Blutdruck, der Druck im rechten Vorhof. Es war schiere Gewohnheit, diese Fixierung auf Zahlen. Maschinen stellten keine schwierigen Fragen und erwarteten auch keine schmerzhaft ehrlichen Antworten.
Sie hörte Nina leise sagen: »Victor.«
Abby drehte sich um. Erst als sie zur Tür blickte, erkannte sie, daß Victor Voss das Zimmer eben betreten hatte.
»Raus«, befahl er. »Verschwinden Sie aus dem Zimmer meiner Frau.«
»Ich habe nur nach ihr gesehen.«
»Ich sagte raus!« Er machte einen Schritt auf sie zu und packte sie an ihrem Kittel.
Instinktiv wehrte Abby sich und riß sich los. Das Zimmer war so winzig, daß sie nicht weiter zurückweichen konnte.
Er stürzte auf sie zu. Diesmal packte er ihren Arm ganz offensichtlich mit der Absicht, ihr weh zu tun.
»Nicht, Victor!« sagte Nina.
Abby schrie auf, als sie nach vorn gerissen wurde. Er stieß sie aus dem Zimmer. Die Wucht seines Stoßes ließ sie rückwärts gegen den Rollwagen taumeln. Der Wagen setzte sich in Bewegung, und sie spürte, wie sie den Halt verlor und auf dem Boden landete. Der Wagen rollte immer noch weiter, bis er gegen den Tresen stieß und die Krankenblätter zu Boden fielen. Abby blickte überrascht und benommen auf und sah Victor Voss über sich stehen. Er atmete heftig, nicht vor Anstrengung, sondern vor Wut.
»Kommen Sie nie wieder in die Nähe meiner Frau, warnte er sie. »Haben Sie mich verstanden, Doktor? Haben Sie mich verstanden?« Victor wandte den Blick zu dem entsetzten Personal

der Intensivchirurgie, das hinzugeeilt war. »Ich will nicht, daß diese Frau in die Nähe meiner Frau kommt. Ich will, daß das in ihrem Krankenblatt notiert und an der Tür angeschlagen wird. Und zwar sofort.« Er warf Abby einen letzten, angewiderten Blick zu, bevor er das Zimmer seiner Frau betrat und die Vorhänge vor dem Sichtfenster zuzog.

Zwei Schwestern halfen Abby auf die Beine.

»Es geht schon«, sagte Abby und winkte ab. »Wirklich, mir geht es prima.«

»Er ist verrückt«, flüsterte eine der Schwestern. »Wir sollten ihn beim Sicherheitsdienst melden.«

»Nein, tun Sie das nicht«, sagte Abby. »Das würde alles nur noch schlimmer machen.«

»Aber das war ein tätlicher Angriff! Sie sollten ihn anzeigen.«

»Ich möchte, daß Sie die ganze Sache vergessen, klar?« Abby ging zu ihrem Wagen. Ihre Krankenblätter lagen auf dem Boden, und überall waren Laborstreifen verteilt. Mit glühendem Kopf sammelte sie die Papiere ein und legte sie wieder auf den Wagen. Mittlerweile kämpfte sie gegen die Tränen an. Ich darf nicht weinen, dachte sie. Nicht hier. Ich werde nicht weinen.

Sie blickte auf.

Alle beobachteten sie.

Sie ließ den Rollwagen an Ort und Stelle stehen und verließ die Station.

Drei Stunden später fand Mark sie in der Kantine. Sie saß über einer Tasse Tee und einem Blaubeer-Muffin. Von dem Gebäck hatte sie nur einmal abgebissen, und der Teebeutel war so lange in der Tasse geblieben, daß das Wasser schwarz war wie Kaffee. Mark zog sich einen Stuhl an ihren Tisch und nahm ihr gegenüber Platz. »Voss war derjenige, der einen Anfall bekommen hat, Abby. Nicht du.«

»Ich bin nur diejenige, die vor allen Augen auf dem Hintern gelandet ist.«

»Er hat dich gestoßen. Das kannst du als Hebel gegen weitere verrückte Klagen verwenden.«

»Du meinst, ich soll ihn wegen Körperverletzung anzeigen?«

»So was in der Richtung.«

Sie schüttelte den Kopf. »Ich will nicht über Victor Voss nachdenken. Ich will nichts mit dem Mann zu tun haben!«

»Es gab ein halbes Dutzend Zeugen. Sie haben gesehen, wie er dich gestoßen hat.«

»Mark, laß uns das Ganze vergessen.« Sie nahm ihr Muffin und biß ohne Begeisterung hinein, bevor sie es wieder auf den Teller legte. Schweigend starrte sie darauf, verzweifelt bemüht, das Thema zu wechseln. »War Aaron deiner Meinung, was die Antibiotika angeht?« fragte sie schließlich.

»Ich habe Aaron den ganzen Tag noch nicht gesehen.«

Sie blickte stirnrunzelnd auf. »Ich dachte, er wäre hier.«

»Ich habe ihn angepiept, aber er hat sich nicht gemeldet.«

»Hast du bei ihm zu Hause angerufen?«

»Ich habe nur die Haushälterin erwischt. Elaine ist übers Wochenende bei ihrer Tochter in Dartmouth.« Mark zuckte die Schultern. »Heute ist Samstag. Aaron hat dieses Wochenende keine Visite. Wahrscheinlich hat er beschlossen, von uns allen mal Urlaub zu machen.«

»Urlaub«, seufzte Abby und rieb sich das Gesicht. »Den hätte ich auch gern. Ein Strand, ein paar Palmen und eine Pina Colada.«

»Hört sich gut an.« Er streckte den Arm aus und faßte ihre Hände. »Was dagegen, wenn ich mitkomme?«

»Du magst doch gar keine Pina Colada.«

»Aber ich mag Strände und Palmen. Und dich.« Er drückte ihre Hand. Seine Berührung war genau das, was Abby in diesem Moment brauchte. Sie fühlte sich so stark und verläßlich an wie der Mann selbst. Er beugte sich über den Tisch und küßte sie. »Nun schau sich das einer an. Da erregen wir schon wieder Aufsehen«, flüsterte er. »Du solltest besser nach Hause fahren, bevor alle zu uns rübergucken.«

Sie blickte auf ihre Uhr. Es war Samstag, zwölf Uhr. Das Wochenende hatte endlich begonnen.

Er begleitete sie durch die Lobby nach draußen. Als sie durch den Haupteingang traten, sagte er: »Ach, das hätte ich fast vergessen, dir zu erzählen. Archer hat das Wilcox Memorial angerufen und mit einem der Thoraxchirurgen gesprochen, einem Mann namens Tim Nicholls. Wie sich herausstellte, hat Nicholls bei der Entnahme assistiert. Er hat bestätigt, daß es ihr Patient war. Und dieser Dr. Mapels hat die Entnahme vorgenommen.«

»Warum ist er dann nicht in der Personalliste des Wilcox aufgeführt?«
»Weil Mapes in einem Privatjet aus Houston eingeflogen wurde. Wir wußten auch nichts davon. Offenbar hat Voss keinem Yankee-Chirurgen zugetraut, die Operation durchzuführen. Also hat er einen Spezialisten einfliegen lassen.«
»Aus Texas?«
»Mit seinem Geld hätte Voss das ganze Baylor-Team einfliegen lassen können.«
»Das heißt, die Entnahme hat tatsächlich im Wilcox Memorial stattgefunden?«
»Nicholls sagt, er war dabei. Die Schwester, mit der du gesprochen hast, muß wohl bei den falschen OP-Berichten nachgesehen haben. Wenn du möchtest, kann ich ihn anrufen und es mir noch einmal bestätigen –«
»Nein, vergiß es einfach. Es kommt mir mit einem Mal so dumm vor. Ich weiß nicht, was ich gedacht habe.« Sie seufzte und blickte zu ihrem Wagen, der an seinem gewohnten Platz am äußersten Ende des Parkplatzes stand. »Sibirien« nannten die Assistenzärzte die ihnen zugewiesene Parkfläche. Andererseits konnten sie als Sklaven sich glücklich schätzen, überhaupt einen eigenen Parkplatz zu haben. »Ich sehe dich dann zu Hause«, sagte sie. »Wenn ich noch wach bin.«
Er legte seinen Arm um sie, zog ihren Kopf in den Nacken und küßte sie, ein müder Körper, der sich an den anderen klammerte. »Fahr vorsichtig«, flüsterte er. »Ich liebe dich.«
Benommen vor Erschöpfung und dem Klang dieser drei Worte, die in ihrem Kopf widerhallten, überquerte sie den Parkplatz.
Ich liebe dich.
Sie blieb stehen und drehte sich um, um ihm nachzuwinken, doch er war schon hinter der Eingangstür verschwunden.
»Ich liebe dich auch«, sagte sie und lächelte.
Mit bereits gezückten Schlüssel wandte sie sich wieder ihrem Wagen zu, als ihr auffiel, daß der Knopf an der Fahrertür hoch stand. Wie idiotisch. Sie hatte vergessen, den Wagen abzuschließen.
Sie öffnete die Tür.
Der erste faulige Hauch ließ sie zurückweichen. Der Gestank

und das, was im Wagen auf sie wartete, drehte ihr den Magen um.
Um den Schaltknüppel waren Gedärme gewickelt, die an einer Seite wie ein grotesker Wimpel über dem Steuer hingen. Auf dem Beifahrersitz war eine undefinierbare zerstückelte Masse verteilt. Und auf dem Fahrersitz lag, angelehnt an die Rückenlehne, ein einzelnes blutiges Organ.
Ein Herz.

Die Adresse war Dorchester, ein heruntergekommenes Viertel im Südosten Bostons. Er parkte gegenüber dem Haus und musterte den gedrungenen Kasten und den von Unkraut überwucherten Vorgarten. Ein Junge von etwa zwölf Jahren spielte in der Auffahrt und zielte mit einem Basketball immer wieder auf einen Ring, der über der Garage montiert war, ohne ihn auch nur einmal zu treffen. Der Kleine kriegte bestimmt kein Sportstipendium für das College. Nach dem in der Garage geparkten Schrottwagen und der schäbigen Erscheinung des Hauses zu urteilen, wäre ein Stipendium bestimmt willkommen gewesen.
Er stieg aus dem Wagen und überquerte die Straße. Als er die Auffahrt betrat, blieb der Junge plötzlich stehen, preßte den Ball an seine Brust und musterte den Besucher mit unverhohlenem Mißtrauen.
»Ich suche das Haus der Flynts.«
»Ja«, sagte der Junge. »Das ist hier.«
»Sind deine Eltern zu Hause?«
»Mein Vater. Warum?«
»Vielleicht könntest du ihm sagen, daß er einen Besucher hat.«
»Wer sind Sie?«
Er gab dem Jungen seine Visitenkarte. Der Junge las sie nur vage interessiert durch und wollte sie ihm zurückgeben.
»Nein, behalte sie. Gib sie deinem Vater.«
»Sie meinen, jetzt gleich?«
»Wenn er nicht zu beschäftigt ist.«
»Okay.« Der Junge ging ins Haus, und die Fliegengittertür fiel hinter ihm zu.
Kurz darauf kam ein dicker Mann mit finsterer Miene nach draußen. »Sie wollen zu mir?«

»Mr. Flynt, mein Name ist Stewart Sussman von der Kanzlei Hawkes, Craig und Sussman.«
»Und?«
»Soweit ich weiß, waren sie vor sechs Monaten als Patient im Bayside-Hospital.«
»Ich hatte einen Unfall. Der andere war schuld.«
»Ihre Milz wurde entfernt. Ist das richtig?«
»Woher wissen Sie das?«
»Ich bin zu Ihrem eigenen Besten hier, Mr. Flynt. Sie hatten eine schwerwiegende Operation, nicht wahr?«
»Man hat mir gesagt, ich hätte sterben können. Das heißt wohl, daß sie schwerwiegend war.«
»Sind Sie auch von einer Assistenzärztin namens Abigail DiMatteo behandelt worden?«
»Ja, sie hat jeden Tag nach mir gesehen. Echt nette Frau.«
»Hat sie oder einer der anderen Ärzte Sie über die Konsequenzen einer Milzentfernung unterrichtet?«
»Sie haben gesagt, ich könnte mir üble Entzündungen einfangen, wenn ich nicht aufpasse.«
»Tödliche Infektionen. Hat man das gesagt?«
»Schon möglich.«
»Hat man Ihnen gegenüber irgend etwas von einem Ausrutscher während der Operation erwähnt?«
»Einem was?«
»Während der Operation ist ein Skalpell ausgerutscht und hat die Milz aufgeschlitzt, was zu starken Blutungen führte.«
»Nein.« Der Mann beugte sich mit einem Ausdruck größter Sorge vor. »Mir ist so was passiert?«
»Wir würden gern die Fakten klären. Sie müssen uns nur Ihre Einwilligung zur Einsicht Ihrer Krankenakte geben.«
»Warum?«
»Es wäre in Ihrem Interesse zu erfahren, Mr. Flynt, ob der Verlust Ihrer Milz möglicherweise einem chirurgischen Kunstfehler zuzuschreiben ist. Wenn ein Fehler gemacht wurde, haben Sie unnötigen Schaden erlitten. Und dafür sollten Sie entschädigt werden.«
Mr. Flynt sagte nichts. Er sah den Jungen an, der dem Gespräch zuhörte und wahrscheinlich kein Wort verstand. Dann betrachtete er den ihm hingehaltenen Stift.

»Mit Entschädigung, Mr. Flynt«, sagte der Anwalt, »meinte ich Geld.«
Der Mann nahm den Stift und unterschrieb.
In seinem Wagen verstaute Sussman die unterschriebenen Formulare in seinem Aktenkoffer und griff erneut nach der Liste, auf der vier weitere Namen standen. Vier Unterschriften, die er noch bekommen mußte. Das sollte keine Probleme bereiten. Gier und Vergeltung waren eine machtvolle Mischung.
Er strich den Namen *Flynt, Harold* und ließ den Wagen an.

Zehn

Es war eine Schweineherz. Es wurde wahrscheinlich am Abend in mein Auto gelegt und hat den ganzen Tag in der Sonne gebacken. Ich bin den Gestank immer noch nicht los.«

»Der Mann will Sie fertigmachen«, sagte Vivian Chao. »Ich finde, Sie sollten mit allen Mittel dagegenhalten.«

Abby und Vivian stießen die Eingangstür auf und durchquerten die Halle bis zu den Fahrstühlen. Es war ein Sonntagnachmittag im Massachusetts General, und im Aufzug drängelten sich bereits Besucher mit Gute-Besserung-Luftballons, die über ihren Köpfen schwebten. Die Türen glitten zu, und der Duft von Nelken war regelrecht erdrückend.

»Wir haben keinen Beweis«, murmelte Abby. »Wir können nicht sicher davon ausgehen, daß er dahintersteckt.«

»Wer sollte es sonst sein? Sehen Sie sich an, was er schon getan hat. Er versucht, Ihnen einen Prozeß anzuhängen, er stößt sie in der Öffentlichkeit zu Boden. Ich sagen Ihnen, DiMatteo, es wird Zeit, Ihrerseits Anzeige zu erstatten.

»Das Problem ist, daß ich ihn verstehen kann. Er ist angespannt. Seine Frau hat die Operation nicht so gut verkraftet.«

»Höre ich da einen Unterton von Schuld?«

Abby seufzte. »Es fällt mir schwer, mich nicht jedesmal schuldig zu fühlen, wenn ich an ihrem Bett vorbeikomme.«

Im dritten Stock stiegen sie aus und gingen den Flur hinunter zur Herzchirurgie.

»Er hat das Geld, Ihnen das Leben für eine lange Zeit zur Hölle zu machen«, sagte Vivian. »Eine Klage haben Sie schon am Hals. Und wahrscheinlich werden weitere folgen.«

»Ich glaube, sie sind schon unterwegs. Im Archiv hat man mir erzählt, daß es von Craig, Hawke und Sussman sechs weitere

Anfragen auf Akteneinsicht gegeben hat. Das ist die Kanzlei, die Joe Terrio vertritt.«

Vivian blieb stehen und schaute sie an. »Sie werden Ihr gesamtes restliches Leben vor Gericht zubringen.«

»Oder zumindest so lange, bis ich kündige. Wie Sie.«

Vivian war weitergegangen, ihre Schritte so grimmig wie eh und je. Die kleine asiatische Amazone, die vor nichts Angst hatte.

»Wie kommt es, daß Sie sich nicht wehren?«

»Ich versuche es. Das Problem ist, daß wir es mit Victor Voss zu tun haben. Als ich den Namen meiner Anwältin gegenüber erwähnte, wurde sie um einige Schattierungen weißer, was für eine Schwarze eine erstaunliche Leistung ist.«

»Was hat Sie Ihnen geraten?«

»Sie meinte, ich solle die Sache auf sich beruhen lassen und mich glücklich schätzen, daß ich meinen Facharzt schon habe und mich überall als Chirurgin bewerben kann. Ich kann mir wenigstens einen neuen Job suchen oder eine eigene Praxis eröffnen.«

»Macht Voss ihr so viel Angst?«

»Sie wollte es nicht zugeben, aber es ist so. Er macht vielen Leuten angst. Ich bin nicht in der Position, mich zu wehren. Ich war verantwortlich, also rollt mein Kopf. Wir haben ein Herz gestohlen, DiMatteo, daran läßt sich nichts deuteln. Wäre es jeder andere gewesen als ausgerechnet Victor Voss, wären wir vielleicht ungeschoren davongekommen. Aber so muß ich bluten.« Sie sah Abby an. »Dabei ist er Preis, den ich zahle, nicht annähernd so hoch wie der, den Sie vielleicht zahlen müssen.«

»Ich habe wenigstens noch einen Job.«

»Aber wie lange noch? Sie sind erst Assistenzärztin im zweiten Jahr, Abby. Lassen Sie nicht zu, daß er sie fertigmacht. Sie sind eine zu gute Ärztin, um sich einfach so rausdrängen zu lassen.«

Abby schüttelte den Kopf. »Manchmal frage ich mich, ob es das alles wert war.«

»Ob es das wert war?« Vivian blieb vor Zimmer vierhundertsiebzehn stehen. »Sehen Sie selbst, und dann sagen Sie es mir.« Sie klopfte an und betrat das Zimmer.

Der Junge saß auf seinem Bett und spielte mit einer TV-Fernbedienung. Ohne seine Red-Sox-Kappe hätte Abby Josh O'Day vielleicht gar nicht wiedererkannt, so verwandelt war

seine Erscheinung durch den gesunden, rosigen Glanz. Als er Vivian sah, grinste er breit.
»Hallo, Dr. Chao!« johlte er. »Mann, ich hab' mich schon gefragt, ob Sie mich gar nicht mehr besuchen kommen.«
»Ich war schon hier«, sagte Vivian. »Zweimal. Aber du hast jedesmal geschlafen.« Sie schüttelte mit gespielter Empörung den Kopf. »Der klassische faule Teenager.«
Sie lachten beide. Es entstand ein kurzes Schweigen, bevor Josh beinahe schüchtern die Arme ausbreitete.
Einen Moment lang stand Vivian reglos da, als wüßte sie nicht, wie sie reagieren sollte. Als sei ein unsichtbares Band, das sie zurückgehalten hatte, gerissen, ging sie dann auf Josh zu. Sie umarmten sich kurz und unbeholfen. Vivian schien regelrecht erleichtert, als sie es hinter sich gebracht hatte.
»Und wie geht's?« fragte sie.
»Echt gut. Haben Sie gesehen?« Er zeigte auf den Fernseher. »Mein Dad hat mir die Baseball-Bänder gebracht. Aber wir kriegen den Videorecorder nicht angeschlossen. Wissen Sie, wie so was geht?«
»Ich würde wahrscheinlich den Fernseher in die Luft jagen.«
»Und Sie wollen Ärztin sein?«
»Na, wenn du das nächste Mal eine Operation brauchst, dann ruf einfach einen Fernsehmonteur an.« Vivian wies mit dem Kopf auf Abby. »Du erinnerst dich noch an Dr. DiMatteo, oder?«
Josh sah Abby unsicher an. »Ich glaube schon. Ich meine ...« Er zuckte die Schultern. »Manche Sachen habe ich vergessen, wissen Sie? Sachen, die in der letzten Woche passiert sind. Es ist, als wäre ich blöd geworden oder so.«
»Deswegen mußt du dir keine Sorgen machen«, sagte Vivian. »Wenn das Herz stehenbleibt, wird das Gehirn nicht ausreichend durchblutet. Dann kann man schon mal ein paar Sachen vergessen.« Sie berührte seine Schulter, eine für Vivian Chao zutiefst ungewohnte Geste. Sie stellte tatsächlich von sich aus Kontakt her. »Wenigstens hast du mich nicht vergessen«, meinte sie und fügte lachend hinzu: »Obwohl du es vielleicht versucht hast.«
Josh blickte auf seine Bettdecke. »Dr. Chao«, sagte er leise. »Ich möchte Sie nie vergessen.«
Einen Moment lang sagten beide nichts, sondern standen sich

vor Verlegenheit erstarrt in jener merkwürdigen Pose gegenüber. Vivians Hand lag auf der Schulter des Jungen, der den Blick weiter niedergeschlagen hielt, das Gesicht vom Schirm seiner Kappe verdeckt.

Abby mußte sich abwenden und auf etwas anderes konzentrieren. Ihr Blick fiel auf die Trophäen, die Bänder und Plaketten, die auf dem Nachttisch arrangiert waren. Jetzt war es allerdings nicht mehr der Altar eines sterbenden Jungen, sondern eine Feier des Lebens und der Wiedergeburt.

Es klopfte, und eine Frau rief: »Joshie?«

Die Tür ging auf, und Eltern, Geschwister, Tanten und Onkel stürmten das Zimmer, mit ihnen schwebte ein Wald aus Luftballons und der Geruch von McDonald's-Pommes frites herein. Sie schwärmten um das Bett und überfielen Josh mit Umarmungen, Küssen und Ausrufen wie »Schau ihn dir an! So gut sieht er aus. Sieht er nicht gut aus?« Josh ertrug all das mit einem Ausdruck verlegener Freude. Er schien gar nicht bemerkt zu haben, daß Vivian den Platz an seinem Bett für die lautstarke Armee der O'Days geräumt hatte.

»Josh, mein Süßer, wir haben Onkel Harry aus Newbury mitgebracht. Der kennt sich mit Videorecordern aus. Er kann ihn dir anschließen, nicht wahr, Harry?«

»Na klar. Ich habe die Videorecorder von allen Nachbarn angeschlossen.«

»Hast du auch die richtigen Kabel mitgebracht, Harry? Bist du sicher, daß du alle Kabel hast, die du brauchst?«

»Meinst du, ich würde die Kabel vergessen?«

»Guck mal, Josh: drei extra große Portionen Pommes. Das ist doch okay, oder? Dr. Tarasoff hat doch nicht gesagt, daß du keine Pommes essen darfst?«

»Wir haben den Photoapparat vergessen, Mom! Ich wollte ein Bild von Joshs Narbe machen.«

»Wofür brauchst du ein Bild von seiner Narbe?«

»Mein Lehrer meint, das wäre cool.«

»Dein Lehrer ist zu alt, um Wörter wie ›cool‹ zu benutzen. Keine Fotos von Narben. Das ist Eindringen in die Privatsphäre.«

»Josh, brauchst du Hilfe bei den Pommes?«

»Und was meinst du, Harry, kriegst du ihn angeschlossen?«

»Also, ich weiß nicht. Das ist ein ziemlich alter Fernseher.«

Vivian war es endlich gelungen, sich wieder neben Abby zu schieben. Es klopfte erneut, und ein weiterer Schwung Verwandter stürmte unter »Wie gut er aussieht! Sieht er nicht gut aus?«-Rufen das Zimmer. Durch das Gedränge der O'Days sah Abby kurz zu Josh hinüber. Er blickte in ihre Richtung, lächelte hilflos und winkte ihnen zu.

Leise verließen Abby und Vivian das Zimmer. Sie standen im Flur und lauschten den Stimmen hinter der Tür. »Nun, Abby?« sagte Vivian. »Das ist die Antwort auf Ihre Frage, ob es das wert war.«

Im Schwesternzimmer fragten sie nach Dr. Tarasoff, und die Empfangsschwester schlug vor, daß sie im OP-Aufenthaltsraum nachsahen. Dort fanden Abby und Vivian ihn auch, bei einer Tasse Kaffee in seine Krankenblätter schreibend. Mit seiner dicken Brille und der Tweedjacke erinnerte er eher an einen leicht vertrottelten englischen Gentleman als an einen berühmten Herzchirurgen.

»Wir haben gerade Josh besucht«, bemerkte Vivian.

Tarasoff blickte von seinen mit Kaffeeflecken übersäten Notizen auf. »Und was meinen Sie, Dr. Chao?«

»Ich finde, Sie leisten großartige Arbeit. Der Junge sieht fantastisch aus.«

»Er hat wegen des Herz-Kreislauf-Stillstands eine leichte Amnesie. Aber ansonsten hat er sich schnell wieder erholt, wie Kinder das immer tun. In einer Woche wird er entlassen. Wenn die Schwestern ihn nicht schon früher rausschmeißen.« Tarasoff klappte die Krankenakte zu und sah Vivian an. Sein Lächeln verblaßte. »Ich habe noch ein dickes Hühnchen mit Ihnen zu rupfen, Frau Doktor.«

»Mit mir?«

»Sie wissen, wovon ich rede. Die andere Transplantationspatientin in Bayside. Als Sie uns den Jungen geschickt haben, haben Sie uns nicht die ganze Geschichte erzählt. Ich habe erst im nachhinein erfahren, daß das Herz schon anderweitig vergeben war.«

»Das war es nicht. Es gab eine empfängerbezogene Entnahmeeinwilligung.«

»Die unter Anwendung von einiger List und Täuschung zustande gekommen ist.« Er sah Abby über seine Brille hinweg an und runzelte die Stirn. »Ihr Verwaltungsdirektor Mr. Parr

hat mir sämtliche Einzelheiten berichtet. Wie übrigens auch Mr. Voss' Anwalt.«
Vivian und Abby sahen sich an.
»Sein Anwalt?« fragte Vivian.
»Genau.« Dr. Tarasoff blickte wieder Vivian an. »Wollten Sie, daß ich verklagt werde?«
»Ich wollte den Jungen retten.«
»Sie haben mir Informationen vorenthalten.«
»Und jetzt lebt er, und es geht ihm gut.«
»Ich sage Ihnen das nur einmal. Tun Sie so etwas nie wieder!«
Vivian setzte zu einer Antwort an, besann sich jedoch eines Besseren und nickte ernst. Es war ihre unterwürfige, asiatische Haltung, den Blick niedergeschlagen, den Kopf leicht gesenkt. Tarasoff kaufte sie ihr nicht ab. Er sah sie leicht verärgert an, bevor er unerwartet laut auflachte. Dann wandte er sich wieder seinen Krankenblättern zu und sagte: »Ich hätte Sie aus Harvard rausschmeißen sollen, als ich die Gelegenheit dazu hatte.«

»Alle Mann bereit. Hart nach Lee!« rief Mark und riß das Ruder herum.
Der Bug der *Gimmie Shelter* drehte sich in den Wind, die Segel knatterten, und Taue peitschten über das Deck. Raj Mohandas eilte zur Winde des Starboots und begann, die Fock zu hissen. Mit einem lauten Knacken blähte sich das Segel im Wind, und die *Gimmie Shelter* neigte sich so heftig nach Steuerbord, daß in der Kabine unter Deck scheppernd Getränkedosen umfielen.
»Alle Mann nach Luv!« rief Mark. »Los, rüber an die andere Reling!«
Abby krabbelte über das Deck auf die Backbordseite, wo sie sich an eine Rettungsleine klammerte und erneut inniglich gelobte: »Nie wieder.« Was hatten die Männer nur mit ihren Booten? Und warum weckte das Meer in ihnen den Drang zu schreien?
Denn sie schrien alle vier, Mark und Mohandas sowie Mohandas' 18jähriger Sohn Hank und Pete Jaegly, ein Assistenzarzt im dritten Jahr. Sie brüllten von zu raffenden Segeln, dem Spinnaker-Baum und verpaßten Windböen. Sie brüllten zu Archers Boot *Red Eye* hinüber, das aufholte. Und hin und wieder brüllten sie auch zu Abby herüber. Denn die hatte in dieser Regatta

tatsächlich eine Funktion, die euphemistisch mit »Ballast« umschrieben wurde. Totes Gewicht. Eine Aufgabe, die auch Sandsäcke übernehmen konnten. Abby war ein Sandsack mit Beinen. Die Männer brüllten, und sie rannte an die gegenüberliegende Reling, wo sie sich mit einiger Regelmäßigkeit übergab. Den Männern wurde nicht schlecht. Sie waren zu beschäftigt damit, in ihren teuren Segelschuhen herumzuturnen und zu brüllen.

»Achtung, Wendemarke! Noch einen Schlag. Alle Mann bereit!«

Mohandas und Jaegly nahmen ihren hektischen Tanz über das Deck wieder auf.

»Hart abfallen!«

Die *Gimmie Shelter* fiel ab und neigte sich Richtung Hafen. Abby stolperte auf die andere Seite. Segel knatterten, Seile peitschten. Mohandas riß an der Winde, mit jeder Drehung zeichneten sich die Muskeln auf seinem gebräunten Arm ab.

»Sie holen uns ein!« rief Hank.

Die *Red Eye* hatte hinter ihnen eine weitere halbe Bootslänge gutgemacht. Sie konnten hören, wie Archer seine Mannschaft mit »Weiter! Weiter!«-Rufen anfeuerte.

Die *Gimmie Shelter* umrundete die Boje und segelte jetzt mit dem Wind. Jaegly kämpfte mit dem Spinnaker-Baum. Hank holte die Fock ein.

Abby erbrach sich über die Reling.

»Mist, er ist direkt hinter uns!« brüllte Mark. »Hoch mit dem Spinnaker! Los, los, los!«

Jaegly und Hank hißten den Spinnaker. Sofort blähte der Wind das Segel mit einem donnernden Knall, und die *Gimmie Shelter* schoß plötzlich nach vorn.«

»Jawohl!« johlte Mark. »Ab geht's, Baby!«

»Seht mal«, rief Jaegly und wies nach achtern. »Was zum Teufel ist los?«

Abby schaffte es den Kopf zu heben und sich nach Archers Boot umzusehen.

Die *Red Eye* hatte die Verfolgungsjagd aufgegeben, unweit der Boje gewendet und steuerte jetzt den Hafen an.

»Sie haben den Motor angelassen«, bemerkte Mark.

»Meinst du, sie gestehen ihre Niederlage ein?«

»Archer? Nie im Leben.«

»Warum fahren sie dann zurück?«
»Das sollten wir schleunigst herausfinden. Holt den Spinnaker ein.« Mark ließ den Motor an. »Wir kehren auch um.«
Gott sei Dank, dachte Abby.
Ihre Übelkeit klang bereits ab, als sie in den Jachthafen tuckerten. Die *Red Eye* hatte am Dock festgemacht, und ihre Mannschaft war damit beschäftigt, die Segel zu falten und die Taue aufzurollen.
»Ahoi, *Red Eye!*« rief Mark, als sie vorbeiglitten. »Was ist los?«
Archer schwenkte sein Handy. »Marilee hat angerufen und gesagt, wir sollen sofort reinkommen. Es ist irgendwas Ernstes. Sie erwartet uns im Jachtclub.«
»In Ordnung. Wir treffen uns an der Bar«, erklärte Mark und blickte zu seiner Mannschaft. »Macht sie nur fest. Wir nehmen einen Drink und fahren dann noch mal raus.«
»Dabei müßt ihr aber ohne euren Ballast auskommen«, sagte Abby. »Ich gehe von Bord.«
Mark sah sie überrascht an. »Schon?«
»Hast du mich nicht über die Reling hängen sehen? Ich habe bestimmt nicht die Aussicht bewundert.«
»Arme Abby! Ich mache es wieder gut, ja? Versprochen! Champagner, Blumen, ein Restaurant deiner Wahl.«
»Laß mich einfach bloß von diesem verdammten Boot runter.«
Lachend steuerte er das Dock an. »Aye-aye, Erster Maat.«
Als die *Gimmie Shelter* am Besuchersteg entlangglitt, sprangen Mohandas und Hank auf die Pier und vertäuten das Boot rasch an Bug und Heck. Auch Abby war im Handumdrehen von Bord. Selbst der Steg schien noch unter ihr zu schwanken.
»Bindet sie nur an«, sagte Mark, »bis wir herausgefunden haben, was mit Archer los ist.«
»Er hat wahrscheinlich schon mit der Party angefangen«, meinte Mohandas.
Als sie mit Mark über den Steg lief, dachte Abby: Bloß nicht noch mehr Gerede über Boote. Mark hatte seinen Arm besitzergreifend um ihre Schulter gelegt. Überall waren gebräunte Männer, die in Polohemden mit Gin Tonics in der Hand herumstanden und dröhnend lachten.
Sie traten aus der hellen Sonne in den Schatten des Clubs. Als erstes fiel ihr die Stille auf. Sie sah Marilee mit einem Drink an

der Bar stehen. Archer saß allein an einem Tisch, vor sich einen leeren Bierdeckel. Die Mannschaft der *Red Eye* stand um die Bar, keiner rührte sich, keiner sagte ein Wort. Das einzige Geräusch im ganzen Raum war das Klirren der Eiswürfel in Marilees Drink, als sie das Glas an die Lippen führte, einen Schluck trank und es wieder auf den Tresen stellte.

»Irgendwas nicht in Ordnung?« fragte Mark.

Marilee blickte auf und blinzelte, als hätte sie Mark jetzt erst wahrgenommen. Dann starrte sie wieder auf den Tresen.

»Sie haben Aaron gefunden«, sagte sie.

Es war das Knirschen der Knochensäge, das es normalerweise schaffte. Das oder der Geruch. Und dieser war besonders übel.

Detective Bernard Katzka vom Morddezernat blickte über den Obduktionstisch und sah, daß der Gestank Lundquist zu schaffen machte. Er hatte sich halb vom Tisch abgewendet, die behandschuhte Hand über Mund und Nase gelegt und sein Filmstar-Gesicht zu einer angewiderten Grimasse verzogen. Lundquist hatte noch nicht gelernt, Autopsien wegzustecken. Die meisten Polizisten schafften es nie. Auch wenn das Zusehen beim Aufschneiden toter Körper nicht Katzkas Lieblingsbeschäftigung war, hatte er sich im Laufe der Jahre doch antrainiert, die Prozedur als eine Art intellektuelle Übung zu betrachten, bei der man sich nicht auf die Menschlichkeit des Opfers, sondern auf die rein organische Natur des Todes konzentrieren mußte. Er hatte Leichen gesehen, die in Feuern gebraten oder nach einem Sturz aus dem zwanzigsten Stock vom Bürgersteig gekratzt, die erschossen oder erstochen worden waren oder beides. Auch Leichen, die von Aasfressern angefressen worden waren. Mit Ausnahme der Kinder, die ihn jedesmal aus der Fassung brachten, war auf diesem Tisch eine Leiche wie die andere, ein entkleidetes Exemplar, examiniert und katalogisiert. Wenn man sie als irgend etwas anderes betrachtete, öffnete man nur Alpträumen Tür und Tor.

Bernard Katzka war zweiundvierzig Jahre alt und Witwer. Vor drei Jahren hatte er zugesehen, wie seine Frau an Krebs gestorben war. Katzka hatte seinen schlimmsten Alptraum schon durchlebt.

Teilnahmslos konzentrierte er sich auf die zu obduzierende Leiche. Es war ein vierundfünzigjähriger Weißer, verheiratet mit zwei Kindern im College-Alter, von Beruf Kardiologe. Seine Identität war sowohl durch Fingerabdrücke als auch durch seine Frau bestätigt worden. Für sie mußte es eine zutiefst verstörende Bestätigung gewesen sein. Die Leiche eines geliebten Menschen zu sehen ist schon schwierig genug. Wenn dieser geliebte Mensch zwei Tage in einem warmen und unbelüfteten Raum gehangen hatte, mußte der Anblick grauenhaft sein.

Die Witwe war in der Leichenhalle in Ohnmacht gefallen, hatte man ihm berichtet.

Kein Wunder, dachte Katzka, als er die Leiche von Aaron Levi betrachtete. Das Gesicht war weiß und blutleer. Der arterielle Druck war durch den Druck eines Ledergürtels abgeschnitten worden, der in einer Schlinge um seinen Hals lag. Die heraushängende Zunge war schwarz und schuppig, die feuchte Oberfläche durch zwei Tage an der Luft ausgetrocknet. Die Augenlider waren nur halb geschlossen, durch die Schlitze sah man geplatzte Adern, die das Weiß der Augen in ein furchteinflößendes Blutrot verwandelt hatten. Unterhalb des Halses hatte der Gürtel seine Strangmarke eingeprägt. Die Haut wies die typischen Zeichen auf: blutergußähnliche Verfärbungen der unteren Abschnitte von Armen und Beinen und, wo die Gefäße gerissen waren, kleinere Blutungen, genannt Tardieusche Flecken. All das stand im Einklang mit der Diagnose »Tod durch Erhängen«. Die einzige sichtbare Verletzung, abgesehen von der Strangmarke am Hals, war ein geldstückgroßer Bluterguß auf der linken Schulter.

Dr. Rowbotham und sein Assistent, beide mit Kittel, Handschuhen und Mundschutz, machten einen Schnitt über Brustkorb und Unterleib hinweg. Er hatte die Form eines Y, zwei diagonale Schnitte von den Schultern zum unteren Ende des Brustbeins, dann ein vertikaler Schnitt über den gesamten Unterleib bis zum Schambein. Rowbotham hatte zweiunddreißig Jahre als Gerichtsmediziner auf dem Buckel, und kaum etwas schien ihn noch zu überraschen oder zu erregen. Er wirkte beim Aufschneiden der Leiche höchstens ein wenig gelangweilt. Er diktierte in seinem gewohnt monotonen Tonfall, während er mit dem Fußpedal das Diktiergerät ein- und ausschaltete. Jetzt hob er das dreieckige Schild aus Rippen und Brustbein ab und legte die Brusthöhle frei.

»Gucken Sie sich das an, Slug«, sagte er zu Katzka. Daß man Katzka »Slug«, »Schnecke«, nannte, hatte nichts mit seinem in jeder Beziehung durchschnittlichen Aussehen zu tun. Es war vielmehr eine Anspielung auf sein absolut unerschütterliches Wesen. Unter Kollegen erzählte man sich immer wieder gerne den Witz, daß Bernard Katzka, wenn man am Montag auf ihn schoß, vielleicht am Freitag reagieren würde. Aber nur, wenn er wirklich sauer war.
Katzka beugte sich vor und blickte in die Brusthöhle. Seine Miene war genauso ausdruckslos wie die Rowbothams. »Ich kann nichts Außergewöhnliches entdecken.«
»Genau. Vielleicht eine dezente pleurale Stauung, wahrscheinlich aufgrund von Kapillarundichtigkeiten, ausgelöst durch Sauerstoffmangel. Aber das ist alles mit Ersticken vereinbar.«
»Das heißt, wir sind hier fertig?« fragte Lundquist. Er rückte schon von dem Tisch und dem Gestank ab, ungeduldig, sich wieder anderen Dingen zuwenden zu können. Lundquist war wie all die jungen Kerle, die die nächste Verfolgungsjagd gar nicht abwarten konnten. Egal auf wen. Selbstmord durch Erhängen war etwas, womit sie ihre Zeit nicht vergeuden wollten. Katzka rührte sich nicht von der Stelle.
»Müssen wir uns wirklich den ganzen Rest angucken, Slug?« fragte Lundquist.
»Sie fangen doch gerade erst an.«
»Es ist ein Selbstmord.«
»Ich habe ein komisches Gefühl bei dem hier.«
»Der Befund ist klassisch. Du hast es doch gerade gehört.«
»Er ist mitten in der Nacht aufgestanden, hat sich angezogen und ins Auto gesetzt. Denk doch mal nach. Er steigt aus seinem gemütlichen warmen Bett, um sich im obersten Stockwerk eines Krankenhauses aufzuhängen!«
Lundquist blickte kurz zu der Leiche und wandte sich gleich wieder ab.
Inzwischen hatten Rowbotham und sein Assistent die Luftröhre und die großen Gefäße herausgelöst und entnahmen gerade Herz und Lungen als ein schlaffes Bündel. Rowbotham ließ es in die Hängewaage fallen. Die stählerne Waagschale wippte unter dem Gewicht der Organe ein paarmal quietschend auf und ab.

»Es ist unsere einzige Chance, einen Blick darauf zu werfen«, sagte Rowbotham, während er sein Skalpell jetzt an der Milz ansetzte. »Sobald wir hier fertig sind, wird er sofort beerdigt. Auf Wunsch der Familie.«

»Aus irgendeinem besonderen Grund?« fragte Lundquist.

»Sie sind Juden. Rasche Bestattung, verstehen Sie. Alle Organe müssen zurück in den Körper.« Rowbotham ließ die Milz auf die Waage fallen und wartete, bis die zitternde Anzeigenadel sich beruhigt hatte.

Lundquist riß sich seinen Autopsie-Kittel vom Körper und entblößte seine muskulösen Schultern, für die er all die Stunden im Fitness-Studio geschwitzt und gekeucht hatte. Er besaß eine rastlose Energie, die sich jetzt wieder zeigte. Immer auf dem Sprung zu wichtigeren und besseren Dingen, so war Lundquist. Katzka hatte noch viel Arbeit mit ihm vor sich, und die heutige Lektion sollte von der Fehlbarkeit erster Eindrücke handeln – etwas, was man einem jungen Polizisten mit dem nötigen Selbstvertrauen und dem dazugehörigen Aussehen nur schwer vermitteln konnte. Volles Haar hatte er auch noch.

Rowbotham fuhr mit der Sektion fort. Er löste die Eingeweide und zog etwas heraus, das wie endlose Schlingen von Gedärm aussah. Leber, Bauchspeicheldrüse und Magen entfernte er als eine Masse. Zuletzt wurden Nieren und Blase herausgelöst und auf die quietschende Waage gelegt. Ein weiteres Gewicht wurde genannt und aufgezeichnet, weitere Worte in das Diktiergerät gemurmelt. Zurück blieb ein klaffender Hohlraum.

Jetzt ging Rowbotham um den Tisch zum Kopf der Leiche. Er machte einen Schnitt hinter einem Ohr und führte einen weiteren geraden Schnitt über den gesamten Hinterkopf. Dann zog er die Kopfhaut mit einem Ruck nach vorne und schlug sie über das Gesicht, bevor er den anderen Hautlappen nach hinten über den Nacken zog, so daß die Basis des Schädels offengelegt wurde. Nun nahm er die Knochensäge. Als der Knochenstaub zu fliegen begann, verzog er das Gesicht zu einer Grimasse.

Inzwischen redete niemand mehr. Die Säge war zu laut, und die Prozedur war zu eklig geworden. Eine Brust oder einen Bauch aufzuschneiden war zwar grotesk, aber irgendwie unpersönlich. Als würde man eine Kuh schlachten. Doch den Skalp eines Mannes über sein Gesicht zu ziehen, war, als würde man das verstümmeln, was an einer Leiche am menschlichsten und persönlichsten war.

Lundquist sah leicht grünlich aus. Unvermittelt ließ er sich plötzlich auf einen Stuhl neben dem Waschbecken fallen und bedeckte sein Gesicht mit den Händen. Schon viele Polizisten hatten Gebrauch von diesem Stuhl gemacht.

Rowbotham legte die Säge aus der Hand und nahm die Schädeldecke ab, bevor er das Gehirn zur Entnahme vorbereitete. Er durchschnitt die Sehnerven und löste Blutgefäße und Rückenmark. Dann hob er behutsam die wabbelige Hirnmasse heraus. »Nichts Außergewöhnliches«, stellte er fest und ließ es in einen Behälter mit Formalin gleiten.

»Jetzt kommen wir zum springenden Punkt. Zum Hals.«

Alles Bisherige war lediglich Vorbereitung auf das Folgende gewesen. Das Entfernen von Eingeweiden und Gehirn hatte die Drainage von Flüssigkeiten aus den Körperhöhlen ermöglicht, so daß Rowbotham die Halsweichteile jetzt unbeeinträchtigt ausräumen konnte.

Der Gürtel war entfernt worden, und Robowtham untersuchte den Abdruck, den er auf der Haut hinterlassen hatte.

»Der typische Abdruck, ein auf dem Kopf stehendes V«, bemerkte er laut. »Sehen Sie hier, Slug, die parallelen Strangulationsmarken entsprechen der Breite des Gürtels. Und hier hinten, sehen Sie das?«

»Sieht aus wie der Abdruck der Gürtelschnalle.«

»Genau. So weit keine Überraschungen.« Rowbotham nahm sein Skalpell und begann die Öffnung des Halses.

Inzwischen hatte sich Lundquist erholt und war wieder an den Tisch getreten. Übelkeit ist so befriedigend demokratisch, dachte Katzka. Sie zwang auch muskelbepackte junge Polizisten mit vollem Haar in die Knie.

Rowbotham hatte mit seiner Klinge bereits die Haut an der Vorderseite des Halses aufgetrennt. Er schnitt tiefer und legte die großen, perlmuttweißen Schildknorpelhörner frei.

»Keine Frakturen. Ein paar Einblutungen in die Zungenbeinmuskulatur, aber Schildknorpel und Zungenbein scheinen beide unversehrt zu sein.«

»Was bedeutet das?«

»Gar nichts. Erhängen verursacht nicht zwangsläufig Verlet-

zungen der Halsweichteile. Der Tod tritt allein deshalb ein, weil die Blutversorgung des Gehirns unterbrochen wird. Erforderlich ist nur die Unterbrechung der Halsschlagader. Eine ziemlich schmerzlose Art, sich umzubringen.
»Sie scheinen ziemlich sicher zu ein, daß es Selbstmord war.«
»Die einzig andere Möglichkeit wäre ein Unfall. Oder autoerotische Asphyxie. Aber dafür haben sich, wie Sie sagen, keine Beweise gefunden.
»Sein Reißverschluß war noch zu«, sagte Lundquist. »Sah nicht so aus, als hätte er sich einen runtergeholt.«
»Das heißt, wir haben es mit Selbstmord zu tun. Mord durch Erhängen kommt so gut wie nie vor. Wenn jemand vorher gewürgt worden wäre, würden die Strangulationsmale anders aussehen. Nicht dieses umgedrehte V. Und wenn man den Kopf eines Mannes gewaltsam in eine Schlinge zwingt, würde das sicher zusätzliche Verletzungen hervorrufen. Er würde sich wehren.«
»Und dieser Bluterguß auf der linken Schulter?«
Rowbotham zuckte die Schultern. »Er hätte sich auf alle möglichen Arten verletzen können.«
»Was, wenn man ihn betäubt hat, bevor er erhängt wurde?«
»Wir machen ein toxikologisches Skreening, Slug. Nur um Sie glücklich zu machen.«
»Und wir wollen unseren Slug doch glücklich machen«, meinte Lundquist lachend. Er entfernte sich von dem Tisch und fing an, seinen Kittel auszuziehen. »Es ist vier Uhr. »Kommst du, Slug?«
»Ich würde die Halssektion gern noch zu Ende angucken.«
»Was immer dich antörnt. Ich sage, wir einigen uns auf Selbstmord und belassen es dabei.«
»Das würde ich gern. Wenn da nicht das Licht wäre.«
»Welches Licht?« fragte Rowbotham, und die Augen hinter seiner Schutzbrille funkelten zum ersten Mal interessiert auf.
»Slug stört sich an dem Licht in dem Zimmer«, erläuterte Lundquist.
»Man hat den erhängten Dr. Levi in einem unbenutzten Patientenzimmer des Krankenhauses gefunden«, erklärte Katzka. »Der Arbeiter, der die Leiche gefunden hat, war sich beinahe sicher, daß das Licht aus war.«
»Und weiter?« sagte Rowbotham.

»Nun, die Todeszeit, die Sie festgestellt haben, deckt sich mit unserer Hypothese. Dr. Levi ist am sehr frühen Samstagmorgen gestorben, lange vor Sonnenaufgang. Was bedeuten würde, daß er sich entweder im Dunkeln aufgehängt hat, oder daß jemand anderes das Licht ausgemacht hat.«
»Oder der Arbeiter kann sich nicht daran erinnern, was er gesehen hat«, ergänzte Lundquist. »Der Typ hat sich über der Toilette die Eingeweide aus dem Körper gekotzt. Meinst du, der würde sich dran erinnern, ob das Licht an oder aus war?«
»Es ist nur ein Detail, was mich beschäftigt.«
Lundquist lachte. »Mich kümmert's nicht«, sagte er und warf seinen Kittel in den Wäschesack.
Es war fast sechs Uhr, als Katzka seinen Volvo auf den Parkplatz des Bayside-Hospitals steuerte. Er stieg aus, ging zur Empfangshalle und nahm den Aufzug in den zwölften Stock. Ohne Personalschlüssel war die Fahrt hier zu Ende. Er mußte den Fahrstuhl verlassen und die Feuertreppe bis zur obersten Etage nehmen.
Das erste, was ihm nach Verlassen des Treppenhauses auffiel, war die Stille. Es war ein Gefühl von Leere. Dieser Teil des Krankenhauses wurde schon seit Monaten renoviert. Heute waren keine Handwerker hier gewesen, aber ihre Werkzeuge lagen überall herum. Es roch nach Sägemehl und frischer Farbe – und nach etwas anderem. Es war ein Geruch, den Katzka aus dem Obduktionsraum kannte, der nach Tod und Verwesung. Er ging vorbei an Leitern und einer Kreissäge und bog um die Ecke.
Auf halbem Weg den nächsten Flur hinunter war eine Tür mit gelbem Polizeiband abgesperrt. Katzka schlüpfte darunter durch und stieß die Tür auf.
Dieses Zimmer war schon fertigrenoviert. Es hatte bereits Tapeten, die üblichen Schränke und ein vom Boden bis zur Decke reichendes Fenster mit Blick über die Stadt. Es war eine Penthouse-Suite für besondere Patienten mit unerschöpflichen Brieftaschen. Katzka betrat das Bad und schaltete das Licht an. Noch mehr Luxus: ein Toilettentisch aus Marmor, Messingarmaturen, eine thronartige Toilette. Er löschte das Licht und ging wieder hinaus.
Dann trat er auf den Schrank zu.

Darin hatte man den erhängten Dr. Levi gefunden. Ein Ende des Ledergürtels war an der Kleiderstange befestigt gewesen, das andere hatte in einer Schlinge um Dr. Levis Hals gelegen. Offenbar hatte er nur in den Beinen nachgeben müssen, damit der Gürtel seine Kehle zuschnürte und die Blutzufuhr zum Gehirn durch die Halsarterien unterbrach. Wenn er im letzten Moment seine Meinung geändert hätte, hätte er nur die Füße wieder auf den Boden stellen, sich aufrichten und den Gürtel lösen müssen. Aber das hatte er nicht getan. Er hatte dort die fünf bis zehn Sekunden gehangen, die es dauerte, bis man das Bewußtsein verlor.

Sechsunddreißig Stunden später war ein Handwerker gekommen, um die Fugen der Badewanne abzudichten. Er hatte nicht erwartet, eine Leiche zu finden.

Katzka war an das Fenster getreten und blickte auf die Stadt. Was kann in Ihrem Leben so falsch gelaufen sein, Dr. Aaron Levi? fragte er sich.

Ein Kardiologe, verheiratet, nettes Häuschen, ein Lexus. Zwei Kinder, die erwachsen waren und auf das College gingen: Was hatte Levi schon von Verzweiflung und Hoffnungslosigkeit gewußt? Welchen Grund konnte er schon gehabt haben, sein Leben zu beenden? Feigling. Feigling! Katzka wandte sich ab, von seinem eigenen Zorn erschüttert, seiner Empörung über einen Menschen, der sich entschieden hatte, ein solches Ende zu wählen. Und warum gerade dieses Ende? Warum sollte er sich in einem einsamen Zimmer erhängen, in dem ihn vielleicht tagelang niemand fand?

Es gab andere Methoden, Selbstmord zu begehen. Levi war Arzt. Er hatte Zugang zu Narkotika, Beruhigungsmitteln, einer beliebigen Zahl von Drogen, die man in tödlicher Dosis zu sich nehmen konnte. Katzka wußte ganz genau, wieviel Phenobarbital man brauchte, um ein Leben zu beenden. Er hatte es sich zur Aufgabe gemacht, das zu wissen. Einmal hatte er die auf sein Körpergewicht berechnete Anzahl von Pillen vor sich auf dem Eßtisch aufgereiht und über die Freiheit sinniert, die sie darstellten, das Ende von Trauer und Verzweiflung. Es war ein leichter, aber unwiderruflicher Ausweg, sobald er seine Angelegenheiten geregelt hatte. Aber der Zeitpunkt war nie ganz passend gewesen. Er hatte zu viele Verantwortlichkeiten,

Dinge, um die er sich zunächst hatte kümmern müssen. Annies Beerdigung, die Begleichung ihrer Krankenhausrechnung, dann war da ein Prozeß gewesen, bei dem er aussagen mußte, dann ein Doppelmord in Roxbury, und die letzten acht Raten für den Wagen, und dann noch ein dreifacher Mord in Brookline, und wieder ein Prozeß, in dem er aussagen mußte.
Am Ende war Slug Katzka schlicht zu beschäftigt gewesen, um sich umzubringen.
Das war jetzt drei Jahre her. Annie war beerdigt, und die Phenobarbital-Tabletten hatte er längst weggeworfen. Er dachte nie mehr an Selbstmord. Doch hin und wieder dachte er an die auf seinem Eßtisch aufgereihten Tabletten und fragte sich, warum er überhaupt in Versuchung geraten, wie er der Kapitulation je so nahe gekommen war. Er hegte wenig Mitgefühl für den Slug von vor drei Jahren. Genauso wenig wie für sonst jemanden mit einem Döschen Pillen und unheilbarem Selbstmitleid.
Und was war Ihr Grund, Dr. Levi?
Er blickte auf das lichtschimmernde Boston hinunter und versuchte sich die letzte Stunde im Leben von Aaron Levi vorzustellen. Er versuchte sich vorzustellen, wie er um drei Uhr morgens aufgestanden, zum Krankenhaus gefahren, mit dem Fahrstuhl in den zwölften Stock gefahren, über diese Treppe bis in den dreizehnten Stock gestiegen und in dieses Zimmer gekommen war. Wie er den Gürtel an die Kleiderstange des Schrankes gebunden und seinen Kopf in die Schlinge gesteckt hatte.
Katzka runzelte die Stirn.
Er ging zum Lichtschalter und knipste das Licht an. Es funktionierte wunderbar. Aber wer hatte es dann wieder ausgeschaltet? Aaron Levi? Der Arbeiter, der die Leiche gefunden hatte?
Ein unbekannter Dritter?
Details, dachte Katzka. Es waren die Details, die ihn wahnsinnig machten.

Elf

Ich kann es nicht glauben«, wiederholte Elaine immer wieder. »Ich kann es einfach nicht glauben.«
Sie weinte nicht und hatte auch die Beerdigungszeremonie mit trockenen Augen durchgestanden, was ihre Schwiegermutter Judith, die während der Rezitation des Kaddisch am offenen Grab laut und ungehemmt geweint hatte, sehr irritierte. Judiths Trauer war so zeremoniell wie der Schlitz in ihrer Bluse, ein Symbol dafür, daß ihr der Schmerz das Herz zerrissen hatte. Elaine hatte ihre Bluse nicht geschlitzt und auch keine Tränen vergossen. Jetzt saß sie mit einem Teller voller Kanapees auf dem Schoß auf einem Stuhl in ihrem Wohnzimmer und sagte wieder: »Ich kann nicht glauben, daß er tot ist.«
»Du hast die Spiegel nicht abgedeckt«, bemerkte Judith. »Du solltest sie verhängen. Alle Spiegel im Haus.«
Judith machte sich auf die Suche nach Laken für die Spiegel. Kurz darauf konnten die im Wohnzimmer versammelten Gäste hören, wie sie im obersten Stockwerk die Schränke durchsuchte.
»Das muß so ein jüdisches Ding sein«, flüsterte Marilee Archer, als Abby ein weiteres Tablett mit Sandwiches anreichte.
Abby nahm ein Olivensandwich und gab das Tablett weiter. Es wanderte von Gast zu Gast, obwohl kaum jemand etwas aß. Ein Häppchen aus Höflichkeit und ein Schluck Limonade waren offenbar das Äußerste, was jeder vertragen konnte. Auch Abby war nicht nach Essen zumute, genausowenig wie nach Reden. In dem Raum saßen mindestens zwei Dutzend Menschen, hockten ernst auf Sofas und Stühlen oder standen in kleinen Gruppen, doch kaum jemand sagte etwas.
Von oben hörte man die Toilettenspülung. Judith natürlich. Elaine verzog leicht verlegen das Gesicht, was von einzelnen

Gästen mit einem verhaltenen Lächeln quittiert wurde. Hinter der Couch, auf der Abby saß, fing jemand an, sich darüber auszulassen, wie spät der Herbst dieses Jahr käme. Es war schon Oktober, und erst jetzt verfärbten sich langsam die Blätter. Zumindest das Schweigen war endlich gebrochen. Neue Gespräche regten sich, Gemurmel über herbstliche Gärten, floskelhafte Nachfragen über das Leben in Dartmouth und Bemerkungen darüber, wie warm der Oktober noch war. Elaine saß inmitten all dessen, ohne sich selbst an der Konversation zu beteiligen, aber sichtlich erleichtert, daß die anderen sich unterhielten.

Die Sandwichplatte hatte die Runde gemacht und kam jetzt leer wieder bei Abby an. »Ich lege noch ein paar nach«, sagte sie zu Marilee, erhob sich von der Couch und ging in die Küche, wo auf dem Marmortresen noch Berge von Essen warteten. Heute würde bestimmt niemand hungrig nach Hause gehen. Als sie eine Platte mit Hummer abdeckte, fiel ihr Blick in den Garten, wo sie Archer, Raj Mohandas und Frank Zwick auf der mit Steinplatten gepflasterten Terrasse stehen sah. Sie redeten miteinander und schüttelten den Kopf. Typisch, daß die Männer sich wieder verzogen. Männer hatten keine Geduld mit trauernden Witwen und langem Schweigen. Diese Tortur überließen sie ihren Frauen im Haus. Sie hatten sich sogar eine Flasche Scotch mit nach draußen genommen, die zum bequemen Nachschenken auf einem Gartentisch zwischen ihnen stand. Zwick griff danach und goß alle Gläser voll. Als er die Flasche wieder zuschraubte, bemerkte er Abby. Er äußerte etwas zu Archer, woraufhin sich auch der und Mohandas zu ihr umdrehten. Sie nickten und winkten ihr kurz zu, bevor sie zu dritt die Terrasse überquerten und sich in den Garten zurückzogen.

»So viel zu essen. Ich weiß nicht, was ich mit all dem Zeug machen soll«, sagte Elaine. Abby hatte gar nicht gemerkt, daß sie in die Küche gekommen war. Sie betrachtete die kalten Platten und schüttelte den Kopf. »Ich habe dem Party-Service gesagt ›für vierzig Personen‹ und sie bringen mir das. Es ist schließlich keine Hochzeit. Auf einer Hochzeit ißt jeder, aber nach einer Beerdigung haben die meisten keinen so großen Hunger.« Elaine betrachtete eins der Tabletts und nahm ein zu einer Rosette geschnittenes Radieschen. »Haben sie es nicht hübsch dekoriert? So viel Arbeit für etwas, was man einfach in den Mund steckt.« Sie legte das Radieschen wieder auf die Platte und sagte nichts weiter, sondern bewunderte nur still die Rosette.

»Es tut mir so leid, Elaine«, sagte Abby. »Wenn ich nur etwas sagen könnte, um es leichter zu machen.«

»Ich wünschte nur, ich könnte es verstehen. Er hat nie etwas gesagt. Er hat mir nie gesagt ...« Sie schluckte und schüttelte den Kopf. Dann nahm sie das Tablett, öffnete den Kühlschrank, schob es in ein leeres Fach und machte die Tür wieder zu. Danach drehte sie sich um und sah Abby an. »Sie haben doch an dem Abend mit ihm gesprochen. Haben Sie über irgendwas geredet, das ... ich meine, hat er vielleicht irgendwas gesagt?«

»Wir haben über eine unserer Patientinnen gesprochen. Aaron wollte sich vergewissern, daß ich die richtigen Maßnahmen ergreife.«

»Das war alles, worüber Sie gesprochen haben?«

»Ja, nur über die Patientin. Auf mich wirkte Aaron nicht anders als sonst. Nur besorgt. Elaine, ich hätte nie gedacht, daß er ...« Abby verstummte.

Elaines Blick wanderte zum nächsten Tablett mit einer Dekoration aus kleinen, zu spitzenartigen Quasten arrangierten Lauchzwiebeln. »Haben Sie je etwas über Aaron gehört, das Sie mir lieber nicht erzählen würden?«

»Was meinen Sie?«

»Gab es je Gerüchte über andere Frauen?«

»Nie.« Abby schüttelte den Kopf und wiederholte nachdrücklich: »Nie!«

Elaine nickte, auch wenn Abbys Versicherung sie kaum zu trösten schien. »Ich habe eigentlich nie gedacht, daß es eine Frau war«, sagte sie, nahm ein weiteres Tablett und trug es zum Kühlschrank. Als sie dessen Tür wieder geschlossen hatte, meinte sie: »Meine Schwiegermutter gibt mir die Schuld. Sie glaubt, es muß etwas gewesen sein, was ich getan habe. Das müssen sich doch eine Menge Leute fragen.«

»Niemand treibt einen anderen Menschen in den Selbstmord.«

»Es gab keine Vorwarnung, gar nichts. Ich weiß, er war nicht glücklich in seinem Job. Er sprach immer wieder davon, Boston zu verlassen oder sogar die Medizin ganz aufzugeben.«

»Warum war er denn so unglücklich?«
»Er wollte nicht darüber reden. Als er noch seine eigene Praxis in Natick hatte, haben wir ständig über seine Arbeit geredet. Dann kam das Angebot aus Bayside, und es war einfach zu gut, um es abzulehnen. Aber nachdem wir hierhergezogen sind, war es, als ob ich ihn nicht mehr kannte. Er kam nach Hause und hockte wie ein Zombie vor dem verdammten Computer. Er hat den ganzen Abend Videospiele gespielt. Manchmal bin ich mitten in der Nacht aufgewacht und habe dieses seltsame Piepen und Klicken gehört. Es war Aaron, der allein irgendein Spiel spielte.« Sie schüttelte den Kopf und starrte ein weiteres unangerührtes Tablett auf dem Tresen an. »Sie sind einer der letzten Menschen, die mit ihm gesprochen haben. Ist Ihnen wirklich gar nichts aufgefallen?«
Abby sah aus dem Küchenfenster und versuchte, ihr letztes Gespräch mit Aaron zu rekonstruieren. Doch ihr fiel nichts ein, worin es sich von jedem anderen nächtlichen Ärztetelefonat unterschieden hätte. In ihrer Erinnerung schienen sie alle zu einem Chor aus monotonen Stimmen zu verschwimmen, die Aktivität von ihrem müden Gehirn verlangten.
Draußen kehrten die drei Männer von ihrem Spaziergang durch den Garten zurück und kamen über die Terrasse auf die Küchentür zu. Zwick hatte die mittlerweile halb leere Scotchflasche in der Hand. Als sie das Haus betraten, nickten sie ihr zu.
»Hübscher kleiner Garten«, sagte Archer. »Sie sollten ihn sich einmal ansehen, Abby.«
»Gerne«, sagte sie. »Vielleicht hätten Sie Lust, ihn mir zu zeigen, Elaine.« Sie hielt inne.
Der Platz neben dem Kühlschrank war leer. Sie blickte sich in der Küche um und sah die Tabletts mit dem Essen, daneben eine offene Schachtel Plastikfolie, aus der ein durchsichtiger Fetzen hing, der in der Luft flatterte.
Elaine hatte den Raum verlassen.

Eine Frau saß betend an Mary Allans Bett. Sie saß schon seit einer halben Stunde dort, den Kopf gesenkt, die Hände gefaltet, während sie laut zu dem guten Herrn Jesus sprach und ihn um ein Wunder für die sterbliche Hülle von Mary Allen anflehte.

Heile sie, mache sie stark, reinige ihren Körper und ihre unreine Seele, auf daß sie dein Wort in all seiner Herrlichkeit endlich annehmen möge.

»Verzeihung«, sagte Abby. »Es tut mir leid, daß ich sie störe, aber ich muß Mrs. Allen untersuchen.«

Die Frau betete weiter. Vielleicht hatte sie sie nicht gehört. Abby wollte ihre Bitte gerade wiederholen, als die Frau schließlich »Amen« sagte und den Kopf hob. Sie hatte kalte blaue Augen und braunes Haar, in dem sich erste graue Strähnen abzeichneten, und sah Abby verärgert an.

»Ich bin Dr. DiMatteo«, sagte Abby. »Ich kümmere mich um Mrs. Allen.«

»Ich auch«, erklärte die Frau und erhob sich. Sie machte keinerlei Anstalten, Abby die Hand zu schütteln, sondern stand, die Bibel an die Brust gepreßt, einfach nur da. »Ich bin Brenda Hainey, Marys Nichte.«

»Ich wußte gar nicht, daß Mary eine Nichte hat. Schön, daß Sie sie besuchen konnten.«

»Ich habe erst vor zwei Tagen von ihrer Krankheit erfahren. Niemand hat sich die Mühe gemacht, mich anzurufen.« Ihr Ton deutete an, daß dieses Versäumnis irgendwie Abbys Fehler war.

»Wir sind davon ausgegangen, daß Mary keine engen Verwandten hat.«

»Ich weiß nicht, wie Sie darauf kommen. Jetzt bin ich jedenfalls hier.« Brenda sah ihre Tante an. »Und es wird ihr gutgehen.«

Mal abgesehen davon, daß sie stirbt«, dachte Abby. Sie trat an das Bett und sagte leise: »Mrs. Allen?«

Mary schlug die Augen auf. »Ich bin wach, Dr. DiMatteo. Ich ruhe mich nur aus.«

»Wie fühlen Sie sich heute?«

»Mir ist immer noch übel.«

»Das könnte eine Nebenwirkung des Morphiums sein. Wir geben Ihnen etwas, um Ihren Magen zu beruhigen.«

»Sie bekommt Morphium?« schaltete Brenda sich ein.

»Gegen den Schmerz.«

»Gibt es keine andere Möglichkeit, ihre Schmerzen zu lindern?«

Abby wandte sich der Nichte zu. »Mrs. Hainey, würden Sie bitte das Zimmer verlassen? Ich muß Ihre Tante untersuchen.«

»Miss Hainey, bitte«, schnaufte Brenda. »Und ich bin sicher, Tante Mary wäre es lieber, wenn ich bleibe.«
»Ich muß Sie trotzdem bitten zu gehen.«
Brenda starrte ihre Tante an, offenbar in Erwartung eines Widerspruches, doch Mary Allen blickte stur und stumm geradeaus.
Brenda drückte die Bibel fester an ihre Brust. »Ich warte draußen, Tante Mary.«
»Gütiger Gott«, flüsterte Mary, als die Tür hinter Brenda zugefallen war. »Das muß meine Strafe sein.«
»Meinen Sie Ihre Nichte?«
Marys müder Blick konzentrierte sich auf Abby. »Glauben Sie, daß meine Seele gerettet werden muß?«
»Ich würde sagen, das bleibt ganz Ihnen überlassen. Und sonst niemandem.« Abby zog ihr Stethoskop hervor. »Kann ich Ihre Lungen abhören?«
Gehorsam richtete Mary sich auf und zog ihren Krankenhauskittel hoch.
Ihre Atemgeräusche waren stark gedämpft. Als Abby Marys Rücken abklopfte, konnte sie den Wechsel zwischen Flüssigkeit und Luft hören und wußte, daß sich seit der letzten Untersuchung noch mehr Flüssigkeit im Brustraum angesammelt hatte.
Abby richtete sich auf. »Wie ist Ihre Atmung?«
»In Ordnung.«
»Vielleicht müssen wir schon bald punktieren oder eine Drainage legen.«
»Warum?«
»Um Ihnen die Atmung zu erleichtern. Damit Sie sich wohler fühlen.«
»Ist das der einzige Grund?«
»Ihr Wohlbefinden ist ein wichtiger Grund, Mrs. Allen.«
Mary ließ sich in die Kissen zurücksinken. »Dann sage ich Ihnen, wann ich es brauche«, flüsterte sie.
Als Abby das Zimmer verließ, wartete Brenda Hainey noch direkt vor der Tür. »Ihre Tante würde gerne ein bißchen schlafen«, sagte Abby. »Vielleicht können Sie ein anderes Mal wiederkommen.«
»Es gibt da etwas, was ich mit Ihnen besprechen muß, Doktor.«

»Ja?«
»Ich habe mich gerade bei der Schwester erkundigt, wegen des Morphiums. Ist das wirklich notwendig?«
»Ich denke, Ihre Tante würde die Frage bejahen.«
»Es macht sie benommen. Sie schläft die ganze Zeit nur.«
»Wir bemühen uns, Ihre Schmerzen so weit wie möglich zu lindern. Der Krebs hat sich schon im ganzen Körper ausgebreitet. In ihren Knochen, in ihrem Gehirn. Das sind die schlimmsten Schmerzen, die man sich vorstellen kann. Das einzige, was wir jetzt noch für sie tun können, ist, Ihr zu helfen, ohne allzu große Qualen hinüberzugehen.«
»Was soll das heißen, ihr helfen hinüberzugehen?«
»Sie stirbt. Daran können wir nichts ändern.«
»Aber Sie haben diese Worte benutzt: ›ihr helfen, hinüberzugehen‹. Ist dafür das Morphium?«
»Es ist das, was sie jetzt will und braucht.«
»Ich habe mich schon früher mit dem Thema beschäftigt, Doktor, im Zusammenhang mit anderen Verwandten. Ich weiß zufällig, daß es illegal ist, medizinische Beihilfe zum Selbstmord zu leisten.«
Abby spürte, wie ihr vor Wut das Blut ins Gesicht schoß. Um Fassung bemüht, sagte sie so ruhig, wie sie konnte: »Sie haben mich mißverstanden. Wir versuchen lediglich dafür zu sorgen, daß Ihre Tante möglichst beschwerdefrei ist.«
»Das geht auch anders.«
»Wie zum Beispiel?«
»Indem man höhere Mächte um Hilfe bittet.«
»Sie meinen Beten?«
»Warum nicht? Es hat mir schon durch schwere Zeiten geholfen.«
»Sie dürfen natürlich herzlich gern für Ihre Tante beten. Aber soweit ich weiß, spricht sich die Bibel an keiner Stelle ausdrücklich gegen Morphium aus.«
Brendas Gesichtszüge erstarrten. Ihre Erwiderung wurde durch Abbys Pieper unterbrochen.
»Verzeihung«, sagte Abby kühl und entfernte sich, ohne das Gespräch beendet zu haben. Und das war gut so, weil sie schon eine wirklich sarkastische Bemerkung auf der Zunge gehabt hatte. Etwas wie: Warum fragen Sie Ihren Gott beim Beten

nicht auch gleich nach einer Heilung? Das hätte Brenda garantiert wütend gemacht. Und mit der sich am Horizont abzeichnenden Klage Joe Terrios und einem Victor Voss, der wild entschlossen ihre Entlassung betrieb, konnte sie sich keine weitere offizielle Beschwerde leisten.

Vom einem Apparat im Schwesternzimmer wählte sie die auf dem Display ihres Piepers angezeigte Nummer.

»Information«, meldete sich eine Frauenstimme.

»Hier ist Dr. DiMatteo. Sie haben mich anpiepen lassen.«

»Ja, Doktor. Hier wartet ein gewisser Bernard Katzka. Er fragt, ob Sie ihn in der Lobby treffen können.«

»Ich kenne niemanden, der so heißt. Ich bin hier oben ziemlich beschäftigt. Könnten Sie ihn fragen, was er will?«

Man hörte leises Gemurmel. Als die Frau sich wieder meldete, klang ihre Stimme seltsam reserviert. »Dr. DiMatteo?«

»Ja.«

»Er ist ein Polizist.«

Der Mann in der Lobby kam ihr vage bekannt vor. Er war Anfang vierzig, mittelgroß, von durchschnittlicher Statur, mit einem Gesicht, das weder attraktiv noch wirklich unscheinbar noch besonders eindrücklich war. Er hatte dunkelbraunes Haar, das auf dem Hinterkopf sichtbar ausdünnte, eine Tatsache, die er im Gegensatz zu manchen Männern nicht mit darübergekämmten Strähnen kaschierte. Als sie auf ihn zukam, hatte sie den Eindruck, daß auch er sie erkannte. Sein Blick war ihr schon gefolgt, seit sie den Fahrstuhl verlassen hatte.

»Dr. DiMatteo«, sagte er. »Ich bin Detective Bernard Katzka vom Morddezernat.«

Allein dieses Wort überraschte sie. Worum ging es hier? Sie gaben einander die Hand. Erst als sich dabei erneut ihre Blicke trafen, fiel ihr ein, wo sie ihn schon einmal gesehen hatte: auf dem Friedhof, bei Aaron Levis Beerdigung. Er hatte ein wenig abseits der Trauernden gestanden, eine stumme Gestalt in einem dunklen Anzug. Während der Andacht hatten sich ihre Blicke schon einmal gekreuzt. Abby hatte die hebräischen Litaneien nicht verstanden und sich unter den Trauergästen umgesehen, als ihr aufgefallen war, daß noch jemand die Versammlung beobachtete. Sie hatten sich nur eine Sekunde lang angesehen, bevor er den Blick abgewandt hatte. In diesem kurzen Moment war kaum ein Eindruck von dem Mann entstanden, doch als sie jetzt in sein Gesicht sah, fühlte sie sich unwillkürlich von seinen Augen angezogen, die von einem ruhigen, unerschütterlichen Grau waren. Ohne diese intelligenten Augen hätte man Bernard Katzka glatt übersehen können.

»Sind Sie ein Freund der Familie Levi?« fragte sie.

»Nein.«

»Ich habe Sie auf dem Friedhof gesehen, oder irre ich mich?«

»Nein, ich war da.«

Sie wartete auf eine Erklärung, doch er sagte nur: »Können wir uns irgendwo unterhalten.«

»Darf ich fragen, worum es geht?«

»Um Dr. Levis Tod.«

Sie blickte zum Eingang. Die Sonne schien, und sie war den ganzen Tag noch nicht an der frischen Luft gewesen.

»Es gibt einen kleinen Hof mit Bänken«, sagte sie. »Warum gehen wir nicht dorthin?«

Draußen war es warm, ein perfekter Oktobernachmittag. Auf dem kleinen Innenhof blühten Chrysanthemen, das runde Beet war mit orangefarbenen und gelben Blumen bepflanzt. In der Mitte plätscherte leise und beruhigend ein Springbrunnen vor sich hin. Sie setzen sich auf eine der Holzbänke. Zwei Schwestern, die auf der anderen Bank gesessen hatten, standen auf, gingen zum Gebäude zurück und ließen Abby mit dem Detective allein. Einen Moment lang sagte keiner etwas. Die Stille machte Abby nervös, doch ihren Begleiter schien sie nicht im geringsten zu stören. Offenbar war an langes Schweigen gewöhnt.

»Ich habe Ihren Namen von Elaine Levi«, sagte er. »Sie hat vorgeschlagen, daß ich mit Ihnen rede.«

»Warum?«

»Sie haben am frühen Samstagmorgen mit Dr. Levi gesprochen. Ist das zutreffend?«

»Ja, am Telefon.«

»Wissen Sie noch, wie spät es war?«

»Etwa zwei Uhr, schätze ich. Ich war im Krankenhaus.«

»Er hat angerufen?«

»Er hat die chirurgische Intensivstation angerufen und wollte den dienstältesten Assistenzarzt sprechen. Das war in jener Nacht zufälligerweise ich.«

»Warum hat er angerufen?«
»Wegen einer Patientin. Sie hatte ein postoperatives Fieber, und Aaron und ich wollten besprechen, welche Maßnahmen zu ergreifen waren, welche Laboruntersuchungen und Röntgenaufnahmen ich anordnen sollte. Hätten Sie was dagegen, mir zu erklären, was das alles soll?«
»Ich versuche, die Chronologie der Ereignisse zu rekonstruieren. Dr. Levi hat also um zwei Uhr die chirurgische Intensivstation angerufen und wurde mit Ihnen verbunden?«
»Richtig.«
»Haben Sie noch einmal mit ihm gesprochen? Nach dem Gespräch um zwei Uhr?«
»Nein.«
»Haben Sie noch mal versucht, ihn zu erreichen?«
»Ja, aber da hatte er das Haus schon verlassen. Ich habe mit Elaine gesprochen.«
»Um wieviel Uhr war das?«
»Ich weiß es nicht. Vielleicht drei, Viertel nach drei. Ich habe nicht besonders auf die Zeit geachtet.«
»Sie haben ihn nicht noch zu einer anderen Uhrzeit zu Hause angerufen?«
»Nein, ich habe mehrmals versucht, ihn über seinen Pieper zu erreichen, aber er hat nicht geantwortet. Ich wußte, daß er irgendwo im Krankenhaus sein mußte, weil sein Wagen auf dem Parkplatz stand.«
»Wann haben Sie ihn dort gesehen?«
»Ich habe ihn gar nicht gesehen. Mein Freund – Dr. Hodell – hat ihn gesehen, als er gegen vier Uhr kam. Hören Sie, warum ermittelt das Morddezernat in dem Fall?«
Er ignorierte ihre Frage. »Elaine Levi sagt, um Viertel nach zwei wäre ein Anruf gekommen. Ihr Mann hat das Gespräch angenommen. Ein paar Minuten später hat er sich angezogen und das Haus verlassen. Wissen Sie irgend etwas über diesen Anruf?«
»Nein. Es könnte eine der Schwestern gewesen sein. Weiß Elaine es nicht?«
»Ihr Mann hatte das Telefon mit ins Bad genommen. Sie hat das Gespräch nicht mitgehört.«
»Ich war es jedenfalls nicht. Ich habe nur einmal mit Aaron ge-

sprochen. Aber jetzt wüßte ich wirklich gerne, warum Sie mir all diese Fragen stellen. Das kann doch unmöglich eine reine Routineuntersuchung sein.«

»Nein. Eine Routineuntersuchung ist es nicht.«

Abbys Pieper meldete sich. Sie erkannte die Nummer auf dem Display – die Verwaltungsstelle für Assistenzärzte. Es war kein Notfall, aber diese Unterhaltung ging ihr ohnehin langsam auf die Nerven. Sie stand auf. »Detective, ich muß zurück an die Arbeit und mich um meine Patienten kümmern. Ich habe keine Zeit, einen Haufen vager Fragen zu beantworten.«

»Meine Fragen sind sehr konkret. Ich versuche festzustellen, wer in jener Nacht um welche Uhrzeit welche Anrufe getätigt hat und was dabei gesprochen wurde.«

»Warum?«

»Vielleicht besteht ein Zusammenhang mit Dr. Levis Tod.«

»Wollen Sie andeuten, jemand hätte ihn dazu überredet, sich zu erhängen?«

»Ich wüßte nur gern, wer mit ihm geredet hat.«

»Können Sie das nicht über den Computer der Telefongesellschaft feststellen oder so? Führen die keine Unterlagen?«

»Der Anruf, den Dr. Levi um zwei Uhr fünfzehn erhielt, kam aus dem Bayside-Hospital.«

»Dann könnte es also eine Krankenschwester gewesen sein.«

»Oder sonst irgend jemand in diesem Gebäude.«

»Ist das Ihre Theorie? Daß jemand Aaron aus dem Bayside angerufen und ihm etwas so Aufwühlendes erzählt hat, daß er sich umgebracht hat?«

»Wir ziehen auch andere Möglichkeiten als Selbstmord in Betracht.«

Sie starrte ihn an. Er hatte es so leise gesagt, daß sie überlegte, ob sie ihn richtig verstanden hatte. Langsam ließ sie sich wieder auf die Bank zurücksinken. Eine Zeitlang sagte keiner etwas.

Eine Schwester schob eine Frau in einem Rollstuhl über den Hof. Sie blieb bei dem Blumenbeet stehen, bewunderte die Chrysanthemen und bewegte sich weiter. Das einzige Geräusch auf dem Hof war das melodische Plätschern des Brunnens.

»Wollen Sie andeuten, er könnte ermordet worden sein?« fragte Abby schließlich.

Er antwortete nicht sofort. Er saß reglos da, seine Haltung, seine Hände, seine Mimik gaben nichts preis.
»Hat Aaron sich selbst erhängt?«
»Das Obduktionsergebnis lautet auf Ersticken.«
»Das war zu erwarten. Klingt nach Selbstmord.«
»Das könnte es auch durchaus sein.«
»Und warum sind Sie dann nicht überzeugt?«
Er zögerte. Zum ersten Mal erkannte sie Unsicherheit in seinem Blick und wußte, daß er seine Worte mit Bedacht wählte. Dies war die Art Mann, die keinen Zug machten, ohne dessen Konsequenzen in allen möglichen Einzelheiten erwogen zu haben. Die Art Mann, für die selbst Spontaneität etwas Geplantes war.
»Zwei Tage vor seinem Tod hat Dr. Levi einen neuen Computer gekauft«, sagte er dann.
»Das ist alles? Das ist die Grundlage Ihrer Fragen?«
»Er hat damit diverse Dinge getan. Zunächst hat er für die Weihnachtszeit zwei Flüge nach St. Lucia in der Karibik gebucht. Dann hat er seinen Sohn in Dartmouth ein E-Mail geschickt und Pläne für die Kurzferien zu Thanksgiving gemacht. Denken Sie mal nach, Doktor! Zwei Tage, bevor er sich umbringt, macht der Mann Pläne für die Zukunft. Er kann sich auf einen netten Strandurlaub freuen, doch um Viertel nach zwei in der Nacht steigt er aus seinem Bett und fährt ins Krankenhaus. Er nimmt einen Fahrstuhl und steigt die Treppe in ein verlassenes Stockwerk hoch. Er bindet einen Gürtel an die Kleiderstange eines Schrankes, legt sich das andere Ende in einer Schlinge um den Hals und gibt einfach in den Beinen nach. Er hat nicht sofort das Bewußtsein verloren. Ihn blieben fünf bis zehn Sekunden, seine Meinung zu ändern. Er hat eine Frau, Kinder und einen Strand auf St. Lucia, auf die er sich freuen kann. Aber er entscheidet sich zu sterben. Allein, im Dunkeln.«
Katzka sah sie unentwegt an. »Denken Sie darüber nach.«
Abby schluckte. »Ich weiß nicht, ob ich das möchte.«
»Ich habe es getan.«
Sie blickte in seine ruhigen grauen Augen und fragte sich, welche Alpträume ihn sonst noch beschäftigen mochten. Was für ein Mann entschied sich für einen Beruf, der solch schreckliche Visionen erforderte?«

»Wir wissen, daß Dr. Levis Wagen auf seinem gewohnten Platz vor dem Krankenhaus gefunden wurde. Wir wissen nicht, warum er hierhergefahren ist oder warum er das Haus überhaupt verlassen hat. Außer dem unbekannten Anrufer um Viertel nach zwei waren Sie die letzte Person, von der wir wissen, daß sie mit Dr. Levi gesprochen hat. Hat er irgendwas davon gesagt, daß er ins Krankenhaus kommen wollte?«

»Er machte sich Sorgen um eine unserer Patientinnen. Vielleicht hat er sich entschieden, deren Zustand mit eigenen Augen zu begutachten.«

»Anstatt die Sache Ihnen zu überlassen?«

»Ich bin Assistenzärztin im zweiten Jahr, Detective Katzka, nicht der behandelnde Arzt. Aaron war der Internist des Transplantationsteams.«

»Ich dachte, er wäre Kardiologe.«

»Er war auch Internist. Wenn ein medizinisches Problem wie etwa ein Fieber auftauchte, haben sich die Schwestern normalerweise an ihn gewandt, und er zog dann weitere Ärzte hinzu, wenn er sie brauchte.«

»Hat er während des Telefonats gesagt, daß er ins Krankenhaus kommen wollte?«

»Nein. Wir haben nur verschiedene Möglichkeiten durchgespielt. Ich habe ihm berichtet, was ich tun wollte. Das ich vorhatte, die Patientin zu untersuchen und einige Blutproben und Röntgenaufnahmen anzuordnen. Er war einverstanden.«

»Das war alles?«

»Das war der ganze Inhalt unseres Gespräches, ja.«

»Kam Ihnen irgendwas, was er gesagt hat, seltsam vor?«

Sie dachte noch einmal darüber nach und erinnerte sich an die Pause zu Beginn ihres Telefonats. Daran, wie bestürzt Aaron geklungen hatte, als sie den Hörer abnahm.

»Dr. DiMatteo?«

Sie sah Katzka an. Obwohl er ihren Namen leise ausgesprochen hatte, war sein Ausdruck wachsamer geworden.

»Erinnern Sie sich an irgendwas?« wiederholte er.

»Ich weiß noch, daß er nicht besonders glücklich darüber schien, daß ich die Assistenzärztin in Bereitschaft war.«

»Warum nicht?«

»Wegen der Patientin, um die es ging. Ihr Mann und ich hat-

ten – eine Auseinandersetzung. Eine ernste.« Sie wandte den Blick ab. Der Gedanke an Victor Voss war ihr unbehaglich. »Ich bin sicher, Aaron wäre es lieber gewesen, ich hätte einen meilenweiten Bogen um Mrs. Voss gemacht.«
Katzkas Schweigen ließ sie aufblicken.
»Mrs. Victor Voss?« fragte er.
»Ja. Ist Ihnen der Name ein Begriff?«
Katzka lehnte sich zurück und atmete leise aus. »Ich weiß, daß er der Gründer von VMI International ist. Welcher Operation mußte sich seine Frau unterziehen?«
»Einer Herztransplantation. Es geht ihr jetzt viel besser. Nachdem wir sie ein paar Tage mit Antibiotika behandelt haben, hat sich das Fieber gelegt.«
Katzka starrte auf den Brunnen, in dem das Wasser in der Sonne glitzerte wie eine goldene Kette. Unvermittelt stand er auf.
»Vielen Dank für Ihre Zeit, Dr. DiMatteo«, sagte er. »Vielleicht melde ich mich noch einmal bei Ihnen.«
»Jederzeit«, wollte sie antworten, doch er hatte sich schon abgewandt und entfernte sich mit raschen Schritten. Innerhalb eines Wimpernschlags hatte er von völliger Bewegungslosigkeit bis zur Lichtgeschwindigkeit beschleunigt. Erstaunlich.
Ihr Pieper meldete sich erneut. Es war wieder die Verwaltung. Sie schaltete ihn ab. Als sie wieder aufblickte, war Katzka nirgends zu sehen. Der wundersam verschwindende Polizist. Sie grübelte noch immer über seine Frage nach, als sie die Lobby des Krankenhauses betrat und ein Haustelefon abnahm.
Eine Sekretärin meldete sich.
»Hier ist Abby DiMatteo. Sie haben mich angepiept?«
»O ja. Zweierlei. Eine Helen Lewis von der New England Organ Bank hat versucht, Sie zu erreichen. Sie wollte wissen, ob sich Ihre Frage wegen der Transplantation geklärt hat. Sie haben sich nicht gemeldet, also hat sie wieder aufgelegt.«
»Sagen Sie ihr, die Sache hat sich erledigt, wenn sie noch einmal anruft. Und was war das andere?«
»Für Sie ist ein Einschreiben gekommen. Ich habe für Sie unterschrieben. Ich hoffe, das ist in Ordnung.«
»Ein Einschreiben?«
»Es ist vor wenigen Minuten zugestellt worden. Ich dachte, Sie wollten das vielleicht wissen.«

»Von wem?«
Man hörte Papiergeraschel. »Absender ist die Kanzlei Craig, Hawkes und Sussman.«
Abbys Magen sackte ins Bodenlose. »Ich bin sofort bei Ihnen«, sagte sie und legte auf. Wieder die Terrio-Klage. Die Mühlen der Justiz würden sie zweifelsohne zu Staub zermahlen. Ihre Hände schwitzten, als sie in der Verwaltungsetage aus dem Fahrstuhl stieg. Dr. DiMatteo, gerühmt für ihre Ruhe im OP, ist ein Nervenbündel, dachte sie bitter.
Die Sekretärin war am Telefon. Als sie Abby sah, zeigte sie nur auf die Postfächer an der Wand. In Abbys Fach lag ein einzelner Umschlag. »Craig, Hawkes & Sussman« stand in der oberen linken Ecke. Sie riß ihn auf.
Zunächst begriff sie nicht, was sie da las. Dann konzentrierte sie sich auf den Namen des Klägers, und schließlich traf sie die Erkenntnis mit voller Wucht. Dieses Schreiben hatte nichts mit Karen Terrio zu tun. Es ging um einen Patienten namens Michael Freeman. Er war ein Alkoholiker, der an der unglücklichen Ruptur eines geschwollenen Blutgefäßes in der Speiseröhre in seinem Krankenzimmer verblutet war. Abby hatte Bereitschaft gehabt und erinnerte sich gut an dieses schockierende grausame Ende. Jetzt klagte Michael Freemans Frau, vertreten durch Craig, Hawkes und Sussman. Die einzige in dem Schriftsatz genannte Beklagte war Abby.
»Dr. DiMatteo? Alles in Ordnung?«
Abby merkte auf einmal, daß sie an den Postfächern lehnte und der Raum zu schwanken schien. Die Sekretärin musterte sie stirnrunzelnd.
»Mir geht's … gut«, stammelte Abby. »Alles in Ordnung.«
Sie verließ das Zimmer und trat mit fliegenden Fahnen den Rückzug an, direkt ins Bereitschaftszimmer, wo sie sich einschloß, den Brief entfaltete und ihn immer wieder las.
Zwei Klagen in zwei Wochen. Vivian hatte recht. Abby würde den Rest ihres Lebens vor Gericht zubringen.
Sie wußte, daß sie ihren Anwalt anrufen sollte, aber sie brachte es nicht über sich. Sie blieb einfach auf dem Bett sitzen und starrte auf das Schreiben in ihrem Schoß. Sie dachte an all die Jahre und all die Arbeit, die es erfordert hatte, bis zu diesem Punkt in ihrer Karriere zu kommen. Sie dachte an die Abende,

an denen sie über Büchern eingeschlafen war, während ihre Mitbewohnerinnen Verabredungen hatten; an die Wochenenden, in denen sie im Krankenhaus in Doppelschichten Katheter gelegt und Ampullen über Ampullen Blut gezapft hatte, um ihre Studiengebühren zu verdienen; an die Abendessen aus Erdnußbutter-Sandwiches und die Filme, Konzerte und Theaterstücke, die sie nicht gesehen hatte.

Und sie dachte an Pete, der der Grund für all das gewesen war. Der Bruder, den sie retten wollte und es nicht gekonnt hatte. Sie dachte vor allem an Pete, der immer zehn Jahre alt sein würde.

Victor Voss war im Begriff zu gewinnen. Er hatte gedroht, sie zu vernichten, und genau das würde er tun.

Wehr dich! Sie mußte sich endlich wehren. Nur daß sie nicht wußte, wie. Sie war nicht clever genug. Der Brief brannte wie Säure in ihrer Hand. Sie überlegte und überlegte, wie sie Voss aufhalten konnte, doch sie hatte nichts, womit sie zurückschlagen konnte, abgesehen von der Tatsache, daß er sie in der chirurgischen Intensivstation zu Boden gestoßen hatte.

Wehr dich. Du mußt dir etwas einfallen lassen!

Der Pieper meldete sich. Es war ein Anruf aus der Chirurgie, und sie war absolut nicht in der Stimmung für Telefonate. Sie griff nach dem Telefon und tippte wütend die Nummer ein. »DiMatteo«, fauchte sie.

»Doktor, wir haben ein Problem mit Mary Allens Nichte.«

»Was ist denn?«

»Wir versuchen, Mary ihre Vier-Uhr-Dosis Morphium zu verabreichen, aber Brenda läßt uns nicht. Vielleicht könnten Sie –«

»Bin schon unterwegs.« Abby knallte den Hörer auf die Gabel. Verdammte Brenda, dachte sie und stopfte den Brief in die Tasche. Sie nahm das Treppenhaus und rannte die beiden Stockwerke nach unten. Als sie die Station erreichte, atmete sie schwer, nicht aus Erschöpfung, sondern aus Wut. Sie marschierte direkt in Mary Allens Zimmer.

Drinnen redeten zwei Schwestern mit Brenda. Mary Allen lag wach im Bett, doch sie wirkte zu schwach und schien unter zu großen Schmerzen zu leiden, um etwas zu sagen.

»Sie ist schon benebelt genug«, sagte Brenda gerade. »Sehen Sie sie an. Sie kann nicht mal mit mir reden.«

»Vielleicht will sie nicht mit Ihnen reden«, erklärte Abby.
Die Schwestern drehten sich erleichtert zu ihr um. Die Stimme der Autorität war eingetroffen.
»Bitte verlassen Sie das Zimmer, Miss Hainey«, sagte Abby.
»Das Morphium ist nicht notwendig.«
»Das bestimme ich. Jetzt verlassen Sie das Zimmer.«
»Sie hat nicht mehr viel Zeit. Sie braucht all ihre Kräfte.«
»Wozu?«
»Um den Herrn ganz anzunehmen. Wenn sie stirbt, ohne ihn angenommen zu haben –«
Abby streckte die Hand aus und sagte: »Geben Sie mir das Morphium. Ich werde es selbst verabreichen.«
Die Schwester gab es ihr. Als sie mit der Spritze in der Hand auf den Katheter zutrat, sah sie, wie Mary Allen schwach, aber dankbar nickte.
»Wenn Sie ihr dieses Rauschgift geben, werde ich einen Anwalt verständigen«, sagte Brenda.
»Tun Sie das«, erwiderte Abby und stach die Nadel in den Beutel. Sie wollte den Kolben gerade herunterdrücken, als Brenda vorstürzte und den Katheter aus dem Arm ihrer Tante riß. Blut tropfte zu Boden. Es waren diese hellroten Tropfen auf dem Linoleum, die Abby den Rest gaben.
Eine Schwester tupfte Marys Arm mit Mull ab. Abby drehte sich zu Brenda um und wiederholte: »Verlassen Sie das Zimmer.«
»Sie haben mir keine andere Wahl gelassen, Doktor.«
»Raus!«
Brenda riß die Augen auf und wich ein paar Schritte zurück.
»Wollen Sie, daß ich den Sicherheitsdienst rufe, um Sie rauswerfen zu lassen?« Abby brüllte jetzt und kam auf Brenda zu, die Schritt für Schritt in den Flur zurückwich. »Ich möchte nicht, daß Sie in die Nähe meiner Patientin kommen! Ich will nicht, daß Sie sie mit Ihrem Bibelquatsch belästigen!«
»Ich bin ihre Verwandte!«
»Es ist mir vollkommen egal, wer Sie sind!«
Brendas Unterkiefer klappte nach unten. Ohne ein weiteres Wort drehte sie sich um und ging weg.
»Dr. DiMatteo, kann ich Sie kurz sprechen?«
Abby drehte sich um und sah die leitende Oberschwester Georgina Speer hinter sich stehen.

»Das war ganz und gar unangemessen, Dr. DiMatteo! So reden wir nicht in der Öffentlichkeit.«

»Sie hat meiner Patientin gerade den Katheter aus dem Arm gerissen!«

»Es gibt bessere Möglichkeiten, mit so etwas umzugehen. Rufen Sie den Sicherheitsdienst. Rufen Sie sonst jemanden zur Hilfe. Beleidigungen sind jedenfalls nicht die Art dieses Krankenhauses. Haben Sie mich verstanden?«

Abby atmete tief ein. »Ich habe verstanden«, sagte sie und fügte flüsternd hinzu: »Es tut mir leid.«

Nachdem sie Mary Allens Infusion wieder in Gang gebracht hatte, zog Abby sich in den Bereitschaftsraum zurück und lag teilnahmslos auf dem Bett. Sie starrte zur Decke und fragte sich, was mit ihr los war.

Sie hatte noch nie zuvor so die Kontrolle verloren. Sie war bisher niemals kurz davor gewesen, einen Patienten oder Verwandten anzuschreien. Ich werde verrückt, dachte sie. Der Streß zerbricht mich schließlich doch. Vielleicht bin ich als Ärztin ungeeignet.

Ihr Pieper meldete sich. Konnten sie sie denn nie in Ruhe lassen? Was würde sie dafür geben, einen ganzen Tag, eine ganze Woche lang nicht angepiept, angerufen oder sonstwie belästigt zu werden. Es war die Telefonzentrale des Krankenhauses. Abby nahm den Hörer ab und wählte eine Null.

»Ein auswärtiger Anruf für Sie, Doktor«, sagte die Telefonistin.« Es klickte mehrere Male, bis das Gespräch durchgestellt war. Dann fragte ein Frau: »Dr. Abby DiMatteo?«

»Am Apparat.«

»Hier ist Helen Lewis von der New England Organ Bank. Sie haben am Samstag eine Nachricht wegen eines Herzspenders hinterlassen. Wir hatten erwartet, daß jemand vom Bayside zurückrufen würde, aber das hat niemand getan. Also dachte ich, ich melde mich mal.«

»Tut mir leid. Ich hätte Sie anrufen sollen, aber hier ging in den letzten Tagen alles drunter und drüber. Das Ganze hat sich als Mißverständnis herausgestellt.«

»Nun, das erleichtert die Sache, da ich die Information ohnehin nicht finden konnte. Wenn Sie sonst noch Fragen haben, rufen Sie mich einfach –«

»Verzeihung«, unterbrach Abby sie. »Was haben Sie da gerade gesagt?«
»Ich konnte die Information nicht finden.«
»Warum nicht?«
»Die angefragten Daten sind nicht in unserem System.«
Volle zehn Sekunden sagte Abby gar nichts. Dann fragte sie langsam: »Sind Sie ganz sicher, daß Sie nichts haben?«
»Ich habe alle unsere Daten überprüft. Für das genannte Entnahmedatum haben wir keinerlei Unterlagen über einen Herzspender. Nirgendwo in Vermont.«

Zwölf

Hier steht er, sagte Colin Wettig und legte das aufgeklappte *Verzeichnis chirurgischer Fachärzte* auf den Tisch. »Timothy Nicholls, B. A., University of Vermont, Dr. med., Tufts. Residency, Massachusetts General, Spezialgebiet: Thoraxchirurgie. Praktiziert am Wilcox Memorial, Burlington, Vermont.« Er schob das Verzeichnis in die Mitte des Konferenztisches, damit jeder selbst nachlesen konnte. »Es gibt also tatsächlich einen Thoraxchirurgen namens Tim Nicholls, der in Burlington praktiziert. Es ist keine Erfindung von Archer.«

»Als ich am Samstag mit ihm gesprochen habe, hat Nicholls gesagt, er wäre bei der Entnahme dabeigewesen«, erklärte Archer. »Und er sagte, daß sie im Wilcox Memorial stattgefunden hätte. Unglücklicherweise habe ich bisher niemanden auftreiben können, der mit ihm im OP war. Und jetzt kann ich nicht einmal mehr Nicholls selbst erreichen. Sein Büro erklärte mir, er hätte sich für längere Zeit beurlauben lassen. Ich weiß nicht, was da los ist, Jeremiah, aber ich wünschte, wir wären nicht darin verwickelt. Denn die Sache fängt an, ziemlich übel zu stinken.«

Jeremiah Parr rutschte unbehaglich auf seinem Stuhl hin und her und sah die Anwältin Susan Casado an. Abby, die am anderen Ende des Tisches neben der Transplantationskoordinatorin Donna Toth saß, würdigte er keines Blickes. Vielleicht wollte er sie auch nicht sehen. Schließlich war Abby diejenige, die das Chaos allgemein bekanntgemacht hatte, diejenige, die dieses Treffen initiiert hatte.

»Was genau geht hier vor?« fragte Parr.

»Es sieht so aus, als hätte Victor Voss das offizielle System zur Registrierung von Organspenden umgangen, um das Spenderherz direkt seiner Frau zukommen zu lassen.«

»Ist das denn zu machen?«

»Mit genug Geld wahrscheinlich schon.«
»Und das Geld hat er«, warf Susan ein. »Ich habe im *Kiplinger's* gerade die aktuelle Liste der fünfzig reichsten Amerikaner gesehen. Voss steht auf Platz vierzehn.«
»Vielleicht erklären Sie mir noch einmal, wie die Zuteilung von Spenderorganen normalerweise funktioniert«, bat Parr. »Ich begreife nämlich nicht, wie das passieren konnte.«
Archer sah die Transplantationskoordinatorin an. »Das regelt normalerweise Donna. Sie kann es uns bestimmt am besten erläutern.«
Donna Toth nickte. »Das System ist im Grunde ziemlich einfach«, erläuterte sie. »Es gibt sowohl eine nationale wie auch eine regionale Warteliste von Patienten, die Organe brauchen. Das bundesweite System ist das United Network for Organ Sharing, kurz UNOS. Die regionale Liste wird von der New England Organ Bank, kurz NEOB, geführt. Beide Systeme listen die Patienten in der Reihenfolge ihrer Bedürftigkeit auf, unabhängig von Einkommen, Rasse oder Status. Es kommt allein darauf an, wie kritisch ihr Zustand ist.« Sie öffnete einen Ordner und entnahm ihm ein Blatt Papier, das sie Parr gab. »So sieht die jüngste regionale Liste aus. Ich habe sie mir vom NEOB-Büro in Brookline faxen lassen. Wie Sie sehen, hat jeder Patient einen medizinischen Status. Des weiteren wird das benötigte Organ, das nächste Transplantationszentrum und eine Kontakt-Telefonnummer angegeben, meistens die des Transplantationskoordinators.«
»Was haben die anderen Kürzel zu bedeuten?«
»Das sind klinische Informationen. Minimale und maximale Größe sowie Mindest- und Höchstgewicht des potentiellen Spenders, und ob der Patient sich schon einmal einer Transplantation unterzogen hat, was den Kreuzvergleich wegen der Antikörper erschweren würde.«
»Sie sagen, die Reihenfolge der Listen geht nach Bedürftigkeit?«
»So ist es. Der Name, der zuoberst steht, ist der kritischste Fall.«
»Wo stand Mrs. Voss?«
»Am Tag der Transplantation war sie die Nummer drei auf der Liste für die Blutgruppe AB.«
»Was ist mit den ersten beiden Personen passiert?«
»Ich habe mich bei der NEOB erkundigt. Bei beiden Namen

wurde der Status einige Tage später in ›Code acht‹ umgewandelt. Das bedeutet ›permanent inaktiv, von der Liste gestrichen‹.«
»Das heißt, sie sind gestorben?« fragte Susan Casado leise.
Donna nickte. »Sie haben ihr Transplantat nie erhalten.«
»Gütiger Himmel«, stöhnte Parr. »Mrs. Voss hat also ein Herz bekommen, das eigentlich an jemand anderen hätte gehen müssen.«
»So scheint es sich abgespielt zu haben. Wir wissen nicht, wie es arrangiert wurde.«
»Wie haben wir von dem Spender erfahren?« fragte Susan.
»Durch einen Anruf«, erklärte Donna. »So läuft das üblicherweise. Das regelt der Transplantationskoordinator des Spenderkrankenhauses. Er oder sie überprüft die aktuelle NEOB-Warteliste und ruft die für den ersten Patienten auf der Liste angegebene Kontaktnummer an.«
»Das heißt, der Transplantationskoordinator des Wilcox Memorial hat Sie angerufen?«
»Ja. Ich habe wegen anderer Spender schon häufiger mit ihm telefoniert. Ich hatte also keinen Grund, diese spezielle Spende zu hinterfragen.«
Archer schüttelte den Kopf. »Ich weiß nicht, wie Voss das hingekriegt hat. Wir hatten den Eindruck, daß jeder Schritt des Verfahrens legal und offen war. Offensichtlich hat irgend jemand im Wilcox abkassiert. Ich wette, deren Transplantationskoordinator. Voss' Frau bekommt das Herz, und das Bayside wird in einen Handel ›Organe gegen Bares‹ hineingezogen. Und wir haben keinerlei Spenderunterlagen, um die Sache zu überprüfen.«
»Sind sie noch immer nicht aufgetaucht?« fragte Parr.
»Ich konnte sie nicht finden«, sagte Donna. »In meinem Büro sind die Unterlagen jedenfalls nicht.«
Victor Voss, dachte Abby. Er hatte die Papiere irgendwie verschwinden lassen.
»Das Schlimmste sind die Nieren«, bemerkte Wettig.
Parr sah den General stirnrunzelnd an. »Was?«
»Die Nieren brauchte Voss' Frau nicht«, erklärte Wettig. »Oder die Bauchspeicheldrüse oder die Leber? Was ist damit geschehen? Wenn sie gar nicht gemeldet worden sind?«
»Wahrscheinlich entsorgt«, meinte Archer.

»Genau. Das bedeutet drei oder vier Leben, die man vielleicht hätte retten können und die statt dessen weggeworfen worden sind.«
Die Runde schüttelte die Köpfe, die Mienen drückten Empörung aus.
»Was wollen wir deswegen unternehmen?« fragte Abby.
Ihre Frage stieß auf ratloses Schweigen.
»Ich weiß nicht, was wir tun sollten«, sagte Parr schließlich und sah seine Anwältin an. »Sind wir verpflichtet, der Sache nachzugehen?«
»Moralisch schon«, erwiderte Susan. »Doch wenn wir die Sache melden, wird das Konsequenzen nach sich ziehen. Und zwar gleich mehrere. Zunächst sehe ich keine Möglichkeit, die Sache vor der Presse geheimzuhalten. Ein Organhandel, in den auch noch Victor Voss verwickelt ist, ist eine saftige Story. Zweitens würden wir in gewisser Weise das Arztgeheimnis brechen und die Intimsphäre einer Patientin mißachten, was einem speziellen Segment unserer Patienten ganz und gar nicht gefallen würde.«
»Sie meinen die Stinkreichen«, schnaubte Wettig.
»Diejenigen, die dieses Krankenhaus am Leben erhalten«, verbesserte Parr ihn.
»Genau«, fuhr Susan fort. »Wenn sie erfahren, daß Bayside den Anstoß zu Ermittlungen gegen jemanden wie Victor Voss gegeben hat, werden sie sich nicht mehr darauf verlassen, daß wir ihre eigenen Unterlagen vertraulich behandeln. Und schließlich: Was geschieht, wenn die ganze Geschichte irgendwie herumgedreht wird, so daß es am Ende aussieht, als wären wir Teil der Verschwörung? Wir würden unsere Glaubwürdigkeit als Transplantationszentrum verlieren. Falls sich herausstellt, daß Voss tatsächlich das Meldesystem für Spenderorgane umgangen hat, würden auch wir in ein schlechtes Licht gerückt.«
Abby sah Archer an, der von diesen Aussichten wie benommen wirkte. Diese Affäre konnte das ganze Transplantationszentrum am Bayside ruinieren. Sie konnte das Team zerstören.
»Wieviel von alldem ist bereits nach außen gesickert?« wollte Parr wissen und sah dabei endlich auch Abby an. »Was haben Sie der NEOB über die Sache erzählt, Dr. DiMatteo?«
»Als ich mit Helen Lewis gesprochen habe, wußte ich nicht,

was los war. Wir wußten es beide nicht. Wir waren bloß versucht, uns einen Reim darauf zu machen, warum der Spender nicht durch das System gegangen war. Dabei haben wir es belassen. Es blieb ungeklärt. Direkt nach dem Anruf habe ich Dr. Archer und Dr. Wettig informiert.«
»Und Hodell. Sie müssen es doch Hodell erzählt haben!«
»Ich habe noch nicht mit Mark gesprochen. Er war den ganzen Tag im OP.«
Parr seufzte erleichtert. »In Ordnung. Das heißt, die Geschichte hat diesen Raum noch nicht verlassen. Und Mrs. Lewis weiß nur, daß Sie nicht genau wissen, was passiert ist.«
»So ist es.«
Auch Susan Casado wirkte erleichtert. »Wir haben also noch eine Chance, den Schaden zu begrenzen. Ich denke, als erstes sollte Dr. Archer die NEOB anrufen und Mrs. Lewis versichern, daß wir das Mißverständnis aufgeklärt haben. Es besteht immerhin die Möglichkeit, daß sie sich damit zufriedengibt. Wir werden weitere Ermittlungen anstellen, aber diskret. Wir sollten auch weiter versuchen, Dr. Nicholls zu erreichen. Vielleicht kann er die Sache aufklären.«
»Offenbar weiß niemand, wann er zurückkommt«, sagte Archer.
»Was ist mit dem anderen Chirurgen?« fragte Susan. »Dem Typ aus Texas?«
»Mapes? Ich habe noch nicht versucht, ihn zu erreichen.«
»Irgend jemand sollte es aber tun.«
»Da bin ich anderer Meinung«, unterbrach Parr sie. »Ich denke nicht, daß wir in dieser Angelegenheit mit irgend jemandem Kontakt aufnehmen sollten.«
»Aus welchem Grund, Jeremiah?«
»Je weniger wir wissen, desto weniger werden wir in den Sumpf verwickelt. Wir sollten uns meilenweit entfernt davon halten. Sagen Sie Helen Lewis, es hätte sich um eine empfängerbezogene Spende gehandelt. Deswegen sei die Sache nicht über die NEOB gelaufen. Und dann machen wir einfach weiter.«
»Mit anderen Worten«, bemerkte Wettig, »wir stecken unsere verdammten Köpfe in den Sand.«
»Nichts Böses sehen und nichts Böses hören.« Parr blickte in die Runde. Den Mangel an Reaktionen schien er für ein Zei-

chen allgemeinen Einverständnisses zu halten. »Es erübrigt sich zu sagen, daß wir die Angelegenheit außerhalb dieses Raumes mit keinem Wort erwähnen.«

Abby jedoch konnte dazu nicht schweigen. »Das Problem ist«, warf sie ein, »daß das Böse dadurch nicht verschwindet. Egal, ob wir es sehen und hören oder auch nicht, es ist immer noch da.«

»Bayside ist unschuldig«, beharrte Parr. »Deshalb sollten nicht wir die Sache büßen müssen. Und wir sollten ganz bestimmt nicht zu einer unfairen Betrachtung unserer Klinik einladen.«

»Was ist mit der moralischen Verpflichtung? Es könnte wieder passieren.«

»Ich bezweifle doch sehr, daß Mrs. Voss in absehbarer Zeit ein weiteres Herz braucht. Es war ein Einzelfall, Dr. DiMatteo. Ein verzweifelter Ehemann hat die Regeln mißachtet, um seine Frau zu retten. Der Fall ist erledigt. Wir müssen nur Maßnahmen ergreifen, damit so etwas nicht noch einmal passieren kann.« Parr sah Archer an. »Können wir das?«

Archer nickte. »Das müssen wir, verdammt noch mal.«

»Was geschieht mit Victor Voss?« fragte Abby. Das nachfolgende Schweigen war beredter als jede Antwort: Gar nichts würde mit ihm geschehen. Männern wie Victor Voss passierte nie etwas. Sie konnten das System austricksen, sich ein Herz, einen Chirurgen, ein ganzes Krankenhaus kaufen. Sie konnten sich auch Anwälte kaufen, eine ganze Armee, genug um von den Träumen einer kleinen Assistenzärztin nichts als verbrannte Erde übrigzulassen.

»Er will mich fertigmachen«, sagte sie. »Ich dachte, nach der Transplantation für seine Frau würde sich die Sache legen, aber das ist nicht der Fall. Er hat Schweinedärme in mein Auto gelegt. Er hat zwei Klagen gegen mich initiiert, und weitere sind unterwegs, da bin ich sicher. Es fällt mir schwer, nichts Böses zu sehen und nichts Böses zu hören, wenn er zu solchen Methoden greift.«

»Können Sie beweisen, daß Voss hinter all diesen Dingen steckt?« fragte Susan.

»Wer sollte es sonst sein?«

»Dr. DiMatteo«, sagte Parr. »Der Ruf dieses Krankenhauses steht auf dem Spiel. Es ist wichtig, daß wir alle als Team an ei-

nem Strang ziehen. Auch Sie. Das ist schließlich auch Ihr Krankenhaus.«
»Und was, wenn es trotzdem rauskommt? Wenn es auf der Titelseite des *Globe* landet? Man wird Bayside Vertuschung vorwerfen, und die ganze Geschichte fliegt Ihnen um die Ohren.«
»Deswegen darf die Kenntnis darüber diesen Raum nicht verlassen«, betonte Parr.
»Sie könnte trotzdem durchsickern.« Abby reckte das Kinn. »Wahrscheinlich sogar.«
Parr und Susan tauschten nervöse Blicke.
»Das ist ein Risiko«, erklärte Susan, »mit dem wir leben müssen.«

Abby streifte ihren OP-Kittel ab, warf ihn in den Wäschekorb und stieß die Doppeltür auf. Es war fast Mitternacht. Der Patient, das Opfer einer Messerstecherei, lag im Aufwachraum, die postoperativen Anweisungen wurden von einem Medizinalassistenten gegeben, und die Notaufnahme meldete Ruhe an der Front.
Abby war sich nicht sicher, ob ihr die Pause wirklich willkommen war. Sie ließ ihr zu viel Zeit, um darüber zu grübeln, was auf dem Treffen am Nachmittag besprochen worden war.
Das wäre die einzige Chance, mich zu wehren, und ich soll es nicht, dachte sie. Nicht, wenn ich im Team mitspielen will. Nicht, wenn mir die Interessen von Bayside am Herzen liegen. Und auch ihre eigenen Interessen. Daß man sie nach wie vor als Mitglied des Teams behandelte, war ein gutes Zeichen. Es bedeutete, daß sie noch immer die Chance hatte, hier zu bleiben und ihre Facharztausbildung abzuschließen. Es lief auf einen Handel mit dem Teufel hinaus. Sie würde den Mund halten und ihren Traum weiter träumen. Wenn Victor Voss sie ließ.
Wenn ihr Gewissen sie ließ.
Im Laufe des Abends war sie mehrere Male kurz davor gewesen, den Hörer abzunehmen und Helen Lewis anzurufen. Das war alles, was erforderlich war. Ein einziger Anruf, und die NEOB war im Bilde. Ein einziger Anruf, um Victor Voss bloßzustellen. Auf dem Weg zurück in den Bereitschaftsraum brütete sie noch immer darüber, was sie tun sollte. Sie schloß die Tür auf und betrat das Zimmer.

Noch bevor sie das Licht eingeschaltet hatte, fiel ihr der Duft auf, ein Duft von Rosen und Lilien. Sie knipste die Lampe an und starrte verwundert auf die Vase mit Blumen auf dem Schreibtisch.
In ihrem Rücken hörte sie das Geraschel von Laken und drehte sich um. »Mark?« fragte sie.
Er schreckte überrascht hoch. Einen Moment lang schien er nicht zu wissen, wo er war, doch als er Abby sah, lächelte er. »Happy Birthday!«
»Den hab' ich total vergessen!«
»Ich nicht«, sagte er.
Sie ging zum Bett und setzte sich neben ihn. Er war in seiner OP-Kleidung eingeschlafen, und als sie sich zu ihm herabbeugte, roch sie den vertrauten Geruch von Betadine und Erschöpfung. »Autsch. Du könntest dich mal wieder rasieren.«
»Erst brauche ich noch einen Kuß.«
Sie lächelte und küßte ihn erneut. »Wie lange bist du schon hier?«
»Wie spät ist es denn?«
»Mitternacht.«
»Zwei Stunden.«
»Du hast seit zehn Uhr hier gewartet?«
»Ich hatte das eigentlich nicht so geplant. Aber ich bin wohl eingeschlafen.« Er rutschte zur Seite, um auf der schmalen Liege Platz für sie zu machen. Sie zog ihre Schuhe aus und legte sich neben ihn. Sofort fühlte sie sich von der Wärme des Bettes und des Mannes geborgen. Sie erwog kurz, ihm von dem Treffen am Nachmittag und der zweiten Klage zu erzählen, doch sie wollte über nichts von alldem reden. Sie wollte nur in den Armen gehalten werden.
»Tut mir leid, daß ich den Kuchen vergessen habe«, meinte er.
»Ich kann nicht glauben, daß ich meinen eigenen Geburtstag vergessen habe. Vielleicht wollte ich ihn auch vergessen. Schon achtundzwanzig!«
Lachend legte er seinen Arm um sie. »Eine klapprige alte Dame.«
»Ich fühle mich alt, vor allem heute abend.«
»Na, dann fühle ich mich uralt. Er küßte sie sanft auf das Ohr. »Und ich werde auch nicht jünger. Vielleicht ist es also an der Zeit.«

»An der Zeit wofür?«
»Etwas zu tun, was ich schon vor Monaten hätte tun sollen.«
»Und das wäre?«
Er faßte ihr Kinn und drehte ihr Gesicht sanft in seine Richtung. »Dich fragen, ob du mich heiraten willst.«
Sie starrte ihn an, unfähig, ein Wort herauszubringen, aber so überglücklich, daß sie glaubte, er müsse die Antwort in ihren Augen lesen. Sie war sich auf einmal jeder Einzelheit freudig bewußt. Sie spürte seine Hände, die ihre Wangen wärmten, sah sein müdes und nicht mehr ganz junges Gesicht, das ihr deswegen um so lieber war.
»Vor ein paar Abenden wußte ich auf einmal, daß es das ist, was ich will«, sagte er. »Du hattest Bereitschaft, und ich saß zu Hause und aß mein Abendessen aus einem Imbißkarton. Als ich ins Bett ging, sah ich deine Sachen auf der Kommode liegen. Deine Bürste, deinen Schmuck, diesen BH, den du offenbar nie wegräumst.« Er lachte leise, und sie stimmte ein. »Jedenfalls wußte ich da, was ich wollte. Ich wollte nie wieder irgendwo leben, ohne daß deine Sachen auf meiner Kommode liegen. Ich glaube nicht, daß ich das könnte. Jedenfalls jetzt nicht mehr.«
»O Mark.«
»Das Verrückte ist, daß du fast nie zu Hause bist. Und wenn du zu Hause bist, bin ich nicht da. Manchmal winken wir uns auf dem Flur kurz zu oder halten im Aufzug Händchen, wenn wir Glück haben. Wichtig ist nur, daß ich weiß: Wenn ich nach Hause komme, werden deine Sachen auf der Kommode liegen. Ich weiß, du warst da und du wirst wiederkommen. Und das ist genug.«
Mit Tränen in den Augen blickte sie in sein lächelndes Gesicht und spürte, wie sein Herz pochte, als hätte er Angst. »Und was meinen Sie, Dr. DiMatteo?« flüsterte er. »Kriegen wir in unserem engen Terminplan eine Hochzeit unter?«
Halb schluchzend, halb lachend, antwortete sie: »Ja. Ja, ja, ja!«
Sie richtete sich auf und rollte sich auf ihn, ihr Mund suchte seinen. Küssend und lachend hörten sie, wie laut die Matratzenfedern quietschten. Das Bett war viel zu klein, um zu zweit darin zu schlafen.
Um miteinander zu schlafen, war es gerade richtig.

Sie war einmal ein hübsches Mädchen gewesen. Manchmal, wenn Mary Allen ihre Hände betrachtete und die Falten und Altersflecken sah, fragte sie sich verwundert: Wessen Hände sind das? Die einer Fremden, gewiß, einer alten Frau. Nicht meine Hände, die Hände der hübschen Mary Hatcher. Der Anflug von Verwirrung legte sich meist schnell wieder, sie sah sich in dem Krankenhauszimmer um und erkannte, daß sie wieder geträumt hatte. Kein echter Traum, wie man ihn hatte, wenn man wirklich schlief, sondern eine Art Nebel, der durch ihr Gehirn trieb und dort blieb, selbst wenn sie wach war. Es war das Morphium. Sie war dankbar für das Morphium. Es ließ sie die Schmerzen vergessen und öffnete ein geheimes Tor in ihrem Kopf, durch das Bilder und Erinnerungen eines Lebens strömten, das jetzt fast zu Ende war. Sie hatte gehört, daß manche das Leben als Kreis beschreiben, in dem man zu dem Punkt des Anfangs zurückkehrte, aber ihr Leben erschien ihr nicht annähernd so geordnet. Es war mehr wie ein Wandteppich aus widerspenstigen Fäden, einige gerissen, andere verworren, manche gerade und wahr.
Und aus so vielen, vielen Farben gewebt.
Sie schloß die Augen, und das geheime Tor ging auf. Ein Weg zum Meer, Hecken von rosafarbenen, süßlich duftenden Strandrosen. Warmer Sand unter ihren Zehen. Wellen, die in der Bucht plätscherten. Das wohlige Gefühl von Händen, die ihren Körper eincremten.
Geoffreys Hände.
Das Tor ging noch weiter auf, und er trat ein, ein vollkommen intaktes Bild der Erinnerung. Nicht so, wie er an dem Strand war, sondern so, wie sie ihn zum ersten Mal gesehen hatte, als er sich ihr lachend zuwandte, in seiner Uniform, das Haar zerzaust. Das erste Mal, daß sie sich angesehen hatten. Es war auf einer Straße in Boston gewesen. Sie trug einen Beutel mit Einkäufen und sah vom Scheitel bis zur Sohle aus wie eine tüchtige Hausfrau auf dem Weg nach Hause, um ihrem Mann sein Abendessen zu kochen. Ihr Kleid war von einem besonders häßlichen Braunton gewesen. Es war Krieg, und man mußte sich mit dem zufriedengeben, was es in den Läden gab. Sie hatte ihr Haar nicht hochgesteckt, und der Wind hatte es zu einer hexenartigen Mähne zerzaust. Sie fand, daß sie ziemlich schrecklich aussah. Doch da war dieser junge Mann, der sie an-

lächelte, und dessen Blick ihr folgte, als sie auf dem Bürgersteig an ihm vorbeiging.
Am nächsten Tag war er erneut da, und sie sahen sich wieder an, nicht wie Fremde, sondern schon vertrauter.
Geoffrey, ein weiterer verlorener Faden. Nicht einer, der ausfranste und dünner wurde, bis er am Ende gerissen war, wie ihr Mann, sondern einer, der herausgerissen worden war und eine Lücke bis zur letzten Bahn hinterlassen hatte.
Sie hörte, wie die Tür geöffnet wurde. Eine wirkliche Tür. Sie hörte Schritte, die sich leise ihrem Bett näherten.
Versunken in ihre Morphiumträumereien mußte sie sich anstrengen, um die Augen zu öffnen. Als es ihr schließlich gelang, sah sie, daß das Zimmer bis auf einen kleinen runden Lichtkreis in der Nähe dunkel war. Sie versuchte, sich auf das Licht zu konzentrieren. Es tanzte wie ein Leuchtkäfer, beruhigte sich und wurde zu einem einzigen hellen Punkt auf ihrem Laken. Sie konzentrierte sich noch angestrengter und konnte einen dunklen Umriß ausmachen, der neben ihrem Bett aufgetaucht war. Etwas nicht ganz Festes, nicht ganz Reales. Ob auch das ein Morphiumtraum war, eine unwillkommene Erinnerung, die durch das Tor getreten war, um sie heimzusuchen? Sie spürte, wie das Laken beiseite gezogen wurde und eine kalte, gummiartige Hand ihren Arm packte.
Ängstlich stieß sie den Atem aus. Das war kein Traum. Das war echt, real. Die Hand war hier, um sie zu entführen, irgendwohin. In ihrer Panik begann sie zu zappeln, und es gelang ihr, sich loszureißen.
Eine Stimme sagte leise: »Ist schon gut, Mary. Ganz ruhig. Es ist Zeit, daß Sie schlafen.«
Mary erstarrte. »Wer sind Sie?«
»Ich kümmere mich heute nacht um Sie.«
»Ist es schon Zeit für meine Medizin?«
»Ja. Es ist Zeit.«
Mary sah, wie der Lichtstrahl erneut über ihren Arm tanzte, über ihren Katheter. Sie beobachtete, wie die behandschuhte Hand eine Spritze hervorzog und die Plastikabdeckung entfernte. Etwas Spitzes glitzerte in dem Lichtstrahl: eine Nadel.
Marys Besorgnis erwachte aufs neue. Handschuhe? Warum trugen die Hände Handschuhe?«

»Ich will meine Schwester sehen«, verlangte sie. »Bitte rufen Sie meine Schwester!«
»Das ist nicht notwendig.« Die Nadelspitze stach in den Infusionsansatz, der Kolben senkte sich. Mary spürte, wie die Wärme sich über ihre Vene in ihrem ganzen Arm ausbreitete. Ihr wurde bewußt, daß die Ampulle sehr voll war und der Kolben viel länger als üblich brauchte, um seine Dosis schmerzfreien Vergessens loszuwerden. Irgendwas stimmte nicht, dachte sie, als der Inhalt der Ampulle sich in ihre Vene leerte. Irgendwas stimmte überhaupt nicht.
»Ich möchte meine Schwester sprechen«, forderte sie. Sie schaffte es, den Kopf zu heben und matt zu rufen: »Schwester! Bitte! Ich brauche –«
Ein Handschuh hielt ihr den Mund zu und drückte sie mit solcher Gewalt auf das Kissen zurück, daß sie dachte, ihr Hals müsse brechen. Sie hob den Arm, um die Hand wegzureißen, aber sie schaffte es nicht. Die Hand preßte zu fest auf ihren Mund und erstickte ihre Schreie. Mary strampelte mit Armen und Beinen und spürte, wie der Katheter sich losriß und die Salzlösung heraustropfte. Doch die Hand ließ ihren Mund noch immer nicht los. Die flüssige Wärme hatte sich mittlerweile bis in ihre Brust ausgebreitet und strömte dem Hirn entgegen. Sie versuchte, die Beine zu bewegen, und stellte fest, daß sie es nicht konnte.
Und sie merkte, daß es ihr egal war.
Die Hand glitt von ihrem Gesicht.
Sie rannte. Sie war wieder ein Mädchen mit langen, braunen, wehenden Haaren. Der Sand unter ihren nackten Füßen war warm, und die Luft roch nach Strandrosen und Meer.
Das Tor vor ihr stand weit offen.

Das klingelnde Telefon riß Abby von einem warmen und sicheren Ort los. Beim Aufwachen spürte sie den Arm, der um ihre Hüfte lag, Marks Arm. Irgendwie waren sie trotz des schmalen Betts beide eingeschlafen. Sie löste sich sanft aus seiner Umarmung und griff nach dem Hörer.
»DiMatteo.«
»Doktor, hier ist Charlotte von West Vier. Mrs. Allen ist gerade verstorben. Die anderen Ärzte sind im Moment alle beschäf-

tigt, und ich dachte, Sie könnten vielleicht runterkommen, und den Tod der Patientin feststellen.«

»Ich bin sofort da.« Abby legte auf, ließ sich für einen Moment auf das Bett zurücksinken und gönnte sich den Luxus, langsam aufzuwachen. Mrs. Allen war tot. Es war schneller passiert, als sie erwartet hatte. Sie fühlte sich erleichtert, daß die Tortur endlich vorüber war, und schuldig, weil sie erleichtert war. Um drei Uhr morgens erscheint einem der Tod eines Patientin nicht wie eine Tragödie, sondern wie eine Belästigung, nur ein weiterer Grund für versäumten Schlaf.

Abby setzte sich auf die Bettkante und zog ihre Schuhe an. Mark schnarchte leise, ohne irgend etwas von klingelnden Telefonen mitzubekommen. Sie lächelte, beugte sich über ihn und gab ihm einen Kuß. »Ich will«, flüsterte sie ihm ins Ohr und verließ das Zimmer.

Sie traf Charlotte im Schwesternzimmer der Station West Vier. Gemeinsam gingen sie zu Marys Zimmer am Ende des Flures.

»Wir haben sie bei der Kontrollrunde um zwei Uhr gefunden. Als ich um Mitternacht nach ihr gesehen habe, hat sie geschlafen, also muß es irgendwann danach passiert sein. Wenigstens ist sie friedlich gegangen.«

»Haben Sie die Familie verständigt?«

»Ich habe die Nichte angerufen. Ihre Nummer stand im Krankenblatt. Ich habe ihr gesagt, sie müsse nicht extra herkommen, aber sie hat darauf bestanden. Sie ist jetzt unterwegs. Wir haben für den Besuch ein bißchen saubergemacht.«

»Saubergemacht?«

»Mary muß sich ihren Katheter herausgerissen haben. Auf dem Fußboden war Blut und Salzlösung.« Charlotte öffnete die Tür des Krankenzimmers, und sie traten beide ein.

Im Licht der Nachttischlampe sah Mary Allen aus, als würde sie friedlich schlafen. Die Arme waren an den Körper gelegt, die Laken ordentlich über ihrer Brust geglättet. Aber sie schlief nicht, und das war rasch offenkundig: Ihre Augenlider standen halb offen. Man hatte einen zusammengerollten Waschlappen unter ihr Kinn gelegt, um zu verhindern, daß ihr Unterkiefer nach unten sackte. Menschen, die einem Verwandten die letzte Ehre erwiesen, wollten nicht in einen klaffenden Mund starren.

Abbys Aufgabe war schnell erledigt. Sie legte einen Finger auf die Halsschlagader: kein Puls. Sie schob den Krankenhauskittel der Patientin hoch und hörte zehn Sekunden lang deren Brust ab: keine Atmung, kein Herzschlag. Sie leuchtete mit einer Stablampe in die Augen: Die Pupillen waren weit und lichtstarr. Eine Todeserklärung war lediglich eine Formalität. Die Schwestern hatten das Offensichtliche längst erkannt. Abbys Aufgabe bestand lediglich darin, die Erkenntnisse der Schwestern zu bestätigen und die Ereignisse im Krankenblatt festzuhalten. Es war eine dieser Pflichten, die einem im Medizinstudium nie erklärt wurden. Wenn man frischgebackene Ärzte im Praktikum bat, ihren ersten Patienten für tot zu erklären, wußten sie oft nicht, was sie zu tun hatten. Einige hielten improvisierte Reden, andere verlangten nach einer Bibel und sicherten sich so einen herausgehobenen Platz in den Annalen der Anekdoten über dumme Ärzte.

In einem Krankenhaus ist ein Todesfall nicht Anlaß für Rede, sondern für Papierkram und Unterschriften. Abby nahm Mary Allens Krankenakte und erledigte diese Pflicht. Sie schrieb: »Keine spontane Atmung, kein tastbarer Puls, keine auskultierbaren Herzaktionen. Pupillen weit und lichtstarr. Patientin wurde um drei Uhr fünf für tot erklärt.« Sie klappte das Krankenblatt zu und wandte sich zum Gehen.

In der Tür stand Brenda Hainey.

»Es tut mir leid, Miss Hainey«, sagte Abby. »Ihre Tante ist im Schlaf verschieden.«

»Wann ist das passiert?«

»Irgendwann nach Mitternacht. Ich bin sicher, sie ist friedlich hinübergegangen.«

»War irgend jemand bei ihr, als es passiert ist?«

»Die Schwestern haben den üblichen Stationsdienst versehen.«

»Aber es war niemand hier? In dem Zimmer, meine ich.«

Abby zögerte und entschied dann, daß die Wahrheit immer die beste Antwort war. »Nein, sie war allein. Ich bin sicher, es ist im Schlaf geschehen. Es war ein friedlicher Tod.« Sie trat vom Bett weg. »Sie können noch eine Weile hier bleiben, wenn sie möchten. Ich werde die Schwestern bitten, Sie eine Weile nicht zu stören.« Sie wollte an Brenda vorbei aus dem Zimmer gehen.

»Warum hat man nichts unternommen, um sie zu retten?«

Abby drehte sich um und blickte sie an. »Man konnte nichts tun.«
»Man kann doch ein Herz mit Elektroschocks behandeln, oder nicht? Es wieder in Gang bringen?«
»Unter gewissen Umständen.«
»Haben Sie das getan?«
»Nein.«
»Warum nicht? War sie zu alt, um gerettet zu werden?«
»Das Alter hatte nichts damit zu tun. Sie hatte unheilbaren Krebs.«
»Sie ist erst vor zwei Wochen ins Krankenhaus gekommen. Das hat sie mir jedenfalls erzählt.«
»Sie war schon sehr krank.«
»Ich glaube, daß Sie sie hier noch kränker gemacht haben.«
Mittlerweile brodelte es in Abbys Magen. Sie war müde, sie wollte wieder ins Bett, und diese Frau ließ sie nicht. Statt dessen türmte sie Beleidigung auf Beleidigung, und Abby mußte es hinnehmen. Sie mußte ruhig bleiben.
»Es gab nichts, was wir tun konnten«, wiederholte sie.
»Warum hat man ihr Herz nicht wenigstens mit Elektroschocks behandelt?«
»Weil ihr Patientenstatus ausdrücklich festlegte, daß keine Reanimation stattfinden sollte. Das heißt, keine Defibrillation und keine Herz-Lungen-Maschine. Es war der Wunsch ihrer Tante, und wir haben ihn respektiert. Das sollten auch Sie tun, Miss Hainey.« Sie ging, bevor Brenda noch etwas sagen konnte. Und bevor sie selbst etwas sagen konnte, was sie bereuen würde.
Als sie in den Bereitschaftsraum zurückkam, schlief Mark immer noch. Sie kroch ins Bett, kuschelte sich mit dem Rücken an ihn und zog seinen Arm um ihre Hüfte. Sie versuchte zurückzusinken in jene sichere, süße Bewußtlosigkeit des Schlafes, doch das Bild von Mary Allen, von dem Waschlappen unter ihrem herabhängenden Kinn und den halboffenen Lidern über den glasigen Augen trat Abby immer wieder vor Augen. Es war ein Körper im ersten Stadium der Verwesung. Ihr wurde bewußt, daß sie fast nichts über Mary Allens Leben wußte, was Mary gedacht und wen sie geliebt hatte. Abby war ihre Ärztin gewesen, und sie wußte von Mary Allen nur, wie sie gestorben war. Im Schlaf, im Bett.

Nein, nicht ganz. Irgendwann vor ihrem Tod mußte Mary ihren Katheter herausgerissen haben. Die Schwestern hatten Blut und Salzlösung auf dem Boden gefunden. War Mary erregt gewesen? Was hatte sie veranlaßt, den Schlauch aus ihrer Vene zu ziehen?
Ein weiteres Detail über Mary Allen, das sie nie erfahren würde.
Mark seufzte und schmiegte sich enger an sie. Sie nahm seine Hand und drückte sie an ihre Brust. *Ich will.* Sie lächelte trotz der Trauer. Es war der Beginn eines neuen Lebens, ihres und Marks. Mary Allens Leben war vorbei, und ihres stand ganz am Anfang. Der Tod einer älteren Patientin war traurig, aber hier im Krankenhaus gingen Leben weiter.
Und neue Leben begannen.

Um zehn Uhr am folgenden Morgen setzte das Taxi Brenda Hainey vor ihrem Haus in Chelsea ab. Sie hatte nicht gefrühstückt und seit dem Anruf aus dem Krankenhaus auch nicht mehr geschlafen, doch sie fühlte sich weder müde noch hungrig. Im Gegenteil, sie fühlte sich von einem tiefen inneren Frieden erfüllt.
Bis fünf Uhr morgens hatte sie am Bett ihrer Tante gebetet, bis die Schwestern gekommen waren, um die Leiche in die Leichenhalle zu bringen. Sie hatte das Krankenhaus verlassen und wollte direkt nach Hause fahren, doch das Gefühl, etwas nicht richtig zum Abschluß gebracht zu haben, hatte ihr keine Ruhe gelassen. Es hatte mit Tante Marys Seele zu tun und dem Punkt ihrer kosmischen Reise, an dem sie ich in diesem Augenblick befand. Wenn sie überhaupt unterwegs war. Sie konnte auch irgendwo feststecken wie ein Fahrstuhl zwischen zwei Stockwerken. Ob er aufwärts oder abwärts fuhr, wußte Brenda nicht genau, und auch das bereitete ihr Sorgen.
Tante Mary hatte sich die Dinge nicht leicht gemacht. Sie hatte nicht in die Gebete eingestimmt, hatte Ihn nicht um Vergebung gebeten, hatte nicht einmal einen Blick in die Bibel geworfen, die Brenda ihr auf den Nachttisch gelegt hatte.
Brenda hatte das schon zuvor beobachtet, bei anderen sterbenden Freunden und Verwandten, diese hirnlose Gelassenheit, wenn das Ende nahte. Sie war die einzige, die es wagte, die

Frage der Rettung ihrer Seelen anzusprechen. Die einzige, die sich zu sorgen schien, in welche Richtung der Fahrstuhl am Ende fuhr. Gut, daß wenigstens sie sich sorgte. So sehr sogar, daß sie es sich zur Aufgabe gemacht hatte zu wissen, wer in der Familie ernsthaft krank war. Wo immer in diesem Land er auch sein mochte, sie besuchte ihn und blieb bis zu seinem Ende bei ihm. Es war ihre Berufung geworden, und manche hielten sie deshalb für die Familienheilige. Natürlich war sie zu bescheiden, diesen Titel anzunehmen. Nein, sie erfüllte nur Seine Gebote, wie es jeder gute Diener tun würde.

Doch im Fall von Tante Mary war sie gescheitert. Der Tod war zu schnell gekommen, bevor ihre Tante Ihn von Herzen hatte annehmen können. Deswegen empfand Brenda, als sie um zwanzig vor sechs am Bayside-Hospital in ein Taxi stieg, ein tiefes Gefühl des Versagens. Ihre Tante war tot, ihre Seele unerlöst. Sie, Brenda, war nicht überzeugend genug gewesen. Wenn Tante Mary nur einen einzigen Tag länger gelebt hätte, wäre vielleicht genug Zeit geblieben.

Das Taxi kam an einer Kirche vorbei. Es war eine episkopalische Kirche, nicht Brendas Konfession, aber eine Kirche war eine Kirche.

»Halt«, wies sie den Fahrer an. »Ich möchte hier aussteigen.«

Und so war es gekommen, daß Brenda um sechs Uhr morgens auf einer Bank in St. Andrew's saß. Sie saß zweieinhalb Stunden dort, den Kopf gesenkt im stummen Gebet für ihre Tante Mary. Sie betete um die Vergebung ihrer Sünden, was immer sie gewesen sein mochten. Sie betete, daß die Seele ihrer Tante nicht länger zwischen den Stockwerken feststeckte und daß der Fahrstuhl nicht nach unten, sondern nach oben fuhr. Als Brenda schließlich aufblickte, war es halb neun. Die Kirche war noch immer leer. Das Morgenlicht fiel in Mosaiken aus Blau- und Goldtönen durch die farbigen Glasfenster. Als sie zum Altar sah, erkannte sie dort die Umrisse des Hauptes Jesu. Sie wußte, daß es eine Fensterfigur war, die dorthin projiziert wurde, aber in diesem Augenblick kam es ihr vor wie ein Zeichen. Ein Zeichen, daß ihre Gebete erhört worden waren.

Tante Mary war gerettet.

Brenda war schwindelig vor Hunger, aber freudig erregt von der Bank aufgestanden. Eine weitere Seele, die sich dem Licht zugewandt hatte, und alles nur dank ihrer Anstrengungen. Welch ein Glück, daß Er sie erhört hatte!

Sie verließ St. Andrew's mit einem Gefühl wunderbarer Leichtigkeit, als würde sie auf Wolken gehen. Vor der Kirche stand ein Taxi, das nur auf sie gewartet zu haben schien. Ein weiteres Zeichen.

In zufriedener Trance fuhr sie nach Hause.

Als sie die Stufen zu ihrer Veranda hinaufstieg, freute sie sich auf ein stilles Frühstück und ein wohlverdientes Nickerchen. Selbst Seine Diener brauchten hin und wieder eine Pause. Sie schloß die Tür auf.

Ein Haufen Post, der am Morgen durch den Briefschlitz geworfen worden war, lag auf dem Boden. Es waren Rechnungen, kirchliche Informationsschriften und Spendenappelle. Es gab ja so viele Bedürftige auf der Welt! Brenda sammelte die Briefe ein und blätterte sie auf dem Weg zur Küche durch. Als letztes stieß sie auf einen Umschlag, auf dem nur ihr Name stand, sonst nichts. Nur ihr Name, kein Absender.

Sie öffnete ihn und entfaltete den innenliegenden Zettel. Der Brief bestand nur aus einer einzigen Zeile:

Ihre Tante ist keines natürlichen Todes gestorben.

Unterzeichnet war er mit: *Ein Freund.*

Die Post entglitt Brendas Händen, Rechnungen und Zeitungen fielen zu Boden. Sie ließ sich auf einen Stuhl sinken. Sie hatte keinen Hunger mehr, und auch das Gefühl inneren Friedens war verflogen.

Vor dem Fenster hörte sie ein Krächzen. Sie blickte auf und sah eine Krähe, die auf einem Ast in der Nähe hockte und sie mit ihrem gelben Auge direkt ansah.

Das war ein weiteres Zeichen.

Dreizehn

Frank Zwick blickte von dem Patienten auf dem Operationstisch auf und sagte: »Nach allem, was ich höre, kann man wohl gratulieren.«

Abby, die den OP nach dem obligatorischen zehnminütigen Einwaschen gerade mit tropfenden Händen betreten hatte, wurde von Zwick und den beiden Schwestern mit einem breiten Grinsen begrüßt.

»Ich hätte nie gedacht, daß den noch mal eine an Land zieht. In hundert Jahren nicht«, bemerkte die OP-Schwester und reichte Abby ein Handtuch. »Da kann man mal sehen, daß auch Junggesellentum heilbar ist. Wann hat er Ihnen den Antrag gemacht, Dr. DiMatteo?«

Abby schlüpfte in den sterilen Kittel und streifte Handschuhe über. »Vor zwei Tagen.«

»Sie haben es zwei ganze Tage lang geheimgehalten?«

Abby lachte. »Ich wollte sichergehen, daß er es sich nicht noch mal anders überlegt.« Und das hat er nicht getan. Wenn überhaupt, dann sind wir uns sogar noch sicherer als je zuvor, dachte sie glücklich. Lächelnd trat sie an den Tisch, auf dem der bereits narkotisierte Patient mit entblößter Brust lag. Seine Haut war vom Betadin fleckig und gelbbraun verfärbt. Es sollte eine einfache Öffnung der Brusthöhle werden, die keilförmige Entfernung eines peripheren Lungensegments. Die Handgriffe waren ihr mittlerweile so vertraut, daß ihre Hände die Operationsvorbereitungen beinahe von selbst erledigten. Sie legte sterile Tücher aus, befestigte Klammern, breitete die blaue Abdeckung aus und befestigte noch mehr Klammern.

»Und wann ist der große Tag?« fragte Zwick.

»Darüber denken wir noch nach.« Tatsächlich taten sie kaum etwas anderes, als darüber nachzudenken. Wie groß wollten sie feiern? Im Freien oder drinnen? Wen sollten sie einladen? Nur eines stand bereits fest: Ihre Flitterwochen wollten sie an einem Strand verbringen. An irgendeinem Strand. Hauptsache, es gab Palmen in der Nähe.

Ihr Lächeln wurde breiter bei der Aussicht auf warmen Sand und blaues Wasser. Und bei dem Gedanken an Mark.

»Ich glaube, Mark denkt an sein Boot«, meinte Zwick. »Er wird an Bord heiraten wollen.«

»Nicht auf dem Boot!«

»Oh, oh! Das klingt aber endgültig.«

Sie war gerade damit fertig, den Patienten abzudecken, als Mark, frisch eingewaschen, zur Tür hereinkam. Er schlüpfte in Kittel und Handschuhe und nahm seinen Platz ihr gegenüber am OP-Tisch ein.

Sie grinsten sich an. Dann zückte sie das Skalpell. Die Gegensprechanlage brummte, und eine Stimme fragte über den Lautsprecher: »Ist Dr. DiMatteo dort drinnen?«

»Ja, das ist sie«, antwortete eine OP-Schwester.

»Würden Sie sie bitten, das Einwaschen zu unterbrechen und herauszukommen?«

»Sie sind im Begriff zu öffnen. Kann das nicht warten?«

Es entstand eine Pause. »Mr. Parr möchte, daß sie den OP verläßt«, sagte die Stimme dann.

»Sagen Sie ihm, daß wir operieren!« knurrte Mark.

»Das weiß er. Aber wir brauchen Dr. DiMatteo hier draußen«, wiederholte die Stimme aus der Gegensprechanlage. »Sofort.«

Mark sah Abby an. »Geh nur. Ich laß mir einen von den Pflichtassis rufen.«

Abby trat vom OP-Tisch zurück und zog sich nervös den Kittel aus. Irgend etwas stimmte nicht. Parr würde sie nicht ohne schwerwiegenden Grund aus einer Operation herausrufen.

Als sie den OP verließ und zum Empfangstresen ging, raste ihr Herz.

Jeremiah Parr erwartete sie schon, flankiert von zwei Wachmännern und der leitenden Oberschwester. Keiner lächelte.

»Dr. DiMatteo«, sagte Parr, »würden Sie bitte mitkommen?«

Abby sah, daß die Wachmänner rechts und links von ihr Position bezogen, während die leitende Oberschwester direkt hinter ihr stand.

»Worum geht es hier eigentlich?« fragte Abby. »Wohin gehen wir?«
»Zu Ihrem Spind.«
»Das verstehe ich nicht.«
»Es ist nur eine Routinekontrolle, Doktor.«
An diesem ganzen Vorgang war gar nichts Routine. Eingekeilt zwischen den beiden Wachmännern hatte Abby keine andere Wahl, als Parr zum Frauenumkleideraum zu folgen. Die Oberschwester ging zuerst hinein, um sicherzugehen, daß sich niemand sonst dort aufhielt. Dann bat sie Parr und die anderen hinein.
»Ihr Spind hat die Nummer zweiundsiebzig?« fragte Parr.
»Ja.«
»Würden Sie ihn bitte aufschließen?«
Abby fing an, ihre Kombination einzugeben, brach dann aber ab und drehte sich zu Parr um. »Zuerst möchte ich wissen, worum es hier überhaupt geht.«
»Es ist nur eine Kontrolle.«
»Ich denke, aus dem Alter von Schulspind-Inspektionen bin ich inzwischen raus. Wonach suchen Sie?«
»Öffnen Sie einfach Ihren Spind.«
Abby sah die beiden Wachmänner und die leitende Oberschwester an, die sie argwöhnisch musterten. Ich kann gar nicht gewinnen, dachte sie. Wenn ich mich weigere, ihn zu öffnen, werden sie denken, daß ich etwas zu verbergen habe. Sie konnte diese bizarre Situation am ehesten entschärfen, wenn sie kooperierte.
Sie griff nach dem Schloß und stellte die Zahlenkombination ein.
Parr kam einen Schritt näher, genau wie die Wachmänner. Sie standen direkt neben ihm, als Abby die Spindtür öffnete.
In dem Spind befand sich ihre Alltagskleidung, ihr Stethoskop, ihre Handtasche, ein geblümter Kulturbeutel für Bereitschaftsnächte und der lange weiße Kittel, den sie zur Visite trug. Sie wollen Kooperation, und sie sollten sie, verdammt noch mal, haben. Abby zog den Reißverschluß des geblümten Kulturbeutels auf und hielt ihn für jeden deutlich sichtbar auf. Es war eine Ausstellung intimer weiblicher Toilettenartikel: Zahnbürste, Tampons und Midol. Einer der Wachmänner

errötete. Offenbar hatte er seinen Kick für heute bekommen. Sie öffnete ihre Handtasche, die ebenfalls keine Überraschung enthielt. Brieftasche, Scheckheft, Autoschlüssel und weitere Tampons. Frauen und ihre besondere sanitäre Veranlagung. Die Wachmänner schauten jetzt nervös und ein wenig verlegen drein.

Abby fing an, die Sache zu genießen.

Sie stellte die Handtasche zurück in den Spind und nahm den weißen Kittel vom Haken. Im selben Moment wußte sie, daß irgend etwas daran anders war als sonst. Er war schwerer. Sie tastete in die Tasche und spürte etwas Rundes und Glattes, eine Glasampulle. Abby zog sie heraus und starrte auf das Etikett: »Morphiumsulfat.« Die Ampulle war fast leer.

»Dr. DiMatteo«, sagte Parr. »Bitte geben Sie mir das.«

Sie blickte zu ihm hoch und schüttelte langsam den Kopf. »Ich weiß nicht, wo die herkommt.«

»Geben Sie mir die Ampulle.«

Zu perplex, um eine Alternative zu erwägen, gab sie sie ihm einfach. »Ich weiß nicht, wie sie dorthin gekommen ist«, wiederholte sie. »Ich habe sie noch nie zuvor gesehen.«

Parr gab die Ampulle der leitenden Oberschwester und wandte sich an die Wachmänner. »Bitte begleiten Sie Dr. DiMatteo in mein Büro.«

»Das ist Unsinn«, erklärte Mark kategorisch. »Jemand will ihr das anhängen, und das wissen wir alle.«

»Wir wissen nichts dergleichen«, sagte Parr.

»Es paßt alles in dasselbe Muster! Die Klagen, die blutigen Organe in ihrem Wagen, und jetzt das.«

»Das ist etwas vollkommen anderes, Dr. Hodell. Hier geht es um eine tote Patientin.« Parr sah Abby an. »Dr. DiMatteo, warum sagen Sie uns nicht einfach die Wahrheit und machen die Sache für uns alle leichter?«

Er wollte ein Geständnis, ein sauberes und einfaches Schuldbekenntnis. Abby blickte in die Runde: Parr, Susan Casado und die leitende Oberschwester. Der einzige, den sie nicht ansehen konnte, war Mark. Sie hatte Angst, in seinen Augen Zweifel zu erkennen.

»Ich habe Ihnen doch schon erklärt, daß ich nichts darüber

weiß«, sagte sie. »Ich weiß nicht, wie das Morphium in meinen Spind gekommen ist. Und ich weiß nicht, wie Mary Allen gestorben ist.«
»Sie haben sie für tot erklärt«, sagte Parr. »Vor zwei Nächten.«
»Die Schwestern haben sie gefunden. Sie war bereits verstorben.«
»Sie hatten in jener Nacht Bereitschaft.«
»Ja.«
»Sie waren die ganze Nacht im Krankenhaus.«
»Natürlich. Das bedeutet ›Bereitschaft‹ schließlich.«
»Sie waren also in eben jener Nacht, in der Mrs. Allen an einer Überdosis Morphium gestorben ist, hier. Und heute finden wir das in Ihrem Spind.« Er stellte die Ampulle auf den Tisch, wo sie auf der glänzenden Mahagonioberfläche gleichsam in der Mitte der Bühne stehenblieb. »Morphiumsulfat ist eine nicht verkehrsfähige Substanz, die dem Betäubungsmittelgesetz unterliegt. Allein die Tatsache, daß wir sie in Ihrem Besitz gefunden haben, ist gravierend genug.«
Abby starrte Parr an. »Sie sagten, Mrs. Allen wäre an einer Überdosis Morphium gestorben. Woher wissen Sie das?«
»Wir haben ein toxikologisches Screening durchführen lassen. Die Werte waren beträchtlich.«
»Sie bekam eine therapeutische Dosis, um sie möglichst schmerzfrei zu halten.«
»Ich habe den Bericht hier vorliegen. Er ist heute morgen aus dem Labor gekommen: 0,4 Milligramm pro Liter. Ein Level von 0,2 gilt als tödlich.«
»Lassen Sie mich mal sehen«, verlangte Mark.
»Selbstverständlich.«
Mark überflog den Laborbericht. »Warum ist überhaupt ein toxikologischer Test angeordnet worden? Sie war eine unheilbare Krebspatientin.«
»Er wurde angeordnet. Mehr brauchen Sie nicht zu wissen.«
»Ich muß noch eine ganze Menge mehr wissen!«
Parr sah Susan an. »Es gab Grund zu der Vermutung, daß es sich nicht um einen natürlichen Tod gehandelt hat«, sagte sie.
»Was für einen Grund?«
»Darum geht es in dieser Be–«
»Welchen Grund?«

Susan atmete gepreßt aus. »Eine von Mrs. Allens Verwandten hat uns gebeten, der Sache nachzugehen. Sie hat eine anonyme Mitteilung bekommen, daß bei dem Tod nicht alles mit rechten Dingen zugegangen wäre. Wir haben natürlich Dr. Wettig verständigt, und er hat die Autopsie angeordnet.«
Mark gab Abby den Laborbericht. Sie starrte ihn an und erkannte die unleserliche Unterschrift in der Zeile für den zuständigen Arzt. Es war tatsächlich der Namenszug des Generals. Er hatte gestern vormittag um elf Uhr ein toxikologisches Screening angeordnet, acht Stunden nach Mary Allens Tod.
»Ich hatte nichts damit zu tun«, sagte Abby. »Ich weiß nicht, wie das Morphium in ihren Körper kommt. Es könnte sich um einen Laborfehler handeln. Oder eine der Schwestern hat –«
»Für die Schwesternschaft kann ich sagen«, erhob die leitende Oberschwester ihre Stimme, »daß wir uns bei der Verabreichung von Betäubungsmitteln strikt an die Anweisungen halten. Das ist allgemein bekannt. Es handelt sich hier garantiert nicht um das Versehen einer Schwester.«
»Wollen Sie damit andeuten«, sagte Mark, »daß der Patientin vorsätzlich eine Überdosis verabreicht wurde?«
Es entstand ein längeres Schweigen, bis Parr sagte: »Ja.«
»Das ist lachhaft! Ich war mit Abby zusammen im Bereitschaftsraum!«
»Die ganze Nacht?« fragte Susan.
»Ja. Sie hatte Geburtstag, und wir …« Mark räusperte sich und sah Abby an. Wir haben miteinander geschlafen, dachten beide.
»Wir haben gefeiert«, ergänzte Mark.
»Sie waren die ganze Zeit zusammen?« fragte Parr.
Mark zögerte. Er weiß es nicht mit Sicherheit, dachte Abby. Er hatte ihre Telefonate verschlafen und sich weder gerührt, als sie um drei Uhr den Raum verlassen hatte, um Mary Allen für tot zu erklären, noch, als sie um vier aufstehen mußte, um eine andere Infusion zu starten. Er war im Begriff für sie zu lügen, und Abby wußte, daß das nicht funktionieren würde, weil er keine Ahnung hatte, was sie in jener Nacht getan hatte. Im Gegensatz zu Parr. Der hatte es von den Krankenschwestern, aus den Notizen und Verordnungen, die sie geschrieben hatten, alle mit genauer Zeitangabe festgehalten.
»Mark war mit mir im Bereitschaftsraum«, sagte sie. »Aber er

hat die ganze Nacht geschlafen.« Sie sah ihn an. Wir müssen bei der Wahrheit bleiben. Es ist das einzige, was mich retten kann.

»Was ist mit Ihnen, Dr. DiMatteo?« sagte Parr. »Sind Sie die ganze Nacht im Zimmer geblieben?«

»Ich wurde mehrmals auf eine Station gerufen. Aber das wissen sie doch bereits, oder nicht?«

Parr nickte.

»Sie glauben, Sie wissen alles!« fuhr Mark auf. »Dann erklären Sie mir mal, warum Abby das tun sollte? Warum sollte sie ihre eigene Patientin töten?«

»Es ist kein Geheimnis, daß sie Sympathien für die Euthanasiebewegung hegt«, sagte Susan Casado.

Abby starrte sie an. »Was?«

»Wir haben mit den Schwestern gesprochen. Zu einem Anlaß hörten sie Dr. DiMatteo sagen, ich zitiere«, Susan blätterte die Seiten ihres Notizblocks um, »›Wenn das Morphium es ihr leichter macht, dann sollten wir ihr genau das geben. Selbst wenn es bedeutet, daß das Ende ein wenig schneller kommt.‹ Zitat Ende.« Susan sah Abby an. »Das haben Sie doch gesagt, oder nicht?«

»Das hat doch nichts mit Euthanasie zu tun! Ich habe über Schmerzkontrolle gesprochen! Darüber, eine Patientin möglichst schmerzfrei zu halten.«

»Das heißt, Sie haben es gesagt?«

»Vielleicht! Ich kann mich nicht erinnern.«

»Außerdem war da der Wortwechsel mit Mrs. Allens Nichte, Brenda Hainey, bei dem diverse Schwestern und auch Mrs. Sperry hier Zeugen waren.« Sie nickte der leitenden Oberschwester zu. Wieder blickte sie auf ihren Block. »Bei dem Streit ging es darum, daß Brenda Hainey den Eindruck hatte, ihre Tante bekäme zu viel Morphium. Dr. DiMatteo war anderer Meinung. Es kam zu Beschimpfungen.«

Es war ein Vorwurf, den Abby nicht leugnen konnte. Sie hatte mit Brenda gestritten. Sie hatte sie beschimpft. Auf einmal stürzte alles über ihr zusammen, Welle auf Welle. Sie hatte das Gefühl, keine Luft mehr zu bekommen und sich nicht rühren zu können, während die Wogen sie weiter zu Boden drückten.

Es klopfte. Dr. Wettig kam herein und schloß behutsam die Tür. Einen Moment lang sagte er nichts. Am Ende des Tisches

blieb er stehen und sah Abby an. Sie wartete darauf, daß die nächste Welle über ihr zusammenschlug.
»Sie sagt, sie weiß von nichts«, informierte Parr den General.
»Das überrascht mich nicht«, erklärte Wettig. »Sie wissen wirklich nichts über die ganze Geschichte, was, Dr. DiMatteo?«
Abby sah den General an. Noch nie war es ihr so leicht gefallen, in diese flachen blauen Augen zu blicken. Sonst sah sie dort zu viel Macht, Macht über ihre Zukunft. Aber jetzt sah sie ihn direkt an, entschlossen, ihm zu vermitteln, daß sie nichts zu verbergen hatte.
»Ich habe meine Patientin nicht getötet«, sagte sie. »Ich schwöre es.«
»Ich dachte mir, daß sie das sagen würden.« Wettig griff in die Tasche seines Laborkittels und zog ein Nummernschloß hervor, das er auf den Tisch knallte.
»Was ist das?« wollte Parr wissen.
»Das ist von Dr. DiMatteos Spind. In der letzten halben Stunde bin ich so etwas wie ein Experte für Kombinationsschlösser geworden. Ich habe einen Schlosser angerufen. Er erklärte mir, daß es ein Modell mit Federverschluß ist. Es ist ein Kinderspiel, es zu knacken. Man muß nur einmal kräftig dagegenschlagen, und es schnappt auf. Außerdem steht hier auf der Rückseite eine Nummer, mit der jeder Schlosser die Zahlenkombination in Erfahrung bringen kann.«
Parr sah das Schloß an und zuckte geringschätzig die Schultern. »Das beweist gar nichts. Wir haben noch immer eine tote Patientin. Und das.« Er wies auf die Morphiumampulle.«
»Was ist eigentlich mit euch Leuten los?« fragte Mark. »Seht ihr nicht, was hier vorgeht? Eine anonyme Nachricht. Morphium, das sich passenderweise in Abbys Spind findet. Jemand will ihr das anhängen.«
»Zu welchem Zweck?« fragte Susan.
»Um sie zu diskreditieren. Um ihre Entlassung zu betreiben.«
Parr schnaubte. »Sie wollen doch nicht andeuten, jemand hätte eine Patientin ermordet, nur um Dr. DiMatteos Karriere zu ruinieren?«
Mark wollte etwas antworten, schien sich jedoch eines Besseren zu besinnen. Es war eine absurde Theorie, und das wußten alle.

»Sie müssen zugeben, daß diese Verschwörungstheorie ziemlich weit hergeholt ist«, meinte Susan.
»Nicht so weit hergeholt wie manches, was mir bereits geschehen ist«, sagte Abby. »Schauen Sie sich an, was Victor Voss schon getan hat. Er ist geistig instabil. Er hat mich in der chirurgischen Intensivstation tätlich angegriffen. Und blutige Organe in mein Auto zu legen, ist das Werk eines kranken Gehirns. Und dann die Klagen – zwei sind es schon. Und das ist erst der Anfang.«
Es entstand ein erneutes Schweigen. Susan sah Parr an. »Weiß sie es noch nicht?«
»Offenbar nicht.«
»Was weiß ich noch nicht?« fragte Abby.
»Wir haben kurz nach Mittag einen Anruf von Hawkes, Craig und Sussman erhalten«, sagte Susan. »Die Klagen gegen Sie wurden fallengelassen. Beide.«
Abby ließ sich in ihren Stuhl zurücksinken. »Das verstehe ich nicht«, murmelte sie. »Was tut er? Was macht Voss?«
»Wenn Victor Voss tatsächlich versucht haben sollte, Sie zu belästigen, hat er offenbar damit aufgehört. Das hat nichts mit Voss zu tun.«
»Wie erklären wir uns die Sache dann?« fragte Mark.
»Betrachten Sie die Indizien.« Susan wies auf die Ampulle.
»Es gibt keinerlei Zeugen oder Hinweise, die eine Verbindung zwischen dieser speziellen Ampulle und dem Tod der Patientin nahelegen.«
»Ich denke, wir können trotzdem alle denselben Schluß ziehen.«
Die Stille war erdrückend. Abby bemerkte, daß niemand sie ansah. Nicht einmal Mark.
Schließlich erhob Wettig die Stimme. »Was schlagen Sie vor, Parr? Die Polizei hinzuzuziehen? Damit aus dem Durcheinander ein Medienzirkus wird?«
Parr zögerte. »Das wäre vielleicht verfrüht.«
»Entweder belegen Sie Ihre Anschuldigungen, oder Sie ziehen sie zurück. Alles andere wäre ungerecht gegenüber Dr. DiMatteo.«
»General, lassen Sie uns die Polizei aus der Sache heraushalten«, sagte Mark.

»Wenn Sie das einen Mord nennen wollen, sollte die Polizei hinzugezogen werden«, wiederholte Wettig. »Vielleicht rufen Sie auch gleich noch ein paar Reporter an und setzen Ihre PR-Abteilung in Marsch. Sie könnten ein bißchen Aufregung gebrauchen. Alles offenlegen, das ist immer die beste Politik.« Er sah Parr direkt an. »Wenn Sie es einen Mord nennen wollen.« Es war eine offene Herausforderung.

Parr gab nach. Er räusperte sich und sagte zu Susan: »Wir können nicht vollkommen sicher sein, daß es das ist.«

»Sie sollten sich aber sicher sein, daß es ein Mord ist«, sagte Wettig. »Sie sollten sich verdammt sicher sein, bevor Sie die Polizei anrufen.«

»Die Angelegenheit wird noch untersucht«, warf Susan nun ein. »Wir müssen noch weitere Schwestern der Station befragen, um festzustellen, ob wir etwas übersehen haben.«

»Tun Sie das«, sagte Wettig.

Es entstand eine weitere Pause. Noch immer sah niemand Abby an. Sie war aus dem Blickfeld der anderen verschwunden, die unsichtbare Frau, die keiner zur Kenntnis nehmen wollte.

Als sie die Stimme erhob, schienen alle überrascht. Sogar Abby erkannte ihre eigene Stimme kaum wieder. Sie klang wie die einer Fremden, ruhig und fest. »Ich würde jetzt gerne zu meinen Patienten zurückkehren. Wenn ich darf«, sagte sie.

Wettig nickte. »Nur zu.«

»Warten Sie«, sagte Parr. »Sie kann nicht einfach zu ihren Pflichten zurückkehren.«

»Sie haben nichts bewiesen«, sagte Abby und stand auf. »Der General hat recht. Entweder belegen Sie Ihre Vorwürfe, oder Sie ziehen sie zurück.«

»Wir haben einen unbestreitbaren Tatbestand«, sagte Susan. »Illegaler Besitz von nicht verkehrsfähigen Betäubungsmitteln. Wir wissen nicht, wie Sie in den Besitz dieses Morphiums gekommen sind, Doktor, aber die Tatsache, daß Sie es in Ihrem Spind hatten, ist gravierend genug.« Sie sah Parr an. »Wir haben keine Wahl. Das Risiko einer Haftung und Schadenersatzpflicht ist sehr groß. Wenn irgend etwas mit irgendeinem ihrer Patienten passiert und die Leute herausfinden, daß wir von dieser Morphiumgeschichte gewußt haben, sind wir erledigt.« Sie

wandte sich an Wettig. »Genau wie der Ruf Ihres Ausbildungsprogramms, General.«
Susans Warnung hatte den gewünschten Erfolg. Haftung war etwas, was allen Sorgen machte. Wie jeder Arzt haßte Wettig Anwälte und Klagen. Diesmal widersprach er nicht.
»Was soll das heißen?« fragte Abby. »Bin ich gefeuert?«
Parr erhob sich zum Zeichen, daß das Treffen beendet und die Entscheidung getroffen war. »Dr. DiMatteo, bis auf weiteres sind Sie vom Dienst suspendiert. Sie dürfen die Stationen nicht betreten. Es ist Ihnen untersagt, sich einem Patienten zu nähern. Haben Sie verstanden?«
Sie hatte verstanden. Sie hatte genau verstanden.

Vierzehn

Jakov hatte seit Jahren nicht mehr von seiner Mutter geträumt, seit Monaten kaum noch an sie gedacht. Deshalb verwirrte es ihn, als er an seinem dreizehnten Tag auf See mit einer so lebendigen Erinnerung an sie erwachte, daß er meinte, ihren Duft noch in der Luft riechen zu können. Das letzte, was er von ihr sah, bevor sein Traum verblaßte, war ihr Lächeln. Und eine blonde Haarsträhne, die ihre Wange rahmte. Grüne Augen schienen durch ihn hindurchzublicken, als wäre er derjenige, der nicht aus Fleisch und Blut war. Ihr Gesicht war ihm so unmittelbar vertraut, daß er wußte, es konnte nur seine Mutter sein. Im Laufe der Jahre hatte er immer wieder versucht, sich an sie zu erinnern, doch es war ihm nie ganz gelungen, ihr Gesicht heraufzubeschwören. Jakov besaß keine Fotos oder Erinnerungsstücke an sie, doch irgendwie mußte er die Erinnerung an ihr Gesicht all die Jahre in sich getragen haben wie einen Keim im dunklen, aber fruchtbaren Grund seines Herzens. In der letzten Nacht war er endlich aufgeblüht.

Er erinnerte sich an sie, und sie war wunderschön.

An diesem Nachmittag wurde die See glatt wie eine Glasscheibe, und der Himmel nahm dieselbe kalte graue Färbung an wie das Wasser. Jakov, der an Deck stand und über die Reling blickte, hätte nicht sagen können, wo die See endete und der Himmel begann. Sie trieben hilflos in einem riesigen grauen Goldfischglas. Er hatte den Koch sagen hören, daß schlechtes Wetter aufzog und daß morgen keiner mehr irgend etwas anderes als Brot und Suppe würde bei sich behalten können. Heute jedoch war die See ruhig, die Luft schmeckte schwer und metallisch nach Regen. Jakov war es endlich gelungen, Alexei von seiner Koje loszueisen, um mit ihm auf Entdeckungsreise zu gehen.

Zuerst nahm Jakov ihn mit in die Hölle, den Maschinenraum. Sie durchstreifen die lärmerfüllte Dunkelheit, bis Alexei jammerte, daß ihm von dem Ölgestank übel würde. Alexei hatte einen richtigen Babymagen – dauernd mußte er sich übergeben. Also nahm Jakov ihn mit auf die Brücke, doch der Kapitän war zu beschäftigt, um sich mit ihnen zu unterhalten, genauso der Steuermann. Jakov fand überhaupt keine Gelegenheit, seinen besonderes Status als regelmäßiger und gerngesehener Besucher zu demonstrieren.

Ihr nächstes Ziel war die Kombüse, aber der Koch hatte schlechte Laune und bot ihnen noch nicht einmal eine Scheibe Brot an. Er hatte eine Mahlzeit für die Passagiere auf dem Achterdeck zuzubereiten, die Leute, die man nie zu sehen bekam. Die beiden waren einfach zu anspruchsvoll, beklagte er sich, kosteten ihn viel zuviel Zeit und Aufmerksamkeit. Er grummelte vor sich hin, während er zwei Gläser und eine Flasche Wein auf ein Tablett stellte und mit dem Speiseaufzug zu ihren Privatquartieren hinaufschickte. Anschließend wandte er sich wieder dem Herd zu, auf dem Pfannen brutzelten und Töpfe dampften. Als er einen der Deckel anhob, verbreitete sich der Duft von Butter und Zwiebeln. Er rührte den Inhalt mit einem Holzlöffel um.

»Zwiebeln müssen langsam gegart werden«, sagte er. »Dann werden sie süß wie Milch. Um gut zu kochen, braucht man Geduld, aber heutzutage hat ja keiner mehr Geduld. Alle wollen alles sofort. Steck es in die Mikrowelle! Da kann man auch gleich altes Leder fressen.« Er legte den Deckel zurück auf den Topf und hob den von der brutzelnden Pfanne. Darin lagen sechs kleine Vögel, nicht größer als eine Kinderfaust. »Himmlische Leckerbissen«, schwärmte er.

»Das sind die kleinsten Hühner, die ich je gesehen habe«, staunte Alexei.

Der Koch lachte. »Das sind Wachteln, Dummkopf.«

»Warum kriegen wir nie Wachteln?«

»Weil eure Kabinen nicht auf dem Achterdeck sind.« Er arrangierte die dampfenden Vögel auf einer Platte und garnierte sie mit gehackter Petersilie. Dann trat er zurück und bewunderte schwitzend und mit hochrotem Kopf seine Kreation. »Darüber gibt es jedenfalls nichts zu meckern«, stellte er zufrieden fest, bevor er die Platte in den mittlerweile leer zurückgekehrten Speiseaufzug stellte.

»Ich habe Hunger«, meldete Jakov sich.

»Du hast doch immer Hunger. Nehmt euch von mir aus eine Scheibe Brot. Es ist schon ein bißchen altbacken, aber ihr könnt es euch ja toasten.«

Die beiden Jungen durchwühlten die Schubladen nach dem Brotmesser. Lubi hatte recht, das Brot war alt und trocken. Jakov hielt den Laib mit dem Stumpf seines linken Arms, schnitt zwei Scheiben ab und trug sie durch die Kombüse zum Toaster.

»Was machst du denn mit meinem Fußboden!« schimpfte der Koch. »Alles voller Krümel. Heb sie auf!«

»Du hebst sie auf«, wies Jakov Alexei an.

»Du hast sie fallen gelassen, nicht ich.«

»Ich mache die Toasts.«

»Aber ich habe hier nicht rumgekrümelt.«

»Auch gut, dann schmeiß ich deine Scheibe eben weg.«

»Irgend jemand macht sie weg!« brüllte der Koch.

Alexei ging auf der Stelle in die Knie und sammelte die Krümel auf. Jakov steckte die erste Scheibe in den Toaster. Da sprang ein kleiner grauer Fellball aus dem einen Schlitz und landete auf dem Boden.

»Eine Maus!« kreischte Alexei. »Da ist eine Maus!«

Das graue Knäuel flitzte nun zwischen Alexeis tanzenden Füßen herum, von Jakov in die eine Richtung gescheucht, vom Koch, der einen Topfdeckel nach ihm warf, in die andere. Schließlich kletterte die Maus panisch an Alexeis Bein hoch, was jedoch ein solches Angstgeschrei zur Folge hatte, daß sie augenblicklich kehrtmachte, sich auf den Boden fallen ließ und blitzartig unter einem Schrank verschwand.

Auf dem Herd brannte etwas an. Fluchend rannte der Koch los, um die Flamme abzudrehen. Er fluchte noch mehr, als er die schwarzen Zwiebeln aus dem Topf kratzte, jene Zwiebeln, die er so liebevoll in Butter gedünstet hatte. »Eine Maus in meiner Küche! Und sieh sich das einer an! Ruiniert. Ich muß noch mal ganz von vorn anfangen. Verdammte Maus.«

»Sie war im Toaster«, verkündete Jakov, dem bei dem Gedanken an die kratzende, krabbelnde Maus im Toaster plötzlich ein wenig übel wurde.

»Wahrscheinlich ist er jetzt voller Mäusedreck«, schimpfte der Koch. »Verfluchte Maus.«
Jakov linste vorsichtig in den Toaster. Keine weiteren Mäuse, aber massenhaft merkwürdige braune Sprenkel. Er ging ans Waschbecken, um die Krümel herauszuschütteln.
Als der Koch das sah, stieß er einen Schrei aus. »Bist du verrückt? Was machst du denn da?«
»Ich mache den Toaster sauber.«
»Da ist doch Wasser im Waschbecken! Und sieh nur, das Ding ist ja noch eingestöpselt. Wenn du den Toaster ins Waschbecken tust und dann das Wasser berührst, bist du tot. Hat dir das etwa noch nie einer erklärt?«
»Onkel Mischa hatte keinen Toaster.«
»Es geht doch nicht nur um den Toaster, das ist mit allen elektrischen Geräten so. Du bist genauso blöde wie alle anderen.« Er wedelte sie mit den Armen zur Tür hinaus. »Los, raus hier, alle beide. Ihr seid eine echte Landplage!«
»Aber ich habe Hunger«, wandte Jakov ein.
»Du wartest bis zum Abendessen, genau wie alle anderen.« Er funkelte Jakov an, warf ein frisches Stückchen Butter in eine Pfanne und bellte: »Verschwindet!«
Die Jungen gehorchten.
Sie spielten an Deck, bis ihnen kalt wurde. Anschließend versuchten sie ihr Glück noch einmal erfolglos auf der Brücke. Schließlich führte die pure Langeweile sie an den einzigen Platz auf dem Schiff, von dem Jakov wußte, daß sie dort weder störten noch gestört würden. Es war sein Geheimversteck, und eigentlich hatte er Alexei erst nach einer entsprechenden Gegenleistung hierherführen wollen, und auch dann nur, wenn er es wenigstens einmal schaffen könnte, keine Heulsuse zu sein. An seinem dritten Erkundungstag hatte Jakov eine Tür auf dem Korridor zum Maschinenraum entdeckt, die in einen Treppenschacht führte.
Abenteuerland.
Der Schacht erstreckte sich über drei Etagen. Eine Wendeltreppe schraubte sich höher und höher, und von der zweiten Ebene zweigte ein schmaler Metallsteg ab, der rasselte und schwankte, wenn man darauf herumsprang. Die blaue Tür, die von dem Steg auf das Achterdeck führte, war immer verschlos-

sen. Jakov hatte es inzwischen komplett aufgegeben, sie öffnen zu wollen oder auch nur daran zu denken. Sie kletterten bis ganz nach oben. In der schwindelnden Höhe war es nicht schwer, Alexei mit ein paar lautstarken Sprüngen zu erschrecken.

»Hör auf!« schrie Alexei. »Das wackelt ja!«

»Das ist der Abenteuerritt. Magst du das etwa nicht?«

»Ich will nicht reiten!«

»Du willst nie irgendwas.« Jakov wäre weiter auf und ab gesprungen, um den Steg schwanken zu lassen, aber Alexei war nahe daran, hysterisch zu werden. Mit einer Hand klammerte er sich ans Geländern, mit der anderen an Shu-Shu. »Ich will wieder runter«, wimmerte er.

»Na gut.«

Mit wunderbar lautem Geklapper stiegen sie die Treppe hinab und spielten schließlich eine Weile unter den Stufen. Alexei hatte ein altes Seil gefunden, das sie am Treppengeländer festbanden, um wie die Affen daran hin und her zu schwingen. Es war nicht einmal einen halben Meter über dem Boden und nicht besonders aufregend.

Dann zeigte Jakov ihm die leere Kiste, die jemand in eine Nische unter der Treppe geschoben hatte. Sie krochen hinein, lagen zusammen in der Dunkelheit auf den Sägespänen und lauschten dem Rumpeln der Maschinen in der Hölle. Man spürte die See hier ganz nah, wie eine riesige dunkle Wiege, die den Rumpf des Schiffes schaukelte.

»Das ist mein Geheimversteck«, flüsterte Jakov. »Du darfst es keinem verraten. Schwör mir, daß du es niemandem erzählst.«

»Warum sollte sich? Es ist doch ätzend hier, kalt und naß. Ich wette, hier gibt's auch Mäuse. Bestimmt liegen wir gerade mitten im Mäusedreck.«

»Hier drin ist kein Mäusedreck.«

»Woher willst du das wissen? Man kann doch gar nichts sehen.«

»Wenn es dir nicht passt, kannst du ja abhauen. Los doch!« Jakov trat durch die Sägespäne nach ihm. Blödmann! Er hätte es sich ja denken können. Von einem, der ewig einen versifften, ausgestopften Hund mit sich herumschleppte, konnte man keine große Abenteuerlust erwarten. »Hau schon ab! Mit dir macht es sowieso keinen Spaß.«

»Ich weiß aber nicht mehr, wo es langgeht.«
»Glaubst du etwa, ich würde dir den Weg zeigen?«
»Du hast mich hierhergeschleppt, jetzt mußt du mich auch wieder rausbringen.«
»Mach ich aber nicht.«
»Du bringst mich hier raus, oder ich erzähle allen von deinem blöden Versteck voller Mäusedreck.« Alexei kletterte aus der Kiste, wobei er mit den Füßen Sägespäne in Jakovs Gesicht wirbelte. »Bring mich sofort hier raus, oder –«
»Halt das Maul«, zischte Jakov, griff nach Alexeis Hemd und riß ihn zurück. Die beiden landeten in den Spänen.
»Du gemeiner Kerl«, setzte Alexei an.
»Hör mal. Hör doch mal!«
»Was?«
Irgendwo über ihnen fiel eine Tür quietschend ins Schloß. Der Steg klapperte, jeder Schritt hallte mit tausendfachem Echo durch den Treppenschacht.
Jakov kroch zur Öffnung und spähte aus der Transportkiste. Jemand klopfte an die blaue Tür. Einen Moment später wurde sie geöffnet. Jakov erkannte das blonde Haar, bevor die Frau hineinging und verschwand. Hinter ihr wurde die Tür sofort wieder geschlossen.
Jakov kroch wieder in die Kiste. »Das war bloß Nadja.«
»Ist sie noch da draußen?«
»Nein, sie ist durch die blaue Tür gegangen.«
»Was ist denn dahinter?«
»Weiß ich nicht.«
»Ich dachte, du wärst der große Entdecker.«
»Und du bist der große Blödmann.« Jakov trat erneut in Alexeis Richtung, aber er wirbelte nur ein paar Späne auf. »Die Tür ist immer abgeschlossen. Da wohnt irgend jemand.«
»Woher weißt du das?«
»Weil Nadja angeklopft hat und sie sie reingelassen haben.«
Alexei zog sich weiter in die Kiste zurück. Er hatte seine Meinung geändert und wollte sich doch noch nicht sofort hinauswagen. »Das sind die Leute mit den Wachteln«, flüsterte er.
Jakov dachte an das Tablett mit der Weinflasche und den beiden Gläsern, die in Butter gedünsteten Zwiebeln und die sechs kleinen, soßenbedeckten Vögel. Sein Magen knurrte.

»Hör mal«, sagte Jakov. »Ich kann ganz komische Geräusche mit meinem Magen machen.« Er holte Luft und streckte seinen Bauch vor. Jeder andere wäre von der Symphonie aus Gurgellauten beeindruckt gewesen.
Alexei fand sie nur ekelhaft.
»Du findest doch alles ekelhaft«, stellte Jakov fest. »Was ist eigentlich mit dir los?«
»Ich mag eben keine ekelhaften Sachen.«
»Früher hast du sie aber gemocht.«
»Aber jetzt nicht mehr.«
»Alles bloß wegen dieser Nadja. Die hat aus euch allen Schnulzbubis und Weicheier gemacht. Du bist doch auch in sie verknallt.«
»Bin ich nicht.«
»Bist du wohl.«
»Bin ich nicht!« Alexei warf eine Handvoll Sägespäne und traf Jakov mitten ins Gesicht. Plötzlich rollten die beiden Jungen raufend, fluchend und tretend von einer Seite der Kiste zur anderen. Sie hatten kaum Platz, um sich gegenseitig ernsthaft weh zu tun. Schließlich hatte Alexei Shu-Shu verloren und ließ von Jakov ab, um ihn in der Dunkelheit unter den Sägespänen zu suchen. Jakov hatte sowieso keine Lust mehr zum Raufen. Also hörten sie beide auf und blieben für eine Weile ruhig nebeneinander liegen. Alexei war an Shu-Shu gekuschelt und Jakov damit beschäftigt, seinem Magen neue, noch seltsamere Geräusche zu entlocken. Doch bald verlor er auch daran die Lust. Sie lagen still in ihrem Versteck, gelähmt von der Langeweile, dem einschläfernden Gerumpel der Maschinen und dem Wogen der See.
»Ich bin nicht in sie verknallt«, sagte Alexei in die Dunkelheit.
»Mir doch egal.«
»Aber die anderen Jungen mögen sie. Hast du mitgekriegt, wie sie über sie reden?« Nach einer Pause fügte Alexei hinzu: »Ich mag es, wie sie riecht. Frauen riechen anders. Sie riechen weich.«
»Weich ist doch kein Geruch.«
»Doch. Wenn eine Frau so riecht, dann weiß man, daß sie sich weich anfühlt, wenn man sie anfaßt. Man weiß es einfach.« Alexei streichelte Shu-Shu. Jakov hörte, wie die Hand über das gelichtete Fell strich.

»Meine Mutter hat so gerochen«, sagte Alexei.
Jakov dachte an seinen Traum, an die Frau, das Lächeln, das blonde Haar, das ihr ins Gesicht fiel. Ja, Alexei hatte recht. In seinem Traum hatte seine Mutter tatsächlich nach Weichheit geduftet.
»Das klingt blöde«, sagte Alexei. »Aber daran kann ich mich erinnern. Ich kann mich immer noch an ein paar Sachen von ihr erinnern.«
Jakov streckte sich, und seine Füße berührten das andere Ende der Kiste. Bin ich gewachsen? fragte er sich. Hoffentlich. Wenn ich doch nur groß genug werden könnte, um meine Füße durch diese Wand zu stoßen.
»Denkst du manchmal an deine Mutter?« fragte Alexei.
»Nee.«
»Du kannst dich ja sowieso nicht an sie erinnern.«
»Ich weiß, daß sie schön war. Sie hatte grüne Augen.«
»Woher willst du das wissen? Onkel Mischa hat gesagt, du wärst noch ein Baby gewesen, als sie verschwand.«
»Ich war vier. Da ist man kein Baby mehr.«
»Ich war sechs, als meine Mutter verschwand, und ich kann mich kaum noch an irgendwas erinnern.«
»Ich sage dir, sie hatte grüne Augen.«
»Sie hatte also grüne Augen, na und?«
Das Klappern einer Tür ließ sie beide verstummen. Jakov rutschte zur Öffnung der Kiste und sah hinauf. Es war wieder Nadja, die gerade durch die blaue Tür getreten war und nun den Steg überquerte. Sie verschwand durch die vordere Luke.
»Ich kann sie nicht leiden«, sagte Jakov.
»Ich schon. Ich wünschte, sie wäre meine Mutter.«
»Die mag Kinder eigentlich gar nicht.«
»Zu Onkel Mischa hat sie gesagt, sie würde uns ihr Leben widmen.«
»Und das glaubst du?«
»Warum sollte sie so was sagen, wenn es nicht stimmt?«
Jakov versuchte, eine Antwort darauf zu finden, doch es fiel ihm keine ein. Und selbst wenn ihm eine eingefallen wäre, hätte das Alexei nicht umgestimmt. Blöder Alexei. Alle waren blöd. Nadja hatte sie alle eingewickelt. Elf Jungen, und jeder einzelne von ihnen war in sie verliebt. Beim Essen kämpften sie um den

Platz neben ihr. Sie beobachteten sie, hofierten sie und schnupperten an ihr herum wie Schoßhündchen. Und nachts in ihren Kojen flüsterten sie über Nadja dies und Nadja das. Sie spekulierten über alles, angefangen bei ihrem Alter bis hin zu der Wäsche, die sie unter ihren grauen Röcken trug. Sie diskutierten darüber, ob Gregor, den keiner leiden konnte, ihr Liebhaber war, und entschieden sich einmütig dagegen. Sie tauschten ihr Wissen über die weibliche Anatomie aus. Die älteren Jungen überboten sich mit detailversessenen Vorträgen zur Funktion und Anwendung von Tampons und prägten damit bei den Jüngeren die Vorstellung, Frauen seien Wesen mit mysteriösen, dunklen Löchern. Dies wiederum erhöhte nur die Faszination, die Nadja auf sie ausübte.

Jakov teilte diese Faszination, doch er erlag ihr nicht aus Bewunderung. Er hatte Angst vor Nadja.

Angefangen hatte es mit den Bluttests.

An ihrem vierten Tag auf See, als die Jungen noch alle spuckend und stöhnend in ihren Kojen lagen, gingen Nadja und Gregor mit einem Tablett voller Nadeln und Röhrchen herum. »Es ist nur ein kleiner Pieks«, hatten sie gesagt, »ein kleines Röhrchen voll Blut, um sicherzugehen, daß ihr gesund seid. Denn niemand wird euch adoptieren, wenn ihr nicht nachweislich gesund seid!« Die beiden waren von Koje zu Koje gegangen, und auf dem Tablett klirrten die Glasröhrchen, wenn der hohe Seegang sie schwanken ließ. Nadja hatte krank ausgesehen, als wäre sie nahe daran, sich zu übergeben. Gregor hatte das Blut abgenommen. An jeder Koje fragten sie den Jungen nach seinem Namen und banden ihm anschließend ein Plastikarmband mit einer Nummer um. Dann schlang Gregor ein riesiges Gummiband um den Arm des Jungen und klopfte ein paarmal auf die gespannte Haut, damit die Vene anschwoll. Einige der Kinder weinten, so daß Nadja ihre Hand halten und sie trösten mußte, während Gregor ihnen das Blut abnahm.

Jakov war der einzige Junge, den sie nicht beruhigen konnte. Was sie auch versuchte, sie konnte ihn nicht dazu bewegen, stillzuhalten. Er wollte diese Nadel nicht in seinem Arm, und er hatte nach Gregor getreten, um das nachdrücklich klarzumachen. Das war der Moment, in dem die wahre Nadja zum Vorschein kam. Sie drückte Jakov mit eisernem Griff auf das

Bett, indem sie seinen Arm gleichzeitig packte und verdrehte. Gregor machte sich an die Arbeit, aber sie starrte weiter in Jakovs Gesicht und redete leise, beinahe zärtlich auf ihn ein, während die Nadel seine Haut durchstieß und sein Blut in das Glasröhrchen strömte. Jeder andere in dem Raum, der Nadjas Stimme hörte, vernahm nichts weiter als gemurmelte Worte des Trostes. Doch Jakov, der in ihre blassen Augen blickte, sah etwas ganz anderes.

Hinterher hatte er sein Plastikarmband abgerissen. Alexei trug seins noch immer. Nummer dreihundertsieben, sein Gesundheitszeugnis.

»Glaubst du, daß sie Kinder hat?« fragte Alexei.

Jakov schüttelte sich. »Hoffentlich nicht«, gab er zurück und rutschte zur Öffnung der Kiste. Er blickte auf und sah den verlassenen Steg und die leere Treppe, die sich über ihm wand wie das Skelett einer Riesenschlange. Die blaue Tür war wie immer verschlossen.

Er kletterte aus dem Versteck und klopfte sich die Sägespäne aus den Kleidern. »Ich habe Hunger«, sagte er.

Wie der Koch vorausgesagt hatte, folgte auf diesen bedrückend grauen Nachmittag schon bald schwerer Seegang. Es war kein ernsthafter Sturm, aber die See war doch rauh genug, um die Passagiere, Kinder wie Erwachsene, in ihren Kabinen zu halten. Und genau dort beabsichtigte auch Alexei zu bleiben. Um nichts in der Welt wollte er seine Koje verlassen. Draußen war es kalt und naß, der Boden schwankte, und er hatte kein Interesse daran, sich in den dunklen, feuchten Ecken herumzudrücken, die Jakov so zu faszinieren schienen. Alexei gefiel es in seinem Bett. Er mochte die Geborgenheit unter seiner Decke, die Wärme, die sein Gesicht streifte, wenn er sich darunter bewegte, und den Geruch von Shu-Shu neben sich auf dem Kissen.

Den ganzen Morgen versuchte Jakov vergeblich, Alexei aus dem Bett zu zerren, um ihn zu einem weiteren Besuch im Abenteuerland zu überreden. Schließlich gab er auf und zog alleine los. Ein- oder zweimal kam er zurück, um nachzusehen, ob Alexei seine Meinung geändert hatte, doch Alexei verschlief den ganzen Nachmittag, das Abendessen und den Abend.

In der Nacht wachte Jakov auf und spürte sofort, daß irgend et-

was anders war. Zuerst wußte er nicht was. Vielleicht hatte sich nur der Sturm gelegt? Er fühlte, daß das Schiff sich stabilisiert hatte. Dann bemerkte er, daß die Motorengeräusche anders waren. Das unaufhörliche Stampfen war zu einem gedämpften Grummeln geworden.
Er krabbelte aus seiner Koje und weckte Alexei.
»Wach auf«, flüsterte er.
»Laß mich in Ruhe!«
»Hör doch mal, wir haben angehalten.«
»Ist mir egal.«
»Ich geh' rauf und seh' nach. Komm mit!«
»Ich schlafe.«
»Du hast Tag und Nacht geschlafen. Willst du das Land nicht sehen? Es muß Land in der Nähe sein. Warum sollte das Schiff mitten auf dem Ozean anhalten?« Jakov beugte sich näher zu Alexei und flüsterte leise werbend: »Vielleicht können wir die Lichter von Amerika sehen. Du wirst es verpassen, wenn du nicht mitkommst.«
Alexei seufzte und rührte sich ein wenig, er wußte immer noch nicht so recht, was er eigentlich wollte. Da legte Jakov den ultimativen Köder aus. »Ich habe eine Kartoffel vom Abendessen aufgehoben«, sagte er. »Du kannst sie haben, aber nur, wenn du jetzt mitkommst.«
Alexei hatte das Mittag- und das Abendessen verschlafen, eine Kartoffel bedeutete geradezu das Paradies. »Na gut, na gut.« Alexei setzte sich auf und zog seine Schuhe an. »Wo ist die Kartoffel?«
»Erst gehen wir rauf.«
»Du bist gemein, Jakov.«
Sie schlichen an den Kojen der schlafenden Jungen vorbei und nahmen die Treppe zum Deck.
Draußen wehte ein leichter Wind. Sie schauten über die Reling, suchten gespannt nach Großstadtlichtern, doch am schwarzen, formlosen Horizont standen nur Sterne.
»Ich sehe nichts«, maulte Alexei. »Gib mir jetzt endlich meine Kartoffel.«
Jakov zog die Kostbarkeit aus seiner Tasche, und Alexei machte sich gleich an Ort und Stelle wie ein wildes Tier darüber her und verschlang sie mit der Schale.

Dann drehte Jakov sich um und blickte zur Brücke hinauf. Durch das Fenster konnte er das grünliche Schimmern des Radarschirmes und die Silhouette eines Mannes erkennen. Der Steuermann hatte Wache. Was er wohl von seinem einsamen Aussichtspunkt aus sah?

Alexei hatte seine Kartoffel aufgegessen. Jetzt stand er auf und verkündete: »Ich gehe wieder ins Bett.«

»Wir könnten in der Kombüse noch mehr zu essen suchen.«

»Ich habe keine Lust auf noch mehr Mäuse.« Alexei machte sich auf den Rückweg. »Außerdem ist mir kalt.«

»Mir nicht.«

»Dann kannst du ja hier draußen bleiben.«

Sie hatten gerade die Treppe erreicht, als das ganze Deck plötzlich in gleißendes Licht getaucht wurde und die Luft auf einmal von einem eigenartigen Lärm erfüllt war. Die beiden Jungen blieben wie angewurzelt stehen und blinzelten in die unerwartete Helligkeit.

Entschlossen packte Jakov Alexeis Hand und zerrte ihn unter die Treppe, die zur Brücke hinaufführte. Dort kauerten sie sich zusammen und spähten zwischen den Stufen hindurch. Sie hörten Stimmen und sahen zwei Männer in die Scheinwerferkegel treten. Beide trugen weiße Overalls. Sie beugten sich gemeinsam über irgend etwas und zerrten daran. Man hörte das Schleifen von Metall, als sie eine Art Abdeckung beiseite schoben. Darunter leuchtete ein weiteres Licht. Es war blau und schien aus der Mitte des Flutlichtkreises wie die Iris eine bedrohlichen Auges.

»Diese dämlichen Mechaniker«, sagte einer der Männer. »Die kriegen das wohl nie repariert.«

Die beiden Männer richteten sich auf und blickten zum Himmel hinauf, zu dem entfernten Donnergrollen.

Jakov blickte auch auf. Der Donner kam näher. Er war nicht mehr nur ein Grollen, sondern verdichtete sich zu einem rhythmischen Knattern. Die beiden Männer zogen sich aus dem Lichtkreis zurück. Das Geräusch war jetzt direkt über ihnen und peitschte die Nacht wie ein Torpedo.

Alexei hielt sich die Ohren zu und zog sich weiter in den Schatten zurück. Ganz anders Jakov, der ohne auch nur zu blinzeln beobachtete, wie der Hubschrauber ins Licht schwebte und auf dem Deck niederging.

Einer der Männer kam in gebückter Haltung rennend zurück und öffnete die Tür des Hubschraubers. Jakov konnte nicht erkennen, was dahinter lag, weil der Treppenpfosten ihm die Sicht versperrte. Er verließ das Versteck und wagte sich so weit aufs Deck hinaus, daß er an dem Pfosten vorbeispähen konnte. Da erhaschte er einen Blick auf den Piloten und einen Passagier – einen Mann.

»Hey!« brüllte jemand von oben. »Du! Junge!«

Jakov blickte hinauf und sah den Steuermann von der Brücke auf sich hinunterstarren.

»Was machst du denn da unten? Du kommst sofort hier rauf, bevor dir noch was passiert! Los, komm schon!«

Der Mann im Overall hatte die Jungen inzwischen auch entdeckt und ging auf sie zu. Er sah nicht eben erfreut aus.

Jakov beeilte sich, die Treppe hinaufzukommen, Alexei in seiner Panik war ihm gleich auf den Fersen.

»Habt ihr beide nicht einmal so viel Verstand, vom Hauptdeck wegzubleiben, wenn ein Hubschrauber landet?« brüllte der Steuermann, zerrte sie ins Ruderhaus und wies auf zwei Stühle. »Hinsetzen! Alle beide!«

»Wir haben doch bloß zugeguckt«, verteidigte Jakov sich.

»Ihr solltet längst im Bett liegen.«

»Ich war ja auch im Bett«, jammerte Alexei. »Er wollte, daß ich mit rauskomme.«

»Habt ihr überhaupt eine Ahnung, was so ein Rotorflügel mit dem Kopf eines Jungen machen kann? Na?« Der Steuermann schlug mit der flachen Hand auf Alexeis mageren Hals. »Einfach so. Dein Kopf fliegt weg, und dein Blut spritzt überallhin. Kein schöner Anblick. Ihr denkt wohl, ich mache Witze, was? Glaubt mir, mich kriegen keine zehn Pferde da runter, wenn der Hubschrauber landet. Aber wenn ihr eure dämlichen Köpfe abgeschnitten haben wollt, bitte, nur zu. Na los!«

»Ich wollte ja im Bett bleiben!« schluchzte Alexei.

Das Aufheulen des Hubschraubers ließ alle die Köpfe wenden. Der Wind der Rotorblätter ließ die Overalls der Männer flattern. Sie beobachteten, wie der Hubschrauber abhob, eine Kurve von neunzig Grad beschrieb und langsam wieder von der Nacht verschluckt wurde. Nur ein leises Grollen wie von einem entfernten Gewitter hing noch eine Weile in der Luft.

»Wohin fliegt der?« fragte Jakov.
»Meinst du, das würden sie mir sagen?« entgegnete der Steuermann. »Sie rufen einfach an, wenn er kommt, um etwas abzuholen, und ich drehe den Bug in den Wind. Das ist alles.« Er legte einen der Schalter auf dem Schaltbrett um. Augenblicklich erlosch das Flutlicht, und das Deck war wieder in Dunkelheit getaucht.
Jakov drückte sich so dicht wie möglich an das Fenster der Brücke. Das Grollen des Hubschraubers war verstummt, in alle Richtungen erstreckte sich nur die Schwärze der See.
Alexei weinte noch immer.
»Nun hör schon auf«, sagte der Steuermann und gab Alexei einen Klaps auf die Schulter. »Ein Junge in deinem Alter! Und benimmt sich wie ein Mädchen.«
»Aber weshalb kommt er? Der Hubschrauber?« fragte Jakov.
»Das habe ich doch schon gesagt. Um etwas abzuholen.«
»Was holt er denn ab?«
»Ich frage nicht. Ich tue einfach, was sie mir sagen.«
»Wer?«
»Die Passagiere auf dem Achterdeck.« Er zog Jakov vom Fenster weg und schubste ihn Richtung Tür. »Geht zurück in eure Kojen. Ich habe zu arbeiten.«
Jakov wollte Alexei zur Tür hinaus folgen, als sein Blick auf den Radarschirm fiel. So oft hatte er schon davor gestanden, wie gebannt von der hypnotischen Bewegung, mit der die Linie ihren Bogen von dreihundertsechzig Grad beschrieb. Nun blieb er wieder stehen und beobachtete, wie die Linie Runde um Runde drehte. Er hatte es gleich gesehen, ein kleines silbriges Etwas am Rande des Bildschirms.
»Ist das ein anderes Schiff?« fragte Jakov. »Da auf dem Radar?« Er zeigte auf den silbrigen Punkt, der plötzlich aufleuchtete, als die Linie darüberstrich.
»Was denn sonst? Los, haut endlich ab.«
Die Jungen trollten sich und polterten die Treppe zum Hauptdeck hinunter. Jakov blickte zurück und sah die Silhouette des Steuermanns im grünen Licht hinter dem Fenster der Brücke. Wachsam, immer wachsam.
Und dann sagte er: »Jetzt weiß ich, wohin der Hubschrauber fliegt.«

Pjotr und Valentin waren nicht beim Frühstück. Die Nachricht von ihrer Abreise in der Nacht hatte sich bereits bis zu Jakovs Kabine herumgesprochen. Als er sich an jenem Morgen an den Tisch setzte und in die Gesichter der anderen Jungen sah, wußte er, warum sie so still waren. Keiner von ihnen verstand, warum ausgerechnet Pjotr und Valentin die ersten waren. Alle hatten geglaubt, daß Pjotr bis zum Ende übrigbleiben würden, es sei denn, es fände sich die unwahrscheinliche Familie, die idiotische Kinder bevorzugte. Valentin, der in Riga dazugekommen war, war durchaus schlau und hübsch genug, aber heimlich war er pervers, wie die Jüngeren wußten. Wenn die Lichter ausgegangen waren, war er ohne Unterwäsche in ihre Kojen geklettert und hatte geflüstert: »Spürst du das? Spürst du, wie groß ich bin?« Und dann hatte er ihre Hände gepackt und sie gezwungen, ihn anzufassen.

Aber Valentin war nun weg. Er und Pjotr waren auserwählt worden und nun auf dem Weg zu ihren neuen Eltern, hatte Nadja ihnen erklärt.

Sie waren die Übriggebliebenen.

Am Nachmittag kletterten Jakov und Alexei an Deck und streckten sich auf der Stelle aus, wo der Hubschrauber gelandet war. Sie lagen auf dem Rücken und starrten in den harten, blauen Himmel. Keine Wolken, keine Hubschrauber. Es war warm an Deck, und die beiden wurden langsam schläfrig, wie zwei Kätzchen auf einer Heizung.

»Eigentlich«, sagte Jakov mit gegen die Sonne geschlossenen Augen, »will ich gar nicht adoptiert werden, wenn meine Mutter noch lebt.«

»Tut sie aber nicht.«

»Könnte sie aber.«

»Warum ist sie dann nicht zurückgekommen, um dich zu holen?«

»Vielleicht sucht sie jetzt gerade nach mir. Und ich bin hier, mitten auf dem Ozean, wo kein Mensch mich finden kann. Außer mit Radar. Ich werde Nadja sagen, daß ich zurückwill. Ich will keine neue Mutter.«

»Ich schon«, sagte Alexei. Er schwieg einen Moment, bevor er fragte: »Glaubst du, daß mit mir irgendwas nicht stimmt?«

Jakov lachte. »Du meinst, außer der Tatsache, daß du zurückgeblieben bist?«
Als Alexei nicht antwortete, blinzelte Jakov zu ihm hinüber und war einigermaßen verwirrt, als er sah, daß sein Freund sein Gesicht mit den Händen bedeckt hatte und seine Schultern zuckten.
»Hey«, sagte Jakov. »Heulst du?«
»Nein.«
»Du heulst doch, oder?«
»Nein.«
»Du bist so ein Baby! Ich hab's doch nicht so gemeint. Du bist nicht zurückgeblieben.«
Alexei hatte sich zu einer Kugel zusammengerollt und weinte tatsächlich. Er gab zwar keinen Laut von sich, aber Jakov konnte sehen, wie seine Brust vor unterdrückten Schluchzern zuckte. Jakov wußte nicht, was er tun oder sagen sollte. Das einzige, was ihm spontan einfiel, waren weitere Beleidigungen. *Heulsuse. Weichei.* Aber er hielt sich zurück, denn so hatte er Alexei noch nie gesehen, und das machte ihm ein bißchen angst. Außerdem fühlte er sich irgendwie schuldig. Es war doch nur ein Witz. Warum verstand Alexei denn nicht, daß das nur ein Witz war?
»Komm, wir gehen runter und schaukeln an unserem Seil«, sagte Jakov und versetzte Alexei einen freundschaftlichen Rippenstoß.
Alexei wandte sich verärgert ab und sprang auf, sein Gesicht war gerötet und feucht.
»Was ist eigentlich mit dir los?« fragte Jakov.
»Warum haben die den blöden Pjotr ausgewählt und nicht mich?«
»Mich haben sie ja auch nicht ausgewählt«, erwiderte Jakov.
»Aber mit mir stimmt alles!« schrie Alexei und rannte weg.
Jakov blieb sehr still sitzen und betrachtete den Stumpf seines linken Armes. Leise sagte er: »Mit mir auch.«
»Springer auf c3«, sagte Koubichev, der Maschinist.
»Das machst du immer. Probierst du nie was Neues aus?«
»Ich glaube an das Wahre und Bewährte. Damit habe ich dich noch jedesmal geschlagen. Du bist dran, quatsch nicht.«
Jakov drehte das Schachbrett und betrachtete es aus verschie-

denen Blickwinkeln. Dann ging er in die Knie, spähte an der Reihe der Bauern entlang und stellte sich schwarzgepanzerte Soldaten vor, die in Schlachtformation auf Befehle warteten.
»Was zum Teufel machst du denn jetzt?« grummelte Koubichev.
»Ist dir schon mal aufgefallen, daß die Dame einen Bart hat?«
»Was?«
»Sie hat einen Bart. Siehst du?«
Koubichev grunzte. »Das ist bloß ihre Halskrause. Willst du jetzt vielleicht endlich deinen Zug machen?«
Jakov stellte die Dame zurück und nahm einen Springer. Er stellte ihn zurück, nahm ihn wieder auf, stellte ihn woandershin und nahm ihn erneut wieder auf. Um sie herum rumpelten die Maschinen der Hölle.
Koubichev schaute nicht länger zu. Er blätterte in einem Magazin und betrachtete eine Serie von schönen Gesichtern: Die hundert schönsten Frauen Amerikas. Hin und wieder brummte er vor sich hin: »Das nennen die schön?« oder »Bei der würde ich nicht mal meinen Hund ranlassen.«
Schließlich nahm Jakov doch die Dame und zog sie auf f6. »Da.«
Koubichev quittierte Jakovs letzten Zug mit einem verächtlichen Schnauben. »Warum machst du immer wieder den gleichen Fehler und holst deine Dame zu früh raus?« Er legte das Magazin beiseite und beugte sich vor, um seinen Bauern zu ziehen. In diesem Moment sah Jakov das Gesicht in der Zeitschrift. Es war eine Frau. Eine Strähne ihres blonden Haares kräuselte sich über ihrer Wange, um ihren Mund lag ein melancholisches Lächeln, grüne Augen schienen einen nicht an- sondern durch einen hindurchzusehen.
»Das ist meine Mutter«, sagte Jakov.
»Wer?«
»Die da. Das ist meine Mutter!« Er stürzte sich auf das Magazin, wobei er die Kiste umstieß, die ihnen als Tisch gedient hatte. Das Schachbrett kippte, Bauern, Läufer und Springer flogen durch die Luft.
Koubichev schnappte sich das Magazin und hielt es über seinen Kopf. »Was zum Teufel ist eigentlich los mit dir?«
»Gib es mir!« schrie Jakov. Besessen davon, an das Foto seiner

Mutter zu kommen, klammerte er sich an den Arm des Mannes. »Gib her!«
»Bist du verrückt geworden? Das ist nicht deine Mutter!«
»Doch! Ich kann mich an ihr Gesicht erinnern! So hat sie ausgesehen, ganz genau so!«
»Hör auf, mich zu kratzen. Laß los, hörst du?«
»Gib es mir!«
»Ist ja gut, ist ja gut. Hier, ich zeige es dir. Das ist nicht deine Mutter.« Koubichev legte die Zeitschrift auf die Kiste. »Siehst du?«
Jakov starrte in das Gesicht. Jedes Detail war genau wie in seinem Traum. Die Neigung ihres Kopfes, die Art, wie sich ihre Mundwinkel kräuselten, sogar die Art, wie das Licht auf ihr Haar fiel. »Das ist sie«, sagte er. »Ich habe ihr Gesicht gesehen.«
»Jeder hat schon mal ihr Gesicht gesehen.« Koubichev zeigte auf den Namen unter dem Foto. »Michelle Pfeiffer. Das ist eine Schauspielerin. Amerikanerin. Nicht mal ihr Name ist russisch.«
»Aber ich kenne sie! Ich habe von ihr geträumt!«
»Du und jeder andere geile kleine Junge«, lachte Koubichev und sah sich nach den verstreuten Schachfiguren um. »Sie dir diese Schweinerei an. Hoffentlich finden wir alle Bauern wieder. Los, du hast es umgeworfen, also sammelst du sie jetzt auch auf.«
Jakov bewegte sich nicht. Er starrte weiter auf die Frau und dachte daran, wie sie ihn angelächelt hatte.
Koubichev krabbelte ächzend auf allen vieren herum und angelte nach Schachfiguren. »Du hast ihr Gesicht bestimmt schon mal irgendwo gesehen, im Fernsehen oder vielleicht auf irgendeiner Zeitung. Das hast du dann vergessen, und dann hast du von ihr geträumt. Das ist alles.« Er stellte zwei Läufer und eine Dame auf das Schachbrett und hievte sich selbst wieder auf seinen Stuhl. Sein Gesicht war rot angelaufen, und sein Atem ging schwer. Er tippte sich an die Stirn. »Der Verstand ist ein eigenartiges Ding. Er nimmt das wirkliche Leben und verwebt es mit unseren Träumen, bis wir am Ende nicht mehr wissen, was davon wahr und was erfunden ist. Manchmal träume ich, ich säße an einem Tisch, auf dem sich das wunderbarste Essen türmt, alles was ich mir nur wünschen kann. Und dann wache ich auf

und bin immer noch auf diesem beschissenen Kahn.« Er nahm das Magazin und riß die Seite mit Michelle Pfeiffer heraus. »Da! Sie gehört dir.«

Jakov nahm die Seite, doch er sagte kein Wort. Er hielt sie einfach fest und starrte sie an.

»Wenn du dir vorstellen willst, sie wäre deine Mutter, nur zu. Es gibt Schlimmeres. Aber jetzt hebe die Figuren auf. Hey! Hey, Junge! Wo willst du hin?«

Das Foto noch immer umklammernd, floh Jakov aus der Hölle.

An Deck stellte er sich an die Reling und blickte auf das Meer. Die Magazinseite war zerknickt und flatterte im Wind. Er blickte darauf und sah, daß er sie so fest gehalten hatte, daß nun ein Knick das kleine Lächeln auf den Lippen zerschnitt.

Da packte er eine Ecke der Seite mit den Zähnen und riß sie durch. Das war nicht genug. Nicht genug! Er atmete schwer, weinte fast, doch er gab keinen Laut von sich. Er zerfetzte die Seite in immer kleinere Stücke, benutzte seine Zähne wie ein Tier, das lebendiges Fleisch zerreißt, und ließ die Fetzen mit dem Wind fliegen.

Schließlich hielt er nur noch einen Schnipsel von dem Bild in der Hand. Es war ein Auge. Direkt darunter war das Papier sternförmig zerknickt. Es sah aus wie das Glitzern einer einzelnen Träne.

Er warf den Schnipsel über die Reling und sah zu, wie er davonwirbelte und im Meer versank.

Fünfzehn

Sie war Ende vierzig mit dem hageren, trockenen Gesicht einer Frau, die den Glanz weiblicher Weichheit lange verloren hatte. Das allein machte eine Frau nach Bernard Katzkas Meinung allerdings noch nicht unattraktiv. Der Reiz einer Frau lag nicht im Glanz ihrer Haut oder ihres Haares, sondern darin, was ihre Augen offenbarten. Diesbezüglich hatte er eine Menge faszinierende Siebzigjährige kennengelernt, darunter seine jungfräuliche Tante Margaret, mit der er sich seit dem Tod seiner Frau etwas angefreundet hatte. Daß Katzka sich jedesmal auf seinen wöchentlichen Kaffeeklatsch mit Tante Margaret freute, hätte seinen Partner Lundquist vermutlich verwundert. Lundquist gehörte zu der Sorte von Männern, die Frauen jenseits der Menopause keines zweiten Blickes würdigten. Das hatte vermutlich biologische Ursachen. Männer durften ihre Energie und ihr Sperma nicht an nicht gebärfähige Frauen verschwenden. Kein Wunder, daß Lundquist so erleichtert ausgesehen hatte, als Katzka eingewilligt hatte, Brenda Hainey selbst zu befragen. Lundquist hielt Frauen jenseits der Wechseljahre für Katzkas besondere Stärke, womit er nur meinte, daß Katzka der einzige Detective des Morddezernats war, der die Geduld und die Kraft hatte, sie in Ruhe anzuhören.

Und genau das tat Katzka jetzt seit einer Viertelstunde: Er hörte sich geduldig Brenda Haineys wirre Anschuldigungen an. Es war nicht leicht, ihr zu folgen. Die Frau vermischte das Mystische mit dem Konkreten und erzählte im selben Atemzug von Zeichen des Himmels und Morphiumspritzen. Wenn die Frau sympathisch gewesen wäre, hätte ihn ihre sprunghafte Art vielleicht amüsiert, aber Brenda Hainey war nicht sympathisch. Ihre blauen Augen strahlten keine Wärme aus. Sie war wütend, und wütende Menschen waren unattraktiv.

»Ich habe mich in der Sache schon an das Krankenhaus gewandt«, sagte sie. »Ich bin direkt zum Direktor, Mr. Parr, gegangen. Er hat mir versprochen, die Angelegenheit zu untersuchen, aber das war vor fünf Tagen, und bis jetzt habe ich noch nichts gehört. Ich rufe jeden Tag an, aber sein Büro teilt mir jedesmal mit, daß sie noch ermitteln. Heute hat es mir gereicht. Also habe ich Ihre Leute angerufen. Und die haben ebenfalls versucht, mich abzuwimmeln und mich an irgendeinen Anfänger zu verweisen. Ich glaube, es ist immer das Beste, sich direkt an die höchste Autorität zu wenden. Das tue ich auch jeden Morgen, wenn ich bete. Aber in diesem Fall sind wohl Sie die höchste Autorität.«

Katzka unterdrückte ein Lächeln.

»Ich habe Ihr Bild in der Zeitung gesehen«, sagte Brenda. »Im Zusammenhang mit dem toten Arzt von Bayside.«

»Sie meinen Dr. Levi?«

»Ja. Ich dachte, da Sie über die Machenschaften in diesem Krankenhaus schon Bescheid wissen, spreche ich am besten mit Ihnen.«

Katzka hätte fast geseufzt, aber er bremste sich. Er wußte, daß sie es für das halten würde, was es war: ein Zeichen der Ermüdung. So fragte er nur: »Darf ich den Brief einmal sehen?«

Sie zog ein gefaltetes Stück Papier aus ihrer Handtasche und gab es ihm. Darauf stand nur der getippte Satz: *Ihre Tante ist keines natürlichen Todes gestorben. Ein Freund.*

»Gab es auch einen Umschlag?«

Sie zog auch den hervor. Darauf stand ebenfalls in Schreibmaschinenschrift der Name *Brenda Hainey.* Der Umschlag war zugeklebt gewesen und aufgerissen worden.

»Wissen Sie, wer das geschickt haben könnte?« fragte er.

»Ich habe keine Ahnung. Vielleicht eine der Schwestern, jemand der genug wußte, um es mir zu verraten.«

»Sie sagen, Ihre Tante litt an unheilbarem Krebs. Könnte sie nicht auch eines natürlichen Todes gestorben sein?«

»Warum sollte mir dann jemand diese Nachricht schicken? Jemand, der es besser wußte? Jemand, der möchte, daß die Sache untersucht wird? Ich will, daß sie untersucht wird.«

»Wo ist die Leiche Ihrer Tante jetzt?«

»In der Leichenhalle des Garden-of-Peace-Instituts. Das

Krankenhaus hat sie ziemlich eilig weggeschafft, wenn Sie mich fragen.«
»Wessen Entscheidung war das? Es muß ein naher Verwandter gewesen sein.«
»Meine Tante hat vor ihrem Tod Anweisungen hinterlassen. Das hat mir jedenfalls das Krankenhaus erklärt.«
»Haben Sie mit den Ärzten Ihrer Tante gesprochen? Vielleicht können die die Angelegenheit aufklären.«
»Ich würde lieber nicht mit ihnen sprechen.«
»Warum nicht?«
»In Anbetracht der Situation bin ich nicht sicher, ob ich ihnen trauen kann.«
»Ich verstehe.« Jetzt seufzte Katzka doch. Er zückte einen Stift und schlug eine leere Seite in seinem Notizblock auf. »Nennen Sie mir die Namen der Ärzte Ihrer Tante.«
»Der verantwortliche Arzt war ein gewisser Dr. Colin Wettig. Aber diejenige, die eigentlich alle Entscheidungen getroffen hat, war seine Assistenzärztin. Ich denke, die sollten Sie sich einmal genauer ansehen.«
»Ihr Name?«
»Dr. DiMatteo.«
Katzka blickte überrascht auf. »Abigail DiMatteo?«
Es entstand ein kurzes Schweigen. Katzka konnte die unverhohlene Verblüffung in Brendas Gesicht erkennen.
»Sie kennen Sie?« fragte sie vorsichtig.
»Ich habe schon mit ihr gesprochen. In einer anderen Sache.«
»Das wird Ihr Urteil in diesem Fall doch nicht beeinflussen, oder?«
»Keineswegs.«
»Sind Sie sicher?« Sie musterte ihn mit einem Blick, der ihn verärgerte. Er ließ sich nicht leicht verärgern, und er fragte sich, warum diese Frau ihn so wütend machte.
Ausgerechnet in diesem Moment kam Lundquist an seinem Tisch vorbei und warf ihm ein Grinsen zu, das man nur als mitleidig bezeichnen konnte. Lundquist hätte diese Frau befragen sollen. Es wäre gut als Übung in höflicher Zurückhaltung gewesen, die Lundquist dringend entwickeln mußte.
»Ich versuche immer objektiv zu sein, Miss Hainey«, erklärte Katzka.

»Dann sollten Sie sich diese Dr. DiMatteo mal näher ansehen.«
»Warum gerade sie?«
»Sie wollte, daß meine Tante stirbt.«
Katzka hielt Brendas Vorwürfe für abwegig. Trotzdem war da immer noch die anonyme Nachricht und die Frage, wer sie geschickt hatte. Eine Möglichkeit war, daß Brenda sie sich selbst geschickt hatte. Menschen, die nach Aufmerksamkeit dürsteten, hatten schon seltsamere Dinge getan. Das zu glauben, fiel ihm leichter, als ihre Version der Ereignisse zu akzeptieren: daß nämlich Mary Allen von ihren Ärzten ermordet worden war. Katzka hatte wochenlang zugesehen, wie seine Frau im Krankenhaus langsam gestorben war, er kannte sich mit Krebsstationen aus. Er hatte das Mitgefühl der Schwestern erlebt, die Hingabe der Onkologen. Sie wußten, wann sie weiter um das Leben eines Patienten kämpfen mußten. Sie wußten auch, wann der Kampf verloren war, wann das Leiden den Gewinn eines weiteren Tages oder einer weiteren Woche überwiegen würde. Zum Ende hin hatte es Augenblicke gegeben, in denen Katzka sich verzweifelt gewünscht hatte, Annie sanft über die Schwelle helfen zu können. Hätten die Ärzte einen solchen Schritt vorgeschlagen, er hätte eingewilligt. Doch das hatten sie nie. Krebs tötete schnell genug. Welcher Arzt würde seine berufliche Zukunft aufs Spiel setzen, um den Tod eines Patienten zu beschleunigen? Und selbst wenn Mary Allens Ärzte einen solchen Schritt unternommen hatten, konnte man das wirklich als Mord bezeichnen?
Deshalb fuhr er am Nachmittag nach dem Besuch von Brenda Hainey nur widerwillig zum Krankenhaus. Er war nach der Anzeige verpflichtet, ein paar Erkundigungen einzuholen. Bei der Informationszentrale des Krankenhauses ließ er sich bestätigen, daß Mary tatsächlich an dem von Brenda angegebenen Datum gestorben war. Die Diagnose lautete auf ›undifferenzierte metastasierende Karzinome‹. Weitere Informationen wollte ihm die Sekretärin nicht geben. Der behandelnde Arzt Dr. Wettig operierte und war den ganzen Nachmittag nicht zu sprechen. Also griff Katzka zum Telefon und piepte Abby DiMatteo an.
Wenig später rief sie zurück.
»Hier ist Detective Katzka«, meldete er sich. »Wir haben in der letzten Woche miteinander gesprochen.«

»Ja, ich erinnere mich.«
»Ich habe einige Fragen in einem anderen Fall. Wo kann ich Sie treffen?«
»Ich bin in der medizinischen Bibliothek. Wird es lange dauern?«
»Das sollte es nicht.«
Er hörte sie seufzen, bevor sie sagte: »Also dann. Die Bibliothek liegt im ersten Stock des Verwaltungstraktes.«
Nach Katzkas Erfahrung genoß es der durchschnittliche Bürger – vorausgesetzt, er wurde nicht selbst verdächtigt –, mit Beamten des Morddezernats zu reden. Die Leute waren neugierig auf Morde und die Polizeiarbeit. Er war erstaunt über die Fragen, die man ihm schon gestellt hatte, sogar alte Damen mit den süßesten Gesichtern. Jeder wollte Einzelheiten hören, je blutiger, desto besser. Dr. DiMatteo hingegen schien eine deutliche Abneigung zu verspüren, sich mit ihm zu unterhalten. Er fragte sich, warum.
Katzka fand die Krankenhausbibliothek zwischen der Datenverarbeitung und der Finanzverwaltung. Sie bestand aus einigen Reihen von Bücherregalen, dem Tisch der Bibliothekarin und einem halben Dutzend Arbeitsplätzen entlang der Wand. Dr. DiMatteo stand neben dem Fotokopierer und legte gerade eine chirurgische Fachzeitschrift auf die Glasplatte. Sie hatte bereits eine Reihe von Papieren in Stapeln auf einem Tisch geordnet. Katzka war überrascht, sie bei der Verrichtung von Sekretärinnenpflichten anzutreffen. Auch daß sie Rock und Bluse anstelle ihrer OP-Kleidung trug, die er für die Uniform von chirurgischen Assistenzärzten gehalten hatte, überraschte ihn. Schon bei ihrer ersten Begegnung hatte er Abby DiMatteo attraktiv gefunden. Als er sie jetzt mit einem eleganten Rock und dem offen auf ihre Schultern herabfließenden schwarzen Haar sah, fand er sie geradezu umwerfend.
Sie blickte auf und nickte ihm zu, und er bemerkte noch etwas, das heute anders an ihr war: Sie wirkte nervös, sogar ein wenig besorgt.
»Ich bin fast fertig«, bemerkte sie. »Ich habe nur noch einen Artikel zu kopieren.«
»Heute keinen Dienst?«
»Verzeihung?«

»Ich dachte, Chirurgen tragen immer OP-Kleidung.«
Sie legte eine weitere Seite auf den Kopierer und drückte auf den Start-Knopf. »Ich habe heute keine OPs. Also nutze ich die Zeit zu einer Literaturrecherche. Dr. Wettig braucht die Papiere für eine Konferenz.« Sie starrte auf den Kopierer, als ob das blitzende Licht und das Summen des Geräts ihre ganze Aufmerksamkeit verlangten. Als die letzten Seiten fertig waren, trug sie sie zu dem Tisch, auf dem die anderen Stapel lagen, und setzte sich. Er zog sich einen Stuhl heran und nahm ihr gegenüber Platz. Sie ergriff den Tacker und stellte ihn dann wieder zurück. Noch immer ohne ihn anzusehen, fragte sie: »Gibt es neue Entwicklungen?«
»In bezug auf Dr. Levi nicht.«
»Ich wünschte, mir würde noch etwas einfallen, was ich Ihnen sagen könnte. Aber ich weiß nichts.« Sie sammelte ein paar Blätter zusammen und heftete sie mit einem kurzen Schlag auf den Tacker zusammen.
»Ich bin nicht wegen Dr. Levi hier«, erklärte er. »Es geht um eine andere Angelegenheit. Eine Patientin von Ihnen.«
»Aha?« Sie sammelte den nächsten Stapel Bögen zusammen und schob ihn zwischen die Zähne des Tackers. »Von welcher Patientin reden wir denn?«
»Eine gewisse Mary Allen.«
Ihre Hand erstarrte einen Moment lang in der Luft, bevor sie mit Wucht auf den Tacker niedersauste.
»Erinnern Sie sich an sie?« fragte er.
»Ja.«
»Soweit ich weiß, ist sie letzte Woche gestorben. Hier im Bayside.«
»Das ist richtig.«
»Können Sie bestätigen, daß die Diagnose auf ›undifferenzierte metastasierende Karzinome‹ lautete?«
»Ja.«
»Und sie befand sich im letzten Stadium?«
»Ja.«
»Dann kam ihr Tod nicht unerwartet?«
Sie zögerte kurz, gerade lang genug, um seine Wachsamkeit zu schärfen.
»Ich würde sagen, er war nicht unerwartet«, sagte sie gedehnt.

Er beobachtete sie aufmerksamer, und sie schien sich dessen bewußt. Eine Weile sagte er nichts. Seiner Erfahrung nach war Schweigen viel entnervender. Schließlich fragte er ruhig: »War ihr Tod in irgendeiner Form ungewöhnlich?«

Endlich blickte sie zu ihm hoch. »Was meinen Sie mit ungewöhnlich?«

»Die Todesumstände. Die Art, wie sie gestorben ist.«

»Darf ich fragen, warum Sie in dieser Sache ermitteln?«

»Eine Verwandte hat sich mit ihren Sorgen an uns gewandt.«

»Sprechen wir von Brenda Hainey? Der Nichte?«

»Ja. Sie glaubt, ihre Tante wäre aus Gründen gestorben, die nichts mit ihrer Krankheit zu tun hatten.«

»Und Sie wollen jetzt einen Mordfall daraus machen?«

»Ich versuche festzustellen, ob etwas vorliegt, was eine Ermittlung rechtfertigt. Ist das der Fall?«

Sie antwortete nicht.

»Brenda Hainey hat einen anonymen Brief erhalten, in dem behauptet wird, Mary Allen sei keines natürlichen Todes gestorben. Haben Sie einen Grund, irgendeinen Grund zu der Annahme, daß es einen Anlaß für diese Vermutung gibt?«

Er hätte verschiedene mögliche Reaktionen vorhersagen können. Sie hätte auflachen und ihm erklären können, daß das lächerlich war. Sie hätte ihm erklären können, daß Brenda Hainey verrückt war. Sie hätte Verwunderung oder sogar Verärgerung darüber ausdrücken können, daß sie sich diesen Fragen unterziehen mußte. Jede dieser Reaktionen wäre angemessen gewesen. Doch ihre tatsächliche Reaktion hatte er nicht vorausgesehen.

Sie starrte ihn an und wurde aschfahl. Dann sagte sie leise: »Ich weigere mich, weitere Fragen zu beantworten, Detective Katzka.«

Sekunden nachdem der Polizist die Bibliothek verlassen hatte, griff Abby panisch zum nächsten Telefon und piepte Mark an. Zum Glück beantwortete er ihren Anruf sofort.

»Dieser Detective war wieder hier«, flüsterte sie. »Mark, Sie wissen über Mary Allen Bescheid. Und dieser Polizist stellt Fragen nach den Umständen ihres Todes.«

»Du hast ihm doch nichts erzählt, oder?«

»Nein, ich«, sie atmete tief durch, der nachfolgende Seufzer

kam einem Schluchzen nahe. »Ich wußte nicht, was ich sagen sollte. Mark, ich glaube, ich habe mich verraten. Ich habe Angst, und ich vermute, er weiß das.«
»Abby, hör mir zu. Das ist wichtig. Du hast ihm doch nichts von dem Morphium in deinem Spind erzählt, oder?«
»Ich wollte. Mark, ich war kurz davor, ihm mein Herz auszuschütten. Vielleicht hätte ich das tun sollen. Wenn ich ihm einfach alles erzählen würde –«
»Tu das nicht!«
»Wäre es nicht besser, es ihm zu erzählen? Er wird es sowieso herausfinden. Früher oder später wird er es ausgraben. Da bin ich mir ganz sicher.« Sie atmete erneut aus, und spürte das Brennen erster Tränen in ihren Augen. Jeden Moment würde sie losschluchzen, gleich hier in der Bibliothek, wo jeder sie sehen konnte. »Ich sehe keine andere Möglichkeit. Ich muß zur Polizei gehen.«
»Und was ist, wenn sie dir nicht glauben? Sie werfen einen Blick auf die Indizien, das Morphium in deinem Spind, und ziehen den naheliegenden Schluß.«
»Was soll ich denn sonst machen? Darauf warten, daß sie mich verhaften? Ich halte das nicht aus. Ich halte es einfach nicht aus.« Ihre Stimme brach. Flüsternd wiederholte sie. »Ich halte es nicht aus.«
»Bis jetzt hat die Polizei gar nichts. Ich werde ihnen nichts sagen. Und Wettig und Parr auch nicht, das weiß ich. Sie wollen genausowenig wie du, daß die Sache an die Öffentlichkeit kommt. Halte durch, Abby. Wettig tut sein Möglichstes, daß du wieder eingestellt wirst.«
Sie brauchte eine Weile, bis sie sich gefaßt hatte. Als sie schließlich weitersprach, war ihre Stimme leise, aber fest: »Mark, was ist, wenn Mary Allen wirklich ermordet wurde? Dann sollte es eine Ermittlung geben! Wir sollten von uns aus zur Polizei gehen.«
»Willst du das wirklich tun?«
»Ich weiß nicht. Ich denke nur immer wieder, daß es das ist, was wir tun sollten. Daß wir dazu verpflichtet sind. Ethisch-moralisch.«
»Die Entscheidung liegt bei dir. Aber ich möchte, daß du lange und gründlich über die Konsequenzen nachdenkst.«

Das hatte sie bereits. Sie hatte das Medieninteresse und die Möglichkeit einer Verhaftung erwogen. Sie hatte hin und her überlegt, wohlwissend, was sie tun sollte, aber zu ängstlich, um zu handeln. Ich bin ein Feigling. Meine Patientin ist tot, vielleicht ermordet, und ich mache mir nur Sorgen darum, wie ich meine eigene verdammte Haut retten kann, dachte sie manchmal.
Die Krankenhausbibliothekarin betrat den Raum. Sie schob einen quietschenden Bücherwagen vor sich her und setzte sich an ihren Schreibtisch, wo sie begann, die Bücher aufzuschlagen und abzustempeln.
»Abby«, sagte Mark. »Bevor du irgendwas unternimmst, denk nach!«
»Wir sprechen uns später. Ich muß jetzt Schluß machen.« Sie legte auf und ging zu dem Tisch mit den Stapeln von fotokopierten Artikeln zurück. Das war ihre ganze Arbeit für heute. Sie hatte den Vormittag damit zugebracht, diesen Haufen von Papier zusammenzutragen. Sie war eine Ärztin, die nicht mehr praktizieren durfte, eine Chirurgin, die man aus dem Operationssaal verbannt hatte. Die Schwestern und das übrige Klinikpersonal wußten nicht, was sie davon halten sollten. Sie war sich sicher, daß die Gerüchteküche schon brodelte. Als sie heute morgen auf der Suche nach Dr. Wettig durch die Stationen gekommen war, hatten sich alle Schwestern nach ihr umgedreht. Was sie hinter ihrem Rücken flüsterten?
Abby hatte Angst, es zu erfahren.
Das rhythmische Geräusch des Stempelns hatte aufgehört. Abby wurde bewußt, daß die Bibliothekarin von ihren Büchern aufgeblickt hatte und sie musterte.
Wie jeder andere in diesem Krankenhaus fragt sie sich, was mit mir los ist, schoß es ihr durch den Kopf.
Abby errötete, sammelte ihre Papiere zusammen und ging zum Tisch der Bibliothekarin.
»Wie viele Kopien sind es?«
»Sie sind alle für Dr. Wettig? Die gehen auf das Kontingent des Assistenzarztprogramms.«
»Ich muß trotzdem die genaue Zahl wissen, um sie eintragen zu können. Das ist das übliche Verfahren.«
Abby setzte die Papierstapel ab und fing an, die Seiten zu

zählen. Sie hätte es sich denken können, daß die Bibliothekarin darauf bestehen würde. Diese Frau war schon seit Ewigkeiten am Bayside und hatte es nie versäumt, jedem neuen Jahrgang von Assistenzärzten klarzumachen, daß die Dinge in diesem Raum nach ihren eigenen Vorstellungen gehandhabt wurden. Abby wurde langsam wütend. Auf diese Bibliothekarin, auf das Krankenhaus und auf das Chaos, zu dem ihr Leben geworden war. Schließlich hatte sie auch den letzten Artikel durchgezählt.

»Zweihundertvierzehn Seiten«, sagte sie und knallte den letzten Haufen auf den Stapel. Auf der obersten Seite sprang ihr der Name »Dr. med. Aaron Levi« ins Auge. Der Titel des Artikels lautete: »Vergleichende Studie zur Überlebensrate bei Herztransplantationen von schwerkranken und ambulanten Organempfängern.« Die Autoren waren Aaron, Rajiv Mohandas und Lawrence Kunstler. Sie starrte auf Aarons Namen, aufgewühlt durch die unerwartete Erinnerung an seinen Tod.

Auch die Bibliothekarin hatte Aarons Namen gelesen und schüttelte den Kopf. »Schwer zu glauben, daß Dr. Levi nicht mehr da ist.«

»Ich weiß, was Sie meinen«, murmelte Abby.

»Und diese beiden Namen über einem Artikel zu sehen.« Die Frau schüttelte wieder den Kopf.

»Verzeihung?«

»Na, Dr. Kunstler und Dr. Levi!«

»Dr. Kunstler kenne ich nicht.«

»Oh, das war vor Ihrer Zeit.« Die Bibliothekarin klappte das Kopierverzeichnis zu und schob es ordentlich in ihr Bücherregal. »Es muß mindestens sechs Jahre her sein.«

»Was war vor sechs Jahren?«

»Es war genau wie in dem Fall Charles Stuart. Wissen Sie, der Mann, der von der Tobin Bridge gesprungen ist. Dort ist auch Dr. Kunstler gesprungen.«

Abby blickte wieder auf den Artikel und die beiden Namen oben auf der ersten Seite. »Er hat sich umgebracht?«

Die Bibliothekarin nickte. »Genau wie Dr. Levi.«

Das Geklapper der Mah-Jongg-Steine, die auf dem Eßtisch gemischt wurden, war zu laut, um sich dabei zu unterhalten. Vivian machte die Küchentür zu und trat an das Waschbecken, wo sie den Durchschlag mit Bohnensprossen abgestellt hatte. Sie fing wieder an, die geschrumpelten Schwänze abzuknipsen und die Köpfe in eine Schüssel zu geben. Abby kannte keinen Menschen, der sich die Mühe machte, die Wurzeln der Bohnensprossen abzuknipsen. Das taten nur die ewig pingeligen Chinesen, erklärte Vivian ihr. Sie verbrachten Stunden über der Zubereitung eines Gerichts, das sie dann in Minuten verschlangen. Und wer bemerkte die Wurzeln überhaupt? Vivians Großmutter bemerkte sie, und die Freundinnen ihrer Großmutter auch. Wenn man diesen Damen eine Schüssel mit Bohnensprossen servierte, bei denen die Wurzeln nicht entfernt worden waren, würden sie alle die Nase rümpfen. Also konzentrierte sich die gehorsame Enkelin, die begabte Chirurgin, die in Kürze ihre eigene Praxis eröffnen würde, auf die gewichtige Aufgabe, Sprossen zu säubern. Dabei hörte sie Abbys Geschichte an, ohne daß ihre anmutigen Hände auch nur eine Sekunde stillstanden.

»Verdammt«, murmelte Vivian. »Verdammt, Sie sitzen wirklich in der Klemme.«

Im Nebenzimmer hatte das Geklapper der Spielsteine aufgehört, die nächste Runde des Spiels hatte begonnen. Hin und wieder wurde das summende Geschwätz durch das Klackern eines gesetzten Steines unterbrochen.

»Was soll ich Ihrer Meinung nach tun?« fragte Abby.

»Er hat Sie so oder so in der Hand, DiMatteo.«

»Deswegen rede ich ja mit Ihnen. Sie hat Victor Voss auch fertiggemacht. Sie wissen, wozu er fähig ist.«

»Ja«, sagte Vivian. »Das weiß ich nur zu gut.«

»Meinen Sie, ich sollte zur Polizei gehen? Oder soll ich es aussitzen in der Hoffnung, daß sie nicht noch tiefer graben?«

»Was rät Mark?«

»Er sagt, ich sollte den Mund halten.«

»Ich bin ganz seiner Meinung. Nennen Sie es von mir aus mein angeborenes Mißtrauen gegen Autoritäten. Sie setzen weit mehr Vertrauen in die Polizei als ich, wenn Sie erwägen, sich zu stellen und auf das Beste zu hoffen.« Vivian trocknete sich an einem Geschirrtuch die Hände ab und sah Abby an. »Glauben Sie wirklich, daß Ihre Patientin ermordet wurde?«

»Wie soll ich mir den Morphiumlevel sonst erklären?«

»Sie bekam doch sowieso schon Morphium. Ihre Toleranz war wahrscheinlich schon so weit entwickelt, daß man extrem hohe Dosierungen brauchte, um sie schmerzfrei zu halten. Vielleicht sind die Dosen am Ende akkumuliert.«

»Nur, wenn sie noch eine zusätzliche Dosis erhalten hat. Aus Versehen oder vorsätzlich.«

»Bloß um Ihnen die Sache anzuhängen?«

»Normalerweise prüft niemand den Morphiumlevel einer unheilbaren Krebspatientin! Jemand wollte sichergehen, daß ihre Ermordung nicht unbemerkt blieb. Jemand, der wußte, daß es Mord war. Und jemand, der Brenda Hainey einen anonymen Brief zukommen ließ.«

»Woher wissen wir, daß es Victor Voss war?«

»Er ist der einzige, der mich von Bayside weg haben will.«

»Ist er wirklich der einzige?«

Abby starrte Vivian an und fragte sich: Wer sollte mich sonst noch vertreiben wollen?

Im Eßzimmer kündete das donnernde Geklapper der Mah-Jongg-Steine vom Ende einer weiteren Runde. Das Geräusch schreckte Abby aus ihren Gedanken. Sie begann, in der Küche auf und ab zu laufen, vorbei an dem Reiskocher, der auf dem Tresen blubberte, vorbei an dem Herd, wo aus diversen Kochtöpfen würzige und exotische Dämpfe stiegen. »Das ist doch verrückt. Ich kann nicht glauben, daß es sonst jemanden gibt, der so etwas tun würde, nur damit ich gefeuert werde.«

»Jeremiah Parr muß seinen eigenen Hals retten. Und wahrscheinlich spürt er in diesem Augenblick schon Voss' Atem im Nacken. Überlegen Sie mal. Der Aufsichtsrat des Krankenhauses ist gespickt mit Voss' reichen Kumpeln. Die könnten Parr feuern, wenn er Sie nicht vorher feuert. Sie sind nicht paranoid, DiMatteo. Die Leute haben es wirklich auf Sie abgesehen.«

Abby ließ sich auf einen Stuhl am Küchentisch fallen. Sie hatte Kopfschmerzen von dem Spiellärm nebenan und von dem Geschnatter der alten Damen. Überhaupt war das Haus voller Geräusche. Besucher redeten auf kantonesisch miteinander, als würden sie sich anschreien. Es waren freundliche Gespräche in der Phonstärke von lautstarkem Streit. Wie konnte Vivian es aushalten, daß ihre Großmutter bei ihr lebte? Allein der Radau würde Abby verrückt machen.

»Am Ende weist doch alles auf Victor Voss«, sagte Abby. »Er wird so oder so Rache nehmen.«

»Warum hat er dann die Klagen fallengelassen? Das ergibt keinen Sinn. Erst setzt er Dampfwalzen gegen Sie in Marsch, und dann bleiben sie plötzlich alle stehen.«

»Anstatt allenthalben verklagt zu werden, wirft man mir einen Mord vor. Eine wirklich große Alternative.«

»Aber sehen Sie nicht, daß das keinen Sinn ergibt? Voss hat wahrscheinlich eine Menge Geld dafür bezahlt, diese Klagen ins Rollen zu bringen. Er würde sie nicht einfach so fallenlassen, es sei denn, er macht sich Sorgen wegen möglicher Konsequenzen. Einer Gegenklage beispielsweise. Hatten Sie etwas Derartiges geplant?«

»Ich habe mit meinem Anwalt darüber gesprochen, aber er hat mir abgeraten.«

»Warum hat Voss die Klagen dann fallenlassen?«

Auch für Abby ergab das Ganze keinen Sinn.

Auf dem Heimweg von Vivians Haus in Melrose dachte sie immer noch darüber nach. Es war später Nachmittag, und der Verkehr auf der Route 1 war so dicht wie üblich. Obwohl es nieselte, hatte sie ihr Fenster heruntergekurbelt. Der Gestank verwesender Schweineorgane hing noch immer in ihrem Wagen, und sie glaubte nicht, daß er je wieder ganz verschwinden würde. Er würde für immer da bleiben, eine permanente Erinnerung an Victor Voss' Zorn.

Vor ihr lag die Tobin Bridge – ein Ort, an dem Lawrence Kunstler beschlossen hatte, seinem Leben ein Ende zu setzen. Sie bremste ab. Vielleicht war es eine Art morbider Zwang, der sie veranlaßte, zur Seite und auf das Wasser zu blicken, als sie auf die Brücke fuhr. Unter dem verhangenen Himmel sah der Fluß schwarz aus, seine Oberfläche war vom Wind aufgewühlt. Tod durch Ertrinken wäre bestimmt nicht die Todesart, für die sie sich entscheiden würde. Die Panik, die zappelnden Gliedmaßen, die Kehle, die sich gegen den Schwall kalten Wassers zuschnürte. Ob Kunstler noch bei Bewußtsein gewesen war, als er auf dem Wasser aufschlug? Auch an Aaron dachte sie. Zwei Ärzte, zwei Selbstmorde. Sie hatte vergessen, Vivian nach

Kunstler zu fragen. Wenn er vor sechs Jahren gestorben war, hatte sie vielleicht von ihm gehört.

Abbys Blick wurde vom Wasser so gefesselt, daß sie nicht bemerkte, wie der Wagen vor ihr abbremste, weil sich der Verkehr vor dem Mauthäuschen staute. Als sie wieder auf die Straße blickte, sah sie, daß der Wagen vor ihr stand.

Sie trat auf die Bremse. Einen Moment später wurde ihr Wagen von hinten angefahren. Abby blickte in den Rückspiegel und sah hinter sich eine Frau, die entschuldigend den Kopf schüttelte. Einen Moment lang stand der Verkehr auf der Brücke still. Abby stieg aus und lief nach hinten, um den Schaden zu begutachten.

Die andere Frau stieg auch aus. Sie blieb nervös neben Abby stehen, als sie sich bückte, um die hintere Stoßstange zu betrachten.

»Sieht unbeschädigt aus«, sagte Abby. »Nichts passiert.«

»Tut mir leid, ich habe wohl nicht richtig aufgepaßt.«

Abby warf einen Blick auf den Wagen der Frau und erkannte, daß dessen vordere Stoßstange ebenfalls unbeschädigt war.

»Das ist mir wirklich peinlich«, bemerkte die Frau. »Ich war so damit beschäftigt, im Rückspiegel den Typ zu beobachten, der an meiner Stoßstange hing«, sie wies auf einen braunen Van, der hinter ihrem Wagen wartete, »daß ich am Ende selbst aufgefahren bin.«

Irgend jemand hupte. Der Verkehr setzte sich wieder in Bewegung. Abby stieg in ihren Wagen und fuhr weiter. Als sie an dem Mauthäuschen vorbeifuhr, mußte sie sich unwillkürlich ein letztes Mal zu der Brücke umdrehen, von der Lawrence Kunstler seinen tödlichen Sprung getan hatte. Sie kannten sich, Aaron und Kunstler. Sie hatten zusammen gearbeitet. Sie hatten zusammen diesen Artikel geschrieben.

Der Gedanke ließ sie nicht mehr los, als sie den Straßen Richtung Cambridge folgte.

Zwei Ärzte aus demselben Transplantationsteam, und beide hatten Selbstmord begangen.

Ob Kunstler eine Witwe hinterlassen hatte, und ob Mrs. Kunstler genauso verwirrt gewesen war wie Elaine Levi?

Sie machte einen Bogen um das Harvard Common, bog in die Battle Street und blickte zufällig in den Rückspiegel.

Hinter ihr fuhr ein brauner Van, der ebenfalls in die Battle einbog.
Nach dem nächsten Block, an der Wilard Street, sah sie wieder in den Spiegel. Der Van war noch immer da. War es der Van von der Brücke? Sie hatte ihn in dem Moment kaum beachtet und sich nur seine Farbe gemerkt. Sie wußte nicht, warum sein Anblick bei ihr jetzt Unbehagen auslöste. Vielleicht war es die Tatsache, daß sie kurz zuvor über die Brücke gefahren war, die sie an Kunstler erinnert hatte. Und an Aarons Tod.
Einer spontanen Eingebung folgend, bog sie in die Mercer Street.
Der Van folgte ihr.
Sie bog erneut links ab in die Camden, dann rechts in die Auburn und blickte ständig in den Rückspiegel. Sie wartete, ja sie erwartete fast, daß der Van wieder auftauchte. Erst als sie wieder auf die Battle Street kam und er noch immer nirgends in Sicht war, erlaubte sie sich einen Seufzer der Erleichterung. Was für ein Nervenbündel sie doch war!
Sie fuhr direkt nach Hause und bog in die Einfahrt ein. Mark war noch nicht da, was sie nicht überraschte. Trotz des verhangenen Himmels wollte er die *Gimmie Shelter* für eine weitere Regatta gegen Archer auftakeln. Schlechtes Wetter war keine Entschuldigung, nicht zu segeln, hatte er ihr erklärt, und solange kein Hurrikan tobte, würde das Rennen stattfinden.
Sie betrat das Haus. Drinnen war es düster, das Nachmittagslicht fiel grau und wässrig durch die Fenster. Sie ging zu der Tischlampe und wollte sie gerade anknipsen, als sie von der Brewster Street das laute Aufheulen eines Motors hörte und aus dem Fenster blickte.
Ein brauner Van fuhr am Haus vorbei. Vor der Einfahrt bremste er bis auf Schrittempo ab, als ob der Fahrer Abbys Wagen eingehend mustern würde.
Verriegel die Türen. Verriegel die Türen! durchfuhr es sie.
Sie rannte zur Haustür, verriegelte sie und legte die Kette vor.
Die Hintertür? War sie abgeschlossen?
Sie rannte durch den Flur in die Küche. Kein Riegel, sondern nur das übliche Knaufschloß. Sie nahm einen Stuhl, schob ihn vor die Tür und klemmte ihn unter den Türknauf.

Dann lief sie zurück ins Wohnzimmer und spähte, vom Vorhang verborgen, aus dem Fenster.

Der Van war verschwunden.

Sie blickte in beide Richtungen und bemühte sich, bis zur Ecke zu sehen, doch die Straße war leer und vom Nieselregen feucht. Sie ließ die Vorhänge offen und das Licht gelöscht. Abby saß in dem dunklen Zimmer, starrte aus dem Fenster und wartete, daß der Van wieder auftauchte. Sie überlegte, ob sie die Polizei rufen sollte. Mit welche Beschwerde? Niemand hatte sie bedroht. Sie saß fast eine Stunde da, beobachtete die Straße und hoffte, daß Mark nach Hause kam.

Der Van tauchte nicht wieder auf. Genausowenig wie Mark.

Komm nach Hause. Laß dein verdammtes Boot, und komm nach Hause, flehte sie leise.

Sie stellte sich Mark auf seinem Boot vor, die knatternden Segel und den im Wind hin und her schlagenden Mastbaum. Und das Wasser, trübe und aufgewühlt unter einem grauen Himmel. Genau wie das Wasser im Fluß. In dem Fluß, in dem Kunstler gestorben war.

Sie griff zum Telefon und rief Vivian an. Der Lärm des Chaoshaushalts vermittelte sich auch über Telefon lebhaft. Im Hintergrund hörte man lautes Kantonesisch und Gelächter. Vivian sagte: »Ich kann Sie nur sehr schlecht verstehen. Können Sie das noch mal wiederholen?«

»Vor sechs Jahren ist ein anderer Arzt des Transplantationsteams gestorben. Kannten Sie ihn?«

Vivian mußte ihre Antwort brüllen. »Ja. Aber ich glaube, so lange ist das noch nicht her. Eher vier Jahre.«

»Haben Sie eine Ahnung, warum er Selbstmord begangen hat?«

»Es war kein Selbstmord?«

»Was?«

»Hören Sie, können Sie einen Moment dranbleiben? Ich nehme den anderen Apparat.«

Abby hörte, wie der Hörer neben das Telefon gelegt wurde, bevor sie scheinbar endlos warten mußte, bis Vivian an einem anderen Apparat wieder abnahm. »Grandma! Du kannst jetzt auflegen!« rief sie, und das kantonesische Geplapper verstummte jäh.

»Was meinen Sie, es war kein Selbstmord?« fragte Abby.
»Es war ein Unfall, irgendwas mit der Heizung. Im Haus hat sich Kohlendioxid gesammelt. Seine Frau und seine kleine Tochter sind auch gestorben.«
»Moment mal. Warten Sie! Ich rede von einem Typ namens Lawrence Kunstler.«

Sechzehn

Mark goß sein Weinglas noch einmal voll. »Sicher kannte ich sie beide«, sagte er. »Kunstler besser als Hennessy. Hennessy war nicht sehr lange bei uns, aber Larry war einer der Leute, die mich direkt nach meiner Assistenzzeit für das Bayside rekrutiert haben. Er war ein netter Kerl.« Mark stellte die Weinflasche auf den Tisch. »Ein wirklich netter Kerl.«

Der Ober glitt an ihnen vorbei und führte eine extravagant gekleidete Frau an einen Tisch, wo sie mit einem lautstarken Chor von »Da-bist-du-ja-Darling«- und »Fantastisches-Kleid«-Rufen begrüßt wurde. Die schrille Fröhlichkeit kam Abby gerade in diesem Moment vulgär vor, fast obszön. Sie wünschte, sie und Mark wären zu Hause geblieben. Aber er wollte ausgehen. Sie hatten so wenige gemeinsame freie Abende, daß sie noch nicht dazu gekommen waren, ihre Verlobung angemessen zu feiern. Er hatte Wein bestellt, mit ihr angestoßen und leerte jetzt den Rest der Flasche alleine – etwas, das er öfter und öfter zu tun schien. Sie sah zu, wie er den letzten Schluck hinunterkippte, und dachte, daß der ganze Streß ihrer juristischen Probleme auch ihn mitnahm.

»Warum hast du mir nie von ihnen erzählt?« fragte sie.

»Es hat sich nie ergeben.«

»Ich hätte erwartet, daß irgend jemand sie mal erwähnt, vor allem nach Aarons Tod. Das Team verliert in sechs Jahren drei Kollegen, und niemand sagt ein Wort. Es ist fast so, als hättet ihr Angst, darüber zu reden.«

»Es ist ein ziemlich deprimierendes Thema. Wir versuchen, es zu meiden, vor allem in Gegenwart von Marilee. Sie kannte Hennessys Frau. Sie hat sogar die Party zur Geburt ihres Babys organisiert.«

»Das Baby, das gestorben ist?«

Mark nickte. »Es war für alle ein Schock. Eine ganze Familie, einfach so. Marilee war völlig hysterisch, als sie es erfahren hat.«
»Es war definitiv ein Unfall?«
»Sie hatten das Haus erst wenige Monate zuvor gekauft und die alte Heizung noch nicht ersetzt. Ja, es war ein Unfall.«
»Aber Kunstlers Tod war kein Unfall?«
Mark seufzte. »Nein, Larrys Tod war kein Unfall.«
»Was glaubst du, warum er es getan hat?«
»Warum hat Aaron es getan? Warum begeht irgend jemand Selbstmord? Wir können ein halbes Dutzend Gründe zusammentragen, Abby, aber die Wahrheit ist, daß wir es nicht wissen. Wir werden es nie wissen. Und wir können es nie verstehen. Wir sehen normalerweise das große Ganze und sagen uns: ›Alles wird besser. Es wird immer besser!‹ Irgendwie hatte Larry diese langfristige Perspektive verloren. Und das ist der Punkt, an dem Menschen auseinanderbrechen. Wenn sie die Zukunft aus dem Blick verlieren.« Er nippte an seinem Wein, trank noch einen Schluck, schien jedoch allen Geschmack daran verloren zu haben, genau wie an dem Essen.
Sie verzichteten auf das Dessert und verließen das Restaurant. Beide waren still und deprimiert.
Mark fuhr durch den dichter werdenden Nebel und Nieselregen. Das Flüstern der Scheibenwischer ersetzte ein Gespräch. ›Das ist der Punkt, an dem Menschen auseinanderbrechen‹, hatte Mark gesagt. ›Wenn sie die Zukunft aus dem Blick verlieren.‹
Abby starrte in den Nebel und dachte, daß sie an diesem Punkt angekommen war, daß sie die Zukunft nicht mehr sehen konnte. Ich weiß nicht, was mit mir geschieht. Oder mit uns.
»Ich möchte dir etwas zeigen«, sagte Mark leise. »Ich möchte wissen, was du darüber denkst. Vielleicht hältst du mich für verrückt. Vielleicht bist du aber auch ganz begeistert von der Idee.«
»Von welcher Idee?«
»Es ist etwas, wovon ich schon lange geträumt habe. Schon sehr lange.«
Sie fuhren Richtung Norden, ließen Boston hinter sich und kamen durch Reveree, Lynn und Swampscott. Beim Marblehead-

Jachthafen parkte er den Wagen und sagte: »Sie ist gleich dort, am Ende des Stegs.«

Sie war eine Jacht.

Abby stand zitternd und verwirrt am Pier, während Mark die Länge des Bootes abschritt. Seine Stimme klang lebhaft, lebhafter als den ganzen Abend, während er enthusiastisch gestikulierte.

»Eine Luxusjacht«, erläuterte er. »Achtundvierzig Fuß, komplett ausgestattet, alles, was wir brauchen. Brandneue Segel und Ausrüstung. Sie ist praktisch wie neu. Sie würde uns tragen, wohin wir wollten. In die Karibik, über den Pazifik. Was du hier siehst, ist Freiheit, Abby!« Er stand auf dem Pier, den Arm wie zum Salut für das Boot erhoben. »Grenzenlose Freiheit.«

Sie schüttelte den Kopf. »Das verstehe ich nicht.«

»Es ist ein Ausweg! Vergiß die Stadt. Vergiß das Krankenhaus. Wir kaufen dieses Boot, steigen aus und segeln los.«

»Wohin?«

»Irgendwohin.«

»Ich will nicht irgendwohin.«

»Es gibt keinen Grund, hier zu bleiben. Jetzt nicht mehr.«

»Doch. Für mich schon. Ich kann nicht einfach meine Sachen packen und abhauen! Ich habe noch drei Jahre Ausbildung vor mir, Mark. Die muß ich zu Ende bringen, sonst werde ich nie Chirurgin.«

»Ich bin einer, Abby. Ich bin das, was du sein möchtest, was du denkst, daß du es sein möchtest. Und ich sage dir: Es lohnt sich nicht.«

»Ich habe so hart dafür gearbeitet. Da werde ich jetzt nicht aufgeben.«

»Und was ist mit mir?«

Sie starrte ihn an und begriff, daß es hier nur um ihn ging. Das Boot, die Flucht in die Freiheit. Kurz vor der Hochzeit packte den Mann auf einmal der Drang, von zu Hause wegzulaufen. Es war eine Metapher, die vielleicht nicht einmal er verstand.

»Ich möchte es machen, Abby«, sagte er und kam mit fiebrig glänzenden Augen auf sie zu. »Ich habe ein Angebot eingereicht für dieses Boot. Deswegen bin ich so spät nach Hause gekommen. Ich habe mich mit dem Makler getroffen.«

»Du hast ein Angebot gemacht, ohne mir davon zu erzählen? Ohne mich auch nur anzurufen?«
»Ich weiß, es klingt verrückt –«
»Wie können wir uns so etwas leisten? Ich bin bis über beide Ohren verschuldet. Es wird Jahre dauern, bis ich meine Studiumsdarlehen zurückgezahlt habe. Und du kaufst ein Boot?«
»Wir können eine Hypothek aufnehmen. Es ist, als würde man sich ein zweites Zuhause kaufen.«
»Das ist aber kein Zuhause.«
»Es wäre trotzdem eine Investition.«
»In so etwas würde ich mein Geld nicht investieren.«
»Ich gebe ja auch nicht dein Geld aus!«
Sie machte einen Schritt zurück und starrte ihn an. »Du hast recht«, sagte sie leise. »Es ist überhaupt nicht mein Geld.«
»Abby!« Er stöhnte. »Abby!«
Es fing wieder an zu regnen, die Tropfen waren kalt und machten ihr Gesicht taub. Sie ging zum Wagen zurück und stieg ein. Er folgte ihr. Einen Moment lang sagte keiner etwas. Man hörte nur den Regen, der auf das Autodach trommelte.
»Ich werde mein Angebot zurückziehen«, sagte er leise.
»Das will ich nicht.«
»Was willst du dann?«
»Ich dachte, wir würden unser Leben miteinander teilen. Und ich meine nicht das Geld, das ist mir egal. Es tut nur weh, daß du es als dein Geld ansiehst. Soll so unsere Zukunft aussehen? Deins und meins? Sollen wir unsere Anwälte anrufen und Gütertrennung vereinbaren? Die Möbel und Kinder aufteilen?«
»Du verstehst mich nicht«, sagte er, und sie hörte eine fremde und unerwartete Verzweiflung in seiner Stimme. Er ließ den Wagen an.
Den halben Weg nach Hause legten sie schweigend zurück. Dann sagte Abby: »Vielleicht sollten wir unsere Verlobung überdenken. Vielleicht ist Heiraten nicht das, was du wirklich willst, Mark.«
»Ist es nicht das, was du willst?«
Sie sah aus dem Fenster und seufzte. »Ich weiß nicht«, murmelte sie. »Ich weiß es nicht mehr.«
Und das war die Wahrheit. Sie wußte es wirklich nicht.

Drei Opfer bei Familientragödie

Im Schlaf wurden in der Neujahrsnacht Dr. Alan Hennessy und seine Familie von einem Mörder überrascht, der die Kellertreppe hinaufschlich. Tödliches Kohlenmonoxid aus einem fehlerhaften Heizungssystem soll für den Tod von Hennessy (34), seiner Frau Gail (33) und ihrer sechs Monate alten Tochter Linda verantwortlich sein. Die Leichen wurden am späten Nachmittag von Freunden entdeckt, die zum Abendessen eingeladen waren …

Abby schob den Mikrofilm weiter, und auf dem Bildschirm erschienen die Gesichter von Hennessy und seiner Frau. Seins war rundlich und ernst, ihres lachend, offenbar ein privater Schnappschuß. Von dem Baby gab es kein Foto. Vielleicht dachte der *Globe,* daß sechs Monate alte Babys sowieso alle gleich aussehen.

Abby wechselte den Mikrofilm und suchte nach einem Datum dreieinhalb Jahre vor Hennessys Tod. Sie fand den gesuchten Artikel auf der ersten Seite des Lokalteils.

Leiche von vermißtem Arzt im Inneren Hafen geborgen

Die Leiche, die am Dienstag aus dem Bostoner Hafen geborgen wurde, wurde heute als die von Dr. Lawrence Kunstler identifiziert, einem Bostoner Thoraxchirurgen. Dr. Kunstlers Wagen war in der vergangenen Woche verlassen auf der Kriechspur der Tobin Bridge aufgefunden worden. Die Polizei vermutet, daß es sich um einen Selbstmord handelt. Bis jetzt haben sich jedoch noch keine Zeugen gemeldet, so daß die Untersuchung bis auf weiteres unabgeschlossen bleibt …

Abby rückte Kunstlers Foto in die Mitte des Bildschirms. Es war offensichtlich gestellt: Dr. Kunstler im obligatorischen weißen Kittel mit Stethoskop blickte direkt in die Kamera.

Und sah jetzt direkt in ihre Augen.

Warum hast du es getan? Warum bist du gesprungen? fragte sie, ohne den Nachgedanken unterdrücken zu können: wenn du wirklich gesprungen bist.

Der Vorteil ihrer Befreiung vom Stationsdienst lag darin, daß Abby den ganzen Nachmittag verschwinden konnte, ohne daß es jemand am Bayside merkte. Es schien auch niemanden zu kümmern. Als sie also aus der Bostoner öffentlichen Bibliothek in das Gewimmel des Copley Square kam, empfand sie gleichzeitig Leere und Erleichterung darüber, daß sie nicht in die Klinik zurückkehren mußte. Wenn sie wollte, gehörte der Nachmittag ihr.

Sie beschloß, Elaine zu besuchen.

In den letzten paar Tagen hatte sie sich mehrfach nach Elaines neuer Telefonnummer erkundigt, doch weder Marilee Archer noch die anderen Gattinnen der Transplantationschirurgen hatten überhaupt gewußt, daß die Nummer sich geändert hatte. Die Bilder von Kunstler und Hennessy noch schmerzhaft frisch im Gedächtnis, fuhr sie auf der Route 9 nach Newton. Das Gespräch mit Elaine stand ihr bevor, aber wenn sie in den vergangenen Tagen an Kunstler und Hennessy gedacht hatte, war ihr unwillkürlich auch Aaron in den Sinn gekommen. Sie erinnerte sich an den Tag seiner Beerdigung, an dem niemand die beiden vorherigen Todesfälle erwähnt hatte. In jeder anderen Gruppe von Menschen wäre es ein geradezu unvermeidliches Thema gewesen. Irgend jemand hätte festgestellt: »Das ist jetzt schon der Dritte.« Oder: »Warum hat Bayside nur so viel Pech?« Oder: »Glauben Sie, daß es einen gemeinsamen Faktor gibt?« Aber niemand hatte etwas gesagt. Nicht einmal Elaine, die von Kunstler und Hennessy gewußt haben mußte.

Nicht einmal Mark.

Wenn er mir das nicht erzählt hat, was hat er mir sonst noch verschwiegen? ging es ihr durch den Kopf.

Sie parkte den Wagen in Elaines Einfahrt und blieb, den Kopf in den Händen vergraben, eine Weile sitzen, um ihre Niedergeschlagenheit abzuschütteln. Doch die düstere Wolke wollte sich nicht verziehen. Alles fällt auseinander, dachte sie. Mein Job. Und jetzt verliere ich auch noch Mark. Und das Schlimmste ist, daß ich nicht einmal weiß, warum das alles geschieht.

Seit dem Abend, an dem sie das Thema von Kunstler und Hennessy aufgebracht hatte, war zwischen Mark und ihr alles anders geworden. Sie lebten im selben Haus und schliefen im selben Bett, aber ihre Kommunikation war rein funktional geworden. Genau wie ihr Sex. Wenn sie mit geschlossenen Augen im Dunkeln lag, hätte Mark jeder beliebige andere sein können. Sie blickte zu dem Haus und hoffte: »Vielleicht weiß Elaine etwas.«

Abby stieg aus dem Wagen und lief die Treppe zur Haustür hoch. Dabei fielen ihr die beiden zusammengerollt auf der Veranda liegenden Zeitungen auf. Sie waren eine Woche alt und schon leicht angegilbt.

Sie klingelte. Als niemand aufmachte, klopfte sie und klingelte dann erneut. Und noch einmal. Sie konnte den Widerhall im Haus hören, gefolgt von Stille. Keine Schritte, keine Stimmen. Sie betrachtete erneut die beiden Zeitungen und wußte, daß irgend etwas nicht stimmte.

Die Haustür war abgeschlossen. Abby verließ die Veranda und ging um das Haus herum. Im Garten führte ein gepflasterter Pfad zu den gepflegten Azaleen- und Hortensienbeeten. Der Rasen sah frisch gemäht aus, die Hecken geschnitten, doch die gepflasterte Terrasse wirkte beunruhigend leer. Dann fielen ihr die Möbel ein, der Sonnenschirm, der Tisch und die Stühle, die sie am Nachmittag der Beerdigung noch gesehen hatte. Sie waren verschwunden.

Die Küchentür war abgeschlossen, doch eine Schiebetür zum Wintergarten war nicht verriegelt. Abby zog daran, und sie glitt auf. Abby rief: »Elaine?« und trat ein.

Das Haus war leer. Möbel, Teppiche – alles war weg, sogar die Bilder. Sie starrte entgeistert auf die kahlen Wände und den Boden, wo ein Läufer ein helles Rechteck auf dem nachgedunkelten Holzboden hinterlassen hatte. Ihre Schritte hallten in den Räumen wider. Das Haus war besenrein und bis auf ein paar Reklamesendungen, die unter dem Briefschlitz in der Haustür lagen, vollkommen leer.

Sie ging in die Küche. Auch der Kühlschrank war leer, alle Oberflächen gewischt, es roch nach Desinfektionsmittel. Das Wandtelefon war tot.

Abby verließ das Haus wieder und blieb völlig verwirrt in der Auffahrt stehen. Noch vor zwei Wochen war sie in diesem Haus zu Gast gewesen. Sie hatte auf der Wohnzimmercouch gesessen, Kanapees gegessen und die Fotos der Familie Levi

über dem Kamin betrachtet. Jetzt schien es fast, als ob sie sich die ganze Szene nur eingebildet hätte.
Noch immer wie benommen, stieg sie in den Wagen und setzte rückwärts aus der Auffahrt. Sie lenkte fast automatisch und konzentrierte sich kaum auf die Straße, mit den Gedanken noch immer bei Elaines bizarrem Verschwinden. Wohin sollte sie gegangen sein? Ihr Leben nach Aarons Tod so abrupt zu entwurzeln, schien vollkommen irrational. Es wirkte wie eine Panikaktion.
Plötzlich beunruhigt, musterte Abby im Rückspiegel den folgenden Wagen. Das hatte sie sich seit dem Samstag, an dem sie den braunen Van entdeckt hatte, zur Gewohnheit gemacht.
Hinter ihr fuhr ein dunkelgrüner Volvo. Hatte er nicht auch schon vor Elaines Haus geparkt? Sie war sich nicht sicher, sie hatte nicht wirklich darauf geachtet.
Der Volvo blendete auf und ab.
Sie trat aufs Gas.
Der Volvo beschleunigte ebenfalls.
Sie bog rechts in eine der großen Ausfallstraßen ab. Vor ihr erstreckte sich ein Band aus Tankstellen und Mini-Einkaufszentren. Zeugen. Jede Menge Zeugen. Doch der Volvo war noch immer direkt hinter ihr und betätigte weiter die Lichthupe.
Sie hatte genug von der Verfolgung und genug davon, ständig Angst zu haben. Zum Teufel damit! Wenn er sie belästigen wollte, würde sie das Spiel umdrehen und ihn stellen.
Sie fuhr auf den Parkplatz eines Einkaufszentrums, und er folgte ihr. Ein Blick sagte ihr, daß hier viele Leute unterwegs waren, Kunden mit Einkaufswagen auf dem Weg zu ihren Autos und Fahrer auf der Suche nach einem Parkplatz. Hier war der Ort, es zu tun.
Sie trat hart auf die Bremse.
Quietschend und nur Zentimeter vor ihrer hinteren Stoßstange kam der Volvo zum Stehen.
Sie stieg aus, rannte zu dem Volvo und klopfte wütend an das Fenster auf der Fahrerseite. »Machen Sie auf, verdammt noch mal! Machen Sie auf!«
Der Fahrer kurbelte sein Fenster herunter und sah sie an. Dann nahm er seine Sonnenbrille ab. »Dr. DiMatteo?« fragte Bernard Katzka. »Ich dachte mir schon, daß Sie es sind.«
»Warum sind Sie mir gefolgt?«

»Ich habe Sie von dem Haus wegfahren sehen.«
»Nein, ich meine davor. Warum sind Sie mir vorher gefolgt?«
»Wann?«
»Am Samstag. In dem Van.«
Er schüttelte den Kopf. »Ich weiß nichts von einem Van.«
Sie wich zurück. »Vergessen Sie es. Hören Sie einfach auf, mich zu beschatten, klar?«
»Ich habe versucht, Sie zum Anhalten zu bewegen. Haben Sie nicht gesehen, daß ich aufgeblendet habe?«
»Ich wußte nicht, daß Sie es waren.«
»Hätten Sie was dagegen, mir zu erklären, was Sie in Dr. Levis Haus wollten?«
»Ich habe vorbeigeschaut, um Elaine zu sehen. Ich wußte nicht, daß sie umgezogen ist.«
»Warum stellen Sie Ihren Wagen nicht da vorne ab? Ich würde mich gern mit Ihnen unterhalten. Oder wollen Sie sich wieder weigern, meine Fragen zu beantworten?«
»Das kommt darauf an, was Sie fragen wollen.«
»Es geht um Dr. Levi.«
»Das ist alles, worüber wir reden? Nur Aaron?«
Er nickte.
Sie überlegte und entschied, daß Fragen in beide Richtungen funktionieren konnten, so daß sich vielleicht sogar der wortkarge Detective Katzka ein paar Informationen entlocken ließ. Sie blickte zu dem Einkaufszentrum. »Da drüben ist ein Donut-Laden. Trinken wir dort eine Tasse Kaffee zusammen.«
Kriminalpolizisten und Donuts – die Verbindung war so etwas wie ein Witzklischee, an das die Öffentlichkeit mit jedem übergewichtigen Polizisten und jedem Streifenwagen vor einem Dunkin Donuts aufs neue erinnert wurde. Bernard Katzka schien jedoch kein Donut-Fan zu sein, sondern bestellte nur eine Tasse schwarzen Kaffee, an dem er ohne erkennbaren Genuß nippte. Katzka machte auf Abby generell nicht den Eindruck eines Mannes, der dem Angenehmen, Sündigen oder auch nur entfernt Unnötigen frönte.
Er kam gleich mit der ersten Frage auf den Punkt. »Warum waren Sie in dem Haus?«
»Ich wollte Elaine besuchen. Ich wollte mir ihr reden.«
»Worüber?«

»Persönliche Dinge.«
»Ich hatte den Eindruck, daß Sie beide nur Bekannte waren.«
»Hat Sie Ihnen das erzählt?«
Er ignorierte ihre Frage. »Würden Sie Ihre Beziehung so charakterisieren?«
Sie stieß den Atem aus. »Ja, ich denke schon. Wir kannten uns über Aaron. Das ist alles.«
»Warum wollten Sie sie dann besuchen?«
Wieder atmete sie tief und erkannte, daß sie ihn so wahrscheinlich erst recht auf ihre Nervosität aufmerksam machte. »Mir sind in letzter Zeit einige merkwürdige Dinge passiert. Ich wollte mit Elaine darüber reden.«
»Was für Dinge?«
»Am letzten Samstag hat mich jemand verfolgt, in einem braunen Van. Zuerst habe ich ihn auf der Tobin Bridge gesehen. Als ich nach Hause kam, war er wieder da.«
»Sonst noch was?«
»Ist das nicht genug?« Sie sah ihn direkt an. »Es hat mir angst gemacht.«
Er musterte sie schweigend, als versuche er zu entscheiden, ob es wirklich Angst war, was er in ihrem Gesicht sah. »Was hat das mit Mrs. Levi zu tun?«
»Sie waren es, der mich über Aaron ins Grübeln gebracht hat. Darüber, ob es wirklich Selbstmord war. Dann habe ich erfahren, daß zwei weitere Ärzte vom Bayside ums Leben gekommen sind.«
Katzkas Stirnrunzeln deutete an, daß das neu für ihn war.
»Vor sechseinhalb Jahren«, fuhr sie fort, »war es ein Dr. Lawrence Kunstler, ein Thoraxchirurg. Er ist von der Tobin Bridge gesprungen.«
Katzka sagte nichts, doch er war auf seinem Stuhl fast unmerklich nach vorn gerutscht.
»Vor drei Jahren war es ein Anästhesist«, fuhr Abby fort. »Ein Dr. Hennessy. Er, seine Frau und sein Baby starben an einer Kohlenmonoxidvergiftung. Ein Unfall, hieß es, durch eine defekte Heizung.«
»Das ist unglücklich, aber gerade im Winter passieren solche Unfälle.«
»Und dann Aaron. Das macht drei. Alle waren Mitglieder des

Transplantationsteams. Finden Sie nicht, daß das ein außergewöhnlich unglückliches Zusammentreffen ist?«
»Was wollen Sie damit andeuten? Daß jemand dem Transplantationsteam auflauert und einen nach dem anderen umbringt?«
»Ich weise nur auf ein Muster hin. Sie sind hier der Polizist. Sie sollten es untersuchen.«
Katzka lehnte sich zurück. »Wie sind Sie in die Sache verwickelt worden?«
»Mein Freund ist auch in dem Team. Mark gibt es nicht zu, aber ich glaube, er hat Angst. Ich glaube, daß ganze Team hat Angst. Sie fragen sich, wer der nächste sein wird. Aber sie reden nie darüber. So wie Leute nie über Flugzeugabstürze reden, wenn sie am Boarding Gate stehen.«
»Sie sorgen sich also um die Sicherheit Ihres Freundes?«
»Ja«, sagte sie schlicht, ohne die größere Wahrheit auszusprechen: daß sie Mark zurückhaben wollte. Ganz. Sie verstand nicht, was zwischen ihnen geschehen war, aber sie wußte, daß ihre Beziehung bröckelte. Und alles hatte an dem Abend angefangen, als sie Kunstler und Hennessy erwähnt hatte. Nichts von all dem offenbarte sie Katzka, weil alles nur auf Gefühlen basierte. Katzka gehörte zu der Sorte Mann, die mit greifbarerer Währung handelten.
Er hatte offensichtlich erwartet, daß sie ihm noch mehr erzählen würde. Als sie stumm blieb, fragte er: »Gibt es sonst noch etwas, was Sie mir sagen wollen? Was auch immer?«
Er redet von Mary Allen, dachte sie in einem kurzen Anfall von Panik. Als sie ihn in diesem Moment ansah, hatte sie den überwältigenden Drang, ihm alles zu erzählen, hier und jetzt. Stattdessen wich sie seinen Blick eilig aus und antwortete mit einer Gegenfrage.
»Haben Sie Elaines Haus beobachtet?« fragte sie. »Das haben Sie doch gemacht, oder?«
»Ich habe mit ihrer Nachbarin gesprochen. Als ich herauskam, sah ich sie aus der Ausfahrt kommen.«
»Sie befragen Elaines Nachbarn?«
»Reine Routine.«
»Das glaube ich nicht.«
Fast gegen ihren Willen blickte sie auf, und ihre Blicke trafen sich. Seine grauen Augen gaben nichts preis.

»Warum untersuchen Sie noch immer einen Selbstmord?«
»Die Witwe packt und verläßt die Stadt praktisch über Nacht, ohne eine Nachsendeadresse zu hinterlassen. Das ist ungewöhnlich.«
»Sie wollen doch nicht behaupten, Elaine hätte sich irgendeines Verbrechens schuldig gemacht, oder?«
»Nein, ich glaube, sie hat Angst.«
»Wovor?«
»Wissen Sie es, Dr. DiMatteo?«
Sie merkte, daß sie den Blick nicht abwenden konnte, daß die stille Eindringlichkeit seiner Augen etwas hatte, das sie bannte. Einen kurzen und unerwarteten Moment fühlte sie sich regelrecht zu ihm hingezogen, obwohl sie nicht hätte sagen können, warum ausgerechnet dieser Mann einen Reiz auf sie ausüben sollte.
»Nein«, sagte sie. »Ich habe keine Ahnung, wovor Elaine wegläuft.«
»Vielleicht können Sie mir dann bei einer anderen Frage weiterhelfen.«
»Und die wäre?«
»Wie ist Aaron Levi zu seinem Reichtum gekommen?«
Sie schüttelte den Kopf. »Soweit ich weiß, war er nicht besonders reich. Ein Kardiologe verdient vielleicht zweihunderttausend im Jahr. Und eine Menge davon ging in die Collegeausbildung seiner Kinder.«
»Gab es Geld in der Familie?«
»Eine Erbschaft, meinen Sie?« Sie zuckte die Schultern. »Ich habe gehört, daß Aarons Vater Haushaltsgeräte repariert hat.«
Katzka lehnte sich nachdrücklich zurück und sah nicht mehr Abby an, sondern starrte in seine Kaffeetasse. Dieser Mann verfügte über eine Intensität der Konzentration, die sie faszinierte. Er konnte einfach so aus einem Gespräch aussteigen, daß man mit dem Gefühl zurückblieb, allein gelassen worden zu sein.
»Von was für Reichtümern sprechen wir denn, Detective?«
Er blickte auf. »Drei Millionen Dollar.«
Abby konnte ihn nur verblüfft anstarren.
»Nach Mrs. Levis Verschwinden dachte ich, ich sollte mir die finanziellen Verhältnisse der Familie vielleicht mal ein wenig

genauer ansehen«, erklärte er. »Also habe ich mit ihrem Steuerberater gesprochen. Er hat mir erzählt, daß Elaine kurz nach Aarons Tod entdeckt hat, daß ihr Mann ein Konto bei der Cayman-Islands-Bank hatte. Ein Konto, von dem sie nichts gewußt hatte. Sie hat sich von ihrem Steuerberater erklären lassen, wie sie an das Geld herankommt, und dann ohne jede Verzögerung die Stadt verlassen.« Katzka blickte Abby fragend an.

»Ich habe keine Ahnung, woher Aaron so viel Geld hatte«, murmelte Abby.

»Sein Steuerberater auch nicht.«

Sie schwiegen eine Weile. Abby griff nach ihrem Kaffee und stellte fest, daß er kalt geworden war. Ihr war auch kalt.

Leise fragte sie: »Wissen Sie, wo Elaine ist?«

»Wir haben eine Vermutung.«

»Können Sie es mir sagen?«

Er schüttelte den Kopf. »Ich glaube, Dr. DiMatteo«, sagte er, »sie will zur Zeit lieber nicht gefunden werden.«

Drei Millionen Dollar. Wie hatte Aaron Levi drei Millionen Dollar angespart?

Die Frage ließ sie den ganzen Heimweg über nicht los. Sie wußte nicht, wie ein Kardiologe das schaffen wollte. Nicht mit zwei Kindern, die private Universitäten besuchten, und mit einer Frau mit einer Vorliebe für teure Antiquitäten. Und warum hatte er seinen Reichtum verborgen? Auf den Cayman-Inseln deponierten Leute ihr Geld, wenn sie es außer Sichtweite der Steuerbehörde bringen wollten. Doch auch Elaine hatte erst nach Aarons Tod von dem Konto erfahren. Es mußte ein Schock gewesen sein, die Papiere ihres verstorbenen Mannes durchzugehen und zu entdecken, daß ihr Mann ihr ein Vermögen verschwiegen hatte.

Drei Millionen Dollar.

Sie parkte in der Auffahrt und ertappte sich dabei, die Nachbarschaft nach einem braunen Van abzusuchen. Dieser kurze Blick die Straße hinaus und hinunter war fast schon zur Gewohnheit geworden.

Als sie die Haustür aufschloß, stolperte sie über den üblichen Haufen Nachmittagspost. Das meiste waren Fachzeitschriften, jeweils zwei Exemplare für die beiden Ärzte im Haus. Sie sammelte sie auf und trug sie in die Küche. Auf dem Tisch begann sie, die Post in zwei Stapeln zu sortieren. Sein Müll, ihr Müll. Sein Leben, ihr Leben. Nichts, was einen zweiten Blick gelohnt hätte.

Es war vier Uhr. Sie beschloß, am Abend ein leckeres Essen zuzubereiten und es mit Wein bei Kerzenlicht zu servieren. Warum nicht? Sie hatte jetzt schließlich genug Muße. Während man sich im Bayside reichlich Zeit ließ, über ihre Zukunft als Chirurgin zu entscheiden, konnte sie sich damit beschäftigen, die Beziehung zwischen ihr und Mark mit romantischen Abendessen und weiblicher Fürsorge zu flicken. Sie würde ihre Karriere verlieren, aber den Mann behalten.

Abby nahm ihren Stapel von Wurfsendungen und Reklame, trug ihn zum Mülleimer und trat auf dessen Pedal. Der Deckel klappte auf, und bevor ihr Haufen Post im Eimer verschwand, sah sie an dessen Boden einen großen braunen Umschlag, auf dessen Absender in großen Lettern das Wort »Jachten« prangte. Sie wühlte den Umschlag hervor und kratzte den Kaffeesatz und die Eierschalen ab.

In der oberen linken Ecke stand: »East Wind Jachten, Verkauf und Service, Marblehead Marina«.

Er war an Mark adressiert, aber nicht an ihr Haus in der Brewster Street, sondern an ein Postfach.

Noch einmal las sie die Worte: »Jachten, Verkauf und Service«. Sie ging zu Marks Schreibtisch im Wohnzimmer. Die unterste Schublade, in der er seine Unterlagen aufbewahrte, war abgeschlossen, doch sie wußte, wo der Schlüssel war. Sie hatte gehört, wie er ihn in den Becher mit Stiften hatte fallen lassen. Dort fand sie ihn auch und schloß die Schublade auf.

Hier bewahrte Mark sämtliche offiziellen Papiere auf, Versicherungsdokumente, KFZ-Unterlagen. Sie stieß auf einen Ordner mit der Aufschrift »BOOT«. Er enthielt einen Hefter für die *Gimmie Shelter,* seine J-35. Und einen zweiten Hefter, der neu aussah. Auf dem Etikett stand: »H-48«.

Diesen Hefter zog sie heraus. Es war ein Kaufvertrag der Firma East Wind Marine, H-48 war die Abkürzung für das Modell. Eine Hinckley-Jacht, achtundvierzig Fuß lang.

Sie sank in einen Stuhl, und ihr wurde übel. Du hast es mir verheimlicht, dachte sie. Du hast mir gesagt, du würdest dein An-

gebot zurückziehen. Dann hast du das Boot trotzdem gekauft. Es ist dein Geld, schon gut. Damit ist wohl alles klar.
Ihr Blick wanderte über die Seite, bis sie zu den Zahlungsbedingungen kam.
Wenig später verließ sie das Haus.

»Organe gegen Cash. Ist das möglich?«
Dr. Ivan Tarasoff, der bis jetzt in seinem Kaffee gerührt hatte, blickte auf und sah Vivian an. »Haben Sie einen Beweis dafür?«
»Noch nicht. Wir fragen Sie nur, ob es möglich ist. Und wenn ja, wie man es bewerkstelligen könnte.«
Dr. Tarasoff ließ sich in die Couch zurücksinken und nippte an seinem Kaffee, während er darüber nachdachte. Es war Viertel vor fünf, und bis auf Assistenzärzte im OP-Kittel, die gelegentlich durch den angrenzenden Umkleideraum kamen, war der Aufenthaltsraum der Chirurgie am Mass Gen ruhig. Tarasoff, der erst vor zwanzig Minuten aus dem OP gekommen war, hatte Talkum an den Händen, und die OP-Maske hing noch um seinen Hals. Als Abby ihn ansah, beruhigte sie wieder die Erinnerung an das Bild ihres Großvaters, die sanften blauen Augen, das silberne Haar, die ruhige Stimme. Die Stimme wirklicher Autorität, dachte sie, ist die eines Mannes, der sie nicht heben muß.
»Natürlich gab es immer mal wieder Gerüchte«, sagte Tarasoff. »Jedesmal, wenn ein Prominenter ein Spenderorgan erhält, fragen sich die Leute, ob Geld im Spiel war. Aber es gab nie irgendwelche Beweise, nur Vermutungen.«
»Was für Gerüchte haben Sie gehört?«
»Daß man sich einen höheren Platz auf der Warteliste kaufen kann. Ich selbst habe es nie mit eigenen Augen gesehen.«
»Ich schon«, sagte Abby.
Tarasoff schaute sie an. »Wann?«
»Vor zwei Wochen. Mrs. Victor Voss war die Nr. drei auf der Warteliste und hat dennoch das Herz bekommen.«
»Das würde die UNOS nie zulassen oder die NEOB. Sie haben strikte Vorschriften.«
»Die NEOB wußte nichts davon. Sie hatten nicht einmal die Informationen über den Spender im System.«
Tarasoff schüttelte den Kopf. »Das ist schwer zu glauben.

Wenn das Herz nicht über UNOS oder NEOB gekommen ist, woher stammte es dann?«

»Wir glauben, Mr. Voss hat dafür bezahlt, daß es nicht durch das offizielle Registrierungssystem gelaufen ist, damit seine Frau es bekommen konnte«, sagte Vivian.

»So viel wissen wir bisher«, sagte Abby. »Stunden vor der Transplantation für Mrs. Voss wurde der Transplantationskoordinator am Bayside telefonisch unterrichtet, daß es im Wilcox Memorial in Burlington einen Spender gäbe. Das Herz wurde entnommen und nach Boston geflogen. Es traf um ein Uhr nachts in unserem OP ein, überbracht durch einen gewissen Dr. Mapes. Die Spenderunterlagen wurden mitgeliefert, sind jedoch irgendwie verschwunden. Jedenfalls hat sie seither kein Mensch mehr gesehen. Ich habe unter ›Mapes‹ im Verzeichnis chirurgischer Fachärzte nachgeschlagen. Es gibt keinen Chirurgen dieses Namens.«

»Wer hat die Entnahme durchgeführt?«

»Wir glauben, es war ein Chirurg namens Tim Nicholls. Sein Name steht im Verzeichnis, also wissen wir, daß er existiert. Nach seinem Lebenslauf hat er im Rahmen seiner Ausbildung einige Jahre am Mass Gen zugebracht. Erinnern Sie sich an ihn?«

»Nicholls«, murmelte Tarasoff und schüttelte dann den Kopf. »Wann war er hier?«

»Vor neunzehn Jahren.«

»Ich müßte die Unterlagen der Assistenzärzte einsehen.«

»Wir glauben, daß Folgendes passiert ist«, faßte Vivian zusammen. »Mrs. Voss brauchte ein Herz, und ihr Mann besaß das Geld, dafür zu bezahlen. Irgendwie hat er das verbreitet. Gerüchteweise, über ein geheimes Informationssystem, was weiß ich. Tim Nicholls hatte zufällig einen Spender und hat das Herz unter Umgehung der NEOB direkt dem Bayside zukommen lassen, und diverse Leute haben abkassiert, darunter auch Angestellte des Bayside.«

Tarasoff wirkte entsetzt. »Es ist möglich«, sagte er. »Sie haben recht, so könnte es gehen.«

Plötzlich ging die Tür auf, und zwei Assistenzärzte kamen lachend herein, um sich einen Kaffee zu holen. Sie schienen Ewigkeiten zu brauchen, bis sie Milch und Zucker genommen hatten. Endlich gingen sie wieder.

Tarasoff wirkte noch immer perplex. »Ich selbst habe schon Patienten ans Bayside überwiesen. Es ist eines der führenden Transplantationszentren des Landes. Warum sollten sie das offizielle System umgehen und Ärger mit der NEOB und der UNOS riskieren?«

»Die Antwort liegt auf der Hand«, sagte Vivian. »Geld.«

Sie verstummten erneut, als ein weiterer Chirurg mit durchgeschwitztem OP-Kittel in den Aufenthaltsraum kam. Er stieß einen Seufzer der Erschöpfung aus und ließ sich in einen der Sessel fallen.

Leise sagte Abby zu Tarasoff: »Sie müssen für uns die Personalakte von Tim Nicholls einsehen. Bringen Sie so viel in Erfahrung, wie Sie können. Zum Beispiel, ob er tatsächlich hier ausgebildet wurde. Oder ob sein Lebenslauf von vorne bis hinten erfunden ist.«

»Ich werde ihn einfach persönlich anrufen und ihm die Fragen direkt stellen.«

»Nein, tun Sie das nicht. Wie sind uns noch nicht sicher, wie weit die Kreise sind, die diese Sache zieht.«

»Ich bin dafür, ganz direkt zu sein. Wenn es ein geheimes Netzwerk zur Beschaffung von Organen gibt, will ich davon wissen.«

»Wir auch. Aber wir müssen sehr vorsichtig sein, Dr. Tarasoff.«

Abby warf einen nervösen Blick auf den im Sessel dösenden Chirurgen. Sie senkte die Stimme zu einem Flüstern. »In den letzten sechs Jahren sind drei Ärzte am Bayside ums Leben gekommen, durch zwei Selbstmorde und einen Unfall. Und alle waren Mitglieder des Transplantationsteams.«

An seiner entsetzten Miene erkannte sie, daß ihre Warnung den gewünschten Erfolg hatte. »Sie wollen mir angst machen«, sagte er, »nicht wahr?«

Abby nickte. »Sie sollten auch Angst haben. Das sollten wir alle.«

Auf dem Parkplatz waren Abby und Vivian unter dem grauen, ungemütlichen Himmel stehengeblieben. Sie waren beide mit dem eigenen Wagen gekommen und wollten sich nur noch eben voneinander verabschieden. Die Tage wurden immer kürzer, schon um fünf Uhr dämmerte es. Zitternd zog Abby ihre Regenjacke fester zu und sah sich auf dem Parkplatz um: Kein brauner Van in Sicht.

»Wir haben noch nicht genug«, meinte Vivian. »Wir können noch keine Ermittlung erzwingen. Und wenn wir es doch versuchen würden, könnte Victor Voss seine Spuren einfach verwischen.«

»Nina Voss war nicht die erste. Ich glaube, so etwas ist am Bayside schon öfter vorgekommen. Aaron starb mit drei Millionen Dollar auf dem Konto. Er muß schon eine ganze Weile abkassiert haben.«

»Glauben Sie, ihm sind Bedenken gekommen?«

»Ich weiß, daß er von Bayside wegwollte, sogar aus Boston weg. Vielleicht wollten sie ihn nicht gehen lassen.«

»Dasselbe könnte auch mit Kunstler und Hennessy passiert sein.«

Abby atmete geräuschvoll aus und sah sich auf dem Parkplatz noch einmal nach dem Van um. »Ich fürchte, genau das ist mit ihnen passiert.«

»Wir brauchen weitere Namen, andere Transplantationen, mehr Spenderinformationen.«

»Alle Spenderinformationen sind im Büro des Transplantationskoordinators verschlossen. Ich müßte einbrechen und sie stehlen, wenn sie überhaupt noch da sind. Denken Sie daran, wie die Spenderunterlagen im Fall von Nina Voss verlegt wurden.«

»Nun, dann müssen wir es von der Empfängerseite her angehen.«

»Das medizinische Archiv?«

Vivian nickte. »Wir müssen die Namen der Organempfänger heraussuchen und überprüfen, wo sie zum Zeitpunkt der Transplantation auf der Warteliste standen.«

»Dazu brauchen wir die Hilfe der NEOB.«

»Richtig. Aber zunächst mal brauchen wir Namen und Daten.«

Abby nickte. »Die kann ich besorgen.«

»Ich würde Ihnen gern helfen, aber ich habe im Bayside Hausverbot. Sie halten mich wohl für ihren schlimmsten Alptraum.«

»Zusammen mit mir.«

Vivian grinste, als ob das etwas wäre, worauf man stolz sein könnte. In ihrem großen Regenmantel wirkte sie besonders klein, fast kindlich, eine recht zerbrechliche Verbündete. Aber auch wenn ihre Größe nicht allzu viel Zuversicht einflößte, ihr

Blick machte Abby Mut. Er war direkt und kompromißlos. Und er sah zuviel.
»Also, Abby«, seufzte Vivian. »Jetzt erzählen Sie mir von Mark und warum wir ihm das Ganze verheimlichen.«
Abby atmete gepreßt aus, bevor die Antwort ihr in einem verzweifelten Schwall über die Lippen sprudelte. »Ich glaube, er gehört dazu.«
»Mark?«
Abby nickte und blickte in den grauen Himmel. »Er will das Bayside verlassen. Er hat davon gesprochen, mit dem Segelboot aufzubrechen, zu fliehen. Genau wie Aaron vor seinem Tod.«
»Glauben Sie, Mark hat Zahlungen angenommen?«
»Vor ein paar Tagen hat er ein Boot gekauft. Und ich meine nicht bloß ein Boot, sondern eine Jacht.«
»Er hatte schon immer einen Tick mit Booten.«
»Dieses hat eine halbe Million Dollar gekostet.«
Vivian sagte nichts.
»Und das Schlimmste ist«, flüsterte Abby, »er hat es bar bezahlt.«

Siebzehn

Das Archiv war im Keller des Krankenhauses untergebracht, gleich neben der Pathologie und der Leichenhalle. Es war eine Abteilung, die jeder Arzt am Bayside gut kannte. Hier zeichneten die Ärzte die Krankenakten ab, diktierten Entlassungsberichte und unterschrieben Laborergebnisse und mündliche Verordnungen. Der Raum war mit bequemen Stühlen und Tischen ausgestattet, die Abteilung mit Rücksicht auf die oft unregelmäßigen Arbeitszeiten der Ärzte jeden Abend bis neun Uhr geöffnet.

Als Abby das Archiv an jedem Abend betrat, war es sechs, und der Raum war fast leer, wie sie es zur Abendessenszeit erwartet hatte. Nur ein ausgezehrt wirkender Assistenzarzt saß vor einem Stapel Patientenakten.

Mit pochendem Herzen trat Abby auf den Schreibtisch der Sachbearbeiterin zu und lächelte. »Ich stelle eine Statistik für Dr. Wettig zusammen. Er arbeitet an einer Studie über die Mortalität bei Herztransplantationen. Könnten Sie per Computer eine Liste mit den Namen und Aktennummern sämtlicher Patienten aufrufen, die sich in den letzten zwei Jahren am Bayside einer Herztransplantation unterzogen haben?«

»Für eine derartige Aktenrecherche brauche ich eine offizielle Anfrage der Abteilung.«

»Da ist jetzt keiner mehr. Kann ich das Formular nicht nachreichen? Ich hätte es gern bis morgen früh fertig. Sie wissen ja, wie der General ist.«

Die Sachbearbeiterin lachte. Ja, sie wußte genau, wie der General war. Sie setzte sich an ihren Computer und rief den Suchen-Modus auf. Unter dem Stichwort »Diagnose« gab sie »Herztransplantation« und die betreffenden Jahre ein und drückte auf die Befehlstaste.

Einer nach dem anderen leuchteten die Namen auf dem Bildschirm auf. Abby beobachtete gebannt, was da über den Monitor lief. Die Sachbearbeiterin forderte einen Ausdruck an, der Sekunden später aus dem Drucker glitt, und gab ihn Abby.
Auf der Liste standen neunundzwanzig Namen. Der letzte war der von Nina Voss.
»Könnte ich die ersten zehn Akten haben?« fragte Abby. »Ich kann genausogut noch heute abend mit der Arbeit anfangen.«
Die Sachbearbeiterin verschwand in dem Raum, in dem die Akten gelagert wurden, und kam wenig später mit einer Ladung Ordner zurück. »Das sind erst die ersten drei. Ich hole Ihnen den Rest.«
Abby schleppte die Akten zu einem Tisch. Jeder Herztransplantationspatient verursachte Bände von Akten, und die drei bildeten keine Ausnahme. Sie klappte den ersten Ordner auf und studierte das Blatt mit den Daten des Patienten.
Sein Name war Gerald Luray, Alter vierundfünfzig. Rechnungsträger war eine private Krankenversicherung. Er wohnte in Worcester, Massachusetts. Sie wußte nicht, wie relevant jede dieser Informationen war, also notierte sie alles in einem gelben Notizblock, ebenso wie Datum und Uhrzeit der Transplantation und die Namen der anwesenden Ärzte. Sie kannte sie alle: Aaron Levi, Bill Archer, Frank Zwick, Rajiv Mohandas. Und Mark. Wie nicht anders zu erwarten, enthielt die Krankenakte keinerlei Informationen über den Spender. Die entsprechenden Unterlagen wurden immer von den Empfängerakten getrennt aufbewahrt. Unter den Notizen der Krankenschwester fand sie jedoch den Eintrag:
»8.30 Uhr – Benachrichtigung über Abschluß d. Entnahme. Spenderherz unterwegs von Norwalk, Connecticut. Patient zur Präp. in den OF gerollt ...«
Abby notierte: 8.30 Uhr, Entnahme in Norwalk, Conn.
Die Sachbearbeiterin rollte einen Wagen neben Abbys Tisch, lud fünf weitere Akten ab und machte sich auf den Weg, weitere heranzukarren.
Abby arbeitete die ganze Essenszeit durch, ohne einen Happen zu sich zu nehmen oder sich eine Pause zu gönnen. Sie rief nur kurz Mark an, um ihm zu sagen, daß sie später kommen würde. Als das Archiv zumachte, hatte sie das Gefühl zu verhungern.

Sie hielt auf dem Nachhauseweg bei einem McDonalds's und bestellte sich einen Big Mac, eine große Portion Pommes und einen Vanille-Milkshake. Cholesterin fürs Gehirn. Sie aß alleine an einem Tisch in der Ecke und hielt das Lokal im Blick. Um diese Zeit waren die anderen Gäste meist Kinogänger auf dem Heimweg, Teenager und ein paar deprimiert aussehende Junggesellen. Niemand schien Notiz von ihr zu nehmen. Sie stopfte sich die letzten Pommes in den Mund und verließ das Restaurant.
Bevor sie den Wagen anließ, sah sie sich kurz auf dem Parkplatz um. Kein Van.
Als sie um Viertel nach zehn nach Hause kam, war Mark schon ins Bett gegangen und hatte das Licht gelöscht. Sie war erleichtert, daß sie seine Fragen nicht beantworten mußte, zog sich im Dunkeln aus und schlüpfte unter die Bettdecke, ohne ihn zu berühren. Sie hatte beinahe Angst, ihn zu berühren.
Als er sich plötzlich bewegte und den Arm nach ihr ausstreckte, spürte sie, wie ihr ganzer Körper erstarrte.
»Ich habe dich vermißt«, murmelte er. Er drehte sich zu ihr und küßte sie lang und innig. Seine Hand glitt an ihrem Körper hinab und streichelte ihre Hüfte. Sie bewegte sich nicht. Sie kam sich vor wie eine Kleiderpuppe, starr und weder in der Lage zu reagieren noch ihn abzuwehren. Sie lag mit geschlossenen Augen da, ihr Puls dröhnte in ihren Ohren, als er sie in seine Arme zog und in sie drang.
Mit wem schlafe ich gerade? fragte sie sich, als er wieder und wieder in sie stieß, so daß ihre Becken mit fast roher Gewalt gegeneinanderprallten.
Dann war es vorbei, und er zog sich zurück.
»Ich liebe dich«, flüsterte er.
Erst lange, nachdem er eingeschlafen war, flüsterte sie ihre Antwort:
»Ich liebe dich auch.«

Am nächsten Morgen war sie um halb acht wieder im Archiv. Heute waren mehrere Tische von Ärzten besetzt, die vor der Morgenvisite ihren Papierkram erledigen wollten. Abby fragte nach fünf weiteren Akten, machte sich rasch Notizen, gab die Akten zurück und ging.
Sie verbrachte den Vormittag in der medizinischen Bibliothek,

wo sie weitere Artikel für Dr. Wettig heraussuchte. Erst am späten Nachmittag kehrte sie ins Archiv zurück.
Sie verlangte zehn weitere Krankenakten.

Vivian verputzte den letzten Bissen von ihrem mittlerweile vierten Stück Pizza. Es war Abby ein Rätsel, wo sie das alles ließ. Dieser elfengleiche Körper verbrauchte Kalorien wie ein Fett verbrennender Ofen. Seit sie an dem Tisch bei Ginelli's Platz genommen hatten, hatte Abby erst ein paar Happen zu sich genommen, und auch die nur mit Mühe.
Vivian wischte sich die Hände an einer Serviette ab. »Mark weiß es immer noch nicht?«
»Ich habe ihm nichts gesagt. Vermutlich habe ich Angst davor.«
»Wie können Sie das ertragen? Im selben Haus mit ihm zu leben, ohne zu reden?«
»Wir reden schon, nur nicht darüber.« Abby legte ihre Hand auf den Stapel Notizen – Notizen, die sie den ganzen Tag mit sich herumgetragen hatte. Sie hatte darauf geachtet, sie so aufzubewahren, daß Mark sie nicht finden konnte. Als sie gestern abend von McDonald's nach Hause gekommen war, hatte sie sie unter der Couch verstaut. Sie hatte den Eindruck, in letzter Zeit so viel vor ihm zu verbergen, und sie wußte nicht, wie lange sie das noch durchhalten konnte.
»Abby, früher oder später müssen Sie mit ihm reden.«
»Noch nicht. Nicht, bis ich es sicher weiß.«
»Sie haben doch keine Angst vor Mark, oder?«
»Ich habe Angst, daß er alles leugnen wird. Und daß ich dann nicht sicher sein kann, ob er mir die Wahrheit sagt.« Sie fuhr sich mit der Hand durch das Haar. »Meine ganze Weltsicht hat sich verschoben. Ich dachte immer, ich würde auf festem Boden stehen. Wenn ich irgend etwas unbedingt wollte, habe ich wie verrückt dafür geschuftet. Und jetzt kann ich mich nicht entscheiden, welchen Schritt ich tun soll. Alles, worauf ich mich verlassen habe, zählt nicht mehr.
»Sie meinen Mark!«
Niedergeschlagen rieb Abby sich über ihr Gesicht. »Vor allem Mark.«
»Sie sehen schrecklich aus, Abby.«
»Ich habe in letzter Zeit nicht besonders gut geschlafen. Mir

gehen so viele Dinge durch den Kopf. Nicht nur Mark, auch die Sache mit Mary Allen. Ich warte jeden Moment darauf, daß Detective Katzka mit Handschellen vor meiner Tür steht.«
»Glauben Sie, er hat Sie im Verdacht?«
»Ich glaube, er ist zu intelligent, um mich nicht im Verdacht zu haben.«
»Bis jetzt haben Sie noch nichts von ihm gehört. Vielleicht läßt er die Sache auf sich beruhen. Vielleicht überschätzen Sie ihn auch.«
Abby dachte an Bernard Katzkas stille, graue Augen und erwiderte: »Der Mann ist schwer zu durchschauen. Aber ich glaube, Katzka ist nicht nur schlau, sondern auch hartnäckig. Er macht mir angst, aber er fasziniert mich seltsamerweise auch.«
Vivian lehnte sich zurück. »Interessant. Die Faszination der Gejagten für den Jäger?«
»Manchmal möchte ich Katzka einfach anrufen und ihm alles erzählen, die Sache hinter mich bringen.« Abby ließ den Kopf in ihre Hände sinken. »Ich bin so müde. Ich wünschte, ich könnte irgendwohin weglaufen und eine ganze Woche nur schlafen.«
»Vielleicht sollten Sie bei Mark ausziehen. Ich habe noch ein freies Zimmer, und meine Großmutter fährt wieder.«
»Ich dachte, sie würde ständig bei Ihnen wohnen?«
»Sie macht bei ihren Enkeln die Runde. Im Moment ist es meine Cousine in Concord, die sich für den Besuch wappnet.«
Abby schüttelte den Kopf. »Ich weiß nicht, was ich machen soll. Ich liebe Mark. Ich traue ihm nicht mehr, aber ich liebe ihn. Gleichzeitig weiß ich, daß wir ihn mit unseren Nachforschungen ruinieren könnten.«
»Es könnte ihm auch das Leben retten.«
Abby sah Vivian voller Verzweiflung an. »Ich rette sein Leben, aber ich zerstöre seine Karriere. Vielleicht ist er mir dafür nicht gerade dankbar.«
»Aaron wäre Ihnen dankbar gewesen. Und Kunstler auch. Hennessys Frau und das Baby jedenfalls ganz bestimmt.«
Abby sagte nichts.
»Wie sicher sind Sie, daß Mark in die Sache verwickelt ist?«
»Ich bin gar nicht sicher. Das macht es ja so schwierig. Ich möchte ihm glauben, und ich habe weder Beweise für das eine noch für das andere.« Wieder legte sie die Hand auf ihre Notizen. »Ich habe bisher fünfundzwanzig Akten eingesehen. Ei-

nige der Transplantationen liegen bis zu zwei Jahre zurück. Und Marks Name steht in jeder von ihnen.«
»Genau wie Archers und Aarons. Das sagt uns noch gar nichts. Was haben Sie sonst noch in Erfahrung gebracht?«
»Die Akten sehen alle ziemlich gleich aus. Sie unterscheiden sich kaum voneinander.«
»Was ist mit den Spendern?«
»Da wird die Sache interessant.« Abby blickte sich in dem Restaurant um und beugte sich vor. »Nicht alle Krankenakten erwähnen die Stadt, aus der das Spenderorgan kommt, aber eine Reihe von ihnen schon. Offenbar gibt es eine Ballung von Fällen. Vier stammen aus Burlington, Vermont.«
»Das Wilcox Memorial?«
»Ich weiß es nicht. In den Notizen der Krankenschwestern wird das Krankenhaus nie namentlich erwähnt. Aber ich finde es interessant, daß in einer relativ kleinen Stadt wie Burlington so viele Hirntote anfallen.«
Ihre Blicke trafen sich. Vivian war perplex. »Da stimmt irgendwas überhaupt nicht. Bis jetzt erstreckte sich unsere Hypothese lediglich auf ein geheimes Netzwerk zur Beschaffung von Spenderorganen, die nie im offiziellen Registrierungssystem aufgetaucht sind. Aber das erklärt nicht ihre Ballung in einer einzigen Stadt. Es sei denn ...«
»Es sei denn, die Spender werden regelrecht produziert.«
Sie verstummten.
Burlington ist eine Universitätsstadt, dachte Abby, voller junger, gesunder Collegestudenten. Mit jungen, gesunden Herzen.
»Kann ich die Daten der vier Organentnahmen in Burlington haben?« fragte Vivian.
»Ich habe sie hier notiert. Warum?«
»Ich werde sie mit den Todesanzeigen von Burlington vergleichen und herausfinden, wer an diesen Tagen gestorben ist. Vielleicht könnten wir die Namen der Spender in Erfahrung bringen und herausfinden, ob es sich um Fälle von Hirntod gehandelt hat.«
»In den Todesanzeigen wird die Todesursache meist nicht erwähnt.«
»Dann müssen wir die Totenbescheinigungen einsehen. Das heißt, einer von uns muß nach Burlington, ein Ort den ich

schon immer gerade nicht besuchen wollte.« Vivians Ton war beinahe fest, sie hatte wieder die Pose der mutigen Frau auf dem Kriegspfad angenommen, eine Rolle, die sie perfekt beherrschte. Doch diesmal gelang es ihr nicht, den besorgten Unterton zu überspielen.
»Sind Sie sicher, daß Sie es machen wollen?« fragte Abby.
»Wenn wir es nicht tun, gewinnt Victor Voss. Und die Verlierer werden Menschen wie Josh O'Day sein.« Sie hielt inne und fragte leise. »Wollen Sie auch weitermachen, Abby?«
Abby ließ erneut den Kopf in die Hände sinken. »Ich glaube, ich habe gar keine andere Wahl mehr.«

Marks Wagen stand in der Auffahrt.
Abby parkte ihren Wagen dahinter und schaltete den Motor ab. Lange Zeit saß sie einfach da und raffte ihre Energie zusammen, um auszusteigen und zum Haus zu gehen. Um ihm in die Augen zu sehen.
Schließlich stieg sie aus und öffnete die Haustür.
Er saß im Wohnzimmer und guckte die Spätnachrichten. Sobald sie hereinkam, schaltete er den Fernseher aus. »Wie geht es Vivian?«
»Gut. Sie ist auf die Füße gefallen, sie kauft sich eine Praxis in Wakefield.« Abby hängte ihren Mantel in den Garderobenschrank. »Und wie war dein Tag?«
»Wir hatten ein Aortenaneurysma. Der Patient hat sechzehn Konserven verbraucht. Ich bin erst um sieben rausgekommen.«
»Hat er es geschafft?«
»Nein. Am Ende haben wir ihn verloren.«
»Das tut mir leid.« Sie machte die Tür des Garderobenschranks zu. »Ich bin irgendwie müde. Ich glaube, ich nehme ein Bad.«
»Abby?«
Sie blieb stehen und sah ihn an. Sie waren durch die gesamte Breite des Wohnzimmers voneinander getrennt, doch die Luft zwischen ihnen schien noch um Meilen weiter.
»Was ist mir dir passiert?« fragte er. »Was ist los?«
»Du weißt, was los ist. Ich mache mir Sorgen um meinen Job.«
»Ich rede von uns. Irgendwas stimmt mit uns nicht.«
Sie antwortete nichts.
»Ich sehe dich kaum noch. Du bist öfter bei Vivian als hier.

Und wenn du zu Hause bist, verhältst du dich, als ob du mit den Gedanken woanders wärst.«
»Die Sache beschäftigt mich eben. Kannst du das nicht verstehen?«
Er ließ sich in die Couch zurücksinken und sah auf einmal sehr müde aus. »Ich muß es wissen, Abby. Triffst du dich mit einem anderen?«
Sie starrte ihn an. Von allen Dingen, die Mark zu ihr hätte sagen können, hatte sie diese Frage am wenigsten erwartet. Sie hätte beinahe laut losgelacht, so banal war sein Verdacht. Wenn es doch nur so einfach wäre. Wenn wir nur die gleichen Probleme hätten wie jedes andere Paar auch, dachte sie.
»Es gibt keinen anderen«, erklärte sie, »glaub mir.«
»Warum redest du dann nicht mehr mit mir?«
»Ich rede doch jetzt mit dir.«
»Das ist kein Reden! Es ist mehr, als würde ich versuchen, die alte Abby zurückzubekommen. Ich muß sie irgendwo unterwegs verloren haben. Ich habe dich verloren.« Er schüttelte den Kopf und wandte den Blick ab. »Ich will dich einfach nur wiederhaben.«
Sie ging zu dem Sofa und setzte sich neben ihn. Nicht so nahe, daß sie sich berührten, aber nahe genug, um sich verbunden zu fühlen, wenn auch auf Distanz.
»Rede mit mir, Abby. Bitte!« Er sah sie an, und auf einmal erkannte sie den alten Mark wieder. Dasselbe Gesicht, das sie über den OP-Tisch hinweg angelächelt hatte, das Gesicht, das sie liebte. »Bitte«, wiederholte er leise. Er ergriff ihre Hand, und sie zog sie nicht weg. Sie ließ sich sogar von ihm in die Arme nehmen. Doch selbst dort, wo sie sich einst so sicher gefühlt hatte, konnte sie sich nicht entspannen. Sie lehnte steif und linkisch an seiner Brust.
»Sag es mir«, forderte er sie auf, »was ist mit uns beiden los?«
Sie schloß die Augen und spürte das Brennen frischer Tränen. »Nichts ist los«, erwiderte sie.
Sie spürte, wie seine um ihren Körper geschlungenen Arme ganz still wurden. Ohne ihm ins Gesicht zu sehen, wußte sie, daß er wußte, daß sie schon wieder log.
Am nächsten Morgen fuhr Abby um halb acht auf den Parkplatz des Bayside Hospital.

Sie blieb eine Weile im Wagen sitzen und starrte auf das feuchte Pflaster und in den Dauerniesel. Es war erst Mitte Oktober, und schon spürte man den ersten grauen Vorgeschmack des Winters. Abby hatte nicht gut geschlafen. Sie konnte sich nicht erinnern, wann sie das letzte Mal gut geschlafen hatte. Wie lange konnte ein Mensch ohne Schlaf durchhalten? Wie lange dauerte es, bis aus der Erschöpfung eine Psychose geworden war? Als sie in den Rückspiegel blickte, erkannte sie die ausgezehrte Fremde, die ihr entgegensah, kaum wieder. Ihr war, als wäre sie in zwei Wochen um zehn Jahre gealtert. Wenn sie so weitermachte, würde sie bis zum November in den Wechseljahren sein.

Ein brauner Schatten im Spiegel sprang ihr ins Auge.

Sie riß den Kopf herum und sah den Van gerade noch hinter der nächsten Reihe geparkter Wagen verschwinden. Sie wartete, doch er tauchte nicht wieder auf.

Ihr Herz hämmerte in der Brust. Es beruhigte sich erst wieder, als sie das Gebäude betreten hatte. Sie nahm die Treppe in den Keller und betrat das Archiv. Dies sollte ihr letzter Besuch werden; auf der Liste waren nur noch vier Namen übrig.

Sie legte den Ausleihzettel auf den Tresen und sagte: »Verzeihung, kann ich bitte diese Akten haben?«

Die Sachbearbeiterin drehte sich zu ihr um. Vielleicht bildete Abby es sich nur ein, doch sie hatte das Gefühl, die Frau wäre kurz zusammengezuckt. Sie hatte schon öfter mit ihr zu tun gehabt, und sie hatte jedesmal einen recht freundlichen Eindruck gemacht. Heute morgen lächelte sie nicht einmal.

»Ich brauche diese vier Akten«, wiederholte Abby.

Die Sachbearbeiterin studierte den Ausleihzettel. »Tut mir leid, Dr. DiMatteo. Ich kann Ihnen diese Akten nicht raussuchen.«

»Warum nicht?«

»Sie sind nicht da.«

»Aber Sie haben doch noch gar nicht nachgesehen.«

»Man hat mir gesagt, ich soll Ihnen keine weiteren Krankenakten aushändigen. Anweisung von Dr. Wettig. Er hat gesagt, wenn Sie auftauchen, sollen wir Sie sofort an sein Büro verweisen.«

Abby spürte, wie das Blut aus ihrem Kopf wich. Sie antwortete nichts.

»Er sagt, er hätte nie eine Aktenrecherche autorisiert.« Im Tonfall der Sachbearbeiterin schwang eine offene Anklage mit: Sie haben uns angelogen, Dr. DiMatteo.
Abby wußte keine Antwort. Sie hatte den Eindruck, als ob der Raum auf einmal ganz still geworden wäre. Als sie sich umblickte, bemerkte sie, daß die drei anderen anwesenden Ärzte sie beobachteten.
Ohne ein weiteres Wort verließ sie das Archiv.
Ihr erster Impuls war, das Krankenhaus zu verlassen. Sie würde der unvermeidlichen Konfrontation mit Dr. Wettig aus dem Weg gehen und einfach wegfahren, immer weiter, bis tausend Meilen zwischen ihnen lagen. Wie lange würde sie brauchen, um Floridas Palmenstrände zu erreichen? Sie hatte so viele Dinge, die andere Menschen machten, noch nie getan. Jetzt konnte sie es tun, wenn sie einfach diesem verdammten Krankenhaus den Rücken kehrte und zugab: Ihr habt gewonnen. Ihr habt alle gewonnen.
Doch das tat sie nicht. Sie stieg in den Fahrstuhl und drückte auf den Knopf für den ersten Stock.
Auf der kurzen Fahrt in den Verwaltungstrakt wurden ihr einige Dinge klar. Erstens war sie zu stur oder zu dumm, um einfach wegzulaufen. Und zweitens war ein Strand nicht das, was sie wirklich wollte. Sie wollte ihren Traum zurückhaben.
Sie verließ den Fahrstuhl und ging den mit Teppich ausgelegten Flur hinunter. Das Büro des Leiters des Ausbildungsprogramms war gleich um die Ecke von Parrs Suite. Als sie an Parrs Sekretärin vorbeikam, sah sie die Frau hochschrecken und zum Telefon greifen.
Abby kam um die Ecke und betrat Wettigs Vorzimmer. Vor dem Schreibtisch der Sekretärin standen zwei Männer, die Abby noch nie zuvor gesehen hatte. Die Sekretärin starrte Abby genauso fassungslos an wie Parrs Sekretärin und platzte heraus: »Oh! Dr. DiMatteo –«
»Ich muß Dr. Wettig sprechen«, verlangte Abby.
Die beiden Männer drehten sich zu ihr um. Im nächsten Augenblick wurde Abby von einem Blitz überrascht. Sie zuckte zusammen, als das Licht erneut aufblitzte. Es war der Blitz einer Kamera.
»Was machen Sie da?« fragte sie überrascht.

»Doktor, möchten Sie einen Kommentar zum Tod von Mary Allen abgeben?« fragte einer der Männer.
»Was?«
»Sie war doch Ihre Patientin, oder nicht?«
»Wer zum Teufel sind Sie?«
»Gary Starke vom *Boston Herald.* Stimmt es, daß Sie eine Befürworterin der Sterbehilfe sind? Wir wissen, daß Sie entsprechende Äußerungen gemacht haben.«
»Ich habe nichts dergleichen ge–«
»Warum wurden Sie Ihrer Dienstpflichten enthoben?«
Abby wich einen Schritt zurück. »Lassen Sie mich in Ruhe. Ich rede nicht mit Ihnen.«
»Dr. DiMatteo –«
Abby drehte sich um und wollte aus dem Zimmer fliehen. Dabei wäre sie fast mit Jeremiah Parr zusammengestoßen, der eben hereinkam.
»Ich will, daß diese Reporter auf der Stelle mein Krankenhaus verlassen«, fauchte er, bevor er zu Abby sagte: »Sie kommen mit mir, Doktor.«
Abby folgte Parr im Sturmschritt den Flur hinunter zu seinem Büro. Er schloß die Tür, drehte sich um und schaute sie an.
»Vor einer Stunde hat der *Herald* angerufen«, sagte er. »Als nächstes der *Globe*, gefolgt von einem halben Dutzend weiterer Zeitungen. Seitdem steht das Telefon nicht mehr still.«
»Wissen Sie es von Brenda Hainey?«
»Ich glaube nicht, daß sie es war. Sie schienen auch über das Morphium informiert zu sein. Und über die Ampulle in Ihrem Spind. Sachen, die Miss Hainey nicht wissen konnte.«
Abby schüttelte den Kopf. »Wie haben sie das alles erfahren?«
»Irgend jemand hat es durchsickern lassen.« Parr ließ sich in seinen Schreibtischstuhl fallen. »Das wird uns das Genick brechen. Eine polizeiliche Ermittlung, Detectives, die über die Flure schwärmen.«
Die Polizei. Natürlich. Natürlich mußte es auch bis zu ihnen vorgedrungen sein.
Abby blickte Parr an. Ihre Kehle war zu ausgedörrt, um auch nur ein einziges Wort hervorzubringen. Sie überlegte, ob Parr das Leck war, verwarf den Gedanken jedoch als unwahrscheinlich. Dieser Skandal konnte auch ihm schaden. Es klopfte, und

Dr. Wettig kam herein. »Was soll ich diesen Reportern erzählen, verdammt noch mal?« fragte er.
»Sie müssen eine Stellungnahme vorbereiten, General. Susan Casado ist schon unterwegs. Sie wird Ihnen bei der Formulierung helfen. Bis dahin redet niemand mit irgendwem.«
Wettig nickte knapp, bevor er den Blick auf Abby richtete. »Darf ich Ihren Aktenkoffer mal sehen, Dr. DiMatteo?«
»Warum?«
»Sie wissen, warum. Sie waren nicht ermächtigt, diese Krankenakten einzusehen. Die sind vertraulich. Ich befehle Ihnen, mir alle Notizen auszuhändigen, die Sie gemacht haben.«
Sie tat nichts und sagte nichts.
»Ich kann mir kaum vorstellen, daß der zusätzliche Vorwurf des Diebstahls Ihre Lage erleichtern wird.«
»Diebstahl?«
»Jede Information, die Sie aus dieser illegalen Aktenrecherche gewonnen haben, war gestohlen. Geben Sie mir den Aktenkoffer. Geben Sie ihn mir!«
Wortlos reichte sie ihm den Koffer und sah zu, wie er ihn öffnete, die Papiere durchwühlte und ihre Notizen entnahm. Sie konnte nur resigniert den Kopf hängenlassen. Sie hatten sie wieder geschlagen. Sie hatten zum vorbeugenden Schlag ausgeholt, und Abby war nicht darauf vorbereitet gewesen. Sie hätte es besser wissen müssen, hätte die Notizen verstecken sollen, bevor sie hier hochgekommen war. Doch sie war zu beschäftigt damit gewesen, sich ihre Rechtfertigung für Wettig zurechtzulegen.
Er klappte den Koffer zu und gab ihn ihr zurück. »Ist das alles?« fragte er.
Sie konnte nur nicken.
Wettig sah sie einen Moment lang schweigend an und schüttelte den Kopf. »Sie wären eine großartige Chirurgin geworden, DiMatteo. Doch ich denke, es wird Zeit, der Tatsache ins Auge zu sehen, daß Sie Hilfe brauchen. Ich empfehle Ihnen, sich psychologisch begutachten zu lassen. Mit dem heutigen Datum entlasse ich Sie aus unserem Ausbildungsprogramm.«
Zu Ihrer Überraschung hörte sie einen Unterton ehrlichen Bedauerns, als er leise hinzufügte: »Es tut mir leid.«

Achtzehn

Detective Lundquist war blond und kantig, der perfekte Teutone. Seit nunmehr zwei Stunden befragte er Abby und lief dazu in dem beengten Befragungszimmer auf und ab. Falls er sie damit einschüchtern wollte, funktionierte es. In dem kleinen Städtchen in Maine, wo Abby aufgewachsen war, waren Polizisten Menschen, die einem freundlich aus ihrem Streifenwagen zuwinkten, mit klimpernden Schlüsseln am Gürtel herumliefen und bei den Abschlußfeiern der High School die Bürgerpreise überreichten. Es waren jedenfalls keine Menschen, vor denen man Angst haben mußte.

Vor Lundquist hatte Abby Angst. Sie hatte Angst vor ihm, seit er den Raum betreten und das Aufnahmegerät auf den Tisch gestellt hatte. Sie hatte sogar noch mehr Angst bekommen, als er eine Karte aus der Anzugjacke gezogen und ihr ihre Rechte vorgelesen hatte. Abby hatte dieses Polizeirevier aus freien Stücken betreten und gebeten, Detective Katzka zu sprechen. Statt dessen hatte man ihr Lundquist geschickt, der sie mit der kaum gezügelten Aggressivität eines Beamten befragte, der eine Verhaftung vorgenommen hatte.

Die Tür öffnete sich, und endlich kam auch Katzka herein. Überhaupt jemanden zu sehen, den sie kannte, hätte für Abby eine Erleichterung sein sollen, aber Katzkas ausdruckslose Miene bot keinen Trost. Er trat an den Tisch und musterte sie müden Blickes. »Soweit ich weiß, haben Sie noch keinen Anwalt konsultiert«, sagte er. »Möchten Sie jetzt gern einen anrufen?«

»Bin ich verhaftet?« fragte sie.

»Im Augenblick nicht.«

»Dann kann ich also jederzeit gehen?«

Katzka zögerte und sah Lundquist an, der mit den Schultern zuckte. »Dies ist nur eine Voruntersuchung.«

»Glauben Sie, daß ich einen Anwalt brauche, Detective?«
Wieder zögerte Katzka. »Das müssen Sie wirklich selbst entscheiden, Dr. DiMatteo.«
»Hören Sie, ich bin freiwillig hergekommen. Ich bin gekommen, weil ich mit Ihnen reden wollte, um Ihnen zu erzählen, was geschehen ist. Ich habe geduldig alle Fragen dieses Mannes beantwortet. Wenn Sie mich verhaften wollen, ja, dann möchte ich einen Anwalt anrufen. Aber ich will gleich klarstellen, daß ich das nicht tue, weil ich mich eines Vergehens schuldig gemacht habe.« Sie sah Katzka direkt an. »Vermutlich lautet meine Antwort also: Nein, ich brauche keinen Anwalt.«
Wieder tauschten Lundquist und Katzka Blicke, deren Bedeutung ihr unklar blieb. Dann sagte Lundquist: »Sie gehört dir, Slug« und verzog sich in eine Ecke.
Katzka nahm an dem Tisch Platz.
»Ich nehme an, Sie wollen mich noch mal dasselbe fragen wie er«, meinte Abby.
»Ich habe den Anfang verpaßt, aber den Großteil Ihrer Antworten habe ich, denke ich, mitbekommen.«
Er wies mit dem Kopf auf den Spiegel an der Wand. Es war ein Einwegfenster, wie ihr klar wurde. Er hatte der Befragung durch Lundquist also zugehört. Wie viele andere mochten noch hinter dem Glas hocken und sie beobachten? Abby fühlte sich wie auf einem Präsentierteller. Sie rutschte unruhig auf ihrem Stuhl hin und her, wandte den Blick vom Spiegel ab und sah Katzka direkt an.
»Und was wollen Sie mich fragen?«
»Sie vermuten, jemand wolle Ihnen die Sache in die Schuhe schieben. Können Sie uns sagen, wer das sein könnte?«
»Ich dachte, es wäre Victor Voss. Aber jetzt bin ich mir nicht mehr so sicher.«
»Haben Sie noch andere Feinde?«
»Ganz offensichtlich.«
»Jemand, der Sie genug haßt, um Ihre Patientin zu ermorden? Nur um Ihnen die Sache anzuhängen?«
»Vielleicht war es gar kein Mord. Der Morphium-Level ist nie offiziell bestätigt worden.«
»Doch. Mrs. Allen wurde vor einigen Tagen auf Ersuchen von

Brenda Hainey exhumiert. Der Gerichtsmediziner hat den Test heute morgen durchgeführt.«

Abby registrierte diese Information schweigend. Sie hörte, wie die Spulen des Aufnahmegeräts surrten, und ließ sich in ihren Stuhl zurücksinken. Jetzt war es zweifelsfrei erwiesen: Mrs. Allen war an einer Überdosis Morphium gestorben.

»Vor ein paar Tagen haben Sie mir erzählt, daß Sie von einem lilafarbenen Van verfolgt würden.«

»Braun«, flüsterte sie. »Es war ein brauner Van. Ich habe ihn heute wieder gesehen.«

»Haben Sie die Nummer notiert?«

»So nah bin ich nicht an ihn herangekommen.«

»Lassen Sie mich das noch einmal rekapitulieren, um sicherzugehen, daß ich Sie richtig verstanden habe. Irgend jemand verabreicht Ihrer Patientin Mrs. Allen eine Überdosis Morphium. Dann deponiert er – oder sie – eine Ampulle mit Morphium in Ihrem Spind. Und jetzt werden Sie von einem Van verfolgt. Und Sie glauben, hinter all diesen Ereignissen steckt Victor Voss?«

»Das habe ich jedenfalls bisher gedacht. Vielleicht ist es auch jemand anders.«

Katzka lehnte sich zurück und betrachtete sie. Der müde Ausdruck in seinem Gesicht hatte jetzt auch seine Schultern erreicht, die schlaff herabhingen.

»Erzählen Sie uns noch mal von den Transplantationen.«

»Ich habe Ihnen doch schon alles erzählt.«

»Mir ist noch nicht ganz klar, in welchem Zusammenhang das zu diesem Fall steht.«

Sie atmete tief ein. Das hatte sie doch schon alles Lundquist erläutert! Sie hatte ihm die ganze Geschichte von Josh O'Day und den verdächtigen Umständen von Nina Voss' Transplantation erzählt. Nach Lundquists gelangweilter Reaktion zu urteilen, war es reine Zeitverschwendung gewesen. Jetzt erwartete man von ihr, daß sie dieselbe Geschichte noch einmal wiederholte, und es würde noch mehr verschwendete Zeit bedeuten. Resigniert schloß sie die Augen. »Ich hätte gern einen Schluck Wasser.«

Lundquist verließ den Raum. Während er weg war, sagten weder sie noch Katzka ein Wort. Sie saß mit geschlossenen Augen da und wünschte, es wäre vorbei. Doch es würde nie vorbei sein. Sie würde auf ewig in diesem Zimmer sitzen und immer wieder dieselben Fragen beantworten. Vielleicht hätte sie doch einen Anwalt anrufen sollen. Vielleicht sollte sie einfach gehen. Katzka hatte ihr erklärt, daß sie nicht verhaftet worden war. Noch nicht.

Lundquist kam mit einem Becher Wasser zurück. Sie leerte ihn hastig und stellte den Becher auf den Tisch.

»Was ist mit den Herztransplantationen, Dr. DiMatteo?« ermunterte Katzka sie.

Sie seufzte. »Ich glaube, daß Aaron an seine drei Millionen Dollar gekommen ist, indem er Spenderherzen für reiche Empfänger aufgetrieben hat, die nicht warten wollten, bis sie nach der Liste an der Reihe waren.«

»Nach der Liste?«

Sie nickte. »Allein in diesem Land gibt es fünftausend Menschen, die auf Herztransplantationen warten. Das regionale System wird von der New England Organ Bank organisiert. Es ist absolut unparteiisch. Allein der Zustand des Patienten ist ausschlaggebend für seine Priorität auf der Liste, nicht sein Vermögen. Das heißt, wenn man ganz unten auf der Liste steht, muß man lange warten. Nun mal angenommen, Sie sind reich und machen sich Sorgen, daß Sie sterben, bevor man ein Herz für Sie findet. Natürlich wären Sie versucht, sich unter Umgehung der Liste ein Organ zu besorgen.«

»Ist das möglich?«

»Dafür müßte es ein geheimes Vermittlungssystem geben, einen Weg, potentielle Spender aus dem System rauszuhalten und ihre Herzen direkt an wohlhabende Patienten zu leiten. Es gibt sogar noch eine schlimmere Möglichkeit.«

»Und die wäre?«

»Sie produzieren neue Spender.«

»Sie meinen, sie ermorden die Leute?« fragte Lundquist. »Wo sind dann die Leichen? Die Vermißtenmeldungen?«

»Ich sage nicht, daß es passiert ist. Ich erkläre Ihnen nur, wie man es machen könnte.« Sie hielt inne. »Ich glaube, Aaron hat dabei mitgemacht. Das würde seine drei Millionen Dollar erklären.«

Katzkas Gesichtsausdruck hatte sich kaum verändert. Seine Teilnahmslosigkeit machte sie langsam wütend.

»Begreifen Sie nicht?« fügte sie lebhafter hinzu. »Jetzt verstehe ich auch, warum man die Klagen gegen mich zurückgezogen hat. Sie haben wahrscheinlich gehofft, daß ich aufhöre, Fragen zu stellen. Aber ich habe nicht aufgehört, ich habe immer mehr Fragen gestellt. Und jetzt müssen sie mich diskreditieren, weil ich ihnen sonst alles verderben kann. Ich könnte alles aufdecken.«

»Und warum hat man Sie nicht einfach ermordet?« Es war Lundquist, und sein Tonfall verriet offene Skepsis.

Sie zögerte. »Ich weiß nicht. Vielleicht denken sie, daß ich noch nicht genug weiß. Oder sie haben Angst, daß es nicht gut aussehen würde, so kurz nach Aarons Tod.«

»Das ist wirklich sehr einfallsreich«, sagte Lundquist und lachte. Katzka bedeutete Lundquist mit einer knappen Handbewegung, den Mund zu halten. »Dr. DiMatteo«, sagte er, »ich will ganz ehrlich zu Ihnen sein. Das Szenario, das Sie da entwerfen, klingt nicht besonders plausibel.«

»Anders kann ich es mir nicht erklären.«

»Dürfen wir einen Vorschlag machen?« sagte Lundquist. »Eine absolut logische Theorie?« Er trat auf den Tisch zu, den Blick auf Abby gerichtet. »Ihre Patientin Mary Allen hat gelitten. Vielleicht hat sie Sie gebeten, ihr über die Schwelle zu helfen. Vielleicht dachten Sie, es wäre ein Akt der Mitmenschlichkeit. Und es war ein Akt der Mitmenschlichkeit, etwas, das jeder mitfühlende Arzt in Erwägung ziehen würde. Also haben Sie ihr eine Extradosis Morphium verabreicht. Das Problem ist, daß eine der Schwestern Sie dabei gesehen hat. Und die schickte Mary Allens Nichte eine anonyme Botschaft. Auf einmal haben Sie Probleme, und alles nur, weil Sie Mitleid hatten. Plötzlich sehen Sie sich mit dem Vorwurf des Mordes konfrontiert. Eine Haftstrafe droht, und das alles macht Ihnen angst, nicht wahr? Also schustern Sie sich eine Verschwörungstheorie zusammen. Eine, die sich natürlich nicht beweisen – oder widerlegen – läßt. Klingt das nicht sehr viel plausibler, Doktor? Für mich tut es das jedenfalls.«

»Aber so ist es nicht gewesen.«

»Wie ist es dann gewesen?«

»Das habe ich Ihnen doch schon erklärt. Ich habe Ihnen alles erzählt.«

»Haben Sie Mary Allen getötet?«
»Nein.« Sie beugte sich vor, die Hände auf dem Tisch zu Fäusten geballt. »Ich habe meine Patientin nicht getötet.«
Lundquist sah Katzka an. »Sie ist keine besonders gute Lügnerin, was?« bemerkte er und verließ den Raum.
Einen Moment lang sagten weder Abby noch Katzka etwas.
Dann fragte sie leise: »Bin ich jetzt verhaftet?«
»Nein. Sie können gehen.« Er stand auf.
Sie erhob sich ebenfalls. Stehend blickten sie einander an, als ob beide sich nicht sicher waren, daß die Befragung tatsächlich beendet war.
»Warum läßt man mich gehen?« fragte sie.
»Die Ermittlung ist noch nicht abgeschlossen.«
»Halten Sie mich für schuldig?«
Er zögerte. Sie wußte, daß es eine Frage war, die er nicht beantworten durfte. Trotzdem schien er um ein gewisses Maß an Ehrlichkeit zu ringen, bis er am Ende entschied, nicht darauf einzugehen.
»Dr. Hodell wartet auf Sie«, bemerkte er. »Sie finden ihn beim Eingang.« Er drehte sich zu der offenen Tür um. »Wir sprechen uns wieder, Dr. DiMatteo«, versicherte er und ging hinaus.
Sie ging den Flur hinunter bis zum Wartebereich.
Dort stand Mark. »Abby?« sagte er leise.
Sie ließ sich in seine Arme sinken, auch wenn ihr Körper mit einem seltsamen Gefühl der Taubheit auf seine Berührung reagierte. Sie hatte den Eindruck, außerhalb ihres eigenen Körpers zu schweben und zwei Fremde zu beobachten, die sich umarmten und küßten.
Aus derselben Entfernung hörte sie ihn sagen: »Laß uns nach Hause fahren.«
Durch die Sicherheitsscheibe beobachtete Katzka, wie das Paar zur Tür ging. Er bemerkte, wie eng Hodell die Frau hielt. So etwas sah man als Polizist nicht alle Tage. Zuneigung, Liebe. Meistens kamen streitende Paare mit zerschundenen Gesichtern und aufgeplatzten Lippen, die anklagend mit den Fingern aufeinander zeigten. Oder es war die pure Geilheit. Geilheit sah er dauernd. Sie war klar zu erkennen, so offensichtlich wie die Nutten auf Bostons Straßenstrich. Natürlich gab es ein Verlangen, dem gegenüber Katzka selbst auch nicht immun war, das

gelegentliche Bedürfnis nach dem Körper einer Frau. Aber Liebe war etwas, was er seit langer Zeit nicht mehr empfunden hatte. Und in diesem Moment beneidete er Mark Hodell.

»Slug!« rief jemand, »Gespräch für dich auf Leitung drei.«

Katzka nahm das Telefon ab und meldete sich.

»Hier ist das gerichtsmedizinische Institut. Ich verbinde mit Dr. Rowbotham.«

Während Katzka wartete, wanderte sein Blick noch einmal in den Wartebereich, doch Abby DiMatteo und Mark Hodell waren verschwunden. Das Paar, das alles hatte, dachte er. Gutes Aussehen, Geld, Karriere. Würde eine Frau in ihrer beneidenswerten Lage all das riskieren, um eine sterbende Patientin von ihren Schmerzen zu erlösen?

Rowbothams Stimme tönte aus der Leitung. »Slug?«

»Ja, was gibt's?«

»Eine Überraschung.«

»Gute oder schlechte?«

»Sagen wir einfach: unerwartet. Ich habe die Ergebnisse der Gewebe-GC-MS von Dr. Levi vorliegen.«

GC-MS oder ›gaschromatographische Massenspektrometrie‹ war ein Verfahren des kriminologischen Labors, um Gift und Medikamente zu identifizieren.

»Ich dachte, ihr hättet alles ausgeschlossen?«

»Wir haben die üblichen Medikamente wie Narkotika und Barbiturate mittels eines Immunoassays und einer Dünnschichtchromatographie ausgeschlossen. Aber da wir es hier mit einem Mediziner zu tun haben, dachte ich, daß wir uns nicht auf das übliche Screening beschränken sollten. Ich habe die Leiche also auch auf Fentanyl, Phenzyclidin und einige andere Inhalative überprüft. Dabei ist bei einer Muskelprobe ein positiver Befund herausgekommen: Succinylcholin.«

»Was ist denn das?«

»Das ist ein Blocker der neuromuskulären Koppelung. Er konkurriert mit den Neurotransmitter des Körpers, dem Azetylcholin, um die Bindungsansätze an der muskulären Endplatte. Der Effekt ist so ähnlich wie bei D-Tubocurain.«

»Curare?«

»Ja, aber Succinylcholin hat eine andere chemische Wirkungsweise. Es wird auch im OP verwendet, um die Muskeln während einer Operation zu entspannen. Dann kann leichter beatmet werden.«

»Willst du sagen, er war gelähmt?«

»Vollkommen hilflos. Das Schlimmste ist, daß er bei Bewußtsein gewesen sein muß, ohne sich wehren zu können.« Rowbotham machte eine Pause. »Eine schreckliche Art zu sterben, Slug.«

»Wie wird die Droge verabreicht?«

»Durch eine Injektion.«

»Wir haben an der Leiche kein Einstichmal gefunden.«

»Vielleicht war es in der Kopfhaut im Haar versteckt. Wir sprechen hier von einem winzigen Nadelstich, den wir bei all den postmortalen Hautveränderungen leicht übersehen haben könnten.«

Katzka dachte eine Weile darüber nach. Dann fiel ihm etwas ein, was Abby ihm erst vor wenigen Tagen erzählt hatte. Etwas, dem nachzugehen er völlig vergessen hatte.

»Könntest du zwei alte Autopsieberichte für mich raussuchen? Einer ist etwa sechs Jahre alt, von einem Selbstmörder, der von der Tobin Bridge gesprungen ist. Sein Name ist Lawrence Kunstler.«

»Buchstabiere mal. Gut, habe ich. Und der andere?«

»Dr. Hennessy. Bei dem Vornamen bin ich mir nicht sicher. Das war vor drei Jahren, eine Kohlenmonoxidvergiftung. Ein Unfall. Die ganze Familie ist gestorben.«

»Ich glaube, ich erinnere mich an den Fall. Es war auch ein Baby dabei.«

»Das ist er. Ich will sehen, ob ich eine Exhumierungsgenehmigung bekomme.«

»Wonach suchen wir denn, Slug?«

»Ich weiß es nicht. Nach irgend etwas, das wir vorher übersehen haben und jetzt vielleicht entdecken.«

»An einem mehr als sechs Jahre alten Leichnam?« Rowbothams Lachen klang unverhohlen skeptisch. »Du bist wohl unter die Optimisten gegangen.«

»Noch mehr Blumen, Mrs. Voss. Sie sind gerade gebracht worden. Soll ich sie hierhin stellen, oder soll ich sie lieber in den Salon bringen?«

»Stellen Sie sie bitte hierher.« Nina saß auf einem Stuhl an ihrem Lieblingsfenster und sah zu, wie das Mädchen die Vase auf den kleinen Tisch neben Ninas Stuhl stellte. Dafür mußte eine andere Vase mit weißen Lilien weichen. »Das sind nicht Ihre üblichen Blumen, oder?« fragte das Mädchen leicht mißbilligend, als sie die neue Vase musterte.

»Nein.« Nina betrachtete den Strauß aus Wildblumen. Mit dem Blick einer passionierten Gärtnerin hatte sie schon Feuersalbei und rosafarbene Flammenblumen, violetten Sonnenhut und gelbe Astern entdeckt. Und Gänseblümchen, jede Menge Gänseblümchen, diese einfachen, gewöhnlichen Blumen. Wo fand man so spät im Jahr noch Gänseblümchen?

Sie strich mit der Hand über die Blüten und atmete den Duft des Spätsommers ein, das von der Erinnerung konservierte Aroma des Gartens, den selbst zu pflegen sie zu krank gewesen war. Jetzt war der Sommer vorbei, und das Haus in Newport war für den Winter geschlossen. Wie sie diese Jahreszeit haßte, wenn der Garten verödete und sie nach Boston zurückkehren mußte, in das Haus mit den mit Blattgold verzierten Decken, den geschnitzten Türrahmen und den Bädern aus Carrara-Marmor. Sie fand das dunkle Holz überall bedrückend. Ihr Sommerhaus war von Licht, warmen Brisen und dem Geruch des Meeres erfüllt. Dieses Haus hier dagegen ließ sie an den Winter denken. Sie zupfte ein Gänseblümchen aus der Vase und atmete seinen durchdringenden Duft ein.

»Wollen Sie nicht lieber die Lilien bei sich stehen haben?« fragte das Mädchen. »Sie duften so wunderbar.«

»Davon kriege ich Kopfschmerzen. Von wem sind diese Blumen?«

Das Mädchen riß den kleinen, an die Vase geklebten Umschlag ab und öffnete ihn. »›Für Mrs. Voss. Rasche Genesung. Joy.‹ Sonst nichts.«

Nina runzelte die Stirn. »Ich kenne niemanden, der Joy heißt.«

»Vielleicht fällt es Ihnen wieder ein. Wollen Sie sich jetzt wieder hinlegen? Mr. Voss sagt, Sie müssen sich ausruhen.«

»Ich habe genug davon, immer im Bett zu liegen.«

»Aber Mr. Voss sagt –«

»Ich lege mich später hin. Ich möchte gern noch eine Weile hier sitzen. Allein.«

Das Mädchen zögerte und verließ dann nickend, aber widerwillig das Zimmer.
Endlich, dachte Nina. Endlich bin ich allein.
Seit sie das Krankenhaus in der letzten Wochen verlassen hatte, war sie ständig von Menschen umgeben gewesen. Von privaten Schwestern, Ärzten und Hausmädchen. Vor allem aber von Victor. Er hatte ihr alle Genesungswünsche vorgelesen und ihre Telefonate gefiltert. Er hatte sie beschützt und isoliert, sie wie eine Gefangene im eigenen Haus gehalten.
Und alles nur, weil er sie liebte. Vielleicht liebte er sie zu sehr.
Müde lehnte sie sich in ihren Stuhl zurück und ertappte sich dabei, das Porträt an der gegenüberliegenden Wand zu betrachten. Es war ein Bild von ihr, gemalt kurz nach ihrer Hochzeit. Victor hatte es in Auftrag gegeben und sogar das Kleid ausgewählt, das sie getragen hatte. Es war ein langes, mauvefarbenes Seidenkleid mit einem zarten Rosenmuster. Sie stand unter einer weinberankten Laube und hielt in einer Hand eine einzelne weiße Rose, während die andere unbeholfen herabhing. Ihr Lächeln war schüchtern und unsicher, als würde sie denken: Ich stehe hier nur als Ersatz für eine andere.
Als sie jetzt das Porträt von sich selbst in jüngeren Jahren betrachtete, erkannte sie, wie wenig sie sich seit jenem Tag verändert hatte, als sie als Jungvermählte im Garten Modell gestanden hatte. Natürlich hatten die Jahre ihre Spuren hinterlassen. Sie hatte ihre gute, robuste Gesundheit eingebüßt, aber in vielerlei Hinsicht war sie noch immer wie früher. Noch immer scheu und unbeholfen. Noch immer die Frau, die Victor Voss als seinen Besitz beansprucht hatte.
Sie hörte seine Schritte und blickte auf, als er das Schlafzimmer betrat.
»Louisa hat mir erzählt, daß du immer noch auf bist«, sagte er. »Du solltest dich ausruhen.«
»Mir geht es gut, Victor.«
»Du siehst noch nicht kräftig genug aus.«
»Die Operation liegt jetzt dreieinhalb Wochen zurück. Dr. Archer sagte, seine anderen Patienten würden inzwischen längst wieder in der Tretmühle stecken.«
»Du bist aber nicht wie die anderen Patienten. Ich denke, du solltest dich hinlegen.«

Ihre Blicke trafen sich. Mit fester Stimme erklärte sie: »Ich werde hier sitzen bleiben, Victor. Ich möchte aus dem Fenster schauen.«

»Nina, ich will nur dein Bestes.«

Doch sie hatte sich bereits abgewandt und starrte in den Park auf die Bäume, deren herbstliche Farbenpracht langsam zu einem winterlichen Braun verblaßte. »Ich würde gern einen Ausflug machen.«

»Dafür ist es noch zu früh.«

»... in den Park. An den Fluß. Irgendwohin, nur raus aus diesem Haus.«

»Du hörst mir nicht zu, Nina.«

Sie seufzte und sagte dann leise: »Du bist derjenige, der nicht zuhört.«

Es entstand ein Schweigen. »Was ist denn das?« fragte er und wies auf die Vase neben ihrem Stuhl.

»Sie sind gerade angekommen.«

»Wer hat sie geschickt?«

Sie zuckte die Schultern. »Irgend jemand namens Joy.«

»Solche Blumen kann man überall am Wegesrand pflücken.«

»Deswegen heißen sie auch Wildblumen.«

Er nahm die Vase und trug sie in eine andere Ecke des Zimmers. Dann holte er die weißen Lilien zurück und stellte sie neben sie. »Das ist wenigstens kein Unkraut«, bemerkte er und verließ das Zimmer.

Sie blickte die Lilien an. Sie waren wirklich wunderschön. Exotisch und perfekt, aber ihr süßlicher Duft verursachte ihr Übelkeit.

Nina blinzelte und spürte, wie ein unerwarteter Tränenschleier ihren Blick trübte, als sie erneut den winzigen Umschlag betrachtete, der mit dem Wildblumen gekommen war.

Joy. Wer war Joy?

Sie öffnete den Umschlag und entnahm die innenliegende Karte. Erst jetzt fiel ihr auf, daß sie auch auf der Rückseite beschriftet war. Sie drehte sie um.

Manche Ärzte sagen immer die Wahrheit, stand da.

Und darunter eine Telefonnummer.

Als Nina Voss um fünf Uhr nachmittags anrief, war Abby allein zu Hause.

»Ist dort Dr. DiMatteo?« fragte eine leise Stimme. »Die immer die Wahrheit sagt?«
»Mrs. Voss? Sie haben meine Blumen bekommen?«
»Ja, vielen Dank. Und Ihre ziemlich seltsame Karte.«
»Ich habe alle anderen Möglichkeiten, mit Ihnen Kontakt aufzunehmen, vergeblich ausprobiert. Briefe, Anrufe.«
»Ich bin seit über einer Woche zu Hause.«
»Aber Sie waren nicht erreichbar.«
Es entstand eine Pause, dann hörte Abby ein leises »Ich verstehe«.
Sie hat keine Ahnung, wie isoliert sie ist, dachte Abby. Keine Ahnung, wie ihr Mann sie von der Außenwelt abkapselt.
»Sind Sie allein?« fragte Abby.
»Ich bin allein in meinem Zimmer. Worum geht es denn eigentlich?«
»Ich muß Sie treffen, Mrs. Voss, und es muß ohne das Wissen Ihres Mannes geschehen. Können Sie das einrichten?«
»Sagen Sie mir erst, warum?«
»Es ist nicht leicht, das am Telefon zu erklären.«
»Ich werde mich nicht mit Ihnen treffen, wenn Sie mir nicht sagen, warum.«
Abby zögerte. »Es geht um Ihr Herz. Das Herz, das Sie in Bayside bekommen haben.«
»Ja?«
»Niemand scheint zu wissen, wessen Herz es war, oder woher es stammt.« Sie machte eine Pause und fragte dann leise: »Wissen Sie es, Mrs. Voss?«
Das nachfolgende Schweigen wurde nur durch Ninas schnellen, unregelmäßigen Atem unterbrochen.
»Mrs. Voss?«
»Ich muß auflegen.«
»Warten Sie. Wann kann ich Sie treffen?«
»Morgen.«
»Wie? Wo?«
Es entstand eine weitere Pause. Kurz bevor die Leitung tot war, sagte Nina: »Ich werde einen Weg finden.«

Der Regen trommelte gnadenlos auf die gestreifte Markise über Abbys Kopf. Seit vierzig Minuten stand sie vor Celluci's Lebensmittelladen und zitterte vor Kälte unter der schmalen Überdachung. Eine Reihe von Lieferwagen hatte zum Entladen vor dem Geschäft gehalten. Jetzt karrten die Männer Transportwagen und Kisten hinein.

Um zwanzig nach vier wurde der Regen heftiger, und Windböen trieben ihn unter die Markise, so daß Abbys Schuhe naß wurden. Ihre Füße waren eiskalt. Inzwischen wartete sie schon eine Stunde. Nina Voss kam vermutlich nicht mehr.

Abby zuckte zusammen, als ein Lastwagen von Progresso Foods plötzlich anfuhr und eine Abgaswolke zurückließ. Als sie erneut aufblickte, bemerkte sie, daß an der gegenüberliegenden Straßenseite eine schwarze Limousine gehalten hatte. Das Fahrerfenster wurde einen Spalt heruntergekurbelt, und ein Mann rief: »Dr. DiMatteo? Steigen Sie ein.«

Sie zögerte. Die Scheiben waren so dunkel getönt, daß sie nicht ins Wageninnere blicken konnte. Sie erkannte lediglich die Umrisse eines einzelnen Fahrgasts auf der Rückbank.

»Wir haben nicht viel Zeit«, drängte der Fahrer.

Den Kopf zum Schutz gegen den prasselnden Regen gesenkt, überquerte Abby die Straße und öffnete die Wagentür. Sie blinzelte die Tropfen aus ihren Augen und richtete den Blick auf den Passagier auf dem Rücksitz. Dessen Anblick entsetzte sie.

Nina Voss wirkte blaß und eingefallen. Ihre Haut war von einem puderigen Weiß. »Bitte steigen Sie ein, Doktor«, forderte sie Abby auf.

Abby nahm neben ihr auf der Rückbank Platz und schloß die Tür. Der Wagen fuhr an und fädelte sich lautlos in den fließenden Verkehr ein.

Nina war so dick in ihren schwarzen Mantel und einen Schal gewickelt, daß ihr Gesicht körperlos im Schatten des Wagens zu schweben schien. Das war nicht das Bild einer rekonvaleszenten Transplantationspatientin. Abby erinnerte sich an Josh O'Days gerötetes Gesicht, seine Lebhaftigkeit und sein Lachen.

Nina Voss sah aus wie ein lebende Leiche.

»Es tut mir leid, daß wir so spät kommen«, entschuldigte sich Nina. »Wir hatten Probleme, das Haus zu verlassen.«

»Weiß Ihr Mann, daß Sie sich mit mir treffen?«

»Nein.« Nina lehnte sich zurück, ihr Gesicht schien in der

schwarzen Wolle des Schals fast zu versinken. »Ich habe im Laufe der Jahre gelernt, daß man Victor bestimmte Dinge besser nicht erzählt. Das wahre Geheimnis einer glücklichen Ehe ist Schweigen, Dr. DiMatteo.«

»Das klingt für mich nicht gerade wie eine glückliche Ehe.«

»Doch, das ist es. Seltsamerweise.« Nina lächelte und sah aus dem Fenster. Das wässrige Licht verzerrte die Schatten in ihrem Gesicht. »Männer müssen vor so vielen Dingen beschützt werden. Vor allem vor sich selbst. Deswegen brauchen sie uns, verstehen Sie. Das Komische ist, daß sie das nie zugeben würden. Sie glauben, sie kümmern sich um uns. Und wir wissen die ganze Zeit die Wahrheit.« Sie wandte sich Abby zu, und ihr Lächeln verblaßte. »Jetzt muß ich es wissen. Was hat Victor diesmal getan?«

»Ich hatte gehofft, daß Sie mir das sagen können.«

»Sie deuteten an, es hätte mit meinem Herzen zu tun.« Nina legte eine Hand auf ihre Brust. Im Dämmerlicht des Wagens wirkte die Geste beinahe religiös. »Was wissen Sie darüber?«

»Ich weiß, daß Ihr Herz nicht durch die normalen Kanäle kam. Fast alle transplantierten Organe werden über ein zentrales Registrierungssystem an die Empfänger vermittelt. Ihres nicht. Nach den Unterlagen der Organbank haben Sie nie ein Herz bekommen.«

Nina ballte die weiße Hand auf ihrer Brust zu einer grimmigen Faust. »Und woher kam dann das hier?«

»Ich weiß es nicht. Wissen Sie es?«

Das leichenblasse Gesicht starrte sie schweigend an.

»Ich glaube, Ihr Mann weiß es«, sagte Abby.

»Wie sollte er?«

»Er hat es gekauft.«

»Man kann nicht einfach ein Herz kaufen.«

»Mit genug Geld kann man alles kaufen.«

Nina erwiderte nichts, doch ihr Schweigen war ein Eingeständnis jener fundamentalen Wahrheit: Mit Geld kann man alles kaufen.

Die Limousine bog in die Embankment Road und fuhr in westlicher Richtung am Charles River entlang. Dessen Wasseroberfläche war grau und von Regentropfen gesprenkelt.

»Wie haben Sie das herausbekommen?« fragte Nina.

»Ich hatte in letzter Zeit unerwartet viel Freizeit. Es ist erstaunlich, was man alles geschafft kriegt, wenn man plötzlich arbeitslos ist. In den letzten paar Tagen habe ich vieles erfahren. Nicht nur über Ihre Transplantation, sondern auch über andere. Und je mehr ich herausfinde, desto mehr Angst bekomme ich, Mrs. Voss.«

»Warum kommen Sie damit zu mir? Warum wenden Sie sich nicht an die Behörden?«

»Haben Sie es noch nicht gehört? Ich habe einen neuen Spitznamen: *Dr. Schierling.* Man sagt, ich würde meine Patienten aus Barmherzigkeit umbringen. Natürlich ist nichts von all dem wahr, aber die Menschen sind immer bereit, das Schlimmste zu glauben.« Abby blickte deprimiert auf den Fluß. »Ich habe meinen Job verloren. Ich bin unglaubwürdig. Und ich habe keine Beweise.«

»Was haben Sie dann?«

Abby sah sie an. »Ich weiß die Wahrheit.«

Die Limousine fuhr durch eine Pfütze, und das Wasser spritzte von unten gegen den Wagen. Sie hatten sich vom Fluß entfernt, vor ihnen wand sich die Straße zu den Back Bay Fens.

»Am Abend Ihrer Transplantation wurde dem Bayside um zehn Uhr telefonisch mitgeteilt, daß man einen Spender in Burlington, Vermont, hätte«, erklärte Abby. »Drei Stunden später wurde das Herz in unserem OP angeliefert. Die Entnahme wurde angeblich im Wilcox Memorial Hospital vorgenommen, von einem Chirurgen namens Timothy Nicholls. Sie erhielten Ihre Transplantation, und alles verlief wie gewohnt. In vielerlei Hinsicht war es wie jede andere Transplantation am Bayside.« Sie machte eine Pause. »Mit einem großen Unterschied: Kein Mensch weiß, woher ihr Spenderherz gekommen ist.«

»Sie sagten, es wäre aus Burlington gekommen.«

»Ich sagte, angeblich kam es von dort. Aber Dr. Nicholls ist verschwunden. Vielleicht versteckt er sich. Vielleicht ist er auch tot. Und das Wilcox Memorial bestreitet jedes Wissen über eine Entnahme an dem betreffenden Abend.«

Nina hatte sich wieder in Schweigen gehüllt. Sie schien in ihrem Wollmantel zu versinken.

»Sie waren nicht die erste«, sagte Abby.

Das weiße Gesicht starrte sie benommen an. »Es gab noch andere?«
»Mindestens vier. Ich habe die Akten der letzten zwei Jahre eingesehen. Es ist immer das gleiche Muster: Bayside wird telefonisch aus Burlington unterrichtet, daß es einen Spender gibt. Irgendwann kurz nach Mitternacht wird das Herz in unserem OP angeliefert. Die Transplantation wird durchgeführt, alles Routine. Aber irgend etwas stimmt nicht. Wir sprechen von vier Herzen, vier Toten. Ich habe mit einer Freundin die Todesanzeigen für die entsprechenden Daten in Burlington überprüft. Keiner der Spender taucht auf.«
»Woher kommen die Herzen dann?«
Abby zögerte, sah Ninas ungläubigen Blick und sagte: »Ich weiß es nicht.«
Die Limousine hatte eine Schleife nach Norden gedreht und folgte jetzt wieder dem Charles River. Sie fuhren zurück Richtung Beacon Hill.
»Ich habe keine Beweise«, fuhr Abby fort. »Und ich dringe nicht zu der New England Organ Bank oder sonst irgendwem durch. Jeder weiß, daß eine Ermittlung gegen mich anhängig ist. Alle halten mich für verrückt. Deswegen bin ich zu Ihnen gekommen. Als wir uns in jener Nacht in der Intensivchirurgie kennengelernt haben, dachte ich: ›Diese Frau hättest du gern zur Freundin.‹« Sie machte eine Pause. »Ich brauche Ihre Hilfe, Mrs. Voss.«
Nina antwortete lange Zeit gar nichts. Sie sah Abby nicht an, sondern starrte stur geradeaus. Ihr Gesicht war so weiß wie ein ausgebleichter Knochen. Schließlich schien sie zu einem Entschluß gekommen zu sein. Sie atmete tief aus und sagte: »Ich werde Sie jetzt absetzen. Ist diese Ecke recht?«
»Mrs. Voss, Ihr Mann hat dieses Herz gekauft. Wenn er es getan hat, können es auch andere tun. Wir wissen nicht, wer die Spender sind! Wir wissen nicht, wie sie sie bekommen –«
»Hier«, befahl Nina dem Fahrer.
Die Limousine hielt am Straßenrand.
»Bitte steigen Sie aus«, erklärte Nina.
Abby rührte sich nicht. Sie saß einfach da, ohne etwas zu sagen. Der Regen trommelte monoton auf das Wagendach.
»Bitte«, flüsterte Nina.

»Ich dachte, ich könnte Ihnen vertrauen. Ich dachte ...« Abby schüttelte langsam den Kopf. »Auf Wiedersehen, Mrs. Voss.«
Eine Hand berührte ihren Arm. Abby drehte sich um und blickte in die gehetzten Augen der Frau.
»Ich liebe meinen Mann«, sagte Nina. »Und er liebt mich.«
»Wird es dadurch legal?«
Nina antwortete nicht.
Abby stieg aus und schloß die Tür. Die Limousine fuhr an. Als sie sie in die Dämmerung gleiten sah, war sie davon überzeugt, daß sie diese Frau nie wieder sehen würde.
Mit hängenden Schultern wandte sie sich ab und stapfte durch den Regen.
»Jetzt nach Hause, Mrs. Voss?« Die Stimme des Chauffeurs, die flach und blechern aus dem Lautsprecher drang, riß Nina aus ihren Gedanken.
»Ja«, sagte sie. »Fahren Sie mich nach Hause.«
Sie hüllte sich fester in ihren Kokon aus schwarzer Wolle und starrte auf die Regentropfen an den Scheiben. Sie überlegte, was sie Victor sagen wollte, und was sie ihm nicht sagen wollte, nicht sagen konnte. Das ist aus unserer Liebe geworden, dachte sie. Geheimnisse über Geheimnisse. Und er bewahrt das schrecklichste Geheimnis von allen.
Nina ließ den Kopf sinken und fing an zu weinen, um Victor und um das, was aus ihrer Ehe geworden war. Sie weinte auch um sich selbst, weil sie wußte, was zu tun war, und sie hatte Angst. Die Regentropfen strömten wie Tränen über die Scheiben, als die Limousine sie nach Hause brachte, zu Victor.

Neunzehn

Shu-Shu brauchte ein Bad. Das hatten die älteren Jungen schon seit Tagen gesagt und sogar damit gedroht, Shu-Shu ins Meer zu werfen, wenn Alexei den Hund nicht gründlich reinigte. »Er stinkt«, behaupteten sie, »kein Wunder bei deinem ganzen Schnodder in seinem Fell.« Alexei fand nicht, daß Shu-Shu stank. Er mochte den Geruch. Shu-Shu war noch nie gewaschen worden, und jeder Duft in seinem Fell war eine eigene Erinnerung. Der Geruch von Bratensoße, die er auf den Schwanz gekleckert hatte, erinnerte ihn an das gestrige Abendessen, als Nadja ihm eine doppelte Portion von allem gegeben und ihn sogar angelächelt hatte. Der Zigarettengeruch erinnerte ihn an Onkel Mischa, schroff, aber warm. Der Geruch nach saurer Rote Beete stammte vom Ostermorgen, als sie gelacht und gekochte Eier gegessen hatten und er die Suppe über Shu-Shus Kopf vergossen hatte. Und wenn er die Augen schloß und tief einatmete, konnte er manchmal noch einen anderen Geruch erschnuppern, blasser, aber nach all den Jahren noch immer erkennbar. Etwas, das er weder als süß noch als sauer einordnen konnte. Er erkannte es vielmehr an den Gefühlen, die es in ihm auslöste, an dem Duft, den er an sein Herz dringen ließ, dem Duft seiner frühesten Kindheit, dem Duft, gestreichelt, in den Schlaf gesungen und geliebt zu werden.

Er umarmte Shu-Shu und vergrub sich tiefer unter seiner Decke. Ich werde nie zulassen, daß sie dich baden, dachte er.

Es waren ohnehin nicht allzu viele von denen übrig, die ihn hätten quälen können. Vor fünf Tagen war ein zweites Boot neben ihrem aus dem Nebel getaucht. Alle Jungen hatten sich an Deck versammelt, Nadja und Gregor waren hin und her gelaufen und hatten Namen gerufen. »Nikolai Alexeienko! Pavel

Prebraschenski!« Bei jedem Namen gab es Jubelrufe und gereckte Fäuste. Ja, ich bin ausgewählt worden!
Die nicht Erwählten und Übriggebliebenen standen zusammengesunken an der Reling und sahen zu, wie ein motorisiertes Boot die ausgewählten Jungen zu dem anderen Schiff brachte.
»Wohin fahren sie?« fragte Alexei.
»Zu Familien im Westen«, antwortete Nadja. »Und jetzt weg von der Reling. Es wird kalt an Deck.«
Die Jungen rührten sich nicht von der Stelle. Nach einer Weile schien es Nadja egal zu sein, ob sie an Deck blieben oder nicht, und sie ging nach unten.
»Die Familien im Westen müssen dumm sein«, meinte Jakov.
Alexei wandte den Blick vom Meer ab und sah ihn an. Jakov starrte finster auf die See, das Kinn vorgereckt wie jemand, der einen Streit anfangen will. »Für dich sind doch alle dumm«, sagte Alexei.
»Das sind sie auch. Alle auf diesem Schiff.«
»Das heißt, du auch.«
Jakov hatte nicht geantwortet, sondern mit seiner gesunden Hand nur grimmig die Reling gepackt. Er hielt den Blick auf das andere Schiff gerichtet, das langsam im Nebel verschwand. Dann war er weggegangen.
An den folgenden Tagen hatte Alexei ihn kaum gesehen.
Heute abend war er wie üblich nach dem Essen verschwunden. Wahrscheinlich ist er in seinem blöden Abenteuerland, dachte Alexei. Versteckte sich in seiner Kiste voller Mäusedreck.
Alexei zog die Decke über den Kopf. Und so schlief er in seiner Koje ein, den schmuddeligen Shu-Shu an sein Gesicht gekuschelt.
Eine Hand schüttelte ihn, und eine Stimme rief leise in der Nacht: »Alexei! Alexei!«
»Mammi«, murmelte er.
»Alexei, Zeit aufzuwachen. Ich habe eine Überraschung für dich.«
Langsam tauchte er aus den Schichten des Schlafes auf. Die Hand schüttelte ihn noch immer. Er erkannte Nadjas Geruch.
»Es wird Zeit aufzubrechen«, flüsterte sie.
»Wohin denn?«

»Du mußt dich fertigmachen, um deine neue Mutter zu treffen.«
»Ist sie da?«
»Ich bringe dich zu ihr, Alexei. Du bist unter all den Jungen ausgewählt worden. Du kannst stolz sein. Und jetzt komm und sei leise.«
Alexei richtete sich auf. Er war noch nicht ganz wach und unsicher, ob er nicht träumte. Nadja streckte die Hand aus und half ihm aus der Koje.
»Shu-Shu«, sagte er.
Nadja drückte ihm den Hund in den Arm. »Natürlich darfst du Shu-Shu mitnehmen.« Sie ergriff seine Hand. Sie hatte noch nie seine Hand gehalten. Das plötzliche Glücksgefühl machte ihn mit einem Schlag hellwach. Sie gingen Hand in Hand, um seine Mutter zu treffen. Es war dunkel, und er hatte Angst im Dunkeln, aber Nadja würde dafür sorgen, daß ihm nichts geschah. Er erinnerte sich, irgendwie erinnerte er sich daran: So fühlt es sich an, die Hand seiner Mutter zu halten.
Sie verließen die Kabine und gingen den schwach beleuchteten Flur hinunter. Er stolperte in einem Freudentaumel, ohne darauf zu achten, wohin sie gingen, weil Nadja sich um alles kümmern würde. Sie bogen in einen anderen Flur, den er nicht erkannte. Nadja stieß eine Tür auf.
Ins Abenteuerland!
Der stählerne Steg erstreckte sich vor ihnen. An seinem Ende wartete die blaue Tür.
Alexei blieb stehen.
»Was ist denn?« fragte Nadja.
»Ich will nicht da reingehen.«
»Aber du mußt da reingehen.«
»Da drinnen wohnen Leute.«
»Jetzt stell dich nicht an, Alexei.« Nadja packte seine Hand fester. »Du mußt da reingehen.«
»Warum?«
Offenbar hatte sie plötzlich begriffen, daß eine andere Taktik angezeigt war. Sie hockte sich vor ihn, sah ihm direkt in die Augen und faßte ihn fest bei den Schultern. »Willst du alles verderben? Willst du sie wütend machen? Sie erwartet einen gehorsamen kleinen Jungen, und jetzt bist du so ungezogen.«
Seine Lippen bebten. Er strengte sich an, nicht zu weinen, weil

er wußte, wie sehr die Erwachsenen es haßten, wenn Kinder weinten. Aber die Tränen flossen trotzdem, und jetzt hatte er wahrscheinlich schon alles verdorben, genau wie Nadja gesagt hatte. Er verdarb immer alles.

»Noch ist nichts endgültig«, erklärte Nadja. »Sie kann sich immer noch für einen anderen Jungen entscheiden. Willst du das?«

»Nein«, schluchzte Alexei.

»Warum benimmst du dich dann nicht?«

»Ich habe Angst vor den Wachtel-Leuten.«

»Was? Sei nicht albern. Es würde mich nicht wundern, wenn dich am Ende keiner haben will.« Sie richtete sich auf und packte erneut seine Hand. »Jetzt komm.«

Alexei blickte zu der blauen Tür. »Trag mich«, flüsterte er.

»Du bist zu groß. Ich werde mir den Rücken weh tun.«

»Bitte trag mich.«

»Du mußt laufen, Alexei. Und jetzt beeil dich oder wir kommen zu spät.« Sie legte ihren Arm um ihn.

Er ging los, nur weil sie neben ihm war und ihn so eng umarmte. So wie er Shu-Shu umarmte. Solange sie sich alle drei im Arm hielten, würde nichts Schlimmes passieren.

Nadja klopfte an die blaue Tür.

Die Tür ging auf.

Jakov hörte sie auf dem Steg über sich, Alexeis Gejammer, Nadjas ungeduldiges Drängen. Er kroch an den Rand seiner Kiste und spähte vorsichtig zu ihnen hoch. Sie gingen zu der blauen Tür und waren einen Moment später dahinter verschwunden.

Warum darf Alexei da rein und ich nicht? dachte er.

Jakov krabbelte aus seiner Kiste und stieg die Treppe zur blauen Tür hinauf. Er versuchte, sie zu öffnen, aber sie war wie immer verschlossen. Geschlagen zog er sich wieder in seine Kiste zurück, die sich mittlerweile zu einem recht bequemen Versteck gemausert hatte. In der letzten Woche hatte er eine Decke, eine Taschenlampe und eine Reihe von Zeitschriften mit nackten Frauen ergattert. Außerdem hatte er ein Feuerzeug und eine Schachtel Zigaretten von Koubichev mitgehen lassen. Manchmal rauchte Jakov eine davon, aber weil es nur wenige Zigaretten waren, ging er sehr sparsam damit um. Einmal hatte er aus Versehen die Sägespäne in Brand gesetzt. Das war aufregend gewesen. Aber meistens gefiel ihm einfach der Gedanke,

die Zigaretten zu besitzen. Er genoß es, die Schachtel in der Hand zu halten und im Licht der Taschenlampe wieder und wieder den Markennamen zu lesen.
Das hatte er auch getan, als er Alexei und Nadja auf dem Steg gehört hatte. Jetzt wartete er darauf, daß sie durch die blaue Tür zurückkamen. Es dauerte sehr lange. Was machten sie bloß da drinnen?
Jakov schleuderte die Zigaretten auf den Boden. Das war alles nicht fair!
Er sah sich in seinen Zeitschriften ein paar Bilder an und übte das Feuerzeug zu bedienen. Schließlich beschloß er zu schlafen. Er rollte sich in seine Decke und döste ein.
Irgendwann später erwachte er von einem Dröhnen. Zuerst dachte er, daß mit dem Schiffsmotor irgendwas nicht stimmte, bis er bemerkte, daß das Geräusch lauter und lauter wurde und nicht aus der Hölle, sondern vom Oberdeck kam.
Es war der Hubschrauber.

Gregor verschloß die Plastiktüte und legte sie in die Kühlbox. Er gab die Box Nadja und forderte sie auf: »Nun nimm schon.« Zuerst schien sie ihn gar nicht zu hören. Dann sah sie ihn mit aschfahlem Gesicht an, und er dachte: Die dumme Gans hat nicht die Nerven. »Es braucht Eis. Los, mach schon.« Er schob die Kühlbox zu ihr rüber.
Sie schien entsetzt zurückzuweichen. Dann atmete sie tief ein, nahm die Kühlbox und trug sie zu dem Tisch auf der anderen Seite des Raumes. Er bemerkte, daß sie auf wackeligen Beinen ging. Das erste Mal war immer ein Schock. Ihm selbst war beim ersten Mal zwischendurch auch ziemlich flau geworden. Nadja würde darüber hinwegkommen.
Er drehte sich zum OP-Tisch. Der Anästhesist hatte den Leichensack bereits zugezogen und sammelte jetzt die blutigen Tücher ein. Der Chirurg machte keinerlei Anstalten, ihm dabei zu helfen. Statt dessen stand er wie atemlos an den Tisch gelehnt. Gregor betrachtete ihn voller Abscheu. Ein Arzt, der es zuließ, daß er so grotesk fett wurde, war besonders widerwärtig. Der Chirurg sah heute abend nicht gut aus. Die ganze Operation hindurch hatte er gekeucht, und seine Hände hatten noch mehr gezittert als üblich.

»Ich habe Kopfschmerzen«, stöhnte der Chirurg.
»Du hast zu viel getrunken. Ist wahrscheinlich nur ein kräftiger Kater.« Gregor trat zum OP-Tisch und packte ein Ende des Leichensackes. Zusammen mit dem Anästhesisten hievte er ihn auf den Rollwagen. Als nächstes hob Gregor den Haufen schmutziger Kleider auf und legte sie ebenfalls auf den Wagen. Fast hätte er den ausgestopften Hund übersehen. Er lag auf dem Boden, sein rattiges Fell war blutgetränkt. Gregor warf ihn auf den Haufen schmutziger Kleidung und schob den Rollwagen zusammen mit dem Anästhesisten zum Müllschlucker. Sie öffneten die Klappe und warfen Leichensack, Kleider und Hund hinein.
Der Chirurg stöhnte. »Das sind die schlimmsten Kopfschmerz-«
Gregor beachtete ihn nicht. Er streifte die Handschuhe ab und trat an das Waschbecken, um sich die Hände zu waschen. Man wußte nie, was man sich beim Umgang mit diesen verdreckten Klamotten einfing. Läuse vielleicht. Er wusch sich so gründlich wie ein Arzt vor einer Operation.
Plötzlich hörte er einen dumpfen Aufprall und das Scheppern des OP-Bestecks und drehte sich um.
Der Chirurg lag auf dem Boden, sein Gesicht war dunkelrot, während seine Gliedmaßen zuckten wie bei einer willkürlich an ihren Fäden gezogenen Marionette.
Nadja und der Anästhesist erstarrten vor Schreck.
»Was ist los mit ihm?« wollte Gregor wissen.
»Ich weiß es nicht!« antwortete der Anästhesist.
»Tun Sie was, verdammt noch mal!«
Der Anästhesist kniete neben dem zuckenden Mann und unternahm ein paar hilflose Versuche, ihn wiederzubeleben. Er öffnete den OP-Kittel und drückte ihm eine Sauerstoffmaske ins Gesicht. Die Zuckungen wurden noch schlimmer, die Arme des Mannes flatterten wir Gänseflügel.
»Halten Sie die Maske fest!« forderte der Anästhesist. »Ich gebe ihm eine Spritze!«
Gregor kniete neben dem Kopf des Mannes und hielt die Maske auf dessen Gesicht fest. Die Gesichtshaut des Chirurgen fühlte sich teigig und fettig an und lief blau an. Als Gregor die fortschreitende Verfärbung sah, wußte er, daß ihre Anstrengungen vergeblich waren.

Augenblicke später war der Mann tot.
Die drei anderen standen lange Zeit da und starrten die Leiche an. Sie schien sich zu noch groteskeren Dimensionen aufgebläht zu haben, die fleischigen Falten des Gesichtes waren ausgebreitet wie knochenlose Quallen.
»Was machen wir jetzt?« fragte der Anästhesist schließlich.
»Wir brauchen einen neuen Chirurgen«, erwiderte Gregor.
»Chirurgen zieht man nicht einfach so aus dem Meer. Wir müssen früher als geplant einen Hafen anlaufen.«
»Oder die Ware lebend übergeben.« Gregor blickte plötzlich auf, genau wie Nadja und der Anästhesist. Jetzt hörten es alle, das Knattern der Rotorblätter. Gregor blickte zur Kühlbox auf dem Tisch. »Alles bereit?«
»Ich habe sie mit Eis vollgepackt«, erwiderte Nadja.
»Dann bring sie nach oben.« Gregor drehte sich zu der Leiche des toten Chirurgen um und trat angeekelt dagegen. »Wir kümmern uns um den Walfisch hier.«
Das blaue Auge leuchtete auf Deck. Aus seinem Versteck unter der Treppe zur Brücke hatte Jakov beobachtet, wie das blaue Licht aufgeflammt war, gefolgt von einem Kreis weißer Lichter. Jetzt brannten sie alle so hell, daß er nicht direkt hineinsehen konnte. Statt dessen blickte er in den Himmel, von wo der Hubschrauber einschwebte. Er senkte sich aus der Dunkelheit, und Jakov schloß die Augen, als der Wind der Rotorblätter ihm ins Gesicht peitschte. Als er die Augen wieder öffnete, sah er, daß der Hubschrauber gelandet war.
Die Tür öffnete sich, aber niemand stieg aus. Offenbar warteten sie darauf, daß jemand an Bord kam. Jakov kroch ein Stück vor, so daß er den Helikopter durch den Spalt zwischen zwei Stufen direkt sehen konnte. Alexei hat es gut, dachte er. Bestimmt flog Alexei heute nacht von hier fort.
Er hörte, wie eine Tür zugeschlagen wurde, und am Rand des erleuchteten Kreises tauchte eine Gestalt auf. Es war Nadja. Sie überquerte mit vorgebeugtem Oberkörper, ihr Gesäß in die Luft gereckt, das Deck. Offenbar hatte sie Angst, daß die Rotorblätter ihren dummen Kopf abschneiden könnten. Sie lehnte sich in die Tür des Helikopters, und ihr Hinterteil ragte immer noch heraus, als sie mit dem Piloten sprach. Dann zog sie den Kopf zurück und wich bis an den Rand des Lichtkreises zurück.

Im nächsten Moment hob der Hubschrauber ab.
Die Lichter erloschen, und das Deck lag wieder in tiefem Dunkel.
Jakov schlich sich aus seinem Versteck, um den Helikopter aufsteigen zu sehen. Er sah, wie dessen Schwanz davonschwebte wie ein riesiges Pendel an einem Seil. Dann verschwand er, knapp über dem Wasser fliegend, in die Nacht.
Eine Hand packte Jakovs Arm. Er schrie auf, als er nach hinten herum gerissen wurde.
»Was zum Teufel machst du hier oben?« rief Gregor.
»Nichts!«
»Was hast du gesehen?«
»Nur den Hubschrauber.«
»Was hast du gesehen?«
Jakov starrte ihn nur an, zu verängstigt, um zu antworten.
Nadja hatte ihre Stimmen gehört und kam über das Deck auf sie zu. »Was ist los?«
»Der Junge hat wieder rumgeschnüffelt. Ich dachte, du hättest die Kabine abgeschlossen.«
»Das habe ich auch. Er muß schon früher entwischt sein.« Sie sah Jakov an. »Immer ist er es. Ich kann nicht jede Sekunde auf ihn aufpassen.«
»Ich habe sowieso die Schnauze voll von ihm.« Gregor riß an Jakovs Arm und zerrte ihn zu der Treppenluke. »Er kann nicht zurück zu den anderen.« Gregor drehte sich um, um die Luke zu öffnen.
Jakov trat ihm in die Kniekehle.
Gregor schrie auf und lockerte einen Augenblick seinen Griff.
Jakov rannte los. Er hörte Nadjas Schreie und stampfende Schritte, die seine Verfolgung aufnahmen. Dann weitere Schritte, die die Treppe zur Brücke hinunter gepoltert kamen.
Er sprintete Richtung Bug. Zu spät erkannte er, daß er direkt auf das Landedeck gerannt war.
Man hörte ein lautes Klacken, und die Deckbeleuchtung flammte auf. Jakov war von allen Seiten von grellen Lichtern gefangen. Er schirmte seine Augen ab und taumelte blindlings nach vorn, weg von den Schritten seiner Verfolgung. Aber sie waren jetzt überall und trieben ihn in die Enge. Jemand packte seine Hand. Er ruderte mit den Armen.

Jemand schlug ihm ins Gesicht. Der Schlag ließ Jakov zu Boden gehen. Er versuchte auf allen vieren zu fliehen, doch jemand trat ihm die Beine weg.
»Das reicht!« sagte Nadja. »Du willst ihn schließlich nicht umbringen.«
»Der kleine Scheißer«, knurrte Gregor.
Jakov wurde an den Haaren nach oben gerissen. Gregor zerrte ihn über das Deck zu der Treppenluke. Der Junge stolperte, und wurde an den Haaren wieder auf die Füße gezogen. Er konnte nicht erkennen, wohin sie gingen. Er wußte nur, daß es eine Treppe und einen Flur hinunter ging. Gregor fluchte die ganze Zeit. Aber er humpelte auch ein wenig, was Jakov mit einer gewissen Befriedigung erfüllte.
Eine Tür wurde geöffnet, und Jakov wurde über die Schwelle gestoßen.
»Da drinnen kannst du eine Weile vor dich hin faulen«, erklärte Gregor und schlug die Tür zu.
Jakov hörte, wie der Riegel vorgeschoben wurde, dann verhallten die Schritte. Danach war er allein in der Dunkelheit.
Er zog die Knie an die Brust und blieb mit um den Körper geschlungenen Armen liegen. Ein merkwürdiges Zittern breitete sich in seinem ganzen Leib aus, und er versuchte vergeblich, sich wieder zu beruhigen. Er hörte seine eigenen Zähne klappern, nicht vor Kälte, sondern wegen eines Bebens tief in seiner Seele. Jakov schloß die Augen, und die Bilder, die er heute nacht gesehen hatte, traten ihm wieder vor Augen. Nadja, die wie über ein unwirkliches Feld aus Licht treibend und schwebend das Deck überquerte. Die wartend offenstehende Tür des Hubschraubers. Nadja, die sich vorbeugte und die Arme ausstreckte, als sie dem Piloten etwas reichte.
Eine Kiste.
Jakov zog die Knie fester an die Brust, doch das Zittern wollte nicht aufhören.
Wimmernd steckte er den Daumen in den Mund und begann daran zu lutschen.

Zwanzig

Die Vormittage waren am schlimmsten für Abby. Sie wachte mit jener ersten, noch schläfrigen Erwartung an den kommenden Tag auf, bis es ihr plötzlich wieder einfiel: Ich habe nirgendwo hinzugehen. Die Erkenntnis traf sie regelmäßig so brutal wie ein körperlicher Schlag. Sie lag im Bett, hörte zu, wie Mark sich anzog, und war so tief in ihrer Depression gefangen, daß sie kein Wort zu ihm sagen konnte. Sie teilten Tisch und Bett, doch sie hatten seit Tagen kaum miteinander geredet. So stirbt die Liebe, dachte Abby, wenn sie ihn aus dem Haus gehen hörte. Nicht mit wütenden Worten, sondern mit Schweigen.

Als Abby zwölf war, hatte ihr Vater seinen Job in der Gerberei verloren. Noch Wochen später war er jeden Morgen von zu Hause losgefahren, als müsse er wie gewohnt zur Arbeit. Abby hatte nie herausgefunden, wohin er fuhr und was er tat. Bis zu seinem Tod hatte er es ihr nicht erzählt. Abby wußte nur, daß ihr Vater schreckliche Angst davor hatte, zu Hause zu bleiben und sich seinem eigenen Scheitern zu stellen. Lieber spielte er allen weiter etwas vor und floh am Morgen aus dem Haus.

Genau wie Abby heute.

Sie ließ den Wagen stehen und ging statt dessen zu Fuß, von Block zu Block, ohne zu wissen oder sich darum zu kümmern, wohin sie ging. Am Vorabend war es kühl geworden, so daß Abbys Gesicht taub vor Kälte war, als sie schließlich in einem Café einkehrte. Sie bestellte eine Tasse Kaffee und ein Sesambrötchen und setzte sich an einen der Tische. Eben hatte sie zwei Bissen genommen, als ihr Blick auf einen Mann am Nebentisch fiel, der den *Boston Herald* las.

Auf der Titelseite prangte Abbys Foto.

Am liebsten hätte sie sich in ein Mauseloch verzogen. Sie sah

sich verstohlen um und erwartete förmlich, daß jeder sie anstarren würde, was jedoch niemand tat.
Da sprang sie von ihrem Tisch auf, warf das Brötchen in den Müll und verließ das Café. Sie hatte plötzlich keinen Appetit mehr. An einem Zeitungskiosk ein Stück die Straße hinunter kaufte sie einen *Herald* und drückte sich zitternd in einen Hauseingang, während sie den Artikel überflog.

Führte Streß bei Chirurgenausbildung zu Tragödie?
Dr. Abigail DiMatteo war eine allseits anerkannte Assistenzärztin – eine der besten am Bayside-Hospital, wie Dr. Colin Wettig, der Leiter des Ausbildungsprogrammes, bestätigt. Doch irgendwann in den vergangenen zwei Monaten, kurz nach Beginn von Dr. DiMatteos zweitem Jahr als Assistenzärztin, nahm eine schreckliche Fehlentwicklung ihren Lauf …

Abby mußte innehalten. Ihr Atem ging heftig und stoßweise. Sie brauchte einen Moment, bis sie sich so weit beruhigt hatte, daß sie den Artikel zu Ende lesen konnte. Danach war ihr richtig übel.
Die Reporter hatten nichts ausgelassen. Die Klagen, Mary Allens Tod, die Auseinandersetzung mit Brenda. Nichts von alldem ließ sich leugnen. Alle Einzelaspekte ergaben zusammen das Bild einer instabilen, ja sogar gefährlichen Persönlichkeit.
Ich kann nicht glauben, daß ich es bin, über die sie da schreiben, dachte sie bestürzt.
Selbst wenn es ihr gelang, ihre medizinische Zulassung zu behalten und vielleicht sogar ihre Ausbildung zur Fachärztin abzuschließen, würde ihr ein solcher Artikel auf ewig anhängen, genau wie die Zweifel. Kein Patient würde sich bei klarem Verstand unter das Messer einer Psychopathin legen.
Sie wußte nicht, wie lange sie mit der Zeitung in der Hand umherlief. Als sie schließlich anhielt, stand sie auf dem Gelände der Harvard University, und ihre Ohren schmerzten vor Kälte. Es war schon weit nach Mittag. Abby war den ganzen Vormittag herumgelaufen, und jetzt war der halbe Tag vorbei. Sie wußte nicht, wohin sie als nächstes gehen sollte. Alle anderen auf dem Campus – Studenten mit Rucksäcken und zerstreute

Professoren in Tweed – schienen ein Ziel zu haben. Nur sie nicht.
Sie blickte erneut auf die Zeitung. Das verwendete Foto stammte aus dem Verzeichnis der Assistenzärzte. Es war ein Bild, das während ihres Praktikums aufgenommen worden war. Sie lächelte direkt in die Kamera, das frische und tatdurstige Gesicht einer jungen Frau, die bereit war, für ihren Traum zu arbeiten.
Abby warf die Zeitung in den nächsten Papierkorb und ging mit dem Gedanken nach Hause: Wehr dich. Du mußt dich wehren!
Doch ihr und Vivian waren die Spuren ausgegangen, die sie hätten verfolgen können. Gestern war Vivian nach Burlington geflogen. Als sie Abby am Abend angerufen hatte, hatte sie schlechte Nachrichten gehabt. Tim Nicholls hatte seine Praxis geschlossen, und niemand wußte, wo er war. Diese Spur war eine Sackgasse. Und im Wilcox Memorial gab es keine Unterlagen über Organentnahmen an den entsprechenden Terminen. Schließlich hatte Vivian bei der örtlichen Polizei erfahren, daß es keine Berichte über vermißte Personen oder unidentifizierte Leichen gab, denen man das Herz herausgeschnitten hatte. Noch eine Sackgasse.
Sie haben ihre Spuren verwischt. Wir werden sie nie schlagen.
Als sie zur Haustür hereinkam, sah sie schon von weitem, daß der Anrufbeantworter blinkte. Es war eine Nachricht von Vivian, die um Rückruf unter einer Nummer in Burlington bat. Abby wählte die Nummer, aber niemand nahm ab.
Als nächstes rief sie die NEOB an, doch wie üblich wollte man sie nicht zu Helen Lewis durchstellen. Offenbar wollte niemand die neuesten Theorien der psychopathischen Dr. DiMatteo hören. Sie ging die Liste der Menschen durch, die sie am Bayside kannte. Mark, Mohandas und Zwick, Susan Casado, Jeremiah Parr. Sie traute keinem von ihnen. Keinem einzigen.
Eben hatte sie den Hörer abgenommen, um erneut zu versuchen, Vivian zu erreichen, als ihr Blick zufällig aus dem Fenster fiel. Am Ende der Straße stand ein brauner Van.
Du Mistkerl, diesmal habe ich dich! knirschte sie innerlich.
Sie lief zum Garderobenschrank im Flur und holte den Feld-

stecher heraus. Vom Fenster richtete sie ihn auf den Wagen und konnte sein Nummernschild entziffern.

Ich habe dich, dachte sie triumphierend. Ich habe dich!

Erneut griff sie zum Telefon und rief Katzka an. Während sie darauf wartete, daß er sich meldete, fiel ihr auf, wie seltsam es war, daß sie ausgerechnet ihn anrief. Vielleicht war es eine automatische Reaktion. Wenn man Hilfe brauchte, rief man die Polizei. Und er war der einzige Polizist, den sie kannte.

»Detective Katzka«, meldete er sich mit seiner gewohnt ausdruckslosen Stimme.

»Der Van ist wieder da!« platzte sie los.

»Verzeihung?«

»Hier ist Abby DiMatteo. Der Van, der mich verfolgt – er parkt direkt vor meinem Haus. Die Nummer ist 539TDV. Es ist ein Nummernschild aus Massachusetts.«

Es entstand eine Pause, während Katzka sich die Nummer notierte. »Sie wohnen in der Brewster Street, nicht?«

»Ja. Bitte schicken Sie sofort jemanden vorbei. Ich weiß nicht, was er vorhat.«

»Schließen Sie die Türen ab, und rühren Sie sich nicht vom Fleck. Haben Sie verstanden?«

»Ja, hauchte sie nervös, »ja.«

Sie wußte, daß sie die Türen bereits verschlossen hatte, aber sie überprüfte sie trotzdem noch einmal. Alles war sicher. Abby ging zurück ins Wohnzimmer, setzte sich hinter die Gardine und blickte immer wieder auf die Straße, um sich zu vergewissern, daß der Van noch da war. Sie wollte, daß er blieb, wo er war. Sie wollte die Reaktion des Fahrers sehen, wenn die Polizei kam.

Eine Viertelstunde später fuhr ein vertraut aussehender grüner Volvo vorbei und hielt direkt gegenüber dem Van am Straßenrand. Sie hatte nicht erwartet, daß Katzka persönlich auftauchen würde, aber er stieg tatsächlich selbst aus dem Wagen. Bei seinem Anblick verspürte sie eine ungeheure Erleichterung. Er weiß, was zu tun ist, dachte sie. Katzka war schlau genug, alles in den Griff zu bekommen.

Er überquerte die Straße und ging langsam auf den Van zu.

Abby rückte näher ans Fenster, ihr Herz pochte mit einem Mal laut. Ob Katzkas Puls genauso raste wir ihrer? Mit lässiger Eleganz trat er an die Fahrertür. Erst als er sich ein wenig in Abbys Richtung drehte, erkannte sie, daß er seine Waffe gezogen hatte, obwohl sie nicht gesehen hatte, wie er danach gegriffen hatte.

Sie hatte jetzt fast Angst zuzusehen. Angst um ihn.

Vorsichtig blickte er ins Fenster. Offenbar sah er nichts Verdächtiges. Er umrundete den Van und blickte durch das Heckfenster. Dann steckte er seine Waffe wieder ins Halfter und blickte die Straße auf und ab.

Aus einer Haustür in der Nähe stürmte plötzlich ein Mann in grauem Overall winkend und rufend die Treppe hinunter. Katzka reagierte mit typischer Ungerührtheit und zückte seinen Dienstausweis. Der andere Mann sah ihn sich genau an und gab ihn zurück, bevor er seine Brieftasche hervorzog und sich ebenfalls auswies.

Eine Weile standen die beiden Männer redend und gestikulierend auf der Straße, wobei sie immer wieder auf den Van und das Haus wiesen. Schließlich ging der Mann im grauen Overall wieder hinein.

Katzka kam zu Abbys Haus.

Sie öffnete ihm die Haustür. »Was ist gewesen?«

»Nichts.«

»Wer ist der Fahrer? Warum hat er mich verfolgt?«

»Er sagt, er habe keine Ahnung, wovon Sie reden.«

»Ich bin doch nicht blind! Ich habe diesen Van schon einmal gesehen. In dieser Straße!«

»Der Fahrer sagt, er wäre noch nie zuvor in dieser Gegend gewesen.«

»Wer ist der Fahrer überhaupt?«

Katzka zückte sein Notizbuch. »John Doherty, sechsunddreißig Jahre, wohnhaft in Massachusetts, Klempnermeister. Der Van ist auf die Firma Back Bay Installationen zugelassen und voller Werkzeuge.« Er klappte sein Notizbuch zu und ließ es in die Manteltasche gleiten, während er Abby gewohnt distanziert ansah.

»Ich war mir so sicher«, murmelte sie.

»Sie behaupten noch immer, daß ein Van Sie verfolgt hat?«

»Ja, verdammt noch mal!« fauchte sie.

Er quittierte ihren Ausbruch mit leicht hochgezogenen Augen-

brauen, und sie zwang sich, ruhig einzuatmen. Ein Wutanfall war das letzte, worauf dieser Mann reagieren würde. Er war die pure Logik, ein reiner Verstandesmensch. Mr. Spock mit Polizeimarke.
Leiser beteuerte sie: »Ich bilde mir diese Sachen nicht bloß ein, und ich denke sie mir auch nicht aus.«
Katzka sah sie prüfend an. »Wenn Sie wieder glauben, daß Sie den Van sehen, notieren Sie seine Nummer.«
»Wenn ich glaube, daß ich ihn sehe?«
»Ich werde die Firma Back Bay Installationen anrufen, um mir Dohertys Angaben bestätigen zu lassen. Aber ich vermute, er ist wirklich Klempner.« Katzka blickte in Richtung Wohnzimmer. Das Telefon klingelte. »Wollen Sie nicht abnehmen?«
»Bitte gehen Sie noch nicht. Ich muß Ihnen noch ein paar Dinge erzählen.«
Er hatte die Klinke schon in der Hand, blieb jedoch stehen und beobachtete, wie sie das Telefon abnahm.
»Hallo?« meldete sie sich.
Eine leise Frauenstimme antwortete: »Dr. DiMatteo?«
Sofort schoß Abbys Blick zu Katzka, der ohne viele Worte zu begreifen schien, daß es wichtig war. »Mrs. Voss?« fragte Abby.
»Ich habe etwas herausgefunden«, sagte Nina. »Ich weiß nicht, was es zu bedeuten hat, wenn es überhaupt etwas bedeutet.«
Katzka trat neben Abby. Er hatte sich so schnell und lautlos genähert, daß sie ihn gar nicht hatte kommen hören, und beugte sich zu ihr, um mitzuhören.
»Was haben Sie herausgefunden?« fragte Abby.
»Ich habe ein paar Anrufe gemacht, bei der Bank und bei unserem Steuerberater. Am 23. September hat Victor einen Betrag an eine Firma namens Amity Corporation überwiesen. In Boston.«
»Sind Sie sich bei dem Datum sicher?«
»Ja.«
23. September, dachte Abby. Einen Tag vor Nina Voss' Transplantation.
»Was wissen Sie über Amity?« fragte Abby.
»Nichts. Victor hat den Namen nie erwähnt. Eine so große Transaktion hätte er normalerweise mit mir besprochen ...« Es entstand ein Schweigen. Abby hörte Stimmen im Hintergrund,

danach hektisches Geraschel. Dann war Nina wieder am Telefon. Leise und angespannt flüsterte sie: »Ich muß jetzt auflegen.«
»Sie sagten, es wäre eine große Transaktion gewesen. Wie groß?«
Einen Moment lang herrschte erneut Schweigen in der Leitung, und Abby dachte, daß Nina vielleicht schon aufgelegt hatte. Dann hörte sie die gehauchte Antwort:
»Fünf Millionen«, wisperte Nina. »Er hat fünf Millionen überwiesen.«
Nina legte auf. Sie hörte Victors Schritte, blickte jedoch nicht auf, als er ins Schlafzimmer kam.
»Mit wem hast du gesprochen?« fragte er.
»Mit Cynthia. Ich habe mich für die Blumen bedankt.«
»Welche Blumen waren es noch mal?«
»Die Orchideen.«
Er blickte zu der Vase auf der Kommode. »O ja. Sehr hübsch.«
»Cynthia sagt, daß sie im Frühjahr nach Griechenland reisen wollen. Vermutlich haben sie genug von der Karibik.« Wie leicht es ihr fiel, ihn anzulügen. Wann hatte das angefangen? Wann hatten sie aufgehört, einander die Wahrheit zu sagen?
Er setzte sich auf ihre Bettkante, und sie spürte, wie er sie betrachtete. »Wenn du wieder richtig gesund bist, fahren wir vielleicht auch nach Griechenland«, meinte er. »Vielleicht sogar mit Cynthia und Robert. Würde dir das gefallen?«
Sie nickte und blickte auf die Bettdecke. Aber ich werde nie mehr gesund. Und das wissen wir beide, dachte sie.
Sie streckte die Beine unter der Decke hervor. »Ich muß auf die Toilette«, erklärte sie.
»Soll ich dir helfen?«
»Nein, es geht schon.« Als sie aufstand, verspürte sie einen leichten Schwindel. Diese Schwindelanfälle hatte sie in letzter Zeit jedesmal, wenn sie aufstand oder sich auch nur im geringsten anstrengte. Victor gegenüber erwähnte sie sie nicht, sondern wartete nur, bis sie vorbei waren. Langsam ging sie ins Bad. Sie hörte, wie er den Telefonhörer abnahm.
Erst als sie die Badezimmertür hinter sich geschlossen hatte, wurde ihr ihr Fehler bewußt. Die letzte Nummer, die sie ge-

wählt hatte, war noch gespeichert. Victor mußte nur auf die Wahlwiederholungstaste drücken, um herauszufinden, daß sie ihn belogen hatte. So etwas wäre typisch für Victor. Er würde erfahren, daß sie nicht Cynthia angerufen hatte. Er würde herausfinden, irgendwie würde er es herausfinden, daß es Abby DiMatteo gewesen war, mit der sie gesprochen hatte.
Nina stand mit dem Rücken an die Badezimmertür gelehnt und lauschte. Sie hörte, wie er den Hörer wieder auflegte.
Eine weitere Schwindelwelle erfaßte sie. Sie ließ den Kopf sinken und kämpfte gegen die Dunkelheit an, die ihren Blick zu trüben begann. Ihre Beine schienen nachzugeben, und sie spürte, wie sie zu Boden sank.
Victor rüttelte an der Tür. »Nina, ich muß mit dir reden!«
»Victor«, flüsterte sie, doch er konnte sie nicht hören. Niemand konnte sie hören.
Sie lag auf dem Badezimmerfußboden, zu schwach, um sich zu rühren, zu schwach, um ihn zu rufen.
Sie spürte nur, wie das Herz in ihrer Brust flatterte wie Schmetterlingsflügel.

»Das kann es nicht sein«, sagte Abby.
Sie saß in Katzkas Wagen, der in einer heruntergekommenen Straße in Roxbury parkte, einem Viertel mit verbarrikadierten Fassaden und Firmen kurz vor dem Bankrott. Das einzig offenkundig florierende Unternehmen war ein Bodybuilding-Studio ein paar Häuser die Straße hinunter. Durch die offenen Fenster hörten sie das Klappern der Gewichte und hin und wieder männliches Gelächter. An das Studio grenzte ein unbewohntes Gebäude mit einem Zu-vermieten-Schild im Fenster. Daneben erhob sich das dreigestöckige Amity-Gebäude aus braunem Sandstein. Über dem Eingang prangte ein Schild

»AMITY MEDIZINISCHER BEDARF. VERKAUF UND BERATUNG«.

Hinter den vergitterten Fenstern sah man eine verstaubte Ausstellung der Firmenprodukte: Krücken und Stöcke, Sauerstoffflaschen, Schaumstoffmatratzen gegen Wundliegen, Nachtschränkchen, eine Schaufensterpuppe in einer Schwesterntracht, die aus den sechziger Jahren zu stammen schien.

Abby blickte über die Straße auf das schäbige Schaufenster und sagte: »Das kann nicht die richtige Amity sein.«
»Es ist die einzige Firma dieses Namens im Telefonbuch«, erwiderte Katzka.
»Warum sollte er fünf Millionen Dollar an dieses Unternehmen überweisen?«
»Es könnte ein Tochterunternehmen einer größeren Firma sein. Vielleicht war es eine günstige Anlagemöglichkeit.«
Sie schüttelte den Kopf. »Das Timing spricht dagegen. Versetzen Sie sich in Victor Voss' Lage. Seine Frau liegt im Sterben, er versucht verzweifelt, ihr die benötigte Operation zu verschaffen. Da würde er doch nicht über Anlageobjekte nachdenken.«
»Es kommt darauf an, wie sehr er seine Frau liebt.«
»Er liebt sie sehr.«
»Woher wissen Sie das?«
Sie schaute ihn an. »Ich weiß es.«
Katzka betrachtete Abby auf seine ruhige Art. Seltsam, dachte sie, daß sein Blick ihr nicht mehr unbehaglich war.
Er öffnete die Tür. »Ich werde sehen, was ich herausfinden kann.«
»Was haben Sie vor?«
»Mich mal umsehen. Ein paar Fragen stellen.«
»Ich komme mit.«
»Nein, Sie bleiben im Wagen.« Er wollte aussteigen, aber sie hielt ihn zurück.
»Hören Sie«, erklärte sie, »Ich bin diejenige, die alles zu verlieren hat. Meinen Job habe ich schon verloren, meine Approbation wird in Kürze folgen. Und jetzt nennt man mich eine Mörderin, Psychopathin oder beides. Es ist mein Leben, das zugrunde gerichtet wird. Dies könnte meine einzige Chance sein, mich zu wehren.«
»Dann wollen wir es doch nicht vermasseln, oder? Irgend jemand da drin könnte Sie erkennen. Dann wären die garantiert gewarnt. Wollen Sie das riskieren?«
Sie ließ sich in den Sitz zurücksinken. Katzka hatte recht. Er hatte leider recht. Er war schon dagegen gewesen, daß sie überhaupt mitkam, aber sie hatte darauf bestanden. Sie hatte ihm erklärt, daß sie auch selbst hierherfahren könnte, mit oder ohne ihn. Und jetzt saß sie da und durfte nicht mal mit in das Ge-

bäude. Sie konnte nicht einmal mehr ihre eigenen Schlachten schlagen. Das hatten sie ihr auch noch genommen. Abby saß kopfschüttelnd da, wütend über ihre Ohnmacht und wütend auf Katzka, der sie darauf hingewiesen hatte.
»Verriegeln Sie die Tür«, forderte er sie auf und stieg aus.
Sie beobachtete, wie er die Straße überquerte und das Gebäude durch den unscheinbaren Eingang betrat. Abby malte sich aus, was er drinnen vorfinden würde: deprimierende Reihen von Rollstühlen und Spucknäpfen, Kleiderstangen, an denen sich unter vergilbten Plastikschutzhüllen Schwesternuniformen reihten, Kartons mit orthopädischen Schuhen. Sie konnte es sich bis in alle Einzelheiten vorstellen, weil sie ihre ersten Berufskleider in Läden wie diesem gekauft hatte.
Fünf Minuten verstrichen. Dann zehn.
Katzka, Katzka. Was machen Sie da drinnen?
Er hatte erklärt, daß er ein paar Fragen stellen wollte, ohne Argwohn zu wecken. Sie vertraute seinem Urteil. Im Schnitt waren Ermittler im Morddezernat wahrscheinlich intelligenter als Chirurgen, entschied sie. Aber vielleicht nicht intelligenter als Internisten. Das war ein Standardwitz unter allen Krankenhausbelegschaften: die Dummheit der Chirurgen. Internisten verließen sich auf ihr Hirn, Chirurgen auf ihre kostbaren Hände. Wenn einem Internisten die Aufzugstür vor der Nase zugeht, schiebt er die Hände dazwischen, um sie aufzuhalten. Ein Chirurg seinen Kopf. Ha, ha.
Zwanzig Minuten waren verstrichen. Es war schon nach fünf, und der schwache Sonnenschein war einer düsteren Dämmerung gewichen. Durch den Fensterspalt hörte sie das stetige Rauschen der Autos auf dem Martin Luther King Boulevard. Es war die Hauptverkehrszeit. Ein Stück die Straße hinunter kamen zwei Männer mit Muskeln wie Herkules aus dem Fitneßstudio und schlenderten zu ihren Wagen.
Sie hielt weiter den Eingang des Amity-Gebäudes im Blick und wartete darauf, daß Katzka herauskommen würde.
Mittlerweile war es zwanzig nach fünf.
Selbst in dieser Nebenstraße wurde der Verkehr dichter, so daß ihr die Sicht auf den Eingang immer wieder verdeckt wurde. Als sich schließlich eine Lücke im Autostrom auftat, entdeckte sie gegenüber einen Mann, der aus dem Seiteneingang des

Amity-Gebäudes kam. Er blieb auf dem Bürgersteig stehen und schaute auf die Uhr. Als er wieder aufblickte, fing Abbys Herz an rasen. Sie kannte dieses Gesicht, die grotesk fliehende Stirn und die Habichtnase.

Es war Dr. Mapes, der Kurier, der Nina Voss' Spenderherz in den OP geliefert hatte.

Mapes setzte sich in Bewegung. Auf halbem Weg die Straße hinunter blieb er vor einem blauen Pontiac Trans-Am stehen und zog den Wagenschlüssel aus der Tasche.

Abby blickte wieder zum Amity-Gebäude und hoffte und betete, daß Katzka auftauchte. Nun mach schon, mach schon. Sonst verliere ich Mapes! Sie sah wieder zu dem Trans-Am. Mapes war inzwischen eingestiegen und legte gerade den Sicherheitsgurt an. Er hatte den Motor schon angelassen und wartete jetzt auf eine Lücke im fließenden Verkehr.

Abby warf einen panischen Blick auf die Zündung und sah, daß Katzka seinen Schlüssel steckengelassen hatte.

Das konnte ihre Chance sein, ihre einzige Chance.

Der blaue Trans-Am fädelte sich in den Verkehr ein.

Ihr blieb keine Zeit, ihre Entscheidung zu überdenken.

Abby rutschte auf den Fahrersitz, ließ Katzkas Wagen an und fuhr los. Der Wagen hinter ihr bremste quietschend und hupte wütend.

Sie sah, daß Mapes bei Dunkelgelb über die nächste Kreuzung rauschte.

Abby mußte bremsen. Zwischen ihr und der Ampel waren vier Wagen, an denen sie unmöglich vorbeikam. Bis es wieder grün wurde, konnte Mapes schon Blocks weit entfernt sein. Sie saß da, zählte die Sekunden und verfluchte die Bostoner Verkehrsampeln und ihre eigene Unentschlossenheit. Wenn sie nur schneller losgefahren wäre! Der Trans-Am war kaum noch zu sehen, nur ein blauer Schimmer in einem Strom von Fahrzeugen. Was war bloß mit dieser Ampel los?

Endlich wurde sie grün, aber nichts bewegte sich. Der Fahrer des ersten Wagens mußte am Steuer eingeschlafen sein. Abby stemmte sich auf die Hupe, die einen ohrenbetäubenden Ton ausstieß. Endlich setzten sich die Wagen vor ihr in Bewegung. Sie trat auf das Gaspedal und ließ es gleich wieder los.

Jemand hämmerte mit der Faust gegen den Wagen.

Sie blickte nach rechts und sah Katzka, der auf der Beifahrerseite neben dem Auto herlief. Sie bremste.
Er riß die Tür auf. »Was zum Teufel machen Sie?«
»Steigen Sie ein.«
»Nein, fahren Sie erst rechts ran und –«
»Steigen Sie ein, verdammt noch mal!«
Er blinzelte überrascht und stieg ein.
Sofort trat sie wieder auf das Gaspedal und schoß über die Kreuzung. Zwei Blocks vor ihr bewegte sich ein blauer Schimmer nach rechts. Der Trans-Am bog in die Cottage Street. Wenn sie ihm nicht direkt auf den Fersen blieb, würde sie ihn in dem dichter werdenden Verkehr verlieren. Sie überfuhr eine durchgezogene Linie, raste links an drei Wagen vorbei und zwängte sich mit quietschenden Reifen gerade noch rechtzeitig wieder in ihre Spur. Dabei hörte sie, wie Katzka seinen Sicherheitsgurt anlegte. Gut. Denn das hier könnte eine ziemlich wilde Fahrt werden. Sie bog in die Cottage Street.
»Wollen Sie mich vielleicht aufklären?« fragte Katzka.
»Er kam aus einem Seiteneingang des Amity-Gebäudes. Der Typ in dem blauen Wagen.«
»Und wer ist er?«
»Der Überbringer des Spenderorgans. Er sagte, sein Name wäre Mapes.« Sie nutzte eine weitere Lücke im Verkehr, um auf der Gegenspur ein paar Wagen zu überholen.
»Vielleicht sollte doch lieber ich fahren«, bemerkte Katzka.
»Er fährt zum Verteilerkreis. Und jetzt wohin? Wohin fährt er?«
Der Trans-Am bog in den Kreisverkehr und fuhr in östlicher Richtung ab.
»Er fährt zum Expressway«, sagte Katzka.
»Wir also auch.« Abby bog ebenfalls in den Kreisverkehr und folgte dem Trans-Am.
Katzka hatte richtig vermutet: Mapes fuhr auf die Auffahrt zum Expressway. Sie folgte ihm, ihr Herz raste, ihre Hände klebten schweißnaß am Steuer. Hier konnte sie ihn verlieren. Der Expressway um halb sechs war wie eine Fahrt mit dem Autoscooter bei hundert Stundenkilometern. Jeder Fahrer war ein potentieller Verrückter, der möglichst schnell nach Hause wollte. Sie fädelte sich ein und sah Mapes weit vor sich auf die linke Spur ausscheren.

Auch sie versuchte, nach links zu wechseln, doch ein Truck weigerte sich, sie in die Lücke zu lassen. Abby blinkte und setzte zum Spurwechsel an, worauf der Truck die Lücke noch enger schloß. Das Ganze war zu einer gefährlichen Mutprobe geworden, wer als erster nachgab. Abby hielt auf den Truck zu, der Truck hielt munter dagegen. Adrenalin pumpte durch ihren Körper, und sie war so darauf konzentriert, Mapes nicht zu verlieren, daß sie gar keine Zeit hatte, Angst zu haben. Hinter dem Steuer hatte sie sich in eine andere Frau verwandelt, eine verzweifelte, fluchende Fremde, die sie kaum wiedererkannte. Sie wehrte sich, und es fühlte sich gut an, ein Gefühl von Macht. Abby DiMatteo auf Testosteron.

Sie trat das Gaspedal durch und scherte direkt vor dem Truck nach links.

»Dr. DiMatteo«, brüllte Katzka. »Wollen Sie uns umbringen?«

»Das ist mir egal. Ich will diesen Kerl!«

»Sind Sie so auch im OP?«

»O ja. Ich bin der verdammte Schrecken der Chirurgie. Haben Sie's noch nicht gehört?«

»Erinnern Sie mich dran, damit ich nie krank werde.«

»Was macht er denn jetzt?«

Vor ihnen hatte der Trans-Am wieder die Spur gewechselt und sich in die Abbiegerspur für den Callahan Tunnel eingeordnet.

»Verdammt«, fluchte Abby und scherte ebenfalls nach rechts. Über zwei Spuren wechselnd, schoß sie in das höhlenartige Halbdunkel des Tunnels. Graffiti sausten an ihnen vorbei, das Surren der Reifen auf dem Pflaster hallte von den Betonwänden wider, das Dröhnen der Wagen zerschnitt die Luft. Als sie wieder in das graue Dämmerlicht kamen, mußten sich ihre Augen erst wieder daran gewöhnen.

Der Trans-Am verließ den Expressway, und Abby folgte ihm. Sie waren jetzt in East Boston, dem Tor zum Logan International Airport. Vermutlich ist Mapes dorthin unterwegs, dachte sie, zum Flughafen. Sie war überrascht, als er statt dessen die Gleise überquerte und in ein westlich vom Flughafen gelegenes Gewirr von Straßen fuhr.

Abby bremste ab, um ein wenig Abstand zu lassen. Der Adrenalinstoß, der sie während der hektischen Verfolgungsjagd über den Expressway vorwärts getrieben hatte, ebbte ab. In dieser Gegend konnte ihr der Trans-Am nicht entwischen. Jetzt mußte sie vielmehr darauf achten, nicht entdeckt zu werden. Sie fuhren nun an den Werften des Inneren Hafens entlang. Hinter einem Maschendrahtzaun stapelten sich in drei Reihen unbenutzte Schiffscontainer wie riesige Legosteine. Jenseits des Containerhofs lag der Industriehafen. Vor dem Hintergrund der untergehenden Sonne ragten Ladekräne und Schiffsmasten in die Höhe. Der Trans-Am bog links ab und fuhr durch ein offenes Tor auf den Containerhof.

Abby hielt vor dem Zaun. Durch die Lücke zwischen einem Gabelstapler und einem Container beobachtete sie, daß der Trans-Am am Ende des Piers stehenblieb. Mapes stieg aus und ging auf das Dock zu, wo ein Schiff vor Anker lag. Es war ein kleiner Frachter, knapp siebzig Meter lang, schätzte sie.

Mapes rief etwas. Und wenig später tauchte an Deck ein Mann auf und winkte ihn an Bord. Mapes erklomm die Gangway und verschwand in dem Frachter.

»Warum ist er hierhergekommen?« fragte sie. »Warum ein Schiff?«

»Sind Sie sicher, daß es derselbe Mann war?«

»Wenn nicht, hat er einen Doppelgänger bei Amity.« Sie hielt inne, und plötzlich fiel ihr ein, Katzka nach den Ergebnissen seines Besuches im Amity-Gebäude zu fragen. »Was haben Sie eigentlich über den Laden herausgefunden?«

»Sie meinen, bevor mir aufgefallen ist, daß jemand meinen Wagen gestohlen hat?« Er zuckte die Schultern. »Es sah genauso aus, wie man es erwarten konnte: ein Laden für medizinischen Bedarf. Ich habe gesagt, daß ich ein Krankenhausbett für meine Frau brauche, und man hat mir einige der neuesten Modelle vorgeführt.«

»Wie viele Leute arbeiten in dem Gebäude?«

»Ich habe drei gesehen. Ein Typ im Ausstellungsraum und zwei im ersten Stock, die telefonische Bestellungen entgegengenommen haben. Keiner von ihnen schien mit seinem Arbeitsplatz besonders glücklich zu sein.«

»Was ist mit den beiden oberen Stockwerken?«

»Lagerraum, nehme ich an. An diesem Gebäude lohnt wirklich nicht eine weitere Untersuchung.«

Sie blickte durch den Zaun auf den blauen Trans-Am. »Sie

könnten die Geschäftsunterlagen beschlagnahmen lassen und herausfinden, wohin Voss' fünf Millionen geflossen sind.«

»Es gibt keine Grundlage für die Beschlagnahmung von Unterlagen.«

»Wieviel Beweise brauchen Sie denn noch? Ich weiß, daß er der Kurier war! Ich weiß, was diese Leute tun!«

»Ihre Aussage wird keinen Richter umstimmen. Ganz sicher nicht unter den jetzigen Umständen.« Seine Antwort war ehrlich, brutal ehrlich. »Es tut mir leid, Abby. Aber Sie wissen genausogut wie ich, daß Sie ein riesiges Glaubwürdigkeitsproblem haben.«

Sie spürte, wie sie erneut dichtmachte und sich innerlich von ihm zurückzog. »Sie haben völlig recht«, gab sie zurück. »Wer würde mir schon glauben? Es ist ja bloß die psychotische Dr. DiMatteo, die Unsinn faselt.«

Auf diese selbstmitleidige Äußerung reagierte er nicht. In dem nachfolgenden Schweigen bereute sie sie schon. Der Klang ihrer verletzten und sarkastischen Stimme hing zwischen ihnen.

Eine Weile sagte niemand etwas. Über ihnen kreischte ein Jet, der Schatten seiner Flügel glitt vorüber wie ein Raubvogel. Er stieg auf und glänzte im letzten Licht der untergehenden Sonne. Erst als das Dröhnen des Jets verklungen war, sagte Katzka wieder etwas.

»Es ist nicht so, als ob ich Ihnen nicht glauben würde«, bemerkte er.

Sie sah ihn an. »Sonst glaubt mir doch auch keiner. Warum gerade Sie?«

»Wegen Dr. Levi und der Art, wie er gestorben ist.« Katzka starrte geradeaus auf die dunkler werdende Straße. »Es paßte einfach nicht in das Muster eines normalen Selbstmordes. Ein Zimmer, in dem ihn tagelang niemand finden würde! Die Menschen mögen den Gedanken nicht, daß ihr Körper verwest. Sie wollen gefunden werden, bevor die Maden ihnen zusetzen, bevor sie schwarz und aufgedunsen sind, solange man sie noch als Menschen erkennen kann. Und dann waren da all die Pläne, die er gemacht hat. Die Reise in die Karibik, das Treffen mit seinem Sohn.« Katzka blickte zur Seite, eine Straßenlaterne war aufgeflammt und erhellte die Dämmerung. »Und schließlich seine Frau Elaine. Ich habe schon oft Hinterbliebene gesprochen. Einige stehen unter Schock, andere trauern, einige sind einfach nur erleichtert. Ich bin selbst Witwer. Ich weiß noch, daß ich es nach dem Tod meiner Frau nur mit Mühe geschafft habe, auch nur jeden Morgen aufzustehen. Was aber tut Elaine Levi? Sie ruft ein Umzugsunternehmen an, packt ihre Möbel zusammen und verläßt die Stadt. Das ist nicht die Handlungsweise einer trauernden Witwe. So benimmt sich jemand, wenn er sich schuldig fühlt. Oder Angst hat.«

Abby nickte. »Ich hatte auch den Eindruck, daß Elaine Angst hatte.«

»Dann haben Sie mir von Kunstler und Hennessy erzählt«, fuhr er fort. »Und auf einmal betrachte ich nicht mehr einen isolierten Todesfall. Ich habe es vielmehr mit einer ganzen Serie zu tun. Und Aarons Tod sieht weniger und weniger aus wie ein Selbstmord.«

Wieder hob ein Jet ab, das Kreischen der Turbinen machte jedes Gespräch unmöglich. Er schwenkte nach links und streifte den Abendnebel, der sich über dem Hafen sammelte. Selbst als der Jet am Himmel im Westen verschwunden war, konnte Abby ihn noch dröhnen hören.

»Dr. Levi hat sich nicht selbst erhängt«, nahm Katzka das Gespräch wieder auf.

Abby sah ihn stirnrunzelnd an. »Ich dachte, der Obduktionsbefund wäre endgültig gewesen?«

»Wir sind bei dem toxikologischen Screening auf etwas gestoßen. Die Ergebnisse haben wir letzte Woche aus dem kriminaltechnischen Labor bekommen.«

»Sie haben etwas gefunden?«

»In seinem Muskelgewebe hat man Spuren von Succinylcholin gefunden.«

Sie starrte ihn an. Succinylcholin! Es wurde bei der Anästhesie täglich verwendet, um die Muskeln für die Operation zu entspannen. Im OP war es ein Narkotikum von lebenswichtiger Nützlichkeit. Außerhalb eines OP würde seine Verabreichung zu dem grausamsten aller Tode führen: vollkommene Lähmung bei gleichzeitigem klaren Bewußtsein. Obwohl man wach und reaktionsfähig war, konnte man sich weder bewegen noch atmen, als würde man in einem Meer aus Luft ertrinken.

Sie schluckte, weil ihre Kehle plötzlich ganz trocken war. »Es war kein Selbstmord?«
»Nein.«
Abby atmete tief ein und langsam wieder aus. Einen Moment lang war sie zu entsetzt, um etwas zu sagen. Sie wagte nicht einmal, sich vorzustellen, wie Aaron gestorben war. Durch den Zaun blickte sie zum Pier. Nebelschwaden trieben über das Hafenbecken. Mapes war nicht wieder aufgetaucht. Der Frachter erhob sich schwarz und schweigend im verblassenden Dämmerlicht.
»Ich will wissen, was auf diesem Schiff ist«, sagte sie. »Ich will wissen, warum er hierhergekommen ist.« Sie machte Anstalten die Tür zu öffnen.
Er hielt sie zurück. »Noch nicht.«
»Wann denn?«
»Lassen Sie uns ein Stück die Straße hinauffahren und dort warten.« Er sah in den Himmel und den Nebel, der sich über dem Wasser zusammenzog. »Bald ist es dunkel.«

Einundzwanzig

Wie lange sitzen wir hier schon?«
»Erst eine Stunde«, sagte Katzka.
Abby zitterte und schlang die Arme um ihren Körper. Der Abend war noch kühler geworden, die Wagenfenster waren von ihrem Atem beschlagen. Im Nebel warf eine Straßenlaterne ein schweflig gelbes Licht auf die unwirtliche Umgebung.
»Interessant, daß Sie es so formulieren: ›Erst eine Stunde‹. Ich habe das Gefühl, wir sind schon den ganzen Abend hier.«
»Alles eine Frage der Perspektive. Ich habe viele Beschattungen gemacht, am Anfang meiner Karriere.«
Katzka als junger Mann, als Anfänger mit rosigem Gesicht – das konnte sie sich einfach nicht vorstellen. »Warum sind Sie Polizist geworden?« fragte sie.
Er zuckte die Schultern, ein Schatten in dem dunklen Wagen.
»Es paßte zu mir.«
»Das erklärt vermutlich alles.«
»Warum sind Sie Ärztin geworden?«
»Die Antwort darauf ist kompliziert.«
»Dann war es also kein einfacher Grund. So was wie das Wohl der Menschheit?«
Jetzt war es an ihr, die Achseln zu zucken. »Die Menschheit wird mein Fehlen kaum bemerken.«
»Sie studieren acht Jahre, die Ausbildung zur Fachärztin dauert weitere fünf. Das muß schon ein ziemlich zwingender Grund sein.«
Das Fenster war wieder beschlagen. Als sie mit der Hand darüberwischte, fühlte sich das Kondenswasser merkwürdig warm auf ihrer Haut an. »Wenn ich Ihnen einen Grund nennen müßte, würde ich wohl sagen, es war mein Bruder. Als er zehn

Jahre alt war, mußte er ins Krankenhaus. Ich habe viel Zeit dort verbracht und den Ärzten bei der Arbeit zugesehen.«
Katzka wartete, daß sie den Gedanken weiter ausführte. Als sie das nicht tat, fragte er leise: »Ihr Bruder hat nicht überlebt?«
Sie schüttelte den Kopf. »Es ist lange her.« Abby blickte auf die schimmernde Feuchtigkeit auf ihrer Hand. Warm wie Tränen, dachte sie. Und einen heiklen Moment lang glaubte sie, daß sie echte Tränen vergießen würde. Sie war froh, daß Katzka stumm blieb; ihr war nicht danach, weitere Fragen zu beantworten und die alten Bilder heraufzubeschwören, Pete auf einer Liege, seine neuen Tennisschuhe blutbespritzt. Wie klein die Schuhe ausgesehen hatten, viel zu klein für einen zehnjährigen Jungen. Und dann die Monate, als sie zugesehen hatte, wie er im Koma lag, während sein Körper verfiel und seine Gliedmaßen sich zu einer permanenten Selbstumarmung zusammenzogen. In der Nacht, als er gestorben war, hatte Abby ihn aus seinem Bett gehoben und ihn in ihren Armen gewiegt. Er hatte sich ganz leicht angefühlt und zerbrechlich wie ein Kleinkind.
All das erzählte sie Katzka nicht, doch sie spürte, daß er alles, was er davon wissen mußte, verstanden hatte. Kommunikation via Empathie. Sie hatte nicht erwartet, daß er über diese Fähigkeit verfügte. Aber es gab so vieles an Katzka, was sie überraschte.
Er spähte in die Nacht und meinte dann: »Ich glaube, es ist jetzt dunkel genug.«
Sie stiegen aus dem Wagen und traten durch das offene Tor auf den Containerhof. Die Umrisse des Frachters ragten aus dem Nebel. Das einzige Licht an Bord war ein eigenartig grünlicher Schein, der aus einem der unteren Bullaugen fiel. Ansonsten wirkte das Schiff verlassen. Sie kamen an einem auf einer Palette gestapelten Turm von leeren Kisten vorbei und erreichten den Pier.
Am Landungssteg des Schiffes blieben sie stehen und lauschten, wie das Wasser gegen den Rumpf platschte und die Stahlkabel ächzten. Das Kreischen eines weiteren startenden Jets überraschte sie beide. Abby blickte in den Himmel. Als sie die Lichter des Flugzeugs verschwinden sah, hatte sie das verwirrende Gefühl, daß sie diejenige war, die durch Raum und Zeit schwebte. Sie hätte sich fast an Katzka festgehalten. Wie bin ich

bloß mit diesem Mann auf diesem Pier gelandet? fragte sie sich. Welche seltsame Verkettung der Ereignisse hat mich an diesen unerwarteten Punkt in meinem Leben geführt?

Katzka berührte ihren Arm, sein Griff war warm und fest. »Ich werde mich mal an Bord umsehen.« Er trat auf den Landungssteg. Nach wenigen Schritten blieb er stehen und schaute sich um.

Zwei Scheinwerfer waren durch das Tor gekommen, ein Wagen rollte über den Containerhof auf sie zu. Es war ein Van.

Abby hatte keine Chance mehr, sich hinter den Kisten zu verstecken, die Scheinwerfer hatten sie bereits erfaßt.

Der Van bremste. Abby schirmte mit der Hand ihre Augen ab, konnte aber praktisch nichts erkennen. Sie hörte, wie eine Tür geöffnet und wieder zugeschlagen wurde, und knirschende Schritte auf dem Schotter, als die Männer ihr den Fluchtweg versperrten.

Neben ihr tauchte Katzka auf. Sie hatte ihn nicht von dem Landungssteg kommen hören, doch unvermittelt stand er neben ihr und trat zwischen sie und den Van. »Weichen Sie einfach zurück«, forderte er. »Wir wollen keinen Ärger.«

Die Umrisse der beiden Männer im Scheinwerferlicht zögerten nur kurz. Dann kamen sie näher.

»Lassen Sie uns vorbei!« verlangte Katzka.

Abbys Sicht war durch Katzkas Rücken teilweise verdeckt, so daß sie nicht sah, was als nächstes geschah. Sie bemerkte nur, daß er sie plötzlich in die Hocke zog, während sie gleichzeitig Schüsse hörte, die auf dem Beton hinter ihr einschlugen.

Katzka und sie tauchten gleichzeitig hinter den Kisten in Deckung. Er drückte ihren Kopf zu Boden, als weitere Schüsse fielen und Holzsplitter aus den Kisten rissen.

Katzka erwiderte das Feuer in drei kurzen Stößen.

Man hörte sich eilig entfernende Schritte und einen angespannten Wortwechsel.

Dann heulte der Motor des Vans auf, und die Reifen wirbelten Schotter auf.

Abby hob den Kopf und sah zu ihrem Entsetzen, daß der Van wie eine Dampfwalze auf die Kisten zuhielt.

Katzka zielte und schoß. Vier Einschläge ließen die Windschutzscheibe klirren.

Der Wagen schlingerte über den Pier wie ein außer Kontrolle geratener Rammbock.
Katzka feuerte zwei letzte verzweifelte Schüsse ab.
Der Van kam weiter auf sie zu.
Das letzte, was Abby sah, bevor sie sich vom Pier in die Dunkelheit stürzte, waren die grellen Scheinwerfer.
Das Eintauchen in das eisige Wasser war ein Schock. Prustend kam sie wieder an die Oberfläche, an Salzwasser und ausgelaufenem Dieselöl würgend, während sie mit Armen und Beinen im kalten Wasser ruderte. Auf dem Pier schrien Männer, dann gab es ein gewaltiges Platschen. Das Wasser wurde aufgewirbelt und schwappte über sie hinweg. Hustend tauchte sie wieder auf. Am Ende des Piers schien das Wasser grün zu phosphoreszieren. Die Scheinwerfer des Vans warfen zwei Lichtkegel in das Hafenbecken. Als der Wagen unterging, verblaßte der grünliche Schimmer wieder zu einem tiefen Schwarz.
Katzka. Wo war Katzka?
Sie drehte sich im Wasser herum und spähte in die Dunkelheit. Die Oberfläche war noch immer aufgewühlt, kleine Wellen schwappten ihr ins Gesicht, und das Salz brannte in ihren Augen.
Sie hörte ein leises Platschen, und ein paar Meter entfernt tauchte ein Kopf aus dem Wasser. Katzka blickte in ihre Richtung und sah, daß sie sich aus eigener Kraft über Wasser hielt. Er blickte auf, als weitere Stimmen ertönten. Kamen sie vom Schiff? Es waren zwei oder drei Männer, deren Schritte man auf dem Pier vernahm. Sie riefen sich etwas zu, doch ihre Rufe klangen wirr und unverständlich.
Kein Englisch, dachte Abby, ohne die Sprache identifizieren zu können.
Dann tauchte ein Licht auf, der Strahl brach durch den Nebel und glitt langsam über die Wasseroberfläche.
Katzka tauchte unter. Genau wie Abby. Sie schwamm, so weit ihr Atem sie trug, weg von dem Pier, hinaus in das schwarze, offene Wasser. Wieder und wieder tauchte sie auf, schnappte nach Luft und tauchte wieder unter. Als sie zum fünften Mal wieder an die Oberfläche kam, herrschte totale Finsternis.
Auf dem Pier konnte man jetzt zwei Lichter erkennen, die den

Nebel absuchten wie zwei unbarmherzige Augen. Sie hörte ein Platschen in der Nähe, gefolgt von dem Geräusch hastigen Atmens, und wußte, daß Katzka aufgetaucht war.
»Ich habe meine Waffe verloren«, keuchte er.
»Was ist eigentlich los?«
»Schwimmen Sie einfach weiter, zum nächsten Pier.«
Plötzlich erstrahlte die Nacht in grellem Licht. Der Frachter hatte die Deckbeleuchtung eingeschaltet, der Pier war mit einem Mal taghell. Ein Mann stand auf der Landungsbrücke, ein zweiter kauerte mit einer Taschenlampe am Rand des Piers. Neben ihm stand ein dritter Mann, der mit einem Gewehr auf das Wasser zielte.
»Los«, befahl Katzka.
Abby tauchte und tastete sich durch die nasse Dunkelheit. Sie war nie eine gute Schwimmerin gewesen. Tiefes Wasser machte ihr angst. Jetzt schwamm sie durch Gewässer, die so finster waren, daß sie ebensogut bodenlos hätten sein können. Sie tauchte auf, um erneut Luft zu schnappen, schien jedoch nie genug Sauerstoff einsaugen zu können, egal wie tief sie einatmete.
»Schwimmen Sie weiter, Abby!« drängte Katzka sie. »Sie müssen es nur bis zum nächsten Pier schaffen!«
Abby blickte sich zu dem Frachter um und sah, daß der Suchscheinwerfer einen immer größer werdenden Kreis auf dem Wasser ausleuchtete und sich auf sie zubewegte.
Sie tauchte wieder unter.
Als sie und Katzka sich endlich an Land hangelten, konnte Abby ihre Glieder kaum noch bewegen. Sie kroch über die von Tang und Öl glitschigen Steine, hockte mit aufgeschlagenen Knien in der Dunkelheit und erbrach sich ins Wasser.
Katzka faßte ihren Arm und stützte sie. Sie zitterte so heftig vor Erschöpfung, daß sie das Gefühl hatte, ohne seinen stützenden Griff zusammenzuklappen.
Endlich war ihr Magen leer, und sie hob matt den Kopf.
»Besser?« flüsterte er.
»Mir ist eiskalt.«
»Dann sollten wir uns ein warmes Plätzchen suchen.« Er blickte zum Pier, der sich vor ihnen erhob. »Ich denke, wir können über das Geröll dort klettern. Kommen Sie.«
Gemeinsam tasteten sie sich über die Steine, wobei sie auf den

von Moos und Seetang glitschigen Oberflächen immer wieder ausrutschten. Katzka erklomm den Pier als erster und zog sie nach oben. Dort gingen sie in die Hocke.
Der Suchscheinwerfer teilte den Nebel und erfaßte sie.
Direkt hinter Abby prallte eine Kugel auf den Beton.
»Laufen Sie!« rief Katzka.
Sie spurteten los. Der Suchscheinwerfer verfolgte sie, sein Lichtstrahl schnitt im Zickzack durch die Dunkelheit. Sie ließen den Pier hinter sich und rannten auf den Containerhof zu. Vor, hinter und neben ihnen wirbelten Kugeln Schotter auf. Hinter der ersten Reihe von Containern suchten sie Schutz. Kugeln prallten auf Metall, bevor das Feuer eingestellt wurde.
Abby wurde langsamer, um zu Atem zu kommen. Das Schwimmen hatte sie bereits ausgelaugt, und das Würgen am Salzwasser hatte sie weiter geschwächt, und jetzt zitterte sie so heftig, daß sie ins Stolpern geriet.
Stimmen kamen näher. Sie schienen aus zwei verschiedenen Richtungen gleichzeitig zu kommen. Katzka packte ihren Arm und zog sie tiefer in das Labyrinth aus Containern.
Sie liefen bis zum Ende der Reihe, wandten sich nach links und rannten weiter. Dann blieben beide abrupt stehen.
Vor ihnen am Ende der Reihe schimmerte ein Licht.
Sie waren direkt vor ihnen!
Katzka hielt sich rechts und bog in einen weiteren Gang ein. Die gestapelten Container erhoben sich zu beiden Seiten wie die Wände einer Felsspalte. Wieder hörten sie Stimmen und änderten erneut die Richtung. Inzwischen waren sie so oft abgebogen, daß Abby nicht zu sagen gewußt hätte, ob sie im Kreis liefen und dieselbe Stelle nicht eben schon einmal passiert hatten.
Vor ihnen tanzte ein Licht. Sie blieben stehen, fuhren herum und sahen eine weitere Taschenlampe aufblitzen. Ihr Strahl schwankte hin und her und bewegte sich auf sie zu.
Sie sind vor uns. Und hinter uns, durchfuhr es sie.
Panisch taumelte Abby rückwärts, streckte die Hand aus, um sich abzustützen, und ertastete einen Spalt zwischen zwei Containern. Die Lücke war kaum groß genug, um sich hineinzuzwängen.

Der Strahl der Taschenlampe kroch näher.
Abby packte Katzkas Arm, zwängte sich in die Öffnung und zog ihn hinter sich her. Tiefer und tiefer drängte sie durch ein Netz von Spinnweben in den Spalt, bis sie an die Wand des angrenzenden Containers stieß. Es ging nicht weiter. Sie saßen in der Falle, eingepfercht in einen Raum, der enger war als ein Sarg.
Knirschende Schritte näherten sich auf dem Schotter. Katzka ergriff ihre Hand, doch das half wenig gegen ihre Panik. Ihr Herz hämmerte gegen ihre Brust. Die Schritte kamen näher. Sie hörte jetzt auch Stimmen – ein Mann, der einem anderen etwas zurief, worauf jener in einer nicht zu identifizierenden Sprache antwortete. Oder war es nur das Blut, das in ihren Ohren rauschte und die Wörter bis zur Unverständlichkeit verzerrte?
Ein Lichtstrahl tanzte an der Öffnung des Spalts entlang. Die beiden Männer standen ganz in der Nähe und unterhielten sich, offenbar ratlos. Sie mußten mit ihren Taschenlampen nur in die Öffnung leuchten und würden ihre Beute in der Falle entdecken. Einer der Männer stampfte auf den Boden, Schotter schlug scheppernd gegen die Container.
Abby schloß die Augen, weil sie viel zu viel Angst hatte, hinzuschauen. Sie wollte nicht zusehen, wie das Licht in ihr Versteck fiel. Katzka drückte ihre Hand fester. Ihre Glieder waren steif vor Anspannung, ihr Atem ging abgerissen und keuchend. Wieder hörte sie, wie Schuhe über den Boden schlurften, Schotter aufwirbelten und gegen die Container schleuderten.
Dann entfernten sich die Schritte.
Abby wagte nicht, sich zu rühren. Sie war sich nicht einmal sicher, ob sie sich überhaupt rühren konnte. Ihre Beine schienen wie festgewachsen. Jahre später wird man mich hier finden, dachte sie, ein vor Angst erstarrtes Skelett.
Katzka bewegte sich schließlich als erster. Er schlich auf die Öffnung zu und wollte gerade seinen Kopf hinausstecken, als sie ein leises Klicken hörten. Ein Licht blitzte auf: Jemand hatte sich eine Zigarette angezündet. Katzka erstarrte. Zigarettenqualm trieb durch die Dunkelheit.
Von irgendwoher rief leise eine Männerstimme.
Der Raucher knurrte eine Antwort, dann verhallten seine Schritte.

Katzka rührte sich nicht.
Hand in Hand blieben sie reglos stehen, keiner wagte es, auch nur ein Wort zu flüstern. Zweimal noch hörten sie, wie die Verfolger an ihrem Versteck vorbeikamen, jedesmal gingen die Männer weiter.
Man hörte ein fernes Rumpeln wie Donnergrollen irgendwo über dem Horizont.
Dann hörten sie lange Zeit gar nichts.
Stunden später trauten sie sich endlich aus ihrem Versteck. Sie schlichen an der Reihe von Containern entlang und blieben stehen, um das Ufer abzusuchen. Die Nacht war irritierend still geworden. Der Nebel hatte sich aufgelöst, und am von den Lichtern der Stadt erleuchteten Himmel sah man das blasse Licht der Sterne.
Der nächste Pier war dunkel. Sie sahen keine Männer, kein Licht, nicht einmal das Schimmern aus dem Bullauge, nur die lange, flache Silhouette des ins Wasser ragenden Betonpiers und das glitzernde Mondlicht auf den Wellen.
Der Frachter war verschwunden.

Zweiundzwanzig

Der Alarm am Herzmonitor spielte kreischend verrückt, als die EKG-Linie in einem chaotischen Todestanz über den Bildschirm flimmerte.

»Mr. Voss!« Eine Schwester faßte Victors Arm und versuchte, ihn von Ninas Bett wegzuziehen. »Die Ärzte brauchen Platz zum Arbeiten.«

»Ich lasse sie nicht allein.«

»Mr. Voss, sie können ihre Arbeit nicht machen, wenn Sie im Weg stehen!«

Victor schüttelte die Hand der Frau mit einer Heftigkeit ab, die sie wie von einem Schlag zusammenzucken ließ. Er blieb am Fußende des Bettes seiner Frau stehen und packte das Gestell so fest, daß seine Fingerknöchel wie blanke Knochen aussahen.

»Zurück!« befahl er. »Alle zurück!«

»Mr. Voss!« Dr. Archers Stimme hatte sich schneidend über den Lärm erhoben. »Wir müssen das Herz Ihrer Frau defibrillieren! Sie müssen sofort das Bett Ihrer Frau loslassen.«

Victor ließ das Gestell los und trat zurück.

Der Elektroschock wurde ausgelöst und schoß wie ein einzelner, barbarischer Stoß durch Ninas Körper. Sie war zu klein und zerbrechlich, um so mißhandelt zu werden! Wütend machte Victor einen Schritt nach vorn und wollte die Elektroden abreißen. Dann hielt er inne.

Auf dem Monitor über dem Bett hatte sich die zerklüftete Linie in einen ruhigen und stabilen Rhythmus von Herztönen verwandelt. Er hörte, wie jemand einen Seufzer ausstieß, und spürte, wie er selbst abrupt ausatmete.

»Herzfrequenz bei sechzig. Fünfundsechzig … «

»Der Rhythmus scheint stabil.«

»Frequenz bei fünfundsiebzig.«

»Dreht die Infusion ab.«
»Sie bewegt den Arm. Können wir ihr Handgelenk bitte fixieren?«
Victor drängte an den Schwestern vorbei an Ninas Seite. Niemand versuchte ihn aufzuhalten. Er nahm ihre Hand und preßte sie an seine Lippen. Auf ihrer Haut schmeckte er das Salz seiner Tränen.
Bleib bei mir. Bitte, bleib bei mir!
»Mr. Voss?« Die Stimme schien ihn aus weiter Entfernung zu rufen. Er drehte sich um und blickte in Dr. Archers Gesicht.
»Können wir kurz nach draußen gehen?« fragte Archer.
Victor schüttelte den Kopf.
»Im Augenblick geht es ihr gut«, erklärte Archer. »Alle diese Menschen werden sich bestens um sie kümmern. Und wir sind nur auf dem Flur. Ich muß mit Ihnen sprechen. Sofort.«
Schließlich nickte Victor, legte Ninas Hand behutsam auf das Bett und folgte Archer nach draußen.
In einer ruhigen Ecke der Intensivstation blieben sie stehen. Die Lichter waren für den Abend heruntergedreht worden, vor der Reihe von grünen Bildschirmen sah man die Umrisse der für die Kontrolle der Monitore zuständigen Schwester, die still und reglos im Halbdunkel saß.
»Die Transplantation ist verschoben worden«, sagte Archer. »Es hat Probleme bei der Entnahme gegeben.«
»Was soll das heißen?«
»Sie konnte heute abend nicht stattfinden. Wir müssen sie für morgen neu ansetzen.«
Victor blickte zum Zimmer seiner Frau. Durch das Fenster sah er, daß sie ihren Kopf bewegte. Sie wachte auf. Sie brauchte ihn an ihrer Seite.
»Morgen abend darf aber nichts schiefgehen«, sagte er.
»Das wird es auch nicht.«
»Das haben Sie mir nach der ersten Transplantation auch versprochen.«
»Transplantatabstoßung ist etwas, was sich nicht immer verhindern läßt. Egal wie sehr man sich auch bemüht, es kommt vor.«
»Woher weiß ich, daß es nicht noch mal passiert? Mit einem zweiten Herz?«
»Versprechen kann ich gar nichts. Aber zum jetzigen Zeitpunkt

gibt es keine Alternative. Das Cyclosporin hat versagt. Und auf OKT-3 hat sie anaphylaktisch reagiert. Das einzige, was uns übrigbleibt, ist eine weitere Transplantation.«

»Und sie wird morgen tatsächlich stattfinden?«

Archer nickte. »Wir werden dafür sorgen, daß es morgen passiert.«

Nina war noch nicht wieder ganz bei Bewußtsein, als Victor an ihr Bett zurückkehrte. Er hatte ihr schon so oft beim Schlafen zugesehen, hatte im Laufe der Jahre die Veränderungen in ihrem Gesicht registriert, die zarten Falten, die sich um die Mundwinkel gebildet hatten, das allmähliche Absacken des Kinns, den neuen Hauch von Weiß in ihrem Haar. Er hatte jede einzelne Veränderung betrauert, weil sie ihn daran erinnerte, daß ihre gemeinsame Wegstrecke nur ein kleines Stück der Reise durch die kalte und einsame Ewigkeit war.

Und trotzdem hatte er jede einzelne Veränderung geliebt, weil es ihr Gesicht war.

Stunden später schlug sie die Augen auf. Zuerst bemerkte er nicht, daß sie wach war. Er saß mit vor Erschöpfung herabhängenden Schultern auf einem Stuhl neben dem Bett, als irgend etwas ihn aufblicken ließ.

Sie sah ihn an und öffnete in der stummen Bitte um seine Berührung die Hand. Er ergriff sie und küßte sie.

»Alles wird gut werden«, flüsterte sie.

Er lächelte. »Ja, natürlich wird es das.«

»Ich habe Glück gehabt, Victor. So viel Glück.«

»Das hatten wir beide.«

»Aber jetzt mußt du lernen, mich loszulassen.«

Victors Lächeln erstarb. Er schüttelte den Kopf. »Sag so etwas nicht.«

»Du hast noch so viel vor dir.«

»Und was ist mit uns?« Er hielt ihre Hand jetzt mit beiden Händen gepackt wie ein Mann, der davonfließendes Wasser festhalten will. »Du und ich, Nina, wir sind nicht wie alle anderen! Das haben wir doch immer zueinander gesagt. Weißt du nicht mehr? Wir waren anders. Wir waren etwas Besonderes. Und nichts würde uns je geschehen?«

»Aber es ist etwas geschehen«, murmelte sie. »Etwas ist mit mir geschehen.«

»Und ich werde mich darum kümmern.«
Sie sagte nichts, sondern schüttelte nur traurig den Kopf.
Victor war, als hätte er in Ninas Augen, kurz bevor sie sie schloß, als letztes einen Ausdruck stillen Trotzes gesehen. Er blickte auf ihre Hand, die er so besitzergreifend gehalten hatte, und sah, daß sie sie zur Faust geballt hatte.

Es war fast Mitternacht, als Detective Lundquist eine völlig erschöpfte Abby vor ihrer Haustür absetzte. Marks Wagen stand nicht in der Auffahrt. Als Abby das Haus betrat, konnte sie die Leere so deutlich spüren wie einen Abgrund vor ihren Füßen. Er hat einen Notfall im Krankenhaus, dachte sie. Es war nicht ungewöhnlich, daß er das Haus spätabends verließ und zum Bayside fuhr, um sich um eine Schuß- oder Stichwunde zu kümmern. Sie versuchte, sich ihn vorzustellen, wie sie ihn so oft im OP gesehen hatte, sein Gesicht von einer blauen Maske bedeckt, sein Blick nach unten gerichtet, doch es wollte ihr nicht gelingen. Es war, als ob ihr Gedächtnis und ihre alte Realität ausradiert waren.
Sie ging zum Anrufbeantworter in der Hoffnung, daß er eine Nachricht auf dem Band hinterlassen hatte. Doch es waren lediglich zwei Anrufe aufgezeichnet, beide von Vivian. Die von ihr hinterlassene Nummer hatte eine auswärtige Vorwahl. Sie war also noch immer in Burlington. Jetzt war es zu spät, sie zurückzurufen. Abby wollte es am nächsten Morgen versuchen.
Oben zog sie ihre nassen Sachen aus, steckte sie in die Waschmaschine und stellte sich unter die Dusche. Ihr fiel auf, daß die Kacheln trocken waren; Mark hatte heute abend nicht geduscht. War er überhaupt zu Hause gewesen?
Während das heiße Wasser auf ihre Schultern trommelte, dachte sie mit geschlossenen Augen nach. Sie hatte Angst vor dem, was sie Mark sagen mußte. Um endlich zu reden, war sie heute abend in dieses Haus zurückgekehrt. Die Zeit war gekommen, ihn mit den Vorwürfen zu konfrontieren und Antworten zu verlangen. Die Unsicherheit war unerträglich geworden.
Nachdem sie geduscht hatte, setzte sie sich auf das Bett und ließ Mark anpiepen. Sie war überrascht, als das Telefon fast unmittelbar darauf klingelte.
»Abby?« Es war nicht Mark, sondern Katzka. »Ich wollte nur

hören, ob es Ihnen gutgeht. Ich habe vor einer Weile schon einmal angerufen, aber niemand hat abgenommen.
»Ich war unter der Dusche. Mir geht es gut, Katzka. Ich warte nur darauf, daß Mark nach Hause kommt.«
Es entstand eine Pause. »Sie sind allein?«
Sein besorgter Unterton ließ sie lächeln. Wenn man an seiner Rüstung kratzte, kam darunter doch ein sensibler Mann zum Vorschein.
»Ich habe alle Fenster und Türen verriegelt«, erklärte sie. Genau wie Sie es mir aufgetragen haben.« Im Hintergrund hörte man Stimmengewirr und Krächzen aus einem Funksprechgerät. Sie stellte sich vor, wie er an dem Dock stand, der Widerschein des Blaulichts in seinem Gesicht. »Was passiert denn bei Ihnen?« fragte sie.
»Wir warten auf die Taucher. Die Gerätschaften sind schon einsatzbereit.«
»Glauben Sie wirklich, daß der Fahrer noch in dem Van ist?«
»Ich fürchte ja.«
In dem nachfolgenden Seufzer lag so viel tiefe Erschöpfung, daß sie besorgt murmelte: »Sie sollten nach Hause gehen, Katzka. Sie brauchen eine heiße Dusche und eine Tasse Hühnersuppe. Das ist mein Rezept für Sie.«
Er lachte, und ihr wurde bewußt, daß sie ihn noch nie zuvor hatte lachen hören. »Wenn Sie jetzt noch eine Apotheke finden, die es einlöst!« Jemand sprach mit ihm, offenbar ein anderer Polizist, der nach irgendwelchen Schußkanälen fragte. Katzka antwortete ihm und sprach dann wieder in den Hörer: »Ich muß Schluß machen. Sind Sie sicher, daß alles in Ordnung ist? Wollen Sie nicht lieber in einem Hotel übernachten?«
»Mir wird schon nichts passieren.«
»Also gut.« Wieder hörte sie Katzka seufzen. »Aber ich möchte, daß Sie morgen früh einen Schlosser rufen und Sicherheitsschlösser installieren lassen. Vor allem, wenn Sie vorhaben, die Abende allein zu Hause zu verbringen.«
»Das werde ich machen.«
Es entstand ein kurzes Schweigen. Er hatte dringende Angelegenheiten, um die er sich kümmern mußte, trotzdem schien er nur widerwillig aufzulegen. Schließlich sagte er: »Ich melde mich morgen früh noch einmal.«

»Danke, Katzka.« Sie legte auf.

Wieder ließ sie Mark anpiepen. Dann legte sie sich auf das Bett und wartete auf seinen Rückruf. Doch er kam nicht.

Während die Stunden verstrichen, versuchte sie, ihre wachsenden Ängste in den Griff zu bekommen, indem sie alle möglichen Gründe zusammentrug, warum er sich nicht meldete. Er konnte in einem der Bereitschaftsräume eingeschlafen sein. Sein Pieper konnte defekt sein. Vielleicht operierte er auch und war im OP unabkömmlich.

Oder er war tot. Wie Aaron Levi. Wie Kunstler und Hennessy.

Sie piepte ihn noch einmal an. Und noch einmal.

Um drei Uhr früh klingelte endlich das Telefon. Sie war sofort hellwach und nahm den Hörer ab.

»Abby, ich bin's.« Marks Stimme knackte durch den Draht, als ob er von weit weg anrufen würde.

»Ich lasse dich schon seit Stunden anpiepen«, sagte sie. »Wo bist du?«

»Ich bin jetzt im Wagen auf dem Weg ins Krankenhaus.« Er zögerte. »Abby, wir müssen miteinander reden. Die Dinge haben sich … verändert.«

»Zwischen uns beiden, meinst du?« fragte sie leise.

»Nein. Nein, es hat nichts mit dir zu tun. Das hatte es nie. Es hat etwas mit mir zu tun. Du bist bloß in die Sache reingezogen worden, Abby. Ich habe versucht, sie davon abzuhalten, aber diesmal sind sie zu weit gegangen.«

»Wer?«

»Das Team.«

Sie hatte Angst vor der nächsten Frage, aber sie hatte jetzt keine Wahl mehr. »Ihr alle? Seid ihr alle in die Sache verwickelt?«

»Jetzt nicht mehr.« Die Verbindung wurde für einen Moment schwächer, und sie hörte etwas, was sie für Verkehrsrauschen hielt. Dann wurde seine Stimme wieder lauter. »Mohandas und ich haben heute abend eine Entscheidung getroffen. Bei ihm war ich auch den ganzen Abend. Wir haben geredet und unsere Einschätzungen miteinander verglichen. Abby, wir legen unseren Kopf auf den Richtblock, aber wir haben beschlossen, daß es an der Zeit ist, diese Sache zu beenden. Wir können es nicht mehr länger mitmachen. Mohandas und ich werden die Sache ans Licht bringen. Vergiß das Bayside.« Er

hielt inne, und seine Stimme brach. »Ich war ein Feigling. Es tut mir leid.«
Sie schloß die Augen. »Du wußtest es. Du wußtest es die ganze Zeit.«
»Ich wußte einiges, aber nicht alles. Ich hatte keine Ahnung, wie weit Archer die Sache getrieben hat. Ich wollte es nicht wissen. Dann hast du angefangen, all diese Fragen zu stellen, und ich konnte die Augen nicht länger vor der Wahrheit verschließen.« Er atmete tief aus und flüsterte: »Das wird mich ruinieren, Abby.«
Sie hatte noch immer die Augen geschlossen. Abby konnte ihn vor sich sehen, im Dunkel seines Wagens, eine Hand am Steuer, während er mit der anderen das Handy hielt. Sie konnte sich das Elend in seinem Gesicht vorstellen. Und den Mut, vor allem den Mut.
»Ich liebe dich«, flüsterte er.
»Komm nach Hause, Mark. Bitte!«
»Noch nicht. Ich treffe mich mit Mohandas im Krankenhaus. Wir werden uns die Spenderunterlagen besorgen.«
»Wißt ihr denn, wo sie aufbewahrt werden?«
»Wir haben zumindest eine Ahnung. Zu zweit würden wir eine Weile brauchen, alle Akten durchzugehen. Wenn du uns hilfst, können wir es vielleicht bis zum Morgen schaffen.«
Sie richtete sich im Bett auf. »Heute nacht würde ich wohl sowieso nicht viel Schlaf finden. Wo triffst du dich mit Mohandas?«
»Im Archiv. Er hat den Schlüssel.« Mark zögerte. »Bist du sicher, daß du mitmachen willst, Abby?«
»Ich will sein, wo immer du bist. Wir werden es gemeinsam tun. Ja!«
»Ja«, sagte er leise. »Bis gleich.«
Fünf Minuten später verließ Abby das Haus und stieg in ihren Wagen.
Die Straßen von West Cambridge waren verlassen. Sie bog auf den Memorial Drive, streifte den Charles River und fuhr in südöstlicher Richtung zur River Street Bridge. Es war Viertel nach drei, aber sie konnte sich nicht erinnern, wann sie sich zum letzten Mal so wach gefühlt hatte. So lebendig.
Endlich werden wir sie schlagen! dachte sie. Und wir wer-

den es gemeinsam tun. So wie es von Anfang an hätte sein sollen.
Sie überquerte die Brücke und nahm die Auffahrt zur Mautstraße. Um diese Zeit waren nur wenig Fahrzeuge unterwegs, und sie fädelte sich glatt in den spärlich gen Osten fließenden Verkehr ein.
Dreieinhalb Meilen weiter endete die Mautstraße. Sie wechselte die Spur, um die Auffahrt zum South Expressway nicht zu verpassen. Als sie abbog, bemerkte sie zwei Scheinwerfer, die direkt hinter ihr klebten.
Sie beschleunigte und fuhr auf den Expressway nach Süden.
Die Scheinwerfer kamen wieder näher und blendeten sie im Rückspiegel. Wie lange waren sie schon hinter ihr? Sie hatte keine Ahnung. Aber sie schossen heran wie Fledermauszwillinge aus der Hölle.
Sie trat aufs Gas. Ihre Verfolger auch. Plötzlich schoß der Wagen in die linke Spur und schloß zu ihr auf, bis sie direkt nebeneinander fuhren.
Sie blickte zur Seite und sah, wie das Fenster des anderen Wagens heruntergekurbelt und die Silhouette eines Mannes auf dem Beifahrersitz sichtbar wurde.
Panisch trat sie das Gaspedal durch.
Das Fahrzeug vor sich sah sie zu spät. Sie stieg in die Bremsen. Ihr Wagen geriet ins Schleudern und prallte von der Betonbegrenzung ab. Die Welt taumelte zur Seite, dann drehte sich alles wieder und wieder. Sie sah Dunkelheit und Licht. Dunkelheit, Licht.
Dunkelheit.

»... wiederhole, hier ist Wagen einundvierzig. Geschätzte Ankunftszeit in etwa fünf Minuten. Verstanden?«
»Verstanden, Einundvierzig. Lebenszeichen?«
»Herzfrequenz bei fünfundneunzig, Puls einhundertzehn. Wir haben einen Katheter gelegt und geben normale Salzlösung. Sieht so aus, als würde sie gerade anfangen, sich zu bewegen.«
»Stellt sie ruhig.«
»Wir haben eine Halsmanschette angelegt und sie auf die Vakuummatratze gelegt.«

»Gut. Wir erwarten euch.«
»Bis gleich, Bayside.«

Licht. Und Schmerzen. Kurze, stechende Schmerzexplosionen in ihrem Kopf.
Sie versuchte zu schreien, brachte jedoch keinen Laut heraus. Sie versuchte, sich von dem blendenden Licht abzuwenden, aber ihr Hals schien in einem Würgegriff gefangen. Wenn sie nur diesem Licht entfliehen und sich wieder in der Dunkelheit vergraben könnte, würden die Schmerzen weggehen, glaubte sie. Mit aller Kraft kämpfte sie gegen die Lähmung an, die ihre Gliedmaßen gepackt zu haben schien.
»Abby! Halten Sie still, Abby!« befahl eine Stimme. »Ich muß in Ihre Augen sehen.«
Sie wand sich in die andere Richtung und spürte die Fesseln an Handgelenken und Knöcheln. Und sie begriff, daß es keine Lähmung war, die sie daran hinderte, sich zu bewegen. Sie war auf die Liege gefesselt, Arme und Beine waren fixiert.
»Abby, hier ist Dr. Wettig. Sehen Sie mich an. Gucken Sie ins Licht. Kommen Sie schon, machen Sie die Augen auf. Aufmachen!«
Sie öffnete die Augen und zwang sich, sie aufzuhalten, obwohl der Strahl seiner Stablampe sich anfühlte wie eine Klinge, die sich direkt in ihren Schädel bohrte.
»Folgen Sie dem Licht. Kommen Sie! Sehr gut, Abby. Pupillen mittelweit, Lichtreaktion normal.« Die Untersuchungslampe wurde gnädigerweise ausgeschaltet. »Ich will trotzdem eine Computertomographie.«
Abby konnte jetzt Umrisse erkennen und den Schatten von Dr. Wettigs Kopf vor der diffusen Helligkeit der Deckenlampen. Am Rande ihres Blickfelds bewegten sich weitere Köpfe, dahinter bauschte sich wie eine entfernte Wolke ein Vorhang. Schmerz durchzuckte ihren Arm, und sie fuhr zusammen.
»Ganz ruhig, Abby.« Es war die Stimme einer Frau, leise und beruhigend. »Ich muß Ihnen Blut abnehmen. Halten Sie ganz still. Ich muß eine Reihe von Proben nehmen.«
»Dr. Wettig, die Radiologie wäre jetzt soweit«, meldete eine dritte Stimme.

»Gleich«, erwiderte Wettig. »Ich will eine größere Kanüle für ihre Infusion. Nehmt eine sechzehner. Los, Leute.«
Abby spürte einen weiteren Stich, diesmal in ihrem rechten Arm. Der Schmerz riß sie aus ihrer Benommenheit. Mit überraschender Klarheit wußte sie plötzlich genau, wo sie war. Sie wußte nicht, wie sie hierhergekommen war, aber sie wußte, daß dies die Notaufnahme des Bayside war und daß irgend etwas Schreckliches passiert sein mußte.
»Mark«, sagte sie und versuchte, sich aufzurichten. »Wo ist Mark?«
»Nicht bewegen! Sonst reißen Sie den Katheter raus!«
Eine Hand schloß sich um ihren Ellenbogen und drückte ihren Arm wieder auf die Liege. Der Griff war zu fest, um sanft zu sein. Alle taten sie ihr weh, stachen sie mit Nadeln und hielten sie fest wie ein gefangenes Tier.
»Mark!« rief sie.
»Abby, hören Sie mir zu.« Es war wieder Wettig, seine Stimme klang tief und ungeduldig. »Wir versuchen, Mark zu erreichen. Ich bin sicher, er wird bald hier sein. Aber jetzt müssen Sie mit uns zusammenarbeiten, oder wir können Ihnen nicht helfen. Haben Sie verstanden? Haben Sie mich verstanden, Abby?«
Sie starrte in sein Gesicht und wurde ganz ruhig. Als Assistenzärztin hatte sie sich oft von seinen flachen blauen Augen einschüchtern lassen. Als sie jetzt angegurtet und hilflos unter diesem Blick lag, fühlte sie sich mehr als eingeschüchtert. Sie war zutiefst verängstigt. Sie sah sich in dem Raum um, um ein freundliches Gesicht zu entdecken, doch alle waren zu beschäftigt damit, sich um Infusionen, Blutproben und Lebenszeichen zu kümmern.
Sie hörte, wie der Vorhang aufgezogen wurde, und spürte, daß die Rolliege sich in Bewegung setzte. Abby sah die Decke als eine Folge von Lichtblitzen an sich vorüberziehen und wußte, daß man sie tiefer in das Krankenhaus schob, ins Herz des Feindes. Sie versuchte nicht einmal, sich zu wehren; sie war zu fest auf die Liege geschnallt. Denk nach, ermahnte sie sich. Du mußt nachdenken.
Sie bogen um eine Ecke in die Röntgenabteilung. Jetzt tauchte ein neues Gesicht über ihrer Liege auf. Der Computertomographie-Techniker. Freund oder Feind? Sie wußte es nicht

mehr zu unterscheiden. Sie legten sie auf den Tisch und zogen die Gurte über Brust und Hüfte fest.
»Schön stillhalten«, befahl der Laborant, »sonst müssen wir das Ganze noch mal machen.«
Als der Scanner über ihren Kopf glitt, wurde sie für einen Moment von klaustrophobischer Beklemmung übermannt. Sie erinnerte sich daran, wie ein Patient die Prozedur einmal beschrieben hatte: »Als ob man mit dem Kopf zuerst in einen Bleistiftanspitzer geschoben wird.« Abby schloß die Augen. Um ihren Kopf klickte und surrte die Maschine. Sie versuchte nachzudenken, versuchte, sich an den Unfall zu erinnern.
Sie wußte noch, daß sie in ihren Wagen gestiegen und auf die Mautstraße gefahren war. Von da an hatte ihre Erinnerung einen Riß. Der Unfall selbst war eine völlige Erinnerungslücke. Doch die Ereignisse, die dazu geführt hatten, kamen ihr langsam wieder zu Bewußtsein.
Als die Computertomographie beendet war, hatte sie genug Erinnerungsbruchstücke zusammengesetzt, um zu wissen, was sie zu tun hatte, wenn sie am Leben bleiben wollte.
Als der Techniker sie wieder auf die Liege hob, zeigte sie sich still und kooperativ – so kooperativ, daß er ihre Handgelenke nicht fixierte, sondern nur den Gurt über ihrer Brust festzog. Dann rollte er sie in den Vorraum des Röntgenzimmers.
»Die von der Notaufnahme kommen Sie hier wieder abholen«, erklärte er. »Wenn Sie mich brauchen, rufen Sie einfach. Ich bin gleich nebenan.«
Durch die offene Tür hörte sie ihn telefonieren. »Ja, CT hier. Wir sind soweit fertig. Dr. Blaise guckt sich die Aufnahmen gerade an. Kommen Sie sie abholen?«
Lautlos löste Abby den Brustgurt. Als sie sich aufrichtete, fing der Raum an, sich zu drehen. Sie preßte die Hände gegen die Schläfen, bis ihre Sicht klar war.
Die Infusion.
Sie riß das Pflaster von ihrem Arm und zog mit schmerzverzerrtem Gesicht den Katheter heraus. Salzlösung tropfte aus dem Schlauch auf den Boden. Sie ignorierte die Salzlösung und konzentrierte sich statt dessen darauf, den Blutfluß aus ihrer Vene zu stoppen. Eine Sechzehner-Kanüle hinterläßt ein großes Loch. Obwohl sie es notdürftig verklebte, sickerte wei-

ter Blut aus der Wunde. Doch darum konnte sie sich jetzt nicht kümmern. Sie waren schon unterwegs, um sie zu holen.
Sie stieg von der Liege und landete mit den Füßen in einer Lache aus Salzlösung. Nebenan säuberte der Techniker den Untersuchungstisch. Sie konnte das Rascheln von Kreppapier und das Scheppern des Mülleimers hören.
Abby nahm einen Laborkittel von einem Haken an der Tür und zog ihn über ihr Krankenhausnachthemd. Allein diese Anstrengung schien all ihre Kraft zu kosten. Sie versuchte nachzudenken, versuchte, durch den weißen Nebel aus Schmerzen zu sehen, als sie auf die Tür zuging. Ihre Beine fühlten sich schwer an, als ob sie durch Treibsand waten würde. Sie stieß die Tür auf. Der Flur war leer.
Noch immer wie durch Treibsand watend, bewegte sie sich den Flur hinunter, wobei sie sich immer wieder an der Wand abstützen mußte. Sie bog um eine Ecke. Am Ende des Flures leuchtete ein Notausgang-Schild. Sie taumelte darauf zu und dachte: Wenn ich es bis zu dieser Tür schaffe, bin ich in Sicherheit.
Irgendwo weit hinter sich, so kam es ihr vor, hörte sie Stimmen. Dann eilige Schritte.
Sie stemmte sich gegen die Notausgangstür und trat in die Nacht. Der Alarm ging los. Abby rannte unvermittelt los, stürzte panisch in die Dunkelheit. Sie stolperte über die Bordsteinkante auf den Parkplatz. Glasscherben und kleine Steine schnitten in ihre nackten Füße. Sie hatte keinen Fluchtplan, kein Ziel; sie wußte nur, daß sie hier wegmußte.
Sie hörte Stimmen in ihrem Rücken, die etwas riefen.
Abby schaute sich um und sah drei Sicherheitsleute aus dem Eingang der Notaufnahme kommen.
Sie duckte sich hinter einen Wagen – zu spät. Sie hatten sie schon entdeckt.
Abby rappelte sich auf und rannte wieder los, doch ihre Beine wollten ihr nicht gehorchen. Sie taumelte geduckt zwischen den parkenden Wagen weiter.
Die Schritte ihrer Verfolger näherten sich aus zwei Richtungen gleichzeitig.
Sie wandte sich nach links und zwängte sich zwischen zwei geparkten Wagen hindurch.

Doch dann hatten sie sie umzingelt. Ein Wachmann packte ihren linken Arm, der andere ihren rechten. Sie schlug und trat um sich, versuchte, sie zu beißen.
Aber jetzt waren sie zu dritt und zerrten sie zurück in die Notaufnahme. Zurück zu Dr. Wettig.
»Die werden mich umbringen!« schrie sie. »Lassen Sie mich los! Die bringen mich um!«
»Niemand wird Ihnen etwas zuleide tun, meine Dame.«
»Sie verstehen nicht. Sie verstehen nicht!«
Die Türen der Notaufnahme glitten auf. Abby wurde in das Licht geschleift, auf eine Liege gedrückt und festgeschnallt, obwohl sie sich nach Kräften wehrte.
Über ihr tauchte das weiße und angespannte Gesicht von Dr. Wettig auf. »Fünf Milligramm Haldol intramuskulär«, befahl er.
»Nein!« kreischte Abby. »Nein!«
»Kommen Sie, beeilen Sie sich!«
Eine Schwester tauchte mit einer Spritze in der Hand auf und nahm die Schutzkappe ab.
Abby bäumte sich gegen ihre Fesseln auf.
»Halten Sie sie fest«, verlangte Wettig. »Verdammt noch mal, schaffen wir es nun, sie ruhigzustellen, oder was?«
Abby wurde an den Handgelenken gepackt und zur Seite gedreht. Ihre linke Pobacke war entblößt.
»Bitte«, flehte Abby und sah zu der Schwester hoch. »Lassen Sie nicht zu, daß er mir weh tut. Sie dürfen es nicht zulassen.«
Sie spürte den Alkohol eisig auf ihrer Haut, dann die Nadelspitze.
»Bitte«, flüsterte sie. Aber sie wußte, es war schon zu spät.
»Alles wird gut«, beruhigte die Schwester und lächelte Abby an. »Alles wird gut.«

Dreiundzwanzig

Keine Bremsspuren auf dem Pier«, meldete Detective Carrier. »Windschutzscheibe zertrümmert, der Fahrer hat allem Anschein nach eine Schußwunde über dem rechten Auge. Du kennst das Spiel, Slug. Tut mir leid, aber wir brauchen deine Waffe.«

Katzka nickte und starrte müde ins Wasser. »Sag dem Taucher, daß er sie ungefähr dort finden wird, wenn die Strömung sie nicht abgetrieben hat.«

»Du sagtest, du hast acht Schüsse abgefeuert?«

»Vielleicht auch mehr. Ich weiß, daß ich mit einem vollen Magazin angefangen habe.«

Carrier nickte und klopfte Katzka auf die Schulter. »Geh nach Hause. Du siehst aus wie ein ausgewrungener Putzlappen, Slug.«

»So gut?« meinte Katzka und ging zwischen den Männern von der Spurensicherung über den Pier zurück. Der Van war schon vor Stunden aus dem Wasser gezogen worden und stand jetzt am Rand des Containerhofs. Algen hatten sich um die Achsen gewickelt. Wegen der Luft in den Reifen hatte der Wagen sich unter Wasser auf den Kopf gedreht, und sein Dach war in den schlammigen Grund gesunken. Die Windschutzscheibe war schlammbedeckt. Sie hatten bereits festgestellt, daß der Wagen auf das Bayside Hospital zugelassen war. Nach Aussage des zuständigen Managers für Wartung und Anlagen war der Van einer von drei Wagen, die das Krankenhaus betrieb, um Vorräte und Personal zu entlegenen Kliniken zu transportieren. Bis ihn die Polizei vor einer Stunde angerufen hatte, hatte der Manager das Fehlen des Vans noch nicht bemerkt.

Die Fahrertür stand jetzt offen, und ein Fotograf machte Aufnahmen vom Armaturenbrett. Die Leiche war vor einer halben Stunde abtransportiert worden. Der Führerschein hatte den

Fahrer als einen Oleg Boravoi, neununddreißig Jahre, aus Newark, New Jersey, ausgewiesen. Sie warteten noch auf weitere Informationen.

Katzka unterließ es tunlichst, sich dem Fahrzeug zu nähern. Seine Handlungen wurden in Zweifel gezogen, und er mußte sich vom Beweismaterial fernhalten. Er ging über den Containerhof zu seinem Wagen, der außerhalb der Umzäunung parkte, und ließ sich auf den Fahrersitz fallen. Stöhnend vergrub er sein Gesicht in den Händen. Um zwei Uhr war er kurz nach Hause gefahren, um zu duschen und ein paar Stunden zu schlafen. Kurz nach Sonnenaufgang war er wieder auf dem Pier gewesen. Ich bin zu alt für so was, dachte er, mindestens zehn Jahre zu alt. Verfolgungsjagden und Feuergefechte im Dunkeln war etwas für die jungen Füchse, nicht für einen Polizist in den mittleren Jahren.

Jemand klopfte an sein Fenster. Er blickte auf und sah Lundquist. Katzka kurbelte die Scheibe herunter.

»Slug, alles in Ordnung?«

»Ich fahre nach Hause und lege mich ein bißchen hin.«

»Ich dachte, vorher würdest du noch gerne wissen, wer der Fahrer war.«

»Haben wir eine Rückmeldung bekommen?«

»Sie haben den Namen Oleg Boravoi durch den Computer gejagt. Bingo: Russischer Immigrant, kam '89 in die Staaten. Letzter bekannter Wohnort ist Newark, New Jersey. Drei Verhaftungen, keine Verurteilung.«

»Was wurde ihm vorgeworfen?«

»Entführung und Erpressung. Die Tatvorwürfe konnten nie belegt werden, weil die Zeugen immer wieder verschwunden sind.« Lundquist beugte sich vor und dämpfte die Stimme zu einem Murmeln. »Du bist gestern abend ein paar echt üblen Gestalten in die Quere gekommen. Die Kollegen aus Newark sagen, Boravoi gehört zur Russen-Mafia.«

»Wie sicher sind sie sich ihrer Sache?«

»Sie sollten es wissen. In Newark hat die Russen-Mafia ihre Basis. Im Vergleich zu den Typen sehen die Kolumbianer aus wie beschissene Rotarier. Die Russen erledigen ihre Feinde nicht nur, die schneiden ihnen vorher zum Spaß auch noch Finger und Zehen ab.«

Katzka runzelte die Stirn und erinnerte sich an die Panik der vergangenen Nacht. In der Dunkelheit im Wasser zu strampeln, während auf dem Pier Männer auf und ab liefen und sich in einer Sprache etwas zuriefen, die er nicht verstand. Vor seinem inneren Auge sah er abgetrennte Zehen, Finger und in ganz Boston verteilte Leichenteile, was ihn an Skalpelle und Operationssäle denken ließ.

»Welche Verbindung hatte Boravoi zum Bayside?« fragte er.

»Das wissen wir nicht.«

»Er ist mit dessen Wagen gefahren.«

»Und der Van war beladen mit medizinischem Material«, ergänzte Lundquist, »im Gesamtwert von ein paar tausend Dollar. Vielleicht haben wir es mit Schwarzmarkthandel zu tun. Boravoi könnte Komplizen am Bayside haben, die Medikamente und Vorräte abzweigen, und du hast ihn zufällig bei der Lieferung der Waren erwischt.«

»Was ist mit dem Frachter? Hast du mit dem Hafenmeister gesprochen?«

»Eigner des Schiffes ist eine gewisse Sigajew-Gesellschaft aus New Jersey. Der letzte Hafen, den der Frachter unseres Wissens angelaufen hat, war Riga.«

»Wo ist denn das?«

»In Lettland. Das ist irgendeine abtrünnige russische Republik.«

Wieder die Russen, dachte Katzka. Wenn es tatsächlich die Russen-Mafia war, hatten sie es mit Verbrechern zu tun, die für ihre schiere und blutrünstige Bösartigkeit bekannt waren. Mit jeder legalen Einwanderungswelle kam eine Schattenwelle von Gangstern, ein verbrecherisches Netzwerk, das ihren Landsleuten in das Land der unbegrenzten Möglichkeiten und der leichten Beute folgte.

Er dachte an Abby DiMatteo, und seine Besorgnis wurde auf einmal akut. Seit ihrem Telefonat um ein Uhr nachts hatte er nicht mehr mit ihr gesprochen. Erst vor einer Stunde hatte er sie noch einmal anrufen wollen, doch als er ihre Nummer wählte, hatte er bemerkt, daß sein Puls sich beschleunigt hatte, und das Zeichen als das erkannt, was es war: Vorfreude. Eine freudige, vollkommen irrationale Erwartung, ihre Stimme zu hören. Das waren Gefühle, die er seit Jahren nicht

empfunden hatte, und er begriff nur zu schmerzhaft, was sie bedeuteten.
Er hatte rasch wieder aufgelegt und die nachfolgende Stunde in wachsender Depression vor sich hin gebrütet.
Jetzt blickte er zum Pier. Zu Lundquist sagte er: »Ich will alles wissen, was es über diese Sigajev-Gesellschaft gibt. Mögliche Verbindungen zur Amity, zum Bayside-Hospital und so weiter.«
»Habe ich auf dem Zettel, Slug.«
Katzka ließ den Wagen an. »Ist dein Bruder immer noch bei der Küstenwache?«
»Nein, aber er hat noch Freunde da.«
»Frage auch bei denen mal nach. Finde heraus, ob sie in letzter Zeit an Bord des Frachters waren.«
»Das glaube ich kaum. Wenn er direkt aus Riga kommt ...« Lundquist unterbrach sich und blickte auf. Detective Carrier kam winkend auf sie zu.
»Slug«, rief Carrier, »hast du die Nachrichten wegen Dr. DiMatteo bekommen?«
Sofort macht Katzka den Motor aus. Doch das plötzliche Rauschen seines Pulsschlags konnte er nicht abstellen. Er starrte Carrier an und erwartete das Schlimmste.
»Sie hatte einen Unfall.«

Ein Essenswagen wurde über den Flur gerollt. Abby schreckte hoch und bemerkte, daß ihre Laken schweißnaß waren. Ihr Herz pochte noch immer von dem Alptraum. Sie versuchte, sich im Bett umzudrehen, mußte jedoch feststellen, daß es nicht ging: Ihre Hände waren fixiert und die Handgelenke schon ganz wundgerieben. Und dann wurde ihr mit einem Mal klar, daß sie gar nicht geträumt hatte. Dies war der Alptraum, ein Alptraum, aus dem sie nicht aufwachen konnte.
Mit einem verzweifelten Schluchzen ließ sie sich wieder auf das Kissen sinken und starrte an die Decke. Sie hörte das Knarren eines Stuhles und wandte den Kopf.
Katzka saß am Fenster. Im hellen Licht der Mittagssonne sah sein unrasiertes Gesicht älter und erschöpfter aus, als sie es je gesehen hatte.
»Ich habe sie gebeten, die Riemen zu lösen«, sagte er. »Aber

man hat mir erklärt, daß Sie sich schon ein paar Kanülen zu viel herausgerissen haben.« Er stand auf und kam an ihr Bett, wo er stehenblieb und auf sie herabblickte. »Willkommen zurück, Abby. Sie sind eine junge Dame mit verdammt viel Glück.«
»Ich kann mich nicht daran erinnern, was geschehen ist.«
»Sie hatten einen Unfall. Ihr Wagen hat sich auf dem South Expressway überschlagen.«
»Ist sonst noch jemand ...«
Er schüttelte den Kopf. »Sonst wurde niemand verletzt. Aber Ihr Wagen hat einen Totalschaden.« Es entstand ein Schweigen. Sie bemerkte, daß er nicht mehr sie ansah, sondern auf einen Punkt auf ihrem Kissen starrte.
»Katzka?« fragte sie leise. »War es meine Schuld?«
Er nickte widerwillig. »Den Reifenspuren nach zu urteilen, müssen Sie mit hoher Geschwindigkeit gefahren sein. Dann haben Sie offenbar gebremst, um einem Wagen in ihrer Spur auszuweichen. Ihr Wagen ist gegen die Fahrbahnbegrenzung geprallt und hat sich überschlagen.«
Sie schloß die Augen. »Lieber Himmel!«
Es entstand wieder eine Pause. »Ich nehme an, den Rest haben Sie auch noch nicht gehört«, fuhr er fort. »Ich habe mit dem Beamten gesprochen, der den Unfall aufgenommen hat. In Ihrem Wagen wurde eine zerbrochene Wodkaflasche gefunden.«
Sie öffnete die Augen und starrte ihn an. »Das ist unmöglich.«
»Abby, Sie können sich nicht erinnern, was passiert ist. Sie hatten gestern abend auf dem Pier ein traumatisches Erlebnis. Vielleicht hatten Sie das Gefühl, ein wenig zur Ruhe kommen zu müssen, und da haben Sie sich zu Hause ein paar Drinks genehmigt.«
»Daran würde ich mich erinnern! Ich würde mich daran erinnern, wenn ich getrunken hätte –«
»Hören Sie, wichtig ist jetzt vor allem, daß Sie –«
»Das ist wichtig! Begreifen Sie denn nicht, Katzka? Die wollen mir wieder etwas anhängen!«
Er rieb sich mit der Hand über die Augen, die fahrige Geste eines übermüdeten Mannes. »Es tut mir leid, Abby«, murmelte er. »Ich weiß, daß es Ihnen bestimmt nicht leichtfällt, das zuzugeben. Aber Dr. Wettig hat mir gerade den Alkoholtest gezeigt.

Man hat Ihnen letzte Nacht in der Notaufnahme Blut abgenommen. Sie hatten zwei Komma eins Promille.«

Er sah sie jetzt nicht mehr an, sondern starrte leeren Blickes aus dem Fenster, als ob es ihm zu viel abverlangen würde, Abby auch nur anzusehen. Sie konnte sich nicht einmal umdrehen, um ihm ins Gesicht zu blicken; die Fesseln erlaubten es nicht. Abby riß heftig an den Riemen und verspürte einen stechenden Schmerz an ihren aufgescheuerten Handgelenken, der ihr fast die Tränen in die Augen getrieben hätte. Aber sie wollte nicht weinen. Verdammt noch mal, sie wollte nicht weinen.

Sie schloß die Augen und konzentrierte sich darauf, ihre Wut zu kanalisieren. Es war alles, was ihr geblieben war, die einzige Waffe, mit der sie zurückschlagen konnte. Alles andere hatten sie ihr genommen. Sie hatten ihr sogar Katzka genommen.

»Ich habe nicht getrunken«, sagte sie langsam. »Sie müssen mir glauben. Ich war nicht betrunken.«

»Können Sie mir sagen, wohin Sie um drei Uhr morgens wollten?«

»Ich war auf dem Weg hierher, ins Bayside. Daran kann ich mich noch erinnern. Mark hat mich angerufen, und ich wollte ...« Sie hielt inne. »Ist er hier gewesen? Warum ist er nicht hier?«

Sein Schweigen war eisig. Sie wandte den Kopf, um ihn anzusehen, konnte jedoch sein Gesicht nicht erkennen.

»Katzka?«

»Mark Hodell hat sich noch nicht gemeldet, obwohl man ihn mehrfach angepiept hat.«

»Was?«

»Sein Wagen steht nicht auf dem Parkplatz des Krankenhauses. Offenbar weiß keiner, wo er ist.«

Sie versuchte etwas zu sagen, doch ihre Kehle war wie zugeschnürt, so daß sie nur ein geflüstertes »Nein!« herausbrachte.

»Es ist noch zu früh, um irgendwelche Schlüsse zu ziehen, Abby. Vielleicht ist sein Pieper defekt. Wir wissen noch gar nichts.«

Aber Abby wußte es. Sie wußte es mit einer unvermittelten und niederschmetternden Gewißheit. Ihr ganzer Körper fühlte sich auf einmal taub an, leblos. Ihr war nicht bewußt, daß sie weinte, sie spürte nicht einmal die Tränen, die über ihr Gesicht

rollten, bis Katzka aufstand und mit einem Taschentuch behutsam ihre Wangen abtupfte.
»Es tut mir leid«, murmelte er. Er strich ihr die Haare aus dem Gesicht und ließ seine Hand einen Moment lang tröstend auf ihrer Stirn liegen. »Es tut mir so leid«, wiederholte er noch leiser.
»Finden Sie ihn für mich«, flüsterte sie. »Bitte. Bitte, finden Sie ihn für mich.«
»Das werde ich.«
Kurz darauf hörte sie ihn das Zimmer verlassen und bemerkte erst jetzt, daß er ihre Fesseln gelöst hatte. Sie war frei, den Raum zu verlassen. Doch das tat sie nicht. Sie drehte ihr Gesicht in das Kissen und weinte.
Mittags kam eine Schwester, um den Katheter abzunehmen und ein Tablett mit Essen zu bringen. Abby sah es nicht einmal an. Das Tablett wurde später unangerührt wieder abgeräumt.
Um zwei Uhr kam Dr. Wettig herein. Er stand an ihrem Bett, blätterte die Bögen ihres Krankenblattes durch und schnalzte mit der Zunge, als er zu den Laborergebnissen kam. Schließlich klappte er das Krankenblatt zu und sah sie an. »Dr. DiMatteo?«
Sie antwortete nicht.
»Detective Katzka berichtete mir, daß Sie leugnen, gestern abend Alkohol getrunken zu haben«, bemerkte er.
Sie sagte nichts.
Wettig seufzte. »Der erste Schritt zur Heilung ist die Einsicht, daß Sie ein Problem haben. Ich hätte es erkennen müssen. Ich hätte sehen müssen, womit Sie die ganze Zeit gerungen haben. Doch jetzt liegt es auf dem Tisch. Es ist Zeit, das Problem anzugehen.«
Sie sah zu ihm hoch. »Welchen Sinn hätte das?« fragte sie matt.
»Sie haben noch eine Zukunft vor sich, die es zu retten gilt. Trunkenheit am Steuer ist ein ernsthafter Rückschlag, aber Sie sind eine intelligente Frau. Ihnen stehen außerhalb der Medizin zahlreiche andere Karrieren offen.«
Sie reagierte mit Schweigen. Der Verlust ihrer Karriere erschien ihr im Moment fast unbedeutend, verglichen mit der Angst, die sie wegen Marks Verschwinden empfand.
»Ich habe Dr. O'Connor gebeten, ein Gutachten zu erstellen«,

sagte Wettig. »Er wird irgendwann heute abend vorbeikommen.«
»Ich brauche keinen Psychiater.«
»Doch, das glaube ich doch, Abby. Ich glaube, Sie brauchen sehr viel Hilfe. Sie müssen diesen Verfolgungswahn überwinden. Ich werde Ihrer Entlassung erst zustimmen, wenn O'Connor sein Okay gibt. Vielleicht entscheidet er, Sie in die Psychiatrie verlegen zu lassen. Das liegt an ihm. Wir können nicht zulassen, daß Sie noch einmal versuchen, sich etwas anzutun, wie Sie es gestern abend getan haben. Wir machen uns alle große Sorgen um Sie, Abby. Ich mache mir Sorgen um Sie. Deswegen habe ich ein psychiatrisches Gutachten angeordnet. Es ist nur zu Ihrem Besten, glauben Sie mir.«
Sie sah ihn direkt an. »Sie können mich mal gern haben, General.«
Zu ihrer enormen Befriedigung zuckte er zusammen und trat vom Bett zurück. Er schlug die Krankenakte zu. »Ich werde später noch einmal nach Ihnen sehen, Dr. DiMatteo«, sagte er und verließ das Zimmer.
Danach starrte sie lange an die Decke. Kurz bevor Wettig das Zimmer betreten hatte, hatte sie sich zu erschöpft gefühlt, um zu kämpfen. Jetzt hatte sich jeder Muskel ihres Körpers angespannt, und in ihrem Magen herrschte wilder Aufruhr. Ihre Hände schmerzten, und sie sah, daß sie sie zu Fäusten geballt hatte.
Ihr könnt mich alle mal gern haben!
Sie richtete sich auf. Das Schwindelgefühl verflog rasch, Abby hatte zu lange im Bett gelegen. Es wurde Zeit, hochzukommen und die Kontrolle über ihr Leben zurückzuerlangen.
Sie ging durch das Zimmer und öffnete die Tür einen Spalt breit.
Eine Schwester blickte von ihrem Tisch auf und sah sie direkt an. Ihr Namensschild identifizierte sie als W. Soriano. »Brauchen Sie etwas?«
»Ähm, nein«, antwortete Abby und zog sich eilig wieder hinter die Tür zurück.
Verdammt, sie hielten sie wie eine Gefangene.
Auf nackten Füßen begann sie, im Zimmer im Kreis zu laufen und ihren nächsten Schritt zu planen. Sie konnte jetzt nicht an

Mark denken. Wenn sie das tat, würde sie sich einfach auf dem Bett zusammenrollen und weinen. Und das wollten die nur. Sie erwarteten es förmlich.
Abby setzte sich auf den Stuhl am Fenster und überlegte, welche Möglichkeiten ihr noch offenblieben. Ihr fiel keine eine. Gestern abend hatte Mark gesagt, Mohandas wäre auf ihrer Seite, aber jetzt war Mark verschwunden. Mohandas konnte sie jedenfalls nicht trauen. Sie kannte niemandem in diesem Krankenhaus trauen.
Sie ging zum Nachttisch, nahm den Telefonhörer ab und hörte das Freizeichen. Sie rief Vivian an. Als sich nur der Anrufbeantworter meldete, fiel ihr ein, daß Vivian noch in Burlington war.
Abby rief bei sich zu Hause an und hörte den Anrufbeantworter per Fernabfrage ab. Vivian hatte sich erneut gemeldet, dem Klang ihrer Stimme nach zu urteilen, war es dringend. Sie hatte eine Nummer in Burlington hinterlassen.
Abby wählte sie.
Diesmal nahm Vivian ab. »Sie haben mich gerade noch erwischt. Ich wollte eben aufbrechen.«
»Kommen Sie nach Hause?«
»Ich habe den Sechs-Uhr-Flug nach Logan gebucht. Die Reise war ein Schuß in den Ofen. In Burlington hat nie eine Entnahme stattgefunden.«
»Woher wissen Sie das?«
»Ich habe mich am Flughafen erkundigt, und bei jedem anderen Flughafen in der näheren Umgebung. An den Abenden der Transplantationen wurden keine mitternächtlichen Flüge nach Boston gelotst. Nicht ein einziges klitzekleines Maschinchen. Burlington ist nur eine Tarnung. Und Tim Nicholls hat die offiziellen Formulare besorgt.«
»Und jetzt ist Nicholls verschwunden.«
»Oder sie haben ihn erledigt.«
Beide verfielen kurz in Schweigen. Dann sagte Abby leise: »Mark wird vermißt.«
»Was?«
»Kein Mensch weiß, wo er ist. Katzka sagt, sie können nicht mal seinen Wagen finden. Und Mark beantwortet seinen Pieper nicht.« Sie hielt inne und schluckte.
»O Abby, Abby!« Vivians Stimme erstarb.

In der nachfolgenden kurzen Stille hörte Abby ein Klicken. Sie hielt den Hörer so fest gepackt, daß ihre Finger weh taten.
»Vivian?« fragte sie.
Man hörte ein erneutes Klicken, dann war die Leitung tot.
Abby legte auf und wollte erneut wählen, bekam jedoch kein Freizeichen. Sie versuchte es über die Zentrale und drückte mehrfach auf die Gabel, aber die Leitung blieb tot.
Man hatte ihr Telefon abgeschaltet.

Katzka stand auf dem schmalen Gehweg der Tobin Bridge und starrte in das Wasser weit unter sich. Der Mystic River kam von Westen und mündete in den Charles River, bevor er in den Hafen von Boston und weiter ins Meer floß. Es war ein tiefer Fall, dachte Katzka und stellte sich die Wucht vor, mit der ein Körper auf dem Wasser aufprallte. Ein mit fast hundertprozentiger Sicherheit tödlicher Fall.
Er drehte sich um und blickte durch den vorbeirauschenden Nachmittagsverkehr auf die gegenüberliegende Seite der Brücke. Im Kopf ging er die hypothetische Folge der Ereignisse nach dem Fall eines Körpers durch. Die Strömung würde die Leiche in den Hafen treiben, zunächst wahrscheinlich unter Wasser, vielleicht sogar dicht über dem schlammigen Grund. Die körpereigenen Gase würden sich nach und nach in der Leiche ausdehnen, und zwar im Verlauf von Stunden bis Tagen. Das hing von der Wassertemperatur und der Geschwindigkeit ab, mit der sich die Gase bildenden Bakterien in den verwesenden Eingeweiden vermehrten. Irgendwann trieb die Leiche schließlich an die Oberfläche.
Dann würde man sie finden, nach ein oder zwei Tagen. Aufgedunsen und unkenntlich.
Katzka wandte sich dem Streifenpolizisten zu, der neben ihm stand. Er mußte schreien, um sich bei dem Verkehrslärm verständlich zu machen. »Wann haben Sie den Wagen entdeckt?«
»Gegen fünf Uhr morgens. Er stand auf der Kriechspur Richtung Norden, gleich da drüben.« Der Streifenpolizist wies auf die gegenüberliegende Seite. »Ein schicker grüner BMW. Ich habe sofort angehalten.«
»Ist Ihnen in der Nähe des BMWs irgend jemand aufgefallen?«
»Nein, Sir. Er sah verlassen aus. Ich habe die Zulassungsnum-

mer durchgegeben und mir bestätigen lassen, daß er nicht als gestohlen gemeldet ist. Ich dachte, der Fahrer hätte vielleicht einen Motorschaden gehabt und wäre zu Fuß losgegangen, um Hilfe zu holen. So wie er dastand, stellte er jedenfalls eine Verkehrsgefährdung dar. Also habe ich den Abschleppwagen gerufen.«

»In dem Auto haben Sie keine Schlüssel gefunden? Oder einen Brief?«

»Nein, Sir, nichts. Er war innen blitzeblank.«

Katzka blickte wieder auf das Wasser. Wie tief war der Fluß an dieser Stelle wohl und wie schnell die Strömung?

»Ich habe bei Dr. Hodell zu Hause angerufen, aber niemand erreicht«, berichtete der Streifenpolizist. »Da wußte ich noch nicht, daß er vermißt wird.«

Katzka erwiderte nichts. Er starrte nur weiter auf das Wasser und dachte an Abby. Was sollte er ihr sagen? Sie hatte in diesem Krankenhausbett so herzzerreißend zerbrechlich ausgesehen, daß er den Gedanken nicht ertragen konnte, ihr einen weiteren Schlag zu versetzen, ihr weitere Schmerzen zuzufügen.

Ich werde es ihr nicht sagen. Noch nicht, entschied er. Nicht, solange wir keine Leiche gefunden haben.

Auch der Streifenpolizist sah auf den Fluß hinunter. »Glauben Sie, er ist gesprungen?«

»Wenn er da unten ist«, sagte Katzka, »dann nicht, weil er gesprungen ist.«

Das Telefon hatte den ganzen Tag nicht aufgehört zu klingeln, zwei Schwestern hatten sich krank gemeldet, und Stationsschwester Wendy Soriano hatte das Mittagessen verpaßt. Sie war ganz und gar nicht in der Stimmung, eine Doppelschicht einzulegen. Aber da saß sie nun um halb vier Uhr nachmittags mit der Aussicht auf weitere acht Stunden Dienst.

Die Kinder hatten schon zweimal angerufen. Mammi, Jeff haut mich wieder, Mammi, wann kommt Daddy nach Hause? Mammi, dürfen wir die Mikrowelle benutzen? Wir versprechen auch, daß wir das Haus nicht abbrennen. Mammi, Mammi, Mammi!

Warum nervten sie nicht ihren Daddy bei der Arbeit? Weil Daddys Job so viel wichtiger war.

Wendy ließ den Kopf in die Hände sinken und starrte auf den Stapel mit Krankenhausblättern, auf denen kleine Zettelchen mit den Anweisungen der Ärzte klebten. Die Assistenzärzte liebten es, Verordnungen zu schreiben. Sie kamen mit ihren schicken Kulis hereingefegt und notierten solch weltbewegende Anweisungen wie: »Magnesiumsuspension gegen Verstopfung« oder »Nachts Bettgitter hochklappen«. Dann überreichten sie die mit ihren Verordnungen versehenen Krankenblätter der Schwester, als ob sie Gott wären, der Moses die Tafeln mit den zehn Geboten präsentierte.

Seufzend griff Wendy nach dem ersten Blatt.

Das Telefon klingelte. Wehe, wenn das wieder die verdammten Gören sind, dachte sie. Nicht noch ein Mammi-er-haut-mich-Anruf. Sie meldete sich mit einem gereizten: »Ost Sechs, Wendy.«

»Hier ist Dr. Wettig.«

»Oh.« Wendy richtete sich automatisch auf. Wenn man mit Dr. Wettig sprach, lümmelte man sich nicht in seinem Stuhl herum, selbst wenn er nur am Telefon war. »Ja, Doktor?«

»Ich möchte den Blutalkoholspiegel von Dr. DiMatteo weiter im Blick halten. Und ich will, daß die Proben an die MedMark Laboratorien geschickt werden.«

»Nicht an unser eigenes Labor?«

»Nein, schicken Sie es direkt an MedMark.«

»Selbstverständlich, Doktor«, erklärte Wendy und notierte die Anweisung. Sie war ungewöhnlich, aber Entscheidungen des Generals zweifelte man nicht an.

»Wie geht es ihr?« fragte er.

»Sie ist ein wenig unruhig.«

»Hat sie versucht, das Krankenhaus zu verlassen?«

»Nein. Sie ist nicht einmal aus ihrem Zimmer gekommen.«

»Gut. Sorgen Sie dafür, daß sie dort bleibt. Und absolut keine Besucher. Das schließt auch das medizinische Personal ein, mit Ausnahme der Personen, die ich in meinen Anweisungen ausdrücklich benenne.«

»Ja, Dr. Wettig.«

Wendy legte auf und starrte auf ihren Schreibtisch. Während des kurzen Anrufs waren drei weitere Krankenblätter mit Verordnungen auf ihren Tisch gelegt worden. Verdammt, sie würde noch den ganzen Abend mit den blöden Verordnungsbögen zu tun haben. Auf einmal war ihr ganz flau vor Hunger. Sie hatte noch immer nicht zu Mittag gegessen, ja noch nicht einmal eine Pause gemacht.

Wendy blickte sich um und sah zwei Schwestern im Flur miteinander schwatzen. War sie eigentlich die einzige, die hier arbeitete?

Sie legte die Anweisung für den Blutalkoholtest in das Fach für die Laborassistenten. Als sie vom Schreibtisch aufstand, fing das Telefon erneut an zu klingeln. Sie ignorierte es; dafür waren schließlich die Stationssekretärinnen zuständig.

Als sie sich entfernte, klingelte es schon auf zwei Leitungen. Sollte doch einmal jemand anders das verdammte Telefon abnehmen.

Der Vampir war zurück. Sie trug ihr Tablett mit Röhrchen, Laborstreifen und Nadeln. »Tut mir leid, Dr. DiMatteo, aber ich muß Sie noch einmal pieksen.«

Abby stand am Fenster, sah die Famulantin kurz an und wandte den Blick dann wieder nach draußen. »Das Krankenhaus hat mir schon sämtliches Blut aus den Adern gezogen«, sagte sie und betrachtete den trüben Ausblick. Krankenschwestern hasteten mit wehenden Haaren und im Wind flatternden Regenmänteln vom Parkplatz zum Eingang des Krankenhauses. Im Osten hatten sich schwarze, bedrohliche Wolken zusammengeballt. Abby fragte sich, ob der Himmel nie mehr aufreißen würde.

Hinter sich hörte sie das Klimpern von Glasgefäßen. »Doktor, ich muß Ihnen wirklich nochmals Blut abnehmen.«

»Ich brauche keine weiteren Tests mehr.«

»Aber Dr. Wettig hat es angeordnet«, beharrte die Laborantin und fügte mit einem leisen Unterton der Verzweiflung hinzu: »Bitte machen Sie es mir nicht unnötig schwer.«

Abby drehte sich um und sah die Frau an. Sie wirkte sehr jung und erinnerte Abby an sich selbst vor langer Zeit. Einer Zeit, als auch sie noch Angst vor Dr. Wettig gehabt hatte, Angst davor, das Falsche zu tun und alles zu verlieren, wofür sie gearbeitet hatte. Vor all diesen Dingen hatte sie jetzt keine Angst mehr. Aber diese Frau hatte noch Angst davor.

Seufzend ging Abby zum Bett und setzte sich.

Die Laborantin stellte ihr Tablett mit Blutproben auf dem Nachttisch ab und bereitete eine Einwegspritze und sterile Mullpads vor. Nach den bereits mit Blutproben gefüllten Röhrchen zu urteilen, hatte sie diese Prozedur heute schon ein dutzendmal absolviert. Es waren nur noch wenige leere Gefäße übrig.

»Welcher Arm ist Ihnen lieber?«

Abby streckte den linken Arm aus und beobachtete teilnahmslos, wie das Tourniquet um ihren Oberarm festgezogen wurde. Sie machte eine Faust, die Vene trat hervor, zerstochen von früheren Blutabnahmen. Als die Nadel in ihre Haut stach, wandte Abby sich ab und betrachtete statt dessen das Tablett der Laborantin mit all den ordentlich beschrifteten Blutproben. Wie die Pralinenschachtel eines Vampirs.

Plötzlich fiel ihr eine der Proben ins Auge. Es war ein Röhrchen mit einem violetten Verschluß. Sie starrte auf die Beschriftung:

Nina Voss, Chirurgische Intensivstation, Bett acht

»Das war's schon«, sagte der Vampir und zog die Nadel heraus. »Können Sie den Mull auf die Wunde drücken?«

Abby blickte auf. »Was?«

»Halten Sie das bitte kurz fest, damit ich Ihnen ein Pflaster holen kann.«

Automatisch drückte Abby den Mull gegen ihren Arm. Sie sah wieder zu dem Röhrchen mit Nina Voss' Blut. Der Name des behandelnden Arztes war in der Ecke des Schildes gerade noch zu entziffern: Dr. Archer.

Nina Voss ist wieder im Krankenhaus, dachte Abby. Sie liegt wieder in der Herzchirurgie.

Die Laborantin verabschiedete sich.

Abby lief zum Fenster und starrte auf die dunkler werdenden Wolken. Papierfetzen wurden über den Parkplatz geweht. Das Fenster klapperte unter dem Druck einer erneuten Böe.

Irgend etwas war schiefgelaufen mit Ninas neuem Herz.

Sie hätte es schon vor Tagen erkennen müssen, als sie sie in der Limousine getroffen hatte. Sie erinnerte sich an Ninas Erscheinung im Halbdunkel des Wagens, das blasse Gesicht, die bläulich angelaufenen Lippen. Schon da hatte ihr Spenderorgan nicht mehr richtig funktioniert.

Abby lief zum Schrank und entnahm den blauen Plastikbeutel mit der Aufschrift »Eigentum der Patientin«. Er enthielt ihre Schuhe, ihre Hose und ihre Handtasche. Die Brieftasche fehlte und war vermutlich im Safe des Krankenhauses deponiert worden. Eine gründliche Durchsuchung der Handtasche förderte jedoch ein paar Zehn- und Fünf-Cent-Münzen zutage. Sie würde jede einzelne von ihnen brauchen.
Abby zog ihre Hose an, steckte ihr Nachthemd hinein und schlüpfte in die Schuhe. Dann ging sie zur Tür und spähte hinaus.
Schwester Soriano saß nicht an ihrem Tisch, doch zwei andere Schwestern waren am Tresen. Die eine telefonierte, die andere saß über irgendwelchem Papierkram. Keine sah in Abbys Richtung.
Abby blickte den Flur hinunter und sah, daß der Wagen mit den Tabletts für das Abendessen von einer ältlichen ehrenamtlichen Mitarbeiterin in Rosa klappernd auf die Station geschoben wurde. Vor dem Schwesterntresen kam der Wagen zum Stehen. Die Frau zog zwei Tabletts heraus und trug sie in das nächste Krankenzimmer.
In diesem Moment schlüpfte Abby auf den Flur. Der Wagen nahm den Schwestern die Sicht, als Abby ruhigen Schrittes an dem Tresen vorüberging und die Station verließ.
Sie konnte es nicht riskieren, in den Aufzügen entdeckt zu werden, und ging deshalb direkt auf das Treppenhaus zu.
Sechs Stockwerke stieg sie hoch in die elfte Etage. Direkt vor ihr lag der OP-Flügel, die chirurgische Intensivstation war gleich um die Ecke. Aus dem Wäschewagen im Flur zum OP nahm sie sich einen OP-Kittel, eine Haube und Schuhschoner. Wenn sie sich wie alle anderen kleidete, würde sie vielleicht niemandem auffallen.
Sie bog um die Ecke und betrat die Station.
Drinnen herrschte das blanke Chaos. Der Patient in Bett zwei hatte einen Herzstillstand. Nach dem angespannten Staccato der Stimmen und dem Personal zu urteilen, das in das Zimmer stürmte, lief die Wiederbelebung nicht gut. Niemand sah in Abbys Richtung, als sie am Monitor-Kontrollraum vorbei zu Zimmer acht ging.
Sie blieb kurz vor dem Sichtfenster stehen, um sich zu verge-

wissern, daß in dem Bett tatsächlich Nina Voss lag, dann betrat sie das Zimmer. Die Tür fiel hinter ihr zu und dämpfte die Stimmen des Ärzteteams, das gegen den Herzstillstand ankämpfte. Abby zog die Vorhänge vor dem Sichtfenster zu und wandte sich zum Bett.

Nina schlief friedlich, ohne etwas von dem hektischen Treiben jenseits ihrer geschlossenen Tür mitzubekommen. Seit ihrer letzten Begegnung schien sie geschrumpft zu sein wie eine Kerze, die langsam von der Flamme ihrer Krankheit verzehrt wurde. Der Körper unter den Laken sah klein und zerbrechlich aus wie der eines Kindes.

Abby nahm das Klemmbrett am Fußende des Bettes, auf dem die Schwestern ihre Einträge machten. Mit einem Blick überflog sie die Daten: das langsam abfallende Herzminutenvolumen, die erhöhte Dosis von Dobutamin, mit der man vergeblich gegen die Herzinsuffizienz ankämpfte.

Abby hängte das Brett wieder an den Haken. Als sie sich aufrichtete, sah sie, daß Ninas Augen geöffnet waren und sie anblickten.

»Hallo, Mrs. Voss«, grüßte Abby.

Nina lächelte und murmelte: »Die Ärztin, die immer die Wahrheit sagt.«

»Wie fühlen Sie sich?«

»Zufrieden.« Nina seufzte. »Ich bin zufrieden.«

Abby trat an ihr Bett. Sie sahen sich an, ohne zu sprechen.

Dann meinte Nina: »Sie brauchen es mir nicht zu sagen. Ich weiß es schon.«

»Was wissen Sie, Mrs. Voss?«

»Daß es fast zu Ende ist.« Nina schloß die Augen und atmete tief ein.

Abby ergriff die Hand der Frau. »Ich hatte nie Gelegenheit, Ihnen zu danken. Dafür, daß Sie versucht haben, mir zu helfen.«

»Ich habe versucht, Victor zu helfen.«

»Das verstehe ich nicht.«

»Er ist wie dieser Held aus der griechischen Mythologie, der in den Hades gegangen ist, um seine Frau zurückzuholen.«

»Orpheus?«

»Ja. Victor ist wie Orpheus. Er will mich zurückholen. Es ist ihm egal, was es kostet.« Sie öffnete die Augen, und ihr Blick

war auf einmal ganz klar. »Am Ende«, flüsterte sie, »wird es ihn zu viel kosten.«
Abby begriff sofort, daß sie nicht von Geld redeten. Sie sprachen von Seelen.
Plötzlich ging die Tür auf. Abby drehte sich um und sah eine Schwester, die sie überrascht musterte.
»Oh! Dr. DiMatteo, was machen Sie denn …« Sie registrierte die zugezogenen Vorhänge und überprüfte mit einem raschen Blick alle Monitore und Infusionsschläuche.
»Ich habe nichts angerührt«, beteuerte Abby, die ihre Gedanken las.
»Würden Sie bitte gehen!«
»Ich habe Mrs. Voss nur besucht. Ich habe gehört, daß sie wieder in der Intensivchirurgie liegt und –«
»Mrs. Voss braucht Ruhe.« Die Schwester öffnete die Tür und bat Abby zügig aus dem Zimmer. »Haben Sie das Schild nicht gelesen? *Besuche verboten!* Sie soll heute nacht operiert werden und darf nicht gestört werden.«
»Was denn für eine Operation?«
»Die Retransplantation. Sie haben einen neuen Spender gefunden.«
Abby starrte auf die geschlossene Tür von Raum acht und fragte leise: »Weiß Mrs. Voss es?«
»Was?«
»Hat sie das Formular mit der persönlichen Einwilligung zu der Operation unterschrieben?«
»Ihr Mann hat es bereits für sie unterschrieben. Und jetzt gehen Sie bitte sofort.«
Abby drehte sich ohne ein weiteres Wort um und verließ die Station. Sie wußte nicht, ob schon irgend jemand bemerkt hatte, daß sie weg war; sie ging einfach den Flur hinunter bis zu den Aufzügen. Die Tür eines Aufzugs ging auf, die Kabine war voller Menschen. Abby stieg ein, drehte den Mitfahrenden rasch den Rücken zu und starrte die Tür an.
Sie haben einen Spender gefunden, dachte sie, während der Fahrstuhl abwärts schwebte. Irgendwie haben sie einen Spender gefunden. Heute nacht wird Nina Voss ein neues Herz bekommen.
Als sie die Halle erreichte, hatte sie bereits eine recht klare Vorstellung von der Abfolge der Ereignisse, die heute noch von-

statten gehen würden. Sie hatte die Akten der anderen Transplantationen am Bayside studiert und wußte, was passieren würde: Irgendwann gegen Mitternacht schob man Nina in den OP, wo Archers Team sie für die Operation vorbereitete. Dann warteten sie auf den Anruf. Zur selben Zeit stand ein anderes Team von Chirurgen schon um einen anderen Patienten versammelt. Sie griffen zu den Skalpellen und durchtrennten Haut und Muskeln. Eine Knochensäge knirschte, ein Brustkorb wurde aufgeklappt, um den darin liegenden Schatz zu offenbaren: ein lebendes, schlagendes Herz.

Die Entnahme würde glatt und sauber verlaufen.

Heute nacht, dachte sie, wird des genauso passieren, wie es schon oft passiert ist.

Die Fahrstuhltür öffnete sich. Abby stieg mit gesenktem Kopf aus, die Augen zu Boden gerichtet. Sie durchquerte die Halle bis zum Eingang und trat in den böigen Wind.

Zwei Blocks weiter suchte sie Schutz in einer Telefonzelle. Sie benutzte ihren wertvollen Schatz aus Fünf- und Zehn-Cent-Stücken, um Katzka anzurufen.

Er war nicht an seinem Schreibtisch. Der Beamte am Apparat bot an, ihm eine Nachricht zu hinterlassen.

»Hier ist Abby DiMatteo«, sagte sie. »Ich muß sofort mit ihm sprechen! Hat er nicht einen Pieper oder irgendwas?«

»Ich werde Sie mit der Zentrale verbinden.«

Es klickte zweimal, und die Zentrale meldete sich. »Ich lasse ihn über Funk ausrufen«, erklärte die Telefonistin.

Nach einer Weile erklärte sie: »Tut mir leid, Detective Katzka hat sich immer noch nicht gemeldet. Können wir Sie unter der Nummer erreichen, von der Sie jetzt anrufen?«

»Ja, ich meine, ich weiß nicht. Ich versuche es später noch mal.«

Abby legte auf. Ihr waren die Münzen und damit die Telefonate ausgegangen.

Sie drehte sich um und blickte nach draußen, wo Zeitungsfetzen vorbeiflogen. Sie wollte nicht wieder hinaus in den Sturm, doch sie wußte nicht, was sie sonst tun sollte.

Es gab nur noch einen Menschen, den sie anrufen konnte.

Das Telefonbuch war halb zerrissen. Mutlos blätterte sie trotzdem durch die weißen Seiten. Sie war überrascht, den Eintrag tatsächlich zu finden: *I. Tarasoff.*

Ihre Hände zitterten, als sie das R-Gespräch anmeldete. Bitte reden Sie mit mir. Bitte nehmen Sie meinen Anruf an.
Es klingelte viermal, bis sie sein sanftes »Hallo?« hörte. Sie hörte das Geklapper von Porzellan, offenbar wurde gerade der Abendbrottisch gedeckt, im Hintergrund lief leise klassische Musik. Dann: »Ja, ich übernehme die Gebühren.«
Sie war so erleichtert, daß die Worte förmlich aus ihr heraussprudelten. »Ich wußte nicht, wen ich sonst anrufen sollte! Vivian kann ich nicht erreichen, und sonst hört mir keiner zu. Sie müssen zur Polizei gehen. Sie müssen sie zwingen zuzuhören.«
»Nun mal ganz langsam, Abby. Erzählen Sie mir, was los ist.«
Sie atmete tief ein und spürte, wie ihr Herz sich pochend danach sehnte, die Last mit jemandem zu teilen. »Nina Voss bekommt heute nacht ihre zweite Transplantation«, berichtete sie. »Dr. Tarasoff, ich glaube, ich weiß, wie es funktioniert. Sie fliegen die Herzen nicht von irgendwoher ein. Die Entnahmen finden gleich hier statt, in Boston.«
»Wo? In welchem Krankenhaus?«
Sie wurde von einem Wagen abgelenkt, der langsam die Straße hinunterkam. Sie hielt den Atem an, bis er um die nächste Ecke verschwunden war.
»Abby?«
»Ja, ich bin noch da.«
»Hören Sie, Abby, wenn ich Mr. Parr richtig verstanden habe, standen Sie in letzter Zeit unter großem Stress. Könnte es nicht sein, daß –«
»Hören Sie mir zu. Bitte hören Sie mir zu!« Sie schloß die Augen und zwang sich, ruhig zu bleiben und vernünftig zu klingen. Er durfte keine Zweifel an ihrer Zurechnungsfähigkeit haben. »Vivian hat mich heute aus Burlington angerufen. Sie hat herausgefunden, daß dort überhaupt keine Entnahmen stattgefunden haben. Die Organe kommen nicht aus Vermont.«
»Wo finden die Entnahmen denn dann statt?«
»Ich bin mir nicht ganz sicher, aber ich vermute, in einem Gebäude in Roxbury. Amity Medizinbedarf. Die Polizei muß vor Mitternacht dort sein, bevor die Entnahme stattfinden kann.«
»Ich weiß nicht, ob ich sie davon überzeugen kann.«
»Sie müssen! Es gibt beim Morddezernat einen Detective Katzka. Ich glaube, er wird uns zuhören. Es geht nicht bloß um

die illegale Vermittlung von Spenderorganen. Sie produzieren Spender! Sie töten Menschen!«
Im Hintergrund hörte Abby eine Frau rufen: »Ivan, kommst du? Dein Essen wird ganz kalt.«
»Ich fürchte, ich muß heute abend darauf verzichten, meine Liebe«, antwortete Tarasoff. »Es ist ein Notfall.« Dann sprach er wieder in den Hörer, leise und drängend: »Ich denke, ich muß Ihnen nicht sagen, daß mir die ganze Sache angst macht, Abby.«
»Mir macht sie auch eine Höllenangst.«
»Dann sollten wir direkt zur Polizei fahren und das Problem bei denen abladen. Es ist zu gefährlich, auf eigene Faust weiterzumachen.«
»Ich bin hundert Prozent Ihrer Meinung.«
»Wir werden es gemeinsam tun. Je größer der Chor, desto überzeugender die Botschaft.«
Sie zögerte. »Ich fürchte, daß meine Anwesenheit der Sache schaden könnte.«
»Ich kenne die Einzelheiten nicht, Abby. Sie dagegen kennen sie.«
»Also gut«, sagte sie nach einer Pause. »Wir werden gemeinsam zur Polizei gehen. Könnten Sie mich abholen? Mir ist kalt. Und ich habe Angst.«
»Wo sind Sie?«
Sie blickte aus dem Fenster der Telefonzelle. Zwei Straßenecken weiter ragten die Türme des Krankenhauses in den Himmel, ihre Lichter schienen in der sturmgepeitschten Finsternis zu pulsieren. »Ich bin in einer Telefonzelle. Ich weiß nicht, wie die Straße heißt. Sie ist ein paar Blocks östlich vom Bayside.«
»Ich werde Sie schon finden.«
»Dr. Tarasoff?«
»Ja?«
»Bitte«, flüsterte sie. »Beeilen Sie sich.«

Vierundzwanzig

Als Vivian Chaos Flugzeug am Logan International Airport aufsetzte, spürte sie, wie ihre nervöse Anspannung zunahm. Es war nicht der Flug, der sie erschüttert hatte. Vivian war eine furchtlose Fliegerin, die auch bei schlimmsten Turbulenzen fest schlief. Nein, es war das letzte Telefongespräch mit Abby, das ihr, als das Flugzeug auf das Gate zurollte und sie ihr Handgepäck aus der Ablage nahm, immer noch Sorgen machte. Die abrupte Unterbrechung der Verbindung und die Tatsache, daß Abby nicht mehr angerufen hatte.

Vivian hatte versucht, Abby zu Hause zu erreichen, doch niemand hatte abgenommen. Als sie während des Fluges darüber nachgedacht hatte, war ihr aufgefallen, daß sie nicht wußte, von wo aus Abby angerufen hatte. Sie waren getrennt worden, bevor sie sie danach hatte fragen können.

Vivian schulterte ihre Tasche, verließ das Flugzeug und kam in die Ankunftshalle. Überrascht stellte sie fest, daß am Gate eine große Menschenmenge wartete. Es gab ganze Wälder von bunten Ballons und Horden von Teenagern, die Schilder hochhielten, auf denen stand: »Willkommen zu Hause, Dave!«, »Guter Junge!« und »Local Hero!«

Wer immer Dave sein mochte, er hatte eine stattliche Schar von Bewunderern. Sie hörte Jubel, drehte sich um und sah hinter sich einen grinsenden jungen Mann von dem erhöhten Laufband treten. Die Meute drängte nach vorn, und Vivian wurde von dem Run auf den Helden Dave fast verschluckt. Sie mußte förmlich gegen den Ansturm der Kids ankämpfen.

Von wegen, Kids! Sie überragten Vivian alle um mindestens einen Kopf.

Es bedurfte schon des Durchsetzungsvermögens eines Quarterbacks, sich einen Weg zu bahnen. Als sie sich schließlich durchgedrängelt hatte, hatte sie noch so viel Schwung, daß sie beinahe einen abseits stehenden Mann umgerannt hätte. Sie murmelte eine rasche Entschuldigung und ging weiter. Erst nach ein paar Worten fiel ihr auf, daß der Mann mit keinem Wort geantwortet hatte.

Zunächst verschwand sie in der Toilette. Die Nervosität schlug ihr auf die Blase.

Als sie aus der Toilette kam, sah sie den Mann, mit dem sie zusammengestoßen war, wieder. Er stand bei dem Geschenkartikelladen gegenüber der Damentoilette und schien eine Zeitung zu lesen. Sie wußte, daß er es war, weil der Kragen seines Regenmantels nach innen geklappt war. Das war ihr bei ihrem Zusammenprall aufgefallen.

Vivian ging weiter in Richtung Gepäckband.

Erst auf dem langen Weg vorbei an zahllosen Airline-Gates machte es in ihrem Kopf plötzlich Klick. Warum hatte der Mann am Gate gewartet, wenn er dort nicht jemanden treffen wollte? Und wenn er einen Passagier des Fluges abgeholt hatte, warum war er dann jetzt allein?

Sie blieb an einem Zeitungsstand stehen, griff wahllos eine Zeitschrift aus dem Ständer und trat zur Kasse. Als die Frau den Preis in die Kasse eintippte, sah Vivian sich verstohlen um. Der Mann stand vor dem Selbstbedienungsstand einer Flugversicherung und schien die Anweisungen zu studieren.

Also, Chao, er folgt dir. Vielleicht ist es Liebe auf den ersten Blick. Vielleicht hat er dich einmal angesehen und beschlossen, daß er dich nicht einfach so aus seinem Leben gehen lassen kann.

Während sie die Zeitschrift bezahlte, konnte sie ihren Herzschlag spüren. Denk nach. Warum verfolgt er dich?

Das war leicht. Abbys Anruf! Wenn jemand mitgehört hatte, wußte er, daß Vivian um sechs Uhr aus Burlington am Logan International ankommen wollte. Kurz bevor ihre Verbindung unterbrochen worden war, hatte sie ein Klicken in der Leitung gehört.

Sie beschloß, sich noch eine Weile an dem Zeitungsstand aufzuhalten. Sie sah sich bei den Taschenbüchern um und überflog die Umschläge, während ihre Gedanken rasten. Der Mann hatte wahrscheinlich keine Waffe bei sich; er hätte sie sonst

durch die Sicherheitskontrolle am Eingang bringen müssen. Solange sie das gesicherte Gelände des Flughafens nicht verließ, müßte sie sicher sein.
Vorsichtig spähte sie über das Bücherregal.
Der Mann war nicht mehr da.
Sie verließ den Laden und sah sich um: Nirgendwo eine Spur von ihm.
Du bist so eine Idiotin. Kein Mensch verfolgt dich.
Sie ging weiter, vorbei an der Sicherheitskontrolle und die Treppe zu den Gepäckbändern hinunter.
Die Koffer des Fluges aus Burlington waren eben entladen worden. Sie entdeckte ihren roten Samsonite, der von einer Rampe auf das Band glitt. Gerade wollte sie sich nach vorn drängen, als sie den Mann mit dem Regenmantel entdeckte. Er stand direkt am Ausgang des Terminals und las eine Zeitung.
Sie wandte sofort den Blick ab, der Puls pochte ihr im Hals. Er wartete darauf, daß sie ihr Gepäck abholte und durch diesen Ausgang an ihm vorbei in die Dunkelheit hinaustrat.
Ihr roter Samsonite drehte eine weitere Runde.
Vivian atmete tief ein und mischte sich unter die wartenden Passagiere. Wieder kam ihr Samsonite vorbei. Sie nahm ihn nicht vom Band, sondern folgte ihm schlendernd auf seiner trägen Runde. Als sie auf der anderen Seite des Gepäckbandes angekommen war, verdeckte die Rampe ihr die Sicht auf den Mann in dem Regenmantel.
Sie ließ ihre Handtasche auf das Band fallen und rannte los.
Vor ihr waren zwei zur Zeit unbenutzte Gepäckbänder. Sie lief daran vorbei auf den gegenüberliegenden Ausgang zu.
Dort trat sie in den stürmischen Abend. Links von sich hörte sie einen Tumult. Der Mann in dem Regenmantel drängte aus dem anderen Eingang, dicht gefolgt von einem zweiten Mann. Er zeigte auf Vivian und rief etwas Unverständliches.
Vivian ergriff die Flucht über den Bürgersteig. Sie wußte, daß die Männer sie verfolgten; in ihrem Rücken hörte sie das Geräusch eines umstürzenden Gepäckwagens und das Fluchen eines Trägers.
Dann nahm sie ein trockenes Ploppen wahr und spürte, wie etwas ihr Haar streifte.
Eine Kugel.

Ihr Herz pochte, und ihre Lungen sogen die von Busabgasen stickige Luft ein.
Vor sich sah sie eine Tür. Sie stürzte hinein und rannte auf die nächste Rolltreppe zu. Doch die fuhr in die verkehrte Richtung. Zwei Stufen auf einmal nehmend, erreichte Vivian trotzdem das Obergeschoß. Sie hörte ein weiteres Ploppen. Diesmal streifte etwas ihre Schläfe, und sie spürte eine warme Feuchtigkeit auf der Wange.
Direkt vor ihr war ein American-Airlines-Schalter. Das Bodenpersonal fertigte gerade eine Schlange von Menschen ab.
Auf der Rolltreppe hinter sich hörte sie stampfende Schritte. Einer der Männer rief etwas Unverständliches.
Vivian hielt auf den Schalter zu, rannte einen Mann samt Koffer über den Haufen und sprang mit so viel Schwung auf den Tresen, daß sie auf der anderen Seite wieder herunterfiel und gegen das Gepäckband dahinter prallte.
Vier erstaunte Fluglinien-Angestellte starrten auf sie hinunter. Mit zitternden Knien rappelte sie sich auf und spähte vorsichtig über den Tresen. Alles, was sie sah, waren verblüffte Passanten. Die Männer waren verschwunden.
Vivian sah die Flugangestellten an, die noch immer wie erstarrt über ihr standen. »Wollen Sie nicht den Sicherheitsdienst rufen?«
Wortlos griff eine der Frauen zum Telefon.
»Und wenn Sie schon dabei sind«, sagte Vivian, »rufen Sie auch gleich noch die Polizei.«

Ein dunkler Mercedes kam im Schrittempo die Straße hinunter und blieb neben der Telefonzelle stehen. Abby konnte das von den Scheinwerfern eines vorbeifahrenden Wagens erleuchtete Profil des Fahrers erkennen. Es war Tarasoff.
Sie rannte zur Beifahrertür und stieg ein. »Gott sei Dank, daß Sie hier sind!«
»Ihnen muß ja eiskalt sein. Ziehen Sie meinen Mantel über. Er liegt auf dem Rücksitz.«
»Bitte, fahren Sie einfach los! Lassen Sie uns hier verschwinden.«
Als Tarasoff anfuhr, sah sie sich nach möglichen Verfolgern um. Die Straße war dunkel und leer.
»Sehen Sie irgendwelche Autos?« fragte Tarasoff.

»Nein, ich glaube, wir sind sicher.«
Tarasoff stieß zitternd den Atem aus. »Ich bin nicht sehr gut in so was. Ich sehe mir nicht einmal gerne Krimis an.«
»Sie machen das ganz großartig. Fahren Sie uns einfach zum nächsten Polizeirevier. Wir können Vivian anrufen und ihr sagen, sie soll uns dort treffen.«
Tarasoff blickte nervös in den Rückspiegel. »Ich glaube, ich habe gerade einen Wagen gesehen.«
»Was?« Abby drehte sich um, konnte jedoch nichts erkennen.
»Ich werde hier abbiegen. Mal sehen, was passiert.«
»Tun Sie das. Ich werde weiter Ausschau halten.«
Als sie um die Ecke fuhren, hielt Abby weiter die Straße hinter ihnen im Blick. Sie sah keine Scheinwerfer, überhaupt keine Autos. Erst als sie abbremsten und stehenblieben, wandte sie sich wieder nach vorn. »Was ist los?«
»Gar nichts ist los.« Tarasoff schaltete das Licht aus.
»Warum machen Sie ...« Abby blieben die Worte im Hals stecken.
Tarasoff hatte gerade die Zentralverriegelung entsichert.
Als die Tür von außen aufgerissen wurde, blickte sie panisch zur Seite. Ein Windstoß wehte in den Wagen. Sie wurde von Händen gepackt und in die Nacht gezerrt. Haarsträhnen fielen ihr ins Auge, so daß sie nichts sehen konnte. Abby kämpfte blindlings gegen die Angreifer an, doch es gelang ihr nicht, sich loszureißen. Ihre Hände wurden hinter ihren Rücken gezerrt und an den Handgelenken gefesselt. Ihr Mund wurde zugeklebt. Dann wurde sie hochgehoben und in den Kofferraum eines in der Nähe wartenden Wagens gestoßen.
Die Haube wurde zugeschlagen, und sie war in der Dunkelheit gefangen.
Der Wagen fuhr los.
Abby drehte sich auf den Rücken und trat mit den Füßen wieder und wieder gegen die Kofferraumklappe, bis ihre Schenkel schmerzten und sie die Beine kaum noch heben konnte. Es war zwecklos; niemand konnte sie hören.
Erschöpft rollte sie sich auf der Seite zusammen und zwang sich nachzudenken.
Tarasoff. Wie war Tarasoff in die Sache verwickelt?
Langsam fügte sich das Bild Stück für Stück zusammen.

Während sie eingeengt in der Dunkelheit lag und jedes Schlagloch spürte, begann sie zu verstehen. Tarasoff war der Leiter eines der angesehensten Herztransplantationsteams an der Ostküste. Sein Ruf lockte verzweifelte Patienten aus der ganzen Welt an, Patienten, die das nötige Kleingeld hatten, zu einem Chirurgen ihrer Wahl zu gehen. Sie verlangten den Besten, und sie konnten ihn sich leisten.
Was sie nicht kaufen konnten und legal nie würden kaufen können, war das, was sie brauchten, um am Leben zu bleiben: Herzen. Menschliche Herzen.
Die wiederum konnte das Bayside-Transplantationsteam liefern. Sie erinnerte sich daran, was Tarasoff gesagt hatte: »Ich selbst habe schon oft Patienten ans Bayside überwiesen.«
Er war Baysides Mittelsmann! Er war ihr Vermittler!
Sie spürte, wie der Wagen bremste. Die Reifen rollten über Schotter und blieben stehen. Sie hörte ein entferntes Grollen, das sie als den Lärm eines startenden Flugzeugs erkannte. Da wußte sie genau, wo sie waren.
Die Klappe wurde geöffnet, und Abby wurde durch böigen Wind getragen, der nach Meer und Diesel roch. Halb trugen, halb schleiften sie sie über den Pier und den Landungssteg hinauf. Ihre Schreie wurden durch das Klebeband auf ihrem Mund gedämpft und gingen im Dröhnen des Jets unter. Sie sah kurz das Deck des Frachters, schwankende Dunkelheit und geometrische Schatten, bevor sie über klappernde und scheppernde Stufen unter Deck gezerrt wurde, einen Absatz, dann noch einen.
Eine Tür quietschte, und sie wurde in die Finsternis gestoßen. Ihre Hände waren immer noch hinter ihrem Rücken gefesselt, so daß sie den Sturz nicht auffangen konnte. Ihr Kinn schlug mit betäubender Wucht auf den Metallboden. Abby war zu geschockt, um sich bewegen oder auch nur ein Wimmern auszustoßen, als der Schmerz sich wie ein Pfahl in ihren Kopf bohrte. Sie hörte weitere Schritte die Treppe hinuntertrampeln. Wie von ferne hörte sie Tarasoff sagen: »Zumindest ist es keine völlige Verschwendung. Nehmt ihr das Klebeband ab. Sie soll uns schließlich nicht ersticken.«
Abby rollte sich auf den Rücken und versuchte, etwas zu erkennen. Sie konnte Tarasoffs Umrisse in der schwach beleuch-

teten Tür erkennen. Als einer der Männer ihr das Klebeband abriß, zuckte sie zusammen.
»Warum?« flüsterte sie. Es war die einzige Frage, die ihr einfiel. »Warum?«
Die Silhouette zuckte knapp mit den Schultern, als ob die Frage irrelevant wäre. Die beiden anderen Männer verließen den Raum und machten Anstalten, sie einzuschließen.
»Ist es das Geld?« schrie sie. »Ist die Antwort so einfach?«
»Geld bedeutet gar nichts«, entgegnete Tarasoff, »wenn man sich damit nicht kaufen kann, was man braucht.«
»Wie zum Beispiel ein Herz?«
»Wie das Leben des eigenen Kindes. Oder der eigenen Frau, des eigenen Bruders oder der Schwester. Das müßten Sie doch besser verstehen als jeder andere, Dr. DiMatteo. Wir alle wissen von dem kleinen Pete und seinem Unfall. Er war erst zehn Jahre alt, nicht wahr? Wir wissen, daß Sie Ihre eigene private Tragödie durchlebt haben. Überlegen Sie, Doktor, was hätten Sie gegeben, um das Leben Ihres Bruders zu retten?«
Sie sagte nichts, doch ihr Schweigen war Antwort genug.
»Hätten Sie nicht alles gegeben? Alles getan?«
Ja, dachte sie, und dieses Eingeständnis kostete sie keine Überlegung. Ja.
»Stellen Sie sich vor, wie es ist«, fuhr er fort, »wenn man zusehen muß, wie die eigene Tochter stirbt. Alles Geld der Welt zu haben und trotzdem zu wissen, daß sie warten muß, bis sie an der Reihe ist. Nach den Alkoholikern, Drogensüchtigen, den Unzurechnungsfähigen und den Sozialbetrügern, die in ihrem Leben keinen einzigen Tag lang gearbeitet haben.« Er machte eine Pause und fügte leise hinzu: »Stellen Sie sich das vor.«
Die Tür fiel zu, und der Riegel wurde vorgeschoben.
Abby lag in völliger Dunkelheit. Sie hörte das Klappern der Treppe, als die drei Männer zum Oberdeck hinaufstiegen, und das leise Zuklappen einer Luke. Danach hörte sie eine Weile nur den Wind und das Ächzen des Schiffes, das an den Leinen zerrte.
Stellen Sie sich das vor.
Sie schloß die Augen und versuchte, nicht an Pete zu denken. Doch plötzlich sah sie ihn vor sich, stolz in seiner Wölflingsuniform. Sie dachte daran, wie er als Fünfjähriger gesagt hatte,

daß Abby das einzige Mädchen war, das er heiraten wollte. Und wie empört er gewesen war, als er erfahren hatte, daß man seine Schwester nicht heiraten kann.
Was hätte ich getan, um dich zu retten? Alles. Was auch immer.
In der Dunkelheit raschelte etwas.
Abby erstarrte. Sie hörte es wieder, die Spur einer Bewegung.
Ratten! dachte sie.
Abby wich vor dem Geräusch zurück und versuchte, sich auf die Knie zu kämpfen. Sie konnte nichts erkennen, stellte sich aber riesige Nager vor, die überall um sie herum über den Boden huschten. Sie rappelte sich auf die Füße.
Dann hörte sie ein leises Klicken.
Plötzlich attackierte grelles Licht ihre Netzhäute. Sie machte einen Satz nach hinten. Über ihr pendelte eine nackte Birne leise gegen eine Kette.
Was sie in der Dunkelheit gehört hatte, war keine Ratte, sondern ein Junge.
Sie starrten einander an, ohne ein Wort zu sagen. Obwohl er ganz still stand, konnte sie die Furcht in seinen Augen erkennen. Seine dünnen, nackten Beine steckten in Shorts und waren auf dem Sprung zu fliehen, nur daß man nirgendwohin fliehen konnte.
Abby schätzte den Jungen auf zehn Jahre. Er war sehr blaß und sehr blond, im Licht der Glühbirne glänzte sein Haar fast silbern. Sie bemerkte einen bläulichen Fleck auf seiner Wange und erkannte empört, daß es kein Schmutz, sondern ein Bluterguß war. In seinem weißen Gesicht sahen seine tiefliegenden Augen aus wie zwei weitere Wunden.
Abby machte einen Schritt auf ihn zu. Sofort wich er zurück.
»Ich will dir nichts tun«, beschwichtigte sie. »Ich will nur mit dir reden.«
Ein Stirnrunzeln huschte über sein Gesicht, er schüttelte den Kopf.
»Ich verspreche es dir. Ich tue dir nichts!«
Der Junge sagte etwas, doch seine Antwort war unverständlich.
Jetzt war es an ihr, den Kopf zu schütteln.
Sie musterten einander in gemeinsamer Verwirrung.
Plötzlich blickten beide nach oben. Die Motoren des Schiffs waren angesprungen.

Abby lauschte angespannt auf das Rasseln der Ketten und das Kreischen der Hydraulik. Kurz darauf spürte sie, wie der Rumpf das Wasser pflügte und auf den Wellen schwankte. Sie hatten abgelegt und waren in See gestochen.

Selbst wenn ich mich von diesen Fesseln und aus diesem Raum befreie, kann ich nirgendwohin fliehen! durchfuhr es sie.

Verzweifelt schaute sie den Jungen an.

Er beachtete das Motorengeräusch gar nicht mehr. Sein Blick war zu ihrer Hüfte gewandert. Er bewegte sich langsam seitwärts, starrte auf die eng hinter ihrem Rücken gefesselten Handgelenke und betrachtete seinen eigenen Arm. Erst jetzt bemerkte Abby, daß seine rechte Hand fehlte und sein Unterarm in einem Stumpf endete. Er hatte ihn bisher eng an den Körper gedrückt, um seine Deformation vor ihr zu verbergen.

Nun blickte er sie wieder an und sagte erneut etwas.

»Ich kann nicht verstehen, was du sagst«, erwiderte sie.

Er wiederholte es mit einem leicht trotzigen Unterton. Warum konnte sie ihn nicht verstehen? Was war los mit ihr?

Sie schüttelte nur den Kopf.

In gegenseitiger Frustration sahen sie einander an. Dann hob der Junge das Kinn. Sie begriff, daß er zu irgendeinem Entschluß gekommen war. Er ging um sie herum und zerrte an ihren Handgelenken, um die Fesseln mit seiner einen Hand zu lösen, doch der Knoten war zu fest. Da kniete er sich auf den Boden, und sie spürte seine Zähne und den heißen Atem auf ihrer Haut. Im Licht der schwankenden Birne begann er wie eine kleine, entschlossene Maus an ihren Fesseln zu nagen.

»Es tut mir leid, aber die Besuchszeit ist vorbei«, sagte eine Schwester. »Warten Sie, Sie können da nicht reingehen. Halt!«

Katzka und Vivian marschierten schnurstracks am Schwesternzimmer vorbei und stießen die Tür zu Zimmer sechshunderteinundzwanzig auf. »Wo ist Abby?« wollte Katzka wissen.

Dr. Colin Wettig drehte sich um und sah sie an. »Dr. DiMatteo wird vermißt.«

»Sie haben gesagt, daß sie unter Beobachtung stehen würde«, beharrte Katzka. »Sie haben mir versichert, daß ihr nichts geschehen könnte!«

»Sie stand unter Beobachtung! Ohne meine ausdrückliche Anweisung ist niemand zu ihr vorgelassen worden.«
»Und was ist mit ihr geschehen?«
»Das ist eine Frage, die Sie Dr. DiMatteo stellen müssen.«
Es war Wettigs flache Stimme, die Katzka wütend machte. Das und sein ausdrucksloser Blick. Ein Mann, der nichts preisgab und alles unter Kontrolle hatte. Als er in Wettigs nicht zu deutende Miene starrte, sah Katzka auf einmal sich selbst. Es war eine erstaunliche Offenbarung.
»Sie befand sich in Ihrer Obhut, Doktor. Was habt ihr mit ihr gemacht?«
»Ich verbitte mir Ihre Unterstellungen.«
Katzka durchquerte das Zimmer, packte Wettig am Revers seines Laborkittels und drängte ihn an die Wand. »Verdammt noch mal«, fluchte er, wohin habt ihr sie gebracht?«
Endlich blitzte in Wettigs blauen Augen so etwas wie Furcht auf. »Ich habe Ihnen doch schon gesagt, daß ich nicht weiß, wo sie ist! Die Schwestern haben mich um halb sechs angerufen, um mir mitzuteilen, daß sie weg ist. Wir haben den Sicherheitsdienst alarmiert, und er hat das ganze Krankenhaus durchsucht, aber sie konnten sie nicht finden.«
»Sie wissen, wo sie ist, oder?«
Wettig schüttelte den Kopf.
»Wirklich nicht?« Katzka drängte ihn erneut an die Wand.
»Ich weiß es nicht!« keuchte Wettig.
Vivian trat vor und versuchte, die beiden zu trennen. »Hören Sie auf! Sie würgen ihn, Katzka. Lassen Sie ihn los!«
Katzka ließ Wettig abrupt los. Schwer atmend taumelte der ältere Mann rückwärts gegen die Wand. »Bei den Wahnvorstellungen, die sie entwickelt hatte, war sie meiner Ansicht nach im Krankenhaus am besten aufgehoben.« Wettig richtete sich auf und rieb sich über den Hals, wo der Kragen des Laborkittels ein leuchtend rotes Würgemal hinterlassen hatte. Katzka starrte entsetzt auf diesen Beweis seiner Gewalttätigkeit.
»Mir war nicht klar, daß sie vielleicht die Wahrheit gesagt haben könnte«, verteidigte Wettig sich. Er zog einen Laborstreifen aus der Tasche und reichte ihn Vivian. »Das haben mir die Schwestern gerade gegeben.«
»Was ist das?« fragte Katzka sofort.

Vivian runzelte die Stirn. »Das ist Abbys Blutalkoholspiegel. Hier steht, er war gleich Null.«
»Ich habe es heute nachmittag abnehmen und an ein unabhängiges Labor schicken lassen«, erklärte Wettig. »Sie hat immer wieder beteuert, daß sie nichts getrunken hatte. Ich dachte, wenn ich sie mit unwiderlegbaren Beweisen konfrontieren würde, könnte ich ihre Leugnungshaltung durchbrechen.«
»Das ist das Ergebnis eines auswärtigen Labors?«
Wettig nickte. »Vollkommen unabhängig von Bayside.«
»Sie haben mir gesagt, Abby hätte zwei Komma eins Promille gehabt.«
»Der entsprechende Test wurde um vier Uhr morgens vom Bayside-Labor gemacht.«
»Die Halbwertzeit von Blutalkohol liegt zwischen zwei und vierzehn Stunden«, sagte Vivian. »Wenn sie um vier Uhr morgens dermaßen voll war, hätte dieser Test zumindest noch Reste von Alkohol zeigen müssen.«
»Aber sie hatte keinen Alkohol in ihrem Blutkreislauf«, faßte Katzka zusammen.
»Das bedeutet, entweder hat ihre Leber den Alkohol erstaunlich schnell abgebaut, oder dem Bayside-Labor ist ein Fehler unterlaufen.«
»So nennen Sie das?« fragte Katzka. »Einen Fehler?«
Wettig antwortete nichts. Er wirkte ausgelaugt und sehr alt und setzte sich auf das zerwühlte Bett. »Ich wußte ja nicht ... ich wollte die Möglichkeit nicht einmal in Erwägung ziehen ...«
»Daß Abby die Wahrheit sagt?« fragte Vivian.
Wettig schüttelte den Kopf. »Himmel, murmelte er. »Dieses Krankenhaus sollte geschlossen werden, wenn das, was sie sagt, wahr ist.«
Katzka spürte Vivians Blick und sah sie an.
»Haben Sie daran jetzt noch irgendwelche Zweifel?« fragte sie leise.

Der Junge schlief schon seit Stunden in ihren Armen, sein Atem war ein warmer Hauch an ihrem Hals. Seine Arme und Beine waren verdreht wie häufig bei Kindern, die tief und vertrauensvoll schlafen. Als sie ihn in die Arme geschlossen hatte, hatte er zuerst heftig gezittert. Sie hatte seine nackten Beine massiert, und es hatte sich angefühlt, als würde sie kalte, trockene Stöcke abreiben. Schließlich hatte das Zittern aufgehört, sein Atem war langsamer geworden, und sie hatte die Wärme gespürt, die Kinder ausstrahlen, wenn sie endlich einschlafen.

Auch sie hatte eine Weile geschlafen.

Als sie aufwachte, wehte der Wind heftiger. Sie konnte es an dem Ächzen des Schiffes hören. Die Glühbirne an der Decke schwankte hin und her.

Der Junge wimmerte und rührte sich. Sie fand, daß kleine Jungen etwas Rührendes hatten. Ihre anmutig androgynen Körper verströmten den Duft von warmem Gras. Abby erinnerte sich daran, wie sich ihr Bruder Pete angefühlt hatte, wenn er auf dem Rücksitz des Familienautos gegen ihre Schulter gesackt und eingeschlafen war. Während ihr Vater Meile für Meile fuhr, hatte Abby das sanfte Pochen von Petes Herzen gespürt, genauso wie sie jetzt das Herz des Jungen spürte, das im Käfig seiner Brust schlug.

Er stöhnte leise und strampelte sich wach, sah zu ihr hoch, und in seinen Augen las sie die dämmernde Erkenntnis.

»Ah-bii«, flüsterte er.

Sie nickte. »Richtig. Abby. Du weißt es noch.« Lächelnd strich sie ihm über das Gesicht, und ihre Finger fuhren an dem Bluterguß entlang. »Und du bist … Jakov.«

Er nickte.

Sie lächelten beide.

Draußen heulte der Wind, und Abby spürte, wie der Boden unter ihnen bebte. Schatten huschten über das Gesicht des Jungen, als er sie mit fast hungrigen Blicken ansah.

»Jakov«, sagte sie noch einmal und strich mit den Lippen über seine seidig blonden Augenbrauen. Als sie den Kopf hob, spürte sie die Feuchtigkeit auf ihren Lippen. Es waren nicht die Tränen des Jungen, sondern ihre eigenen. Als sie ihn wieder ansah, bemerkte sie, daß er sie noch immer mit jenem seltsamen, gebannten Schweigen anstarrte.

»Ich bin bei dir«, murmelte sie und strich lächelnd mit den Fingern durch seine Haare.

Nach einer Weile fielen seine Lider wieder zu, sein Körper entspannte sich, wurde schlaff und fiel erneut in vertrauensvollen Schlaf.

»Soviel zum Thema Durchsuchungsbefehl«, sagte Lundquist und trat gegen die Tür. Sie flog auf und schlug an die Wand. Vorsichtig betrat er den Raum und erstarrte. »Was ist denn das hier?«
Katzka betätigte einen Schalter an der Wand.
Beide Männer blinzelten, als das Licht in ihre Augen flutete. Es strahlte mit blendender Helligkeit aus drei Deckenlampen. Wohin Katzka auch blickte, sah er glänzende Oberflächen. Schränke aus Edelstahl, Instrumentiertabletts und Infusionsständer, Monitore mit Kabeln und Knöpfen.
In der Mitte des Raumes stand ein OP-Tisch.
Katzka trat an den Tisch und starrte auf die Riemen, die an den Seiten herabhingen. Zwei für die Handgelenke, zwei für die Fußgelenke und zwei längere Gurte für Brust und Hüfte.
Sein Blick wanderte zu dem Anästhesie-Wagen, der am Kopf des Tisches stand. Katzka öffnete die oberste Schublade. Sie enthielt eine Reihe von Glasspritzen und in Plastik verpackte Nadeln.
»Was hat all das hier zu suchen, verdammt noch mal?« fragte Lundquist.
Katzka schloß die Schublade und öffnete die nächste. In ihr wurden kleine Glasampullen aufbewahrt. Er nahm eine heraus: Kaliumchlorid. Sie war halb leer. »Diese Ausrüstung ist benutzt worden«, stellte er fest.
»Das ist doch bizarr. Was für Operationen haben die denn hier durchgeführt?«
Katzka blickte wieder auf den Tisch mit seinen Riemen. Auf einmal sah er Abby vor sich, die Handgelenke ans Bett gefesselt, während Tränen über ihre Wangen liefen. Die Erinnerung war so schmerzhaft, daß er den Kopf schüttelte, um das Bild zu vertreiben. Vor lauter Sorge um sie fiel es ihm schwer, klar zu denken. Wenn er nicht klar denken konnte, konnte er ihr nicht helfen. Abrupt wandte er sich von dem Tisch ab.
»Slug?« Lundquist betrachtete ihn verwundert. »Alles in Ordnung?«
»Ja.« Katzka drehte sich um und ging aus der Tür. »Alles bestens.«
Auf dem Bürgersteig vor dem Haus blieb er in dem böigen Wind stehen und betrachtete das Amity-Gebäude. Von der

Straße aus konnte man nichts Ungewöhnliches erkennen. Es war bloß ein heruntergekommenes Gebäude in einer heruntergekommenen Straße. Schmutzige Sandsteinfassade, Fenster mit Air-condition. Als er es vor einigen Tagen betreten hatte, hatte er nur gesehen, was er sehen wollte. Und was er sehen sollte. Den schäbigen Verkaufsraum, die ramponierten Tische, auf denen sich Herstellerkataloge stapelten, ein paar Verkäufer, die teilnahmslos telefonierten. Das oberste Stockwerk hatte er nicht gesehen, genausowenig wie er geahnt hatte, daß man mit dem Fahrstuhl direkt zu jenem Raum fahren konnte. Zu dem Tisch mit den Riemen.

Vor nicht ganz einer Stunde hatte Lundquist die Sigajew-Gesellschaft als Eigentümer des Gebäudes ermittelt – dieselbe Firma aus New Jersey, auf die auch der Frachter zugelassen war. Wieder diese Verbindung zur Russen-Mafia. Wie weit ins Bayside reichte sie? Oder waren die Russen nur Komplizen eines Mitarbeiters des Krankenhauses? Vielleicht ein Handelspartner für Schwarzmarktgüter?

Lundquists Pieper meldete sich. Er blickte auf das Display und griff nach dem Handy im Wagen.

Katzka blieb vor dem Gebäude stehen, und seine Gedanken wanderten wieder zu Abby. Wo sollte er als nächstes suchen? Jedes Zimmer des Krankenhauses war auf den Kopf gestellt worden, genau wie der Parkplatz und das umliegende Gelände. Offenbar hatte Abby das Krankenhaus allein und aus freien Stücken verlassen. Aber wohin sollte sie gehen? Wen hätte sie anrufen wollen? Es mußte jemand gewesen sein, dem sie vertraute.

»Slug!«

Katzka drehte sich um und sah Lundquist mit dem Telefon winken. »Wer ist dran?«

»Die Küstenwache. Sie haben einen Hubschrauber startklar für uns.«

Schritte auf der Treppe.

Abbys Kopf schnellte hoch. Jakov schlief weiter, ohne etwas mitzubekommen. Ihr Herz pochte so laut, daß sie glaubte, es müsse ihn aufwecken, aber er rührte sich nicht.

Die Tür wurde geöffnet. Tarasoff, flankiert von zwei Männern, musterte Abby. »Zeit zu gehen.«

»Wohin?« fragte sie.

»Es ist nur ein kurzer Weg.« Tarasoff blickte auf Jakov. »Wecken Sie ihn auf, er kommt auch mit.«

Abby umarmte Jakov fester. »Nicht der Junge«, sagte sie.

»Vor allem der Junge.«

Sie schüttelte den Kopf. »Warum?«

»Blutgruppe AB positiv. Der einzige, den wir zur Zeit auf Lager haben.«

Sie starrte Tarasoff an und betrachtete dann Jakovs vom Schlaf gerötetes Gesicht. In seiner schmächtigen Brust konnte sie sein Herz leise schlagen hören. Nina Voss, dachte sie. Nina Voss ist AB positiv.

Einer der Männer packte ihren Arm und riß sie hoch. Sie mußte den Jungen loslassen: Er fiel zu Boden und schlug verwirrt blinzelnd die Augen auf. Der andere Mann gab Jakov einen Tritt und bellte einen Befehl auf russisch.

Der Junge rappelte sich verschlafen auf die Füße.

Tarasoff ging voran, einen dunklen Flur entlang, dann durch eine Luke, eine Treppe hinauf und durch eine weitere Luke auf einen Metallsteg. Direkt vor ihnen lag eine blaue Tür. Tarasoff trat darauf zu, der Steg klapperte unter seinem Gewicht.

Plötzlich schreckte der Junge zurück. Er riß sich los und rannte in die Richtung zurück, aus der sie gekommen waren. Einer der Männer packte sein Hemd. Jakov fuhr herum und grub seine Zähne in den Arm des Mannes. Vor Schmerz aufheulend schlug der Mann Jakov mit solcher Brutalität ins Gesicht, daß der Junge zu Boden geschleudert wurde.

»Aufhören!« schrie Abby.

Der Mann riß Jakov hoch und schlug ihn erneut. Jetzt taumelte der Junge auf Abby zu, die ihn sofort in ihre Arme schloß. Der Mann kam auf sie zu, wollte sie trennen.

»Lassen Sie Ihre dreckigen Finger von dem Jungen!« schrie Abby ihn an.

Jakov zitterte und jammerte unverständlich vor sich hin. Sie küßte sein Haar und flüsterte: »Ich bin bei dir, mein Kleiner. Ich bin gleich hier bei dir.«

Der Junge hob den Kopf. Als sie in seine verängstigten Augen sah, dachte sie: Er weiß, was mit uns geschehen wird.

Sie wurden über den Steg und durch die blaue Tür gestoßen.

Dahinten lag eine andere Welt.
Der Flur jenseits der Tür war mit gebleichtem Holz getäfelt, der Fußboden mit weißem Linoleum belegt. Die Deckenlampen spendeten ein weiches, warmes Licht. Ihre Schritte hallten wider, als sie an einer stählernen Wendeltreppe vorbeikamen und um eine Ecke bogen. Am Ende des Ganges war eine breite Tür.
Der Junge fing jetzt noch heftiger an zu zittern. Und er wurde schwer. Abby setzte ihn ab und verbarg sein Gesicht in ihren Händen. Für den Bruchteil einer Sekunde trafen sich ihre Blicke, und was sie mit Worten nicht kommunizieren konnten, teilten sie sich in diesem einen Blick mit. Sie ergriff Jakovs Hand und drückte sie in stummem Einverständnis. Gemeinsam gingen sie auf die Tür zu. Ein Mann war vor, einer hinter ihnen. Tarasoff ging allen voran. Als er die Tür aufschloß, verlagerte Abby ihr Gewicht nach vorn und spannte jeden Muskel ihres Körpers an. Jakov hatte sie schon losgelassen.
Tarasoff stieß die Tür auf. Dahinter lag ein strahlend weißer Raum.
Abby stürzte sich nach vorn. Sie krachte mit den Schultern in den vor ihr gehenden Mann und schob ihn gegen Tarasoff, der über die Schwelle stolperte.
»Ihr Schweine!« schrie Abby und fing an, um sich zu schlagen. »Ihr Schweine!«
Der Mann hinter ihr versuchte, ihre Arme zu packen. Sie wirbelte herum und zielte auf sein Gesicht. Befriedigt spürte sie, wie ihre Faust ihr Ziel fand. Aus dem Augenwinkel nahm sie eine huschende Bewegung wahr. Es war Jakov, der blitzschnell um eine Ecke verschwand. Der Mann, den sie geschubst hatte, war inzwischen wieder auf den Beinen und kam aus der anderen Richtung auf sie zu. Die beiden Männer nahmen sie in die Mitte und hoben sie hoch. Sie hörte nicht auf, sich zu wehren, als sie sie durch die Tür in den weißen Raum trugen.
»Haltet sie doch fest!« befahl Tarasoff.
»Der Junge –«
»Vergeßt den Jungen! Er kann nirgendwohin. Schafft sie auf den Tisch!«
»Sie will nicht stillhalten!«
»Schweine!« schrie Abby und strampelte ein Bein frei.

Sie hörte Tarasoff an den Schränken herumfummeln. Dann fauchte er: »Gebt mir ihren Arm! Ich muß an ihren Arm kommen!«

Tarasoff trat mit einer Spritze auf sie zu. Abby schrie auf, als die Nadel in ihre Haut stach. Sie wand sich, konnte sich aber nicht losreißen. Sie wand sich erneut, doch diesmal reagierten ihre Glieder kaum. Sie hatte auch Probleme, noch etwas zu sehen, weil ihre Augenlider zufielen. Ihre Stimme war kaum mehr ein Seufzen. Sie wollte schreien, doch sie konnte nicht. Sie konnte nicht einmal einatmen.

Was ist los mit mir? Warum kann ich mich nicht bewegen?

»Schafft sie nach nebenan!« ordnete Tarasoff an. »Wir müssen sie intubieren, sonst verlieren wir sie.«

Die Männer trugen Abby rasch in den angrenzenden Raum und hoben sie auf einen Tisch. Die Deckenlampen waren blendend hell. Obwohl sie vollkommen wach und bei Bewußtsein war, konnte sie keinen Muskel bewegen. Aber sie konnte alles spüren. Die Riemen, mit denen ihre Knöchel und Handgelenke fixiert wurden. Den Druck von Tarasoffs Hand auf ihrer Stirn, als er ihren Kopf nach hinten überstreckte. Den kalten Stahl des Larynogoskops, das in ihren Rachen geschoben wurde. Ihr Entsetzensschrei hallte nur in ihrem Kopf wider; kein Laut drang aus ihrer Kehle. Sie spürte den Trachealtubus aus Plastik in ihrer Luftröhre und würgte, als er an ihren Stimmbändern vorbei in die Luftröhre geschoben wurde. Die ganze Zeit über konnte Abby sich nicht abwenden, konnte nicht einmal Luft schnappen. Der Schlauch wurde mit Klebeband in ihrem Gesicht befestigt und an einen Beutel angeschlossen. Tarasoff drückte auf den Beutel, und Abbys Brust hob sich in drei raschen, lebensrettenden Atemzügen. Dann nahm Tarasoff den Beutel ab und schloß den Trachealtubus an ein Beatmungsgerät an, das in regelmäßigen Abständen Luft in ihre Lungen pumpte.

»Und jetzt holt den Jungen!« verlangte Tarasoff. »Nein, nicht alle beide. Ich brauche jemanden, der mir assistiert.«

Einer der Männer verließ den Raum. Der andere trat näher an den Tisch.

»Zieh den Brustgurt fest«, befahl Tarasoff. »Die Wirkung des Succinylcholins wird in ein oder zwei Minuten nachlassen. Wir

wollen schließlich nicht, daß sie wie wild um sich tritt, wenn ich die Infusion starte.«
Succinylcholin. So war Aaron gestorben. Unfähig, sich zu wehren. Unfähig zu atmen.
Die Wirkung des Narkotikums klang bereits ab. Abby konnte spüren, wie ihre Brustmuskeln sich durch die Berührung mit dem Plastikschlauch zusammenkrampften. Sie konnte auch wieder die Lider heben und das Gesicht des Mannes sehen, der über ihr stand. Er schnitt ihre Kleider auf und entfernte sie. Als er ihre Brust und ihren Unterleib entblößte, flackerte sein Blick auf.
Tarasoff startete die Infusion in ihrem Arm. Als er sich aufrichtete, bemerkte er, daß Abbys Augen jetzt ganz geöffnet waren und ihn anstarrten. Er las die Frage in ihrem Blick.
»Eine gesunde Leber ist etwas, was wir nicht für selbstverständlich halten dürfen«, erklärte er zynisch. »Es gibt einen Herrn in Connecticut, der seit über einem Jahr auf einen Spender wartet.« Tarasoff griff nach einem zweiten Infusionsbeutel und hängte ihn an den Ständer, bevor er Abby wieder ansah. »Er war entzückt zu hören, daß wir endlich ein passendes Organ gefunden haben.«
Das Blut, das sie mir in der Notaufnahme abgenommen haben, erkannte sie. Sie haben es für einen Kreuzvergleich benutzt.
Tarasoff beschäftigte sich weiter mit Vorbereitungen, schloß den zweiten Infusionsbeutel an und zog verschiedene Spritzen auf. Abby konnte nur stumm zusehen, während das Beatmungsgerät Luft in ihre Lungen pumpte. Ihre Muskelfunktionen kehrten langsam zurück. Sie konnte schon die Finger bewegen und die Schultern anziehen. Ein Tropfen rann über ihre Schläfe. Die Anstrengung, sich zu bewegen, hatte sie ins Schwitzen gebracht. Die Anstrengung, die Kontrolle über ihren Körper zurückzugewinnen. Die Uhr an der Wand zeigte Viertel nach elf.
Tarasoff hatte ein Tablett mit Spritzen ausgelegt. Als er hörte, wie eine Tür auf- und wieder zuging, drehte er sich um. »Der Junge ist abgehauen«, informierte er. »Sie fangen ihn gerade ein. Also machen wir zuerst die Leber.«
Schritte näherten sich dem Tisch. Ein neues Gesicht tauchte auf und blickte Abby an.

So oft schon hatte sie über den OP-Tisch hinweg in dieses Gesicht geblickt. So oft schon hatten diese Augen über der OP-Maske sie angelächelt. Jetzt lächelten sie nicht.
Nein, schluchzte sie, aber man hörte nur den leisen Luftstrom durch den Trachealtubus. Nein!
Es war Mark.

Fünfundzwanzig

Gregor wußte, daß nur ein Weg aus dem Achterdeck hinausführte, die blaue Tür, und die war verschlossen. Der Junge mußte die Wendeltreppe genommen haben.

Der Mann blickte die Stufen hinauf, doch er sah nur bizarre Schatten. Er begann seinen Aufstieg über die klapprige Treppe, die unter seinem Gewicht ächzte. Die Stelle an seinem Arm, wo der Junge ihn gebissen hatte, pochte noch immer. Der kleine Mistkerl. Er war der einzige, der von Anfang an Schwierigkeiten gemacht hatte.

Gregor erreichte die nächste Ebene und betrat den dicken Teppichboden. Hier lagen die Quartiere des Chirurgen und seines Assistenten. Achtern waren zwei Privatkabinen mit einem gemeinsamen Vorraum und einer Dusche. Am vorderen Ende lag ein gutausgestatteter Salon. Der einzige Weg aus diesem Teil des Schiffes führte zurück über die Treppe. Der Junge saß in der Falle.

Gregor wandte sich zuerst nach hinten.

Die erste Kabine war die des toten Chirurgen. Sie roch nach Tabak. Er schaltete das Licht ein und sah ein ungemachtes Bett, einen Spind, dessen Tür offenstand, und einen überquellenden Aschenbecher auf dem Tisch. Gregor trat zu dem Spind hinüber. Darin fand er Kleider, die nach Rauch stanken, eine leere Wodkaflasche und einen Stapel Pornohefte. Keinen Jungen.

Als nächstes durchsuchte Gregor die Kabine des Assistenten. Sie war um einiges ordentlicher, das Bett gemacht, die Hemden im Spind sorgfältig gefaltet. Auch hier keine Spur von dem Jungen.

Er warf noch einen Blick in den Vorraum und machte sich dann auf den Weg in den Salon. Noch bevor er dort ankam, hörte er ein Geräusch: ein gedämpftes Wimmern.

Er betrat den Salon und schaltete das Licht ein. Rasch ließ er seinen Blick durch den Raum schweifen, über die Couch, den Eßtisch, die Stühle und den Fernseher mit den darauf gestapelten Videokassetten. Wo war der Junge? Gregor schritt das Zimmer ab, blieb plötzlich stehen und starrte auf die Wand.
Der Speiseaufzug.
Er stürzte dorthin und riß dessen Tür auf. Aber er sah nichts als Kabel. Er schlug auf den Knopf, und die Kabel setzten sich knarrend in Bewegung, um ihre Last hinaufzubringen. Gregor beugte sich sprungbereit vor, um nach dem Jungen zu greifen. Doch statt dessen starrte er in den leeren Speiseaufzug.
Der Junge war bereits in die Kombüse entwischt. Das war keine Katastrophe, die Kombüse war ebenfalls gesichert. Gregor hatte sich zur Gewohnheit gemacht, sie abends abzuschließen, nachdem er entdeckt hatte, daß die Mannschaft sich an den Vorräten bediente. Der Junge saß noch immer in der Falle.
Gregor hastete die Treppe hinunter, durch die blaue Tür und über den Steg.

»Es tut mir leid, Abby«, sagte Mark. »Ich hätte nie gedacht, daß es so weit kommen würde.«
Bitte, dachte sie. Bitte tu das nicht!
»Wenn es nur eine andere Möglichkeit gäbe!« Er schüttelte den Kopf. »Du warst zu hartnäckig. Ich konnte dich nicht aufhalten. Ich hatte dich nicht unter Kontrolle.«
Eine Träne löste sich von ihrem Auge und tropfte in ihr Haar. Für einen Moment glaubte sie Schmerz über sein Gesicht ziehen zu sehen. Er wandte sich ab.
»Es wird Zeit«, forderte Tarasoff Mark auf. »Wollen Sie ihr die Ehre erweisen?« Er hielt Mark eine Spritze hin.« Betäuben Sie sie mit Pentobarbital. Wir sind schließlich keine Unmenschen.«
Mark zögerte. Dann nahm er die Spritze und drehte sich zu dem Infusionshalter um. Er nahm die Schutzkappe von der Nadel und stach sie in die Injektionsöffnung. Erneut zögerte er und sah Abby an.
Ich habe dich geliebt, dachte sie. Ich habe dich so sehr geliebt.
Er drückte den Kolben herunter.
Die Lichter begannen schwächer zu werden. Sein Gesicht verschwamm zu einem dunkler werdenden grauen Fleck.

Ich habe dich geliebt.
Ich habe dich geliebt …

Die Tür zur Kombüse war abgeschlossen.
Jakov drückte wieder und wieder auf die Klinke, doch die Tür gab nicht nach. Was jetzt? Wieder in den Speiseaufzug? Er stürzte zurück und drückte auf den Knopf, doch nichts geschah. Panisch blickte er sich in der Kombüse um und erwog alle möglichen Verstecke. Die Vorratskammer, die Geschirrschränke, den begehbaren Kühlschrank. Alle boten nur begrenzt Schutz. Irgendwann würden die Männer all diese Plätze absuchen. Am Ende würden sie ihn finden.
Er mußte es ihnen so schwer wie möglich machen.
Jakov blickte zu den Lichtern auf. Drei nackte Glühbirnen brannten über ihm. Er rannte zum Geschirrschrank, nahm einen schweren Becher heraus und warf ihn nach einer der Glühbirnen. Sie zerbrach und erlosch. Er angelte nach weiteren Bechern. Nach drei Würfen zerschellte die zweite Birne.
Er zielte auf die letzte Birne, als sein Blick auf das Radio des Kochs fiel. Es stand auf seinem gewohnten Platz auf dem Schrank. Das Verlängerungskabel des Radios verlief zur Arbeitsplatte, wo der Toaster stand. Auf dem Herd entdeckte Jakov einen leeren Suppentopf. Er zerrte den Topf herunter, schleppte ihn zum Waschbecken und drehte den Wasserhahn auf.

Das Radio spielte in voller Lautstärke.
Gregor stieß die Kombüsentür auf und trat ein. Musik dröhnte in der Dunkelheit, Schlagzeug und elektrische Gitarren. Er tastete nach dem Lichtschalter und drückte ihn herunter: kein Licht. Er versuchte es noch ein paarmal, doch es tat sich nichts. Dann trat Gregor einen Schritt vor und hörte Glas unter seinen Ledersohlen knirschen.
Das kleine Miststück hat die Lampen zerschlagen. Er will versuchen, mir im Dunkeln zu entwischen.
Gregor warf die Tür hinter sich zu. Im Licht eines Streichholzes steckte er den Schlüssel ins Schloß und drehte ihn um. Jetzt gab es kein Entkommen mehr. Das Streichholz verlöschte.
Er drehte sich um. »Komm schon, Junge!« rief er in die Dunkelheit. »Dir wird nichts geschehen!«

Er hörte nur das Radio, das mit seinem Geplärre jedes andere Geräusch übertönte, und bewegte sich auf den Lärm zu, blieb dann aber stehen, um ein weiteres Streichholz anzuzünden. Das Radio stand auf der Arbeitsplatte direkt vor ihm. Als er die Musik abschaltete, registrierte er das Fleischmesser und daneben kleine Stückchen, die aussahen wie braunes Gummi.
Also hatte der Junge wohl die Messer des Kochs in die Finger gekriegt.
Das Streichholz verlosch flackernd.
Gregor zog seine Pistole und rief laut nach dem Jungen.
Erst jetzt bemerkte er, daß seine Füße naß waren. Er riß ein neues Streichholz an und sah zu Boden. Er stand in einer Wasserlache. Das Wasser war bereits in seine Lederschuhe gezogen und hatte sie garantiert ruiniert. Woher kam das Wasser? Im flackernden Licht der Flamme sah er sich um und stellte fest, daß das Wasser den halben Fußboden bedeckte. Dann sah er die Verlängerungsschnur, das Ende abgeschnitten, blanker Draht glitzerte am Rand der Wasserlache. Bestürzt folgte sein Blick der Schnur, die sich über den Boden und dann auf einen Stuhl schlängelte.
Das letzte Bild, das Gregor wahrnahm, bevor sein Streichholz verlöschte, war der schwache Schimmer von blondem Haar und die Gestalt des Jungen, dessen Arm sich nach der Steckdose in der Wand ausstreckte. Der Stecker des Kabels baumelte in seiner Hand.

Tarasoff hielt ihm das Skalpell hin. »Sie machen den ersten Schnitt«, befahl er und ignorierte das Erschrecken in den Augen des anderen. Du hast keine Wahl, Hodell, dachte er. Du bist derjenige, der versucht hat, sie ins Team zu holen. Du hast diesen Fehler gemacht. Jetzt mußt du ihn auch wieder ausbügeln.
Hodell nahm das Skalpell. Sie hatten noch nicht einmal angefangen zu operieren, und schon stand ihm der Schweiß auf der Stirn. Er hielt inne, die Klinge schwebte über Abbys entblößtem Bauch. Beide Männer wußten, daß dies ein Test war – möglicherweise der ultimative Test.
Mach schon. Archer hat seinen Teil erledigt, indem er sich um Mary Allen gekümmert hat. So wie Zwick Aaron Levi erledigt hat. Jetzt bist du dran. Beweise, daß du noch immer zum Team

gehörst, daß du noch immer einer von uns bist. Schneide die Frau auf, mit der du geschlafen hast. Tu es, schrillte es durch Marks Kopf.
Mark bewegte das Skalpell in seiner Hand, als versuche er, es besser in den Griff zu bekommen. Dann holte er Luft und drückte die Klinge auf die Haut.
Tu es!
Mark schnitt. Es war ein langer, geschwungener Schnitt. Die Haut teilte sich, Blut quoll heraus und tropfte auf die sterile Abdeckung.
Tarasoff entspannte sich. Hodell würde am Ende doch nicht zum Problem werden. Tatsächlich hatte er die Linie schon vor Jahren überschritten, als junger angehender Chirurg. Eine durchzechte Nacht, ein Paar Nasen Kokain, am nächsten Morgen ein fremdes Bett und eine hübsche Schwesternschülerin erdrosselt neben ihm auf dem Kissen. Und Hodell hatte keine Erinnerung an das, was tatsächlich geschehen war. Alles war sehr überzeugend gewesen.
Und dann war da das Geld, um die Rekrutierung zu zementieren. Zuckerbrot und Peitsche. Es funktionierte so gut wie immer. Es hatte bei Archer, Zwick und Mohandas funktioniert. Und auch bei Aaron Levi, jedenfalls für eine Weile. Sie waren eine geschlossene Gesellschaft gewesen, absolut hermetisch, was ihre Geheimnisse betraf – und ihre Gewinne. Niemand am Bayside, weder Colin Wettig noch Jeremiah Parr, hatte auch nur den Schimmer einer Ahnung, wieviel Geld die Hand gewechselt hatte. Es war genug, um die allerbesten Ärzte zu kaufen, das allerbeste Team – ein Team, das Tarasoff zusammengestellt hatte. Die Russen besorgten bloß die Teile und erledigten, wenn nötig, die Drecksarbeit. Im OP war es das Team, das die Wunder wirkte.
Geld allein hatte Aaron Levi am Ende nicht bei der Stange gehalten. Aber Hodell gehörte immer noch dazu. Er bewies es in diesem Moment mit jedem Schnitt seines Skalpells.
Tarasoff assistierte, setzte Wundhaken und Klemmen. Es war ein Genuß, an so jungem, gesundem Gewebe zu arbeiten. Die Frau war in ausgezeichneter Verfassung. Sie hatte kaum Fett unter der Haut, und ihre Bauchmuskeln waren flach und fest – so fest, daß der Anästhesist zusätzliches Succinylcholin spritzen mußte, um die Retraktion zu erleichtern.

Die Klinge des Skalpells durchstieß die Muskelschicht. Jetzt waren sie in der Bauchhöhle. Tarasoff zog die Wundhaken auseinander. Unter einem dünnen Schleier aus Peritonealgewebe schimmerten die Leber und die Windungen des Dünndarms. Alles gesund, so gesund! Der menschliche Organismus war ein wunderbarer Anblick.
Die Lichter flackerten und gingen beinahe ganz aus.
»Was ist los?« fragte Hodell.
Beide blickten auf. Die Lampen leuchteten wieder mit voller Leistung.
»Bloß ein Wackelkontakt«, meinte Tarasoff. »Der Generator arbeitet noch, wie man hört.«
»Nicht gerade optimale Bedingungen. Ein schwankendes Schiff und Stromausfall ...«
»Es ist ja nur vorübergehend, bis wir Ersatz für das Amity-Gebäude gefunden haben.« Tarasoff deutete Richtung OP-Tisch. »Machen Sie weiter.«
Hodell hob sein Skalpell und zögerte. Er war als Thoraxchirurg ausgebildet, eine Leberentnahme hatte er nur selten durchgeführt. Vielleicht brauchte er weitere Anweisungen. Vielleicht dämmerte ihm aber auch langsam, was er da eigentlich tat.
»Haben Sie ein Problem?« fragte Tarasoff.
»Nein.« Mark schluckte. Er fing erneut an zu schneiden, doch seine Hand zitterte. Er setzte das Skalpell ab und atmete ein paarmal tief durch.
»Wir haben nicht mehr viel Zeit, Dr. Hodell. Es wartet noch eine weitere Organentnahme auf uns.«
»Es ist nur ... ist es nicht sehr heiß hier drinnen?«
»Ist mir noch nicht aufgefallen. Machen Sie weiter.«
Hodell nickte, packte das Skalpell fester und war im Begriff, einen weiteren Schnitt vorzunehmen, als er plötzlich erstarrte.
Tarasoff hörte ein Geräusch hinter sich, das Zufallen der Tür.
Mark starrte weiter geradeaus und hob das Skalpell.
Die Explosion schien mitten in seinem Gesicht loszugehen. Hodells Kopf schleuderte nach hinten, Blut und Knochensplitter spritzten über den Operationstisch.
Tarasoff wirbelte herum und sah gerade noch einen blonden Haarschopf und das weiße Gesicht des Jungen.
Die Pistole ging erneut los.

Die Kugel verfehlte ihr Ziel und zerschlug eine Glastür im Instrumentenschrank, Scherben prasselten zu Boden.
Der Anästhesist war hinter dem Beatmungsgerät in Deckung gegangen.
Tarasoff versuchte, sich vorsichtig zurückzuziehen, ohne die Pistole auch nur einen Moment aus den Augen zu lassen. Es war Gregors Waffe, so kompakt und leicht, daß ein Kind sie halten konnte. Doch die Hand, die diese Pistole umklammerte, zitterte zu sehr, um gezielt zu feuern. Es ist nur ein Kind, dachte Tarasoff. Ein verängstigter Junge, dessen Arm unentschlossen zwischen Tarasoff und dem Anästhesisten hin und her schwankte.
Tarasoff warf einen Blick auf den Instrumententisch und entdeckte die Spritze mit dem Succinylcholin. Sie enthielt noch immer mehr als genug, um dieses Kind ruhigzustellen. Langsam schob er sich seitwärts, stieg über Hodells Leiche und die sich ausbreitende Blutlache. Die Pistole schwenkte wieder zu ihm herüber.
Der Junge weinte jetzt, sein Atem ging in raschen, schluchzenden Stößen.
»Es ist alles in Ordnung«, versuchte Tarasoff ihn zu besänftigen. Er lächelte. »Habe keine Angst. Ich will deiner Freundin doch nur helfen. Sie wieder gesund machen. Sie ist sehr krank. Wußtest du das nicht? Sie braucht einen Doktor.«
Der Junge richtete seinen Blick auf den Tisch, auf die Frau. Er machte einen Schritt nach vorn, dann noch einen. Plötzlich stieß er einen hohen, durchdringenden Klagelaut aus. Er bemerkte nicht, daß der Anästhesist sich hinter ihm vorbeidrückte und aus dem Zimmer floh. Auch das ferne Brummen des Hubschraubers im Landeanflug schien er nicht wahrzunehmen. Sie kamen, um die Ware abzuholen.
Tarasoff nahm die Spritze vom Wagen. Ruhig näherte er sich dem Jungen.
Der Junge hob den Kopf, und sein Weinen schwoll zu einem verzweifelten Kreischen an.
Tarasoff hob die Spritze.
In diesem Moment blickte der Junge zu ihm auf. Als er Gregors Waffe hob, stand in seinen Augen nicht länger Angst, sondern schiere Wut.
Er feuerte ein letztes Mal ab.

Sechsundzwanzig

Der Junge wollte nicht von ihrer Seite weichen. Von dem Moment an, in dem die Schwestern sie aus dem Aufwachraum in die chirurgische Intensivstation geschoben hatten, war er bei ihr geblieben wie ein blasses kleines Gespenst, das um ihr Bett spukte. Zweimal hatten ihn die Schwestern an die Hand genommen und aus dem Zimmer geführt. Zweimal hatte der Junge seinen Weg dorthin zurückgefunden. Jetzt hielt er das Bettgestell gepackt, während sein Blick Abby stumm anflehte aufzuwachen. Zumindest war er nicht mehr so hysterisch, wie Katzka ihn auf dem Schiff angetroffen hatte. Der Junge hatte über Abbys aufgeschnittenem Körper gelehnt und sie schluchzend angefleht weiterzuleben. Katzka hatte kein Wort von dem verstanden, was der Junge sagte, aber seine Panik hatte er perfekt verstanden. Und seine Verzweiflung.

Es klopfte an das Sichtfenster. Katzka drehte sich um und sah, daß Vivian Chao ihm ein Zeichen machte. Er öffnete die Tür und trat in den Flur.

»Der Kleine kann nicht die ganze Nacht hier bleiben«, erklärte sie. »Er ist dem Personal im Weg. Außerdem sieht er nicht besonders sauber aus.«

»Er fängt jedesmal an zu schreien, wenn wir ihn wegbringen wollen.«

»Können Sie nicht mit ihm reden?«

»Ich kann kein Russisch. Sie etwa?«

»Wir warten noch auf den Dolmetscher des Krankenhauses. Warum setzten Sie nicht Ihre männliche Autorität ein und zerren ihn einfach nach draußen?«

»Lassen Sie dem Jungen noch ein wenig Zeit mit ihr, ja?«

Katzka drehte sich um und sah durch das Fenster auf das Bett. Erneut mußte er gegen ein anderes Bild ankämpfen, das ihm immer wieder vor Augen trat und ihn für den Rest seiner Tage verfolgen würde: die auf dem Tisch liegende Abby, den Unterleib aufgeschnitten, ihre Eingeweide glitzernd unter den OP-Lampen. Der wimmernde Junge über ihrem Gesicht. Und auf dem Boden in ihrem eigenen Blut die beiden Männer: Hodell war schon tot, Tarasoff blutete und war bewußtlos, aber er lebte. Er war wie alle anderen auf dem Frachter verhaftet worden.

Weitere Festnahmen würden folgen, die Ermittlungen hatten erst begonnen. Die Bundesbehörden zogen das Netz um die Sigajew-Gesellschaft enger. Den Aussagen der Besatzungsmitglieder des Frachters nach zu urteilen, war das Ausmaß des Organhandels ungleich größer und weit erschreckender, als Katzka es sich je hätte träumen lassen.

Er blinzelte und konzentrierte sich wieder auf das Hier und Jetzt: auf Abby, die mit verbundenem Unterleib auf der anderen Seite des Fensters lag. Ihre Brust hob und senkte sich. Die Linie auf dem Monitor zeigte ihren gleichmäßigen Herzrhythmus. Nur für einen Augenblick erinnerte er sich an die Panik, die er auf dem Schiff durchlebt hatte, als Abbys Herzschlag mit einem Mal unregelmäßig über den Bildschirm geflimmert war. Als er im Begriff gestanden hatte, sie zu verlieren, und der Hubschrauber, der Vivian und Wettig zu dem Schiff brachte, noch meilenweit entfernt gewesen war. Er berührte die Scheibe und mußte erneut blinzeln. Und noch einmal.

»Sie wird wieder in Ordnung kommen, Katzka«, sagte Vivian hinter ihm leise. »Der General und ich leisten gute Arbeit.«

Katzka nickte. Wortlos ging er wieder in das Zimmer.

Der Junge blickte zu ihm auf, seine Augen waren feucht wie Katzkas. »Ah-bii«, flüsterte er.

»Ja, Kleiner. So heißt sie.« Katzka lächelte.

Sie blickten beide zum Bett. Viel Zeit schien zu verstreichen. Die Stille wurde nur durch das leise und regelmäßige Piepsen des Herzmonitors unterbrochen. Sie standen Seite an Seite, um Wache zu halten über dieser Frau, die keiner von ihnen besonders gut kannte, für die sie jedoch beide schon so viel empfanden.

Schließlich streckte Katzka die Hand aus. »Komm. Du brauchst Schlaf, mein Junge, genau wie sie.«

Der Junge zögerte. Er musterte Katzka, bevor er schließlich die angebotene Hand ergriff.
Gemeinsam gingen sie durch die chirurgische Intensivstation, die Plastikschuhe des Jungen schlurften über das Linoleum. Ohne Warnung bremste der Kleine seine Schritte.
»Was ist los?« fragte Katzka.
Vor einem anderen Zimmer war der Junge stehengeblieben. Auch Katzka blickte durch das Sichtfenster.
Auf der anderen Seite saß ein Mann mit silbernem Haar auf einem Stuhl neben einem Bett. Er hatte sein Gesicht in den Händen vergraben, sein ganzer Körper wurde von stummen Schluchzern geschüttelt. Es gibt Dinge, die nicht einmal Victor Voss kaufen kann, dachte Katzka. Und jetzt wird er vielleicht alles verlieren. Seine Frau, seine Freiheit. Katzka betrachtete die in dem Bett liegende Frau. Ihr Gesicht wirkte weiß und zerbrechlich wie Porzellan. Über ihren halb geöffneten Augen lag der matte Schimmer des nahenden Todes.
Der Junge drängte näher an die Scheibe.
Als er sich vorbeugte, schienen die Augen der Frau in einem letzten Aufflackern von Lebenskraft aufzuleuchten. Sie richtete den Blick auf den Jungen, und ihre Mundwinkel verzogen sich langsam zu einem stummen Lächeln, bevor sie die Augen schloß.
»Wir müssen los«, murmelte Katzka.
Der Junge blickte auf und schüttelte entschieden den Kopf. In stummer Hilflosigkeit sah Katzka, wie der Kleine kehrtmachte und wieder in Abbys Zimmer verschwand.
Plötzlich fühlte Katzka sich unglaublich müde. Er sah Victor Voss an, einen ruinierten Mann, dessen Körper vor Verzweiflung in sich zusammengesunken war. Und er betrachtete die Frau, deren Seele sich, so wollte es ihm scheinen, unter seinen Augen verflüchtigte. Und er dachte: So wenig Zeit. Uns bleibt auf dieser Erde so wenig Zeit mit den Menschen, die wir lieben. Er seufzte, bevor auch er kehrtmachte und wieder in Abbys Zimmer ging, wo er seinen Platz neben dem Jungen einnahm.